Von Stephanie Bond ist bei Bastei Lübbe Taschenbücher lieferbar

14965 Ausgetrickst!

Über die Autorin:

Stephanie Bond hat ihre Karriere als Programmiererin aufgegeben, um ihr Leben der Schriftstellerei zu widmen. In den USA hat sie bereits vier romantische Krimis veröffentlicht. Außerdem ist sie lizensierte Privatdetektivin. Sie lebt in Georgia.

Stephanie Bond

Eine Lüge zu viel

Roman

Ins Deutsche übertragen von
Claudia Geng

BASTEI LÜBBE TASCHENBUCH
Band 15226

1. Auflage: November 2004
2. Auflage: Dezember 2004

Vollständige Taschenbuchausgabe

Bastei Lübbe Taschenbücher ist ein Imprint
der Verlagsgruppe Lübbe

Deutsche Erstveröffentlichung
Titel der amerikanischen Originalausgabe: I THINK I LOVE YOU
Originalverlag: St. Martin's Press
Copyright © 2002 by Stephanie Bond Hauck
Copyright © 2004 by Verlagsgruppe Lübbe GmbH & Co. KG,
Bergisch Gladbach
Einbandgestaltung: Tanja Østlyngen
Titelbild: Corbis, Leo Sniders
Satz: hanseatenSatz-bremen, Bremen
Druck und Verarbeitung: Nørhaven Paperback A/S, Viborg
Printed in Denmark
ISBN 3-404-15226-3

Sie finden uns im Internet unter
www.luebbe.de

Der Preis dieses Bandes versteht sich einschließlich
der gesetzlichen Mehrwertsteuer.

DANKSAGUNG

Großen Dank an all jene in meinem Bekanntenkreis, die auf meine Fragen, wie absonderlich oder verworren diese auch sein mögen, immer plausible Antworten geben. Bei dem vorliegenden Buch besteht dieser Kreis aus meiner Verlegerin, Jennifer Enderlin; meinem Vater, Willis Bond; meinem Ehemann, Chris Hauck; sowie meinen Freunden Bill Parker und Tim Logsdon. Ebenfalls danke ich jenen Freunden für deren zunehmende Unterstützung vor dem Abgabetermin: meiner Agentin, Kimberly Whalen; meinen schreibenden, kritischen Mitstreitern, Rita Herron und Carmen Green; und meiner Busenfreundin von Essen auf Rädern, Jacki Jaynes.

PROLOG

Regina Metcalfs ältere Schwester drohte ihr mit dem Finger so dicht unter der Nase, dass Regina befürchtete zu schielen – nicht gerade vorteilhaft für jemanden, der sich bereits mit dem Spitznamen »Vierauge« herumplagte.

»Sollte eine von euch beiden Gören Mom und Dad davon erzählen, was ich euch gleich zeigen werde, stecke ich euch Fledermäuse ins Bett, verstanden?«

Die vierzehnjährige Regina nickte, zumal Justine das wilde Temperament einer Rothaarigen hatte und sich nicht scheute, dieses nach ihrem Ermessen an ihren jüngeren Schwestern auszulassen. Neben Regina stand die zwölfjährige Mica. Sie nickte ebenfalls stumm und wartete, dass Justine sich wegdrehte, um ihr den Vogel zu zeigen.

Regina gab Mica einen Klaps auf die Hand, auch wenn sie bezweifelte, dass ihre Schwester wusste, was die Geste bedeutete. Mica zog eine Grimasse und folgte Justine durch ein Dickicht, wobei sie frühreif mit dem Hintern in der Bikinihose wackelte, sodass Regina die Augen verdrehte. Ihre kleine Schwester mit den schwarzen Haaren überragte sie jetzt schon um einen Kopf und war zudem mit ihrer tollen Figur ein echter Blickfang. Regina strich sich die nassen blonden Ponyfransen aus den Augen, wischte mit dem Finger die Gläser ihrer Nickelbrille ab und linste prüfend hindurch, um sich zu orientieren.

Soweit sie es beurteilen konnte, waren sie an diesem Nachmittag auf eine Anhöhe oberhalb des Armadillo Creek gestiegen, wo sie kurz zuvor noch im Dilly Baggerloch geplantscht hatten, um der brütenden Hitze zu entkommen, die in Monroeville, North Carolina, mitten im Juli herrschte. Auf dem Nachhauseweg – sie hatten ständig Schmeißfliegen verjagen und barfuß über Kies balancieren müssen – hatte Justine irgendwann in dem für eine Siebzehnjährige typisch hochnäsigen Ton verkündet, dass sie ein grooo-ßes Geheimnis kenne, es ihnen aber nicht verraten werde. Wie abzusehen war, hatte Mica daraufhin ein furchtbares Klagegeheul angestimmt, das sich zu einem hysterischen Anfall auswuchs, bis Justine gnädig einwilligte, ihnen – den Plagegeistern – den geheimen Ort zu zeigen, den sie zufällig entdeckt hatte.

Regina seufzte und sah ihren Schwestern hinterher, die im Gestrüpp verschwanden, wo sie vorhin ihre trockenen Kleider auf den Boden geworfen hatten. Allmählich war sie das ständige Gezänk zwischen den beiden leid. Im Moment wollte sie nichts lieber, als nach Hause zu gehen und zu sehen, ob Mr. Calvin bereits wie jede Woche seine Kiste mit Büchern, die er auf Flohmärkten und bei Garagenverkäufen erstand, vorbeigebracht hatte. Nach wie vor fehlten ihr die Nummern zehn, einundzwanzig und vierundvierzig der Nancy-Drew-Detektivreihe, um ihre Sammlung zu vervollständigen, und hin und wieder barg Mr. Calvins Kiste wahre Schätze. Sie musste lediglich die Kiste durchstöbern, bevor ihre Eltern unwissentlich ein wichtiges Exemplar in den Regalnischen ihres Antiquitätenladens auf Nimmerwiedersehen verstauten oder sogar – Gott bewahre – verkauften.

Zwischen den Dornenzweigen tauchte Justines Kopf auf, und sie winkte ihr mit einem ärgerlichen Gesichtsausdruck ungeduldig zu. Regina unterdrückte ein Stöhnen. Da sie Justine nur allzu gut kannte, würde sich ihr »Geheimnis« wahrscheinlich als ein Felsen mit unflätigen Graffitisprüchen oder etwas ähnlich Langweiliges entpuppen. Aber wie immer machte Regina gute Miene zum bösen Spiel, lief zu dem Eingang des Dickichts, legte ihre Kleider in dem verdörrten Gras ab und gesellte sich zu ihren Schwestern im Gestrüpp, die bäuchlings in dem vermeintlichen Schlangenparadies lagen. Während sie auf allen vieren vorwärts kroch, versuchte sie, ihre Gänsehaut zu vergessen, indem sie sich einredete, dass Nancy Drew sich bestimmt nicht durch einen kleinen Schlangenbiss von ihrer geheimen Mission abbringen lassen würde. Sie drang in das kniehohe Gestrüpp ein, scheuchte einen Schwarm Stechmücken auf, und der Geruch von Moder drang ihr in die Nase. Schnell hielt sie sie zu, um nicht niesen zu müssen. »Und, was ist jetzt das große Geheimnis?«

»Pssst!« Justine versetzte ihr einen derart harten Rippenstoß, dass Reginas Brille verrutschte. »Mach halt die Augen auf, du Tollpatsch.«

Regina rückte ihre Brille wieder gerade und starrte nach unten. Ihr drehte sich der Magen um – neben der Phobie vor Schlangen hatte sie zudem Höhenangst, im Gegensatz zu ihren Schwestern, denen es nichts auszumachen schien, dass sie gerade auf einem Felsvorsprung lagen, der knapp zehn Meter über dem Boden hochragte. Unter ihnen, auf dem spärlich bewachsenen Flecken, den platt gedrücktes Gras bedeckte, stand ein gelber Volkswagen Rabbit, dessen Scheiben heruntergekurbelt waren.

»Das ist der Wagen von Pete Shadowen«, flüsterte Justine. »Und ich wette, dass dieses Flittchen Tobi Evans mit ihm da drin hockt.«

Pete Shadowen war ein umschwärmter Baseballspieler an ihrer High School – Regina wusste, dass er ab nächsten Herbst in das Junior College kommen würde, ein Jahr nach Justine. Was Tobi Evans betraf, so hatte sie mit diesem Namen gar keine andere Wahl, als Cheerleaderin zu sein. Auch Tobi würde zum College wechseln, und Justine hasste sie, auch wenn sie keinen besonderen Grund dazu hatte. »Was machen die hier in dieser Einöde?«, flüsterte Regina.

»Vielleicht jagen?«, riet Mica.

Justine schnaubte verächtlich. »Seid ihr eigentlich völlig weltfremd? Das da unten ist die Liebesecke. Die beiden fummeln gerade miteinander, ihr Dumpfbacken.«

Micas Augen traten hervor, und Regina vermutete, dass sie gerade dasselbe Gesicht machte. Zwar war ihr das Getuschel über diesen Platz nicht entgangen, doch sie hatte nicht geahnt, dass er tatsächlich existierte. Die Bestätigung traf sie wie ein Keulenschlag, und sie schluckte. »Du meinst, die haben gerade Sex?«

»Ja, genau das meine ich.«

Die drei verfielen in Schweigen und reckten die Hälse, um einen Blick zu erhaschen oder irgendwelche Laute aufzuschnappen, mit denen Regina allerdings nichts anzufangen wüsste, selbst wenn sie sie hören würde. Dafür wusste sie eines mit Sicherheit: Wenn ihre Eltern dahinter kämen, dass sie in der Liebesecke andere belauschten, würden sie für den Rest ihres armseligen Lebens bis ins Jenseits Hausarrest bekommen. Trotzdem hatte sie in letzter Zeit eine brennende Neugier in Sachen Sex entwickelt, die selbst ihren Wunschtraum, eine Superdetektivin zu werden, überstieg.

Zwischen den Bäumen konnte sie zwei Gestalten in dem Wagen ausmachen, die sich auf dem Rücksitz scheinbar um die bequemste Position balgten, wobei sie nicht sagen konnte, wer oben war und welche Körperteile zu wem gehörten. Das Ächzen und Stöhnen einer männlichen Stimme drang zu ihnen hoch, wonach Pete sich offenbar durchgesetzt hatte. Mit einem Mal schoss der Fahrersitz nach vorn, und die Hupe heulte los. Vor Schreck zuckte Regina zusammen, während Mica aufschrie, sodass sie alle eiligst die Köpfe vom Rand wegzogen. Justine verpasste Mica einen Stoß und zischte ihr zu, leise zu sein. Das Ächzen und Stöhnen hörte auf, und wenig später war das Geräusch eines startenden Motors zu vernehmen. Es dauerte ein paar Sekunden, bis Pete den Gang fand, bevor er mit der Höchstgeschwindigkeit, die sein Kleinwagen erlaubte, davonbrauste. Die drei Mädchen krochen wieder an den Rand und sahen gerade noch rechtzeitig, wie sein »Monroeville Mudcats«-Aufkleber auf dem Kofferraum aus dem Blickfeld verschwand.

Justine rollte sich auf den Rücken und lachte laut los. Sie hatte bereits richtig große Brüste. Mit allerlei Obst überprüfte Regina immer die Büstenhalter ihrer Schwestern, wenn diese in der Wäsche landeten. Justine war mittlerweile bei der Größe einer üppigen Navelorange angelangt, während Mica sich noch im Zitronenstadium befand. Sie selbst würde wohl nie über das Kirschenstadium hinauskommen.

»Ich hätte doch zu gern Tobis Gesicht gesehen«, meinte Justine. »Ich wette, sie hat ihm einen geblasen.«

Regina lachte verlegen. »Was meinst du?«

Justine stieß einen Seufzer aus. »Du solltest mal was anderes lesen als immer nur diese dummen Mädchenbücher.«

Regina biss sich auf die Lippe – es stimmte, dass der Altersunterschied zwischen ihr und Justine größer wirkte als drei Jahre. Justine war bereits voll entwickelt, trug hochhackige Sandalen und bestand auf ihrem eigenen Badezimmer, um sich pflegen zu können, während Regina am liebsten Converse-Sneakers trug und bislang noch nicht die Packung Tampax angebrochen hatte, die ihre Mutter ihr vor zwei Jahren gegeben hatte. Justine beherrschte sämtliche Schminktricks und besaß einen ganzen Koffer mit geheimnisvollen Döschen und Utensilien. Einmal hatte sie Regina dazu überredet, Wimperntusche aufzutragen, doch als deren Augen darauf allergisch reagiert hatten und zuschwollen, hatte Justine sie als hoffnungslose »Spätzünderin« bezeichnet und sich stattdessen Micas angenommen.

»Ich lese auch ... andere Sachen«, murmelte Regina. Auch wenn ihr diese grazilen Wesen im *Teen Magazine* immer wie von einem anderen Stern vorkamen, verschlang sie die Beiträge mit den nützlichen Tipps in der Hoffnung, in der Fülle der verblüffenden Empfehlungen, was in und out ist, ein Körnchen lebensverändernde Wahrheit zu entdecken. In: Bei dünnen Haaren eine Dauerwelle in Erwägung ziehen (ihre waren dünn). Out: Jeden Tag dieselben Schuhe tragen (wie sie das tat). In: Lernen, mit den Augen zu flirten (hä?). Bis zum heutigen Tag hatte sie noch nicht den Schlüssel für einen angemessenen und erfolgreichen Übergang zur Frau gefunden, aber es gab ja noch die nächste Monatsausgabe mit weiteren Ins und Outs.

Justine riss einen breiten Grashalm ab. »Am besten, du siehst mal unter der Matratze von Cissy und John nach, um deiner Bildung auf die Sprünge zu helfen.«

»Du sollst sie nicht bei ihren Vornamen nennen.«

»Ja, klar, die beiden führen seit zwanzig Jahren eine wilde Ehe, aber wir sollen uns an die Regeln halten.« Justine hielt den Grashalm zwischen die Daumen und blies kräftig durch den winzigen Spalt, ohne dass es ihr jedoch gelang, einen Ton zu erzeugen.

»So darfst du nicht reden«, entgegnete Regina. Sie hatte sich schon genügend abfällige Kommentare über ihre Eltern von anderen Leuten und in der Schule anhören müssen. *Unmoralisch. Unsittlich. Unehelich.* »Sie leben in einer eheähnlichen Gemeinschaft.«

»Eheähnliche Gemeinschaften werden aber in North Carolina nicht anerkannt«, konterte Justine, bevor sie erneut blies, wieder ohne Erfolg.

»Sie sind eben Künstler«, gab Regina scharf zurück. Sie war so glücklich gewesen, als sie endlich eine passende Bezeichnung für ihre Hippie-Eltern gefunden hatte, die nicht zu verrückt klang.

Ihre Schwestern hörten ihr allerdings überhaupt nicht zu.

»Was ist denn unter ihrer Matratze?«, wollte Mica wissen,

wobei sie Justines Schulter einen Schubs verpasste, sodass der Grashalm zwischen ihren Fingern verrutschte.

»Hey!«

»Klär uns auf, Miss Allwissend.« Mica rupfte ebenfalls einen Grashalm ab, legte ihn wie Justine zwischen die Daumen und erzeugte nicht nur einen Ton, sondern eine ganze Tonfolge.

Regina schüttelte den Kopf – ihre beiden Schwestern versuchten ständig, sich gegenseitig zu übertreffen.

»Dafür bist du noch zu jung«, säuselte Justine.

Da Regina gar nicht wissen wollte, was unter der Matratze ihrer Eltern verborgen war, versuchte sie, das Thema zu wechseln. »Wie bist du eigentlich auf diesen Platz gestoßen?«

Justine sprang prompt darauf an. »Rein zufällig, als ich gerade auf dem Nachhauseweg war und eine Frau fürchterlich heulen hörte. Zuerst dachte ich, da wird gerade jemand ermordet oder so.« Sie lachte kurz auf. »Die Gute schrie zwar tatsächlich nach Gott, aber, glaubt mir, sie war nicht in Gefahr.«

»Weißt du, wer das war?«, fragte Mica mit großen Augen.

Justine verzog das Gesicht zu einem Grinsen. »Mrs. Woods, die fette Kassiererin vom Grab 'N Go.«

»Bäääh!«, riefen Regina und Mica im Chor.

»Sie waren in einem klapprigen Oldsmobile hier. Mann, die Klapperkiste hat vielleicht geschaukelt.« Sie richtete sich auf, und ihre Augen funkelten. »Und, haltet euch fest – ich konnte zwar nicht sehen, wer es war, aber sie war mit zwei Typen hier.«

Regina warf ihr kurz einen Blick von der Seite zu. »Hä? Wie das?« Egal, wie sie die Bilder in ihrem Kopf anordnete, sie ergaben einfach keinen richtigen Sinn.

»Einer fuhr wahrscheinlich den Wagen«, mutmaßte Mica.

»Klar doch«, erwiderte Justine trocken.

Regina zog die Stirn kraus. »Wir sollten jetzt besser nach Hause – Mom wartet bestimmt schon auf uns, damit wir heute Nachmittag auf den Laden aufpassen.«

Justine machte eine wegwerfende Geste. »Heute ist Montag – da kommt sowieso niemand, bis auf diesen miefenden ollen Mr. Calvin mit seinen miefenden ollen Büchern.«

Regina erhob sich und stemmte die Hände dorthin, wo sich eines Tages Hüften entwickeln würden, wie sie hoffte. »Wenn du nicht sofort mitkommst, erzähle ich Mom und Dad, dass du die Schmuckvitrine offen gelassen hast und die ganzen Sachen gestohlen worden sind.« Ihr aktueller Fall – das Geheimnis der verschwundenen Gegenstände.

Ihre ältere Schwester stieß ein verächtliches Schnauben aus. »Da war doch sowieso bloß Tand drin.«

»Die goldene Armbanduhr war bestimmt kein Tand, und genauso wenig der Brieföffner. Mom und Dad werden sich bestimmt furchtbar aufregen, wenn sie erfahren, dass du zu sehr damit beschäftigt warst, Dean Haviland dabei zuzuschauen, wie er seinen Wagen wäscht, statt die Kunden im Auge zu behalten.« Der neue, glutäugige Lieferant ihrer Eltern verursachte nichts als Ärger, das war Regina von Anfang an klar gewesen. (Unter Amateurdetektiven nannte man dieses Gefühl auch »ungute Vorahnung«.) Der Aufreißer Dean Haviland war der Hauptverdächtige bei ihren Nachforschungen.

Sofort brauste Justine auf. »Ich habe lediglich darauf geachtet, dass Dean nicht zu viel Trinkwasser verschwendet. Außerdem solltest du ebenfalls auf den Laden aufpassen, statt dich mal wieder hinter einem von deinen dummen Büchern zu verschanzen.«

Regina schob sich die Brille auf der Nase hoch. Hatte eigentlich niemand in ihrer Familie Verständnis für das dringende Bedürfnis, die letzten Seiten einer spannenden Geschichte zu lesen? »Mica sollte auch aufpassen.«

Mica streckte ihr die Zunge heraus. »Wahrscheinlich hast du die Sachen gestohlen, Justine. Du klaust nämlich immer, wenn du dich unbeobachtet fühlst.«

»Du lügst!«

»Tu ich nicht!«

»Du bist eine Lügnerin!«

»Und du bist eine Diebin!«

Wie vorauszusehen war, ging das Geschubse zwischen den beiden los, und kurz darauf wälzten sie sich am Boden. Zwar hatte Regina Justine nie dabei ertappt, wie sie sich Sachen aus dem Laden nahm, aber da ihre ältere Schwester nichts für das Familiengeschäft übrig hatte, konnte da durchaus etwas dran sein – Verdächtige Nummer zwei.

»Hört auf.« Sie trat dazwischen und wurde zu ihrem Leidwesen zu Boden gerissen. Ihre Brille flog in hohem Bogen davon. »Schluss jetzt!«

»Pssst!«, machte Justine und erstarrte. »Ich höre einen Wagen kommen.«

Sie verstummten und lösten sich voneinander. Nachdem Regina ihre Brille wieder aufgesetzt hatte, schlich sie zu ihren Schwestern auf dem Felsvorsprung, wo sie mit den Händen das hohe Gras teilten. Ein nobler schwarzer Cadillac mit einem weißen Verdeck holperte über den unebenen Boden; gleich darauf erstarb der Motor. Beim Anblick des ihr vertrauten Fahrzeugs bekam Regina einen trockenen Mund. »Ist das die Person, von der ich glaube, dass sie es ist?«

»Tja, kannste mal sehen«, murmelte Justine. »Die gute alte Tante Lyla – samt Begleitung. Wahnsinn.«

Justine hasste auch Tante Lyla. Sicher, Justine hasste zwar alle möglichen Leute, aber die Schwägerin ihrer Mutter nahm eine Spitzenposition ein. Ihr geliebter Onkel war der Bürgermeister von Monroeville, und seine Frau Lyla war Hassobjekt Nummer eins. Selbst ihre Mutter, die alles befreite, was sich außen in dem Fliegenfenster an der Küchentür verfing, verzog leicht den Mund, wenn Ihre Hoheit dem Laden ihre Aufwartung machte, um Antiquitäten zu verscherbeln, die sie auf ihren »Reisen«

nach Raleigh und Atlanta erstanden hatte. »Heißassa!«, froh-
lockte ihre Mom immer leise, wenn sie die Schublade der Kasse
öffnete. Obwohl Lyla einen Riecher für antike Schnäppchen
hatte, vermutete Regina, dass Cissy sie nur duldete, weil sie mit
ihrem einzigen Bruder, Lawrence Gilbert, verheiratet war.

»Warum kommen Tante Lyla und Onkel Lawrence denn
hierher, um Sex zu haben?«, bemerkte Mica.

Justine seufzte. »Weil sie wahrscheinlich nicht mit Onkel
Lawrence hier ist, du Dummkopf.«

Ihre Höhenangst verbunden mit der Vermutung, dass ihre
Tante einem fremden Mann nackt Gesellschaft leistete, bewirk-
ten, dass sich in Reginas Eingeweiden ein Doppelknoten bildete. Dennoch konnte sie den Blick nicht von dem Wagen abwen-
den.

In diesem Moment öffnete sich das weiße Verdeck wie ein
riesiger Schlund, klappte nach hinten und faltete sich in Höhe
des Rücksitzes zusammen. Wegen der Bäume hatte man zwar
nur eine eingeschränkte Sicht auf die Insassen, aber es handelte
sich zweifellos um Tante Lyla auf dem Fahrersitz – das tief aus-
geschnittene gelbe Kleid, das ihr helles Dekolletee zur Schau
stellte, war unverkennbar. Auch wenn ihre Mutter sie ständig
ermahnte, Tante Lyla nicht in den Ausschnitt zu starren, wenn
sie sich im Laden blicken ließ, konnte Regina bei Lylas Riesen-
busen auf Augenhöhe nicht anders. Ihre Brüste waren einfach
herrlich. Wenn auch nicht echt, wie sie zufällig eines Morgens
mitbekommen hatte, als sie an der offenen Schlafzimmertür ihrer Eltern vorbeigegangen war. Solche Dinger hätte sie auch
gern.

»Wer ist der Mann?«, flüsterte Mica.

»Kann ich nicht sagen«, entgegnete Justine ebenfalls im Flüsterton und reckte noch mehr den Hals. Das klassische weiße
Hemd des Mannes gab keinen Hinweis auf seine Identität, aber
wer auch immer das sein mochte, er musste mit seinen langen

Ärmeln bei der Hitze förmlich zerfließen. Vielleicht ein Geschäftsmann aus der Gegend? Regina hatte den Eindruck, Brillengläser aufblitzen zu sehen, aber manchmal reflektierte auch ihre eigene Brille das Licht.

Lyla beugte sich vor, und im nächsten Moment drang leiernde Countrymusik zu ihnen hoch. Nach heftigem Gefummel wurden die vorderen Sitze zurückgeklappt. Reginas Herzschlag pochte in ihren Ohren. »Ich glaube, wir gehen besser.«

Justine schnaubte. »Auf keinen Fall, jetzt wird's doch gerade erst spannend.«

»Ja«, sagte Mica. »Klappe, du Spielverderberin.«

Regina biss sich auf die Zunge und blieb liegen. Unten erscholl Tante Lylas Hyänengelächter, und im nächsten Moment legte sich der Kerl auf sie und verdeckte dabei ihr gelbes Kleid. Während er seinen Körper zum Vibrieren brachte, brachte Lyla ihre Stimmbänder zum Vibrieren. Der große Caddy bockte wie ein Hengst.

»Machen die es jetzt?«, fragte Mica, von dem Geschehen wie hypnotisiert.

»Hört sich fast so an«, entgegnete Justine.

Obwohl Regina nichts Genaues erkennen konnte, verspürte sie einen merkwürdigen Druck in der Magengegend. Am liebsten wäre sie aufgesprungen und nach Hause gerannt. Stattdessen blieb sie liegen und lauschte der unverkennbaren Stimme von Dwight Yoakum, untermalt von Lylas Kreischarie, die rhythmisch an- und abschwoll. »Ja ... ja ... ja!«

»Was, ja?«, wisperte Mica.

»Sei ruhig«, zischte Justine.

Der Kerl schien völlig außer sich. Regina zuckte zusammen – war Sex immer so brutal?

»Ja ... ja ... nein – nicht!« Ein unmenschlicher Schrei gellte durch die Luft, sodass sich Reginas Nackenhaare sträubten.

Jetzt hörte der Wagen auf zu schaukeln, und Lylas Liebhaber

schien sich hochzurappeln und nach dem Türgriff zu tasten. Justines Kopf schnellte vor. »Irgendwas stimmt da nicht.« Der ungewohnt besorgte Ton in ihrer Stimme ließ Reginas Herz beinahe stillstehen.

»Was?«, fragte Mica und stöhnte auf, weil Justine ihr eine verpasst hatte.

Tante Lyla lag regungslos da, während der Mann ein Heidenspektakel veranstaltete, indem er die Beifahrertür derart heftig aufstieß, dass er dabei den Stamm eines kleinen Baumes rammte. Er versuchte, sich durch die Öffnung zu zwängen, rutschte dann aber auf die Fahrerseite hinüber. Dabei musste er wohl den Lautstärkeregler des Radios gestreift haben, denn plötzlich erscholl das Gejodel von Dwight Yoakum ohrenbetäubend laut auf der Lichtung und hallte an der Felswand wider. Bei dem Krach erschraken sie genauso wie der Mann, der auf dem Absatz herumfuhr, dabei stürzte, sich wieder hochrappelte und schließlich fluchtartig durch das Unterholz davonrannte.

»Warum ist er weggelaufen?«, flüsterte Mica, offenbar unbeeindruckt von Justines Ohrfeige vorhin. »Und warum rührt sich Tante Lyla nicht?«

Justine, deren Gesicht aschfahl geworden war, gab keine Antwort, was Regina mit blankem Entsetzen erfüllte. Die plärrende Musik wich einer rauen Stimme, die Werbung für einen Autohandel machte. »*Besuchen Sie unseren Alcatraz Gebrauchtwagenmarkt in Monroeville! Unsere Preise sind so niedrig, dass es einem Verbrechen gleichkommt!*«

»Nichts wie weg von hier«, murmelte Justine und rappelte sich hoch.

Regina stand ebenfalls auf und packte Justine am Arm. »Warte – vielleicht hat Tante Lyla ja einen Herzinfarkt oder so. Wir können sie nicht einfach zurücklassen.«

»Und wie sollen wir da runterkommen?« Justine fuchtelte

wild mit den Armen herum. »Bis zur Straße ist es mindestens eine Meile, selbst wenn wir die Abkürzung durch den Bach nehmen. Ich bin dafür, dass wir abhauen.«

»Vielleicht sollten wir einen Wagen anhalten«, meinte Mica, die auf einer dunklen Haarsträhne herumkaute.

»Und was sollen wir sagen?«, fauchte Justine sie an. »Dass wir unsere Tante heimlich beobachtet haben, wie sie es mit einem wildfremden Kerl getrieben hat? Wahrscheinlich ist sie einfach nur eingeschlafen, zum Teufel nochmal!« Aber das Zittern in ihrer Stimme widersprach ihrem gespielt lässigen Ton.

»Tante LY-LA!«, brüllte Mica in Richtung Wagen, die Hände trichterförmig an den Mund gelegt. Doch das Echo ihrer Stimme ging in dem dröhnenden Werbespot für Campbell's Suppen – »*Mhm! Mhm! Lecker!*« – unter. Ihre Tante rührte sich nach wie vor nicht.

Regina rückte ihre Brille gerade und ließ den Blick schweifen auf der Suche nach einer zündenden Idee – was würde Nancy Drew wohl tun? Vermutlich ihre schicke schwarze Dreiviertelhose, ihre adrette Bluse und die weißen Baumwollsöckchen zusammenknoten und ihre Freunde Bess und George auffordern, sie in ihrer braven Unterwäsche und den Schuhen über die Felswand abzuseilen. Aber Regina traute den Nähten ihrer kurzen Jeans und ihres T-Shirts nicht, genauso wenig wie der Muskelkraft in den dünnen Armen ihrer Schwestern. Stattdessen fasste sie einen robusten Ahornbaum auf der Lichtung ins Auge, dessen Krone gut einen Meter von dem Felsvorsprung entfernt war. Sein Stamm hatte ungefähr den Durchmesser eines Telefonmasts und zahlreiche Äste, die stark genug waren, um das Gewicht eines Teenagers auszuhalten. Sie ging an den Rand, griff nach einem Ast und wackelte versuchsweise daran.

»Spinnst du?«, sagte Justine. »Du fällst bestimmt herunter und brichst dir dein verdammtes Genick. Und Mom wird mich danach umbringen, weil ich dich nicht daran gehindert habe.«

Justine musste immer ihren Senf dazugeben. Unbeirrt hob Regina ihre Kleider vom Boden auf, zog sie über ihren feuchten Badeanzug und schlüpfte in ihre Tennisschuhe. »Geh zur Seite.«

Ihr ganzes Leben lang hatte sie darauf gewartet, diese Worte zu sagen. Sie nahm all ihren Mut zusammen, sprang in den Baumwipfel und klammerte sich mit Armen und Beinen an dem Stamm fest. Hinter ihr protestierten Justine und Mica lauthals, aber sie konnte kein Wort verstehen, weil ihr Herzschlag in ihren Ohren hämmerte. Der hoch gewachsene Baum schwankte unter ihrem Gewicht, und der Wind pfiff ihr um die Nase, sodass ihr leicht schwindlig wurde. Sie kniff fest die Augen zusammen, um dem Auf und Ab des Bodens unter ihr ein Ende zu setzen. Nachdem sich das Schwanken wieder gelegt hatte, öffnete sie ein Auge und begann, langsam an dem unebenen Stamm herabzuklettern, indem sie mit der Schuhspitze nach Halt suchte, bevor sie mit den Händen losließ.

Nach mehreren endlos scheinenden Minuten erreichte Regina schließlich den untersten Ast, ließ sich fallen und landete mit einem dumpfen Schlag rücklings auf dem Boden. Einige Sekunden lang hielt sie den Atem an, um dann, nach anfänglichem Stocken, ihre Lunge mit einem lauten Pfeifen wieder mit Luft zu füllen. Ihre Schwestern hatten ihren Sturz offenbar verfolgt.

»Bist du okay?«

»Gib mal irgendeinen Laut von dir.«

Sie stemmte sich hoch, rückte ihre Brille gerade und reckte einen zitternden Daumen zu den beiden hoch. Während sie sich den Hosenboden abbürstete, sah sie zu dem Caddy hinüber. George Jones schmetterte gerade einen seiner Herzschmerz-Countrysongs, der ihr beinahe das Trommelfell zerriss, als sie sich durch das Gestrüpp einen Weg zu dem Wagen bahnte. Sie hielt sich die Ohren zu und versuchte, den Kloß in ihrer Kehle herunterzuschlucken.

20

»Tante Lyla?«, rief sie. Aus dieser Entfernung konnte sie die liegende Frau nicht sehen. Sie nahm die Hände von den Ohren, um zu hören, ob ihre Tante antwortete, aber die laute Musik erstickte jedes andere Geräusch. Trotz der glühenden Hitze hatte Regina eine Gänsehaut an den Unterarmen. Sie hatte furchtbare Angst, da sie befürchtete, ihre Tante mit grotesk verdrehten, starren Augen vorzufinden, aber auch deshalb, weil Lyla sich unvermittelt aufrichten könnte und sie dann packen würde, um ihr eine ordentliche Tracht Prügel dafür zu verpassen, dass sie sie heimlich beobachtet hatte.

Regina fuhr sich mit der Zunge über die Lippen und ging näher an das glänzende Cabrio heran, das inmitten des Dornengestrüpps und der Bäume und der ausgetrockneten Schlammpfützen völlig fehl am Platz wirkte. Ihre Schulter schmerzte von dem missglückten Sprung. Das Lied ging in ein anderes, nicht minder ohrenbetäubend lautes über, das sie nicht kannte. Jetzt erspähte sie das geriffelte schwarze Leder des Rücksitzes, wobei ihr beinahe die Nerven versagten. Sie drehte sich um und warf einen Blick nach oben. Ihre Schwestern, die nebeneinander auf dem Felsvorsprung kauerten, waren in der schräg stehenden Sonne nur als Silhouetten erkennbar. Prüfend schaute sie sich nach allen Seiten um, insbesondere in Richtung der gefürchten Zufahrt, die durch ganze Wagenladungen von liebestollen Einheimischen entstanden war. Nichts rührte sich. Regina schalt sich insgeheim wegen ihres Misstrauens und wandte sich wieder dem Wagen zu.

Langsam schob sie einen Fuß vor den anderen, bis sie den linken vorderen Kotflügel berühren konnte. Unter ihren Fingerkuppen glühte das Blech, das durch die Bässe aus dem Radio vibrierte. Sie schluckte hart, als Lylas wasserstoffblondes Haar auf der schwarzen Polsterung in ihr Blickfeld kam. Ihr Kopf war merkwürdig verdreht. Als Regina in die schwarz umrandeten Augen ihrer Tante blickte, die ins Leere starrten, gefror ihr das Blut in den Adern. Doch ihre Tante nahm sie nicht wahr – sie nahm überhaupt nichts mehr wahr. Sie war nämlich mausetot.

Reginas erster Gedanke war, dass ihre Tante tatsächlich einen Herzinfarkt erlitten hatte. Das Kleid war bis zur Taille hochgeschoben und das Spitzenhöschen um einen ihrer Fußknöchel gewunden – bei so einer körperlichen Anstrengung war das durchaus möglich, oder nicht? Doch sie hielt es für wahrscheinlicher, dass Lyla durch die klaffende Wunde unter ihrer Hand, die sie zusammengekrallt an der Brust hielt, gestorben war. Das Bild von glänzendem Blut auf blasser Haut brannte sich in Reginas Gedächtnis ein. Sie unterdrückte einen Schrei und schlug die Hand vor den Mund. Ihre Augen traten hervor. Ihre Knie gaben nach und schlugen gegen die Wagentür.

Der Schmerz ernüchterte sie mit einem Schlag, genau wie das, was ihr in diesem Augenblick zu ihrem noch größeren Entsetzen ins Auge sprang: der silberne Brieföffner, der aus einer der Vitrinen in dem Laden ihrer Eltern abhanden gekommen war und der nun blutverschmiert auf dem Beifahrersitz lag. Regina stolperte über eine Wurzel und landete unsanft auf dem Hosenboden, sodass ihr der Schrei, den sie in ihrer Kehle unterdrückt hatte, nun doch entfuhr. Im Geiste Nancy Drew um Nachsicht bittend, heulte sie wie ein Wolf auf – ein lang gezogenes Gebrüll, das mit einem kehligen Gurgeln endete. Hastig rappelte sie sich hoch und rannte zu dem Baum zurück, als säße ihr der Teufel persönlich im Nacken.

Ihr war nicht bewusst, dass sie den Baum hochkletterte – in dem einen Moment schwang sie sich auf einen der unteren Äste, im nächsten wurde sie bereits von ihren Schwestern auf den Felsvorsprung gehievt, die mit weit aufgerissenen Augen wild durcheinander redeten.

»Was war los?«

»Du bist ja völlig zerkratzt.«

»Was hast du gesehen?«

»Ist sie tot?«

Regina nickte, während ihre Zähne aufeinander schlugen. »S...sie i...ist t...t...tot ... erstochen m...mit dem Brieföffner, der bei uns im Laden ge...geklaut worden ist.«

Ihre Schwestern starrten sie fassungslos an. »Unmöglich«, brachte Justine atemlos hervor. »Bist du dir sicher, dass es derselbe ist?«

Wieder nickte Regina. »S...silbern und golden, mit g...grünen Blättern am Griff. Er liegt neben ihr auf dem Sitz, völlig blutverschmiert.« Ihr kamen die Tränen.

Mica brach heraus: »O mein Gott, o Gott, o Gott.«

Justine wirkte benommen, während sie an Regina vorbei auf die Lichtung hinabstarrte. »Bist du sicher, dass sie tot ist?«

Regina nickte und zuckte bei der furchtbaren Erinnerung an den leblosen Körper zusammen. »Wir müssen die Polizei verständigen.«

Sofort stimmte Mica ein Geheul an.

»Seid ruhig, und zwar beide!« Justine stand auf und drehte sich abrupt weg. Nervös stapfte sie im Kreis umher, blieb mit einem Mal stehen und zerrte die beiden auf die Beine. Justine konnte wirklich brutal sein. »Wir waren nicht hier.«

Regina schniefte. »Was?«

»Wir waren nicht hier«, wiederholte Justine. »Wir haben nicht das Geringste gesehen.«

»Aber das stimmt nicht«, wandte Mica unter Tränen ein.

Justine schüttelte beide an der Schulter. »Hört mir jetzt ganz genau zu. Wir haben nichts gesehen, jedenfalls nicht wirklich. Wir haben diesen Kerl nicht gesehen. Wir haben nicht gesehen, was passiert ist. Und wir wissen auch nicht, dass sie tot ist, zum Teufel nochmal.«

Fassungslos starrte Regina ihre Schwester an. »Wir können doch nicht einfach nach Hause gehen, als wäre nichts passiert.«

»Bestimmt wird man sie bald finden«, entgegnete Justine, die jetzt einen tröstenden Ton anschlug. »Bei diesem ohrenbetäubenden Geplärre. Regina, es war sehr tapfer von dir, dort runterzuklettern, aber wir können jetzt nichts mehr für sie tun.«

Regina kniff ungläubig die Augen zusammen – Justine hielt sie für tapfer?

»Wenn wir zur Polizei gehen«, redete ihre Schwester in beschwörendem Ton weiter, »könnte der Mörder auf die Idee kommen, dass wir ihn identifizieren können. Und dann ist er vielleicht hinter uns her.«

Mica stimmte wieder ihr Geheul an.

»Psst«, ermahnte Justine sie mit ungewohnter Sanftheit. »Es wird schon alles gut werden. Immerhin weiß er nicht, dass wir hier waren – keiner weiß es.«

»Außer uns«, brachte Mica mit einem Schluckauf heraus.

»Richtig«, erwiderte Justine. »Außer uns. Und wir werden es niemandem sagen, nicht wahr?«

»Mhm«, schniefte Mica.

Regina zögerte.

Justines Augen verengten sich, und ihr drohender Finger kam wieder zum Vorschein. »Dir ist schon klar, Regina, wenn die Polizei dahinter kommt, dass wir hier waren und dass die Mordwaffe uns gehört, könnten sie vielleicht uns verdächtigen.«

Panik kroch in ihr hoch. Hatte ihre Schwester vielleicht Recht?

»Du hast da unten doch nichts angefasst, oder?«

In Gedanken ging sie zurück, bis es ihr wieder schmerzlich einfiel. »Bloß ... den Wagen.«

Justine setzte eine leidgeprüfte Miene auf und beugte sich vor. »Deine Fingerabdrücke sind also auf dem Wagen? Himmel Herrgott, ein Grund mehr, niemandem was davon zu sagen! Du bist zwar die meiste Zeit ein Klotz am Bein, Regina, aber trotzdem möchte ich nicht, dass du im Gefängnis landest.«

Regina schluckte und biss sich auf die Unterlippe. Wäre ihr Vater doch Rechtsanwalt, wie Carson Drew, und nicht Antiquitätenhändler, dann könnte sie mit seinem Beistand rechnen. Aber so, wie die Dinge lagen, war sie auf ihre Schwestern angewiesen. Mist, elender.

Mica zog sich eine Haarsträhne aus dem Mund. »Ich sage es niemandem, Justine.«

Justine schenkte ihr ein schwaches Lächeln. »Braves Mädchen. Aber wir müssen uns gegenseitig schwören, dass wir nie und nimmer jemandem erzählen, was heute hier passiert ist.« Sie legte die linke Hand ans Herz und hob die rechte. »Ich schwöre bei dem Leben meiner Schwestern, dass ich niemals jemandem davon erzählen werde.«

Mica zog sogleich nach. »Ich schwöre bei dem Leben meiner Schwestern, dass ich niemals jemandem davon erzählen werde.«

Die Bilder in ihrem Kopf und die bohrenden Blicke der beiden ließen Regina erzittern. Justine und Mica standen Arm in Arm da, getrocknete Tränenspuren in den Gesichtern, und warteten gespannt. Wie oft hatte Regina zwischen den beiden Streithähnen schlichten müssen, wobei es leider nicht selten vorkam, dass sie sich danach gegen sie verbündeten. Wenn ihre Schwestern sich einig waren, kam man nur schwer gegen die beiden an.

»Regina?«

»Mach schon, Regina – schwöre.«

Zwar erschien es ihr nicht richtig, den Vorfall zu verschweigen, aber sie wollte ihnen auch keinen Ärger – oder womöglich noch Schlimmeres – einbrocken, weil sie herumspioniert hatten. Und vor allem wollte sie vermeiden, dass der Mörder sich an ihre Fersen heftete. Sie könnte es nicht ertragen, wenn einer der beiden etwas zustieße.

Sie zwinkerte die Tränen weg, strich sich die Haare aus den

Augen und legte mit zitternden Händen ihren Schwur ab. »Ich schw...schwöre ... bei dem Leben meiner Schw...Schwestern, dass ich niemandem davon erzählen werde.«

EINS

Zwanzig Jahre später.

»Ach, komm schon, Regina, mir kannst du es doch erzählen.«

»Nein.« Über ihren Kaffee hinweg lächelte Regina Metcalf ihre Assistentin Jill Lance an. »Über Liebesdinge redet man nicht.«

»Aber du hast Alan Garvo seit über sechs Monaten nicht mehr getroffen!«

In Wahrheit hatte sich Regina seit über sechs Monaten mit niemandem getroffen, aber sie bewahrte Haltung. »Mein Ehrenwort sieht keine Ausnahmen vor.«

»Du bist richtig doof.«

Missbilligend hob Regina eine Augenbraue.

Jill sah zerknirscht aus. »Du bist richtig doof, Chef.«

»Schon besser. Was steht heute auf der Tagesordnung?« Sie nippte an ihrem Kaffee und zuckte zusammen. Aufgrund eines Artikels in einer Zeitschrift, die bei ihrem Zahnarzt in der Praxis ausgelegen hatte, war sie davon ausgegangen, dass sie sich eine Stunde pro Woche auf der Tretmühle sparen konnte, wenn sie die Sahne weglässt. Nach zwei Tagen war sie sich jedoch nicht mehr so sicher, ob sich der Verzicht wirklich lohnte.

Jill überflog den Terminkalender, der auf ihrem Schoß lag. »Kostenbesprechung mit der Kunst- und Marketingabteilung für das Frühjahrsprogramm um zehn, und um drei ein Meeting mit der Rechtsabteilung wegen der Verleumdungsklage von Dr. Union.«

Regina schob ihre Brille auf der Nase hoch, mehr aus Gewohnheit, als dass es nötig war. »Liegt uns die eidesstattliche

Erklärung der Autorin vor, in der sie bestätigt, dass der Fachkommentar zu der Sexualstudie von Dr. Union richtig ist?«

»Ja, genau wie die Gesprächsnotizen der Autorin mit zwei weiteren Kollegen von Dr. Union und dem Herausgeber des Mitteilungsblatts zur medizinischen Forschung, der sich geweigert hat, die Studie zu veröffentlichen. Zitat: ›Der Kerl ist ein Perverser‹, Zitatende.«

»Vielleicht schreibt Dr. Pervers ja mal ein Buch für uns. Noch was?«

»Hier ist das Vorwort von Dr. Enya English zu dem Elternratgeber für Juni.«

»Ist es okay?«

»Trotz ihres Namens scheint Grammatik nicht ihre Stärke zu sein.«

»Lass es.«

»Und der Herausgeber von *Vigor* hat sich bereit erklärt, Auszüge aus dem Männerfresser-Buch zu veröffentlichen.«

»Welches war das?«

»Das, in dem es darum geht, einen Mann zu finden, indem man dessen Ernährung an seine eigene anpasst – die Vertreter nennen es das Männerfresserbuch.«

»Wo waren die, als wir das Brainstorming wegen dem Titel hatten?«

»Wahrscheinlich auf den Fidschiinseln. Ich sage dir, demnächst werde ich abtrünnig und wechsle in den Vertrieb.«

»Dann müsstest du dir einen Wagen zulegen.«

»Viel schlimmer – ich müsste erst mal lernen, wie man fährt.«

»Tja, dann bleibst du wohl dem Lektorat erhalten. Was noch?«

Jill rutschte unruhig auf ihrem Stuhl hin und her.

Regina sah von der Liste auf, die sie gerade schrieb. »Was ist denn?«

»Nun ja ... dir ist ja bekannt, wie sehr ich von dem Manuskript begeistert bin, das Laura Thomas uns eingereicht hat.«

»Die Hairstylistin? Ja, was ist damit?«

Jill zappelte weiter herum.

»Spuck schon aus, Jill. Wir haben beide noch tausende von Mails zu bearbeiten.«

»Ich habe mich gefragt ... also, weil deine Schwester Haarmodel ist ... und ziemlich bekannt ...« Jill spreizte die Finger. »Ich habe mich gefragt, ob sie sich uns für eine Widmung zur Verfügung stellt.«

Regina führte die Tasse für einen weiteren bitteren Schluck Kaffee an den Mund, was angemessen schien in Bezug auf das momentane Verhältnis der Metcalf-Schwestern. Trotzdem rang sie sich ein Lächeln ab. »Ich habe zurzeit kaum Kontakt zu Mica – sie verlässt selten LA, außer wenn ein Fotoshooting ansteht, und wenn sie schon in Richtung Osten reist, dann eher nach Manhattan als nach Boston.«

Hin und wieder schickte ihr die jüngere Schwester wirre E-Mails in aller Herrgottsfrühe – wahrscheinlich wenn sie mal wieder von einer ausgelassenen Party nach Hause zurückkehrte. Ihr Kontakt zu Mica beschränkte sich hauptsächlich auf deren schrille Werbespots, die im Fernsehen liefen und in denen sie herumwirbelte und ihre herrliche, gut einen Meter lange, blauschwarze Mähne enthüllte. Es hieß, dass sie ihre Haare für eine Million Dollar versichert hätte, was Regina nicht wundern würde.

Sie griff nach einem Füller, einem Werbegeschenk mit dem Aufdruck »Bringen Sie Ihre innere Schönheit in dreißig Tagen zum Strahlen« – der Überraschungsbestseller des vergangenen Quartals, nachdem eine bekannte Talkshow-Moderatorin dafür kräftig die Werbetrommel gerührt hatte. »Meine Schwestern und ich stehen uns nicht mehr so nahe wie früher.« Eine taktvolle Untertreibung.

»Ich wollte dich nicht in Verlegenheit bringen.«

»Das hast du nicht.« Sie notierte sich einen weiteren Punkt auf ihrer Liste. »Ich kann zwar nichts versprechen, aber ich werde Mica mal anrufen und nachfragen, ob sich irgendwas einfädeln lässt.«

Ihre Assistentin strahlte über das ganze Gesicht. »Wie kann ich dir dafür danken?«

Ein Mundwinkel ging nach oben. »Indem du dich jetzt schleunigst verziehst, damit ich mein Tagespensum an Presserezensionen in Angriff nehmen kann.«

Jill salutierte und trat gehorsam den Rückzug an, wobei sie die Milchglastür hinter sich zuzog.

Um das unangenehme Gefühl zu bekämpfen, das sie bei dem Gedanken an ihre Schwestern immer beschlich, ordnete Regina die bereits ordentlich platzierte Sammlung von Brieföffnern auf ihrem Schreibtisch, während sich ihr schlechtes Gewissen wegen all der unerledigten Dinge meldete und sie darin bestärkte, dass sie die alten Geister von Monroeville, North Carolina, weit hinter sich lassen sollte: Korrekturen, Textüberarbeitungen, Ablehnungsschreiben, Meetings, Konferenzen, Buchmessen. Autoren, die den Abgabetermin überzogen, Autoren, die ihre Agenten so häufig wechselten wie ihre Schuhe, Autoren, die kein Verständnis für die komplizierten Zusammenhänge bei der Vermarktung von Ratgeber-Büchern hatten. Manch brillantes Manuskript ging einfach unter, manch mittelmäßiges Buch wurde zu einem Bestseller und manche Schundbücher ... tja, obwohl ihr Team sich aufs Beste bemühte, waren in ihrer achtjährigen Laufbahn dennoch ein paar Blindgänger durchgerutscht.

Dennoch liebte sie ihren Beruf in jederlei Hinsicht und genoss jede einzelne Minute in dem Prozess, aus einer Idee ein handfestes Produkt zu machen, das die Leser, wenn auch nur für wenige Stunden, davon überzeugen konnte, dass jeder schlank, gesund, berühmt, glücklich, sorglos, vermögend, erfolgreich, kreativ, geliebt, vom Glück gesegnet und wunschlos zufrieden werden kann. Die Bücher, die sie auf den Markt brachte, gaben den Menschen Hoffnung.

Und sie gaben auch ihr Hoffnung.

Nämlich die Hoffnung, dass sie trotz ihrer fragwürdigen Erziehung und der zerrütteten Familienverhältnisse ebenfalls schlank, gesund, berühmt, glücklich, sorglos, vermögend, erfolgreich, kreativ, geliebt, vom Glück gesegnet und wunschlos zufrieden werden konnte. Irgendwann einmal.

Sie drehte sich mit ihrem Stuhl zu ihrem Bücherregal – eine ganze Wand voller ungelesener Manuskripte, von Gummibändern zusammengehalten, mit denen man einen Wagen vor dem Auseinanderfallen bewahren könnte, eine Ansammlung, die einen leicht stechenden Geruch verströmte. In ihr machte sich eine freudige Erwartung breit.

Der Gründer der Green Label Publishing Group war noch einer vom alten Schlag, weshalb sie zu den wenigen Sachbuchverlagen zählten, die unaufgeforderte Manuskripte, auch von Laienautoren, annahmen. Für die großen, abschreckenden, unförmigen Textberge war zwar fast ihr gesamtes Team zuständig, aber Regina gab diesbezüglich ungern die Zügel aus der Hand. Schließlich stieß sie immer wieder einmal auf eine seltene Perle, verfasst von einem Provinzarzt, einem Schulrektor, einem Stadtdezernenten, einer sechsfachen Mutter – unentdeckte Talentschreiber mit reichlich Lebenserfahrung und wahrlich inspirierenden Erlebnisberichten sowie einem humanitären Interesse, das groß genug war, um die Marketingabteilung in Ekstase zu versetzen. Es ließ ihr keine Ruhe, dass in diesem Papierwust ein Juwel schlummern könnte und darauf wartete, entdeckt zu werden. Dieser Entdeckerdrang gab ihr genügend Motivation, um sich an sechs Tagen in der Woche aus dem Bett zu schälen und mit dem Massachusetts Bay Transitzug in vierzig Minuten zu ihrer Arbeitsstelle zu pendeln, die sich im fünften Stock eines modernisierten Bürogebäudes aus den siebziger Jahren befand, mit freiem Blick auf den Charles River.

Sie griff nach hinten, um ihre Kaffeetasse in die Hand zu nehmen, die die Aufschrift trug »Wie man alleine schläft« (von diesem Buch versprach sich der Verlag, dass es zum nächsten Herbstknüller avancierte). Ihr Blick fiel auf ihre Aufgabenliste. Der Punkt »Mica anrufen« machte ihr irgendwie zu schaffen. In LA war es zwar erst halb sechs, aber vielleicht war das ja ein günstiger Zeitpunkt, falls ihre Schwester gerade nach Hause kam oder wegen eines Shootings früh losmusste. Oder sie könnte Mica eine Nachricht auf dem Anrufbeantworter hinterlassen und um Rückruf bitten. Denn wenn Mica nicht zurückrief, konnte sie Jill immer noch guten Gewissens sagen, dass ihre Schwester nicht reagierte. Genau, so würde sie es machen. Als zusätzlichen Anreiz, um das Telefonat zu erledigen, gelobte sie innerlich, sich anschließend drei Manuskripte aus dem ganzen Berg vorzunehmen, bevor um zehn Uhr das Meeting anstand.

Sie nahm zwei weitere Schlucke von dem mittlerweile lauwarmen Kaffee und kippte dann den Rest in den Topf eines kränklich wirkenden afrikanischen Veilchens, das sie zusammen mit dem Büro übernommen und das bislang noch keine einzige Blüte hervorgebracht hatte. Jill hatte vorgeschlagen, die Pflanze wegzuwerfen und eine neue zu besorgen, doch Regina weigerte sich hartnäckig. Da sie selbst ein Spätzünder war, hatte sie den Glauben – und die Geduld – noch nicht verloren. Der alte Mr. Calvin hatte ihr einmal den Tipp gegeben, dass Kaffee gut für Pflanzen sei, und sie nahm diesen Rat ernst, wenn auch nur aus dem einfachen Grund, dass er der einzige Erwachsene war, der ihre Lust am Lesen gefördert hatte. Im Moment fragte sie sich, ob er wusste, dass sie ihre Liebe zu Büchern mittlerweile zum Beruf gemacht hatte, beziehungsweise ob er sich überhaupt noch an sie erinnerte, falls er noch lebte. Sie nahm sich vor, ihre Mutter beim nächsten Telefonat zu fragen.

Nachdem sie in ihrem elektronischen Adressbuch nachgeschaut hatte, wählte sie Micas Nummer und atmete tief durch, um sich zu beruhigen. Dabei war es nicht so, dass sie nicht mit ihrer Schwester sprechen wollte, aber sie hatten sich einfach so wenig zu sagen. Mica war damals nach LA gezogen, als Regina gerade das College abgeschlossen und wegen ihrer neuen Stelle als Lektorin in einem Lehrbuchverlag nach Boston umgesiedelt war. Micas Umzug hatte viel Streit in der Familie nach sich gezogen, und deshalb wunderte Regina sich nicht, dass sie über ein Jahr lang nichts von ihr gehört hatte, auch wenn es ihr wehtat.

Im Laufe der letzten zwölf Jahre hatte sie ihre jüngere Schwester lediglich einmal zu Gesicht bekommen. Sie war wegen einer Buchhändlertagung nach LA geflogen und war plötzlich vor Micas Tür aufgekreuzt (nachdem sie erst hatte herausfinden müssen, wo diese Tür sich befand). Das war noch, bevor Mica einen lukrativen Modelvertrag mit dem weltweit größten Hersteller von Haarpflegemitteln ergattert hatte, und der Besuch war zu einem richtigen Fiasko ausgeartet. Mica war zu jenem Zeitpunkt ein tablettenabhängiges Wrack gewesen und hatte zusammen mit ihrem Freund, der ein noch größeres Wrack war, in einem Dreckloch gehaust. Regina hatte sie kurzerhand in das am sichersten wirkende Restaurant im Viertel eingeladen. Mica hatte wie ein Scheunendrescher zugeschlagen und die gesamte Stunde von der Stadt und ihrem neuen Talentmanager vorgeschwärmt, bei dem sie unter Vertrag stand. Sie hatte einen einigermaßen zufriedenen Eindruck gemacht, aber bei Mica konnte man nie wissen. Als Regina sie wieder zu Hause abgesetzt hatte, hatte ihre Schwester sich noch einmal umgedreht und sich durch die offene Scheibe gebeugt.

»Hast du mal wieder was von Justine gehört?«

»Wir telefonieren hin und wieder.«

»Wie geht es ihr?«

»Gut. Du solltest dich mal bei ihr melden.«

»Ich weiß nicht, was ich ihr sagen soll.«

»Dir wird schon was Passendes einfallen.«

Aber soweit sie wusste, hatte dieser Anruf niemals stattgefunden, denn sonst hätte Justine ihn bestimmt erwähnt. Nach all den Jahren stand Regina nach wie vor zwischen diesen beiden starken Persönlichkeiten, und sie wusste, dass sie trotz allem, was vorgefallen war, einander schmerzlich vermissten. Sie selbst hingegen war nichts weiter als ein Lückenbüßer.

Nach dem sechsten Klingeln rechnete Regina bereits damit, dass der Anrufbeantworter anspringen würde. Doch stattdessen wurde der Hörer abgenommen, und nach einigem Herumhantieren ertönte eine tiefe, verschlafene Stimme, die sich mit »Ja?« meldete.

Sie schloss die Augen. *Dean Haviland*. Der letzte Mensch auf Erden, mit dem sie sprechen wollte.

»Wer zum Teufel ist da?«, sagte er nuschelnd.

»Dean, hier ist Regina. Regina Metcalf. Eigentlich wollte ich mit Mica sprechen.«

»Wer? Regina? So, so, schon eine Weile her, dass wir uns gesehen haben.«

Sie biss sich auf die Zungenspitze. »Ist Mica zu sprechen?«

Er gab ein Knurren von sich. »Du legst wohl keinen Wert darauf, mit deinem alten Freund Dean zu plaudern, was?«

»Das Einzige, was mir dazu als Antwort einfällt, schickt sich nicht am Telefon.«

Prompt erklang sein Lachen, temperamentvoll und selbstsicher, auch jetzt noch. Falsch – gerade jetzt. Denn Mica hatte es zu Ruhm und Geld gebracht und war eines der wenigen Gesichter in der Werbung, das bei den Zuschauern mittlerweile bekannter war als das Produkt, für das sie warb. Dean Haviland, der vorzeitig die Schule abgebrochen hatte und der geborene Loser war, hatte mit ihr einen wahren Glücksgriff gemacht.

»Regina, Regina, Regina. Ich hab schon immer gewusst, dass du mehr Temperament als deine Schwestern hast, wenn du die Haare doch nur offen tragen würdest.«

Sie klappte ihren Mund wieder zu, wodurch sie ein leichtes Ziehen am Haaransatz ihrer Hochsteckfrisur spürte. Der Kerl war ja überhaupt nicht eingebildet. Was ihre Schwestern an ihm fanden – Grundgütiger, was sie selbst jemals an ihm gefunden hatte –, war ein Rätsel, das selbst Nancy Drew nicht ergründen könnte.

»Ist Mica nun da?«

»Im Bett ist sie jedenfalls nicht, aber gut möglich, dass sie auf dem Klo umgekippt ist.«

Regina bemühte sich, nicht besorgt zu klingen. »Könntest du vielleicht mal nach ihr sehen?«

»Nicht unbedingt.«

Den Hörer fest umklammernd, zwang sie sich, nicht auf sein dummes Spielchen einzugehen. »Wenn du sie siehst, könntest du ihr bitte ausrichten, dass sie mich im Büro zurückrufen soll?«

»Aber klaro, du Schönheit mit den blauen Augen.«

Sie knallte den Hörer auf, hob ihn noch einmal ab und schmetterte ihn erneut auf die Gabel. »Ooo Mann!«

Zaghaft klopfte es an ihrer Tür.

»Ja?«, rief sie knapp.

Die Tür öffnete sich einen Spaltbreit, und Jills besorgtes Gesicht erschien. »Alles in Ordnung?«

Regina nahm die Brille ab und massierte ihren Nasenrücken. »Alles bestens. Würdest du bitte vorerst keine Anrufe zu mir durchstellen? Ich möchte nämlich noch etwas an Lektüre abarbeiten vor dem Meeting um zehn.«

»Kein Problem.« Jill zögerte für den Bruchteil einer Sekunde und schloss dann wieder die Tür.

Regina seufzte und setzte sich wütend ihre Hornbrille wieder auf die Nase. Obwohl sie eine allseits respektierte und erfahrene Lektorin war, die dafür bekannt war, dass sie stets einen kühlen Kopf bewahrte, hatte dieser schmierige Dean Haviland sie mit wenigen Worten aus dreitausend Meilen Entfernung vollkommen aus der Fassung gebracht. Wie oft hatte sie sich schon gewünscht, dass er niemals in das Leben ihrer Familie getreten wäre? Hätte sie vorher geahnt, welch schreckliches Chaos dieser glutäugige Casanova in ihrer Familie anrichten würde, als er vor zwanzig Jahren bei M&G Antiquitäten hereinspaziert war und nach einem Job gefragt hatte, hätte sie ihre Eltern irgendwie davon überzeugt, ihn mit seinem lässigen Gang in die Wüste zu schicken.

Aber leider konnte sie die Zeit nicht zurückdrehen, auch wenn sie so vieles ungeschehen machen wollte.

Um ihre düstere Stimmung zu vertreiben, legte sie ihre anthrazitfarbene Kostümjacke ab, drapierte sie über der Stuhllehne und wandte sich dann wieder dem Bücherregal mit den Papierbergen zu. Drei Manuskripte aus diesem Haufen herauszupicken wäre dasselbe wie einen Eimer Wasser aus dem Fluss zu schöpfen, der an ihrem Gebäude vorbeifloss, aber trotzdem könnte heute der Tag sein, an dem sie fündig würde. Langsam wanderte ihr Blick über die Papierbündel, viele davon mit vorstehenden Blättern und Eselsohren. Aufs Geratewohl pickte sie sich drei Manuskripte von unterschiedlichem Umfang heraus.

Nachdem sie es sich auf ihrem Stuhl bequem gemacht hatte, entfernte sie die Heftklammern und Gummis und überflog das Begleitschreiben. Ein hiesiger Taxifahrer hatte ein paar Kurzgeschichten über seine Erfahrungen und Unterhaltungen mit seinen Fahrgästen verfasst. Im Grunde waren sie gar nicht schlecht geschrieben, aber sie musste aus einem Ordner den »Tut uns Leid, aber wir publizieren keine Belletristik«-Vordruck nehmen und ihn obendrauf heften. Dennoch nahm sie sich die paar Sekunden Zeit, um unten auf den unpersönlichen Vordruck »Versuchen Sie es bei Anne Frankel von Thornton House« zu kritzeln.

Das nächste Manuskript stammte von einem Vietnamveteranen aus Ohio, der seine Kriegserlebnisse und seine Leidenschaft für Sport unter freiem Himmel in einem Überlebensratgeber verarbeitete. Die vielen Auszeichnungen des Mannes waren beeindruckend (wenn nicht sogar beängstigend), und sein Text war inhaltlich stark, allerdings formal äußerst dürftig. Trotzdem, angesichts der Popularität von Realityshows im Fernsehen bestünde vielleicht die Möglichkeit, den Inhalt für eine Ratgeberserie für Freiluftsportler auszubauen. Sie drehte sich zu ihrem Computer, tippte eine kurze Zusammenfassung ihrer Vorstellungen an den Lektor, der für Sportliteratur zuständig war, und steckte den ganzen Packen anschließend in die Hauspost.

Das letzte Manuskript wirkte wenig verheißungsvoll – für den Begleitbrief war pinkfarbenes Papier verwendet worden, und als sie ihn auseinander faltete, rieselte eine Hand voll Konfetti in Sternchen- und Herzform auf ihren Schreibtisch. Innerlich fluchend verbrachte sie die nächsten Minuten damit, das bunte Glitzerzeug in ihrem Papierkorb zu entsorgen, wobei sie das Manuskript beinahe hinterhergeworfen hätte. Aber da sie sich stets rühmte, von jedem eingeschickten Text wenigstens ein paar Seiten zu lesen, begnügte sie sich mit einem Seufzer und überflog das pinkfarbene Anschreiben:

Mein Name ist Libby Janes. Ich lebe nördlich von Atlanta, Georgia, und fahre täglich zu meinem Arbeitsplatz in einem Büro mitten in der Stadt mit einer Fahrgemeinschaft aus drei weiteren Frauen – Belinda, Carole und Rosemary. Zwei von uns sind Singles, und insgesamt bringen wir vier es auf neun Ehen (genau, wir waren insgesamt neunmal verheiratet). Wie Sie sich wohl unschwer vorstellen können, drehen sich unsere Unterhaltungen während der Fahrt um Männer – warum wir damals geglaubt haben, dass es die große Liebe war, was wir daraus gelernt haben, welche Ratschläge wir unseren Töchtern geben möchten. Aus einer Langeweile heraus begann ich irgendwann einen Teil dieser gemeinschaftlichen Ratschläge über den Anfang und das Ende von Liebesbeziehungen niederzuschreiben, und ich bin der

Meinung, dass andere Frauen gerne erfahren würden, was wir zu sagen haben. Ich habe Ihnen das Endprodukt beigefügt, damit Sie sich als Lektorin selbst ein Bild machen können.

Mit geschürzten Lippen wandte sich Regina dem Deckblatt zu.

ICH GLAUBE, ICH LIEBE DICH
(Ratgeber in Beziehungsdingen für die erwachsene Frau)

Regina schlug die Beine übereinander, ließ einen ihrer Lederpumps von den Zehen baumeln und nahm sich die erste Seite vor.

ZWEI

Wägen Sie das Risiko einer Beziehung ab,
bevor Sie sich darauf einlassen.

Justine Metcalf fiel es schwer, sich auf das zu konzentrieren, was sie ihren zwölf Mitarbeiterinnen mitteilen wollte, da sie nach wie vor die Hände von Randall Crane auf ihren Brüsten spürte.

»Wie die meisten von Ihnen wissen, ist die Cocoon-Produktreihe letztes Jahr unter meiner Federführung mit Artikeln aus dem nichtkosmetischen Bereich erweitert worden, wodurch wir uns von Platz sechs auf Platz vier in der Kosmetikbranche verbessern konnten.« Sie gab ein Husten von sich, um das Knurren ihres Magens zu überspielen. Wenn sie sich weiterhin in ihrer Mittagspause mit Randall auf ein Schäferstündchen treffen würde, müsste sie sich in Zukunft ein wenig Proviant von zu Hause ins Büro mitnehmen.

»Durch die Aufnahme von Seidenschals und Handtaschen in das Herbstprogramm können wir mit einer Gewinnsteigerung von vormals drei auf dreieinhalb Millionen Dollar in den ersten beiden Quartalen des nächsten Jahres rechnen.« Als sie sich erhob, um Informationsblätter mit dem Firmenlogo in Form einer Raupe zu verteilen, streifte kühle Luft ihre Oberschenkel, und ihr fiel ein, dass Randall, der unartige Junge, ihren Slip behalten hatte.

Justine nahm wieder auf ihrem Stuhl Platz und schlug die Beine übereinander, um den Luftzug abzuwehren, wobei sie innerlich zusammenzuckte, weil sich ihre Oberschenkelmuskeln dabei schmerzhaft bemerkbar machten. Randall hatte sie heute bei dem Tête-à-tête hart rangenommen. Bestimmt hatte sie jetzt ein paar blaue Flecken ... ähnlich wie damals mit Dean. Sofort stiegen unangenehme Erinnerungen in ihr hoch, die sie jedoch gleich wieder verscheuchte. »Also ...«

»Dürfte ich etwas sagen?«

Justines Blick wanderte den Konferenztisch entlang, wobei sie versuchte, ein missbilligendes Stirnrunzeln wegen der Unterbrechung zu unterdrücken, besonders als ihr Blick auf Barbie Donetti verharrte, einer kessen kleinen Bezirksleiterin, die, wie Justine zu Ohren gekommen war, auf ihre Stelle als stellvertretende Geschäftsführerin aus war. *Nur zu, du Barbiepüppchen.*

»Ja, Sie dürfen«, entgegnete Justine, allerdings nicht ohne einen Blick auf ihre Armbanduhr zu werfen, um dieser Tussi zu signalisieren, dass ihre Zeit knapp bemessen war.

Barbie setzte daraufhin ein süffisantes Lächeln auf und stützte die Ellbogen auf den Tisch. »Für meine Begriffe weichen wir damit zu sehr von unserer eigentlichen Produktlinie ab.« Sie sprach in dem näselnden Dialekt, der für die Einheimischen von Shively, Pennsylvania, wo sich die Firmenzentrale befand, charakteristisch war. Offenbar überschritt diese Provinzbarbie, deren Mutter bei Cocoon in der Produktion am Band arbeitete, gerade ihre Kompetenzen. »Statt all dieses Zeugs unter dem Namen Cocoon zu vertreiben, wäre es da nicht sinnvoller, unsere Hautpflegeproduktreihe zu erweitern?«

Alle Augen richteten sich auf Justine, und sie registrierte tatsächlich Zustimmung in den dummen Gesichtern. Mit unter dem Tisch geballter Faust warf sie ein nachsichtiges Lächeln in Barbies Richtung. »Ich werde mir Ihre Anmerkung notieren.« Sie setzte den Stift auf das Blatt Papier vor sich. »Gut, wie war der von Ihnen gewählte Fachbegriff? *Zeugs,* nicht wahr, Barbie?«

Ihre Kontrahentin wurde knallrot und lehnte sich wieder brav auf ihrem Stuhl zurück. »Mein Vorname ist Bobbie, Ms. Metcalf. Bobbie Donetti.«

»Oh, entschuldigen Sie. Selbst mir unterläuft, wenn auch äußerst selten, der eine oder andere Fehler, wie ich gestehen muss.«

Betretenes Schweigen breitete sich aus, aber Justine war noch nicht zufrieden. Sie schürzte die Lippen und verschränkte die Arme über ihrem laserroten Prêt-á-porter-Kostüm – wer auch immer behauptete, dass Rothaarige kein Rot tragen sollten, könnte sich durch ihre Kleiderwahl eines Besseren belehren lassen. »Bevor wir fortfahren, möchte ich gern jede von Ihnen kurz daran erinnern, dass es sich bei Cocoon um eine exklusive Marke handelt – falls Sie also gedenken, weiter hier zu arbeiten, sollten Sie sich gründlich Gedanken um Ihre Garderobe machen.« Herausfordernd ließ sie den Blick über den Tisch schweifen und verweilte kurz bei Barbie-Bobbie. Niemand wagte es, ihn zu erwidern.

»Also, gibt es weitere Fragen zu der neuen Produktlinie?«

Offenbar nicht.

Sie schlug den Aktenordner vor sich auf. »Gut. Wie ich gerade ausführen wollte, bevor ich unterbrochen wurde ... die aktuellen Verkaufszahlen und das neue Prämiensystem finden Sie auf Ihren Informationsblättern ...«

In diesem Moment flog die Tür des Meetingraums weit auf, sodass Justine, die mit ihrer Geduld ohnehin am Ende war, aufsprang. »Verflucht, was ist denn jetzt schon wieder?« Sie kannte die zierliche Frau mit den zerzausten, grau melierten Haaren und den glasigen Augen nicht, die im Türrahmen stand.

Die Unbekannte fuhr sich mit der Zunge über die Lippen. »Sind Sie Justine Metcalf?«

»Ja. Und wer sind Sie?«

»Lisa Crane.«

»Ich ...« Justine unterbrach sich abrupt, als ihr dämmerte, wen sie vor sich hatte. Randalls Ehefrau. Sie schluckte und zwang sich, mit ruhiger Stimme zu sprechen. »Möchten Sie mit mir privat reden, Mrs. Crane?«

»Nein«, erwiderte die Frau, machte die Tür zu und verriegelte sie von innen. »Ich kann gar nicht genug Zeugen haben.«

Justines Herz klopfte schneller. »Mrs. Crane ...«

Die Frau zog einen Revolver hervor. »Halt's Maul, du Schlampe.«

Kaltes Entsetzen packte Justine, während am Tisch ein paar spitze Schreie zu hören waren.

»Niemand bewegt sich«, befahl Mrs. Crane und schwenkte die Waffe über den Köpfen, sodass alle gehorchten. Sie lächelte Justine an. »Gehe ich richtig in der Annahme, dass du mit meinem Mann vögelst?«

Justine war wie fest gewachsen in ihren Pumps aus Krokoleder. »Ich h...habe keine Ahnung, wovon Sie reden.«

Die Frau griff in ihre Handtasche und warf einen Stofffetzen auf den Tisch, der über die polierte Oberfläche rutschte und vor Justines Notizblock liegen blieb.

Ihr Slip. Ein winziges Etwas aus hauchdünner Seide mit einem gelben Schmetterling als Applikation. Einer der nichtkosmetischen Artikel, den sie vergangenes Jahr in die Produktlinie aufgenommen hatte.

Justine bekam einen trockenen Mund. »Der ... gehört mir ... nicht.«

Die Frau spannte den Hahn ihrer Waffe. »Beweise es – heb deinen Rock.«

Panik durchflutete sie wellenartig. Sie lehnte sich gegen den Tisch, dessen Kante ihr in die Oberschenkel drückte. »Ich ...«

Im nächsten Moment hob die Frau die Waffe und gab einen Schuss ab. Alle schrien auf, mit Ausnahme von Justine, die darauf wartete, dass sich Blut auf ihrer hochwertigen Kostümjacke ausbreitete. Als jedoch nichts geschah, wurde ihr bewusst, dass diese Irre nach oben gezielt und die Wand hinter ihr getroffen hatte. Ihre Knie gaben nach, und sie überlegte fieberhaft. Zumindest war jetzt das Wachpersonal alarmiert. Die Männer in der Keystone-Uniform, die sich überwiegend in der Empfangshalle von Cocoon aufhielten, hatten sich bislang allerdings lediglich mit Kleinigkeiten wie einem falschen Feueralarm auseinander setzen müssen.

Erneut spannte Mrs. Crane den Hahn. »Ich habe absichtlich danebengeschossen. Heb jetzt dein Röckchen, sonst knalle ich dein Kaffeekränzchen hier ab.«

Ihr »Kaffeekränzchen« brach in Tränen aus, im Gegensatz zu Justine, die die Drohung nicht wirklich ernst nahm. Das alles konnte einfach nicht wahr sein. Warum musste ausgerechnet ihr das passieren? Gerade jetzt, da sie endlich den Ton angab, nachdem sie sich jahrelang, angefangen mit diesen entwürdigenden Schminkpartys bei irgendwelchen Gastgeberinnen, emporgekämpft hatte. *Um Ihre Wangenknochen hervorzuheben, tragen Sie das Rouge einfach in der Mitte auf.* Himmel, hatte sie es nicht verdient, ihren Erfolg wenigstens ein paar Jährchen zu genießen?

»Ich zähle jetzt bis drei«, kündigte Lisa Crane an und richtete die Waffe auf die entsetzte Terri Birch, stellvertretende Abteilungsleiterin im Personalwesen. Terri hatte drei Kinder und ein Ferienhaus in Aspen. »Eins ...«

Justine hatte auch mit Terris Mann Jim gevögelt, auf der Weihnachtsfeier der Firma, in dem Raum, wo das gelieferte Essen darauf wartete, serviert zu werden.

»Zwei ...«

Terri begann zu schluchzen.

»Schon gut«, sagte Justine mit einer fast unmerklichen ruckartigen Geste. »Schon gut.« Sie strich mit den Händen über ihre Oberschenkel und begann den Saum ihres Rocks langsam hochzuziehen. Sie wollte die Frau so lange wie möglich hinhalten in der Hoffnung, dass durch irgendein Wunder Hilfe herannahen würde, bevor ihnen erneut die Kugeln um die Ohren flögen. »Das ist ein Missverständnis, Mrs. Crane. Randall und ich sind lediglich Freunde.«

»Da hat er aber was anderes behauptet.« Die Frau stieß ein

höhnisches Lachen aus. »Kurz bevor ich ihm eine Kugel verpasst habe.«

Justines Herz hämmerte wie verrückt. War Randall etwa ... *tot?* Gütiger Gott, die Frau war ja wahnsinnig. »M...Mrs. Crane, warum lassen Sie die anderen nicht gehen? Schließlich haben sie mit der Sache nichts zu tun.«

»Niemand geht irgendwohin, bevor du uns nicht deinen Arsch gezeigt hast. Irgendwie habe ich nämlich das Gefühl, dass es den Damen gar nicht so unrecht wäre, zumal sie dir bestimmt schon öfter den Allerwertesten küssen mussten.« Mit der Waffe deutete sie Justine an, den Rock weiter hochzuziehen, und drückte schließlich Terri den Lauf an den Kopf, der fast in Terris dichter Mähne verschwand.

Justine schluckte und fuhr fort, langsam ihren Rock hochzuziehen. Auf ihrer nackten Haut über den schwarzen Strapsstrümpfen spürte sie die Luft. Gebannt starrte die Frau sie an, genauso wie die meisten Frauen von Justines Team. Lediglich ein paar besaßen genug Anstand, sich abzuwenden, und Justine merkte sie sich in Gedanken für eine Gehaltserhöhung vor. Vorausgesetzt, sie überlebte das hier.

Ihr Rocksaum blieb kurz an einem der Strumpfbandverschlüsse hängen und schnellte gleich darauf ein gutes Stück höher. Als der Stoffsaum über ihr Schamhaar streifte, nahm Justine Haltung an – immerhin hatte sie ihren Rock schon aus weniger zwingenden Gründen als dem drohenden Tod gelüftet. Dabei würde die Frau sie vermutlich ohnehin erschießen, falls die Kavallerie nicht bald anrückte. Allerdings hatte sie schon mit so vielen Bullen in dieser Stadt gebumst, dass die sich verdammt nochmal besser beeilen sollten, bevor ihr der Arsch weggeschossen würde. Ihre einzige Genugtuung in diesem Moment, als sie mit hochgeschobenem Rock in dem Luftzug der Klimaanlage stand, war, dass ihr Hintern sich auf jeden Fall sehen lassen konnte.

44

»Dann ist das wohl doch deiner«, bemerkte Mrs. Crane trocken, die angesichts der Wahrheit ein wenig mitgenommen zu sein schien.

»Jetzt haben Sie ja bekommen, was Sie wollten, Mrs. Crane«, sagte Justine und ließ ihren Rock wieder fallen. »Legen Sie die Waffe nieder. Randall ist es nicht wert.«

Die Frau legte den Kopf schief. »Randall ist es also nicht wert, meinst du? Du hast ja schließlich auch nicht gekellnert, um ihm sein Jurastudium zu finanzieren. Du hast ihm auch nicht zwei Söhne geschenkt. Und du hast ebenso wenig seine Mutter gepflegt, die Alzheimer hat. Mag sein, dass Randall dir nichts bedeutet, aber für mich bedeutet er alles!« Jetzt verlor sie gänzlich die Fassung und drückte den Kopf der armen Terri mit dem Lauf der Waffe zur Seite.

»Ganz ruhig, Mrs. Crane«, beschwichtigte Justine sie.

»Man kann nicht einfach ständig irgendwelche Ehen zerstören in dem Glauben, ungeschoren davonzukommen!«

Vor Justines geistigem Auge tauchten die Gesichter der Ehemänner auf, mit denen sie im Laufe der Jahre geschlafen hatte. »Nehmen Sie bitte die Waffe runter.«

Die Frau lachte unvermittelt auf. »Das hättest du wohl gern, was?« Sie nahm die Pistole von Terris Schläfe und richtete sie auf Justines Oberkörper. Justine holte tief Luft und schloss die Augen.

Als der Schuss ertönte und wildes Chaos ausbrach, fiel sie zu Boden und wartete darauf, dass der Schmerz sie übermannte. Seit Wochen hatte sie nicht mehr mit Regina gesprochen, seit Monaten nicht mit ihren Eltern und mit Mica seit Jahren nicht. Sie rollte sich zusammen und fragte sich, ob ihre hinterhältige kleine Schwester es übers Herz bringen würde, an ihrer Beerdigung teilzunehmen.

DREI

Wachen Sie auf, und riechen Sie die Überreste.

Mica war in einem Schrank eingesperrt. Sie atmete den stechenden, moosartigen Geruch von Walnussholz ein, und sie versuchte verzweifelt, in der Dunkelheit etwas zu erkennen. Offenbar steckte sie in dem antiken Kleiderschrank, den sie gemeinsam mit Regina und Justine restauriert hatte für die zukünftige gemeinsame Wohnung von Justine und Dean. Unter ihren Fingern fühlte sich das Holz der Tür glatt und heiß vom Abschmirgeln an – so heiß, dass ihr vor Schmerz ein Schrei entfuhr.

»Lasst mich raus!« Sie trommelte gegen die Tür. »Lasst mich hier raus!«

Mit einem Mal schwang die Tür auf, und sie fiel auf eine glatte, kalte Oberfläche. Mica schloss die Augen und genoss die Kühle an ihrer glühenden Wange und ihren nackten Brüsten. Sie lag auf hart gefrorenem Wasser – das Wort dafür fiel ihr gerade nicht ein ... *Eis.* Nein, nicht Eis ... Fliesen. Die italienischen Fliesen in dem Luxusbadezimmer, von denen sie so begeistert gewesen war. Dann war sie also gar nicht in dem Walnussschrank gewesen, sondern im Wäscheschrank. Jetzt war sie sicher ... sicher vor den Gespenstern der Vergangenheit. Wenigstens im Moment.

»Ms. Metcalf?«

Sie öffnete ein Auge und versuchte, sich auf die weibliche Stimme mit dem englischen Akzent zu konzentrieren, die irgendwo in dem intensiven Licht ertönte. »Hm?«

»Ms. Metcalf, was haben Sie denn in der Wäschekammer gemacht? Alles in Ordnung mit Ihnen?«

»Hm.«

»Kommen Sie, ich helfe Ihnen hoch.«

Mica fügte sich, da sie selbst nicht die Kraft hatte aufzustehen, und außerdem brauchte sie dringend einen Drink. »Wer ... zum Teufel ... sind Sie?«

»Ich bin Polly, Ma'am. Die neue Haushälterin.«

Mica stöhnte auf, als langsam eine Erinnerung in ihr hochstieg. Die ehemalige Haushälterin war gefeuert worden, ein Zugeständnis von Dean, nachdem sie die beiden zufällig beim Knutschen im hauseigenen Swimmingpool ertappt hatte. Ein Moment der Schwäche, wie er ihr versichert hatte, um ihr im nächsten Atemzug zu versprechen, dass er eine andere einstellen würde, eine, bei der keine akute Knutschgefahr bestand, wie sie angenommen hatte. Doch als Mica Pollys engelhaftes Gesicht wahrnahm, war ihr klar, dass er sie hereingelegt hatte. Wieder eine Rothaarige. Lachend sackte sie gegen die arme, ahnungslose Polly, die sie über den Boden schleifte und in den Schminksessel hievte.

Während sich die Gedanken in Micas Kopf überschlugen, versuchte sie ein paar Kummertränen wegzublinzeln. Vielleicht würde Dean ja ein für alle Mal die Finger von anderen Frauen lassen, wenn sie von ihm verlangte, sie zu heiraten. Er war zwar großzügig, was das Flirten und Küssen betraf, hatte ihr allerdings geschworen, dass er in all den Jahren mit keiner anderen außer ihr geschlafen hatte, was sie ihm auch glaubte. Hatte er denn nicht ihrer eigenen Schwester vor dem Traualtar den Laufpass gegeben, um mit ihr zusammen zu sein? Sie seufzte laut auf. Vielleicht könnten sie ein bisschen Geld ansparen, und sie würde sich nächstes Jahr eine Auszeit von dem Modeljob nehmen. Sie könnten ein Baby haben. Und sie könnten dieses Haus mit den Badfliesen kaufen, von denen sie so begeistert war.

»Ms. Metcalf ... Ihr Auge.«

Angestrengt linste Mica auf das Veilchen in ihrem Spiegelbild. Sie schluckte und berührte die zarte Haut. Noch nie zuvor hatte Dean sie ins Gesicht geschlagen.

»Ich hole Ihnen einen Eisbeutel, Ma'am.«

»Nein! Ich bin bloß hingefallen. Es ist nichts. Lassen Sie mich.«

»Ma'am?«

»Was denn?«

»Eigentlich wollte ich Ihnen sagen, dass Sie Besuch haben.«

Mica schloss die Augen. »Wer denn, um Himmels willen?«

»Ein Mr. Everett Collier.«

Ihr Agent. Eine Stimme sagte ihr, dass etwas nicht stimmen konnte, wenn er sie eigens zu Hause aufsuchte, doch im Moment war sie nicht fähig, alle Eindrücke zu verarbeiten. Sie drehte ihre Haare zusammen und hielt sie vom Nacken weg, um den Druck auf ihrer brennenden Kopfhaut zu lindern. Eines wusste sie sicher: Everett sollte sie auf keinen Fall in diesem verkaterten Zustand sehen.

»Er hat gesagt, es wäre dringend, Ma'am, anderenfalls hätte ich Sie nicht gestört.«

Mica fuhr sich mit der Zunge über den Gaumen, um den widerlichen Geschmack im Mund loszuwerden. »Wie spät ist es?«

»Kurz vor Mittag.«

»Und welcher Tag ist heute?«

»Ähm, Donnerstag, Ma'am.«

O Mist ... hatte sie heute denn einen Fototermin? Dean hätte sicher dafür gesorgt, dass sie nicht schon wieder ein Shooting verpasste. »Ist Dean – ist Mr. Haviland da?«

»Mr. Haviland ist gegen neun Uhr gegangen.«

Und hatte sie einfach bewusstlos im Schrank liegen lassen ... oder hatte er sie etwa dort hineingesteckt? Panik kroch in ihr hoch, während ihr Blick ziellos umherschnellte. »Hat ... hat er gesagt, wo er hinwill oder wann er zurückkommt?«

»Nein, Ma'am. Er hat einen Anruf erhalten und kurz darauf das Haus verlassen.«

Schon wieder ein geheimnisvoller Anruf. Immer wenn sie ihn fragte, wer angerufen habe, murmelte er etwas von falsch verbunden, um sich kurz darauf aus dem Staub zu machen.

»Mr. Haviland hat mich angewiesen, Sie nicht zu stören, sonst wäre ich Ihnen zu Hilfe gekommen ... ich meine, sonst hätte ich ... bereits Ihr Zimmer gemacht, Ma'am.«

»Ich sage Ihnen schon, wann Sie unser Zimmer sauber machen sollen«, gab Mica barsch zurück und presste die Hände gegen ihre pochenden Schläfen. Dass diese hübsche kleine Rothaarige in ihrer knappen Arbeitskleidung ständig in ihr gemeinsames Schlafzimmer platzte, war das Letzte, was sie brauchen konnte. Sie atmete langsam aus und sagte mit zusammengebissenen Zähnen: »Und ziehen Sie sich gefälligst etwas Anständiges an, wenn Sie weiterhin hier arbeiten wollen.«

Das junge Ding musterte kurz Micas nackten Oberkörper. »Ja, Ma'am.«

»Und nennen Sie mich nicht dauernd Ma'am.« Himmel, schon schlimm genug, dass ein paar Models sich angewöhnt hatten, Tante Mica zu ihr zu sagen. Dabei lagen noch viele gute Jahre in der Branche vor ihr. Viele. Sie presste die Hand gegen ihren revoltierenden Magen. »Richten Sie Mr. Collier aus, dass ich ihn später anrufen werde, und anschließend bringen Sie mir einen Drink. Wodka, pur.«

»Bringen Sie ihr stattdessen einen Kaffee«, ertönte plötzlich eine Männerstimme an der Tür. »Und Aspirin.«

Mica sah hoch und erblickte Everett Collier im Türrahmen. Er war durchschnittlich groß, durchschnittlich gebaut, durchschnittlich attraktiv und steckte in einem tadellosen Anzug und einem makellosen weißen Hemd ohne Kragen. Bis auf den Umstand, dass er anscheinend nicht mehr so schnell ein Lächeln parat hatte, hatte er sich mit seinen über vierzig Jahren nicht verändert, seit sie vor fast fünf Jahren den Vertrag mit seiner Agentur unterschrieben hatte.

»Everett.« Sie versuchte aufzustehen, aber es gelang ihr nicht.

Ihr Agent nickte Polly zu. »Von jetzt an übernehme ich. Legen Sie bitte zwei Scheiben Buttertoast dazu, wenn Sie den Kaffee für Ms. Metcalf servieren.«

»Nein, keine Butter«, widersprach Mica.

»Mit extra viel Butter«, wies er Polly an und deutete mit dem Daumen in Richtung Tür.

Polly verzog sich schnell.

Er seufzte. »Hallo, Mica.«

Sie drehte sich weg und bedeckte ihr Auge. Ihre nackten Brüste störten sie nicht – schließlich hatte Dean ihr versichert, dass der zurückhaltende Everett zu hundert Prozent schwul war. Ihr Blick verschwamm, dann sah sie doppelt. »Du musst entschuldigen, Everett ... ich fühle mich nicht gut, und Dean ist nicht hier.«

Er streifte sein Jackett ab und legte es ihr um die Schultern. »Ich bin auch nicht wegen Dean gekommen, sondern um mit dir zu sprechen. Ein nettes Veilchen hast du da.«

»Ich bin hingefallen.«

»Ach ja? Als Dean heute Morgen angerufen hat, um deinen Fototermin abzusagen, meinte er, du hättest eine Augenentzündung.«

Sie zuckte mit den Achseln. »Wahrscheinlich wollte er nicht an die große Glocke hängen, was für ein Tollpatsch ich bin.«

»Oder vielleicht wollte er nicht an die große Glocke hängen, was für ein Arschloch er ist.«

Sie wollte gerade dazu ansetzen, Dean in Schutz zu nehmen, doch ihr Körper machte ihr einen Strich durch die Rechnung. Sie ließ sich vor der Marmorwanne auf die Knie fallen, beugte den Kopf über den Rand und übergab sich. Das war in letzter Zeit schon fast zu einer Gewohnheit bei ihr geworden.

Everett kniete sich neben sie und hielt ihre Mähne – seine erste Sorge – aus der Gefahrenzone. Seinem Jackett über ihren Schultern erging es jedoch nicht so gut.

»Tut mir Leid«, entschuldigte sie sich und fuhr sich über den Mund.

»Mach dir deswegen keine Sorgen. Möchtest du dich wieder setzen?«

Sie nickte und gestattete ihm, ihr wieder in den Drehstuhl zu helfen. Er hockte sich auf den Wannenrand, stützte die Ellbogen auf den Knien ab und klatschte in die Hände. »Du hast ziemliche Probleme, auch wenn du es nicht wahrhaben willst.«

Mica rang sich ein halbherziges Lachen ab. »Ich habe gestern Abend einfach zu viel gefeiert.«

»Mica, du brauchst dich doch nur anzusehen – du bist ein kränkelndes, abgemagertes, versoffenes Wrack.« Er deutete auf das wilde Durcheinander auf der Schminkkommode und auf die Schmutzwäsche, die überall auf dem Boden verteilt war. »Du kommst deinen beruflichen Verpflichtungen nicht mehr nach, du haust im Dreck, und dein Lover verprügelt dich regelmäßig.«

Sie zuckte zusammen. »Du verstehst nicht ...«

»Ich verstehe sehr wohl. Schließlich habe ich das schon dutzende Male bei meinen Zöglingen mit ansehen müssen. Sobald sie zu etwas Geld und Erfolg gekommen sind, lassen sie sich vom Alkohol, von Drogen und von Leuten, die sie nur ausnutzen, herunterziehen.«

»Mit Drogen habe ich nichts zu schaffen.«

Er stand auf und ging zu dem Schminktisch hinüber. Nachdem er das Chaos ein wenig durchwühlt hatte, hielt er drei verschreibungspflichtige Arzneifläschchen hoch. »Und was ist damit?«

Sie zog sich sein Jackett fester um die Schultern. »Die Schmerztabletten sind für meinen Nacken. Und mein Arzt hat gemeint, dass ich das Prozac nur vorübergehend einnehmen soll.«

»Da hat er auch Recht, und willst du wissen, warum?« Er warf die Pillenfläschchen in das Waschbecken. »Weil du nicht mehr allzu lange leben wirst, wenn du so weitermachst. Entweder wirst du dich zu Tode hungern, an einer Überdosis krepieren, oder dein toller Freund wird dich eine Treppe hinabstoßen.«

Tränen traten ihr in die Augen. »Du übertreibst.«

»Keineswegs.« Er fuhr sich mit der Hand über das Gesicht. »Ich sage dir das jetzt in aller Deutlichkeit, Mica. Die Marketing-Direktorin von Tara hat damit gedroht, dich endgültig abzuservieren, falls du ein weiteres Shooting versäumst.«

Sie biss sich auf die Zunge, um ihre Tränen zurückzuhalten.

»Und von jetzt an ist Deans Anwesenheit auf dem Set nicht mehr erwünscht.«

»Aber ... aber damit wird Dean niemals einverstanden sein.« Überdies war sie es gewohnt, ihn in ihrer Nähe zu haben, da er alles für sie regelte.

Everett spreizte die Finger. »Wenn du in deinem Job weiterarbeiten willst, musst du dich von ihm trennen, Mica. So einfach ist das. Trenn dich von Dean, und reiß dich endlich zusammen.«

Sie ballte die Faust vor dem Mund. *Von Dean trennen?*

»Aber was noch wichtiger ist, du rettest damit nicht nur deine Karriere, sondern wahrscheinlich auch dein Leben.«

Doch sie war dazu nicht fähig ... schließlich liebte sie ihn ... und Dean wusste einige Dinge ... Dinge, die ihr schaden konnten ... über ihre Schwestern ...

Ihr Agent zog ein Kärtchen aus seiner Hemdtasche. »Ich habe dafür gesorgt, dass du ein paar Wochen freihast, um dich zu regenerieren. Und ich habe für heute Nachmittag einen Termin bei einer zuverlässigen Ärztin gemacht, die dich gründlich durchchecken soll.« Er schloss ihre Finger um das Kärtchen und warf ihr einen Blick zu, der ausdrückte, dass er auf dem Arzttermin bestehen würde. »Es macht mir auch nichts aus, hier auf

Dean zu warten und ihm das Ganze zu erklären, falls du ... ein ungutes Gefühl bei der Sache hast.«

Sie schüttelte den Kopf. »Nein, ich werde selbst mit ihm reden.«

»Brauchst du eine Möglichkeit, irgendwo unterzukommen?«

»Wie bitte?«

»Für den Fall, dass er die Neuigkeiten nicht so gut aufnimmt.«

»Nein ... ich komm schon klar.«

Er wirkte nicht überzeugt. »Hast du was, womit du dich wehren kannst?«

»Mich wehren?«

»Du weißt schon, einen Baseballschläger oder so, falls er wieder einmal ausrastet?«

»Ich glaube nicht, dass ...«

»Hast du oder nicht?«

»Nun ja ... im Sekretär liegt eine Pistole, aber ...«

»Weißt du, wie man damit umgeht?«

»Immerhin bin ich auf dem Land aufgewachsen; natürlich weiß ich, wie man damit umgeht.« Sie fasste sich an die Stirn. »Everett, du machst mir Angst.«

»Gut so. Vielleicht öffnet dir das ja endlich die Augen, was Dean betrifft.«

Ihr Lachen klang trocken, zweifelnd. »Meine Güte, ich bin doch nicht sein Punchingball. Das war ein einmaliger Vorfall. Ich bin sicher, dass es nicht wieder vorkommen wird.«

Everett lief unruhig auf und ab. »Vielleicht solltest du dir eine Auszeit gönnen – kehr der Stadt für eine Weile den Rücken, und warte ab, bis sich die Lage wieder beruhigt hat.«

Um ihn zu besänftigen, murmelte sie: »Vielleicht mache ich das tatsächlich.«

Er hörte auf, nervös auf und ab zu gehen, und nickte sichtlich erleichtert. »Ruf mich an, falls es Probleme gibt. Ich bin rund um die Uhr für dich da.«

»Danke, aber das wird bestimmt nicht nötig sein.«

In diesem Augenblick erschien Polly mit dem Tablett.

»Sorgen Sie dafür, dass Ms. Metcalf den Toast isst«, wies er sie an. »Und zwar alles.« Er sah wieder zu Mica und streckte den Finger aus. Für den Bruchteil einer Sekunde musste sie dabei an Justine und ihren drohenden Finger denken. »Sollte Dean dich wieder schlagen, bringe ich ihn um. Zum Teufel, allein dafür hat er eine Kugel verdient.«

Irritiert kniff Mica die Augen zusammen, bis ihr bewusst wurde, dass Everetts Drohung auf die Sorge um sein Einkommen zurückzuführen war.

»Auf Wiedersehen, Mica.«

Sie nickte stumm. Kaum hatte er den Raum verlassen, fingen ihre Knie an, unkontrolliert auf und ab zu zucken. Und nun? Wenn Tara sie fallen ließe, wäre sie gezwungen, für Kataloge oder etwas ähnlich Erniedrigendes auf billigem Niveau zu posieren. Sie wollte unter keinen Umständen in alte Zeiten zurückfallen, wo sie sich als Wäschemodel durchgeschlagen hatte, ständig gezwungen gewesen war, ihre Vermieter hinzuhalten, und in Boutiquen Klamotten für Vorstellungstermine geklaut hatte.

Unter Pollys wachsamem Auge kaute sie langsam den Toast, wobei sie versuchte, nicht an all die Kalorien zu denken, die sie gerade zu sich nahm. Dean würde einen Wutanfall bekommen, wenn er von den Forderungen ihres Auftraggebers erfahren würde. Sie musste sich eine Lösung einfallen lassen, wie sie ihm die Neuigkeit möglichst schonend beibringen konnte, aber das musste vorerst noch warten, bis sie wieder einen einigermaßen klaren Kopf hatte. Sie trank den Kaffee aus und schickte Polly wieder weg, nachdem sie das Aspirin heruntergeschluckt hatte. Anschließend hängte sie Everetts verdrecktes Jackett an einen Haken, während ihr String auf einem Haufen Schmutzwäsche auf dem Boden landete.

Vorsichtig stellte sie sich unter die kühle Brause und beugte den Kopf zurück, da sie sich angewöhnt hatte, warmes Wasser auf dem Kopf zu vermeiden, weil es für ihre Haare nicht gut war. Im Grunde bestand ihr Tagesablauf größtenteils darin, ihre Mähne, ihr größtes Kapital, zu hegen und zu pflegen. Heutzutage, da Haarverlängerung in dieser Branche gang und gäbe war, konnte sie mit einer echten Pracht aus schwarzen gewellten Haaren, die ihr bis über den Po reichten, aufwarten, und das wurde auch von ihr verlangt. Zumindest war das gestern noch der Fall gewesen.

Sie griff nach ihrer besten Seife, die sie sich von ihrem Modeljob leisten konnte, ein mit Seidenproteinen versetztes, griffiges Stück, hergestellt von einer Kosmetikfirma mit dem Namen Cocoon. Tief atmete sie den aromatischen Duft ein, eine Mischung aus weißer Schokolade und Kirschkuchenfüllung, die sie möglichst lange in der Lunge hielt, als hätte sie an einem Joint gezogen. Bedächtig schäumte sie die Seife auf und massierte sie in die Kopfhaut ein.

Dieser Luxusartikel war ihre einzige Verbindung zu Justine, die bei Cocoon arbeitete. Ihre Schwester würde es sicherlich zu schätzen wissen, dass Mica lieber eines *ihrer* Produkte für ihre Prachtmähne benutzte und dafür die Haarpflegemittel von Tara literweise in den Abguss kippte. Allerdings war das eine oberflächliche, einseitige Verbindung, wie sie sich eingestehen musste, aber es linderte ein wenig ihren Kummer aus vergangenen Tagen, wenn sie diese Seife benutzte – damit wusch sie sich täglich etwas mehr Schuld von der Seele. Eines Tages würde sie, völlig rein gewaschen von ihren Schuldgefühlen, aus der Dusche steigen.

Nicht jedoch heute, wie ihr bewusst wurde, als sie sich abtrocknete. Am heutigen Tag vermisste sie Justine aus unerfindlichen Gründen schmerzlich – was vermutlich auch ihre Halluzination vorhin erklärte, als sie sich eingebildet hatte, in dem

Schrank zu stecken. In jenem Sommer, als sie ihn gemeinsam mit ihren Schwestern restauriert hatte, waren sie das letzte Mal unbeschwert gewesen, und er war deshalb eine Art Symbol, dass sie ohne Worte das Trauma des entsetzlichen Sommers Jahre zuvor überwunden hatten. Sie standen alle kurz davor, ein selbstständiges Leben zu führen und die Schatten der Vergangenheit abzuwerfen. Als sie an dem Morgen der Vermählung von Dean und Justine mit ihm weggegangen war, hatte sie die brüchige Fassade einer intakten Geschwisterliebe, die sie nach außen, besonders ihren Eltern gegenüber, mühsam aufrechterhalten hatten, vollends zerstört. Doch in all den Jahren, in denen zwischen ihr und ihrer Schwester Funkstille geherrscht hatte, war es ihr nicht gelungen, Justine aus ihren Gedanken zu verbannen. Sie richtete den Blick nach Osten. Und heute schon gar nicht.

Aufgewühlt durch die Erinnerungen spannte sie die Schultern an, als sie, eingewickelt in ein großes Handtuch, ins Schlafzimmer hinüberging, im Takt mit ihrem dröhnenden Brummschädel. Gestern Abend hatte sie es noch für eine gute Idee gehalten, als Dean vorgeschlagen hatte, mit ein paar ausgewählten Leuten durch die Clubs zu ziehen. Da sie inzwischen sehr selten gemeinsam ausgingen, war sie ganz versessen darauf gewesen, so wie damals, bei ihrem ersten heimlichen Treffen als Teenager. Sie hatten auf dem Rücksitz seines aufgebockten Chevy Nova Bier getrunken. Mittlerweile war Dean auf Schnaps und Limousine umgestiegen.

Der Abend hatte recht gut angefangen, mit einem sündhaft teuren Abendessen in einem angesagten Laden in Beverly Hills, der vor kurzem eröffnet hatte – Dean hatte mal wieder mit einer neuen goldenen Kreditkarte bezahlt. Ein Kameramann von E! TV hatte auf der Suche nach Penelope Cruz kurz vorbeigeschaut, die, wie der Barkeeper ihnen erzählte, am frühen Abend dort die Damentoilette aufgesucht hatte. Da er nicht mit leeren

Händen wieder abziehen wollte, hatte der Typ stattdessen sie, das Tara Hair Girl, gefilmt, als Beitrag für eine Serie über Promifrisuren. Dean war völlig aus dem Häuschen gewesen, da sie demnächst vielleicht im Fernsehen zu sehen war, und hatte gleich eine weitere Runde bestellt; anschließend waren sie alle noch tanzen gegangen. An das Danach hatte sie nur eine verschwommene Erinnerung, aber sie glaubte zu wissen, dass hier im Schlafzimmer eine Auseinandersetzung stattgefunden hatte – Dean hatte sie beschuldigt, mit dem Kameramann geflirtet zu haben. Dann musste sie wohl ins Bad gegangen sein, um irgendetwas zu holen, vermutlich einen kühlen Lappen für ihr geschwollenes Auge, was erklärte, weshalb sie in der Wäschekammer zu sich gekommen war.

Sie bahnte sich einen Weg über den Teppichboden, zwischen verstreuten Kleidern, Schnapsflaschen und halb leer gegessenen Tellern hindurch. Bei dem Gedanken an ihre Mutter, die sicher entsetzt wäre, wenn sie dieses Chaos zu Gesicht bekäme, hielt sie kurz inne und biss sich auf die Lippe.

Früher, unter dem Dach ihrer Eltern, hatte Mica ihr Bett natürlich selbst machen müssen. Aber seither war so viel Wasser den Bach hinuntergeflossen, dass sie sich wegen solcher Banalitäten keine Gedanken machen musste.

Mica sank auf das Fußende des ungemachten Bettes und ließ den Blick durch das Zimmer mit der hohen Decke und den einst schneeweißen, modernen Möbeln schweifen, die im Laufe der Jahre durch umherfliegende Gegenstände und mutwillige Zerstörungswut arg gelitten hatten. In diesem Zimmer hatten sich die schönsten und auch die schlimmsten Szenen abgespielt. Hier hatten sie sich geliebt, sich gestritten und anschließend im Bett wieder versöhnt. Liebe, Hass, Sex und Sadismus hatten sich darin abgewechselt. Dean wusste, wie er sie zu nehmen hatte. Er begleitete sie immer zu den Aufnahmen, weil sie unter seinem aufmunternden Blick erst zum Leben erwachte. Jedes

Lächeln, Zwinkern und Verführerisch-die-Mähne-Schütteln, von den Kameras am Set authentisch eingefangen, galt lediglich Dean, der im Hintergrund alles mitverfolgte. Ein Lächeln von ihm genügte, und ihr stockte nach wie vor der Atem.

Sie konnte nicht anders, sie liebte ihn einfach. Obwohl das Zusammenleben mit ihm unerträglich war, konnte sie nicht ohne ihn leben. In Wahrheit hatte sie ihm ihre Karriere zu verdanken – ohne Dean wäre sie nur eins von den vielen hübschen Gesichtern in LA, wo sogar Haushälterinnen mit ihrem Aussehen bezauberten. Seine Beziehungen öffneten ihr die Türen, und durch seinen Einfluss konnte sie sich von der Masse abheben. Wenn sie sich von Dean trennte, könnte sie ihre Zukunft gleich begraben. Lieber ein Minimum an Liebe und Erfolg als gar nichts.

Die Vorstellung, Dean die Neuigkeiten von Everett beibringen zu müssen, machte sie jetzt schon nervös. Auf ihren frisch gepuderten Unterarmen bildete sich eine Schweißschicht. Ihre Hände zitterten völlig unkontrolliert. Die Unerschrockenheit, die sie ihrem Agenten vorgespielt hatte, war verschwunden. Denn schließlich hatte sie einen Vorgeschmack dessen erhalten, wozu Dean fähig war – bevor er freiwillig gehen würde, würde er sie eher umbringen. Verzweifelt griff sie zu ihren Antidepressiva und schluckte eine Pille samt einem Glas Wasser hinunter. Dann wanderte sie unruhig zwischen Bad und Schlafzimmer hin und her, die Arme um den Oberkörper geschlungen, und bemühte sich verzweifelt, nicht in Tränen auszubrechen. Zuallererst musste sie diese Ärztin, bei der Everett einen Termin ausgemacht hatte, davon überzeugen, dass mit ihr alles okay war.

Sie hielt eine Viertelstunde lang den Eisbeutel gegen ihr geschwollenes Auge, träufelte sich anschließend Augentropfen hinein und überschminkte sorgfältig das Veilchen. Mit einem Selbstbräuner verpasste sie ihrem Gesicht eine gesund schimmernde Farbe. Ausgebeulte Jeans, ein wattierter BH, ein T-Shirt und darüber ein weiter Sommerpulli ließen ihre Figur runder erscheinen. Vorsichtig kämmte sie sich die nassen Haare und ließ sie an der Luft trocknen. Sie nahm sich noch die Zeit, eine erschreckende Menge von Haaren aus dem Kamm zu entfernen und sie in der Toilette herunterzuspülen.

Auf der Suche nach ihrer Sonnenbrille mit den pinkfarbenen Gläsern fiel ihr die Waffe in dem Sekretär wieder ein. Everetts Warnung hallte in ihrem Kopf wider. Mica holte die kalte schwarze Pistole heraus und wog sie in der Hand. Ihr Vater hatte Dean die halbautomatische Waffe, die ihm hoch und heilig war, geschenkt – nicht weiter verwunderlich, wenn man bedachte, dass die beiden sich früher einmal recht nahe gestanden hatten. Die Waffe in ihrer Hand löste alte Erinnerungen aus, wie sie damals heimlich zu der städtischen Mülldeponie gefahren waren. Dort saßen sie dann immer knutschend auf der Motorhaube, während im Hintergrund das Autoradio dudelte. Wenn Dean einige Bier getrunken hatte, schoss er mit der Waffe auf die Ratten, die um den Berg aus verbranntem Müll herumhuschten. Sie stopfte sich Papierservietten in die Ohren, und hin und wieder ließ er sie die Waffe halten und damit schießen. Mica wusste noch, dass sie damals überrascht gewesen war, wie einfach sie zu handhaben war, und sogar jetzt noch konnte sie das Nachvibrieren in ihrer Hand spüren und den verbrannten Geruch wahrnehmen, der danach in der Luft hing.

Sie nahm das Magazin aus dem Griff und sah, dass noch eine Kugel darin war, dann zog sie die Schiebesicherung zurück, um sich zu vergewissern, dass die Kammer leer war. Nach kurzem Zögern ließ sie die Waffe in ihre große Umhängetasche gleiten. Zwar hatte sie nicht vor, sie zu benutzen, aber es konnte nicht schaden, zu wissen, wo sie steckte, da sie keine Ahnung hatte, was sie in den nächsten Tagen erwarten würde.

Ein Blick auf die Uhr sagte ihr, dass sie sich beeilen musste. Sie ging zum Telefon, um Dean eine Nachricht zu hinterlassen für den Fall, dass er während ihrer Abwesenheit zurückkehren würde. Ihr Magen zog sich kurz zusammen, als sie eine übel riechende Pizzaschachtel hochhob, unter der ein Notizblock lag. Eine Nachricht in Deans Handschrift stand darauf, die sie stirnrunzelnd zur Kenntnis nahm:

Du sollst deine Schwester auf der Arbeit zurückrufen.

Schon klar, welche Schwester. Mica schürzte die Lippen.

Oder doch nicht so klar?

Regina hatte sie nämlich noch nie von ihrem Büro aus angerufen. Zudem spukte ihr schon den ganzen Morgen lang Justine im Kopf herum, die sie mit den flammend roten Haaren so deutlich vor Augen hatte, dass sie beinahe meinte, ihre Stimme zu hören, die nach ihr rief. Sie nahm ihre Vorahnung ernst, griff zum Hörer und wählte die Auskunft.

»Shively, Pennsylvania, bitte. Cocoon Cosmetics.«

VIER

Seien Sie ehrlich, weil die Vergangenheit
Sie immer wieder einholen wird.

Als Regina die Tür ihrer Eigentumswohnung aufschloss, hörte sie das Telefon klingeln. Vielleicht Mica? Sie betrat die Wohnung, ließ Schlüssel, Post, Aktenmappe, Einkäufe und saubere Wäsche auf das Sofa fallen und schnappte sich das schnurlose Telefon.

»Hallo?«

»Hallo, Liebes«, begrüßte Cissy sie mit einem Unterton in der Stimme, bei dem sich Reginas Magen kurz zusammenzog.

»Mom, alles okay?«

»Bin ich so leicht zu durchschauen?«

Sie schloss die Augen. »Ja – schieß schon los.« War etwas mit ihrem Vater? Mit Justine? Oder Mica?

»Es ist niemand gestorben, falls du das befürchtet hast.«

Erleichterung durchströmte sie. »Was ist es dann?«

Ihre Mutter brach in Tränen aus. »Dein Vater und ich werden uns trennen.«

Regina seufzte und schlüpfte aus ihren Schuhen. »Ist es mal wieder so weit?« Während ihrer Jugend hatte sie den Überblick verloren, wie oft ihr Vater seine Sachen und den tragbaren Fernseher in das Apartment über dem Antiquitätenladen geschafft hatte, nur um sie einige Tage, Wochen oder Monate später wieder ins Haus zurückzutragen. Anfangs hatte sie noch bei jedem Mal, wenn er zurückgekommen war, gehofft, dass die Versöhnung mit einer Hochzeit enden würde – damit sie und ihre Schwestern in den Augen der Stadtbewohner endlich den Status »unehelich« verlieren würden. Aber dazu war es nie gekommen.

Cissy schniefte. »Dieses Mal ist es ernst. Wir werden das Geschäft verkaufen.«

Regina kniff die Augen zusammen. »Ihr wollt das Geschäft verkaufen?«

»Ja, samt dem Haus.«

Sie ließ sich auf das Sofa fallen. »Das Haus soll auch verkauft werden?« Ein hundertdreißig Jahre altes Gebäude im viktorianischen Stil, mit Originalstuck an den Decken.

»Eigentlich wollen wir alles versteigern lassen. Dein Vater glaubt nämlich, dass wir mehr Geld herausschlagen können, wenn wir alles einzeln verkaufen.« Die Stimme ihrer Mutter zitterte.

Regina griff sich an die Schläfe. »Aber ... wie kommt es dazu? Hattet ihr mal wieder Streit?«

»Schon, aber das hat sich bereits seit längerem abgezeichnet. Jetzt habe ich beschlossen, dass ich mit deinem Vater lange genug Haus gespielt habe.«

»Haus gespielt?« Regina musste sich zwingen, eine ruhige Stimme zu bewahren. »Achtunddreißig gemeinsame Jahre und drei Kinder, und du nennst das Haus spielen?«

»John ist zwar ein guter Vater, aber als Ehemann taugt er nicht.«

»Aber ihr seid doch gar nicht miteinander verheiratet.«

»Richtig. Ich würde ihn auch nicht heiraten.«

Regina kniff die Augen zusammen. »Hat er dir etwa einen Antrag gemacht?«

»Nein, er weiß, dass das zwecklos ist. Außerdem ist er ebenfalls der Meinung, dass eine Trennung das Beste wäre. Unsere Beziehung ist am Ende, Regina, das ist alles. Nichts hält für die Ewigkeit.«

Reginas Gedanken überschlugen sich. Sie hatte die beiden nicht oft genug besucht. Es war ihr nicht gelungen, den Bruch zwischen ihren Schwestern zu kitten. Sie hatte ihren Eltern keine

Enkel geschenkt. Und nun fiel ihre gesamte Familie auseinander. Keine Chance mehr für eine große, glückliche Wiederversöhnung, keine heile Welt. Kein Familienporträt mit mehreren Generationen. Keine identischen T-Shirts für jeden Einzelnen.

»Vielleicht solltet ihr beide eine Eheberatung aufsuchen.«

»Wir sind doch gar nicht verheiratet, Liebes.«

»Dann eben eine Familienberatung.«

»Eine Beratung kann uns jetzt auch nicht mehr helfen, Regina. Ich weiß, dass du immer glaubst, alles lässt sich wieder einrenken, aber nicht in diesem Fall.«

»Die meisten Situationen lassen sich wieder einrenken«, beharrte sie. »Außer man gibt auf.«

»Du klingst wie eines deiner Ratgeberbücher, Liebes. Aber das Leben und die Menschen sind zu kompliziert, um sie mit einer emotionalen Checkliste in den Griff zu bekommen.«

Ihre emotionale Checkliste. Der Autor hatte Regina das Buch gewidmet, und sie hatte ihrer Mutter damals ein Exemplar geschickt, weil sie dachte, Cissy würde stolz auf ihre Leistungen sein. Sie schluckte ihre Enttäuschung herunter. »A...aber du und Dad, ihr habt schon mehrfach schwierige Zeiten durchgestanden.« Sie erhob sich und wanderte unruhig auf und ab. »Ich komme nach Hause. Dann können wir alle in Ruhe miteinander reden.«

»Es wäre ganz in meinem Sinne, wenn du für ein paar Tage nach Hause kommst. Wir brauchen nämlich jede Unterstützung, um den gesamten Besitz durchzusortieren, und selbstverständlich bestehe ich darauf, dass du dir alles aussuchst, was du für deine Wohnung gebrauchen kannst.«

Für ihre Wohnung. Von ihrem Platz aus konnte sie ihren gesamten Wohnraum überblicken, wo sie arbeitete, aß, schlief und ihren Körper pflegte. Sie hatte keinen Platz für einen Schemel, geschweige denn für eines dieser riesigen, mit Ornamenten verzierten Möbelstücke aus einer anderen Epoche, mit denen das große Haus ihrer Eltern voll gestopft war. Auch wenn sie Herzklopfen hatte angesichts der Aussicht, dass ihr die Kindheitserinnerungen förmlich entrissen werden sollten, hatte sie noch die Hoffnung, dass ein Gespräch mit ihren Eltern unter sechs Augen helfen könnte, ihre Beziehungskrise zu überwinden. Wahrscheinlich trank ihr Vater in letzter Zeit wieder zu viel, wobei ihre Mutter, die allergrößten Wert darauf legte, stets Haltung zu bewahren, auch nicht gerade ein einfacher Mensch war. Früher war es Regina immer gelungen, die beiden mit kleinen Tricks dazu zu bringen, dass sie wieder miteinander redeten.

»Selbstverständlich komme ich«, sagte sie, während sie in Gedanken bereits im Schnelldurchlauf plante, wie sie den Berg von Arbeit im Büro umverteilen, die Reisevorbereitungen treffen und das Packen erledigen würde. »Ich werde irgendwann im Laufe des morgigen Tages eintreffen, je nachdem, wie die Flüge gehen.«

»Ich danke dir, Liebes. Uns erwartet nämlich ein Haufen Arbeit.«

»Hast du schon mit Justine oder Mica gesprochen?«

»Justine habe ich eine Nachricht hinterlassen, und Mica ist von deinem Vater verständigt worden.«

»Möchtest du die beiden auch bitten, nach Hause zu kommen?«

»Oh, nein. Die zwei sind doch viel zu beschäftigt.«

Regina bohrte die Zunge in die Wange. »Tja, ich kann mir momentan auch nur ein paar Tage Auszeit vom Büro erlauben.«

»Verstehe. Soll ich deinem Vater sagen, dass er dich vom Flughafen abholen soll?«

Trotz ihrer feministischen Ansichten scheute sich ihre Mutter nicht, die männliche Spezies für Fahrdienste einzuspannen. »Nein, ich werde mir einen Leihwagen nehmen. Mom, versprich mir, dass du in der Zwischenzeit keine überstürzten Entscheidungen triffst.«

»Herzchen, die glücklichsten Momente im Leben entstehen manchmal durch überstürzte Entscheidungen. Das solltest du dir ruhig mal zu Herzen nehmen.«

Regina seufzte; die lockere Einstellung ihrer Mutter würde ihr ewig ein Rätsel bleiben. Genau wie die ihrer Schwestern. »Also, bis bald dann. Und richte liebe Grüße ...« Aber Cissy hatte bereits aufgelegt. Regina blickte auf den Hörer in ihrer Hand und murmelte: »An Dad aus.« Merkwürdigerweise fiel ihr ausgerechnet jetzt ein, dass sie Cissy gar nicht nach dem alten Mr. Calvin gefragt hatte.

Sie sackte auf den Sessel und versuchte krampfhaft, die aufsteigenden Tränen zu unterdrücken. Zuerst hatte sich das Meeting am Nachmittag mit der Rechtsabteilung bis nach sechs Uhr hingezogen, dann hatten die Züge Verspätung gehabt, und ihre Besorgungen hatten eine Ewigkeit gedauert. Ihr taten die Füße und der Kopf und nun auch noch das Herz weh.

Allmählich neigte sich die Sonne an diesem bewölkten Sommertag, und das Licht, das noch kurz zuvor durch die halb heruntergezogenen Jalousien an ihren vier Fenstern gefallen war, verblasste. Das Grau, Braun und Blaugrau ihrer einfachen Einrichtung versanken langsam in der Abenddämmerung, während die Umrisse ihrer Möbel riesige Schatten an die hellen Wände warfen. Auch wenn Regina es ungern zugeben mochte, wusste sie doch, dass das Weinen im Dunkeln leichter fällt, und sie hatte momentan nicht die Kraft, sich zu dem Lichtschalter an der Wand zu schleppen. Jetzt kam es ihr wie eine verpasste Gelegenheit vor, dass sie diese Erfindung aus der TV-Werbung, mit der man durch Klatschen das Licht betätigt, damals als Unfug abgetan hatte.

Die Tränen tropften von ihrem Kinn herunter, und ein großes Gefühl der Hilflosigkeit und Einsamkeit übermannte sie. Und Reue. Regina dachte an all die Heimlichtuerei und Falschheit, die in ihrer Familie gang und gäbe gewesen waren. Sie hatte immer daran geglaubt, dass die Zeit sämtliche Wunden heilen würde, die durch die schlimmen Vertrauensbrüche und unausgesprochenen Dinge entstanden waren. Und dass sie sich alle irgendwann an einem langen Wochenende wieder zusammenfinden würden und sie in die Gesichter am Tisch schauen und wissen würde, dass ihre Nächsten für sie und füreinander da wären.

Regina ließ ihren Tränen freien Lauf. Als sie sich schließlich hochquälte, um ein Taschentuch zu holen, knipste sie jeden Lichtschalter an, an dem sie vorbeikam. In ihrem winzigen Badezimmer putzte sie sich die Nase und wusch sich das Gesicht. Sie seufzte in das Handtuch hinein und starrte in den Spiegel. Obwohl sie dank einer Laseroperation wie ein Adler sehen konnte, wirkten ihre Augen ohne Brille so tief liegend, dass sie ihre Sehstärke durch normale Gläser hatte ersetzen lassen und ihre Brille in Gesellschaft von anderen weiterhin trug. Sie stützte sich auf dem Waschbecken ab. Beim Blick auf ihr Spiegelbild entfuhr ihr ein klägliches Lachen – verweint gab sie alles andere als einen hübschen Anblick ab, im Gegensatz zu Justine, die wie Julia Roberts dicke Kullertränen produzieren konnte, oder Mica, die perfekte Demi-Moore-Tränen hervorzaubern konnte. Die beiden brauchten nur auf die Tränendrüse zu drücken, und Cissy und John beugten sich ohne weiteres ihrem Willen. Sie hingegen vergoss niemals absichtlich Tränen, wie man gerade an ihrem kummervoll verzerrten, todunglücklich wirkenden Gesicht ablesen konnte.

Regina entfernte die Kämmchen aus ihren Haaren und fuhr mit den Fingern hindurch, während sie, den Kopf voller Gedanken, in ihr Schlafzimmer ging. Sie tauschte das klassische Kostüm gegen ihre Lieblingsjeans und ein Merchandising-T-Shirt für die Nacht mit dem Aufdruck »Wie man alleine schläft«. Dann ging sie wieder ins Wohnzimmer, wo sie sich die Post vornahm und geistesabwesend Rechnungen aussortierte, in Gedanken bei der bevorstehenden Reise nach North Carolina.

Sie versuchte, mehrmals im Jahr ihren Eltern einen Besuch abzustatten, auch wenn sie jedes Mal beim Anblick des Ortschilds von Monroeville ein mulmiges Gefühl beschlich und beunruhigende Erinnerungen in ihr hochstiegen. Das letzte Mal war sie für zwei Tage an Neujahr zu Hause gewesen. Justine war ebenfalls kurz zum Brunch aufgekreuzt, mit einem schmierigen Kerl namens Fin im Schlepptau, der unmäßig trank und sich die Mühe gespart hatte, seinen Ehering abzunehmen. Es war kein Wort über Mica gefallen, die seit mehreren Jahren nicht mehr zu Hause gewesen war, seit sie damals fluchtartig mit Justines Verlobtem das Nest verlassen hatte.

Da Justine ein besonders gutes Verhältnis zu Cissy hatte und Mica zu John, hatte die jahrelange Funkstille zwischen den beiden die Beziehung von John und Cissy belastet. Tatsächlich war Regina während der zwanglosen Unterhaltungen im Januar nicht entgangen, dass die Nachwirkungen des Vorfalls von damals immer noch unter der Oberfläche schwelten.

»Justine wird niemals erwachsen werden, solange sie sich mit der Vergangenheit nicht abfindet«, hatte ihr Vater gebrummt.

»Wenigstens besucht sie uns hin und wieder, im Gegensatz zu unserer jüngsten Tochter«, hatte ihre Mutter in einem Ton erwidert, bei dem Regina klar gewesen war, dass es sich nicht um die erste Diskussion dieser Art handelte. Sie selbst hatte es sich verkniffen, die beiden darauf hinzuweisen, dass sie Justine und Mica ja jederzeit besuchen könnten, aber für Cissy und John führten alle Wege nur nach Monroeville.

Und obwohl ihre Eltern ihre Besuche durchaus zu schätzen wussten, hatte sie das deutliche Gefühl, dass die beiden Justines beziehungsweise Micas Gesellschaft vorziehen würden, wenn sie die Wahl hätten. Momentan schienen sie jedoch mit ihrer Unterstützung in dieser schwierigen Phase vorlieb zu nehmen, was diese auch immer mit sich bringen würde. Dennoch war die Vorstellung, dass die Beziehung ihrer Eltern an dem Streit zwischen ihren Schwestern zerbrechen könnte, beinahe unerträglich. Insbesondere, da sich die Fronten zwischen Justine und Mica nach diesem schicksalhaften Sommer mit dem abgelegten Schweigegelübde immer mehr verhärtet hatten ...

Regina war zwar der Appetit vergangen, aber sie wollte dennoch ein bisschen essen. Während sich das Pastagericht in der Mikrowelle drehte, räumte sie ihre Einkaufstasche aus und verstaute ihre frische Wäsche im Schlafzimmerschrank. *Beschäftige dich, dann kommst du nicht ins Grübeln.* Nachdem das Piepen ertönt war, zog sie die durchsichtige Folie von ihrem Abendessen und goss sich ein Glas Magermilch ein. Bislang hatte sie stets die Entscheidung ihrer Eltern, nicht zu heiraten, verteidigt – sie brauchten keinen Trauschein als Bestätigung für ihre Beziehung, hatte sie immer wieder heruntergebetet. Sollten Cissy und John sich jetzt trennen, würde das all jenen, die ihre Familie immer schräg von der Seite angeschaut hatten, Recht geben.

Und dabei wollte sie unbedingt vermeiden, dass diese Leute Recht behielten.

Sie trug das dampfende Kunststofftablett zum Tisch und trank die Bläschen auf der Oberfläche der Milch ab. Während ihr Computer hochfuhr, schaltete sie die Abendnachrichten ein und kramte in ihrer Aktentasche. Sie hatte das Manuskript der Fahrgemeinschaft aus Atlanta mit nach Hause genommen, um es zu Ende zu lesen, aber angesichts ihrer kurzfristigen Reisepläne musste sie noch auf die Schnelle ein Gutachten und mehrere Klappentexte fertig stellen, die während ihrer Abwesenheit fällig wären. Dann würde sie eben das Manuskript nach North Carolina mitnehmen: vielleicht könnte sie im Flieger oder nach ihrer Ankunft zwischendurch darin weiterlesen.

Die Penne Marinara schmeckten gar nicht so übel, nachdem sie die ersten pappigen Bissen heruntergeschluckt hatte. Sie loggte sich im Internet ein und sah in ihrem Postfach nach. Die

Werbemail von einer Koch-Homepage löschte sie. Mit Ausnahme des Kochbuchs *Fliegendes Solo in der Küche* (mittlerweile in der dritten Auflage) bereitete sie selten etwas nach Rezept zu, und wenn doch, bestand ihr Gaumen nicht auf Feinschmeckerzutaten.

Eine andere Mail stammte von der Homepage, über die sie immer Hotelzimmer buchte. Es war eine aktuelle Übersicht von Reiseschnäppchen, aber leider war Monroeville nicht dabei. Mit einem Seufzen klickte sie sie an und erstand ein Ticket für eine kurzfristige Rundfahrt zu einem Spottpreis. Dennoch hoffte sie inständig, dass jemand ihr Gebot für den antiken Brieföffner aus Elfenbein auf der virtuellen Auktionsseite, der sie regelmäßig einen Besuch abstattete, überbieten würde, zumal ihr »Taschengeld« in diesem Monat schon fast bis zum Limit aufgebraucht war.

Sie ging auf die besagte Homepage, um sich über den aktuellen Stand der Versteigerung zu informieren, die noch zwei Tage lief. Nach wie vor war ihr Gebot das höchste, aber das Bild des aus Elfenbein geschnitzten Brieföffners ließ ihr Herz höher schlagen. Er war weitaus mehr wert, als sie dafür bot, und er würde gut in ihre Sammlung passen, selbst wenn sie ihn sich im Moment eigentlich gar nicht leisten konnte.

Im Hinblick auf die Vergangenheit war ihre Sammlung geradezu absurd, wenn nicht sogar makaber, aber sie sollte ja den Sinn haben, ihre Erinnerung wach zu halten. Schließlich hatte sie jahrelang versucht zu verdrängen, was sie in jenem Sommer gesehen hatte, und als sie damit aufhörte, musste sie feststellen, dass sie sich besser fühlte, weniger schuldig. Ihre Schwestern und sie hatten nie mehr ein Wort über das Ereignis verloren, dessen Zeugen sie an jenem Tag gewesen waren; nicht einmal ihre Erleichterung hatten sie ausgedrückt, nachdem man den Mann, der bei Tante Lyla den Swimmingpool gereinigt hatte, verhaftet und wegen Mordes verurteilt hatte. Ihre Vermutung war, dass sie mit ihren eigenen Dämonen kämpfen mussten, nachdem sie dem Tatort den Rücken gekehrt hatten.

Aus Neugier klickte sie auf »Ähnliche Artikel«. Dort waren antikes, hochwertiges Tischzubehör, diverse Briefbeschwerer, Stifthalter, Notizzettelkästchen sowie zwei Brieföffner neu gelistet. Sie las sich die Beschreibung des ersten durch – ein gewöhnlicher Brieföffner aus Messing, den lediglich auszeichnete, dass er einmal Frank Sinatra gehört hatte. Angeblich. Sie warf einen Blick auf den Namen des Verkäufers, um dessen Glaubwürdigkeit einschätzen zu können, wobei sie feststellte, dass Antyklady23112 eine sehr gute Käuferbewertung hatte. Trotzdem, da Regina nichts mit Devotionalien anfangen konnte, ging sie auf den nächsten Artikel:

> Russischer Brieföffner Sterling silber/gold,
> Griff mit eingearbeiteten grünen Blättern.
> Russische Punze und Silberschmiedstempel

Ihr Herz machte einen Satz, und sie biss sich versehentlich auf die Zunge. Vor Schmerz fuhr sie sich über den Mund und versuchte, sich wieder zu beruhigen. Natürlich gab es noch mehr von diesen Brieföffnern. Trotzdem hatte sie feuchte Hände, als sie auf das Foto klickte. Das körnige Bild baute sich rasch auf und katapultierte sie gedanklich an den Tatort zurück, wo Lyla ermordet worden war. Der Brieföffner aus Silber und Gold vor dem schlichten weißen Hintergrund rief lange verdrängte Details aus den hintersten Winkeln ihres Gedächtnisses hervor – verkrustetes Blut auf der grünen Blattverzierung, Hautfetzen auf der Klinge.

Abrupt sprang sie auf, sodass ihr Stuhl umkippte. Die seltsame Übereinstimmung brachte sie aus der Fassung. Es war dieselbe Form, dasselbe Design. Sie stürzte hinüber zu ihrem Schlafzimmerschrank und ließ sich auf die Knie fallen. Auf dem

Schrankboden waren Kartons gestapelt, von denen sie manche schon seit ihren letzten beiden Umzügen nicht mehr geöffnet hatte, andere wiederum, seit sie von zu Hause ausgezogen war. Sie nahm einen Karton heraus, auf dem »Krimskrams« gekritzelt war, und riss das alte Klebeband ab. Der Geruch von Staub und altem Papier schlug ihr entgegen, als sie den Karton aufklappte. Er enthielt Fotos von ehemaligen Schulkameraden, an die sie sich kaum noch erinnerte, ein Glas mit Pfeilkraut, das sie am Bach gepflückt hatte, und eine Hasenpfote als Schlüsselanhänger. Sie kramte tiefer, bis ihre Finger sich um ein Kreidekästchen in der Form einer Miniaturschatztruhe schlossen.

Nachdem sie die Staubschicht weggepustet hatte, klappte sie den Deckel auf, und ihr Blick fiel auf eine Sammlung von Modeschmuck, den sie als Kind getragen hatte – kleine Creolen, die ihre Löcher in den Ohrläppchen ausgefranst hatten, eine Armbanduhr mit Aschenputtel-Motiv, dessen Arme nach hinten auf die Neun zeigten, und ein Armband aus miteinander verlöteten Pennys. Sie nahm den oberen Einsatz heraus und kippte Plastikperlenketten und schwarz angelaufene Ringe auf dem Boden aus. Lose Perlen rollten über den Boden. Unter dem Einsatz hatte sie mit Klebefilm einen kleinen stabilen Umschlag befestigt, der mittlerweile vergilbt und bröcklig war. Sie riss ihn ab, öffnete mit dem Fingernagel die winzige Lasche und zog eine zusammengefaltete Karteikarte heraus. Für ihren Antiquitätenladen hatten ihre Eltern immer ein einfaches Karteikartensystem benutzt.

Auf der Karte stand in Blockschrift die Beschreibung eines Artikels:

Brieföffner aus Silber und Gold; grüne Blattverzierung. Russische Repunze in Form eines Adlers mit ausgebreiteten Flügeln (RHI004 in Herstellerverzeichnis), Silberstempel I. J., Mitte neunzehntes Jahrhundert, gekauft von H. S., $ 50

Laut den Zeitungsberichten war die Mordwaffe damals nie gefunden worden, und der ermittelnde Beamte war zu dem Schluss gekommen, dass die Wunden mit einem stumpfen Messer verursacht worden waren. Gegen den Poolreiniger der Gilberts, Elmore Bracken, der schon einmal im Gefängnis gesessen hatte, wurde Anklage erhoben, nachdem die Polizei herausgefunden hatte, dass Lyla Gilbert ihn am Vortag des Mordes gefeuert hatte und dass er eine stattliche Messersammlung besaß. Tatsächlich erinnerte sich Regina an den muskulösen Mann mit dem schütteren Haar, der regelmäßig bei ihnen im Laden vorbeischaute, um Dolche zu kaufen. In seiner schwarzen Motorradkluft hatte Bracken sie immer ein wenig nervös gemacht, und daher hatte sie auch nicht daran gezweifelt, dass er den Brieföffner aus der Ladenvitrine gestohlen und damit ihre Tante erstochen hatte. Zudem hatte sie nächtelang in ihr Kissen geweint, weil sie die Vorstellung quälte, was passiert wäre, wenn er sie noch angetroffen hätte, als er wegen der Mordwaffe an den Tatort zurückgekehrt war.

Ihre Eltern hatten den Brieföffner nie vermisst – nicht weiter verwunderlich angesichts tausender Gegenstände im Laden und des Umstands, dass sie die Karteikarte schnellstmöglich hatte verschwinden lassen, nachdem sie an diesem schrecklichen Tag nach Hause gekommen war. Das Versteck wäre selbst für Nancy Drew eine hart zu knackende Nuss gewesen.

Mit der Karteikarte ging sie wieder an den PC und las sich erneut die Beschreibung auf dem Bildschirm durch. War es möglich, dass es sich bei dem online zu ersteigernden Brieföffner um die Mordwaffe von damals handelte? Vielleicht hatte ihn ja jemand gefunden, nachdem Bracken sich seiner entledigt hatte. Oder er hatte ihn jemandem zur Aufbewahrung gegeben. Möglicherweise war dieser Jemand auch nur zufällig am Tatort gewesen und hatte die Waffe eingesteckt.

Regina schnaubte verächtlich angesichts ihrer Gedankenspiele, als ihr bewusst wurde, dass ihre Fantasie über ihren gesunden Menschenverstand triumphierte. Die wahrscheinlichste Erklärung war wohl, dass es sich bei dem Versteigerungsobjekt lediglich um ein Duplikat oder eine Fälschung handelte. Das Mindestgebot konnte sich sehen lassen – 750 Dollar. Nichts für ihren Geldbeutel, aber sie könnte wenigstens eine Anfrage nach weiteren Details eingeben. Das Pseudonym des Verkäufers, a43987112, sagte ihr überhaupt nichts. Sie klickte auf die Verkäuferbeurteilung, doch es gab keine, und seltsamerweise ergab die Suche nach weiteren Angeboten dieses Verkäufers null Treffer.

Deshalb klickte sie den Link zu der E-Mail-Adresse des Verkäufers an und tippte ein: »Können Sie mir Näheres über die Herkunft des russischen Brieföffners aus Gold und Silber mitteilen, wann Sie ihn erstanden haben sowie mir eine genaue Beschreibung des Silberstempels geben?«

Sie schickte die Nachricht ab und biss sich im nächsten Moment auf die Lippe, als ihr bewusst wurde, dass der Empfänger ihr Käuferpseudonym, Regina M., lesen können würde. Doch dann musste sie über sich selbst lachen – für den unwahrscheinlichen Fall, dass a43987112 tatsächlich den Brieföffner vom Tatort entwendet hatte und jetzt, zwanzig Jahre später, versuchte, ihn über das Internet loszuwerden, würde er ihr Pseudonym sicherlich nicht direkt mit Monroeville in North Carolina verbinden und noch weniger mit dem Mord an Lyla. Sie sollte sich ihre blühende Fantasie lieber für ihren bevorstehenden Besuch bei ihren Eltern aufsparen. Sie fuhr den Computer wieder herunter.

Inzwischen sahen die Penne Marinara wie roter Mörtel aus. Sie entsorgte den Rest im Abfalleimer und nahm sich ein Eis am Stiel aus dem Kühlfach. Seufzend zog sie einen Papierstoß aus ihrer Aktentasche, der dringend aufgearbeitet werden musste, obwohl sie nicht die geringste Lust dazu hatte. Aus heiterem

Himmel musste sie an Alan Garvo denken, wie immer, wenn sie das Gefühl von Einsamkeit übermannte. Er war ein Mann, an dem augenscheinlich überhaupt nichts auszusetzen war. Trotzdem waren ihnen nach ein paar Treffen die Gesprächsthemen ausgegangen. Und nachdem sie sich sämtliche sehenswerten Filme im Kino angeschaut hatten, fiel ihnen nichts mehr ein. Die Wahrheit war, dass sie beide ein gutes Buch der Gesellschaft des anderen vorzogen. Und wenn die Lektüre doch nicht ausreichte, verbrachten sie hin und wieder die Nacht miteinander und gingen danach in freundschaftlichem Einvernehmen wieder auseinander, bis sich die nächste Gelegenheit ergab.

Dennoch wünschte sie sich, sie würde Alan nicht nur vermissen, wenn sie sich einsam fühlte – zu gern hätte sie einen Freund, der sie morgens nach dem Aufstehen nochmals ins Bett zog, sie von ihren beruflichen Meetings ablenkte, sie von der Lektüre im Zug abhielt. Aber sie war im reifen Alter von vierunddreißig Jahren zu dem Schluss gekommen, dass für eine solche Beziehung eine zu große Selbstaufgabe erforderlich war. Ihre Schwestern mit ihren gestörten Beziehungen waren der lebende Beweis dafür.

Eine Schlagzeile in den Fernsehnachrichten fesselte ihre Aufmerksamkeit – »Schießerei bei Cocoon Cosmetics in Shively, Pennsylvania«. Sie beugte sich vor und stellte den Ton lauter.

»... die Frau, die als Lisa Crane identifiziert wurde, wird beschuldigt, ihren Ehemann Randall Crane mit einer Schusswaffe schwer verletzt zu haben, danach die Zentrale von Cocoon gestürmt und eine leitende Angestellte, deren Name noch nicht bekannt gegeben worden ist, ebenfalls angeschossen zu haben.«

Daraufhin erschien kurz das Bild einer attraktiven, lächelnden Frau auf der Mattscheibe. Lisa Crane machte nicht gerade den Eindruck, als würde sie wild um sich schießend durch die Gegend ziehen, aber schließlich hatte jeder seinen Schwachpunkt.

»Die Polizei warnt die Bewohner im Umkreis von Shively, da die Verdächtige bewaffnet ist und als gefährlich gilt. Sollten Sie Lisa Crane sehen, nähern Sie sich ihr unter keinen Umständen. Verständigen Sie stattdessen die State Police oder das FBI unter den eingeblendeten Nummern.«

Wie seltsam. Wenn das Schussopfer eine leitende Angestellte von Cocoon war, kannte Justine sie wahrscheinlich. Die wenigen Informationen ließen auf eine Dreiecksgeschichte schließen ...

Justine. Regina stürzte zum Telefon.

FÜNF

*Wenn Sie in ernsten Beziehungsdiskussionen stecken,
bohren Sie nicht tiefer.*

Stirnrunzelnd sah Justine die Krankenschwester in der Notaufnahme an. »Wollen Sie mich nicht zur Beobachtung über Nacht hier behalten?«

Die Krankenschwester legte den Kopf schief. »Mir ist klar, dass Sie einen Schock erlitten haben, Ms. Metcalf, aber Sie können nach Ihrer Vernehmung ruhig nach Hause gehen. Am besten, Sie wechseln einmal täglich den Verband, dann wird vermutlich nicht einmal eine Narbe zurückbleiben.«

Justine rieb sich den Unterarm, wo sie von einem Stuhlbein getroffen worden war. »Auch gut.«

»Ihre Freundin wartet draußen auf Sie.«

»Meine Freundin?« Sie hatte keine Freunde. Sogar der maskierte Nikolaus im Büro hatte ihr einen in Geschenkpapier eingewickelten Besen übergeben.

»Eine Ms. Birch, wenn ich mich recht erinnere.«

Oh, verflucht. »Danke.« Sie richtete sich auf und schwang die Beine über die seitliche Kante des Krankenhausbettes. Nach wie vor trug sie keine Unterwäsche. Von einer steril wirkenden Kommode nahm sie ihre verschmutzte Kostümjacke und entdeckte auch ihre Schuhe. Sie brauchte jetzt eine Zigarette, und zwar dringend.

Nachdem sie sich die Jacke übergezogen hatte, verließ sie die Notaufnahme durch mehrere Türen, die nichts Gutes ahnen ließen. Damit ihr der süßliche Krankenhausgeruch nicht auf den leeren Magen schlug, hielt sie den Arm unter die Nase. Terri und Jim Birch saßen auf einer Bank vor der Anmeldetheke in der Eingangshalle. Terri sah aus, als wäre sie durch eine Hecke geschleift worden. Als sie Justine erblickte, erhob sie sich, Justines Hartman-Aktenmappe und Prada-Tasche in den Händen. Jim Birch stand ebenfalls auf, hielt sich jedoch zurück, den Blick auf den Boden gesenkt, während Terri auf sie zuging.

»Sind Sie okay, Justine?«

Sie nickte. »Hab bloß einen Kratzer abbekommen. Wie geht es Bobbie?« Offenbar hatte das Barbiepüppchen sie durch ihr beherztes Eingreifen gerettet, was ihr allerdings eine Schusswunde an der Schulter eingebracht hatte.

»Sie ist bereits operiert worden. Die Ärzte meinen, dass kein Schaden zurückbleiben wird.«

»Das sind ja erfreuliche Neuigkeiten.« Selbstverständlich würde sie ihr einen riesigen Blumenstrauß schicken. Und einen Obstkorb. »Ich nehme an, dass Sie nichts über den Zustand von Randall Crane wissen?«

»Im Fernsehen haben wir gehört, dass er noch lebt, aber mehr weiß ich auch nicht.«

Immerhin etwas. »Und seine Frau?«

Terri griff sich in die Haare, dort, wo der Lauf der Waffe gegen ihre Schläfe gepresst gewesen war. »Laut den Nachrichten ist sie immer noch auf der Flucht.«

Wie schwer konnte es sein, eine Frau mittleren Alters zu finden, die mit einer Waffe durch Shively, Pennsylvania, lief?

»Ich dachte mir, dass Sie bestimmt Ihre Sachen haben wollen«, meinte Terri und überreichte ihr die Aktenmappe und die Handtasche. »Und Jim hat Ihren Wagen hergebracht. Er steht auf dem Besucherparkplatz.«

Justine verzog kurz das Gesicht, weil sie sich darüber ärgerte, dass ein anderer ihren Wagen gefahren hatte, auch wenn sie es mit diesem Mann einmal getrieben hatte. »Ich danke Ihnen. Wirklich.« Sie sah auf ihre Armbanduhr. Erst halb vier – unglaublich. »Terri, ich denke, dass ich mir unter diesen Umständen den restlichen Tag freinehme.«

Terri sah zu ihrem Ehemann. »Warte draußen auf mich.«

Jim warf Justine noch kurz einen angsterfüllten Blick zu, dann trollte er sich. Bei Tageslicht und in nüchternem Zustand sah er längst nicht mehr so gut aus. Terri Birch war eine loyale, niemals aufmuckende Mitarbeiterin, die es nicht verdient hatte, hinter ihrem Rücken gedemütigt zu werden. Zum ersten Mal seit langem verspürte Justine einen Stich des Bedauerns wegen ihres Verhaltens. *»Man kann nicht einfach ständig irgendwelche Ehen zerstören in dem Glauben, ungeschoren davonzukommen.«*

»Terri, vielen Dank für ...«

»Justine, Sie sind vorübergehend beurlaubt.«

Ungläubig kniff sie die Augen zusammen. »Wie bitte?«

»Sie sind ohne Bezahlung für drei Wochen beurlaubt. Bis dahin wird ein Gremium aus leitenden Mitarbeitern bestimmen, ob Sie Ihre Position bei Cocoon behalten dürfen oder eventuell versetzt werden.«

Justine lächelte, immer noch ungläubig. »Das kann unmöglich Ihr Ernst sein. Sie geben mir die Schuld dafür, dass diese Wahnsinnige mit einer Waffe hereingestürmt ist?«

Terri stieß einen Seufzer aus. »Justine, seit Jahren springen Sie rücksichtslos mit Ihren Mitarbeiterinnen um ...«

»Meine Bilanz kann sich sehen lassen.«

»... und Ihre Affären sind mittlerweile stadtbekannt.«

»Mein Privatleben geht niemanden etwas an.«

»O doch, wenn es sich um die Ehemänner Ihrer Mitarbeiterinnen handelt.«

Angesichts des verletzten Ausdrucks in Terris Augen schreckte Justine zurück. Offenbar hatte Jimbo das schlechte Gewissen so sehr geplagt, dass er geplappert hatte. »Hören Sie, Terri, Jim und ich, wir waren beide sehr betrunken ...«

»Ich habe keine Ahnung, wovon Sie reden.«

Sie musterte das vorgeschobene Kinn der Frau, ihren durchbohrenden Blick. Sie verstand. Da Terri ihr aus persönlichen Gründen kaum beruflich in den Rücken fallen konnte, zog sie es vor, alles abzustreiten, was sich zwischen ihrem Göttergatten und Justine abgespielt hatte.

»Trotzdem ist mir klar, Justine, dass Ihr unmoralisches Verhalten den Vorfall heute ausgelöst hat. Es ist ein Wunder, dass niemand getötet worden ist, beziehungsweise wir alle. Doch vor allem ist das schlechte Publicity für Cocoon.«

Justine holte tief Luft. »Ich würde gern mit Deidre darüber sprechen.« Zwar waren sie und die Hauptgeschäftsführerin nicht gerade Freundinnen, aber Deidre hatte Respekt vor Justines Leistung, die zu mehr Umsatz geführt hatte.

Terri presste die Lippen zusammen. »Deidre wollte Sie auf der Stelle feuern. Aber die Rechtsabteilung hat auf einer Prüfung des Vorfalls bestanden.«

Okay, das hatte gesessen.

»Das ist ein großzügiges Angebot, Justine. Seien Sie froh und akzeptieren Sie die Beurlaubung. In der Zwischenzeit können Sie ja darüber nachdenken ... was Sie getan haben.«

Wie ein Kind, dem man Hausarrest gibt. Justine zwinkerte nervös mit den Augenlidern und umklammerte ihre Aktenmappe fester, bis ihre Finger schmerzten. Um keinen Preis würde sie in Tränen ausbrechen.

In diesem Augenblick öffnete sich die Tür, und zwei Polizeibeamte traten ein. Den größeren der beiden kannte sie flüchtig, obwohl es ein paar Sekunden dauerte, bis ihr wieder einfiel, dass sie letztes Jahr mit seinem Kollegen eine Affäre gehabt hatte – oder vielleicht war das auch im Jahr davor gewesen. Sie hatte die beiden in einer Bar kennen gelernt, und der Polizist, der ihr jetzt gegenüberstand, hatte kein Verständnis für die außerdienstlichen Aktivitäten seines Kollegen gehabt. Im Moment konnte sie sich jedoch weder an den Namen des einen noch an den des anderen erinnern.

Die steife Haltung des Beamten verriet, dass er sie ebenfalls wiedererkannt hatte. »Ms. Justine Metcalf?«

Sie nickte stumm.

»Ich bin Officer Lando, und das ist Officer Walker.«

Ach ja – Lando. Ein breitschultriger Kerl, mit lichtem Haaransatz. Sein Kollege hingegen war ein hageres, dunkelhaariges Leckerchen.

»Wir müssen Ihnen ein paar Fragen stellen.«

Terri nickte den beiden kurz zu, bevor sie ging – offenbar hatte sie bereits mit ihnen geplaudert.

Justine setzte sich auf die Bank und klappte ihre Handtasche auf. »Was dagegen, wenn ich rauche, Officer?«

Lando zog eine Augenbraue hoch. »Das hier ist ein Krankenhaus.«

»Oh, richtig.« Sie machte die Tasche wieder zu. »Wie kann ich Ihnen behilflich sein?«

Der andere Beamte, Officer Walker, schlug einen Notizblock auf. »Wie gut kennen Sie Lisa Crane?«

»Ich habe sie heute zum ersten Mal gesehen.«

»Aber Sie kannten sie?«

Sie sah, dass Lando beobachtete, wie sie die Beine übereinander schlug. »Ich kenne ihren Mann, Randall, und er hatte auch mal ihren Namen erwähnt. Wie geht es Randall übrigens? Sie hat gesagt, sie hätte ihn erschossen.«

Walker stieß ein verlegenes Räuspern aus. »Sie hat ihn an seinem besten Stück erwischt, wenn Sie verstehen, was ich meine.«

Justine zuckte zusammen.

»Momentan befindet er sich in der Uniklinik, und sein Zustand ist stabil«, fügte Walker hinzu. Dann zog er eine kleine Plastiktüte aus der Innentasche seiner Jacke. »Ms. Metcalf, gehört das Ihnen?«

Lando sah an die Decke. Justine konnte sich ein Grinsen

80

nicht verkneifen. Ihr Slip – sollte den jetzt die ganze Stadt zu Gesicht bekommen? »Ja. Darf ich ihn wiederhaben?«

»Leider nicht«, entgegnete Walker und stopfte das Beweisstück wieder in seine Jacke. »Sie hatten eine Affäre mit Randall Crane?«

»Ja.«

»Er ist Miteigentümer der Firma Crane and Poplin?«

»Ja.«

»Wissen Sie, wie seine Frau hinter die Affäre kam?«

»Nein, weiß ich nicht.«

»Wann und wo haben Sie sich mit Mr. Crane getroffen, um ... Sie wissen schon.«

»In der Mittagspause im Rosewood Hotel.«

»Jedes Mal?«

»Ja. Immer dasselbe Zimmer, Nummer vier-zehn.«

»Wie oft haben Sie beide, äh, sich getroffen?«

»Ich habe nicht mitgezählt.«

»Mehr als zehnmal?«

»Ja.«

»Mehr als zwanzigmal?«

Sie seufzte auf. »Zwei- bis dreimal die Woche, seit ungefähr drei Monaten. Sie können es sich ja ausrechnen.«

»Haben Sie unter Ihren richtigen Namen das Zimmer gebucht?«

»Das hat Randall immer erledigt. Keine Ahnung, welche Namen er angegeben hat.«

»Wann war Ihr letztes Treffen mit Mr. Crane?«

»Ich will es mal so ausdrücken: Den Slip habe ich heute Morgen angezogen.«

Walker schien leicht irritiert, dann kritzelte er etwas auf seinen Block. »Wir haben Mrs. Crane noch nicht ausfindig machen können.«

»Das habe ich bereits erfahren.«

»Können Sie für heute Nacht bei irgendwelchen Bekannten unterkommen?«

»Wozu? Glauben Sie, sie wird mich nochmal aufsuchen?«

»Die Möglichkeit besteht durchaus. Wir haben eine Wache vor Mr. Cranes Krankenzimmer postiert.«

Justine schluckte hart. »Mein Haus ist mit einer hochmodernen Alarmanlage gesichert.« Und außerdem hatte sie niemanden, bei dem sie unterkommen konnte, außer in einem Hotel.

»Dennoch, seien Sie auf der Hut. Und Sie sollten auch Ihr Büro meiden, bis wir Mrs. Crane verhaftet haben.«

»Das ist kein Problem«, sagte sie leise. »Ich ... ich nehme mir ohnehin eine Auszeit.«

Er nickte. »Informieren Sie uns über Ihren jeweiligen Aufenthaltsort. Sollten Sie in der Zwischenzeit Mrs. Crane begegnen, dann wählen Sie den Notruf.«

»Sicher. Kann ich jetzt nach Hause?«

Lando gab ein Räuspern von sich. »Möchten Sie, dass wir Sie irgendwo absetzen?«

Sie erhob sich. »Nein, mein Wagen steht hier. Trotzdem danke.«

»Wir werden Sie nach draußen begleiten – vor dem Eingang lauert nämlich eine Pressemeute.«

Der Andrang von Reportern hätte sie eigentlich nicht überraschen dürfen. Schließlich war eine Schießerei in einem Bürogebäude in einer Stadt wie Shively, in der gewöhnlich kulturelle Veranstaltungen und Zusammenkünfte der Schulbehörde die Schlagzeilen beherrschten, ein sensationelles Ereignis. Und da es sich um den Racheakt einer betrogenen Hausfrau und Gattin eines ehrenwerten Mitbürgers handelte, witterten die Lokalreporter darin natürlich die Chance, für einen zwanzig Sekunden langen Beitrag landesweit in den Abendnachrichten zu landen.

Justine hielt ihre Handtasche hoch, um ihr Gesicht zu verdecken, bis sie die Meute hinter sich gelassen hatten. Sie drückte auf den Panikalarm an ihrem Autoschlüssel, um ihren gelben Mercedes mit der Sonderausstattung auf dem Parkplatz ausfindig zu machen. Während sie auf den Wagen zuging, hatte sie keinen Blick für das herrliche Juliwetter, da ihre Gedanken unaufhörlich um die heutigen Ereignisse kreisten und sie sich krampfhaft überlegte, was wohl als Nächstes geschehen würde.

»Netter Wagen«, bemerkte Lando, als sie die Tür öffnete.

»Danke.« Sie legte ihre Aktenmappe in den Fußraum, die Handtasche auf den Beifahrersitz und deutete mit einem Nicken auf Officer Walker, der gerade auf dem Gehweg mit dem Handy telefonierte. »Was ist aus Ihrem anderen Kollegen geworden?«

»Milken?« Lando verzog den Mund. »Er und seine Frau haben sich nach ihrer Trennung wieder miteinander versöhnt und beschlossen, wegen der Kinder in die Nähe ihrer Eltern zu ziehen.«

»Oh. Das ist gut.«

Er scharrte mit den Füßen. »Hören Sie, es kommt nicht alle Tage vor, dass jemand mit einer Waffe bedroht wird. Kommen Sie zurecht?«

»Klar.«

»Wir werden einen Streifenwagen in Ihre Straße schicken. Sollte die Flüchtige dort auftauchen, werden wir es wissen.«

»Danke, Lando.« Sie glitt hinter das Lenkrad.

»Justine?«

»Ja?«

Lando kratzte sich am Kopf. »Irgendwie begreife ich das nicht. Sie sind eine Karrierefrau mit einem fantastischen Aussehen, und Sie sind auch bestimmt nicht auf den Kopf gefallen. Warum treiben Sie sich mit verheirateten Männern herum?«

Seine anmaßende Art ließ die Galle in ihr hochsteigen. »Unterstehen Sie sich, mich zu verurteilen, weil ich mit Männern schlafe, die ihren Ehefrauen nicht treu sein können. Schließlich sind es die Männer, die ein Treuegelübde abgelegt haben, und nicht ich.«

Irritiert trat Lando zurück, und sie zog wütend die Tür zu. Dann startete sie den V8-Motor und ließ ihn zweimal aufheulen, bevor sie aus der Lücke herausfuhr. Kopfschüttelnd sah Lando ihr nach. Sie zeigte ihm den Mittelfinger im Rückspiegel und bog von dem Parkplatz auf die schmale Straße. Als sie an einer Kreuzung anhalten musste, zündete sie sich eine Zigarette an und schaltete das Radio ein.

»... bewaffnet und gefährlich. Bobbie Donetti, die Cocoon-Mitarbeiterin, die versucht hatte, die Attentäterin aufzuhalten, liegt mit einer Schussverletzung an der Schulter im Krankenhaus. Laut den Ärzten stehen die Chancen auf eine vollständige Genesung gut. Obwohl es keine offizielle Stellungnahme zu dem Motiv der Attentäterin gibt, ließen inoffizielle Meldungen verlautbaren, dass Lisa Crane wegen einer angeblichen Affäre ihres Ehemannes, der vor dem Vorfall schwer verletzt wurde, mit einer anderen Cocoon-Angestellten völlig außer sich war. Lisa Crane wurde zuletzt in einem braunen Pullover gesehen und ...«

Justine schaltete das Radio wieder aus und umklammerte das Lenkrad. Ihr brach kalter Schweiß aus, und ihre Arme zitterten, als ihr das ganze Ausmaß der Tragödie allmählich bewusst wurde. Sie könnte jetzt genauso gut tot sein. Oder kastriert wie der arme Randall. Tot wegen einer Affäre, die für sie eine ähnliche Bedeutung hatte wie ein gutes Essen oder den Lippenstift perfekt auf ihre Garderobe abzustimmen.

In diesem Augenblick hupte jemand laut hinter ihr, und ihr Herz schlug bis zum Hals. Glut fiel von ihrer Zigarette und brannte ein Loch in das kostbare perlmuttfarbene Leder neben ihrem Oberschenkel. Hektisch schaute sie in den Rückspiegel und rechnete bereits damit, Lisa Crane hinter dem Lenkrad des Wagens hinter ihr zu erblicken. Aber es war nur eine Mutter in einem Minivan, mit einer Horde von Kindern, die die Köpfe aus den Fenstern steckten. Erneut drückte die Frau ungeduldig auf die Hupe, und Justine überquerte die freie Kreuzung. Sie fuhr langsam und hielt nach allen Richtungen die Augen offen, weil sie befürchtete, dass die Wahnsinnige jeden Moment hinter einem Baum hervorspringen würde, um sie abzuknallen. Was, wenn Lisa Crane ihr in der Auffahrt vor ihrem Haus auflauerte? Oder in ihrer Garage? Vielleicht sogar in ihrem Schlafzimmer? Justine machte sich keinerlei Hoffnungen, dass die Polizei in der Lage wäre, sie zu schützen.

An der nächsten Ampel drückte sie ihre Zigarette aus und bog von der Schnellstraße ab, die zu ihrem Stadtteil führte. Nach zwanzigminütiger Fahrt wurde die Gegend zunehmend verwahrloster. Und nach zwei weiteren Abzweigungen erregte ihr Wagen auf der Straße Aufsehen.

Sie hielt nach einem Ladenschaufenster Ausschau, bis sie schließlich das verblichene Schild eines Pfandhauses erspähte. Die Ladenfenster waren vergittert, und auf dem dreckigen Parkplatz stand ein verbeulter Ford Pinto. Vorsichtig parkte sie ein und aktivierte die Alarmanlage des Mercedes. Als sie den Laden betrat, ertönte eine Klingel. Ein dünner Mann, der wie ein Prolet aussah, musterte sie vom Scheitel bis zur Sohle, begrüßte sie mit einem kurzen Nicken und wandte sich dann wieder einem jungen Mann zu, der sich Fotoapparate ansah. Justine tat so, als würde sie sich für die Schmuckvitrinen interessieren, bis der andere Kunde eine Kamera kaufte und den Laden verließ.

»Kann ich Ihnen helfen?«, fragte der schmuddelige Typ. Er brauchte neue Zähne. Und zwar dringend.

»Ich bin auf der Suche nach einer Schusswaffe.«

Er stieß ein Räuspern aus. »Der Computer ist schon runtergefahren, und ohne Überprüfung der Personalien dürfen wir keine Waffen verkaufen. Aber morgen habe ich wieder Zugriff auf das System.« Mit dem Daumen deutete er auf die Schmuckvitrine. »Wie wär's mit einer exklusiven Armbanduhr stattdessen?«

Sie schob ihren Jackenärmel hoch und nahm ihre eigene exklusive Armbanduhr ab. »Können Sie noch eine gebrauchen? Die ist aus hochkarätigem Gold.«

Seine Augenbrauen schossen in die Höhe.

»Für eine Achtunddreißiger und eine Schachtel Patronen gehört sie Ihnen. Ganz ohne Papierkram.«

Mit einer Lupe besah er sich die Uhr und wog sie anschließend prüfend in der Hand. Er wirkte beeindruckt und besorgt zugleich. »Das kann mich meine Lizenz kosten.«

»Ich kann ein Geheimnis für mich behalten.«

Er sah sie schief an. »Sind Sie von den Bullen?«

»Sehe ich etwa aus wie ein verdammter Bulle?«

Er schaute aus dem Fenster und betrachtete ihren Wagen. »Eher nicht.« Dann musterte er sie wieder einige Sekunden lang, legte die Uhr zur Seite und verschwand im Hinterzimmer. Kurze Zeit später tauchte er mit einer Pistolenhülle und einer Schachtel Patronen wieder auf. Sie zog den Reißverschluss der Hülle auf, nahm die Waffe heraus und inspizierte die Trommel und den Lauf.

»Sie wissen, wie man mit so einem Ding umgeht?«

»Mhm.« Justine öffnete die Munitionsschachtel, lud sechs Patronen in die Trommel und ließ sie wieder einrasten.

Jetzt wurde der Mann nervös. »Sie wollen mich doch nicht etwa erschießen, oder?«

Sie richtete den Blick auf ihn. »Nein, außer das Ding hat Ladehemmung.«

Beschwörend hielt er die Hand hoch. »Nee, die ist absolut intakt. Hab sie erst gestern reinbekommen. Steht noch nicht mal in der Liste.«

Justine steckte die Waffe in die Hülle zurück und zog den Reißverschluss zu. »Gut. Angenehm, mit Ihnen Geschäfte zu machen.«

»Hey, Lady.«

Sie blieb an der Tür stehen und sah über die Schulter.

Er hielt ihre Uhr hoch. »Das hier ist ein edles Teil. Ein Erbstück?«

Nach kurzem Zögern beschloss Justine, dass es keine Rolle spielte, wenn der schleimige Typ die Wahrheit erfuhr. »Nein. Ich habe sie als Teenager geklaut.« Mit einem diebischen Grinsen verließ sie den Laden, ohne seine Reaktion abzuwarten.

Nachdem sie sich in ihrem Wagen eingeschlossen hatte, zog sie die Waffe heraus und legte sie in Reichweite auf den Beifahrersitz. Dann streifte sie ihre Jacke ab und deckte sie darüber. Ihre Angst war einem unbändigen Zorn gewichen – diese durchgeknallte Lisa Crane würde kein zweites Mal auf sie schießen, ohne dass sie sich verteidigen konnte. Schließlich war dies ihr Leben, selbst wenn bislang niemand große Stücke darauf gegeben hatte.

Obwohl sie Lando vorhin deutlich die Meinung gesagt hatte, wurmte sie seine Bemerkung in Bezug auf ihre Vorliebe für verheiratete Männer immer noch. Als hätte er damit andeuten wollen, dass sie aus tieferen Beweggründen auf Männer in festen Händen aus war. Sie schnaubte verächtlich – als Liebhaber waren Ehemänner nicht zu toppen. Heimliche Rendezvous, teure Geschenke, Spitzensex, und sie musste nicht einmal ihren Schrank mit ihnen teilen. Ihr war stets bewusst gewesen, welchen Status sie bei verheirateten Männern hatte und was sie von ihnen erwarten durfte. Schließlich waren es die Frauen mit ihrem unerschütterlichen Glauben an diesen »Bis dass der Tod uns scheidet«-Mist, die sich etwas vormachten. Männer waren nur so lange treu, bis ihnen etwas Besseres – oder anderes – über den Weg lief.

Wie zum Beispiel Dean Haviland.

Auf der Fahrt nach Hause rauchte sie drei Zigaretten und vermied es, die Nachrichten zu hören, bis sie in ihre abgesperrte Straße bog. An beiden Seiten ihrer Auffahrt stand jeweils ein

Übertragungswagen zweier Lokalsender, und eine Menschentraube hatte sich vor ihrem zweistöckigen weißen Haus gebildet. Sie setzte sich die Sonnenbrille auf und bahnte sich mit der Schnauze ihres Wagens einen Weg durch den Auflauf – einen der Wichtigtuer erkannte sie als den Vorsitzenden der Nachbarschaftshilfe. Schließlich griff sie hoch an ihre Sonnenblende, um den Knopf der Fernbedienung für ihr Garagentor zu drücken ... aber sie war verschwunden.

Ihr Blick schnellte nach oben zu dem Verdeck, das einige Zentimeter offen stand – ein wenig frische Luft war ihr auf der Rückfahrt zum Büro nach dem Schäferstündchen mit Randall als eine gute Idee erschienen. Sie hatte ja nicht ahnen können, dass Lisa Crane die spaltbreite Öffnung als Einladung verstehen würde, um auf ihr Verdeck zu klettern und die Fernbedienung herauszuangeln.

Als plötzlich gegen ihre Scheibe geklopft wurde, erschrak sie so heftig, dass sie automatisch die Hand nach der versteckten Waffe ausstreckte, bis ihr bewusst wurde, dass es ein Reporter war. Hektisch legte sie den Rückwärtsgang ein und setzte wieder zurück auf die Straße, sodass die Gaffer auseinander stieben. Nachdem sie ihr vornehmes Viertel hinter sich gelassen hatte, wählte sie die Nummer der Polizei und verlangte Lando. Es dauerte eine Ewigkeit, bis es in der Leitung klickte.

»Hier ist Lando.«

»Und hier ist Justine Metcalf. Ich war gerade bei mir zu Hause und musste feststellen, dass meine Fernbedienung für das Garagentor im Wagen fehlt.«

»Glauben Sie, dass Lisa Crane sie entwendet hat?«

»Ja. Unser Wohnviertel ist zwar durch Sicherheitsposten abgesperrt, aber sie hätte ja zu Fuß hineingelangen und mit der Fernbedienung in mein Haus kommen können – die Tür, die von der Garage ins Haus führt, schließe ich nämlich nie ab.«

»Und was ist mit dieser hochmodernen Alarmanlage?«

Justine stieß einen Seufzer aus. »Ich habe sie heute Morgen nicht angeschaltet.«

»Aha. Walker und ich werden uns gleich mal Ihr Haus vornehmen. Werden Sie auch da sein?«

»Nein, ich nehme mir ein Hotelzimmer. Und danach werde ich wahrscheinlich für ein paar Tage zu meinen Eltern fahren.«

»Wo ist das?«

»Monroeville, North Carolina.« Sie teilte ihm auch ihre Handynummer mit und erklärte ihm, wie er sich Zugang zu ihrer Garage verschaffen konnte.

»Ich gebe Ihnen Bescheid, sollten wir etwas finden.«

Mit zitternden Händen beendete sie das Telefonat und fuhr dann östlich weiter in Richtung Küste. Langsam wurde es dunkel, und winzige Falter landeten auf ihrer Windschutzscheibe. Auch wenn es sich um eine spontane Eingebung handelte, ihre Familie zu besuchen, schien sie ihr dennoch richtig. So konnte sie in aller Ruhe untertauchen und gleichzeitig ihren Eltern eine Freude machen – Cissy lag ihr nämlich ständig damit in den Ohren, wann sie sich mal wieder blicken ließe. Und zwar ohne Anhang. Gleich morgen würde sie zu ihren Eltern fahren und sie überraschen, ganz die brave Tochter. Sie würde die Sonne genießen. Und die frische Luft. Außerdem würde Lisa Crane sie niemals in Monroeville aufspüren.

Doch im nächsten Moment brachen die heutigen Ereignisse über sie herein, und im Geiste durchlebte sie noch einmal jedes schreckliche Detail dieses demütigenden Vorfalls während des Personalmeetings. Der Büroklatsch über Justine Metcalf, die Unerschütterliche, die unter vorgehaltener Waffe den Rock hochgehoben hatte, würde bestimmt die nächsten Jahre nicht abreißen. Bei der Vorstellung, dass alle hinter ihrem Rücken über sie lachen würden, knirschte sie mit den Zähnen – ihr würde nichts anderes übrig bleiben, als zu Cocoon zurückzukehren, sich zu rehabilitieren und ihren Ruf wiederherzustellen. Eine ohnmächtige Wut überkam sie – sie verfluchte Lisa Crane innerlich, weil sie ihr Leben zerstört hatte.

In dem Maße, in dem ihre Wut immer größer wurde, wuchs auch ihr Bedürfnis nach Rehabilitation. Ihre Kehle schnürte sich zusammen, und es dürstete sie nach dem bitteren Geschmack, für den sie mittlerweile eine Vorliebe entwickelt hatte. Sie rieb sich die brennenden Augen und versuchte, sich auf die Straße zu konzentrieren. Eines nach dem anderen – zuerst musste sie einen Supermarkt finden. Wenige Minuten später bog sie auf einen Parkplatz und sammelte sich kurz, bevor sie den Laden betrat.

»Kann ich Ihnen helfen?«, fragte eine junge Frau in einer Kittelschürze.

»Die Gewürze?«

»In Gang sieben.«

»Und Tee?«

»Gang acht.«

Sie entdeckte zuerst den Tee und wählte verschiedene Sorten mit Zitrone aus. Als sie endlich vor dem Gewürzregal stand, war sie in Schweiß gebadet. Suchend überflog ihr Blick das Regal, wobei Erleichterung in ihr hochstieg angesichts der breiten Auswahl an Muskatnuss – als wäre seit ihrem letzten Kauf jeder in diesem Land hinter das Geheimnis gekommen. Sie hatten sogar ihre Lieblingsmarke da, und sie nahm sich, in Gedanken bereits bei ihrer Fahrt nach North Carolina, zwei Döschen.

Um an der Kasse keinerlei Verdacht zu erregen, packte sie eine Packung Würfelzucker dazu und nahm, während sie an der Schnellkasse anstand, auch ein Päckchen Kaugummi. Die Kassiererin warf ihr einen merkwürdigen Blick zu, aber Justine schob es darauf, dass sie wahrscheinlich völlig fertig aussah, wobei sie sich insgeheim fragte, ob ihr Bild mittlerweile bereits im Fernsehen gezeigt worden war. Sie vermied ihren Blick, bezahlte bar und fuhr anschließend weiter, bis sie zu einem Hotel kam, das sicher wirkte.

Inzwischen war es kurz vor acht, und Dunkelheit hatte sich über Shively gesenkt. Auf dem Schild an der Hotelzufahrt stand zwar »Zimmer frei«, aber da es keinen Hinweis auf einen Parkservice gab, fuhr sie den Wagen selbst auf den Parkplatz. Auf ihrer Armaturenanzeige blinkte ein Licht auf – sie hatte kaum noch Benzin. Wütend schlug sie gegen das Lenkrad. Wenn eine verdammte Kuh vier Mägen haben konnte, weshalb dann nicht ein Luxuswagen vier Tanks? Irgendwie schien sie ständig mit leerem Tank zu fahren.

Diese Lappalie brachte das Fass endgültig zum Überlaufen, sodass ihr Tränen in die Augen traten. Sie weinte hemmungslos, wobei sie unter leisem, erbärmlichem Schluchzen immer wieder nach Luft schnappte. Schließlich trocknete sie sich die Augen, putzte sich die Nase und schob die Waffe in ihre Handtasche. Zumindest hatte sie genug Kosmetik- und Schminksachen dabei, ging ihr durch den Kopf, als sie an den Kofferraum trat, um ihre Sporttasche herauszuholen.

Die Abendbrise mit dem schwülen Stadtgeruch von abkühlendem Asphalt und Restaurantausdünstungen umspielte sie. Sie streifte sich eine widerspenstige Haarsträhne hinter das Ohr, wobei die Bewegung einen schmerzhaften Stich in ihrem verwundeten Arm auslöste. Unwillkürlich zuckte sie zusammen und war sich plötzlich wieder der ernsten Lage ihres Dilemmas bewusst, in dem sie auf sich allein gestellt war. Shively war zwar keine anonyme Großstadt, aber sie hatte sich noch nie so einsam gefühlt wie in diesem Augenblick, während sie auf einem halb leeren Parkplatz stand und dem Wind lauschte, der durch ihr halb leeres Leben pfiff. Und sie hatte nach wie vor keine Unterwäsche an.

Gerade als sie den Funkschlüssel auf den Kofferraum richtete, durchzuckte sie ein schrecklicher Gedanke. Was, wenn Lisa Crane im Kofferraum lag, mit einer Waffe im Anschlag, und lediglich darauf wartete, dass Justine den Deckel hochklappte?

Das wäre dieser Frau nämlich durchaus zuzutrauen. Justine ließ den Blick über den menschenleeren Parkplatz schweifen und zog dann den Revolver aus ihrer Handtasche. Mit hämmerndem Herzschlag zielte sie, in der linken Hand die Fernbedienung, in der rechten die Waffe, auf den Kofferraum und holte tief Luft.

Auf Knopfdruck sprang der Deckel auf, und wie sie befürchtet hatte, erwachte darin etwas zum Leben. Justine drückte den Abzug. Durch den lauten Knall konnte sie nichts anderes mehr hören, aber sie spürte, wie ihre Lunge mit der angehaltenen Luft darin sich zusammenzog. Zwei Sekunden später wurde ihr bewusst, dass sie ein Riesenloch in ihre flatternde Kleiderhülle mit dem Kostüm darin geschossen hatte.

»Verflucht«, murmelte sie. »Gleich zwei Kostüme an einem einzigen Tag ruiniert.«

Erst jetzt wurde ihr bewusst, dass sie unter Umständen auch den Benzintank erwischt hatte. Als sie sich jedoch den Schaden näher ansah, zeigte sich, dass die Kugel in einem der Säcke mit Steinsalz stecken geblieben war, die sie, wie viele Pennsylvanier, immer mit sich führte, für den Fall, dass die Straßen wieder einmal vereist waren. Was für eine Sauerei. Sie schob die Waffe zurück in die Handtasche, versteckte ihr durchlöchertes Kostüm und hievte ihre Sporttasche genau in dem Moment heraus, als eine Seitentür aufschwang und ein Wachmann herausrannte.

»Was war das?«

»Tut mir Leid«, sagte sie und schlug den Kofferraumdeckel zu. »Mein Wagen hatte eine Fehlzündung – das passiert mir ständig mit wässrigem Benzin.«

Er kaufte ihr die Geschichte ab und trug sogar ihre Sporttasche an die Hotelrezeption. Sie bat um ein Nichtraucherzimmer und bezahlte im Voraus, um ihre Personalien nicht angeben zu müssen, aber die Empfangsdame war zu sehr vertieft in den Fernseher hinter der Rezeption, wo gerade über die flüchtige

Lisa Crane berichtet wurde, dass sie gar nicht wahrnahm, was um sie herum geschah.

Das Zimmer war nichts Besonderes, roch jedoch sauber. Nachdem sie sämtliche Schlösser an der Tür verriegelt hatte, stellte sie sich unter die Dusche und schrubbte sich Gesicht und Körper ab. Anschließend nahm sie aus der Sporttasche frische Unterwäsche – endlich – und ein T-Shirt.

In diesem Moment klingelte ihr Handy. Das winzige Display zeigte an, dass der Anruf aus dem Polizeirevier kam. »Hallo?«

»Hier ist Lando. Wir haben das Haus und die nähere Umgebung überprüft, aber nichts gefunden. Wenn ich für Sie die Alarmanlage einschalten soll, müssen Sie mir den Code mitteilen.«

Sie gab ihm den Code.

»Sind Sie irgendwo untergekommen?«

»Ja.«

»Hören Sie, ich möchte mich dafür entschuldigen, was ich vorhin zu Ihnen gesagt habe – es geht mich nämlich nichts an, mit wem Sie Umgang pflegen.«

»Sehe ich auch so.«

»Tja, dann eine gute Nacht. Wir bleiben in Verbindung.«

Sie beendete das Gespräch und starrte ein paar Sekunden lang auf das Handy, wobei sie überlegte, ob sie Regina anrufen sollte. In solchen Momenten vermisste sie ihre Schwestern am meisten – zu schade, dass Mica so eine hinterlistige Schlange und Regina so prüde war. Schön, Regina meinte es zwar gut, aber sie nahm sich grundsätzlich jedes noch so kleinen Problems anderer Leute an in dem Bemühen, alles wieder gerade zu biegen. Und im Moment konnte sie keine Standpauke von ihrer jüngeren Schwester gebrauchen. Also legte sie das Handy zur Seite, kämmte sich stattdessen kurz die Haare und füllte schließlich eine Kaffeetasse mit dem heißesten Wasser, das das Waschbecken im Bad hergab.

Schließlich drehte sie in ihrem Zimmer das Licht herunter und legte sich die Kissen bequem zurecht. Dann gab sie nach eigenem Gutdünken eine sorgfältig abgemessene Menge Muskatnuss und einen Zuckerwürfel in den Zitronentee. Während sie umrührte, überschlug sie im Kopf, dass das selbst gemischte Betäubungsmittel innerhalb von zwanzig Minuten wirken müsste, zumal ihr Magen so gut wie leer war.

Unter Studenten, Hippies und Knastbrüdern war es jahrelang üblich gewesen, sich mit Muskatnuss zu berauschen, da sie billig und überall zu kaufen war. Als Teenager war sie einfach davon angetan gewesen, sich mit einem Gewürz aus der Küche quasi vor den Augen ihrer Eltern zuzudröhnen.

Justine trank die Tasse mit dem bitteren Tee in einem Zug aus und lehnte sich gegen die Kissen. Unweigerlich kam ihr die bevorstehende Reise in den Sinn. Wieder einmal verfiel sie in ihre Lieblingsfantasie – nämlich Dean Haviland umzubringen, und wenn auch nur aus dem einen Grund, um ihrer verwöhnten kleinen Schwester, der alles nur zuflog, einmal etwas vorzuenthalten. Lisa Cranes Worte fielen ihr wieder ein.

»Man kann nicht einfach ständig irgendwelche Ehen zerstören in dem Glauben, ungeschoren davonzukommen.«

Außer man hieß Mica.

SECHS

Unterschätzen Sie nicht das Ausmaß,
in dem Männer Frauen unterschätzen.

Mica blätterte eine Modeillustrierte durch, die sie sofort langweilte. Sie kannte einige der Schönheiten in den Anzeigen persönlich, und mit Ausnahme von Stephanie Seymour sah keine von ihnen tatsächlich auch nur annähernd so gut aus.

Sie warf die Zeitschrift wieder zur Seite, und ein unangenehmer Juckreiz und ein generelles Unbehagen machten sich in ihr breit. Sie hatte eine Untersuchung nach der anderen über sich ergehen lassen müssen, bei denen man sie eingeschmiert, gepiekst und gepiesackt hatte. Die Ärztin hatte sogar ihre Leberflecke gezählt. Mica stand auf und ging zur Anmeldetheke. »Dr. Forsythe wollte mich nochmal kurz sprechen, aber ich muss jetzt leider los.«

Die Frau wandte sich an eine Arzthelferin, die daraufhin in ihrem Computer nachsah. »Ihre Laborwerte sind gerade vor ein paar Minuten eingetroffen. Dr. Forsythe müsste Sie gleich wieder hereinrufen. Kann ich Ihnen vielleicht eine Kleinigkeit zu essen anbieten? Vielleicht etwas Obst?«

»Ich glaube nicht ...«

»Sie sollten wirklich etwas essen, Ms. Metcalf.«

Der ernste Gesichtsausdruck der Arzthelferin irritierte Mica. »Also schön.«

Ein roter Apfel kam zum Vorschein, und Mica ging wieder zu ihrem Stuhl zurück, wobei sie sich vorkam, als wäre sie bestochen worden. Sie rieb den Apfel an ihrer Jeans und biss davon ab, hauptsächlich deswegen, um wach zu bleiben. Dass sie hier warten sollte, war kein gutes Zeichen. Die Ärztin hatte ihr zwar versichert, dass sie lediglich Standarduntersuchungen durchführen

würden, um ihren allgemeinen Gesundheitszustand bewerten zu
können, aber trotzdem stellte sie sich bereits innerlich auf eine
Standpauke ein. Im Grunde war es ihr jedoch recht, zu ihrer alten Kraft zurückzufinden und sich wieder gut zu fühlen.

Zu ihrer inneren Anspannung kam noch die Enttäuschung
darüber hinzu, dass sie nach all den Jahren, nachdem sie sich
endlich überwunden hatte, Justine anzurufen, abgespeist worden war mit der Aussage, dass die Cocoon-Zentrale heute leider
nicht mehr besetzt sei. Daraufhin hatte sie die Auskunft wegen
Justines Privatnummer angerufen, aber die war nicht eingetra-
gen. Natürlich hätte sie sich die Nummer auch von Regina geben lassen können, aber sie wollte sie nicht mit hineinziehen –
oder vielmehr in ihr die Hoffnung wecken, dass sie eine Versöhnung anstrebte. Die gute Regina nahm sich nämlich immer alles
so zu Herzen. Schon traurig, dass sie und ihre Schwestern nicht
die bewegenden Momente im Leben der anderen miteinander
teilten, wie sie dies früher immer gedacht hatten. Sicher, der be-
wegende Moment von Justines Hochzeit war nicht ganz so verlaufen, wie alle erwartet hatten.

Am Vorabend der Hochzeit hatte Mica sich damit abgefunden, dass ihre Schwester den Mann heiraten würde, den sie liebte. Schließlich hatte Justine ihn sich zuerst geangelt, hatte also
die älteren Rechte, und Dean war offiziell mit ihr zusammen. Es
blieb Micas Geheimnis, dass Dean sie mit siebzehn entjungfert
hatte, als Justine abends bei dem Bestattungsunternehmen Williams Leichen verschönerte. Es blieb auch Micas Geheimnis,
dass Dean sich weiterhin heimlich mit ihr traf, wenn Justine anderweitig beschäftigt war. Und es blieb ihr Geheimnis, dass sie
den Verlobten ihrer Schwester bis zum Wahnsinn liebte. Nach
dem Probelauf für die Trauungszeremonie war Dean ihr zufällig
über den Weg gelaufen und hatte ihr bei der Gelegenheit eröffnet, dass er keine Lust habe, sein restliches Leben mit Justine in
Monroeville zu verbringen. Zu jener Zeit hatte Mica bereits Plä-

ne geschmiedet, für eine Modelkarriere und, wie sie hoffte, auch für eine Schauspielkarriere nach LA zu gehen. Er hatte gemeint, dass LA gut klingen würde.

Also hatten sie eine Nachricht hinterlassen und sich noch vor Tagesanbruch aus dem Staub gemacht, wobei Mica das schlechte Gewissen plagte, weil sie es Justine nicht persönlich mitgeteilt hatte. Aber da ihre Schwester ein Hitzkopf war, wollten weder Mica noch Dean eine Szene riskieren. Sie rechtfertigte ihre Tat, indem sie sich einredete, dass sie Justine auf diese Weise nach einer jahrelangen Ehe die bittere Erkenntnis ersparen würde, dass ihr Mann sie gar nicht liebte. Sie hatte sich ausgemalt, dass Justine schließlich irgendwann wieder ankommen und das Kriegsbeil begraben würde, wie immer bei ihren Streitereien. Zwölf Jahre danach erkannte sie jedoch allmählich, dass es an ihr war, die Hand zur Versöhnung auszustrecken. Vielleicht würde es ihr ja gelingen, Justine zu der Einsicht zu bringen, dass sie und Dean damals nicht böswillig gehandelt hatten, sondern weil sie sich aufrichtig liebten.

Morgen, beschloss sie mit einem Seufzer. Morgen, wenn sie sich besser fühlte, würde sie den ersten Schritt machen, um ihr gestörtes Verhältnis zu Justine wieder zu normalisieren, und dann würde sie auch mit Dean alles klären – vielleicht könnte er ja von einem Nebenraum aus ihre Aufnahmen mitverfolgen. Mica lächelte, seit langem stellte sich bei ihr wieder einmal ein Gefühl der Zufriedenheit ein. Everett hatte Recht: Sie musste einfach etwas kürzer treten, sich eine kleine Auszeit gönnen.

Vielleicht sollte sie mal wieder in den Osten reisen? Sie schürzte die Lippen und versuchte, sich mit der Idee anzufreunden. Zuerst würde sie ihren Eltern einen Besuch abstatten und anschließend ihren Schwestern. Vielleicht könnte sie Regina dazu überreden, gemeinsam Justine zu besuchen. Ja ... das könnte klappen. Bestimmt würden sie bald wieder wie in alten Zeiten lachen.

Sie lehnte den Kopf gegen die Wand und kaute gut gelaunt ihren Apfel. Ihr Blick fiel auf ein pausbäckiges Baby auf dem Titelblatt eines Elternratgebers. Lächelnd griff sie nach der Zeitschrift, mit einer plötzlichen Neugier auf eine fremde Welt. Sie wollte schon immer ein Baby haben, aber Dean ...

Mica hielt inne und legte die Hand über ihren Bauch. Ob das möglich war? Die Kopfschmerzen, die Übelkeit, die Erschöpfung ... war sie vielleicht schwanger? Mit Herzklopfen überlegte sie fieberhaft, wann ihre letzte Periode gewesen war ... bei einer Poolparty in ihrem Haus ... vor zwei Monaten, oder nicht? Genau! Sie schlug die Hand vor den Mund und kicherte in sich hinein. Die anderen Patienten sahen von ihren Zeitschriften hoch.

O mein Gott, sie erwartete ein Baby. Ein kleines Wesen. Dean würde sicherlich aus allen Wolken fallen. Und ihre Mutter erst. Und ihre Schwestern – oh, Justine würde bestimmt dahinschmelzen, wenn sie ihr die kleine Nichte oder den kleinen Neffen in den Arm legen würde.

»Ms. Metcalf?«

Mica sah hoch zu der Arzthelferin, die im Türrahmen stand.

»Dr. Forsythe möchte Sie jetzt sehen.«

Mit einem Anflug von Energie sprang Mica auf und folgte der Arzthelferin in das Arztzimmer. Grinsend nahm sie vor dem Schreibtisch Platz.

»Jetzt wirken Sie wieder etwas munterer«, bemerkte Dr. Sandra Forsythe und lächelte verhalten. Mit einem Kopfnicken bedeutete sie der Arzthelferin, zu gehen und die Tür hinter sich zu schließen.

»Mir ist auch gerade klar geworden, warum ich mich in letzter Zeit so abgeschlagen fühle.«

»Ach ja? Und das hebt Ihre Stimmung?«

Mica lachte. »Natürlich. Ich kann es kaum erwarten, es Dean – meinem Freund – zu erzählen. Er wird sich bestimmt total freuen.«

Dr. Forsythe nahm ihre Brille ab und schlug die Hände zusammen. »Ms. Metcalf, ich glaube, Sie sind etwas verwirrt.«

»Verwirrt? Sie meinen wohl schwanger, stimmt's?«

Die Ärztin presste die Lippen zusammen. »Nein, Sie sind nicht schwanger.«

Mica unterdrückte die aufsteigenden Tränen. »Sind Sie sicher? Immerhin ist meine Periode ausgeblieben, und mir ist auch ständig übel, und ich muss jede Viertelstunde auf die Toilette.«

»Brennt es beim Wasserlassen?«

Mica hob die Schultern. »Manchmal. Aber ich bin anfällig für Blasenentzündungen.«

Dr. Forsythe stieß einen Seufzer aus. »Darf ich Mica zu Ihnen sagen?«

Sie nickte.

»Mica, als Erstes muss ich Ihnen sagen, dass die Schwankungen Ihres Zyklus auf Ihre mangelnde Ernährung zurückzuführen sind. Ich werde Sie daher auf eine ausgewogene Diät setzen.«

»Diät?«

»Ja, eine, bei der regelmäßige Mahlzeiten und eine gesunde Kost vorgesehen sind. Sie brauchen nämlich eine Fettzufuhr. Meiden Sie Alkohol, und schränken Sie Ihren Koffeinkonsum ein.«

»Aber ich ...«

»Mica, wenn Sie jetzt nicht anfangen, sich vernünftig zu ernähren, wird sich Ihr Zustand immer weiter verschlechtern, und Ihre Haare werden ausfallen.«

Sie mied ihren Blick. Der Ärztin gegenüber hatte sie gar nichts von ihrem Haarausfall erwähnt; sah man ihr das etwa bereits an?

»Zudem sind Sie anämisch, und die Untersuchung Ihrer Knochendichte hat ergeben, dass Ihre Knochen für Ihr Alter außergewöhnlich schwach sind.«

»Was bedeutet das?«

»Die Blutarmut ist für Ihre Abgeschlagenheit verantwortlich, und die Tatsache, dass Ihre Knochen schwach sind, bedeutet, dass sie viel leichter splittern und brechen können, als das der Fall sein sollte.« Dr. Forsythe zog eine Augenbraue hoch. »Eine zusätzliche Gefahr, wenn man mit einem Mann zusammenlebt, der gerne mal zuschlägt.«

»Ich bin hingefallen«, brachte Mica mühsam hervor. »Dean ist kein Schläger – er liebt mich.«

Die Ärztin nickte geduldig, als würde sie ihr keinen Glauben schenken. »Außerdem haben Sie keine Blasenentzündung, sondern einen Tripper.«

Mica versuchte zu lachen, brachte jedoch keinen Ton heraus. Sie musste schlucken. »Das ist ... unmöglich. Ich hatte in meinem ganzen Leben nur einen Sexualpartner.«

»Und was ist mit den Sexualpartnern Ihres Freundes?«

»Er hat keine ...« Die Worte blieben ihr im Halse stecken, weil ihr plötzlich ein Licht aufging. Natürlich hatte er. Dean hatte sie den Tripper zu verdanken. Sein Schwur, dass er ihr im Bett immer treu gewesen war ... nichts als gelogen. Diese geheimnisvollen Anrufe in den letzten Monaten ... seine ständige Abwesenheit ... seine zunehmende Gereiztheit ihr gegenüber. Dieser widerliche, miese Lügner.

»Ich bringe ihn um«, murmelte Mica.

»Mir ist klar, dass dies ein Schock für Sie ist«, sagte Dr. Forsythe in tröstendem Ton. »Aber Gonorrhö kann man mit Antibiotika behandeln.«

Mica lauschte den Ausführungen der Ärztin über Medikamentenwirkung und -dosierung und Kondome, wobei ihr Herz immer weiter sank. *Ich habe meine Familie aufgegeben, meine Schwestern, und das alles für so einen?* Noch vor wenigen Minuten hatte sie in der Vorfreude geschwelgt, Mutter zu werden und ein Kind mit dem Mann zu haben, den sie liebte, ein Kind, mit dem sie ihre zerrütteten Familienverhältnisse wieder kitten könnte. Aber nun kreisten ihre Gedanken einzig und allein um Mord. Ihr Griff um die Umhängetasche, in der sich das Tötungsinstrument für Ratten befand, verstärkte sich.

»Mica?«

Sie kniff die Augen zusammen und richtete ihre Aufmerksamkeit wieder auf die Gegenwart. »Ja?«

Die Ärztin schenkte ihr ein freundliches Lächeln. »In Santa Monica gibt es eine Einrichtung. Dort können Sie sich in aller Ruhe erholen. In dem Haus wären Sie sicher, und es wird absolute Vertraulichkeit garantiert.«

»Eine Einrichtung?« Mica erhob sich. »Sie meinen eine Klinik, nicht wahr?«

Dr. Forsythes Lächeln verflog wieder. »Dort haben Sie medizinische Betreuung rund um die Uhr.«

»Danke, aber nein. Ich muss dringend verreisen.«

»Sind Sie dort sicher?«

»Ja.«

»Und haben Sie dort auch ein Umfeld, das Sie unterstützt?«

Sie zögerte. »Ich hoffe es.«

SIEBEN

Trauen Sie keinem Mann,
dessen längste Beziehung die mit seinem Hund ist.

Regina holte tief Luft, als sie um die Kurve bog und das kleine grün-weiße Schild in Sichtweite kam. MONROE-VILLE, NORTH CAROLINA, 5400 EINWOHNER. Irgendjemand hatte einen »Monroeville Mudcats«-Aufkleber unten auf das Schild gepappt, und sogleich hatte sie das Bild eines gelben Volkswagen Rabbit vor Augen, der aus der Liebesecke davonfuhr. Pete Shadowen und Tobi Evans, die an jenem Tag dort geparkt hatten, würden wohl nie erfahren, dass sie beinahe auf einen Mörder getroffen wären.

Regina war ebenfalls einmal ein paar Monate mit Pete gegangen, als sie im zweiten und er im Abschlussjahr am College gewesen war. Erst im Sommer davor hatten sich bei ihr endlich Brüste entwickelt – ansehnliche Dinger in der Größe von Pfirsichen – und ein weiblicher Hüftschwung, was Pete zu ihrem Erstaunen nicht verborgen geblieben war. Er sah gut aus, war beliebt und hatte es raus, wie er sie küssen musste, ohne ihr ihre Brille ins Gesicht zu quetschen. Nach dem Homecoming-Tanzabend hatte sie ihm gestattet, ins zweite Stadium (Hand unter der Bluse) vorzurücken, doch als er daraufhin direkt zum dritten Stadium (Hand unter dem Rock) übergegangen war, hatte sie sich gesträubt. Und als er dann auch noch vorgeschlagen hatte, zur Liebesecke zu fahren, hatte sie ziemlich hysterisch reagiert. Am Ende des Halbjahres hatte Pete sie zu Gunsten von reiferen Äpfeln aufgegeben, was ihr aber nicht besonders viel ausgemacht hatte. Tatsächlich fragte sie sich heute noch, ob ihr mangelnder Enthusiasmus für den tollen Pete Shadowen darin begründet gewesen war, dass sie ihn indirekt mit den traumatischen Vorkommnissen an jenem Tag in Verbindung brachte.

Regina schauderte und hoffte, die düsteren Bilder des vorzeitigen Ablebens ihrer Tante irgendwann abschütteln zu können. Sie verstellte den Innenspiegel, um ihr Aussehen zu überprüfen. Durch den Unfug mit dem Brieföffner in der Internetauktion, ihre Sorge um Justine, die immer noch nicht zurückgerufen hatte, und die Nachricht von der vermeintlichen Trennung ihrer Eltern hatte sie in der vergangenen Nacht kaum mehr als drei Stunden geschlafen. Die dunklen Ringe unter ihren Augen zeigten dies nur zu deutlich. Daher freute sie sich auf die weiche Matratze des Himmelbetts in ihrem alten Zimmer und verdrängte den quälenden Gedanken, dass dies vielleicht der letzte Besuch im Haus ihrer Kindheit sein würde.

Monroeville war eine Kleinstadt mit großspurigem Gehabe, die nah genug bei Asheville lag, um Individualtouristen anzulocken, aber dennoch zu abgeschieden war, um mit ihrer Idylle protzen zu können. Mit auffälligen Reklametafeln, die mit Antiquitäten, landestypischer Küche und vielen Einkaufsmöglichkeiten warben, wurden Autofahrer von der Interstate 40 gelockt, wo sie zunächst der Sendeturm von WMON-EZ Listening Radio, das Gebäude des Burl County Community College Satellite Classroom, das Restaurant Licked Skillet und die Volksbank von Monroeville empfingen. Leider war das, was die Stadt sonst noch zu bieten hatte, kaum der Rede wert.

In all den Jahren hatte sich nicht viel verändert, abgesehen von der Höhe der Bäume und den Namen der Geschäfte. So war aus Spindleys Schmuckwerkstatt zunächst Harpers Schmuckwerkstatt, dann Logans Schmuckwerkstatt und inzwischen das gewagtere Millers Schmuck- und Uhrenwerkstatt geworden. Der Stadtrat hatte nie auf ein einheitliches Stadtbild geachtet, weshalb Wohnhäuser im Originalstil aus der viktorianischen und georganischen Zeit Seite an Seite mit tristen Einkaufspassagen standen, die Friseursalons und Videoläden beherbergten.

Regina bog auf den Parkplatz vom Grab 'N Go, um sich die Beine zu vertreten, die Windschutzscheibe von unglückseligen Insekten zu säubern und sich eine Flasche Wasser zu besorgen. Auf der Suche nach einem bekannten Gesicht musterte sie die Kunden und das Personal – vielleicht war ja einer ihrer alten Klassenkameraden, ein Kunde ihrer Eltern oder ein Bekannter der Familie darunter. Aber Fehlanzeige. Ihre damaligen Freundinnen an der High School, Mary Stamper und Gina Gonower, lebten mittlerweile in North Dakota beziehungsweise in Florida, und sie bezweifelte ernsthaft, dass jemand von ihrer alten Schule sie wiedererkennen würde, außer im Zusammenhang mit Justine oder Mica. *»Regina ... war das nicht die unauffällige von den drei Metcalf-Schwestern?«*

Ein Gesicht erkannte sie doch noch wieder – nämlich das von Mrs. Woods, der fetten Kassiererin, die von Justine einmal in der Liebesecke beobachtet worden war ... wo sie sich mit zwei Typen gleichzeitig herumgetrieben hatte. Inzwischen hatte Regina zwar eher eine Vorstellung von einem flotten Dreier als damals vor zwanzig Jahren, aber trotzdem passte Mrs. Woods, mittlerweile mit grauen Haaren und gewichtiger denn je, nicht in das Bild von einer Miniorgie in einem Wagen auf einem versteckten Parkplatz.

»Eins neunundvierzig«, sagte Mrs. Woods, als Regina die Wasserflasche hochhielt.

Regina kramte das Geld aus ihrer Börse.

»Du bist doch eine von den Metcalf-Schwestern, nicht?«

Sie lächelte. »Ja. Regina.«

»Ein Besuch in der alten Heimat?«

»Ja. Für ein paar Tage.«

Mrs. Woods runzelte die Stirn. »Über deine Schwestern bin ich zwar einigermaßen auf dem Laufenden, aber wo hat es dich denn hinverschlagen?«

»Ähm, nach Boston.«

»Boston?«

»In Massachusetts.«

»Und warum Boston?«

»Ich arbeite dort als Lektorin in einem Verlag.«

»Oh. Tja, dann wünsch ich dir einen tollen Aufenthalt hier.«

Regina wollte gerade kehrtmachen, als ihr Blick auf eine kleine Schlagzeile in der Wochenzeitung fiel.

Mord an Gilbert verjährt
Bracken erhält neue Anhörung

Ihr stockte der Atem. »Die nehm ich auch noch.«

Mrs. Woods reagierte mit einem Stirnrunzeln auf ihren Spontankauf, als sie das Geld entgegennahm. »Möchtest wohl auf dem Laufenden sein, was in der Stadt so los ist?«

»Mhm.«

Die Frau prustete los. »Hier ist seit zwanzig Jahren der Hund begraben.«

Regina rang sich ein klägliches Lächeln für die rundgesichtige Frau ab, verblüfft angesichts des Phänomens, dass auch ein großer sozialer Unterschied keine Rolle spielte, wenn man durch einen Ort oder bestimmte Ereignisse mit einer praktisch Fremden verbunden war. »Danke.«

Sie steckte die Zeitung in ihre Umhängetasche und marschierte wieder in die strahlende Sonne hinaus. Auf dem Parkplatz herrschte reges Treiben, und die Leute hielten ein Schwätzchen oder saßen auf den Ladeflächen ihrer Wagen und tranken Limo. Angesichts des herrlichen Sommerwetters schienen ihre Sorgen und Grübeleien ziemlich abwegig. Während sie insgeheim über sich selbst lachte, stieg sie in den Wagen und kurbelte die Scheiben herunter, um die frische Landluft zu genießen. Wenige Minuten später hielt sie an einer der drei berühmten Ampeln in der Stadt an und bemerkte dank eines riesigen Transparents in Rot, Blau und Weiß, das quer über die Straße gespannt war, dass gerade die Monroeville Heritage Days stattfanden, das traditionelle Heimatfest, Ausrufezeichen, Ausrufezeichen.

Tatsächlich war auf den Bürgersteigen mehr los, als sie erwartet hatte, selbst für Freitagnachmittag. Es wimmelte von Verkaufsständen mit allerlei Leckereien, und ein riesiger Uncle Sam auf Stelzen stakste winkend umher. Das Wasser des Springbrunnens vor dem Eingang des Lyla A. Gilbert City Park war für den Anlass pinkfarben eingefärbt worden, ein ziemlich gewöhnungsbedürftiger Anblick, und die gewundenen Wasserrinnen aus Metall waren mit Papierschlangen und Luftballons festlich geschmückt. Lyla wäre stolz auf dieses protzige Ehrendenkmal gewesen, das Onkel Lawrence nach ihrem Tod hatte errichten lassen, obwohl sie dafür bekannt gewesen war, dass sie Kinder nicht hatte ausstehen können. Regina und ihre Schwestern hatten das am eigenen Leib erfahren.

Vor allem Justine und Lyla waren immer wieder aneinander geraten. Regina konnte sich noch an einen Vorfall erinnern, bei dem Lyla eine teure Vase als Verkaufsstück in den Laden gebracht hatte, die wenig später in lauter Einzelteilen auf dem Boden verstreut lag. Beide hatten sich gegenseitig beschuldigt, sie fallen gelassen zu haben. Justine, die stets nichts unversucht ließ, um sich bei ihrem Vater lieb Kind zu machen, war tief gekränkt gewesen, als John für Lyla Partei ergriffen hatte. Zur Strafe hatte Justine den ganzen Sommer lang den Wert der Vase abarbeiten müssen ... bis zu Lylas Tod.

In bittersüße Erinnerungen versunken, fuhr Regina über die Main Street, bog beim Reifenhändler links ab und kam an dem mit Toren gesicherten Eingang des Williams Steinbruchs vorbei, einer der größten Arbeitgeber in Monroeville neben der Tourismusbranche. Im Laufe der Zeit hatte Tate Williams das

Nebengeschäft mit Steingut ausgeweitet und stellte nun auch Grabsteine und Gartenornamente her. Der Umstand, dass Tate Williams zugleich ein Bestattungsunternehmen besaß und Untersuchungsbeamter für Mordfälle im Landkreis war, ließ den Umsatz mit Grabsteinen florieren. Und in ganz North Carolina gab es offenbar nicht genug Granit, um die Nachfrage nach Gartenzwergen hier zu Lande zu stillen.

Nach zwei weiteren Abzweigungen dauerte es noch ungefähr zwei Kilometer, bis auf der rechten Seite eine Art große rote Scheune mit einem halben Dutzend Windräder und einem riesigen Schild auftauchte, auf dem stand: M&G ANTIQUITÄTEN, ES LOHNT SICH, HEREINZUSCHAUEN. Beim Anblick der schiefen Tafel, die ihrer Mutter seit jeher ein Dorn im Auge war und die ihr Vater immer richtig hatte befestigen wollen, wurde ihr einen Augenblick warm ums Herz. Sie bog auf den geteerten Parkplatz, der groß genug für fünfzig Fahrzeuge war, obwohl sie selbst dort nie mehr als vielleicht fünfundzwanzig hatte stehen sehen. Es war fünf Minuten nach Geschäftsschluss, und das einzige Fahrzeug, das zu sehen war, ein ihr unbekannter blauer Van mit Überlänge, parkte nahe des Lieferanteneingangs auf der Rückseite; vermutlich war der Wagen die neueste Errungenschaft ihres Vaters. Ihre Stimmung hob sich ein wenig – sie hoffte auf die Gelegenheit, mit ihm unter vier Augen sprechen zu können, bevor sie weiter zu dem Haus fuhr, um Cissy zu begrüßen.

Regina parkte neben dem Van, stieg aus und löste ihre Baumwollhose und den Sommerpullover von ihrer klebrigen Haut. Als sie den Blick schweifen ließ, wurden so viele Erinnerungen in ihr wach, dass ihr Gehirn die Bilder kaum verarbeiten konnte. Sie dachte daran, wie sie damals mit dem Rad zu dem Laden gefahren war, wie sie Blumen in die Metallkästen auf der Vorderseite eingepflanzt und sich eisgekühlte RC Cola aus dem Getränkeautomaten gezogen hatte.

Der Laden befand sich etwa fünfzehn Meter abseits der Straße, mit einem herrlichen Waldpanorama dahinter. Die ehemalige Tabakfarm war renoviert und im Laufe der Jahre ausgebaut worden, nachdem ihre Eltern mehr Inventar angehäuft hatten, als sie verkaufen konnten. Dabei konnte man John und Cissy nicht unbedingt mangelnden Geschäftssinn vorwerfen, denn schließlich hatten die beiden es geschafft, von den Umsätzen ordentlich leben zu können und drei Kinder großzuziehen.

Da die Hintertür nicht abgeschlossen war, betrat Regina das mit allerlei Krimskrams voll gestopfte Lager, wobei eine laute Klingel erschallte. Nach der gleißenden Helligkeit draußen musste sie die Augen in dem Dämmerlicht zusammenkneifen. »Dad? Dad, ich bin's, Regina.«

Sie ging weiter in Richtung Verkaufsräume und atmete den allgegenwärtigen Geruch von alten Büchern und Möbelpolitur ein. Das unendliche Sortiment an faszinierenden Gegenständen sah zwar immer ein wenig anders aus, blieb aber im Großen und Ganzen doch dasselbe mit einem festen Bestand aus einmaligen Fundstücken, die wohl nie einen Käufer finden würden, wie die zweieinhalb Meter große, ausgestopfte Giraffe oder das knapp zwei Meter breite Neonschild mit dem leuchtenden Schriftzug »TANZEN FÜR ZEHN CENTS«, das noch immer an derselben Wand lehnte wie damals.

Sie durchquerte den Hauptausstellungsraum bis zu der Treppe, die hoch zu dem Apartment führte. »Dad? Bist du da oben?«

Zwar kam keine Antwort, aber wahrscheinlich telefonierte er gerade oder war im Bad. Auf jeden Fall musste er hier irgendwo stecken, zumal aus mindestens zwei Radios die Bluesmusik seines Lieblingssenders erscholl. John Lee Hooker sang gerade gefühlvoll über einen Bourbon, einen Scotch und ein Bier. Sie summte leise mit, schlenderte zu den Glasvitrinen neben der antiken Registrierkasse hinüber und zeichnete mit dem Finger die feinen Kratzspuren nach, die im Laufe der Jahre durch interes-

sierte Kunden entstanden waren. In den Vitrinen stapelten sich
unzählige Fächer, funkelnde Ringe, Armbanduhren, Halsketten,
Broschen, Manschettenknöpfe und andere Knöpfe sowie Bril-
len und Fingerhüte.

Beim Anblick einer altmodischen pinkfarbenen Brille, deren
Gläser die Umrisse zweier Katzen darstellten, musste sie unwillkürlich lächeln, da sie aus reinem Spaß für ihre Krimskrams-
schublade damit liebäugelte. Sie ging hinter die Ladentheke,
nahm ihre Hornbrille ab und legte sie auf die Vitrine. Mit beiden
Händen hob sie den verschlossenen Riegel an und schob ihn
mit einem kurzen Ruck nach rechts. Wie schon so viele Male
davor sprang er auf. Sachte schob sie die schwere Glasscheibe in
der rostigen Führung nach links und griff hinein.

Im nächsten Moment umklammerte eine große Hand ihren
Unterarm. »Keine Bewegung.«

Vor Schreck blieb ihr die Luft weg. Sie wollte den Arm zurückziehen, aber die fremde Hand ließ nicht locker. Ihre erste
Vermutung, dass ihr Vater sich von hinten an sie herangeschli-
chen hatte, wurde sogleich durch zwei Beobachtungen wider-
legt: Zum einen gehörte diese riesige, rötlich behaarte Hand einem Fremden, zum anderen hatte jemand einen bellenden
Hund in den Laden gelassen. Sie schrie auf, riss sich los und bewaffnete sich mit dem nächstbesten Gegenstand – einem alten
Baseballschläger, der an der Wand lehnte. Sie nahm eine Vertei-
digungsposition ein, sodass sie im rechten Winkel zwischen
dem Fremden und seinem schwarzen bellenden Hund stand.
»Aus!«

Der Mann schnalzte mit den Fingern. Der Hund verstummte
und ging brav neben den Füßen seines Herrchens in Stellung.
Argwöhnisch musterte der Fremde sie mit ihrem erhobenen
Schläger. »An Ihrer Stelle würde ich das nicht tun. Mit diesem
Schläger hat DiMaggio nämlich im All Star Game einundvier-
zig einen Homerun erzielt.«

Regina verengte die Augen. »DiMaggio hat keinen Homerun im All Star Game einundvierzig erzielt. Wer zum Teufel sind Sie, und was haben Sie hier zu suchen?«

Er verschränkte die Arme über seinem T-Shirt mit dem Aufdruck »B. B. King Blues Fest«. »Dieselbe Frage könnte ich Ihnen stellen.«

»Ich habe aber zuerst gefragt.«

»Immerhin habe ich keine verschlossene Schmuckvitrine aufgebrochen.«

»Ich habe sie nicht aufgebrochen.«

Seine Augenbrauen schossen nach oben.

Sie schluckte. »Ich meine ... ich weiß, wie man sie aufhebelt.«

»Sie scheinen sich in diesem Laden hier ja gut auszukennen.«

»Dieser Laden hier gehört meinen Eltern.«

»Ach, dann sind Sie also die Tochter aus Boston. Ich hatte Sie nicht so früh erwartet.«

Sie ließ den Schläger auf die Schulter sinken, nach wie vor argwöhnisch. »Kenne ich Sie?«

»Nein. Ich bin der Gutachter der Bank. Vor einigen Tagen habe ich Ihre Eltern kennen gelernt.« Er kratzte sich an der Schläfe. »Interessantes Paar.«

Sein ungebetener Kommentar ärgerte sie. »Welche Bank hat Sie geschickt und wozu?«

Er legte den Kopf schief. »Sie sind nicht informiert, wie?«

»Offenbar nicht.«

»Sie sollten mit Ihren Eltern reden.«

Regina schloss die Augen und zählte stumm bis drei. »Genau aus diesem Grund bin ich ja hier. Wo ist mein Vater?«

Der Mann musterte sie auf eine Art, die ausdrückte, dass er ihr nicht traute. »Er ist unterwegs, um etwas zu erledigen. Aber er müsste jeden Moment wieder zurück sein.« Er trat einen Schritt vor und streckte ihr die Hand entgegen. »Mitchell Cooke.«

Sie starrte auf seine Pranke, bis sie sich mit einem Mal albern

110

vorkam, ließ dann den Schläger sinken und gab ihm die Hand. »Regina Metcalf.«

»Metcalf. Also nicht verheiratet, was?«

Sofort ließ sie seine Hand los. Am liebsten hätte sie ihm doch noch einen Schlag verpasst. »Nein. Und bei Ihrem Charme gehe ich davon aus, dass Sie es ebenfalls nicht sind.« Sie biss sich auf die Zunge, weil sie ihre kindische Bemerkung sogleich wieder bedauerte.

Er wirkte belustigt. »Stimmt. Vielleicht deshalb, weil ich nie eine Frau kennen gelernt habe, die sich mit Baseball auskennt.«

Im nächsten Augenblick machte Regina einen Satz, da sie einen nachhaltigen Stups im Schritt spürte. Anscheinend hatte der Hund ihr Händeschütteln als Zeichen aufgefasst, sich ebenfalls vorzustellen. Sie schürzte die Lippen. »Ich nehme an, dass das Ihr Hund ist?«

»Ja. Sam ist ein richtiger Ladykiller.«

Sie schob die Hundeschnauze zwischen ihren Beinen weg. »Mir sind Katzen lieber.«

Der Mann senkte die Hand, und Sam wackelte zu ihm zurück. »Schätze, wir beide haben gerade eine Pechsträhne, alter Knabe.«

Mitchell Cooke war groß, mit breiten Schultern und langen Armen, und seine schmalen Hüften steckten in Jeans. Mit seiner enormen Statur wirkte er ungeheuer selbstsicher. Vielleicht ein ehemaliger Leistungssportler? Hoffentlich kein Baseballspieler, ging ihr durch den Kopf, nach seiner taktlosen, aber treffenden Bemerkung. Regina stolzierte zu der Vitrine und ließ den Riegel wieder einrasten. »Ich verziehe mich jetzt – wenn mein Vater zurückkommt, richten Sie ihm bitte aus, dass ich zu Hause auf ihn warte.«

»Mach ich. Ich schätze, wir sehen uns bald wieder.«

»Ich sehe keinen Grund, weshalb das nötig wäre. Tschüss, Mr. Cooke.«

Sie machte sich auf den Weg nach draußen, in Gedanken bei der peinlichen Begegnung von eben. Ein Gutachter der Bank? Ihre Eltern hatten doch bestimmt noch nichts für die Auktion in Bewegung gesetzt. Aufgewühlt stapfte sie zur Hintertür hinaus und versuchte, ihre Emotionen unter Kontrolle zu halten, als sie sich hinter das Lenkrad des Mietwagens setzte. Sie brauchte dringend Schlaf, sagte sie sich selbst. Und etwas zu essen. *Und eine gesunde, intakte Familie.*

Das Haus, in dem sie aufgewachsen war, stand auf demselben Grundstück wie der Antiquitätenladen und war zu Fuß über einen gewundenen Pfad, der mitten durch das Baumdickicht führte, zu erreichen. Mit dem Auto hingegen musste man weitere zwei Kilometer fahren und dann links abbiegen, um von der anderen Seite zu dem Herzstück des Geländes zu gelangen. Das riesige blaue Haus im viktorianischen Stil hatte sich kaum verändert. Schon zu ihrer Kinderzeit hatten sie es »Puppe« genannt, weil die Giebel und die Lebkuchenhausfassade an einen Hut erinnerten und die Veranda rund ums Haus an einen Rüschenrock. John und Cissy hatten das Haus zwar von Grund auf renoviert, ohne bauliche Veränderungen daran vorzunehmen, aber die riesige Außenfassade immer nur notdürftig mit Farbe ausgebessert. Daher hatten einige Außenwände des dreistöckigen Gebäudes dringend einen frischen Anstrich nötig.

Über die wild wuchernde Grünfläche rund ums Haus musste man ebenfalls großzügig hinwegsehen – Gott sei Dank mussten sich die Metcalfs nie mit pingeligen Nachbarn herumschlagen. Die Eichen und Trauerweiden waren noch nie zurückgestutzt worden. Auf den kniehohen Rasenflächen wuchs alles Mögliche, insbesondere Weißklee, dessen Blüten sich unter dem Gewicht hungriger Bienen neigten. Der Efeu, der während ihrer Kinderzeit einen ansehnlichen Mulch gebildet hatte, hatte sich mittlerweile in ein undurchdringliches, wächsernes Bodengestrüpp wie in der Steinzeit verwandelt. Blaue und dunkelrote

Hortensien wucherten bis zu den erstickenden Weinreben und hatten wuschelkopfförmige Blüten, die beinahe so groß wie Basketbälle waren. Alles andere hatte längst aufgegeben, inklusive Reginas Mutter, die, um etwas mehr Farbe in ihren Garten zu bringen, sich anscheinend nicht anders zu helfen gewusst hatte als mit einer Menagerie aus steinernen Tierfiguren – rosafarbene Häschen, grüne Schildkröten, ein gelbes Reh. Doch Cissy hatte sich nicht allein mit Tieren begnügt – Schneewittchen samt den sieben Zwergen säumten den Weg, der zu der Eingangstreppe führte. Und die Veranda war von Noahs Arche besetzt worden.

Bevor Regina all das richtig aufnehmen konnte, schwang die Vordertür auf. Cissy stand da, in einer kurzen, abgeschnittenen Jeans und einem T-Shirt, allerdings ohne BH. Ihre grau melierten roten Haare waren mit einem blauen Halstuch zusammengebunden, und sie war barfuß. »Regina! Ach, ich freu mich so sehr, dass du hier bist!«

Obwohl Regina das Weinglas in der Hand ihrer Mutter nicht entging, setzte sie ihr artigstes Lächeln auf und umarmte Cissy zur Begrüßung. »Schön, dich zu sehen, Mom.«

Sie strich über Reginas Schulter und sah sie forschend an. »Du siehst müde aus, Schatz.«

»Ich bin auch müde.«

»Und du trägst endlich nicht mehr diese Brille, wie ich sehe.«

Ihre Hand schnellte an die Schläfe hoch. »Nein. Ich ... war vorhin kurz im Laden, und da muss ich sie wohl liegen gelassen haben.« Verflixt. Sie musste einen denkbar schlechten Eindruck auf diesen Mann hinterlassen haben.

»Oh. Hast du schon mit deinem Vater gesprochen?« Cissy redete bedächtig und trank ihr Glas leer.

»Nein. Aber da war ein Mann – ein Gutachter?«

Cissy legte die Stirn in Falten. »Das war bestimmt Mitchell Cooke. Ich traue ihm nicht.«

»Weshalb darf er sich dann allein im Laden aufhalten? Und warum ist er überhaupt hier?«

Cissy blähte die Wangen auf. »Lass uns erst mal aus dieser Hitze rausgehen.«

Regina folgte ihr gehorsam in das kühle, verwinkelte Hausinnere. Nach wie vor gab es keine Klimaanlage, aber beim Summen der Ventilatoren in jedem Raum fühlte sie sich sofort wieder heimisch, genau wie bei dem altvertrauten Anblick, der sie empfing – dieselbe voll gestopfte Einrichtung, dasselbe Knarren in den Holzdielen, derselbe muffige Geruch, der sich unweigerlich in einem Haus festsetzt, in dem lange nichts mehr gemacht worden ist. Wie viele Monate oder Jahre mochten es wohl her sein, dass dieses Kissen aufgeschüttelt worden war? Dass dieses Buch aufgeschlagen worden war? Dass jemand über diesen Teppichläufer gegangen war?

Sie durchquerten die Eingangsdiele und das ehemalige Wohnzimmer und gingen weiter durch einen Gang bis zu dem modernsten Raum im Haus, der Küche, ein Siebziger-Jahre-Stilmix aus Einrichtungsgegenständen des vorletzten und Resopalmöbeln des letzten Jahrhunderts. Regina sank auf einen Polsterstuhl vor der Frühstückstheke und fragte sich, wie das Gegenstück aus der viktorianischen Zeit wohl ausgesehen haben mochte. In dieser Küche hatten immer die ernsthaften Gespräche mit ihrer Mutter stattgefunden, die stets auf der Seite mit der Küchenzeile gestanden hatte, während sie auf der anderen Seite gesessen hatte. Auch jetzt nahmen sie wieder diese Position ein.

»Limonade?«, bot Cissy an.

»Gern.« Regina hätte sie sich zwar selbst holen können, aber ihre Mutter konnte ohnehin nicht die Hände stillhalten. Mit ihren siebenundfünfzig Jahren war Cissy immer noch eine schöne Frau, mit einer glatten, fast faltenlosen Haut und grünen Augen, die noch keine Sehhilfe brauchten. Dennoch schienen ihre Schultern seit Reginas letztem Besuch deutlich herabzuhängen.

Cissy reichte ihr die Limonade, und Regina nahm einen Schluck. »Also, was genau ist los?«

Cissy seufzte. »Dein Vater und ich sind ziemlich verschuldet.«

Ruckartig setzte sie das Limoglas ab. »Was? Wie das?«

»Wir haben uns einige Fehlinvestitionen geleistet und vermutlich auch das Geschäft zu sehr vernachlässigt. Die Bank hat uns dreißig Tage für die Insolvenzabwicklung eingeräumt und Mr. Cooke damit beauftragt, den Wert der Sachen für die Auktion zu schätzen.« Cissy biss sich auf die Lippe. »Selbstverständlich ist das ganze Ladeninventar betroffen ... und auch die Einrichtung hier. Vielleicht auch noch das Haus selbst.«

Regina ergriff die Hand ihrer Mutter. »Ist das der Grund, weshalb du und Dad euch trennen wollt?«

Cissy schüttelte den Kopf. »Nein. Ich wusste nicht einmal, wie schlimm unsere finanzielle Lage ist, bis ich deinem Vater gesagt habe, dass ich die Trennung will. Da ihm klar war, dass ich es früher oder später erfahren würde, hat er mir alles gebeichtet.« Sie stieß ein bitteres Lachen aus. »Weißt du, ich kam mir gleich doppelt betrogen vor, als mir klar wurde, dass ich nicht nur ganz von vorne anfangen muss, sondern auch noch mit nichts.«

»Doppelt betrogen?«

Cissy wich ihrem Blick aus. »Du brauchst nicht alles zu wissen, Herzchen. Belass es einfach dabei.«

Aber Cissys Gesichtsausdruck machte deutlich, dass John eine Affäre gehabt hatte. Regina wehrte sich innerlich heftig gegen den Gedanken, da sie ihrem schüchternen und leicht konfusen Vater ein Fremdgehen überhaupt nicht zutraute. Eigentlich war Cissy immer das optische Aushängeschild gewesen, während John dankbar schien, dass sie ihn in ihrer Nähe duldete. Eine von Reginas frühesten Erinnerungen war die Gewissheit, dass ihre Eltern füreinander bestimmt waren ... und das nicht allein wegen der drei gemeinsamen Töchter.

»Wie kann ich euch helfen?«, fragte Regina mit belegter Stimme.

Cissy lächelte. »Das ist mein Mädchen. Ich brauche dich, damit du Mr. Cooke unterstützt.«

»Wie bitte?«

»Schließlich kennst du dich mit unserem Karteisystem aus, und mit deiner Hilfe wird das Schätzen doppelt so schnell vorangehen.«

»Aber ...«

»Außerdem gibt mir das die Gelegenheit, diesen Riesenkasten hier in Angriff zu nehmen.«

»Aber ...«

»Und du kannst so ein Auge auf ihn haben und uns Bescheid geben, sollte etwas nicht mit rechten Dingen zugehen.«

»Mom, ich habe den Kerl kennen gelernt, und ich lege keinen besonderen Wert auf seine Gesellschaft.«

Cissy lachte. »Du sollst ihn auch nicht gleich heiraten – behalte ihn einfach nur im Auge.«

Regina suchte nach dem rettenden Strohhalm. »Aber warum kann Dad ihm nicht helfen?«

Ein trauriges Lächeln erschien auf Cissys Gesicht. »In letzter Zeit trinkt dein Vater wieder ... und zwar ordentlich. Ich fürchte, auf ihn ist momentan kein Verlass. Um ehrlich zu sein, würde es mich beruhigen, wenn du im Laden bist und auch auf ihn ein Auge hast.«

Was konnte sie dem noch entgegensetzen?

Ihre Mutter drehte den Kopf zum Fenster. »Da kommt ein Wagen. Vielleicht dein Vater.«

Regina war näher am Fenster, weshalb sie sich hochstemmte, um nach draußen zu schauen – und um zu sehen, ob ihre Glieder noch nicht ganz eingerostet waren. Für heute reichte es ihr an aufreibenden Neuigkeiten. Sie hielt die Vorhänge auseinander und sah, wie ein gelber Mercedes neben ihrem gemieteten

Kleinwagen zum Stehen kam. Als sie den Wagen erkannte, sog sie laut die Luft ein.

»Das ist Justine«, murmelte sie. »Und sie ist alleine.«

Cissy stürzte ans Fenster. »Was macht denn Justine hier? Hast du ihr von mir und John erzählt?«

»Nein. Ich konnte sie nämlich nicht erreichen. Du hast ihr auch nichts gesagt?«

»Nein, ich habe ihr nur die Nachricht hinterlassen, dass sie zurückrufen soll.«

»Vielleicht weiß sie es von Mica?«

»Selbst wenn die beiden wieder miteinander reden würden – Mica weiß auch nichts davon, außer du hast es ihr gesagt.«

»Nein, sie war in den letzten Tagen ebenfalls nicht erreichbar.«

»Na dann«, meinte Cissy fröhlich und drückte Reginas Schulter. »Vielleicht hatte Justine ja so eine Ahnung, dass wir sie brauchen.«

Regina nickte, allerdings hatte sie so eine Ahnung, dass Justines plötzliches Erscheinen eher damit zu tun hatte, dass sie selbst etwas brauchte.

ACHT

Lassen Sie auf keinen Fall die Vergangenheit ruhen.

Regina musterte ihre Schwester, als sie Cissy umarmte, während es aus Justine hervorsprudelte, dass sie – Überraschung – kurzfristig beschlossen hatte, für ein paar Tage herzufahren. Also hatte sie Stress, klarer Fall. Sicher, Justines Make-up war tadellos wie immer, die glänzenden roten Haare saßen perfekt, und an ihrer Kleidung war nicht das Geringste auszusetzen, aber dafür sprachen die rot geäderten Augen und die völlig abgekauten Nägel Bände. Regina bot an, mit Justine deren Gepäck hereinzuholen, und kaum hatte sich die Tür hinter ihnen geschlossen, fragte sie: »Also schön, was ist los?«

Justine schaffte es tatsächlich, eine Unschuldsmiene aufzusetzen. »Keine Ahnung, was du meinst.«

Regina verschränkte die Arme. »Ich meine, dass es schon ein komischer Zufall ist, dass du hier unangemeldet aus heiterem Himmel aufkreuzt, und das einen Tag nach der Schießerei in eurer Firmenzentrale.«

»Du weißt davon?«

»Jedenfalls genug, um zu ahnen, dass du darin verwickelt bist. Hast du meine Nachrichten nicht erhalten? Ich habe zwischen gestern Abend und heute Morgen insgesamt dreimal bei dir zu Hause angerufen. Und als ich es bei dir im Büro versucht habe, hatte ich lediglich den Anrufbeantworter dran.«

»Tut mir Leid – ich wusste nicht, dass du angerufen hast. Die vergangene Nacht habe ich in einem Hotel verbracht.«

»Was zum Teufel ist denn passiert?«

Justine seufzte. »Die Frau von einem Kerl, mit dem ich was hatte, ist ausgeklinkt.«

118

Regina nickte. »Die Frau? Du treibst dich mit verheirateten Männern herum?«

»O Gott, bitte jetzt keine Moralpredigt – mir war klar, dass du so reagieren würdest.« Justine ging die Eingangstreppe hinab, wobei sie bei jedem Schritt Haltung bewahrte.

Regina holte tief Luft und folgte ihr. »Na schön, es tut mir Leid, aber ich habe mir Sorgen um dich gemacht. Ist jemand verletzt worden?«

»Sie hat davor schon auf ihren Mann geschossen, und sein Zustand ist nach wie vor kritisch. Und dann ist noch eine Kollegin von mir verwundet worden, aber sie wird wieder vollständig genesen.«

»Dieser Mann ... hat er dir etwas bedeutet?«

Justine schaute reumütig drein. »Nein. Er hat mich nur ... an jemanden erinnert.«

Regina kannte diesen Blick. »An Dean?«

Justine schnaubte verächtlich und wischte sich mit dem Daumen eine Träne ab. »Ist das nicht zum Kotzen? Der Mistkerl versaut mir auch jetzt noch mein Leben.«

Zwar hatte Regina ihre eigenen Vorstellungen, wer Justines Leben versaute, aber ihre Schwester schien nicht in der Stimmung für eine Selbstbetrachtung. »In den Nachrichten habe ich gehört, dass die Frau auf der Flucht sein soll – haben sie sie mittlerweile gefasst?«

»Nein. Deswegen bin ich ja hier.«

»Du bist zu unserem Elternhaus gefahren, um dich hier vor einer Mörderin zu verstecken?«

»Hier wird sie mich nie finden«, gab Justine bissig zurück. »Die Frau ist wahnsinnig; wahrscheinlich haben sie sie mittlerweile schon verhaftet.« Sie blieb stehen. »Aber Moment mal – wieso bist du eigentlich hier?«

»Mom und Dad wollen sich trennen.«

Justine verdrehte die Augen. »Schon wieder?«

»Dieses Mal ist es ihnen ernst. Mom wollte zwar nicht mit der Sprache herausrücken, aber ich glaube, dass Dad eine Affäre hatte.«

»Ausgeschlossen.«

»So habe ich auch reagiert, aber sie ist fest entschlossen, die Trennung durchzuziehen.«

»Sie brauchen ja keine Scheidung einzureichen, also wozu dann die ganze Aufregung?«

Regina runzelte die Stirn. »Die ganzen Besitzverhältnisse müssen noch geklärt werden, und so wie es aussieht, sind sie pleite. Das gesamte Ladeninventar und die Einrichtung im Haus sollen versteigert werden.«

Justine kniff die Augen zusammen. »Der silberne Tiffany-Leuchter steht aber mir zu.«

»Ist das alles, woran du denken kannst?«

»Himmel, wenn sie sich trennen wollen, dann sollen sie sich eben trennen. Schau doch nicht so betrübt drein, Schwesterherz. Hast du etwa gedacht, dass sie nach all den Jahren doch noch heiraten?«

Regina hasste sich dafür, dass man ihr alles am Gesicht ablesen konnte.

Justines Augen traten hervor. »Ich glaub es nicht – hast du tatsächlich gedacht, dass die beiden noch heiraten?« Sie lachte auf. »Verstehst du denn nicht? Heiraten ist nichts für die Metcalfs. Sieh dir Mom und Dad an. Oder mich. Oder dich selbst.« Sie schnaubte kurz. »Oder auch unser liebes Schwesterlein. Kein Einziger von uns ist verheiratet.«

»Immer noch besser als lauter Scheidungen.«

»Ach, komm schon, Schwesterherz – heutzutage stört sich niemand daran, wenn man geschieden ist, aber wehe, du warst nie verheiratet, dann fragen sich alle, was mit dir nicht stimmt.«

Regina musste einräumen, dass da was dran war. Wenigstens

konnten Geschiedene von sich behaupten, dass sie zu einer Beziehung fähig waren.

Justine hob einen nagelneuen Koffer aus ihrem Kofferraum. »Bist du jetzt gekommen, um unsere Eltern mit einem deiner Ratgeberbücher zu trösten – *Glücklich leben bis in alle Ewigkeit* oder was ähnlich Dummes?«

Stirnrunzelnd holte Regina ihr eigenes Gepäck aus dem Leihwagen. »Mom möchte, dass ich dem Gutachter helfe, um sicherzugehen, dass er ihnen nicht noch das letzte bisschen klaut.«

»Aha.« Als sie das Motorengeräusch eines Wagens auf der sich schlängelnden Auffahrt hörte, wandte Justine den Kopf. »Das muss Dad sein.«

Aber stattdessen tauchte ein blauer Van mit Überlänge auf, und Regina verzog den Mund. »Leider Fehlanzeige – das ist der Gutachter.«

Mitchell Cooke fuhr auf die andere Seite neben Reginas Wagen, stellte den Motor ab und stieg aus.

»Lecker«, murmelte Justine.

»Beherrsch dich«, entgegnete Regina bissig, ebenfalls in leisem Ton. »Der ist nämlich nicht verheiratet.«

Cooke ging auf sie zu und hielt Reginas Brille hoch. »Dachte, dass Sie die bestimmt vermissen.«

Mit einem verkniffenen Lächeln nahm sie sie entgegen. »Danke.«

Er machte eine ausladende Geste in Richtung Haus. »Schön hier.«

»Mhm.« Sie hatte nicht vor, sich von diesem Cooke in ein Gespräch verwickeln zu lassen.

Justine brach das unbehagliche Schweigen. »Ich bin Justine Metcalf.«

Er nickte zur Begrüßung. »Mitchell Cooke. Ich unterstütze Ihre Eltern bei der Insolvenzabwicklung.«

»Ja, meine Schwester hat mir eben erzählt, dass sie Ihnen helfen wird, um sicherzugehen, dass Sie ihnen nicht noch das letzte bisschen klauen.«

Regina hätte Justine am liebsten einen Tritt verpasst.

»Hat sie das?« Er wirkte höchst amüsiert, als er wieder zu ihr sah. »Ich nehme an, dass Sie mittlerweile mit Ihrer Mutter gesprochen haben.«

Regina nickte verlegen.

»Sie sind einverstanden, mit mir zusammenzuarbeiten?«

»Ja, wenn ich meinen Eltern damit helfen kann.«

»Gut. Wann kann ich morgen mit Ihnen rechnen?«

»Ist Ihnen neun Uhr zu früh?«

Er lächelte. »Warum nicht gleich um acht?«

Sie erwiderte das Lächeln. »Warum nicht gleich um sieben?«

»Prima. Ich bringe Doughnuts mit.«

Schweigend starrten sie sich an, bis Justine sich räusperte. »Na dann, ich glaub, ich bring mal mein Gepäck rein.«

»Ich komme mit«, sagte Regina. »Auf Wiedersehen, Mr. Cooke ...«

»Nennen Sie mich Mitchell.« Er trat von einem Fuß auf den anderen und sah Justine hinterher, um sich gleich darauf wieder Regina zuzuwenden. »Hören Sie, eigentlich bin ich vorbeigekommen, um Ihnen zu sagen, dass Ihr Vater vor ein paar Minuten zurückgekommen ist. Ich wollte es Ihnen nicht in Anwesenheit Ihrer Schwester sagen für den Fall, dass Sie ... es für sich behalten wollen.«

»Hat er getrunken?«

Er nickte. »Ich habe ihm in das Apartment hochgeholfen, und als ich gefahren bin, hat er geschlafen, aber trotzdem wollte ich es Sie wissen lassen.«

Barsch setzte sie die Brille auf und unterdrückte Tränen der Erniedrigung. »Danke ... vielen Dank.«

Er zuckte die Achseln. »Falls Sie nicht auch noch einen Bruder haben, der hier auftaucht, würde es mir nichts ausmachen, später noch einmal nach Ihrem Vater zu sehen.«

»Nein – ich habe keinen Bruder. Nur zwei Schwestern.«

»Und wo ist die dritte?«

»Sie ist ...« Regina hielt inne, weil sich erneut ein Wagen näherte.

»Ganz schön was los hier«, bemerkte er.

»Wahrscheinlich einer, der sich verfahren hat.«

Er spähte in Richtung Auffahrt. »In einer Limousine?«

Regina geriet in Bewegung, als sie sah, dass eine schwarze Stretchlimousine sich die Auffahrt entlangschlängelte. »Oh ... nein.«

»Wer ist das?«

Sie schluckte. »Sie werden es nicht glauben ... Ich glaube es ja selbst nicht ... aber das muss meine andere Schwester sein.«

»Ist sie berühmt?«

»Sozusagen.«

Ihr Herz klopfte laut, als der Schlitten neben Justines Mercedes rollte. Justine war mittlerweile bei der Veranda angelangt und blieb jetzt wie angewurzelt stehen. Reginas Magen zog sich zusammen, da sie ahnte, was ihnen gleich bevorstehen würde.

»Ich verzieh mich«, sagte Mitchell. »Ich möchte nämlich nicht stören bei Ihrem Familientreffen.«

Sie berührte seinen Arm, ohne den Blick von der Limousine abzuwenden. »Ähm ... würden Sie vielleicht noch ... ein paar Minuten warten?«

»Klar. Ich wollte schon immer mal einer berühmten Person begegnen.«

Nachdem das Fahrzeug zum Stehen gekommen war, sprang der Chauffeur heraus und eilte zu der hinteren Wagentür, um sie zu öffnen. Ein langes gebräuntes Bein erschien, gefolgt von einem zweiten, bis Mica schließlich in ihrer ganzen Größe von einsachtzig dastand, in schwarzem Minirock und weißer Seidenbluse. Ihre Mähne wallte um ihre Schultern wie ein Umhang. Auch heute noch verschlug es Regina beim Anblick ihrer bildschönen Schwester den Atem. Neben ihr stieß Mitchell einen leisen Pfiff aus. Alle Männer reagierten auf Mica so.

Währenddessen stellte der Chauffeur eine Tasche nach der anderen auf den Boden. Mica schob die Sonnenbrille hoch, drückte ihm ein Bündel Geldscheine in die Hand und entließ ihn. Dann drehte sie sich mit großen, funkelnden Augen in ihre Richtung und winkte. »Bin wieder zu Hause!«

Regina lächelte zurück und ging auf sie zu, aber ein Geräusch hinter ihr ließ sie innehalten und sich umdrehen. Justine hatte ihren Koffer fallen lassen und marschierte schnurstracks auf Mica zu. »Du kleines, hinterhältiges Luder – wie kannst du es wagen, dich hier blicken zu lassen?«

Bevor Regina dazwischentreten konnte, hatte Justine sich bereits auf Mica gestürzt. Stöhnend fielen sie zu Boden und wälzten sich tretend auf einem Efeubett hin und her.

Mitchell Cooke sah aus wie vom Donner gerührt.

»Helfen Sie mir«, sagte Regina seufzend.

NEUN

Offenbaren Sie nicht gleich alle ihre Leichen im Keller auf einmal.

Regina kam am nächsten Morgen zehn Minuten vor sieben Uhr beim Laden an, aber Mitchells Transporter stand bereits dort. Flüchtig betrachtete sie sich im Spiegel der Sonnenblende und bedauerte, dass sie nicht auf seinen Vorschlag eingegangen war, sich um acht Uhr zu treffen – eine zusätzliche Stunde Schlaf hätte ihr sicherlich gut getan. Sie hatte die dunklen Ringe unter den Augen so gut es ging überschminkt und hoffte, dass ihre Brille den Rest verdecken würde.

Das Gute daran, dass sie so früh das Haus verlassen hatte, war, dass ihre Mutter und ihre Schwestern noch geschlafen hatten, wodurch ihr ein Streit vor dem Frühstück erspart geblieben war.

Leise machte sie die Wagentür zu und hielt einen Moment inne, um die frühmorgendliche Reglosigkeit der Bäume, den Zitrusduft des nassen Taus und das Geträller irgendeines Vogels zum Tagesanbruch zu genießen. Die Natur folgte ihrem eigenen Lauf, ohne Rücksicht auf die verkorksten Menschen zu nehmen. Sie stieß einen Seufzer aus. Dieses Zusammentreffen im Elternhaus schien sich zu einer richtigen Katastrophe auszuwachsen.

Regina trat rasch durch die Hintertür, um zu vermeiden, dass ihr Vater von der Klingel geweckt wurde, falls er in dem Apartment oben noch schlafen sollte. Das kräftige Aroma von frisch gebrühtem Kaffee hing in der Luft und hob sofort ihre Stimmung. Sie folgte dem Duft und ging auf die voll gepferchte Kammer zwischen dem Lager und den Ausstellungsräumen zu, die ursprünglich als Büro abgetrennt worden war, aber seit eini-

gen Jahren gleichzeitig als Küche, Aufenthalts- und Abstellraum
für allen möglichen Krimskrams genutzt wurde. In einer Ecke
stand ein altersschwacher Kühlschrank. Bunt zusammengewür-
felte Schränkchen und Tische säumten die Wände, auf denen
sich stapelweise Aktenordner und Kataloge türmten. Man
musste es Mitchell zugute halten, dass er einen Durchgang zu
dem massiven Stahltisch in der Mitte des Raums freigeräumt
hatte, wo er im Moment saß, die langen Beine hochgelegt, und
sich eine Tasse von dem verführerisch duftenden Kaffee gönnte.
Von seinem Platz am Boden sah Sam mit müdem Blick zu ihr
hoch, der zu sagen schien, dass er ebenfalls gern ein längeres Nickerchen gehalten hätte.

»Guten Morgen«, begrüßte Mitchell sie eine Spur zu aufge-
kratzt.

Sie wollte ihm mit einem Lächeln antworten, aber das Bild,
wie er ihre Schwestern voneinander gelöst hatte, war noch immer so präsent, dass es ihr nicht richtig gelingen wollte. »Guten
Morgen.«

»Kaffee?«

»Sehr gern.« Sie ging zu der Kaffeemaschine, schenkte sich
eine Tasse ein und wühlte eine Weile in dem Chaos auf der Ab-
lage herum. »Haben Sie hier zufällig irgendwo Sahne gesehen?«
Zum Teufel mit ihrem Vorsatz, darauf zu verzichten – im Moment hatte sie jeden noch so kleinen Trost nötig.

»Sie haben ihn ja noch gar nicht probiert.«

Sie sah hoch. »Hm?«

»Meinen Kaffee – probieren Sie einfach. Schwarz schmeckt er
nämlich am besten.«

Zweifelnd nahm sie einen Schluck und stülpte dann die
Unterlippe nach außen. »Ich bin beeindruckt.«

Er lächelte. »Freut mich.« Er klappte den Deckel einer Schachtel mit Doughnuts hoch. »Mit Marmeladen- oder Creme-
füllung?«

126

»Marmelade.«

»Ah, dachte ich mir.«

Regina runzelte die Stirn, nahm aber trotzdem den Doughnut entgegen und lehnte sich gegen die Anrichte. Während sie kaute, überlegte sie, dass er vermutlich eine Erklärung für die Szene am Vorabend erwartete, aber in Anbetracht der Tatsache, dass ihr Vater oben seinen Rausch ausschlief, war sie nicht geneigt, von sich aus mehr über ihre kaputte Familie preiszugeben.

»Sieht aus, als würde heute ein schöner Tag werden«, bemerkte er.

Sie seufzte laut. »Also schön – wenn Sie es unbedingt wissen müssen, vor zwölf Jahren ist Mica mit Justines Verlobtem am Tag der Hochzeit abgehauen.«

Obwohl seine Backen voll waren, hörte er auf zu kauen und schluckte schließlich alles herunter. »Oh.«

»Sie haben sich doch bestimmt gefragt, was zwei erwachsene Frauen, die zudem miteinander verwandt sind, dazu veranlasst, sich am Boden zu wälzen und sich derb zu beschimpfen?«

Mitchell zuckte die Achseln. »Ich dachte mir schon, dass es was mit einem Mann zu tun hat.«

Sie setzte ihre Tasse ab. »Sie dachten sich schon, dass es was mit einem Mann zu tun hat? Und warum?«

Erneut zuckte er die Achseln. »Das liegt in der Natur der Frauen.«

Angesichts seiner Arroganz blieb ihr der Mund offen stehen ... und auch wegen der Richtigkeit seiner Einschätzung.

»Lassen Sie mich raten«, sagte er. »Der Kerl ist ein totaler Versager, nicht wahr?«

Widerwillig nickte sie.

»Und wo steckt er jetzt?«

»Zum Glück ist er in LA geblieben.«

»Ich nehme an, dass er Ihre jüngere Schwester nicht geheiratet hat?«

»Richtig.«

»Typisch. Frauen können von solchen Kerlen nie genug kriegen.«

Sie starrte ihn an. »Das war eine sexistische Bemerkung.«

Abwehrend hob er die Hand. »Aber es ist wahr. Die Frauen sind immer hinter den verwegenen Typen her, und sobald sie einen kriegen, erwarten sie, dass er häuslich wird, was er wiederum nicht will. Ein Teufelskreis. Das können Sie einem ehemaligen schlimmen Finger ruhig glauben.«

»Ein ehemaliger schlimmer Finger?«

»Ja, mittlerweile habe ich nur noch schlimme Knie.« Er rieb sich das Schienbein unter den ausgeblichenen Jeans. »Übrigens, Ihre Schwestern treten schlimmer als ein Esel mit den Hufen.«

Schuldbewusst zuckte sie zusammen. »Ich muss mich dafür entschuldigen, dass ich Sie da mit hineingezogen habe.«

Er winkte ab. »Ich bin froh, dass ich helfen konnte – ich bin nämlich Gutachter und erprobter Prellbock, stets zu Diensten.«

Regina deutete auf den Laptop auf dem Tisch. »Mir ist immer noch nicht klar, wie ich Ihnen behilflich sein kann.«

»Sie meinen abgesehen davon, dass Sie sichergehen, dass ich Ihren Eltern nicht noch das letzte bisschen klaue?«

Sie errötete leicht. »Justine hat das falsch verstanden.«

»Tja, ohne Sie beleidigen zu wollen, aber Ihre Eltern wären ein leichtes Opfer, wäre ich einer von der zwielichtigen Sorte. Hier herrscht nämlich das totale Chaos.«

»Ich weiß. John und Cissy sind vernarrt in Antiquitäten, und sie verstehen es mit den Kunden, aber mit den Grundlagen, wie man ein Geschäft führt, haben sie nicht viel am Hut.«

»In meiner Branche kommt so was auch häufig vor.«

»Und was genau ist das für eine Branche?«

»Ich bin in erster Linie Gutachter. Außerdem wickle ich Immobilienverkäufe ab und bin als Berater für Versicherungsfirmen tätig. Solche Dinge eben. Der Bankangestellte, der die Geschäftsaufgabe Ihrer Eltern regelt, hat mich wegen dieses Jobs kontaktiert. Ich werde für jeden Artikel hier einen Mindestpreis festsetzen, damit die Bank eine ungefähre Vorstellung hat, wie viel die Auktion einbringen wird. Vor allem bei dem Papierkram kann ich Ihre Hilfe gebrauchen, und vielleicht noch bei ein paar anderen Dingen. Ihr Vater hat mir erzählt, dass Sie ein gutes Auge haben.«

»Aber ich habe vor, nur bis zum kommenden Wochenende hier zu bleiben.«

Er nickte. »Ich arbeite zügig, und mit einer zusätzlichen Hilfe dürfte das Ganze rasch über die Bühne gehen.«

»Bleibt der Laden währenddessen geöffnet?«

»Sicher, je mehr verkauft wird, umso besser. Wenn die Schätzung abgeschlossen ist, wäre es jedoch am besten, einige Wochen zu schließen, um die Auktion vorzubereiten.«

Sie presste die Lippen zusammen und wünschte sich, dass die Welt sich langsamer drehen würde, damit sie Schritt halten könnte.

»Hey, schauen Sie nicht so geknickt drein – hier lagern noch einige Schätzchen von Wert. Ich werde auch noch ein paar Sammler aus meinem Bekanntenkreis ansprechen. Mit etwas Glück werden Ihre Eltern dieses großartige Haus behalten können.«

»Meine Eltern wollen sich trennen.« Im nächsten Moment schlug sie die Hand vor den Mund. O Gott, ein weiterer Beweis, dass ihre Familie völlig zerrüttet war.

»Das tut mir Leid«, erwiderte er mit ernster Stimme und nahm die Beine vom Tisch herunter. »Sollen wir loslegen?«

Regina nickte dankbar und ging mit ihrem Kaffee zu ihm an den Tisch. Mitchell erklärte ihr sein einfaches Archivierungsprogramm, aber sie war nicht ganz bei der Sache, da er zu dicht neben ihr saß und seine langen Gliedmaßen ihr ständig im Weg waren – für ihren Geschmack stießen ihre Knie zu oft zusammen und berührten sich ihre Ellbogen zu häufig. Während sein Blick auf den Bildschirm geheftet war, beobachtete sie ihn. Sie schätzte den selbst ernannten ehemaligen schlimmen Finger auf Ende dreißig, obwohl er in T-Shirt und Turnschuhen jünger wirkte. Seine dicken dunkelblonden Haare lagen eng am Kopf an, und sein Gesicht war männlich-kantig – hohe Stirn, breite Wangenknochen, breite Nase, kantiges Kinn. Seine kurzen Koteletten waren dunkel, genau wie seine Augenbrauen und Wimpern. Aufgrund seines durchtrainierten Körpers und der gebräunten Haut vermutete sie, dass er gern draußen Sport trieb. Dafür sprach auch sein ausgeblichenes »Kajakfahren ist spitze«-T-Shirt, und ihr fiel es nicht sonderlich schwer, ihn sich mit nacktem Oberkörper im Kampf gegen die Strömung vorzustellen.

»Wir können mit den Möbelstücken anfangen, wenn Sie möchten«, schlug er vor und nahm den Laptop hoch.

»Woher stammen Sie?«

Ihre Frage schien ihn zu überraschen.

»Ich ... kann Ihren Akzent nicht einordnen.«

»Eigentlich stamme ich aus den Südstaaten. Meine Eltern waren so eine Art fahrende Händler, die immer auf Antiquitätenschnäppchen aus waren – auf Flohmärkten, in Auktionshäusern. Wir sind ständig umgezogen.«

»Und wo leben Sie jetzt?«

»Ich habe ein Postfach in Charlotte.«

Ein ehemaliger schlimmer Finger ohne festen Wohnsitz, dachte sie, während sie ihm half, den Laptop und weitere Arbeitsutensilien auf einen Rollwagen zu laden.

»Und Sie, was machen Sie in Boston?«, fragte er.

Sie schob ihre Brille auf der Nase hoch. »Ich bin Lektorin.«

»In welchem Bereich?«

»Sachbücher. Nachschlagewerke, Gesundheitsratgeber, Ratgeber allgemein.«

»Solche Mars-Venus-Bücher?«

»Auch.«

»Klingt nicht gerade spannend.«

Sie zwinkerte ungläubig. »Ganz im Gegenteil. Fangen wir jetzt endlich an?« Sie ging vor ihm und schob den Wagen über den unebenen Holzboden in den Hauptausstellungsraum. Seine Schritte erklangen hinter ihr, genau wie das rhythmische Stapfen von Sams Pfoten.

»Ich wollte damit nur sagen, dass ich lieber die Dinge selbst anpacke statt darüber zu lesen.«

Sie marschierte weiter. »Tut mir Leid, wenn Ihnen mein Beruf zu langweilig ist. Aber ich stehe eben nicht so gern im Rampenlicht wie meine Schwestern.«

Mitchell hielt sie am Arm fest und trat vor sie, um ihr ins Gesicht sehen zu können. »Hey, entspannen Sie sich. Ich wollte Sie nicht beleidigen. Und was haben Ihre Schwestern damit zu tun?«

Trotzig sah sie zu ihm hoch.

»Kann es sein, dass es hier um eine kleine Rivalität unter Schwestern geht?« Sein Mund verzog sich zu einem spöttischen Lächeln. »Oh, Moment mal – sagen Sie mir jetzt bloß nicht, dass Sie ebenfalls auf den Versager abfahren.«

Seine Unverfrorenheit verschlug ihr die Sprache. Am liebsten hätte sie ihm eine Ohrfeige verpasst, aber sie wollte ihn nicht glauben machen, dass er sie so leicht provozieren konnte. Stattdessen erwiderte sie sein Lächeln. »Von schlimmen Fingern halte ich mich grundsätzlich fern.« Sie befreite ihren Arm aus seinem Griff. »Das gilt auch für ehemalige.«

»Aua.« Er sah zu Sam hinunter. »Das, mein Freund, nennt man wohl eine Abfuhr. Nur gut, dass ich ein dickes Fell habe.«

»Könnten wir jetzt bitte anfangen?«

»Zu Befehl, Ma'am.«

Zu ihrer großen Erleichterung gab sich Mitchell bei der Ar-

beit ernst und professionell. Rasch entwickelten sie ein System –
aus dem umfangreichen Archivverzeichnis, mit dem ihre Eltern
nach wie vor den Bestand katalogisierten, gab sie ihm die Daten
für sein PC-Programm, und wenn keine Karteikarte angelegt
war, inspizierte sie das Möbelstück selbst. Zuerst kamen ihr die
Worte nur stockend über die Lippen, aber schließlich fielen ihr
all die Fachbegriffe wieder ein: Empire, Federal, Art Nouveau,
Arts and Crafts, Rokoko, Regency, Shaker. Sobald er einen Mindestpreis festgesetzt hatte, brachte sie das Schildchen an dem jeweiligen Objekt an, und sie wandten sich dem nächsten zu. Hin
und wieder hielt sie inne, um ein besonders schönes Stück zu
bewundern.

»Mir war gar nicht klar, wie sehr ich den Laden vermisst habe«, murmelte sie, wobei sie mit der Hand über einen edlen
Tisch aus Kastanienholz strich.

Er lachte. »Ich bezweifle, dass man davon richtig loskommt.
Ich habe es versucht, bin aber doch wieder in diesem Metier gelandet. Sammeln Sie selbst?«

Regina hob die Schultern. »Mein ganzes Sammelsurium aus
der Kinderzeit ist noch immer bei meinen Eltern– allerdings
überwiegend nur Ramsch. Momentan interessiere ich mich für
Brieföffner, aber ich sammle sie nicht ernsthaft.«

»Brieföffner? Warum gerade Brieföffner?«

Sie sah auf und senkte dann wieder den Blick. »Aus keinem
bestimmten Grund. Was sammeln Sie denn?«

»Bücher.«

Jetzt sah sie wieder auf. »Bücher?«

»Kann man denn nicht gut aussehen und gleichzeitig belesen
sein?«

Ein Geräusch auf der Treppe ersparte ihr die Antwort. Ihr
Dad tauchte auf, leicht humpelnd mit seinem arthritischen Fuß,
aber über das ganze Gesicht strahlend, als er Regina erblickte.

»Da ist ja mein Mädchen«, sagte er und breitete die Arme aus.

»Daddy.« Sie warf sich in seine Arme und vergrub das Gesicht an seinem Hals, der den Geruch von Old Spice verströmte – der typische Dad-Geruch. »Schön, dich zu sehen. Was macht dein Fuß?«

»Geht schon. Etwas mehr Bewegung, und es würde noch besser gehen. Lass mich dich ansehen.« Er umfasste ihr Gesicht und grinste. »Ja, immer noch bildhübsch.« Dann erschien ein trauriges Lächeln auf seinem Gesicht. »Tut mir Leid, dass ich gestern Abend nicht mehr gekommen bin. Ich ...« Seine Augen wurden feucht.

»Ist schon okay«, tröstete sie ihn, erschrocken über den niedergeschlagenen Ausdruck in seinen blauen Augen, die den ihren glichen. »Ich weiß, ihr macht gerade eine schwere Zeit durch, aber es wird schon alles gut werden.« Sie gab ihm ein Küsschen auf die Wange und grinste. »Und weißt du was? Justine ist auch hier.«

Sofort hellte sich sein Gesicht auf. »Alleine?«

»Ja.«

»Das wird deine Mutter sehr freuen.«

»Und soll ich dir noch was verraten?«

»Noch mehr gute Neuigkeiten ertrag ich nicht.«

»Dann sage ich dir lieber nicht, dass Mica ebenfalls hier ist.«

»Das heißt, alle meine Mädchen sind zu Hause?«

»Sieht ganz so aus.«

Er umarmte sie und hob sie ein Stück hoch. Als er sie wieder herunterließ, warf er einen Blick über ihre Schulter. »Wie ich sehe, hast du Mitchell bereits kennen gelernt.«

»Ich helfe ihm. Warum gehst du nicht zum Haus und begrüßt die anderen? Wir werden hier so lange die Stellung halten, und zum Abendessen bin ich dann auch da.«

»Regina, Sie können ruhig mitgehen«, bot Mitchell an. »Bestimmt wären Sie jetzt gern bei Ihrer Familie.«

Um ehrlich zu sein, hatte sie im Moment nicht die geringste

Lust dazu. Und so verrückt es auch klingen mochte, wusste sie aus Erfahrung, dass Justine und Mica mehr stritten, wenn sie dabei war, weil sie darauf bauten, dass sie wieder einmal schlichten würde. Nein, Cissy und John war es vergönnt, in aller Ruhe ein paar Stunden mit ihren Töchtern zu verbringen, die sie so selten zu Gesicht bekamen.

Sie sah ihn scharf an. »Ich werde hier bleiben und Ihnen helfen.«

Er senkte den Blick wieder auf seinen Laptop. Sie sah ihrem Vater nach, als dieser ging, und dachte an all das Gute, das sie verdient hätten – auch jetzt noch. Sie musste einfach an dem Glauben festhalten, dass sich alles wieder einrenken würde, aber im Moment sah die Lage ziemlich düster aus.

Hinter ihr gab Mitchell ein Räuspern von sich. »Sie hätten ruhig mitgehen können – ich werde schon nichts klauen.« Er klang beleidigt.

Regina fuhr sich mit der Hand über die Augen und drehte sich um. »Ausnahmsweise hat das mal nichts mit Ihnen zu tun. So, wo waren wir stehen geblieben?«

ZEHN

Etwas herumschnüffeln kann nicht schaden.

Justine fuhr senkrecht im Bett hoch, das Bild von Lisa Cranes drohendem Gesicht noch immer vor Augen. Das Zimmer war in Schatten gehüllt, und sie hatte das Gefühl, dass die Frau irgendwo im Dunkeln lauerte. Panik umklammerte ihr Herz, als sie sich zur Seite beugte und nach der Waffe unter der Matratze tastete. Plötzlich hing ihr Arm fest – die Wahnsinnige wollte sie offenbar in ihrem Bett umbringen. Aufsteigende Tränen machten ihr das Atmen schwer, sodass ihre Panik nur noch größer wurde. Sie verkrampfte sich, bis ihr bewusst wurde, dass ihr Arm sich in dem Bettlaken verfangen hatte. Sie hörte auf wild herumzufuchteln und konzentrierte sich auf ihre Umgebung: ihr früheres Bett mit dem kunstvoll verzierten Messinggestell, die Steppdecke mit dem pfirsich-grünfarbenen Paisleymuster, die dazu passenden Vorhänge.

Sie war zu Hause. Und sicher.

Nass geschwitzt, aber erleichtert, sackte sie wieder in das Kissen zurück. Doch in diesem Moment fiel ihr ein, dass Mica ebenfalls hier war und dass ihr erstes Zusammentreffen nach zwölf Jahren nicht gerade harmonisch verlaufen war. Sie rollte sich auf den Bauch und stöhnte in das Kissen hinein. Von dem Muskattee, den sie gestern Abend getrunken hatte, fühlte sie sich an diesem Morgen ungewöhnlich benommen. Vielleicht sollte sie so tun, als wäre sie krank, und den ganzen Tag im Bett bleiben – daran würde wohl niemand Anstoß nehmen. Während sie sich mit dem Gedanken bereits anfreundete, schloss sie wieder die Augen, als plötzlich ihr Handy klingelte. Zunächst zögerte sie, doch dann fiel ihr ein, dass es Lando sein könnte, um ihr erfreuliche Neuigkeiten mitzuteilen. Sie setzte sich wieder auf, tastete nach dem Lichtschalter und nahm das Handy von der Ladestation. »Hallo?«

»Justine?« Eine männliche Stimme.

»Ja. Wer ist da?«

»Officer Lando. Habe ich Sie geweckt?«

»Ja.« Sie griff an ihr Handgelenk, doch dann fiel ihr ein, dass ihre Armbanduhr mittlerweile einem Kerl mit fauligen Zähnen in Shively gehörte. »Wie spät ist es?«

»Kurz nach neun. Ich wollte Ihnen den neuesten Stand mitteilen.«

»Haben Sie Lisa Crane inzwischen gefunden?«

»Noch nicht.«

»Noch nicht? Wissen Sie wenigstens, wo sie sich aufhält?«

»Deswegen rufe ich ja an. Sind Sie in North Carolina?«

»Ja, im Haus meiner Eltern.«

»Ich benötige die genaue Adresse.«

»Warum?«

»Wir vermuten, dass Lisa Crane den Bundesstaat verlassen hat.«

Sie schlug die Bettdecke zurück, ging zu einem der beiden großen, breiten Fenster und zog die Jalousie hoch. In dem grellen Sonnenlicht konnte sie zunächst kaum etwas erkennen. Nachdem sich ihre Augen an die Helligkeit gewöhnt hatten, ließ sie den Blick über den Vorgarten und die lange, gewundene Auffahrt schweifen. Ihr Wagen stand nach wie vor dort, wo sie ihn abgestellt hatte. Reginas Auto war allerdings verschwunden, aber die hatte ja einen Termin mit dem Verramscher im Laden. Der Rasensprenger war an, als bräuchte dieser Dschungel da draußen noch Ermutigung. Eine verwaiste Hängematte schaukelte sanft im Wind. Tierfiguren aus Stein standen Wache. Alles schien ruhig und unauffällig zu sein.

»Sind Sie noch dran?«, fragte er.

»Ja. Vor dem Haus kann ich sie jedenfalls nicht entdecken. Wie kommen Sie darauf, dass sie den Bundesstaat verlassen hat?«

»Eine Frau, auf die die Beschreibung zutrifft, hat bei einem Einkaufscenter an der Grenze zwischen Pennsylvania und Maryland getankt, ohne zu bezahlen.«

Justine schluckte. »Wann war das?«

»Gestern Abend, so gegen zehn. Womöglich war sie es gar nicht, aber ich wollte Sie darüber informieren für den Fall, dass sie Ihnen gefolgt ist. Ich werde auch die Polizeidienststelle bei Ihnen vor Ort benachrichtigen.«

Sie zuckte kurz zusammen. »Ist das denn unbedingt nötig?«

»Ja.«

»Na gut, aber Sie müssen denen ja nicht gerade alle Details verraten, nicht wahr? Schließlich kennen die meine Eltern.«

»Ich werde Diskretion walten lassen«, erwiderte er, wobei sie zwischen den Zeilen heraushörte: *Im Gegensatz zu Ihnen.*

»Wissen Sie etwas Neues über Randall Cranes Zustand?«, fragte Justine und kramte in ihrer Handtasche nach Zigaretten.

»Sein Zustand hat sich gebessert. Wir bewachen allerdings nach wie vor sein Krankenzimmer.«

Sie zündete sich eine Zigarette an, sog daran und stieß den Rauch wieder aus. »Gut.«

»Damit werden Sie sich noch umbringen.«

Grinsend nahm sie einen weiteren Zug. »Aber nur in Raten.«

»Wie geht es Ihnen überhaupt?«

»Gut. Wenn ich jedoch bedenke, was für ein Chaos in meiner Familie herrscht, hätte ich vielleicht in Shively bleiben und es mit Lisa Crane aufnehmen sollen.«

»So schlimm?«

»Schlimm ist noch untertrieben.« Sie gab ihm die Adresse ihrer Eltern.

»Passen Sie auf sich auf«, meinte Lando zum Schluss. »Ich werde Sie weiter auf dem Laufenden halten.«

Nachdenklich beendete sie das Telefonat. Noch nie hatte jemand zu ihr gesagt, sie solle auf sich aufpassen – bislang hatte das jeder wohl für selbstverständlich gehalten.

Erneut nahm Justine einen tiefen Zug. Ja, sie konnte wirklich auf sich aufpassen, bei Gott.

Seufzend stieß sie den Rauch wieder aus und überlegte, dass es wohl ratsam wäre, wenn sie sich unten blicken ließe, auch auf die Gefahr hin, Mica wieder zu begegnen. Nach dem »kleinen Vorfall« gestern hatte Regina beide möglichst weit voneinander in ihre Zimmer verbannt, damit sie sich erst einmal abreagierten. Zwar hatten sowohl Justine als auch Mica angeboten, sich ein Hotelzimmer zu nehmen, aber Regina hatte nichts davon hören wollen – schließlich waren sie Schwestern. Justine schüttelte den Kopf – Regina, die ewige Friedensstifterin. Die davon überzeugt war, dass sich alles mit einer kollektiven Umarmung und ein paar guten Ratschlägen wieder einrenken ließ. Und der immer noch nicht klar geworden war, dass sie genauso einen Knacks hatte wie der Rest der Familie.

Sie klopfte an die Tür des Badezimmers, das zwischen ihrem Zimmer und dem von Mica lag. Früher hatte sie das Bad für sich gehabt, bis Mica dreizehn geworden war und John dem Drängen seiner Lieblingstochter nachgegeben und einen zweiten Zugang von deren Zimmer aus geschaffen hatte. Von da an hatte Mica ihr scheinbar nur im Weg gestanden ... und ständig ihre Sachen benutzt, wie Justine erst hinterher klar geworden war.

Wie lange das mit Dean und Mica hinter ihrem Rücken wohl schon gedauert hatte? Monate? Jahre? Zu der Demütigung, vor dem Altar sitzen gelassen worden zu sein, während sich der Bräutigam mit ihrer kleinen Schwester nach LA aufgemacht hatte, war noch hinzugekommen, dass sie nicht einmal die Gelegenheit gehabt hatte, sich die beiden vorzuknöpfen. Dann hätte sie ihnen sagen können, was sie von ihnen hielt ... hätte ihnen in die Augen geschaut, um zu sehen, ob sie wenigstens ansatzweise ein schlechtes Gewissen ihr gegenüber hatten.

Doch seit gestern war alles anders. Was auch immer sie sich ausgemalt hatte für den Fall, dass Mica eines Tages wieder bei ihr auftauchen würde, war wie eine Seifenblase zerplatzt, als Mica aus dieser Limousine gestiegen war und verkündet hatte, sie sei wieder *zu Hause*. Ha, zu Hause, um sich bei allen wieder lieb Kind zu machen und mit ihrer Karriere anzugeben. Nein, nicht um Besserung zu geloben, sondern um den Star heraushängen zu lassen. Genau wie bei ihrem gestrigen Auftritt.

Da sich auf der anderen Seite der Tür nichts rührte, ließ Justine ihre Zigarette in den restlichen Teesatz fallen und betrat das Bad, wobei sie überall auf dem Boden Micas Kosmetikutensilien ausweichen musste, um zum Waschbecken zu kommen.

Mit den Händen schöpfte sie Wasser und trank davon, um den fauligen Geschmack des Muskattees aus ihrem Mund zu spülen. Dann wusch sie sich das Gesicht mit einem gewöhnlichen Stück Seife älteren Datums – eigentlich ein Tabu, wenn man wie sie in der Kosmetikbranche arbeitete, aber das eine Mal würde ihr sicher nicht schaden. Doch die Seife hinterließ ein paar brennende Stellen auf ihrer Haut, und sie bemerkte rote Striemen in ihrem Gesicht, die wie Kratzer aussahen.

Diese kleine Hexe hatte ihr doch tatsächlich das Gesicht zerkratzt. Na schön, sie hatte Mica ein Veilchen verpasst, aber damit hatte ihre Schwester rechnen müssen. Was die Kratzer betraf, würde sie allerdings ein Wörtchen mit ihr reden müssen. Justine warf das Handtuch ins Waschbecken und riss die Tür zu Micas Zimmer auf. Das Bett war leer und zerwühlt. Frustriert seufzte sie auf, als plötzlich ein Handy klingelte. Es war nicht ihres, wie ihr bewusst wurde, sondern das, das aus Micas sündhaft teurer Handtasche herausragte. Auf dem Display leuchtete der Name des Anrufers auf: DEAN HAVILAND.

Ihr Herz machte einen Satz. Sie zögerte bis zum dritten Klingeln, bevor sie den Mut hatte, dranzugehen und sich mit ihrer bestmöglichen Mica-Stimme zu melden. »Hallo?«

»Hey, Baby, was ist denn los?«

Justine schloss die Augen – seine Stimme klang immer noch süß in ihren Ohren. »Äh, bin gerade erst aufgewacht.«

»Wo zum Geier steckst du eigentlich?«

Verwundert hob Justine die Augenbrauen – gab es etwa Ärger bei dem jungen Glück? Fieberhaft suchte sie nach einer passenden Antwort. »Kannst du dir das nicht denken?«

»Hör mal, das ist nicht komisch. Ich habe mindestens hundertmal deine verdammte Handynummer gewählt, und ich habe auch alle deine Bekannten angerufen. Dein bescheuerter Agent wollte mir lediglich mitteilen, dass du dir gerade eine Auszeit genehmigst. Apropos, sein Jackett hängt bei uns im Bad – falls er dich angegraben hat, reiße ich ihm den Schwanz ab.«

Sie kniff die Augen zusammen und entgegnete nichts darauf.

»Sag mir, wo du bist, und ich komme dich abholen. Dann können wir in Ruhe über alles reden.«

Also hatten sie tatsächlich Stress. Ein Hauch von Genugtuung stieg in ihr hoch. Wenn Dean hierher käme, würde ihr das die Gelegenheit geben, ihn wiederzusehen, ihn zur Rede zu stellen. »Ich habe beschlossen, für ein paar Tage nach Hause zu fahren, zu meinen Eltern.«

»Du bist in Monroeville?«

»Mhm.«

Er fluchte laut. »Der Zeitpunkt ist denkbar ungünstig, mich in diesem Kaff wieder blicken zu lassen. Ich muss nämlich hier vor Ort sein, weil ich gerade ein Geschäft am Laufen habe.«

»Kommst du jetzt oder nicht?«

Erneut fing er an zu toben, dieses Mal nicht nur verbal. »Verflucht, da wird mir wohl nichts anderes übrig bleiben.«

»Und wann?«

»Keine Ahnung. Könnte ein paar Tage dauern. Ich muss hier

vorher noch was regeln – einer von uns muss ja schließlich malochen, nicht?«

»Ja.«

Er stieß einen Seufzer aus, der sie wohlig erschauern ließ. »Du bringst mich noch ins Grab, Mädchen, ist dir das bewusst?«

Justine lächelte leise in den Hörer hinein. »Ja, das ist mir bewusst.«

Innerlich bebend beendete sie das Gespräch, stellte das Handy stumm und schaltete es anschließend aus. Als sie es ganz unten in Micas Handtasche steckte, streifte ihre Hand mehrere Arzneidosen, sodass in ihr sofort eine Alarmglocke losschrillte.

War Mica etwa krank? Sie hatte sich ein wenig knochig angefühlt, als sie sie zu Boden gedrückt hatte, aber Justine hatte angenommen, dass das ihr normales Modelgewicht war.

Antibiotika, weitere Antibiotika, Schmerzmittel, noch mehr Schmerzmittel, *Antidepressiva?* Von drei verschiedenen Ärzten, und eines der Antibiotika war offensichtlich erst gestern verschrieben worden.

Seltsam.

ELF

Erwarten Sie nicht Kopulation und Konversation zur selben Zeit.

Mica saß im Arbeitszimmer, zusammengerollt auf einem riesigen, gemütlichen Sessel mit Karostoffbezug, der bestimmt nicht aus der viktorianischen Zeit stammte, aber sicherlich der Lieblingsplatz ihres Dads war, um fernzusehen. Sie konnte seinen Geruch in dem Sessel wahrnehmen – das Old Spice Rasierwasser und den Kirsch-Mandel-Tabak, den er hin und wieder rauchte. Hinter dem Kissen hatte sie eine kleine, halb leere Whiskyflasche entdeckt. Seine Medizin, wie er immer sagte. Aber laut Cissy und Regina übertrieb er es zurzeit mit seiner Medizin. Das männliche Oberhaupt einer zerrütteten Familie.

Aus den Tiefen eines überquellenden Bücherschranks hatte sie ein Fotoalbum mit bröckligen, braun gefleckten Seiten gezogen. Als es damals gekauft worden war, hatte keiner gewusst, dass die Seiten mit Permanentkleber versehen waren und dass die Fotos zusammen mit den Zwischenblättern vergilben würden. Nach Schwarz-Weiß-Aufnahmen von Justine als Kleinkind folgten verblichene Farbbilder von Justine und Regina als Säugling. Während Justine schon damals selbstbewusst vor der Kamera posiert hatte, hatte Regina lediglich ein schüchternes Lächeln hinter ihren dicken Brillengläsern zu Stande gebracht. Und dann tauchte ein weiteres Baby auf den Bildern auf, mit dichten schwarzen Haaren. Damals hatte Justine es immer wie eine Lieblingspuppe herumgetragen. »Meine MICA« war mit Filzstift quer über ein Foto geschrieben worden, in sorgfältigen Druckbuchstaben der damals fünfjährigen Justine. Mit dem kleinen Finger fuhr Mica über die Buchstaben, wobei sie versuchte, eine Spur der Hingabe, die ihre Schwester ihr damals noch entgegengebracht hatte, zu erahnen.

Mica schniefte. Dieses Chaos war allein ihre Schuld, weil sie sich in Dean verliebt hatte.

Zuerst hatte sie angenommen, dass Dean so nett zu ihr war, weil sie Justines kleine Schwester war. Sie bewunderte Justine und war jedes Mal begeistert, wenn die beiden sie ins Kino oder zu Sportveranstaltungen mitnahmen. Auf der Feier anlässlich ihres sechzehnten Geburtstages hatte Dean ihr einen brüderlichen Kuss gegeben, und sie wusste noch, dass sie völlig konfus gewesen war. Nach diesem Kuss suchte Dean immer wieder den Kontakt zu ihr, indem er ihr anbot, sie zur Bücherei zu fahren und solche Dinge. Seine brüderlichen Küsse wurden immer forscher, bis sie ihm ein Jahr später ihre Jungfräulichkeit schenkte. Er schwor ihr, niemandem davon zu erzählen, aus Rücksicht gegenüber Justine. Seine Reife und sein gutes Aussehen schmeichelten ihr, und zwischen ihnen knisterte es gewaltig. Wenn Dean mit ihr schlief, vergaß sie die ganze Welt um sich herum. Obwohl sie sich Hals über Kopf in ihn verliebte, hielt sie ihre Gefühle vor Justine sorgfältig geheim. Als Dean dann drei Jahre später, am Vorabend der Hochzeit, vorschlug, sie nach LA zu begleiten, war sie von allen wohl am meisten überrascht gewesen.

Bis auf Justine vielleicht.

Aber wie man in den Wald hineinruft, so schallt es heraus. Wie naiv sie doch gewesen war zu glauben, dass der Mann, der bereits eine andere betrogen hatte, mit ihr nicht dasselbe tun würde. Dr. Forsythe hatte erklärt, dass sie sich nicht nur einen Tripper, sondern zusätzlich eine Chlamydien-Infektion, eine weitere ekelhafte kleine Geschlechtskrankheit, eingefangen hatte. Sie konnte nur hoffen, dass die Infektionen keine dauerhafte Beeinträchtigung ihrer Fruchtbarkeit zur Folge hatten.

Ihr anschließendes Telefonat mit Dean war recht knapp verlaufen. Nachdem sie ihm von der Diagnose berichtet hatte, hatte er alles abgestritten, woraufhin sie kurzerhand aufgelegt hatte. In diesem Moment hatte sie nämlich beschlossen, wegzufahren, zumal sie, offen gesagt, nicht dafür garantieren konnte, dass sie ihn nicht umbringen würde, wenn sie bliebe. Sollte es tatsächlich einen schmalen Grat zwischen Liebe und Hass geben, dann hatte sie diesen mit Dean Haviland überschritten. Und auch mit sich selbst. Damals hatte sie für Dean ihre Familie aufgegeben, und nun stand sie alleine da.

Sie blätterte weiter in dem Album und betrachtete die Fotos mit tränenverschleiertem Blick. Bei der Aufnahme von ihr und ihren Schwestern in Disney World musste sie lächeln. Damals war sie sieben gewesen, Regina neun und Justine zwölf. Sie vermutete, dass sie kurz davor Achterbahn gefahren sein mussten, da sie und Justine über beide Backen strahlten, während Regina etwas blass um die Nase wirkte. Sie und Justine hatten beide einen Hang zum Draufgängertum – sie mochten dieselben Fahrgeschäfte, standen beide gern im Rampenlicht, liebten denselben Mann. Regina hingegen war die Sportliche von ihnen, die ihnen stets den Vortritt ließ und gewöhnlich alle Schuld auf sich nahm, damit wieder Frieden einkehrte.

Erneut fesselte ein Bild ihre Aufmerksamkeit, doch dieses hatte einen ernüchternden Effekt. Sie posierten darauf in ihren neuen Schwimmsachen, und es war in jenem Sommer aufgenommen worden, als Tante Lyla ermordet worden war. Das wusste sie noch, weil sie zum ersten Mal einen Bikini hatte tragen dürfen. Jener Sommer damals hatte sämtliche Hitzerekorde gebrochen, und sie hatten jede freie Minute am Baggerloch verbracht. Leider waren sie an jenem Tag zur falschen Zeit am falschen Ort gewesen. Und zum ersten Mal hatte Regina die Führung übernommen, als sie ihre Höhenangst verdrängt hatte und leichtsinnigerweise den Baum heruntergeklettert war, um mit einem Anblick konfrontiert zu werden, der für eine Vierzehnjährige entsetzlich gewesen sein musste. Noch immer hatte

Mica Reginas aschfahles und völlig verzerrtes Gesicht vor Augen. Sie und Justine hatten sie gezwungen, ein Schweigegelübde abzulegen. Die Ironie dabei war, dass Regina dieser Schwur unglaublich schwer gefallen war, da er ihren Prinzipien widersprochen hatte. Trotzdem wäre Regina die Letzte von ihnen, die den Pakt brechen würde.

Mica strich sich nachdenklich über das Kinn. Sie selbst hatte nämlich den Pakt gebrochen, und zwar erst vor wenigen Wochen – wieder eine Ironie des Schicksals. Nachdem sie sich zwanzig Jahre lang an den Schwur gehalten hatte, hatte es sie in einer lauschigen Nacht, in der sie zusammen mit Dean im Bett lag, überkommen, ihm ihr Herz ganz zu öffnen. Im Gegenzug hatte sie gehofft, dass er ihr von seiner Kindheit in einer schäbigen Siedlung in Monroeville erzählte. Sie war davon ausgegangen, dass sie sich emotional tiefer binden würden, wenn sie sich gegenseitig mehr anvertrauten. Gewöhnlich sprach Dean selten über seine Kindheit oder über ernste Themen. Folglich war sie zu dem Schluss gekommen, dass sie den Anfang machen müsste, um das Eis zu brechen, um ihn dazu zu bringen, dass er ihr persönliche Dinge offenbarte, von denen sonst niemand wusste.

»Kannst du dich noch an den Mord an Lyla Gilbert erinnern?«, hatte sie ihn gefragt, während sie auf der Seite gelegen und ihn angeschaut hatte.

Er war schon halb eingeschlafen – wie immer nach gutem Sex. »Ja. Die war doch mit dir verwandt, nicht?«

»Sie war meine Tante.«

Als Antwort darauf brummte er nur kurz.

»Ich habe das noch nie jemandem erzählt, aber ... Justine, Regina und ich haben das Ganze damals gesehen.«

Schlagartig öffnete er ein Auge. »Wie bitte?«

»Wir hatten uns auf einem Felsvorsprung über der Liebesecke auf die Lauer gelegt, und dabei haben wir alles mitverfolgen können.«

Dann öffnete er auch das andere Auge. »Ohne Scheiß?«

Sie nickte.

»Ihr habt also den Mörder gesehen?«

»Ja ... und nein. Wir haben den Kerl nicht richtig erkennen können.«

Er setzte sich auf und schob ein Kissen in den Rücken, mittlerweile hellwach. »Ihr seid nicht zur Polizei gegangen?«

»Nein. Wir hatten Angst, dass der Mörder hinter uns her sein würde, weil er davon ausgeht, dass wir ihn identifizieren können.«

»Und, konntet ihr?«

»Was?«

»Ihn identifizieren?«

»Nun ja ... ich glaube nicht ... jedenfalls was mich betrifft. Natürlich kann ich nicht für Justine und Regina sprechen.« Sie schüttelte den Kopf. »Regina ist sogar da runtergeklettert, um sich zu vergewissern, was mit Lyla ist.«

»Regina?«

»Wir waren auch sprachlos. Ich glaube, sie hat sich vor lauter Angst fast in die Hosen gemacht. Sie hat gemeint, dass die Mordwaffe über und über mit Blut verschmiert gewesen war.«

»Die Mordwaffe? Die ist doch nie gefunden worden.«

An diesem Punkt wurde Mica bewusst, dass das Gespräch nicht nach ihren Erwartungen verlief. »Das ... habe ich nicht gewusst.«

Er beugte sich vor. »Egal, was hat sie gesehen – ein Messer?«

»Das ... hat sie nicht gesagt.« Sie klammerte sich an seinen Arm, damit er sich wieder neben sie legte. »Es ist schon so lange her, dass ich mich nicht mehr richtig erinnern kann. Vielleicht hat Regina ja lediglich gesagt, dass alles mit Blut verschmiert war. Ich habe wohl vieles verdrängt, glaube ich.«

Er widersetzte sich ihrem Griff. »Dann hast du vielleicht das Gesicht des Mörders gesehen und es verdrängt?«

Sie runzelte die Stirn. »Ich ... weiß nicht. Egal, der Mord ist ja aufgeklärt worden. Wir waren unglaublich erleichtert, nachdem sie diesen Poolburschen geschnappt und hinter Gitter gesteckt haben.«

Dean wirkte sehr nachdenklich, und sie fasste sich ein Herz. »Erzähl mir doch mal, wie du so als Kind warst.«

»Ach, komm schon, Mica, du weißt, dass ich es hasse, über diesen Mist zu reden.«

»Ach, bitte.«

Er schüttelte ihren Arm ab. »Ich hatte eine traurige Kindheit, reicht dir das? Mehr als traurig. Mein Alter hat ständig meine Mom verprügelt, und wenn die gerade nicht greifbar war, hat er mich windelweich geschlagen.«

Sie wollte ihn berühren, aber er hatte bereits dichtgemacht. »Aber es muss doch auch schöne Zeiten gegeben haben?«

»Einmal. An meinem zwölften Geburtstag.«

Mica lächelte. »Was hast du geschenkt bekommen?«

»Ich war mittlerweile kräftig genug, um zurückzuschlagen, und danach hat er mich in Ruhe gelassen.« Er kletterte aus dem Bett. »Was zu trinken?«

Sie schüttelte den Kopf.

»Ich glaube, ich hau mich vor die Glotze – warte nicht auf mich.«

Mica klappte das Album zu und drückte es gegen den Oberkörper. Sie hatte ihr größtes Geheimnis dem Menschen anvertraut, der sie sowohl körperlich als auch emotional betrogen hatte. Es war gut so, dass Dean sich geschworen hatte, nie wieder einen Fuß nach Monroeville zu setzen.

Denn Mica wollte tunlichst vermeiden, dass sie nach all der Zeit doch noch in Schwierigkeiten geraten könnten.

ZWÖLF

Geben Sie sich geheimnisvoll – das macht die Männer rasend.

Sollen wir eine Pause machen?«, fragte Mitchell von der Tür zum Lager aus.

Argwöhnisch sah Regina von einem Tablett mit lauter Teilen aus Sterlingsilber auf. In den vergangenen zwei Stunden hatten sie kaum ein Wort gewechselt. Seit ihr Vater gegangen war, hatte sie sich um die Kundschaft gekümmert und es trotzdem noch geschafft, die Vorarbeit für Mitchell zu leisten, indem sie die Informationen auf den Karteikarten sortierte, bündelte und sinnvoll zusammenfasste, damit er sie eingeben konnte.

Er reichte ihr kaltes Wasser. »Ein Friedensangebot. Es tut mir Leid, dass ich heute Morgen so abweisend war.« In diesem Moment tauchte Sam auf und legte den schwarzen Kopf auf ihr Knie – offenbar tat es ihm ebenfalls Leid.

Da sie seine Entschuldigung freudig überraschte, drehte sie sich langsam auf ihrem Hocker herum und nahm das Wasser entgegen. »Schwamm drüber.« Sie mochte es nicht, von Männern überrascht zu werden. Mit Blick auf das Silber, das sie mit Schildchen versehen hatte, fragte sie: »Was von diesem Zeug wollen Sie eigentlich für die Versteigerung verwenden?«

»Von den kleineren Stücken ziemlich viel«, räumte er ein. »Mit Ausnahme von dem Schmuck und dem Geschirr.«

Sie nahm einen Schluck aus der Dose und seufzte. »Das ist gut – danke.«

»Sie sind ziemlich still geworden.«

Regina versuchte zu lächeln. »Bin wohl zu sehr in meine Gedanken vertieft, schätze ich.« Sie erhob sich und ging kopfschüttelnd in dem voll gestopften Lager umher. »Ich wette, Cissy und

John wissen nicht einmal ansatzweise, was hier alles so rumliegt.«

»Interessant, dass Sie die Vornamen benutzen, wenn Sie von Ihren Eltern sprechen.« Er klang bedächtig und beiläufig zugleich.

Sie hob die Schultern. »Meine Mutter hatte eine liberale Einstellung in puncto Kindererziehung. Früher hatte sie auch feministische Ansichten. Sogar heute noch, wenn es ihr gerade gelegen kommt.«

»Wie lange sind Ihre Eltern schon verheiratet?«

Sie rang sich ein fröhliches Lächeln ab. »Sie sind nicht verheiratet.«

Mitchell versuchte, sein Erstaunen zu verbergen, was ihm jedoch nicht ganz glückte.

»Sie sind eben Künstler«, meinte sie, als würde das als Erklärung genügen.

»Oh.«

Um das peinliche Schweigen zu überbrücken, stöberte Regina zwischen den bis zur Decke gestapelten Tischen, Truhen, Bilderrahmen und allerlei Sperrmüll herum, von dem das meiste nur noch Schrott war. »Vermutlich müssen wir einiges davon auf den Müll werfen.«

»Das befürchte ich auch«, stimmte er ihr zu. »Die kaputten Sachen machen nämlich keinen guten Gesamteindruck für den Rest. Am besten, wir entsorgen sie komplett.«

Zwischen zwei angeschimmelten Kopfteilen blieb sie stehen und zog ein verstaubtes Laken von einem hohen Möbelstück. Ihr stockte der Atem.

»Haben Sie was gefunden?«

»Einen alten Kleiderschrank.« Genau der, den sie zusammen mit Mica und Justine repariert und restauriert hatte, als Hochzeitsgeschenk für Dean und Justine. Es war ursprünglich Micas Idee gewesen, aber sie hatten sie Justine schlecht verheimlichen

149

können. Nachdem sie Justine von ihrem Vorhaben erzählt hatten, hatte diese sofort ihre Hilfe angeboten. Also hatten sie zu dritt Stunden damit verbracht, ihn von Hand abzuschleifen und das glänzende Walnussholz zu lackieren und zu polieren. Noch nie zuvor waren sie sich so nahe gewesen. Justine hatte angesichts ihrer bevorstehenden Hochzeit mit Dean vor Aufregung gebrannt, während Mica sich vorgenommen hatte, ihre bis dahin auf den Umkreis beschränkte Modelkarriere an der Westküste weiter auszubauen. Sie selbst hatte kurz vor ihrer Abschlussprüfung gestanden und ihrem neuen Job in Boston entgegengefiebert. In dem gemeinsamen Bewusstsein, dass sie bald getrennte Wege gehen würden, hatten sie ihre Freunde vernachlässigt, um noch möglichst viel Zeit miteinander zu verbringen. In einem Punkt waren sie sich immer einig gewesen: nämlich dass sie nicht nur mit einem Mann zusammenleben wollten, sondern jede ihren persönlichen Traummann heiraten würde.

Ha!

»Nettes Stück, und recht groß«, bemerkte Mitchell und riss sie aus ihren Gedanken. Mit der Hand fuhr er über die zahlreichen Kerben in dem Holz. »Jammerschade, dass ihn jemand klein gehackt hat. Aber als exquisites Kaminholz würde er noch taugen.«

Regina konnte sich ein Grinsen nicht verkneifen – Justine hatte bestimmt nicht an beschauliche Kaminfeuer gedacht, als sie sich mit der Axt über das herrliche Möbelstück hermachte, kurz nachdem sie die Abschiedsnotiz von Dean und Mica entdeckt hatte. Es war der einzige Höhepunkt des Tages gewesen, der den Hochzeitsgästen der Braut geboten worden war, wie sie völlig außer sich den mit Bändern geschmückten Schrank, der hinter dem Tisch mit den Geschenken aufgestellt worden war, mit der Axt zerstört hatte. Eine einzigartige Momentaufnahme für all die Kameras.

Mitchell zog eine der schief in den Angeln hängenden Türen auf und zuckte kurz zusammen, als er feststellte, dass das Innere in ähnlichem Zustand war. »Tja, ein sicherer Kandidat für den Sperrmüll.«

Sie nickte, weil sie dies ebenfalls für das Beste hielt, obwohl sie meinte, nach wie vor das Kichern und Gelächter aus dem Schrank zu hören. »Ich werde ihn markieren.«

Er zog eine Schublade auf und beförderte eine Vase ans Tageslicht, die einmal zerbrochen und dürftig wieder zusammengeleimt worden war.

Reginas Lachen klang hohl. »Wegen dieser Vase haben sich meine Tante Lyla und Justine einmal fürchterlich gestritten – beide haben nämlich behauptet, dass jeweils die andere sie fallen gelassen hätte. Sie waren sich ohnehin nie grün.«

Mitchell musterte das Stück. »Hatte sie einen emotionalen Wert?«

Sie schüttelte den Kopf und deutete auf die Prägung am Boden. »Sie ist ein echter Lalique – Lyla hat sie bei einer ihrer Schatzsuchen entdeckt. Ich weiß noch, dass Justine sie abarbeiten musste – schon vor zwanzig Jahren kostete sie mehrere hundert Dollar. Unvorstellbar, was sie heute wert wäre, wenn sie noch ganz wäre.«

»Circa zwanzig Mäuse«, entgegnete er.

Sie runzelte die Stirn. »Wie bitte?«

»Die ist nicht echt – nur eine gute Imitation. Schauen Sie, die Prägung ist verschwommen. Und die Farben sind verblichen. Ihre Tante hat sich hereinlegen lassen.«

Regina zuckte zusammen. »Erzählen Sie das bloß nicht Justine – sonst wird sie erneut einen Tobsuchtsanfall bekommen, weil sie sie damals abarbeiten musste.«

In diesem Moment ging die Türklingel und kündigte einen Kunden an. Regina strich ihre Jeans glatt und ging in den Hauptausstellungsraum, wo ihr ein großer Mann in khakifarbener Uniform den Rücken zuwandte. »Kann ich Ihnen behilflich sein, Sir?«

Er drehte sich um und grinste. »Hallo, Regina.«

Schwarze Haare, leicht ergraut, blaue Augen, Hakennase, einen Zahnstocher zwischen den Zähnen wie ein modisches Accessoire. Vage stieg eine Erinnerung in ihr hoch, aber ihr fiel kein Name ein.

Er nahm den Zahnstocher heraus und breitete die Arme aus. »Ich bin's – Pete.«

Nachdem sie einen Moment fieberhaft überlegt hatte, fiel endlich der Groschen bei ihr. »Pete Shadowen.«

»Inzwischen Deputy Sheriff Pete Shadowen.« Er klopfte auf das Abzeichen an seinem Ärmel. »Zu Ihren Diensten.«

Lächelnd umarmte sie ihn. Gegen seinen Willen löste sie sich wieder.

»Wow, Regina, du siehst echt klasse aus.«

»Danke. Du auch. Ist dein Vater immer noch Sheriff?«

Er nickte und sah dann über ihre Schulter hinweg. »Hallo.« Der Zahnstocher landete wieder zwischen seinen Zähnen.

»Hi«, erwiderte Mitchell Cooke.

Regina lächelte die beiden an. »Mitchell Cooke, das ist Deputy Sheriff Pete Shadowen, ein alter Freund von mir.«

»Und Exfreund«, stellte Pete richtig.

Mitchell schaute belustigt drein. »Ja, was wohl fast auf dasselbe hinausläuft. Schicker Hut.«

Regina starrte ihn böse an.

Jetzt tauchte Sam ebenfalls auf und fletschte nach einem Blick auf Pete knurrend die Zähne. Mitchell schnalzte mit den Fingern, und Sam zog sich gehorsam zurück. »Sorry – das liegt an der Uniform.«

Verärgert wandte sich Regina wieder Pete zu. »Mom und Dad werden das Inventar versteigern. Mitchell ist Gutachter.«

»Aha.« Mit offenem Mund nickte Pete und nahm den Zahnstocher in die Hand, um damit abwechselnd auf sie beide zu zeigen. »Dann seid ihr also nicht ... miteinander bekannt.«

152

»Nein«, antwortete sie.

»Doch«, sagte Mitchell gleichzeitig.

»Nicht richtig«, fügte sie mit einem gezwungenen Lächeln hinzu. »Pete, was verschlägt dich hierher?«

Er zwinkerte kurz. »Nun ja, Mrs. Woods vom Grab 'N Go hat mir erzählt, dass du in der Stadt bist, also habe ich nach einer Ausrede gesucht, um dich zu sehen.«

»Und welche Ausrede haben Sie benutzt?«, fragte Mitchell mit einem aalglatten Lächeln.

Lassen Sie das, warnte Regina ihn mit den Augen.

Stumm starrte Pete Mitchell an, setzte seinen Hut wieder auf und nahm Haltung an. Dann wandte er sich wieder Regina zu. »Ich bin gerade erst bei euch zu Hause gewesen. Ich musste mich nämlich mit Justine über eine dienstliche Angelegenheit unterhalten.« Sein Blick huschte kurz zu Mitchell. »Vielleicht wäre es besser ...«

»Schon okay«, fiel Regina ihm seufzend ins Wort. Schließlich war Mitchell über ihre chaotischen Familienverhältnisse größtenteils informiert. »War das wegen der Schießerei bei Cocoon?«

Pete nickte. »Ich habe einen Anruf von der Polizei in Shively erhalten, und es besteht die Möglichkeit, dass die Attentäterin Pennsylvania verlassen hat.«

Sichtlich verwirrt, aber dennoch ganz Ohr beugte Mitchell sich vor.

Regina musste schlucken. »Ist es möglich, dass die Frau sich hier in der Gegend aufhält?«

»Die Möglichkeit besteht«, entgegnete Pete ernst. »Aber ich werde nach ihr Ausschau halten.« Er zog ein Blatt aus seiner Hemdtasche und faltete ein Foto auf Faxpapier auseinander, das so dunkel und undeutlich war, dass Regina nicht einmal erkennen konnte, dass es sich um eine Frau handelte.

GESUCHT: LISA CRANE
GILT ALS BEWAFFNET UND GEFÄHRLICH

Mit der Zunge richtete Pete den Zahnstocher auf Mitchell. »Wo wohnen Sie momentan, Cooke?«

»Im Russell Motel.«

»Ist Ihnen vielleicht eine Frau begegnet, die diesem Foto ähnelt?«

Mitchell warf einen Blick auf die Aufnahme, lächelte kurz und fuhr sich mit der Hand über den Mund. »Nein, Gott sei Dank nicht.«

»Sollten Sie sie doch noch sehen, verständigen Sie umgehend die Polizei.«

»Das werde ich.«

Pete faltete das Fax zusammen und verstaute es wieder in seiner Brusttasche. »Regina, ich habe Justine nahe gelegt, dass sie in der Nähe des Hauses bleiben soll, bis man diese Crane gefunden hat. Dein Onkel Lawrence hat angeboten, einen von seinen Wachmännern nachts vor eurem Haus zu postieren, aber ich habe ihm gesagt, dass es nicht nötig ist – wir erledigen das selbst.«

Sie sah Mitchell an. »Lawrence ist Cissys Bruder, ein Bundesabgeordneter, der für den Senat kandidiert.« Sie war froh, dass sie wenigstens ein erfolgreiches Familienmitglied vorweisen konnte.

»Lawrence Gilbert ist Ihr Onkel?«

Voller Stolz nickte sie und sah dann wieder Pete an. »Ist Onkel Lawrence denn zurzeit in der Stadt?« Er kam nämlich selten nach Monroeville – was man ihm auch nicht vorwerfen konnte, bei all den schlimmen Erinnerungen. Regina hatte ihn bestimmt schon seit vier, vielleicht auch fünf Jahren nicht mehr gesehen.

»Ja, er ist hier, um als Zeuge in der Bracken-Anhörung auszusagen.«

In diesem Augenblick fiel ihr die ungelesene Zeitung ein, die zuunterst in ihrer Handtasche steckte, und ein ungutes Gefühl überkam sie. »Was für eine Anhörung?«

»Der Dreckskerl möchte, dass das Verfahren neu aufgerollt wird. Plötzlich behauptet er, er wäre unschuldig und dass die Polizei es damals so hingedreht hat, dass er verurteilt worden ist.«

Ihr schlug das Herz bis zum Hals.

»Worum geht es da genau?«, wollte Mitchell wissen.

»Um Mord«, antwortete Regina offen. »Der Kerl hat die Frau meines Onkels ermordet, Tante Lyla. Inzwischen hat er zwanzig Jahre seiner lebenslänglichen Strafe ohne Bewährung abgesessen.«

Mitchell stieß einen leisen Pfiff aus. »Zwanzig Jahre? Dann muss er entweder schuldig sein oder eine Engelsgeduld besitzen.«

Pete schnaubte verächtlich. »Der ist alles andere als ein Unschuldsengel. Mein Vater hat damals die Untersuchungen geleitet. Anscheinend hat Bracken einen jungen Anwalt aufgetrieben, der unbedingt in die Schlagzeilen kommen will. Wenn Sie mich fragen, werden hier nur Steuergelder verschwendet.«

»Genau«, bemerkte Regina mit einem nervösen Lachen.

»Tja, dann geh ich mal besser wieder«, sagte Pete und zeigte mit dem Daumen auf den Eingang.

»War schön, dich wiederzusehen«, erwiderte Regina und meinte es ernst.

»Ich bin übrigens immer noch ledig«, platzte er heraus.

Mitchell bekam einen Hustenanfall.

»Ach ja?«, entgegnete sie.

»Nun ja, das mit Tobi Evans und mir hat zwar ein paar Jährchen gehalten, aber inzwischen ist es aus. Tobi lebt jetzt als Immobilienmaklerin in Florida. Wir haben keine Kinder, was aber nicht heißt, dass ich nicht zeugungsfähig bin.«

»Oh. Gut.«

»Bist du verheiratet?«

»Nein, bis jetzt noch nicht.«

Pete zog die Stirn kraus. »Bis jetzt noch nicht, was?«

Sie kannte diesen Blick. »Keine von uns hat geheiratet.«

Er lachte auf. »Ja, ich kann mich noch gut erinnern, wie Justine damals diesen Schrank kurz und klein gehackt hat, nachdem Dean mit Mica abgehauen war.« Pete konnte sich kaum noch beruhigen vor Lachen.

Mitchell hob erstaunt eine dunkle Augenbraue, aber Regina ignorierte ihn. »Ja – kurz und klein, das stimmt.«

»Mica sieht echt scharf aus«, sagte Pete, der jetzt ins Schwatzen geriet.

»Ja«, entgegnete Regina mit einem Nicken.

»Dann schreibst du also Bücher in Boston, wie Mrs. Woods mir erzählt hat.«

»Eigentlich bin ich Lektorin.«

Er grinste. »Du warst schon immer ein schlauer Kopf.«

»Bin ich noch heute«, versicherte sie ihm lächelnd.

Er lachte über ihre Bemerkung und zeigte mit dem Zahnstocher auf sie. »Wir müssen mal zusammen ausgehen.«

Sie sah zu Mitchell. »Sie brauchen nicht auf mich zu warten, wenn Sie sich wieder an die Arbeit machen wollen.«

Er schüttelte den Kopf. »Nicht doch, diese ... kleine Pause kommt mir gerade recht. Lassen Sie sich alle Zeit der Welt.«

Regina sah wieder zu Pete. »Wie wär's, wenn du mich diese Woche einfach mal anrufst?«

Er grinste. »Das werd ich.« Damit verabschiedete er sich und verlor seinen Hut, als er zur Tür hinausging.

Regina wartete ab, bis die Tür sich geschlossen hatte, und drehte sich dann zu Mitchell um.

Er nickte und schürzte die Lippen.

»Sagen Sie jetzt kein Wort«, fuhr sie ihn an.

Abwehrend hob er die Hände. »Für das, was ich soeben live verfolgt habe, fehlen selbst mir die Worte.«

Regina machte sich wieder auf den Weg ins Lager. »Können Sie mit Ihrem Laptop eigentlich ins Internet?«

»Ja.«

»Darf ich ihn mir für ein paar Minuten ausleihen, um etwas nachzuschauen?«

»Sicher – falls Sie mir verraten, was es mit Ihrer Schwester und dieser gesichtslosen Attentäterin auf sich hat.«

Sie klärte ihn auf, während sie weiterging. Sam trottete neben ihr her. »Um es kurz zu fassen, Justine hatte eine Affäre mit einem verheirateten Mann. Seine Frau ist dahinter gekommen und hat sich bewaffnet zu Justines Büro aufgemacht. Eine Mitarbeiterin wurde verletzt, und nach der Täterin wird immer noch gefahndet.«

Als sie die Tür zum Lager erreichte, schloss er zu ihr auf. »Offenbar liegt es in Ihrer Familie, dass Sie sich die falschen Männer aussuchen.«

»Wie bitte?«

»Nun ja, Mica wurde von ihrem Kerl verprügelt ...«

»Mann – wie sind Sie denn zu dem Schluss gekommen?«

»Ich könnte mich auch irren, aber immerhin hat sie ein blaues Auge.«

»Das hat sie Justine zu verdanken, schon vergessen?«

»Nein, das hatte sie schon bei ihrer Ankunft.«

Regina kniff die Augen zusammen. »Sind Sie sicher?«

Er nickte und grinste sie verlegen an. »Mir ist, ähm, nichts entgangen.«

Sie grinste frech zurück. »Ich wette, dass Dean ihr das Veilchen verpasst hat – das würde auch erklären, warum sie aus heiterem Himmel hier aufkreuzt.«

»Sehen Sie? Sie hat sich den falschen Mann ausgesucht. Und Justine ebenfalls – zumal der bereits verheiratet ist.«

Regina verschränkte die Arme. »Ich verstehe immer noch nicht, inwiefern mich das ebenfalls betrifft.«

»Was ist denn mit Mr. Recht und Ordnung von eben?«

»Ich war sechzehn – das ist schließlich ... schon ewig her.«

»Und außerdem finden Sie mich nicht unwiderstehlich, was Ihren Männergeschmack ebenfalls deutlich infrage stellt.«

Ihre Augen verengten sich. »Sie wollten mich ins Internet einloggen.«

Mitchell setzte sich vor seinen Laptop, steckte ein Telefonkabel in einen seitlichen Anschluss und war nach wenigen Tastendrucken online. »Die Verbindung ist zwar langsam, aber bitte sehr.«

Mit zitternden Händen rief Regina die Homepage ihres E-Mail-Providers auf und gab ihren Benutzernamen und ihr Passwort ein, um ihr Postfach zu checken. Keine Antwort von dem Verkäufer des Brieföffners auf ihre Anfrage nach weiteren Informationen. Sie beschloss, sich vorerst nicht den Kopf deswegen zu zerbrechen, und ging stattdessen direkt auf die Auktionshomepage.

»Ich habe auf dieser Seite ein paar Sachen sowohl gekauft als auch verkauft«, bemerkte er, während er ihr über die Schulter sah.

Die Seiten bauten sich nur langsam auf, aber schließlich gelangte sie zu dem Angebot mit dem verzierten Brieföffner aus Elfenbein. Jemand hatte ihr Gebot knapp zehn Minuten vor Auktionsende um einen Dollar erhöht, aber es machte ihr nichts aus. Sie klickte den Link »Ähnliche Artikel« an und überflog die Liste, an der sich nicht viel geändert hatte, seit sie vorgestern Abend hineingeschaut hatte ... bis auf den Umstand, dass das Angebot mit dem russischen Brieföffner aus Silber und Gold nicht mehr darin enthalten war. Sie forschte noch mit anderen Suchbegriffen weiter, aber der Artikel tauchte nicht auf.

Regina wölbte die Hände über der Nase und atmete hinein – *keine Panik.* »Wie kann man einen Artikel finden, der von der Liste genommen wurde?«

»Wenn die Auktion schon vorbei ist, gibt es eine spezielle Seite, auf der sechzig Tage lang die entsprechenden Daten festgehalten werden. Das wird gemacht für den Fall, dass der Verkauf nicht zu Stande kommt und der Artikel wieder in die Liste aufgenommen werden soll. Aber Sie brauchen die Artikelnummer, um in dem Verzeichnis nachzuschauen.«

Doch die hatte sie nicht. »Und was, wenn ein Artikel vorher schon herausgenommen worden ist, noch vor Beginn der Auktion beziehungsweise bevor sie zu Ende war?«

Er zuckte die Achseln. »Der Käufer hat das Recht, jederzeit von seinem Angebot zurückzutreten, bevor der Hammer fällt. Aber über Artikel, die nicht verkauft wurden, führen die auf dieser Seite keinen Nachweis.«

Regina stöhnte auf.

»Muss wohl was Wichtiges gewesen sein.«

»Schon möglich. Ehrlich gesagt, weiß ich es nicht.«

Er brummte vor sich hin. »Nun ja, falls Sie noch den Namen des Verkäufers wissen, können Sie ja überprüfen, ob er weitere Artikel anbietet, und ihn auf diese Weise kontaktieren.«

Sie schüttelte den Kopf. »Das habe ich bereits letzte Woche getan, und der Verkäufer hat lediglich diesen einen Artikel angeboten. Außerdem gab es keine Bewertung für den Verkäufer.«

»Das ist seltsam.«

»Daraufhin habe ich ihm eine E-Mail geschickt, aber er hat nicht geantwortet. Ich glaube fast, dass er aufgrund meiner Nachfragen den Artikel herausgenommen hat.«

»Haben Sie denn Grund zu der Annahme, dass es sich um einen gestohlenen Artikel handelt?«

Regina zögerte kurz. »Kann sein. Aber vielleicht liege ich ja auch gründlich falsch.«

»Sie halten es allerdings trotzdem für einen merkwürdigen Zufall, dass der Artikel herausgenommen worden ist.«

»Ja.« Ganz zu schweigen von dem Zufall, dass der Brieföffner zur selben Zeit angeboten wurde, als der Mörder ihrer Tante ein neues Verfahren anstrengte.

Mitchell kratzte sich an der Schläfe. »Ich schätze, Sie wollen mir nicht sagen, um was für einen Artikel es sich handelt?«

Sie schüttelte den Kopf. »Ich kann nicht.«

»Aber Sie könnten sich an die Verantwortlichen wenden. Vielleicht können die ja die Person über ihre E-Mail-Adresse ausfindig machen.«

»Das geht leider auch nicht.«

Er lehnte sich auf seinem Stuhl zurück, verschränkte die Hände hinter dem Kopf und musterte sie so eingehend, dass sie sich heute Morgen gar nicht die Mühe hätte machen müssen, sich anzuziehen. »Und ich dachte bereits, Sie wären die Einzige in Ihrer Familie, die keine Geheimnisse hat.«

DREIZEHN

Entwickeln Sie ein wasserdichtes Lügensystem.

Justine schlang sich ihre Tasche über die Schulter, während sie die Treppe hinabging, und registrierte dabei erfreut das Gewicht der Waffe. Heute Morgen hatte Lando sie schon wieder aus dem Bett geklingelt – über sein Timing müsste sie sich vielleicht später noch genauere Gedanken machen –, um ihr mitzuteilen, dass es sich bei der Benzindiebin nicht um Lisa Crane handelte, nach der sie immer noch fahndeten. Daher würde sie sich weiter vorsichtig verhalten, auch wenn sie nur einen Spaziergang mit Regina unternehmen wollte. Schließlich hatte Lando ihr nahe gelegt, auf sich aufzupassen.

Dabei hatte sie sich noch nie so lebendig gefühlt wie jetzt. Ihre Aufregung angesichts der Wiederbegegnung mit Dean nach all den Jahren löste abwechselnd Nervosität und Boshaftigkeit bei ihr aus. Trotz aller Probleme hatte die Chemie zwischen ihr und Dean immer gestimmt. Vor dem Spiegel in der Diele blieb sie kurz stehen, um ihr Aussehen zu überprüfen – die Frisur, das Make-up, die Kleidung. Leger und sexy zugleich. Ein Lächeln umspielte ihre Lippen – für siebenunddreißig gar nicht übel.

Im nächsten Moment musste sie grinsen – siebenunddreißig, ach wo! Sie würde glatt als siebenundzwanzig durchgehen.

Sie zog die Tür hinter sich zu und trat von der Eingangstreppe in die Sonne – bis sie mit einem Mal wie angewurzelt stehen blieb. Mica beobachtete sie, die in dem seitlichen Garten unter dem Schatten einer Eiche in einer Hängematte lag und in ihren Shorts und Tennisschuhen dünn und durchtrainiert wirkte. Bis jetzt waren sie sich noch nicht wieder alleine begegnet, und Justine legte auch keinen großen Wert darauf.

161

Justine schürzte die Lippen. »Hast du Regina gesehen? Wir wollten einen Spaziergang machen.« Beinahe hätte sie abgelehnt aus Angst, Dean zu verpassen, falls er früher ankäme, aber Regina hatte ihr versichert, dass sie vor Mittag zurück sein würden und dass Mica dann weg wäre, weil sie etwas vorhabe. Perfekt.

Mica rollte aus der Hängematte, und es dauerte eine geschlagene Minute, bis ihre Haarpracht aufgeschlossen hatte. »Nein, aber ich wollte mit Regina spazieren gehen.«

»Gut«, fuhr Regina von der Veranda aus dazwischen und schnallte sich einen schweren Rucksack um. »Ihr seid beide da. Sollen wir los?«

Justine begriff sofort und schüttelte den Kopf. »Oh, nein – nicht, wenn die auch mitkommt.«

Mica ging auf das Haus zu. »Nun ja, Regina, das war keine gute Idee.«

Justine knirschte mit den Zähnen. Warum nur waren sie und Mica immer einer Meinung, wenn es gegen Regina ging?

»Schluss damit«, sagte Regina entschlossen. »Und zwar beide. Ihr werdet jetzt für ein paar Stunden eure Streitigkeiten vergessen, weil wir uns nämlich über eine ernste Angelegenheit unterhalten müssen.«

Justine verschränkte die Arme. »Cissy wird ihre Meinung nicht ändern, was die Trennung von John betrifft, und ich kann ihr das auch nicht verübeln. Würde ihm etwas an ihr liegen, dann hätte er sie niemals betrogen.«

»Tja, Mom kann denken, was sie will«, sagte Mica. »Aber Daddy würde sie nie im Leben betrügen.«

»Du stellst dich immer auf Dads Seite.«

»Und du auf Moms.«

Justine fragte sich, wie Mica wohl mit einem zweiten Veilchen aussehen würde.

»Schluss jetzt!«, brüllte Regina, kam die Stufen herunter und stellte sich zwischen die beiden. »Hier geht es nicht um Mom und Dad, kapiert?«, fuhr sie in normaler Lautstärke fort. »Ich habe dafür gesorgt, dass wir nicht mit Mom in die Kirche müssen, weil wir uns dringend über den Mord an Tante Lyla unterhalten sollten.«

Endlich hatte sie die Aufmerksamkeit der beiden.

»Na dann«, meinte Regina, wobei sie verstohlen um sich spähte. »Auf geht's.«

Sie schlugen die zum Laden entgegengesetzte Richtung ein und gingen einen idyllischen Pfad zwischen Bäumen entlang, der früher einmal völlig ausgetreten gewesen war, mittlerweile jedoch so stark überwuchert war, dass er an manchen Stellen verschwand. Der Julihimmel war von einem strahlenden Blau, mit großen, trägen weißen Schäfchenwolken. Es herrschten gut dreißig Grad, sodass Justines Bluse bereits am Leib klebte und sich Schweiß in ihren Kniekehlen bildete. In dem üppigen Grün um sie herum raschelte und knackte es ständig durch Insekten und Vögel, die sich im Rhythmus zu bewegen schienen. Sie marschierte auf der rechten Seite, Regina in der Mitte und die Verräterin links. Die ersten zehn Minuten fiel zwischen ihnen kein Wort. Schließlich hielt sie die Anspannung nicht mehr aus.

»Also, was soll das Ganze?«

Regina schob ihre Brille auf der Nase hoch. »Gestern hat mir Pete Shadowen einen kurzen Besuch im Laden abgestattet.«

»Der steht wohl immer noch auf dich«, zog Justine sie auf.

»Genau wie dieser Mitchell«, fiel Mica mit ein.

Regina verdrehte die Augen, aber trotzdem errötete sie ein wenig. Ihr ist gar nicht bewusst, wie bezaubernd sie ist, ging es Justine durch den Kopf. Naturblonde Haare, ein schönes Gesicht, eine unglaubliche Haut und wunderschöne Augen, wenn sie sie bloß nicht die ganze Zeit hinter dieser Brille verstecken würde.

Aus ihrem lockeren Pferdeschwanz hatte sich eine Strähne

gelöst, und Regina schob sie hinter das Ohr. »Pete hat erwähnt, dass Onkel Lawrence zurzeit in der Stadt ist, weil dieser Kerl, den man wegen dem Mord an Tante Lyla verurteilt hat, ein neues Verfahren anstrengt.«

Justine schnaubte entrüstet. »Nach so langer Zeit? Mit welcher Begründung?«

»Laut Pete und einem Zeitungsbericht ist seine Begründung, dass er einer Verschwörung zum Opfer gefallen sein soll.«

»Verschwörung?«, fragte Mica verständnislos.

»In der Zeitung stand, dass Bracken behauptet, ein Bauernopfer gewesen zu sein, da die Polizei unter dem Druck stand, jemanden zu verhaften, weil Onkel Lawrence damals noch Bürgermeister war. Pete meinte, Bracken habe einen neuen Anwalt, der sich voll in die Sache reinkniet.«

Justine runzelte die Stirn. »Und was hat das mit uns zu tun?«

»Ich finde, wir sollten zur Polizei gehen und denen sagen, was wir damals beobachtet haben.«

Justine blieb augenblicklich stehen und packte Reginas Arm. »Bist du verrückt? Schließlich können wir nicht sagen, ob das damals Bracken war oder nicht.« Mittlerweile war sie zu dem Schluss gekommen, sie habe sich nur eingebildet, dass ihr der Mörder damals bekannt vorgekommen war, weil sie die Szene in all den Jahren schon tausendfach im Geiste durchgespielt hatte. »Wir würden nur die Pferde scheu machen.«

»Aber dafür können wir andere Hinweise liefern, zum Beispiel den genauen Todeszeitpunkt.«

Jetzt packte Mica Reginas anderen Arm. »Aber der Kerl ist schuldig. Er hat Tante Lyla umgebracht aus Rache dafür, dass sie ihn rausgeschmissen hat.«

»Wenn sie ihn rausgeschmissen hat, warum war sie dann mit ihm in der Liebesecke?«

»Als Abschiedsgeschenk«, bemerkte Justine. »Wut kann ziemlich anregend wirken.«

164

Regina sah auf ihre Hände, die ihre Schwestern nach wie vor festhielten. »Wollt ihr mich eigentlich in zwei Stücke reißen?«

Die beiden ließen sie los, und Regina ging weiter. Die Schwestern folgten ihr.

»Da ist noch was«, fuhr sie fort.

Justine gefiel Reginas Tonfall überhaupt nicht. »Was denn?«

»Die Mordwaffe ist nie gefunden worden.«

»Das ist unmöglich«, wandte Mica ein. »Ich weiß noch, dass du gesagt hast, der Brieföffner habe auf dem Autositz gelegen.«

»Stimmt auch«, entgegnete Regina. »Warum also hat die Polizei ihn nicht gefunden?«

Justine zuckte mit den Achseln. »Vielleicht ist Bracken ja nochmal zurückgegangen und hat ihn beseitigt.«

»Oder vielleicht derjenige, der die Leiche entdeckt und die Polizei verständigt hat – war das nicht ein Jäger?«

»Es waren zwei Eichhörnchenjäger«, berichtigte Justine.

Regina blieb stehen. »Ich glaube, ich habe den Brieföffner letzte Woche auf einer Auktionsseite im Internet gesehen.«

Nachdem sie den beiden von dem seltsamen Vorfall erzählt hatte, wischte Justine ihre Bedenken mit einer flüchtigen Geste beiseite. »Aber du weißt nicht sicher, dass es derselbe Brieföffner war.«

»Genau«, stimmte Mica ihr zu. »Wenn wir uns jetzt einmischen, könnten wir vielleicht genug Zweifel streuen, dass Bracken freikommt – und das willst du doch nicht, oder?«

»Doch, falls er tatsächlich unschuldig ist.«

Justine drehte sich um, um Regina ins Gesicht zu sehen. »Wer käme denn sonst noch infrage?«

»Das herauszufinden, ist Aufgabe der Polizei, nicht wahr?«

Mica drehte sich jetzt ebenfalls zu Regina um. »Meinst du nicht, dass der arme Onkel Lawrence schon genug mitgemacht hat?«

»Ich meine, dass es in Onkel Lawrence' Sinn wäre, dass der

165

Richtige im Knast sitzt.« Regina zog die Stirn kraus. »Und außerdem könnt ihr mir nicht erzählen, dass es euch nicht belastet hat, all die Jahre lang Stillschweigen zu bewahren. Wäre es nicht eine Erleichterung, wenn wir endlich damit herausrücken?«

»Nein«, antworteten Justine und Mica gleichzeitig. Justine starrte Mica kurz an, die den Blick auf die gleiche Weise erwiderte.

»Vergiss nicht, dass wir auch an uns selbst denken müssen«, fügte Justine hinzu. »Ich möchte nicht in einen Skandal hineingezogen werden.«

Verwundert zog Regina die Augenbraue hoch. »Ach, das ist ja ganz was Neues.«

Justine seufzte. »Also schön, ich will ehrlich sein. Die Sache mit der Schießerei könnte mich meinen Job bei Cocoon kosten. Ich kann es mir jetzt einfach nicht erlauben, auch noch in einen Mordfall verwickelt zu werden.«

»Meine Auftraggeber würden das ebenfalls nicht gern sehen«, sagte Mica. »Das könnte mich ein paar Aufträge kosten.«

»Aber es waren doch nicht wir, die sie ermordet haben!«, rief Regina aus.

»Trotzdem könnten sie uns immer noch strafrechtlich belangen«, wandte Justine ein. »Weil wir den Tatort verlassen haben, ohne den Mord anzuzeigen.«

»Aber wir waren noch Kinder.«

»Ich war immerhin schon siebzehn«, erinnerte Justine sie. »Bei mir sehen sie das vielleicht anders als bei dir und Mica. Nein – wir können unmöglich zur Polizei gehen. Dafür haben wir alle viel zu viel zu verlieren, ohne etwas dabei zu gewinnen.«

Regina biss die Zähne aufeinander, und eine kleine Ader schwoll auf ihrer Schläfe an. »Wie wär's denn, wenn wir einmal das Richtige tun und nachts wieder ruhig schlafen können?«

»Ich kann ruhig schlafen, du etwa nicht, Mica?«

Mica nickte. »Doch.«

»Dann ist es beschlossene Sache«, sagte Justine. »Keine von uns geht zur Polizei. Und die haben keinerlei Anhaltspunkt, um auf uns zu kommen, zumal niemand weiß, dass wir an jenem Tag dort waren.« Sie legte den Kopf schief. »Es weiß doch keiner – oder?«

»Ich habe es keiner Menschenseele erzählt«, murmelte Regina.

Misstrauisch musterte Justine Micas roten Kopf. »Und was ist mit dir, Benedict Arnold?«

VIERZEHN

Machen Sie sich nicht zur Zielscheibe für Seitenhiebe.

Unter Justines bohrendem Blick musste Mica schlucken. Schuldbewusst stieg ihr die Röte am Hals empor, aber sie bedeckte sie mit einer Hand. Ihre Schwestern hatten ohnehin keine hohe Meinung von ihr, weshalb sie ihre Indiskretion keinesfalls zugeben würde. Aus Justines Sicht wäre es schon schlimm genug, dass sie geplappert hatte, aber dies auch noch ausgerechnet gegenüber Dean ...

»Nein. Ich habe keinem Menschen davon erzählt.« Das war nicht einmal richtig gelogen, zumal Dean eine Ratte war und kein Mensch.

Justine wirkte nicht ganz überzeugt, aber Mica zuckte nicht mit der Wimper. Schließlich meinte Justine nickend: »Gut«, und wandte sich wieder Regina zu. »Wir werden auch weiterhin den Mund halten.«

Regina verlagerte das Gewicht ihres Rucksacks und machte ein abweisendes Gesicht. »Vor zwanzig Jahren habe ich mich von euch überreden lassen, die Klappe zu halten, was ich seither immer noch bereue. Aber jetzt, wo ich weiß, dass vielleicht ein Unschuldiger die ganze Zeit im Gefängnis hat sitzen müssen, nur weil wir zu feige waren, den Mund aufzumachen, kann ich das mit meinem Gewissen einfach nicht mehr vereinbaren.«

Justine drohte mit dem Finger dicht vor Reginas Gesicht. »Wärst du eine richtige Schwester, würde dein Gewissen sich weigern, uns durch den Dreck zu ziehen.«

Regina wirkte tief verletzt. »Eine richtige Schwester? Du meinst eine, die immer deine Befehle befolgt, ohne Rücksicht auf die Konsequenzen?«

Als Antwort begnügte sich Justine damit, trotzig das Kinn vorzurecken.

Regina tat es ihr nach. »Mica, bist du derselben Meinung?«

Mica war hin und her gerissen zwischen ihrer Sympathie für Regina und ihrer Sorge um sich selbst. Sie hatte dem Chauffeur der Limousine ihr restliches Geld gegeben, bis auf die letzten zehn Dollar, und innerlich gebetet, dass Cissy und John nicht auf ihrem Angebot bestehen würden, in ein Motel umzuziehen. Und als wären ihre finanziellen Sorgen nicht schon schlimm genug, brachte die Vorstellung, was Everett Collier für ein Gesicht machen würde, wenn sie ihm erzählte, dass sie in einen Mordfall verwickelt war, das Fass zum Überlaufen. »Es tut mir Leid, Regina, aber für mich steht zu viel auf dem Spiel. Wenn wir wenigstens sicher wüssten, dass der Mann unschuldig ist ... aber wahrscheinlich ist er der Schuldige.«

»Genau das wissen wir ja nicht.«

»Tun wir doch – schließlich hat das Gericht aufgrund der Beweislage vor zwanzig Jahren so entschieden.«

»Aber es hatte nicht alle Beweise.«

»Offenbar war das auch nicht nötig!«, fuhr Justine beinahe schreiend dazwischen. »Regina, warum kannst du die Dinge nicht einfach auf sich beruhen lassen?«

Mica waren die Anzeichen – überschlagende Stimme, hervortretende Augen – nur allzu bekannt; Justine würde gleich beleidigend werden. Beschwichtigend streckte sie die Hand aus, aber ihre rothaarige Schwester war nicht mehr zu bremsen – wenn sie einmal in Fahrt geriet, konnte sie nichts mehr aufhalten.

»Hör endlich auf, dich in alles einzumischen und nach deinen blöden Büchern zu leben, Regina! Lass die anderen in Ruhe, und fang endlich selbst an zu leben!«

Mica mied den Blick ihrer Schwester, obwohl sie Mitleid mit Regina hatte. Zwar hätte sie sie gern in Schutz genommen, aber für sie selbst war es besser, sich auf Justines Seite zu schlagen, auch wenn deren Vorgehensweise nicht gerade höflich war.

Nachhaltiges Schweigen entstand, während jede noch Justines Worte hörte und auf eine Reaktion wartete.

»Tja«, meinte Regina schließlich mit einem leisen Lachen. »Nur weiter so, Justine.«

Justine stieß einen verdrossenen Seufzer aus. »Lass gut sein, Regina. Vergiss es einfach. Wir haben auch so schon genug Sorgen, da musst du uns nicht noch mit so was kommen.«

In diesem Augenblick zerfetzte ein ohrenbetäubender Knall die Luft, und es verstrichen einige Sekunden, bis Mica merkte, dass es ein Schuss gewesen war. Gleich darauf wurde ein zweiter Schuss abgefeuert, sodass die Rinde von dem Baum neben Justine absplitterte. Schreiend warf sich Mica in den Dreck, wobei sie auf Justine landete, die wiederum auf Regina lag.

»Das ist bestimmt diese Crane«, keuchte Justine und tastete nach ihrer Handtasche. Eine Flasche Haarspray flog heraus. »Jetzt hat sie mich gefunden.«

Regina riss die Augen auf. »Was sollen wir jetzt machen?«

Mica war zu entsetzt, um eine Antwort darauf zu finden.

»Ich habe eine Waffe!«, schrie Justine in die Richtung, aus der die Schüsse gekommen waren, während sie immer noch in ihrer Tasche herumwühlte. Hektisch zog sie ihr Schminktäschchen heraus, dann ihre Brieftasche. »Hören Sie mich, Lisa? Ich schieße auf alles, was sich bewegt!« Als Nächstes zerrte sie das Handy heraus, dann die Sonnenbrille.

»Justine?«, rief eine Männerstimme zurück. »Justine, nicht schießen. Hier ist Pete Shadowen.«

Mica sackte vor Erleichterung zusammen, und Justine ächzte unter ihrem Gewicht.

»Pete!«, rief Regina. »Jemand schießt auf uns!«

»Nein.« Seine Stimme kam näher. »Das war nur ein Jäger auf der Jagd nach Kaninchen.«

170

Im nächsten Moment tauchte Pete zwischen den Bäumen auf, und die Schwestern versuchten, sich wieder voneinander zu lösen.

»Seid ihr okay?«

Die Antworten kamen nur zögerlich, aber schließlich standen sie alle wieder und klopften sich die Kleider ab. Mica schlotterten die Knie, und sie spürte einen starken Druck auf der Blase.

»Was macht ihr hier draußen?«, fragte er.

»Wir haben einen Spaziergang gemacht«, erwiderte Justine mit Blick auf Regina.

Regina sah zu Pete. »Und was machst du hier draußen?«

»Hab einen Anruf von den Hendersons bekommen. Anscheinend treibt sich jemand auf ihrem Grundstück auf der anderen Seite des Hügels herum, und ich dachte, dass es sich vielleicht um unsere flüchtige Person handelt.« Offenbar hatte er sich persönlich Justines Verfolgerin angenommen. Er streckte den Finger aus. »Dieser dämliche Jäger hat drüben auch einen Baum erwischt. Ihr könntet jetzt alle tot sein.«

»Hast du ihn geschnappt?«, fragte Regina.

Pete schüttelte den Kopf. »Als er mich gesehen hat, ist er weggerannt. Ich wollte nur sichergehen, dass ihr alle okay seid.«

Justine beugte sich herunter und las die verstreuten Sachen auf, die sie aus ihrer Handtasche gezerrt hatte. »Du brauchst dich wegen mir nicht so verrückt zu machen. Die Frau, die Pennsylvania verlassen hat, war nicht Lisa Crane.«

»Aber sie ist immer noch auf der Flucht.«

Justine hielt kurz inne. »Ja.«

»Dann könnte sie also durchaus hier auftauchen.«

»Das ist zwar eher unwahrscheinlich«, entgegnete Justine, »aber ja.«

»Danke, Pete, dass du auf uns aufgepasst hast«, unterbrach Regina lächelnd. »Wir könnten jetzt auch hinüber sein.«

Er salutierte. »Ich kann nicht zulassen, dass dir was zustößt, Regina.« Er deutete hinter sich. »Ich werde jetzt die Häuser in der Umgebung abklappern und schauen, ob ich den Spinner finde. Euch wünsche ich einen sicheren Heimweg.« Sein Blick verharrte kurz auf Regina, bevor er sich umdrehte und davonstapfte.

Regina schnallte wieder ihren Rucksack fest. Ihr Gesichtsausdruck machte Mica klar, dass Justines Worte von vorhin sie immer noch beschäftigten. »Geht ihr zwei schon mal voraus. Ich werde mich noch kurz hierhin setzen, um nachzudenken.«

Justine hob die Schultern. »Von mir aus. Ich jedenfalls gehe jetzt. Mica, kommst du mit?«

Mica kniff die Augen zusammen, aber ihr Herz hob sich kindischerweise bei der spontanen Aufforderung. »Klar, ich begleite dich.«

Sie warf Regina noch einen entschuldigenden Blick zu und drehte sich dann um, um Justine zu folgen. In den nächsten Minuten suchte sie fieberhaft nach einem unverfänglichen Gesprächsthema, doch bei den Problemen, mit denen sie sich zurzeit herumschlagen mussten, fiel ihr nichts ein, womit sie nicht eine Landmine losgetreten hätte.

»Dein Wagen gefällt mir«, versuchte sie es schließlich.

»Danke. Ein Geschenk der Firma.«

»Die halten wohl große Stücke auf dich.«

»Ja. Die erfüllen mir so gut wie jeden Wunsch.«

Mica freute sich aufrichtig für die Schwester.

Im Vorbeigehen streckte Justine den Arm hoch, um ein Blatt von einem Ast zu reißen, und drehte es mit den Fingern hin und her. »Gemessen an deinen Werbespots gehe ich davon aus, dass du ebenfalls gut im Geschäft bist.«

Noch. »Ach, wir – ich kann nicht klagen.«

»Muss ziemlich aufregend sein, all die Partys, Klamotten, Promis.«

Der Alkohol, die Schulden, das Herumgeschleime. »Ja, schon.« Dann seufzte sie auf. »Hör mal, Justine, ich wollte eigentlich den richtigen Moment abpassen, um es dir zu sagen, aber – ich habe Dean verlassen.«

Justine riss das Blatt in zwei Hälften und warf sie auf den Boden. »Und wie soll ich jetzt darauf reagieren? Soll ich traurig sein? Mich freuen? Es gleichgültig hinnehmen?«

Justines gehässiger Tonfall ließ sie zusammenfahren. »Ich dachte nur, du solltest es wissen.«

Justines Lachen klang schrill. »Hast du einen anderen kennen gelernt?«

Mica war fassungslos. »Nein.«

»Ich meine, man hört doch ständig, dass Models sich mit ihren Agenten einlassen.«

Everett? Sie lachte auf. »Mein Agent ist schwul.«

Justine runzelte die Stirn. »Bist du sicher?«

»Ja. Ich meine, Everett hat es mir zwar nicht selbst gesagt, und er ist auch nicht der feminine Typ, aber ich weiß es aus sicherer Quelle.« Nachdenklich runzelte sie die Stirn. Dean wusste, wie viel Respekt sie vor Everett hatte, dass sie ihn sogar richtig bewunderte. Hatte Dean ihr vielleicht erzählt, dass Everett schwul sei, damit sie von vornherein nicht auf dumme Gedanken kam?

»Und jetzt«, sagte Justine, »wo deine Affäre mit meinem Verlobten zu Ende ist, erwartest du, dass wir so tun, als wäre nichts geschehen?«

Mica wählte ihre Worte sorgfältig. »Ich hatte zumindest gehofft, dass wir uns langsam wieder annähern könnten.«

Justine blieb unvermittelt stehen, drehte ihr den Rücken zu und starrte mit leerem Blick auf ein wogendes Feld mit wilder Möhre. Mica fasste die Tatsache, dass ihre Schwester nicht sofort das Thema wechselte, als gutes Zeichen auf und überlegte, was sie als Nächstes machen könnte, um sie wieder milde zu stimmen. Natürlich! »Wie wär's, wenn wir zusammen nach Asheville fahren, um einen Einkaufsbummel zu machen? Schließlich habe ich deinen Geburtstag letzten Monat verpasst.«

»Du hast in den letzten zwölf Jahren meinen Geburtstag verpasst.«

»Dann lass es mich wieder gutmachen.« Sie würde eben einen Scheck ausstellen und sich später darüber Sorgen machen. »Komm schon, das wird bestimmt spaßig.«

Justine warf einen Blick über die Schulter, aber sie waren allein auf dem Pfad. »Sollen wir Regina nicht fragen, ob sie mitkommen will?«

Mica liebte Regina, aber sie wollte vermeiden, dass sie wieder auf den Mord an Lyla zu sprechen käme und weitere Fragen zu ihrem Schweigegelübde fallen würden. »Lass uns doch einfach zu zweit los – wie in alten Zeiten.«

Zum ersten Mal seit ihrer Ankunft sah Justine sie ohne Verachtung im Blick an. »Na schön. Dann lass uns mal das Geld zum Fenster rauswerfen.«

FÜNFZEHN

Haben Sie keine Berührungsängste,
aber schauen Sie nicht hin. Jedenfalls nicht allzu genau.

Bis Reginas Aufregung über Justines kränkende Bemerkungen sich wieder einigermaßen gelegt und sie ihren ersten Impuls – der zu keinem guten Ende geführt hätte – auf dem Rückweg wieder verworfen hatte, war Justines Wagen verschwunden. Stattdessen stand dort jetzt ein schwarzer Lincoln mit DC-Kennzeichen. Sie lächelte – das musste der Wagen von Onkel Lawrence sein.

Sie legte die letzten Meter zum Haus im Laufschritt zurück und traf ihren Lieblingsverwandten auf der Vorderveranda an, wo er mit seiner Schwester Cissy saß und Limonade trank. Sofort erhob er sich und drückte Regina ungestüm. »Wie geht's meinem besten Stück?«

Sie grinste, und seine unbekümmerte Art munterte sie wie immer sofort auf. Er war nach wie vor ein stattlicher Mann und noch immer attraktiv. »Mir geht's gut. Vor ein paar Wochen habe ich dich im Fernsehen bei *Meet the Press* gesehen. Du hast allen die Show gestohlen.«

In der Tat hatte Onkel Lawrence eine ganz besondere Ausstrahlung, und seine Lebensgeschichte war unglaublich faszinierend – in ärmlichen Verhältnissen aufgewachsen, ein akademischer Überflieger, Kriegsheld in Vietnam, erfolgreicher Unternehmer, angesehener Politiker, eben ein Erfolgsmensch.

Er lächelte bescheiden. »Danke, Herzchen.«

»Wo sind denn deine Schwestern?«, fragte Cissy, die im Schaukelstuhl saß. Ihre Haare waren locker zusammengebunden. Nach wie vor trug sie ihr Blümchenkleid samt Schmuck, wie immer, wenn sie in die Kirche ging, allerdings war sie barfuß.

Regina drückte ihr einen Kuss auf die Wange. »Keine Ahnung. Wir haben zusammen einen Spaziergang gemacht, aber die beiden sind vor mir wieder umgekehrt.« Sie erwähnte nichts davon, dass auf sie geschossen worden war. Ihre Mutter hatte schließlich schon genug Sorgen.

Cissy schüttelte den Kopf. »Lawrence ist extra hergekommen, um euch alle zu sehen, und jetzt bist nur du hier.«

Anscheinend war sie allein es nicht wert.

Lawrence drückte ihren Arm, um Cissys taktlose Bemerkung vergessen zu machen. »Du darfst es ihnen nicht verraten, Regina«, flüsterte er ihr verschwörerisch zu, »aber du warst ohnehin immer meine Lieblingsnichte. Setz dich doch zu uns, mein Schatz. Deine Mutter hat gemeint, dass du hier bist, um sie und John vor dem Armenhaus zu bewahren.«

Regina nahm auf der obersten Treppenstufe Platz und lehnte sich gegen eine weiße Säule. »Ich helfe lediglich dem Gutachter der Bank.«

»Der ist wahrscheinlich gerade im Laden und klaut uns noch das letzte bisschen«, bemerkte Cissy.

»Mom, Mitchell Cooke wird euch bestimmt nicht beklauen. Außerdem ist Daddy bei ihm im Laden.« Sie sah wieder ihren Onkel an. »Ich glaube, Mitchell kennt die richtigen Leute, um Werbung für die Versteigerung zu machen.«

»Cooke – ist der von hier?«

»Nein, er ... reist ständig herum.«

»Irgendwie kommt mir der Name bekannt vor.« Dann lachte er auf. »Aber zum Henker, eigentlich kommt mir jeder Name bekannt vor.«

»Er gefällt ihr«, bemerkte ihre Mutter. »Du wirst schon sehen, Regina, der flirtet doch nur mit dir, um daraus seinen Vorteil zu schlagen.«

Sie zwinkerte ihrem Onkel zu. »Danke für die Warnung, Mom.«

Lawrence lachte erneut. »Und, was macht das Geschäft mit den Büchern?«

Lawrence war ein richtiges Goldstück, denn er war stets daran interessiert, was sie gerade machte. »Es ist einfach herrlich – ich liebe meinen Beruf. Und wie läuft die Wahlkampagne?«

»Sieht recht gut aus, sogar sehr gut.« Er beugte sich vor, um sich am Fußknöchel zu kratzen, fuhr dann mit dem Finger in seinen Schuh hinein, um die Ferse zu dehnen, und stieß einen Seufzer aus. »Allmählich bekomme ich das Gefühl, dass es sich gelohnt hat, all die Jahre diese scheußlichen Anzüge und unbequemen Schuhe zu tragen.«

Regina lachte. »Ich kann es gar nicht abwarten, dich mit ›Senator Gilbert‹ anzureden.«

»Drück mir die Daumen.« Er lächelte sie kokett an. »Weißt du, ein paar Verlage sind an meinen Berater herangetreten, weil sie an meinen Memoiren Interesse haben, falls das Wahlergebnis so ausfällt, wie wir uns das vorstellen. Haplin, glaube ich, und auch Grass House. Meinst du, euer Verlag wäre ebenfalls interessiert?«

»Machst du Witze? Natürlich sind wir das, aber ich fürchte, dass wir nicht denselben Vorschuss bieten können wie die anderen.«

Er wischte ihre Bedenken beiseite. »Unsinn. Geld habe ich genug, aber das wäre mein erstes Buch, und ich möchte, dass es gut wird. Natürlich würde ich am liebsten mit dir zusammenarbeiten.«

Diese Aussicht ließ ihr Herz höher schlagen – Green Label hatte bislang nämlich noch keinen politischen Bestseller veröffentlicht. Und ihrer Karriere würde es auch einen Schub geben. »Ich fühle mich sehr geehrt, Onkel Lawrence.«

Warnend hob er den Finger. »Aber nur, wenn ich gewinne.«

»Du wirst gewinnen.«

»Lawrence hat mir angeboten, bei seiner Kampagne mitzuwirken«, verkündete Cissy.

»Das ist ja toll.« Regina tätschelte dankbar die Hand ihres Onkels. Auf diese Weise könnte Cissy wieder in die Arbeitswelt einsteigen. Eigentlich hatte Regina beabsichtigt, mit ihren Schwestern über eine finanzielle Unterstützung für ihre Eltern zu reden, aber bei all der Rederei hatte sie die wichtigen Themen völlig vergessen. Wie üblich. »Wie lange wirst du in der Stadt sein?«

Sein Lächeln verblasste ein wenig. »Nur noch heute Abend – leider habe ich nächste Woche einen unangenehmen Termin in Charlotte.«

»Elmore Bracken möchte, dass der Prozess neu aufgerollt wird«, sagte Cissy. »Dieser Dreckskerl hat vielleicht Nerven. Nach all den Jahren fällt diesem Mörder nichts Besseres ein, als schon wieder Lawrence' Leben auf den Kopf zu stellen, gerade jetzt, an so einem wichtigen Punkt in seiner Karriere.«

Schuldgefühle hatten immer einen üblen Nachgeschmack. Regina konnte sich unmöglich mit ihrer wackligen Zeugenaussage an die Polizei wenden und Onkel Lawrence mitten im Wahlkampf womöglich einen Strich durch die Rechnung machen. Schließlich hatte er so viel durchgemacht, nicht zu vergessen die Demütigung durch Lylas Affäre und ihren spektakulären Tod. Um den Schmerz zu verarbeiten, hatte er sich auf seine politische Karriere konzentriert, und Monroeville hatte von seinem Einfluss ordentlich profitiert – in Form von neuen Straßen, einem neuen Wasserwerk, neuen Schulen.

»Nicht doch«, sagte er tröstend zu Cissy. »Ich bin mir sicher, dass der Zeitpunkt von Bracken und seinem Anwalt gezielt gewählt worden ist. Bestimmt spekulieren sie darauf, dass ich zu viel um die Ohren habe, um der Anhörung beizuwohnen, oder dass der Richter dem Antrag auf Revision stattgeben wird, um den Anschein von Vetternwirtschaft zu vermeiden, weil mein Name mit dem Mordfall verbunden ist.«

Regina fiel eine weitere Möglichkeit ein. »Meinst du, dass deine politischen Gegner hinter der Anhörung stecken könnten?«

Er schnaubte verächtlich. »In diesen Kreisen macht man sich automatisch Feinde. Sollte es tatsächlich eine neue Verhandlung geben, wäre der ganze Presserummel natürlich ein gefundenes Fressen für meinen Kontrahenten.«

»Trotzdem glaube ich, dass du die Sympathien der Wähler haben wirst«, meinte Cissy überzeugt, wobei sie klang, als würde sie jetzt schon Wahlkampf für ihn machen.

»Schon möglich«, räumte er ein. »Vielleicht würden meine Anhänger aber auch davon ausgehen, dass mich die neue Verhandlung derart ablenkt, dass ich meinen Pflichten nicht mehr nachkomme.« Er zuckte die Achseln. »Was durchaus der Fall sein könnte.«

Regina musste seine offenen Worte erst einmal verarbeiten. Sie hatte nicht bedacht, welches Ausmaß das Ganze annehmen und was eine verspätete Aussage alles ins Rollen bringen könnte, selbst wenn sie dadurch ihr Gewissen erleichterte. Vielleicht hatten Justine und Mica ja doch Recht ... auch wenn ihre Beweggründe falsch waren, aber trotzdem ...

Das Gesicht ihres Onkels hellte sich wieder auf, und er stand auf. »Ich bin soeben zu dem Schluss gekommen, es so zu nehmen, wie es kommt. Leider muss ich jetzt los – ich soll nämlich die Verleihungszeremonie der Wölflinge im Stadtpark präsentieren.« Er grinste. »Zu dumm, dass die Bengel nicht wahlberechtigt sind.«

Regina lachte und begleitete ihn zu seinem Wagen, wo sie sich zum Abschied umarmten. »Onkel Lawrence, ich hoffe, dass ... alles so verläuft, wie du es dir wünschst.«

»Mein Schatz, ich habe schon vor langer Zeit gelernt, dass das Leben nicht immer nach Wunsch spielt, aber man muss eben das Beste daraus machen.« Er wurde ernst. »Ich rechne es dir hoch an, dass du hergekommen bist und dich um deine Mutter kümmerst.«

»Eigentlich kümmern sich Justine und Mica um sie, seit sie da sind.« Sie warf einen Blick zu Cissy, die immer noch auf der Veranda in ihrem Schaukelstuhl saß. »Sie stehen ihr nämlich beide näher als ich.«

»Kann sein. Aber jeder in dieser Familie weiß, dass du die Einzige bist, auf die Verlass ist, wenn es brennt.«

Er hatte stets die richtigen Worte parat und verstand es, ihr als mittlerer Tochter das Gefühl zu vermitteln, etwas Besonderes zu sein. Und genau dafür liebte sie ihn. Zu schade, dass er selbst keine Kinder hatte.

Onkel Lawrence stieg in den Wagen, startete den Motor und ließ das Seitenfenster herunterfahren. »Ach, noch ein guter Rat wegen deinem Mr. Cooke.« Er zwinkerte ihr zu. »Flirte einfach zurück.«

*

»Sie sind aber früh hier«, bemerkte Mitchell, als er in der Tür zum Büro auftauchte.

Regina sah von dem Hauptbuch vor sich auf. Insgeheim ärgerte sie sich, da sie froh war, ihn zu sehen, aber dies lag vermutlich nur daran, dass er nicht mit ihr verwandt war. »Das war ja wohl das Mindeste, nachdem ich Sie gestern sich selbst überlassen habe.« Zudem hatte sie heute Morgen so schnell wie möglich das Haus verlassen wollen.

»Ich habe nur den halben Tag gearbeitet«, entgegnete er. »Und ich habe ein paar weitere Möbelstücke für den Sperrmüll vorgesehen – der wird übrigens am Mittwoch abgeholt.« Dann bot er ihr wieder die Schachtel mit Doughnuts an.

Obwohl einen Augenblick ihr schlechtes Gewissen aufflackerte, weil sie in letzter Zeit ihren Sport vernachlässigt hatte, nahm sie sich dennoch einen heraus. »Und was haben Sie mit dem restlichen Tag gemacht?«

»Bier in die Kühltasche gepackt, und anschließend sind Ihr Vater, Sam und ich zum Angeln gefahren.«

Sie runzelte die Stirn. »Ich dachte, Dad wollte auf den Laden aufpassen.«

Er hob die Schultern. »Im Laden war ohnehin nichts los, und Ihr Vater machte den Eindruck, als könnte er männliche Gesellschaft brauchen. Das soll aber keine Beleidigung sein.«

Die Vorstellung, dass ihr Vater sich an einen Fremden hielt, ärgerte sie. »Gestern Abend, als er zu Hause vorbeigeschaut hat, schien es ihm besser zu gehen.« Zumindest war er einigermaßen nüchtern gewesen.

»Ihr Vater ist zwar kein großer Redner – und übrigens auch kein erfolgreicher Angler –, aber er liebt seine Töchter von ganzem Herzen.«

»Vor allem er und Mica haben sich immer nahe gestanden. Es hat ihn damals hart getroffen, als sie weggegangen ist, und jetzt, da sie wieder zurück ist ... es scheint beinahe, als hätte er Angst, mit jemandem zu reden.«

»Er macht sich die allergrößten Vorwürfe, dass er damals diesen Tunichtgut eingestellt hat.«

»Dad konnte ja nicht ahnen, dass sich die Dinge mit Dean so entwickeln würden.«

Mitchell zuckte mit den Achseln. »Trotzdem glaubt er, dass er seine Töchter nicht richtig beschützt hat.« Beschwörend hob er die Hände. »Aber das haben Sie nicht von mir.«

Regina nickte, bestürzt darüber, dass ihr Vater auch noch diese Last mit sich herumschleppte. Sie deutete auf die Kaffeemaschine. »Ich habe Kaffee gekocht, aber erwarten Sie keine Wunder.«

Er schenkte sich eine Tasse ein. »Und, was haben Sie gestern gemacht?«

»Ich war mit Justine und Mica spazieren, wurde beschossen und habe Mom im Garten geholfen.«

»Wie war das noch gleich im Mittelteil?«

Sie winkte abfällig ab. »Bei unserem Spaziergang hat uns ein Jäger offenbar für Beute gehalten, aber es ist nichts passiert.«

»Gut.« Er klaubte zwei Doughnuts aus der Schachtel. »Vertragen sich Ihre Schwestern wieder?«

»Es herrscht nur vorübergehend Waffenstillstand.« Um sich gemeinsam gegen sie zu verbünden. Und um sich zusammen Klamotten zu kaufen, gemessen an all den Tüten, die sie gestern hereingeschleppt hatten. Aber immerhin redeten sie wieder miteinander, und das war wenigstens etwas.

»Sie wirken erschöpft.«

Regina zuckte die Achseln. »Ich vermisse wohl mein eigenes Bett, schätze ich.«

Er probierte den Kaffee, verzog kurz das Gesicht und ließ sich dann auf einen der Bürostühle fallen. »Hm. Ich glaube nicht, dass ich mich jemals an ein spezielles Bett gewöhnt habe.« Er schenkte ihr ein süffisantes Lächeln. »Ihres muss wohl ganz speziell sein.«

Über ihre Kaffeetasse hinweg warf sie ihm einen vernichtenden Blick zu.

Mit einem Achselzucken sah er zu Sam. »Dabei wollte ich sie nur zum Lachen bringen. Und sie hat doch so ein schönes Lächeln, nicht wahr, Sam?«

Der Hund bellte zustimmend, sodass sie tatsächlich lächeln musste und den Kopf über dieses Komikerpaar schüttelte.

»Ah, hat doch noch geklappt. Tja, Sam, jetzt müssen wir nur noch herausfinden, warum sie ihre Haare immer so streng hochsteckt.«

Als Antwort begnügte sie sich mit einem Grinsen.

»Und warum sie eine Brille trägt, obwohl sie offensichtlich gar keine braucht.«

Ihr Lächeln verflog wieder. »Ich mag meine Brille.«

Mitchell biss die Hälfte des Doughnuts ab und kaute nachdenklich darauf herum. »Ich glaube, Sie verstecken sich dahinter.«

»Seien Sie nicht albern. Das ist völlig an den Haaren herbeigezogen.«

»Mag ja sein, dass ich falsch liege, aber ich habe mir Ihre Brille genauer angesehen, als Sie sie hier liegen lassen haben. Es sind einfach nur durchsichtige Gläser.«

Sie senkte den Blick wieder auf das Hauptbuch. »Mein ganzes Leben lang habe ich eine Brille getragen. Nach der Laser-Operation konnte ich mich einfach nicht daran gewöhnen, wie ich ohne aussah.«

»Glauben Sie mir, Sie sehen gut aus ohne Brille.«

Regina drohte ihm mit dem Stift in der Hand, wobei ihr sein anzügliches Lächeln nicht entging. »Hören Sie auf, mit mir zu flirten, Mitchell. Ich bin mir nämlich sicher, dass Sie in jedem Hafen ein Mädchen haben, aber dieses hier ist nicht interessiert.«

»Haben Sie einen festen Freund in Boston?«

Sie musste an Alan Garvo denken und an ihre zwanglose – und überwiegend sexuelle – Beziehung. »Nein.«

»Aber es gibt einen, auf den Sie abfahren?«

»*Nein.*«

»Wo liegt dann das Problem? Ich bin solo, Sie sind solo, und es ist ja wohl nicht zu übersehen, dass es zwischen uns beiden knistert.«

Sie hob eine Augenbraue. »Sie sprechen wohl nur von sich.«

Die andere Hälfte des Doughnuts verschwand in seinem Mund. »Also gut – ich stehe auf Sie. Schließlich bin ich ein heißblütiger, waschechter Amerikaner, der eine schöne Frau zu schätzen weiß. Ich möchte Sie heute Abend zum Essen einladen.«

Er war wirklich charmant, was ihm zweifellos bewusst war. Sie richtete den Blick wieder auf die Zahlen im Hauptbuch. »Pete Shadowen hat mich bereits zum Abendessen eingeladen.«

»Was?« Er schnaubte verächtlich. »Sie haben mit diesem Idioten ein Rendezvous?«

»Kein Rendezvous, sondern lediglich ein Treffen unter alten Freunden.«

»Dann können Sie mit mir ja zu Mittag essen.«

»Ich habe mir ein Sandwich mitgebracht.«

»Wir können auch ein Picknick machen.« Er gab Sam ein Zeichen, der daraufhin zu ihr herübertrottete, um an ihrem Knie zu schnüffeln.

Allmählich ging ihr seine Beharrlichkeit auf den Wecker. Genau wie sein aufdringlicher Hund. »Hören Sie auf damit, Mitchell. Meine Bücher handeln öfter davon, warum Frauen wie ich sich von Typen wie Ihnen fern halten sollen.«

»Nehmen Sie eigentlich auch einmal einen Rat von anderen an?«

Regina schob ihre Brille auf der Nase hoch. »Nie.«

Er seufzte laut auf und schnalzte mit den Fingern. Der Hund zog sich wieder von ihrem Bein zurück und nahm seine alte Position ein. »Anscheinend gehen wir ihr auf die Nerven«, meinte er zu Sam.

Sie warf ihm einen zustimmenden Blick zu, aber er ließ sich nicht beirren.

»Haben Sie wegen diesem, äh, Artikel im Internet schon etwas unternommen?«

»Nein.« Nach ihrem Spaziergang mit Justine und Mica gestern hatte sie dafür keinen Kopf mehr gehabt. Und dann war ja noch Onkel Lawrence zu Besuch da gewesen. Am einfachsten wäre es wohl, das Ganze auf sich beruhen zu lassen.

»Möchten Sie darüber reden?«

»Nicht mit Ihnen.«

Er ließ die Gesichtsmuskeln spielen. »Auch gut. Darf ich Ihnen vielleicht einen kleinen Rat geben?«

Gleichgültig hob sie die Schultern, um nicht den Anschein zu erwecken, dass sie interessiert sei.

»Nach meiner Erfahrung ist die schwierigste Alternative gewöhnlich die richtige.«

Sein Rat war wie eine große, bittere Pille. Er war zwar gut gemeint, aber nicht das, was sie hören wollte.

Mitchell stand auf und klatschte in die Hände. »Gut, dann werd ich mich mal an die Arbeit machen.«

Regina beschloss, sich jetzt nicht weiter den Kopf über den Brieföffner zu zerbrechen, sondern sich stattdessen ebenfalls auf die Arbeit zu konzentrieren. »Möchten Sie schon einmal mit den Töpferwaren anfangen? Ich muss hier nur noch ein paar Einträge vornehmen.«

»Klar. Vielleicht stoßen wir ja auf ein altes Rookwood-Stück.«

Sie nickte. »Dann könnten wir alle zufrieden nach Hause gehen.« Jedenfalls im übertragenen Sinne, zumal sich die Auktion durch so einen wertvollen Fund erübrigen würde. In diesem Fall könnten Cissy und John ohne Druck ihr Geschäft auflösen, das Geld untereinander aufteilen und getrennte Wege gehen. Tatsächlich konnte sie sich jedoch nicht vorstellen, wie die beiden jeweils ihren Lebensunterhalt bestreiten würden. Sie war nämlich fälschlicherweise davon ausgegangen, dass sie sich um ihre Altersvorsorge gekümmert hatten. Sie selbst hatte zwar ein wenig angespart, aber nicht genug, um wirklich aushelfen zu können. Vielleicht würde ja Justine sich anbieten, oder auch Mica, die ebenfalls zu den Spitzenverdienern zählte. Vor lauter Grübeln schwirrte ihr bereits der Kopf, und Mitchells Flirterei hatte ihre Unruhe nur noch weiter verstärkt.

»Flirte einfach zurück.«

Mit gesenktem Blick sah sie ihm nach, als er den Raum verließ. Sein rotes T-Shirt lag eng an seinen Schultern an, und in seinen Jeans sah er richtig knackig aus. Sie schob ihre Brille ein Stück tiefer, um ihn ungehindert zu mustern. Unwillkürlich fuhr ihre Zungenspitze an die Oberlippe. Schließlich war sie auch nur aus Fleisch und Blut. Sam schaute zurück und ertappte sie, woraufhin er ein freudiges Bellen ausstieß.

Mitchell drehte sich um. Hastig stieß sie die Brille wieder nach oben, die ihr jedoch von der Nase fiel. Unter seinem belustigten Gelächter fing sie sie auf und setzte sie sich wieder auf die Nase. »Was ist?«

Ein breites Grinsen lag auf seinem Gesicht. »Nichts.« Er drehte sich wieder zur Tür, wackelte kurz mit dem Hintern und setzte sich in Bewegung.

Wütend über sich selbst kniff Regina kurz die Augen zusammen und streckte Sam dann die Zunge heraus. Jetzt hatte sie sich endgültig blamiert.

Zwar verkniff Mitchell sich dumme Bemerkungen, als sie wenige Minuten später zu ihm in den Ausstellungsraum stieß, aber er grinste unentwegt weiter, während er leise Muddy Waters' Song »(I'm Your) Hoochie Coochie Man« mitsummte, der gerade im Radio lief. Sie versuchte ihn so gut es ging zu ignorieren, aber irgendwer musste wohl heimlich den sexuellen Thermostat im Raum höher gedreht haben. Mit einem Mal wurde sie unruhig und zuckte jedes Mal zusammen, wenn sich zufällig ihre Hände berührten oder ihre Blicke kreuzten. Ihm hingegen war äußerlich nichts anzumerken, und er bewegte sich völlig ungezwungen. Obwohl sie dutzende von Besteckteilen und Gegenständen aus Keramik und Glas durcharbeiteten, zogen sich die zwei Stunden, in denen sie gegen Mutter Natur ankämpfte, wie Kaugummi. Ihre Hormone gerieten langsam, aber zunehmend in Wallung und gerieten immer mehr außer Kontrolle. Hielten sich bereit. Als ihr versehentlich ein Van-Briggle-Keramiktopf herabfiel, griff Mitchell rasch mit den Händen unter ihre Arme und fing das kostbare Stück auf.

»Kinderspiel«, meinte er, wobei er es offenbar nicht eilig hatte, seine Hände wegzunehmen.

»Hab ihn«, entgegnete sie mit Blick auf seine kräftigen, sehnigen Arbeiterhände.

»Sicher?«

»J... ja.« Und sie waren warm. Sehr warm.

Vorsichtig nahm er ihr das schwarze Tongefäß ab und strich zu ihrem Verdruss über die glatte Oberfläche, um Unebenheiten zu ertasten. Er ging überaus sorgfältig vor. Mit Fingerspitzengefühl. Geschickt. Sie kam sich so dumm vor, dass sie versuchte, ein unbeeindrucktes Gesicht zu machen, während sie ihm zusah.

»Keine Risse oder Splitter«, stellte er fest. »Benötigt zwar eine Politur, aber ansonsten ein hübsches Exemplar. Nichts Außergewöhnliches, aber für Sammler trotzdem interessant.«

Sie murmelte leise Zustimmung, trat jedoch unruhig von einem Fuß auf den anderen, während er das gute Stück zur Seite stellte und die Daten in seinen Laptop eingab. Bestimmt würde ihr Vater demnächst herunterkommen und die geladene Atmosphäre vertreiben, die zwischen ihnen beiden entstanden war. Sie beschloss, dass sie bis dahin ihre aufgestaute Energie am besten aufs Reden verwendete.

»Wir haben zwar vorher scherzhaft über Rookwood gesprochen, aber sind Sie denn jemals auf ein besonderes Einzelstück gestoßen, ohne dass der Besitzer etwas davon gewusst hat?«

Mitchell zuckte mit den Achseln. »Einmal habe ich auf einem Straßentrödel einen antiken Gebetsteppich entdeckt. In erstaunlich gutem Zustand, wohlgemerkt. Die ältere Dame wollte zehn Dollar dafür, aber mir war klar, dass er ungefähr tausendmal so viel wert war.«

»Und, was haben Sie gemacht?«

»Ich gab ihr die zehn Mäuse und habe mir ihre Adresse geben lassen. Als ich einen Käufer dafür gefunden hatte, habe ich ihr das Geld gebracht, abzüglich zwanzig Prozent Provision.«

»Das war sehr großzügig von Ihnen.«

»Allein ihr Gesichtsausdruck war die Sache wert. Mich interessiert das Suchen, das ist das Spannende daran, und nicht das Geld.«

»Sie haben erwähnt, dass Ihre Eltern mit Antiquitäten gehandelt haben – leben sie eigentlich noch?«

»Ja. In der Nähe von Charlotte. Mein jüngerer Bruder lebt

auch dort, zusammen mit seiner Frau und den beiden Töchtern.«

»Haben Sie sonst noch Geschwister?«

»Nein. Mein Bruder ist Anwalt, hat eine Privatkanzlei.«

»Oh.« Zu spät – der freudig interessierte Unterton in ihrer Stimme blieb ihr selbst nicht verborgen. Genau so reagierten die Leute, wenn sie erzählte, dass das Tara Hair Girl ihre kleine Schwester war. Als sie aufsah, errötete sie leicht. »Ich wollte damit ... nichts andeuten.«

Er lächelte. »Schon okay. Geschwister werden automatisch miteinander verglichen. Ich schätze, das liegt an der Faszination, wie unterschiedlich man sich trotz gleicher Erziehung entwickelt. In unserem Fall trifft das auch zu. David ist Anwalt, ich mache in Plunder.«

Aus unerfindlichen Gründen widerstrebte es ihr, dass er sein Licht unter den Scheffel stellte. »Sie untertreiben gewaltig.«

Er lachte, mit einem angenehmen, charmanten Timbre. »Ich bin mit meiner Berufswahl vollauf zufrieden. Auch wenn ich vom Ansehen her nicht mit einem Anwalt konkurrieren kann, passt mir das ständige Auf-Achse-Sein zu allerlei Kunden momentan ganz gut in den Kram.«

Momentan. Als würde er für den Augenblick leben. Sie erwiderte sein flüchtiges Lächeln alles andere als flüchtig. »Dann gibt es also bei den Cookes keine Rivalität unter Geschwistern?«

»Früher einmal vielleicht, aber jetzt nicht mehr.«

Aha, dann war er also früher auf seinen Bruder neidisch gewesen. »Stehen Sie Ihrer Familie nahe?«

Er nickte. »Ich besuche sie oft, und dann bleibe ich immer so lange, bis sie mir damit in den Ohren liegen, endlich sesshaft zu werden.« Erneut dieses Lachen, das unwiderstehlich klang.

Regina fiel in sein Lachen ein, wobei ihr bewusst wurde, dass er sich ihr gegenüber als »freier Vogel« darstellte, wie es in der Singlewelt heißt. Einerseits war er scharf auf sie und hörte nicht auf, heißblütige Versprechen zu machen, andererseits hegte er keinerlei Absichten, irgendeine Art von Bindung einzugehen, die einer Beziehung entsprach. *Unterschreiben Sie bitte auf der gepunkteten Linie.*

Innerhalb eines Wimpernschlags wechselte der Ausdruck seines Lächelns von unbekümmert zu begierlich. Als ihr das mit einem Mal bewusst wurde, trat sie einen Schritt zurück und stolperte dabei über den hölzernen Sockel einer lebensgroßen Indianerfigur, die früher vor Tabakläden aufgestellt worden waren. Verzweifelt versuchte sie, sich irgendwo festzuhalten, doch im nächsten Moment riss sie den Häuptling mit sich zu Boden und blieb leicht benommen auf dem Rücken liegen. Das konnte einfach nicht wahr sein. Immerhin war sie eine anerkannte, erfahrene Lektorin bei einem renommierten Verlagshaus.

Mitchell hob die Holzfigur hoch und starrte auf Regina herab. »Sind Sie okay?«

Sie holte Luft und nickte.

Er brach in Lachen aus und reichte ihr die Hand, um sie hochzuziehen.

Regina fühlte sich tief in ihrem Stolz verletzt. »Das war überhaupt nicht komisch.«

»Sie hätten es mal aus meiner Perspektive sehen müssen. Sind Sie sicher, dass Sie sich nichts gebrochen haben?« Vorsichtig tastete er sie ab, bis sie zurückwich.

»*Ja*, absolut sicher.«

»Gut. Wie wär's mit einem Kuss von mir, dann wird alles wieder gut.«

Ungläubig kniff Regina die Augen zusammen. Mit funkelndem Blick wartete er darauf, dass sie Ja sagte oder einfach nur in seine Arme sank. Eine berechtigte Erwartungshaltung, zumal jede einzelne Faser ihres Körpers – abgesehen von den paar Gehirnzellen, die noch arbeiteten – sich nach ihm sehnte. Gott mochte den Frauen helfen, die in all den Jahren ihr Herz an diesen Vagabunden verloren hatten.

Er beugte sich vor. »Ist das ein Ja?«

»Ich ...« In diesem Moment ging die Türklingel, und sie deutete mit dem Daumen nach hinten. »Kundschaft.«

Sie wandte sich in Richtung Tür und atmete erleichtert auf. Als sie um die Ecke bog und einen Mann mit grau meliertem Haar erspähte, der einen Handwagen zog, breitete sich auf ihrem Gesicht ein Lächeln aus. »Mr. Calvin!«

Der lange Hals des Mannes ruckte vor, dann erwiderte er das Lächeln. »Regina?«

»Sie haben mich also erkannt.« Mit beiden Händen umfasste sie seine faltige, lederne Hand und atmete den Geruch von Mottenkugeln und Listerine ein, der stets von ihm ausging. »Wie geht es Ihnen?«

»Für einen alten Knacker noch recht gut«, erwiderte er mit einem Kichern.

»In all den Jahren habe ich so oft an Sie gedacht und auch an die ganzen Bücher, die Sie mir früher immer mitgebracht haben.«

»Hast du mittlerweile Band einundzwanzig von deiner Nancy-Drew-Reihe bekommen?«

»Leider nein. Ich kann es nicht fassen, dass Sie das noch wissen.«

»Ich erinnere mich sogar noch sehr gut«, entgegnete er. »Ich bin noch keinem Kind begegnet, das so eine Leseratte war wie du.«

»Bin ich immer noch – inzwischen arbeite ich als Lektorin bei einem Bostoner Verlag.«

Er lächelte. »Ich habe all die Jahre immer wieder nach dir gefragt. Ich wusste, dass du diejenige bist, die es schaffen wird.«

»Vielen Dank für das nette Kompliment, Mr. Calvin, aber meine Schwestern können beide auch eine glänzende Karriere vorweisen.«

190

»Aber du warst immer was Besonderes, Regina. Du hast mich immer an meine Tochter erinnert.«

Sie legte den Kopf schief. »Ich wusste gar nicht, dass Sie eine Tochter haben.«

Er nickte. »Rebecca. Blond und zierlich, genau wie du. Aber sie hat uns schon vor langer Zeit verlassen.«

Regina überlegte gerade, wie traurig es war, dass die Tochter ihren Vater niemals besuchte, als Mitchell erschien, mit angespanntem Gesichtsausdruck. »Darf ich vorstellen, das ist Mitchell Cooke, und das ist Mr. Calvin, ein alter Bekannter von mir.«

Mitchell streckte die Hand aus. »Hallo.«

»Sind Sie Reginas Freund?«

»Nein«, fuhr sie rasch dazwischen. »Mitchell hilft meinem Dad bei der Schätzung des gesamten Ladeninventars.« Sie warf einen kurzen Blick auf den Karton auf Mr. Calvins Handwagen. »Wir geben das Geschäft in Kürze auf – ich befürchte, dass wir nichts mehr ankaufen können.«

»Ach? Das tut mir aber Leid. John war nämlich immer ein guter Kunde von mir.«

»Was haben Sie denn da drin?«, wollte Mitchell wissen.

»Bücher.«

»Darf ich vielleicht einen Blick hineinwerfen?«

Sie hatte ganz vergessen, dass er ja selbst Sammler war.

»Sicher, nur zu.«

Regina besorgte für Mr. Calvin Wasser, und als sie zurückkam, verhandelten die beiden Männer gerade über zwei ledergebundene Bücher.

»Ich nehme sie beide«, sagte Mitchell, entnahm einem beeindruckenden Geldbündel in seiner Brieftasche ein paar Scheine, packte den Bücherkarton wieder auf die Handkarre und rollte sie zu Mr. Calvins Kleinlaster hinaus.

Regina reichte Mr. Calvin das Wasser und verabschiedete sich von ihm. Die Bücher, die Mitchell soeben erstanden hatte, lagen auf einem kleinen Tisch neben der Tür. Mit den Fingern fuhr sie über die von Hand gebundenen Bücher und schlug eines davon auf. *Juristische Fachkommentare, 1965–1975.* Das andere hatte den Titel *Gesetze, die das alltägliche Leben bestimmen.* Die Einbände waren außerordentlich kostbar, aber die Titel machten sie stutzig. Juristische Fachbücher? Offenbar war die Rivalität zwischen Mitchell und seinem Bruder doch nicht ganz erloschen, wie er behauptet hatte. Doch in welcher Familie herrschte schon immer eitel Sonnenschein?

Sie klappte die Bücher wieder zu und lehnte sich gegen den Türrahmen, um den rätselhaften Mann durch die Windfangtür zu beobachten. Im Moment wuchtete er den Bücherkarton auf die Ladefläche des Lasters, als würde er nichts wiegen, und schob ihn nach Mr. Calvins Anweisungen an die vorgesehene Stelle. Dabei bewegte er seinen durchtrainierten Körper so effizient, dass ihr der Gedanke kam, dass er bestimmt niemals unbedacht reagierte – sowohl körperlich als auch anderweitig. Die Selbstsicherheit, die er ausstrahlte, war beneidenswert, und es war schon fast beunruhigend, in welch kurzer Zeit er ihr das Gefühl vermittelt hatte, dass sie an seiner Seite willkommen war.

Ein Mann zum Verlieben, allerdings immer auf Achse – Mitchell Cooke fiel eindeutig unter *Die zehn gefährlichsten Männertypen, die Frau meiden sollte* (ein landesweiter Bestseller im vergangenen Winter). Ein richtiger Mann mit außerordentlichem Sexappeal. Groß und stattlich und männlich. Es gab schlechtere Alternativen für einen Sommerflirt.

Sie seufzte auf. Aber nicht in diesem Sommer.

SECHZEHN

Stellen Sie sich auf unvermeidbare Rückschläge
in Ihrer Beziehung ein, beispielsweise in puncto Sex.

Du siehst klasse aus«, sagte Pete durch die Windfangtür. In seinem Mundwinkel bewegte sich ein Zahnstocher auf und ab.

Regina lächelte, froh darüber, dass sie sich für das rosafarbene Sommerkleid entschieden hatte. »Danke. Ich komme gleich raus – muss nur noch schnell meine Handtasche holen.« Zwar wäre es höflicher gewesen, ihn zu einem Plausch mit ihrer Familie auf die Hinterveranda zu bitten, aber sie wollte ihr »Date« nicht an die große Glocke hängen. Gerade als sie ihre Handtasche vom Tisch nahm, tauchte Justine am Ende der Diele auf. Sie hatte einen Papierfächer in der Hand, mit dem sie sich Luft zuwedelte. Seit dem Spaziergang gestern hatten sie kaum miteinander gesprochen.

»Ich habe einen Wagen gehört ... oh. Gehst du aus?«

»Ins Restaurant.«

»Mit diesem Gutachterfritzen?«

»Nein, mit Pete Shadowen.«

Justines Augen wurden schmal. »Wie das?«

»Weil er mich eingeladen hat.« Und weil ihr das die Möglichkeit gab, der angespannten Atmosphäre im Haus zu entfliehen.

Justine kam auf sie zu. »Man soll schlafende Hunde nicht wecken.«

Regina bemerkte, dass die grünen Augen ihrer Schwester verdächtig glasig wirkten – hatte sie vielleicht etwas genommen? »Du brauchst dir keinerlei Sorgen zu machen, Justine.«

Der Fächer wurde wieder rhythmisch bewegt. »Das will ich

hoffen.« Dann drehte sie sich um und stolzierte davon, während ihre unterschwellige Drohung in der feuchten Luft hängen blieb.

Reginas Augen brannten, und ihr Entschluss, Pete die ganze Wahrheit zu erzählen, war wieder einmal ins Wanken geraten. *»Die schwierigste Alternative ist gewöhnlich die richtige.«*

Mit den ersten Anzeichen von Kopfschmerzen erschien sie wieder an der Tür. »Ich bin so weit.«

Pete wirkte nervös, da er sich ständig kratzte und herumzappelte, als er ihr die Tür aufhielt. Er trug seine khakifarbene Uniform, allerdings ohne die Zusatzausrüstung.

»Tut mir Leid, ich habe heute Bereitschaft wegen dem Heimatfest. Aber du weißt ja, normalerweise ist es hier völlig ruhig.« Er nahm den Zahnstocher aus dem Mund und lachte. »Die Tatsache, dass Mica und Justine wieder in der Stadt sind, ist das größte Ereignis seit langem.«

Ihr Lächeln wirkte etwas gequält.

Pete war jetzt ziemlich verlegen und fuchtelte mit dem Zahnstocher herum. »Ich meinte damit nicht … ich meinte damit nur, dass Mica schließlich ziemlich berühmt ist, und es kommt auch nicht oft vor, dass wir hier nach einer Flüchtigen fahnden.«

»Sicher. Hast du inzwischen den Jäger aufgespürt, der uns als Zielscheibe benutzt hat?«

Er stieß ein betretenes Räuspern aus und kratzte sich unterhalb der Taille. »Nein, aber ich habe die Hendersons gebeten, die Augen offen zu halten, und ich habe überall Jagen-verboten-Schilder anbringen lassen.«

Reginas Schritt verlangsamte sich ein wenig beim Anblick des Polizeijeeps, aber sie marschierte tapfer weiter, wobei sie an ihre Assistentin Jill denken musste, die sicherlich den Kopf über diese Verabredung schütteln würde.

Pete hielt ihr die Beifahrertür auf. »Ich bin es nicht gewohnt, dass jemand vorne neben mir sitzt.«

Sie glitt auf den Sitz und starrte auf die Handschellen, die am Innenspiegel herabbaumelten. Langsam machte sich ein ungutes Gefühl in ihr breit.

Pete stieg auf der anderen Seite ein, mit einem strahlenden Gesichtsausdruck, der für beide reichte. »Ich dachte, wir gehen ins Crab Hut, wenn dir das recht ist.«

Es gab nur eine Hand voll Restaurants, die zur Auswahl standen, und Fisch war eine gute Wahl. »Gern. Hast du eigentlich noch immer deinen gelben VW Rabbit?«

»Nein, den habe ich vor ein paar Jahren verkauft. Trotzdem, ein klasse Wagen.« Er saugte an seinem Zahnstocher. »O ja, mit dem Wagen habe ich einige gute Zeiten erlebt.«

Sie hatte den Eindruck, dass sie beide gerade an Tobi Evans dachten.

»Hat sie eigentlich wieder geheiratet?«, fragte sie.

»Nein«, erwiderte er nachdenklich.

Innerhalb kürzester Zeit hatte Regina es fertig gebracht, dass er in den Erinnerungen an eine andere Frau schwelgte. Auch eine Art Höchstleistung. Wobei man natürlich bedenken musste, dass sie damals keinen so nachhaltigen Eindruck bei ihm hinterlassen hatte.

Sie mussten zunächst eine Kontrollfahrt durch die Stadt machen, bevor sie das Restaurant ansteuerten. Auf den Straßen von Monroeville ging es hoch her; überall sah man glänzende Sportflitzer mit glänzenden Teenagern darin. Auch Transporter waren mittlerweile ein beliebtes Fortbewegungsmittel, und Pete berichtete, dass Motorräder mit neonfarbener Verkleidung, auch Tieflieger genannt, groß im Kommen waren. Die Mädchen waren alle unglaublich dünn und fast halb nackt, während die Jungs ihre tätowierten Oberkörper zur Schau stellten. Regina kam sich richtig altmodisch vor, was sie jedoch nicht im Geringsten störte. Schließlich parkte Pete rückwärts auf dem Parkplatz vor dem Crab Hut ein.

Im Crab Hut war ebenfalls die Hölle los. Es war schon fast wieder zu viel. Aus den Lautsprechern drang Popmusik, die hin und wieder von einem Countrysong unterbrochen wurde, um die älteren Gäste glücklich zu stimmen. Sie beschlossen, auf der Terrasse Platz zu nehmen und sich eine Schüssel Krebse zu teilen. Regina bestellte sich dazu ein Bier, während Pete sich für Eistee entschied, da er im Dienst war. Sein knarrendes Funkgerät legte er auf den Tisch.

»Mann, ist das heiß«, meinte er und wischte sich mit einer Papierserviette die Stirn ab.

»Die Hitze überrascht mich immer wieder, wenn ich hier zu Besuch bin«, entgegnete sie.

»Aber die Schweißperlen stehen dir«, sagte er mit Blick auf ihr Dekolletee.

»Äh, danke.« Unruhig rutschte sie auf dem Aluminiumstuhl herum und beschloss, es zu tun, bevor sie der Mut verließ – sie würde einfach behaupten, dass sie damals den Mord an Lyla alleine beobachtet hatte, und ihn um Rat fragen, was sie jetzt unternehmen solle. Das war die einzige Möglichkeit, um ihr Gewissen zu erleichtern, ohne ihre Schwestern mit hineinzuziehen. »Hör mal, Pete, ich würde gern mit dir über etwas reden, das schon einige Zeit zurückliegt.«

»Okay, schieß los.« Ein dümmliches Grinsen lag auf seinem Gesicht, als rechnete er damit, dass sie ihm gleich gestehen würde, es zu bedauern, ihm damals nicht erlaubt zu haben, ins dritte Stadium vorzustoßen, und jetzt sei sie zurückgekommen, um das nachzuholen, falls er wollte. Grübelnd starrte sie auf seinen Zahnstocher. Vielleicht war heute nicht der geeignete Zeitpunkt für ihre Offenbarung ... noch nicht. Möglicherweise sollte sie zuerst eine neutrale Meinung einholen, um zu wissen, ob sie überhaupt glaubhaft klang.

Sie ließ den Blick über die vollen Tische um sie herum schweifen, auf der Suche nach ... sie wusste nicht, wonach.

Nach einer Antwort vielleicht? Einem Geistesblitz? Das Einzige, was sie sah, waren Pärchen und Familien, die genüsslich an ihren Krebsen saugten ...

Und Mitchell Cooke, der in diesem Augenblick auf der Bildfläche erschien, in einem T-Shirt mit dem Aufdruck »Jeopardy« und mit einem breiten Grinsen. Ihr Puls schoss sofort in die Höhe.

Lautlos kam er an ihren Tisch. »Hi.«

»Hallo«, entgegnete sie leise und war alles andere als erfreut.

»Peter war doch richtig, oder?«, wandte sich Mitchell an ihren Begleiter.

»Eigentlich Pete.«

Mitchell klopfte ihm auf die Schulter. »Ich bin Mitchell.«

»Ich weiß.« Pete wirkte ein wenig verwirrt.

»Ich wollte nur kurz was essen und mir ein Bierchen genehmigen«, sagte Mitchell. »Aber alleine essen ist ziemlich langweilig.«

Regina bohrte die Zunge in die Wange. »Normalerweise würde ich Sie ja bitten, sich zu uns zu setzen, aber ...«

»Macht es euch auch wirklich nichts aus?« Schnell zog er einen Stuhl zwischen sie, sodass Pete mit seinem ein Stück zur Seite rücken musste. »Was für ein Glück, dass ich euch hier entdeckt habe.«

»Ja«, entgegnete Pete. »Kann man wohl sagen. Wir haben übrigens schon bestellt.«

»Wenn die Kellnerin kommt, werde ich auch gleich bestellen.« Er nahm einen Schluck aus seiner Bierflasche. »Habt ihr zwei gerade in Erinnerungen an Tanzbälle und erste Küsse geschwelgt?« Er lachte über seine Bemerkung.

Am liebsten hätte Regina ihn mit ihrer Krebszange gekniffen.

In diesem Moment fing Petes Funkgerät an zu rauschen, und eine weibliche Stimme sagte seinen Namen. »Ich muss mal kurz

197

zum Wagen, um den Funk abzuhören«, sagte er zu Regina, wobei er allerdings Mitchell ansah. »Bin gleich wieder da.«

Sie wartete, bis er außer Sichtweite war, bevor sie sich Mitchell vorknöpfte. »Sie haben uns nachspioniert!«

Er spielte den Unschuldsengel. »Das stimmt nicht. Immerhin gibt es in der Stadt nicht viele Restaurants, und ich hatte gerade Appetit auf Krebsfleisch.« Mit schief gelegtem Kopf musterte er sie. »Hübsches Kleid.«

»Ist das Ihre Masche, um eine Frau ins Bett zu kriegen?«

»Funktioniert sie denn bei Ihnen?«

»Nicht einmal ansatzweise.«

»Hören Sie, wir waren heute schon kurz davor, bevor Mr. Calvin aufgetaucht ist und danach Ihr Vater. Ich glaube, wir sind es uns selbst schuldig, dort anzuknüpfen. Pete wird das schon verstehen.«

»Trinken Sie Ihr Bier aus, und dann schauen Sie, dass Sie Land gewinnen.«

Als Antwort begnügte er sich mit einem Seufzen.

In diesem Moment fiel ihr auf, dass etwas fehlte. »Wo ist eigentlich Ihr Hund?«

»Ich habe ihn mit einem riesigen Schmusekissen im klimatisierten Hotelzimmer gelassen«, meinte Mitchell und wackelte mit den Augenbrauen.

Sie ging darüber hinweg und nahm einen Schluck Bier. Zu ihrer Erleichterung kam Pete zurück, aber an seinem Gesichtsausdruck konnte sie ablesen, dass ihre Verabredung gleich enden würde.

»Auf dem Zubringer ist der Anhänger von einem Sattelschlepper mit lauter Farbe umgekippt. Auch wenn es mir Leid tut, aber ich muss dich wieder nach Hause fahren.«

»Es gab doch hoffentlich keine Verletzten?«

»Nein, bloß ausgelaufene orangene Farbe, so weit das Auge reicht.«

»Ich kann Regina nach Hause fahren«, bot Mitchell an.

»Das wird nicht nötig sein«, lehnte Pete ab.

»Aber sie hat ja noch nicht einmal was gegessen.«

»Wir lassen uns das Essen einpacken.«

»Hallo? Darf ich vielleicht auch was dazu sagen?«

Beide Männer drehten ihr die Köpfe zu.

»Was wäre dir denn recht?«, fragte Pete.

Regina trank von ihrem Bier. Zwar legte sie keinen Wert darauf, mit Mitchell zu essen, aber verglichen mit der Aussicht, den Abend mit ihren Schwestern zu verbringen, war er das kleinere Übel. »Ich bleibe hier, Pete. Wir holen das einfach nach.«

Missmutig nickte er und verzog sich.

Mitchell lächelte sie spöttisch an. »Es wäre einfacher gewesen, wenn Sie meine Einladung zum Abendessen direkt angenommen hätten. Aber ich will mich nicht beschweren.« Er rieb die Hände aneinander. »Und, was werde ich gleich zu essen bekommen?«

»Wir werden uns eine Schüssel Krebse teilen.«

»Klingt fantastisch.«

Sie deutete auf sein T-Shirt. »Sind Sie ein Fan von *Jeopardy*?«

»Nein. Aber ich habe vor Jahren mal selbst daran teilgenommen.«

Sie war leicht beeindruckt. »Und, haben Sie gewonnen?«

»Klaro.«

Klaro. »Ich nehme an, dass die Masterfrage nicht um Joe DiMaggio ging?«

Er schwenkte seine Bierflasche in ihre Richtung. »Mit meiner Bemerkung über das All Star Game wollte ich Sie nur testen. Hätten Sie den Test nicht bestanden, säße ich jetzt nicht hier.«

Sie grinste herablassend. »Ich hätte nicht gedacht, dass Sie so voreingenommen sind.«

»O doch.«

Obwohl Regina bemüht war, ihn auf Distanz zu halten, musste sie sich eingestehen, dass dieser Mann sie reizte. Wäre er unterbelichtet, boshaft oder ein schnöder Aufreißer, hätte sein gutes Aussehen überhaupt keine Wirkung auf sie. Aber Teufel nochmal, er hatte einen scharfen Verstand, ging freundlich mit ihrem Vater und Mr. Calvin um, und seine Anmachsprüche verursachten ein Kribbeln in ihrem Bauch. Zum Glück wurde in diesem Moment ihr Essen serviert, was sie von ihren Grübeleien über die Anziehungskraft von Mitchell Cooke, dem ehemaligen schlimmen Finger, ablenkte.

Irritiert sah die Kellnerin die beiden abwechselnd an. »Hat hier gerade nicht noch ein anderer gesessen?«

»Der hat mir nur den Platz freigehalten«, versicherte Mitchell ihr.

Sie bestellten beide noch ein Bier und machten sich daran, die korallenfarbenen Krebse auseinander zu brechen – sie mit der Zange, er mit den bloßen Händen. Womit auch sonst.

»Dann sind Sie also hier aufgewachsen?«, fragte Mitchell, wobei er ein Stück weißes Fleisch in die Buttersauce tunkte.

Sie nickte. »Ich bin hier geboren.«

»Und Ihre Eltern?«

»Cissy ist ebenfalls hier aufgewachsen. John stammt aus Virginia.«

»Wie haben sie sich kennen gelernt?«

»Dad hat mit Cissys Bruder zusammen studiert.«

»Das muss dann Lawrence Gilbert sein?«

»Richtig.«

»Wie ist er so, Ihr Onkel?«

»Einfach unglaublich. Er und Cissy waren Waisen, und er hat es geschafft, sie und sich durchzubringen. Danach hat er ein Stipendium für die University of Virginia bekommen, ist zum Militär und hat sich in Vietnam durch seine Tapferkeit ausgezeichnet. Dann ist er wieder nach Monroeville zurück und hat mit

200

allen möglichen Geschäften und an der Börse Geld gemacht, bis er in die Kommunalpolitik eingestiegen ist.«

»Er war damals Bürgermeister, als seine Frau ermordet wurde?«

Sie nickte.

»Wie war das genau mit dem Mord?«

Regina knackte weiter die Schalen auseinander. »Sie ist von ihrem Poolreiniger erstochen worden, nachdem sie ihn gefeuert hat.«

»Dieser Bracken?«

»Ja.«

»In ihrem Haus?«

»Nein.«

Neugierig sah er hoch.

Regina rutschte unruhig auf ihrem Stuhl hin und her. »Lyla ist mit einer tödlichen Stichwunde in ihrem Wagen gefunden worden an einem Platz, der hier als Liebesecke bekannt ist.«

»Ein Treffpunkt für Liebespaare?«

»Ja.«

»Sie hat es also mit dem Kerl getrieben, bevor der sie erstochen hat?«

»So lautet die offizielle Version, glaube ich.«

»Gab es Zeugen?«

Verhalte dich ganz natürlich. »Es ist im Wald passiert, an einer ziemlich abgelegenen Stelle.«

»Wer hat den Leichnam entdeckt?«

»Zwei Jäger, glaube ich.«

»Hat Bracken gestanden?«

»Nein. Aber er hat schon mal im Gefängnis gesessen, und er hat Messer gesammelt. Bei uns im Laden hat er auch hin und wieder welche gekauft, was vom Gericht noch erschwerend bewertet wurde. Am Tatort hat man ... DNA-Spuren von ihm gefunden.«

»Samen?«

Sie nickte. »Er hat mit Brackens Blutgruppe übereingestimmt. Zudem hatte er ein Motiv – und die potenzielle Mordwaffe dazu.«

»Er hat sie also mit einem seiner Messer erstochen?«

Regina wand sich. »Die Mordwaffe ist nie gefunden worden.«

Er kaute nachdenklich.

Rasch machte sie sich daran, einen Streifen weißes Fleisch herauszupulen.

»Wie alt waren Sie, als es passiert ist?«

Sie tat so, als müsste sie überlegen. »Da muss ich vierzehn gewesen sein.«

»Und wo genau ist diese Liebesecke?«

»In der Nähe vom Armadillo Creek.«

»Also nicht weit von Ihrem Elternhaus entfernt?«

Sie hob die Schultern. »Kann sein.«

Ein spöttisches Lächeln erschien auf Mitchells Gesicht. »Sind Sie selbst jemals dort gewesen?«

Regina streckte ihre Krebszange vor. »Das geht Sie überhaupt nichts an.«

Sein Lächeln wich rasch einem nachdenklichen Gesichtsausdruck, sodass ihr Unbehagen wuchs. Nachdem sie einige Zeit geschwiegen hatten, beugte er sich vor, bis ihre Gesichter nur noch wenige Zentimeter voneinander entfernt waren. »Ich habe eine Schwäche für Rätsel.«

Sie blieb stumm, hatte jedoch eine ungute Vorahnung, welche Richtung die Unterhaltung nehmen würde.

»Es macht mir Spaß, einzelne, scheinbar unzusammenhängende Informationen miteinander zu verknüpfen, um daraus ein Fazit zu bilden.« Er nahm einen Schluck von seinem Bier. »Lassen Sie mich rekapitulieren, was sich damals abgespielt hat.«

»Ich verstehe nicht, was das zu tun hat mit ...«

»Lassen Sie mich doch einfach.«

Regina wusste, dass sie sich bedeckt halten musste, wandte deshalb den Blick ab und hielt ihre Hände beschäftigt.

»Folgendes Szenario ist möglich: Eine Frau surft auf einer Internetauktion, wobei ihr ein Objekt auffällt, das der Mordwaffe ähnelt, mit der ihre Tante vor Jahren erstochen wurde. Zuerst hält sie das für einen Zufall, weshalb sie den Verkäufer anmailt, und kurz darauf wird das Objekt aus der Versteigerung herausgenommen. Höchst verdächtig, vor allem, als ihr bewusst wird, dass der verurteilte Mörder zufällig zur gleichen Zeit einen neuen Prozess anstrengt.«

Der Bissen Krebsfleisch blieb ihr beinahe im Hals stecken. »Klingt interessant.«

»Mhm. Insbesondere, wenn man berücksichtigt, dass die Mordwaffe bis heute nicht gefunden worden ist. Da die Frau offenbar weiß, wie sie aussieht, heißt das, dass sie entweder den Mord beobachtet hat oder kurz danach am Tatort war.«

Röte stieg ihr ins Gesicht, aber sie versuchte, unbeeindruckt zu klingen. »Sie haben ja eine lebhafte Fantasie.«

»Das sagt meine Mutter auch immer.« Er steckte sich einen Bissen in den Mund und kaute genüsslich darauf herum. »Aber da mir diese Frau bekannt ist, hätte ich gewettet, dass sie sich sofort an ihre Eltern oder an die Polizei gewandt hätte. Und dass sie es nicht getan hat, irritiert mich. Daraus kann ich nur schließen, dass sie unerlaubterweise in Begleitung von jemandem war oder dass sie etwas gemacht hat, was sie nicht hätte tun sollen, und sich deshalb nicht in Schwierigkeiten bringen wollte.« Er lächelte. »Bin ich gut?«

»Zumindest sehr unterhaltsam.« Und leider scharfsinnig.

»Ich nehme an, dass die Frau nach der Verhaftung des Kerls davon ausgegangen ist, dass sie aus dem Schneider ist. Aber jetzt hat sie wieder Zweifel bekommen. Vielleicht haben sich die

Ermittlungsbeamten hier in der Provinz die Sache ein bisschen zu einfach gemacht, um den Hauptverdächtigen rasch hinter Gitter zu bringen, während der wahre Mörder nach wie vor frei herumläuft ...«

»Das reicht«, unterbrach sie ihn, wischte sich den Mund ab und versuchte zu lächeln. »Ich meine, Mord ist kein geeignetes Gesprächsthema während des Essens, stimmt's? Dann ist es mir fast schon lieber, wenn Sie Ihre Anmachsprüche vom Stapel lassen.« Sie trank ihr Bier aus.

Er musterte sie einige Sekunden und lächelte schließlich, um die angespannte Atmosphäre aufzulockern. »Das hatte ich ohnehin vor.«

Regina schob den Teller zur Seite. »Puh, ich platze gleich.«

»Sie haben ja kaum was gegessen.«

»Sie entschuldigen mich, ich muss zur Toilette.« Hastig sprang sie auf, hatte jedoch vergessen, dass sie Alkohol getrunken hatte. Doch er fing ihren Stuhl auf und erhob sich sogar, als sie den Tisch verließ, dieser Charmeur. Schleunigst suchte sie die Damentoilette auf, schloss sich in einer Kabine ein und versuchte, ihre Gedanken zu ordnen. Deshalb hatte er ihr heute Abend also nachspioniert – er war hinter ihr Geheimnis gekommen. Wie dumm von ihr, seinen Laptop zu benutzen und ihm Fragen über die Internetauktion zu stellen. Schließlich kannte sie ihn gerade einmal seit drei Tagen, und trotzdem war es ihm gelungen, die größte Schwachstelle in ihrem Leben und ihrem Gewissen zu knacken.

Dieser Mann war gefährlich, in vielerlei Hinsicht.

Regina wusch sich die Hände, kühlte ihren Nacken mit kaltem Wasser und versuchte anschließend, ihre Hochsteckfrisur wieder in Form zu bringen. Ihr Spiegelbild zeugte von dem Ausmaß, in dem Mitchell und das Bier ihr zugesetzt hatten – rote Wangen, glasige Augen, glänzende Haut. Sie sah völlig verstört aus. Sie atmete ein paar Mal tief durch und sagte sich im Stillen,

dass sie nichts von dem, was er angedeutet hatte, zugeben musste – es war reine Spekulation von seiner Seite.

Gleichzeitig verspürte sie ein wenig Erleichterung, weil ein
anderer die Wahrheit endlich einmal ausgesprochen hatte. Und
selbst wenn sie seine Mutmaßungen nicht wahrhaben wollte,
hatte die Unterhaltung ihr doch die Augen geöffnet, wie sehr sie
das Ganze in den letzten zwanzig Jahren in zunehmendem Maße belastet hatte.

Erfrischt kehrte sie wieder an den Tisch zurück.

»Besser?«, fragte er.

»Ich möchte gehen.«

Mitchell sah überrascht aus, widersprach jedoch nicht.
Nachdem er ein paar Geldscheine auf dem Tisch hinterlassen
hatte, führte er sie zu seinem riesigen Van, wobei er zu ihrem
Verdruss die Hand um ihre Taille gelegt hatte. Mittlerweile
war es dunkel geworden, und an dem lauschigen Nachthim-
mel funkelten unzählige Sterne. Von dem Restaurant drang
Popmusik zu ihnen herüber. In der Ferne war die Spitze eines
beleuchteten Riesenrads auf dem Festplatz zu erkennen, der
nach ihrer Einschätzung auf dem Parkplatz der High School
sein musste. Damit ihr Kleid nicht beschmutzt wurde, half er
ihr in den Wagen. Ihre Gesichter kamen sich einen Augenblick
sehr nahe, und sie bemerkte, dass er Anstalten machte, sie zu
küssen. In freudiger Erwartung, mit Herzklopfen wie ein Teenager, befeuchtete sie die Lippen. Zehn Sekunden verstrichen,
fünfzehn. Dann trat er einen Schritt zurück und machte die
Beifahrertür zu.

*»Die glücklichsten Momente im Leben entstehen manchmal durch
überstürzte Entscheidungen. Das solltest du dir ruhig mal zu Herzen
nehmen.«*

»Lass die anderen in Ruhe, und fang endlich selbst an zu leben!«

Während er vorne um den Wagen herumging, nahm sie langsam ihre Brille ab. Er stieg ein, zog die Tür zu und nahm einen

zweiten Anlauf. Bevor sie wusste, wie ihr geschah, beugte sie sich zu ihm und gab ihm einen Kuss. Seine anfängliche Überraschung wich rasch einer willigen Begierde, und er zog sie enger an sich heran. Seine Lippen waren warm und weich und sinnlich. Seine Berührungen waren sanft genug, um eine gewisse Zurückhaltung auszudrücken, und gleichzeitig fest genug, um seine Begierde auszudrücken. Seine Hände fuhren über ihren Rücken, und er zog sie auf seinen Schoß. Jetzt war es endgültig um sie geschehen.

Ein Klopfen gegen die Scheibe ließ sie beide hochschrecken. »Hey!« An dem Wagen neben ihnen stand ein Mann mit seiner Familie, die sie mit großen Augen anstarrten. »Wie wär's, wenn ihr euch ein Zimmer nehmen würdet?«

Sie sahen sich an und brachen in Lachen aus. »Was hältst du davon?«, fragte er so behutsam, dass sie nicht einmal so tun konnte, als würde sie sich sträuben. Sie nickte, und kurz darauf landeten sie im Russell Motel, Zimmer acht. »Es ist nichts Besonderes«, meinte er, als er das Licht anmachte. »Aber es ist sauber, und es hat ein Doppelbett.«

Sie wurde rot bis unter die Haarspitzen. Sam war bei ihrem Erscheinen ganz aus dem Häuschen und begrüßte sie wie immer.

»Ab ins Bad mit dir, Kumpel«, befahl Mitchell und führte ihn durch das Zimmer. »Dieses Mal bist du außen vor.«

Als er zurückkam, drehte er die Beleuchtung auf ein Minimum herunter und betrachtete sie mit seinen braunen Augen von oben bis unten. »Regina Metcalf, du bist eine fantastische Frau.«

Sie wusste nicht, was sie mit ihren Händen machen sollte. Vor ihrem geistigen Auge blitzten lauter Passagen aus sämtlichen Sexratgebern auf, die sie jemals editiert hatte. Tu dies. Tu das nicht. Tu das zweimal – aber nur, wenn er es zuerst macht.

Ihr schwirrte der Kopf von einer Unmenge von Tipps und Techniken und Taktiken, die ein unvergessliches sexuelles Erlebnis garantieren sollten. Streicheln. Liebkosen. Innehalten. Festhalten, umklammern, stöhnen – oder war das umklammern, stöhnen, festhalten? Zu spät, dachte sie, es spielt keine Rolle –, *Die zehn gefährlichsten Männertypen, die Frau meiden sollte* standen ohnehin nur auf dicke Brüste. Sie verschränkte die nutzlosen Arme. Obwohl ihr bewusst war, dass dies ein unpassender Moment war, konnte sie nicht anders, als einen Rückzieher zu machen. »M...Mitchell, ich möchte nur, dass du weißt, dass dies normalerweise nicht meine Art ist.«

»Ich weiß.« Er zog sein T-Shirt über den Kopf.

Zwar war es nicht gerade sexy, mit offenem Mund jemanden anzustarren, aber sie konnte nicht anders. Dieser Mann war ... einfach umwerfend. Breite Schultern, glatte Haut, durch und durch muskulös, mit einem dunklen Haaransatz, der sich über dem Bund seiner Jeans kräuselte. Er streckte die Hand aus, und sie gab sich ihm instinktiv hin. Zur Hölle mit all den Sexratgebern.

Sie küssten sich, bis sie die Geduld verlor und anfing, sich selbst auszuziehen. Er tat es ihr gleich, ohne die Augen von ihr abzuwenden. Als sie beide nackt waren, nahm er ihre Hände und zog sie auf das Bett. Seine unverhohlene Begierde und ihre eigene Lust ließen sie dahinschmelzen.

Aber er nahm sich erst einmal die Zeit, ihren Hals, ihre Brüste und den Bauchnabel gründlich zu erforschen, bevor er sich ganz auf ihre Brüste konzentrierte. Begierig suchte sie seine Lippen, strich mit den Händen über seine Schultern und sog seinen männlichen Duft tief ein. Die Erektion an der Innenseite ihres Oberschenkels entfachte ein Kribbeln in ihrem Unterleib, ein Urinstinkt, dem er antwortete, indem er seinen Körper höher schob. Sie spreizte die Beine unter ihm, ohne jegliche Scham, und ihre Körper vereinigten sich unter erleichtertem Aufstöhnen. Über ihrem Kopf umklammerten sie sich an den Händen und fingen an, sich in gemeinsamem Rhythmus geschmeidig zu bewegen. Nach und nach verfielen sie in ein schnelleres Tempo. Er küsste sie leidenschaftlich und flüsterte ihr Zärtlichkeiten ins Ohr, bis vor ihren Augen bunte Lichter explodierten und ihr Körper unter Zuckungen bebte. Gleich darauf entlud er sich ebenfalls, am ganzen Körper zitternd.

Regina schloss die Augen und kostete die Berührung seines entspannten Körpers aus, der mit ihrem verschlungen war, genoss die Erschöpfungsphase, bevor die Ernüchterung unvermeidlich einsetzen würde. Solange sie sich nicht bewegten, konnten sie sie noch hinauszögern. Aber sie mussten lauter gewesen sein, als ihnen bewusst war, da Sams anhaltendes Gebell aus dem Badezimmer sie nun aus ihrer Benommenheit riss.

Lachend hob Mitchell den Kopf. »Sam, das reicht.« Augenblicklich verstummte der Hund. »Er denkt, du tust mir weh«, murmelte er an ihrem Hals und rollte sich dann langsam auf den Rücken. »Obwohl es gut sein kann, dass ich mir was gezerrt habe.«

Regina musste lachen, erleichtert über seine ungezwungene Art. Und warum auch nicht – schließlich war es nur Sex gewesen, ein Sommerflirt. Die Hormone hatten bei der Hitze verrückt gespielt.

Er tastete nach ihrer Hand. »Bleib heute Nacht hier.«

Sie schloss die Augen im Halbdunkel – sein Vorschlag war wirklich verlockend. »Nein, ich muss nach Hause. Nicht dass einer denkt ... ich meine, nicht dass einer sich noch Sorgen macht.«

Mitchell rollte sich auf die Seite und nahm eine ihrer Haarsträhnen zwischen die Finger. »Wäre schon ziemlich peinlich, wenn du gleich ausgerechnet Deputy Pete über den Weg laufen würdest.«

Sie lächelte. »Es war ja nicht die Rede davon, dass ich gleich gehen muss.«

Sein Lachen war tief und kehlig. »Allmählich komme auch ich in die Jahre. Gönn mir zehn Minuten Verschnaufpause.« Er seufzte und zog ihre Hand auf seinen Bauch. »Du hattest heute Abend vor, dich Pete anzuvertrauen, stimmt's?«

Regina zögerte, doch der Schutz der Dunkelheit und die Berührung seiner großen Hand verschafften ihr ein Gefühl der Sicherheit. »So ungefähr.«

»Ich habe mich gefragt, ob er damals dabei war, als du was auch immer beobachtet hast, aber dann fiel mir ein, dass ihn deine Reaktion gar nicht stutzig gemacht hat, als er dir von der Anhörung erzählt hat.« Er drückte ihre Hand. »Du warst mit deinen Schwestern dort, nicht wahr?«

Sie schluckte hörbar. »Wie kommst du darauf?«

»Weil du sie deckst.«

Wie konnte ein Mensch, der seinen Lebensunterhalt mit altem Plunder verdiente, derart scharfsinnig sein? »Auch wenn meine Familie heillos zerstritten ist, bedeutet sie mir dennoch alles.«

»Trotzdem gefällt es mir nicht, dass du wegen deiner Schwestern gegen deine Überzeugung handelst.«

Regina versuchte, in den Schatten an der Decke Formen zu erkennen. »Du weißt bestimmt nicht, wie es ist, wenn man an seinen Geschwistern so sehr hängt, dass man ihnen zuliebe einige Prinzipien über Bord wirft.«

»Ein bisschen mitreden kann ich schon.«

Mit dem Daumen zeichnete er Kreise auf ihrer Handfläche – warum bloß empfand sie dies als eine große Geste der Vertrautheit?

»Übrigens, solltest du einen Anwalt brauchen, sag mir Bescheid.«

Sie hatte bereits wieder vergessen, dass sein Bruder in der Nähe von Charlotte lebte. Obwohl sie nicht glaubte, dass es so weit kommen würde, begnügte sie sich als Antwort mit einem »Danke«, weil sie das Thema nicht weiter vertiefen wollte.

»Bitte.« Er zog sie an sich und sah ihr in die Augen. »Die zehn Minuten sind übrigens vorbei.«

SIEBZEHN

Trauen Sie einem Mann nur in dem Maße,
wie er Sie auf Lenden, äh, Händen trägt.

Regina hatte ganz vergessen, dass sich guter Sex auf die Stimmung auswirken konnte – und auf die Muskulatur, wie sie bei jedem Schritt merkte, als sie die Treppe hinunterging. Sie war bei ihrem Entschluss geblieben, zu Hause zu schlafen und mit ihren Schwestern zu frühstücken, bevor sie Mitchell am Morgen danach wieder unter die Augen treten würde. Sie rechnete damit, dass sie früher oder später den Fehltritt vom Vorabend bereuen würde, aber das Einzige, was sie tatsächlich bedauerte, war, dass ihr nur noch wenige Tage blieben, um ... in Übung zu bleiben.

Sie zog ihr Handy aus der Handtasche und setzte sich auf den unteren Treppenabsatz, um im Büro anzurufen. Nach dem zweiten Klingeln ging Jill dran.

»Vermisst du mich?«, meinte Regina.

»O Mann – ohne dich ist es hier stinklangweilig. Ich hoffe, dass du dich wenigstens amüsierst.«

Regina lächelte. »Kann nicht klagen.«

»Hast du vielleicht den einen oder anderen alten Schwarm von dir wieder getroffen?«

Sie musste lachen. »Nein.«

»Und auch keinen neuen Schwarm?«

Versonnen spielte Regina mit einer Haarsträhne und kam sich vor wie ein Teenager. »Das werde ich dir später mal in aller Ruhe erzählen.«

»Was – du hast tatsächlich jemanden kennen gelernt? Wie sieht er denn aus?«

»Stell dir eine Mischung aus Brad Pitt und Harrison Ford vor.«

»Ich flipp gleich aus. Und was ist er von Beruf?«

»Er ist Gutachter für Antiquitäten.«

Kurze Pause. »Oh. Das ist ... was anderes. Vielleicht kann er ja ein Buch für uns schreiben.«

»Wie geht's meinem afrikanischen Veilchen?«

»Ich habe es fleißig mit Kaffee gegossen, wie du mir aufgetragen hast.«

»Und?«

»Und es ist nicht eingegangen. Kommst du wie geplant am Montag wieder ins Büro?«

»Es könnte sein, dass ich hier noch ein paar Tage dranhängen muss.«

»Hat das vielleicht etwas mit diesem Harrison Pitt zu tun?«

Nur indirekt. Sie wollte heute mit Mitchell darüber reden, seinen Bruder zu Rate zu ziehen, wie sie am besten mit ihren Informationen zu dem Fall Bracken verfahren sollte. Sie würde behaupten, dass sie alleine den Mord beobachtet und die Mordwaffe gesehen hatte – ein halber Meineid war nicht so schlimm wie weiter mit ihrem Wissen hinter dem Berg zu halten, so ihre Schlussfolgerung. Sie würde die Sache mit dem Brieföffner bei der Internet-Auktion erklären, und damit hätte sie ihre Bürgerpflicht erfüllt.

»Bist du noch dran?«

»Ja. Ähm, nein, das hat nichts zu tun mit ... ihm. Familienangelegenheiten.«

»Gut, ich werde Gene Bescheid geben. Hattest du übrigens Gelegenheit, deine Schwester mal zu fragen, ob sie für das Laura-Thomas-Buch eine Widmung beisteuert?«

Regina zuckte zusammen. »Das habe ich völlig vergessen. Mica ist übrigens auch hier – ein Überraschungsbesuch. Ich werde sie heute noch fragen.«

»Prima. Das Betteringly-Manuskript ist mittlerweile eingetroffen, und auch der Vorschlag von Jarvis für den nächsten Elternratgeber.«

»Gut. Ich bin hier übrigens auch nicht ganz untätig – ich habe mir aus dem Texthaufen ein Manuskript mitgenommen, das recht viel versprechend ist.«

»Das hören wir gern.«

»Dann möchte ich dich noch dringend bitten, Gene bei der heutigen Besprechung etwas von mir auszurichten. Mein Onkel Lawrence Gilbert ist nämlich gerade in der Stadt ...«

»Der Politiker? Der ist dein Onkel?«

»Ja. Für den Fall, dass er im Herbst die Senatswahl in North Carolina gewinnen sollte, hat er mir angeboten, für seine Memoiren uns gegenüber der Konkurrenz den Vorzug zu geben, aber nur, wenn er mit mir zusammenarbeiten kann.« Womöglich könnte auch die Anhörung von Bracken, je nach Ausgang, mit einfließen.

»Gene wird bestimmt ganz aus dem Häuschen sein.«

»Das wär's fürs Erste. Ich melde mich im Laufe der Woche nochmal bei dir, sobald ich die Lage hier besser abschätzen kann.«

Nachdem Regina das Gespräch beendet hatte, stieß sie einen Seufzer der Erleichterung aus, weil sie sich endlich zu einer Entscheidung durchgerungen hatte. Sie zog kurz in Erwägung, zuvor mit ihrem Onkel Lawrence zu sprechen, verwarf den Gedanken jedoch wieder, da sie hoffte, dass ihre Angaben sich als irrelevant erweisen würden. Sollte der Richter der Ansicht sein, dass ihre Zeugenaussage für die Anhörung nicht von Bedeutung sei, würde sich die Sache von selbst erledigen. Aber zumindest würde sie nachts dann wieder ruhig schlafen können.

Aus der Küche drang Gelächter, was ihre Stimmung beflügelte. Falls es tatsächlich einen Silberstreif an dem finsteren Firmament gab, das sich über die Metcalfs gesenkt hatte, waren dies die ersten Anzeichen für eine Versöhnung zwischen ihren Schwestern. Sie stand auf, klopfte den Staub von ihrer Jeans und platzte mitten in eine Geschichte hinein, die Justine gerade zum Besten gab.

»... und dann hat Mica doch glatt gemeint: ›Das war nur Verarsche, Sir.‹« Justine krümmte sich vor lauter Lachen, während Mica und Cissy brüllend auf den Tisch schlugen.

Regina lächelte über ihre Albernheit und steckte eine Brotscheibe in den Toaster. »Guten Morgen.«

»Guten Morgen«, erwiderte Cissy.

»Ist ziemlich spät geworden gestern«, meinte Mica leicht vorwurfsvoll, als wäre es Regina verboten, sich zu amüsieren.

Justine reichte ihr ein Glas Saft. »Und ich könnte schwören, dass dich heute in aller Herrgottsfrühe ein blauer Van abgesetzt hat statt ein Streifenwagen.«

Regina ließ sich nicht aus der Fassung bringen. »Wir haben zufällig Mitchell im Restaurant getroffen, und dann musste Pete plötzlich zu einem Einsatz, also hat Mitchell ...«, sie machte eine unbestimmte Geste, »mich nach Hause gefahren.«

Justine nickte. »Ah ja. Und wie oft genau hat er dich ›nach Hause gefahren‹?«

Erneut brachen sie in Gelächter aus, wobei es Regina nichts ausmachte, dass sie die Zielscheibe ihrer Albernheiten war. Justine und Mica kannten grundsätzlich keine falsche Zurückhaltung, und Männergeschichten waren schon immer ein beliebtes Gesprächsthema in der Familie gewesen.

»Wo ist denn deine Brille?«

Auf Mitchells Nachttisch. »Es ist so heiß, daher werde ich sie heute mal ausnahmsweise nicht tragen.«

Keine schenkte ihr Glauben.

Cissy drohte scherzhaft mit dem Finger. »Ein Mann, der so gut aussieht, lässt sich nicht auf was Festes ein.«

Offenbar ging ihre Mutter davon aus, dass sie ihren Rat, was die überstürzten Entscheidungen betraf, zu wörtlich nahm. Regina bestrich ihr Brot mit Butter und biss davon ab. »Das erwarte ich auch gar nicht.«

214

»Männer sind richtige Schlangen«, verkündete Cissy und brach im nächsten Moment in Tränen aus.

Sofort bekam Regina ein schlechtes Gewissen, weil sie sich mit einem Sommerflirt amüsierte, während ihre Mutter und ihr Vater keine Sonne mehr sahen. »Wann hast du mit Dad das letzte Mal geredet?«

Cissy schnäuzte sich. »Es gibt nichts mehr zu bereden. Ich will einfach nur, dass wir es rasch hinter uns bringen.« Erneut wackelte sie mit dem Finger, sodass Regina klar wurde, von wem sich Justine diese Angewohnheit abgeschaut hatte. »Halte den jungen Mann bloß nicht von seiner Arbeit ab – wenn er im Laden fertig ist, muss er sich noch das Haus hier vornehmen. Ich brauche ihn dringender als du.«

»Also gut, Mom, ich werde ihn nicht abhalten.« Regina sah auf ihre Uhr – halb elf. Sie freute sich darauf, ihn wiederzusehen – war das vielleicht ein schlechtes Zeichen?

In diesem Augenblick klingelte es an der Tür, und ihr erster Gedanke war, dass es Mitchell sein könnte. Sie verwarf den Gedanken wieder und vermutete stattdessen, dass es ihr Vater sein musste. Justine – in einem nagelneuen Outfit, das einem den Atem verschlug – stürzte an die Tür.

»Anscheinend macht sie sich keine Sorgen mehr wegen dieser Crane«, murmelte Regina in ihr Saftglas hinein. »Apropos, gibt es da vielleicht was Neues?«, wandte sie sich fragend an Mica.

»Alles wie gehabt.«

Sie setzte sich neben Mica. »Schwesterherz, ich weiß, das ist viel verlangt, aber würdest du für einen Frisurenratgeber, der demnächst bei uns erscheinen soll, eine Widmung schreiben?«

Mica vermied ihren Blick und stammelte lauter Ausreden, bis Regina sie am Arm berührte.

»Schon gut – du hast viel um die Ohren, vielleicht ein anderes Mal.« Mica wirkte erleichtert, und Regina unterdrückte ihre

Enttäuschung – schließlich schuldete ihr die Schwester nichts. Sie suchte nach einem anderen Gesprächsthema. »Hast du schon mit Dean gesprochen?«

»Nein.« Micas Hand fuhr an das Veilchen um ihr Auge, das allmählich verblasste.

Zornig schob Regina das Kinn vor. Sie könnte Dean umbringen für all das, was er ihrer Familie angetan hatte, und es war nicht verwunderlich, dass ihren Vater Schuldgefühle plagten, weil er dem Kerl den Umgang mit seinen Töchtern erlaubt hatte. Sie streckte die Hand nach Mica aus, aber diese verhielt sich abweisend. »Mica ...«

»Regina, Mica«, rief in diesem Moment Justine aus der Diele. Ihre Stimme klang beunruhigt.

Sie sahen sich an und machten sich auf zur Eingangstür, während Cissy ihnen folgte. Auf der anderen Seite der verriegelten Windfangtür stand ein großer, schlanker Mann, der einen Anzug trug und sich gerade die Stirn abwischte. Justines Gesicht war leichenblass.

»Was ist los?«

»Sind Sie Regina und Mica Metcalf?«, fragte der Mann.

»Ja, ich bin Regina. Und wer sind Sie?«

»Mein Name ist Byron Kendall. Ich vertrete die rechtlichen Interessen von Elmore Bracken.«

Ihre Knie wurden weich. »Und was hat das mit uns zu tun?«

»Es betrifft Sie alle drei. Unsere Kanzlei hat heute Morgen den Hinweis erhalten, dass Sie drei vor zwanzig Jahren Zeugen an dem Mord von Lyla Gilbert waren und folglich mit Ihrer Zeugenaussage unserem Mandanten eventuell helfen könnten.«

»Wie bitte?«, kreischte Cissy. »Das ist doch krank – verlassen Sie sofort unser Grundstück.«

»Es handelt sich hier um einen strafrechtlichen Tatbestand, Ma'am.«

»Mutter«, beschwichtigte Regina sie. »Lass mich das regeln.«

»Du kleine Gerechtigkeitsfanatikerin«, murmelte Justine direkt hinter ihrem Ohr. »Mir war klar, dass du die Klappe nicht halten kannst.«

Mit einem warnenden Blick brachte Regina ihre vorlaute Schwester zum Schweigen. »Mr. ... Entschuldigung, wie war noch gleich Ihr Name?«

»Kendall.«

»Mr. Kendall, können Sie mir Näheres über diesen ›Hinweis‹ erzählen, den Sie erhalten haben?«

»Es handelt sich um einen anonymen Anruf, den unsere Kanzlei erhalten hat, und die Angaben waren glaubwürdig genug, um ihnen nachzugehen.«

Regina ignorierte Justines beleidigte Miene. »Und was genau wollen Sie von uns?«

»Sie sollen mir lediglich ein paar Fragen beantworten.«

»Und wenn wir uns weigern?«

Er deutete über seine Schulter. »Dann sehe ich mich gezwungen, den Sheriff einzuschalten.«

Regina sah an ihm vorbei zum oberen Treppenabsatz, wo Pete Shadowen stand. Mit versteinertem Gesicht nickte er ihr zu – ohne Zweifel war er noch ein wenig verärgert, weil sie gestern Abend mit Mitchell im Restaurant geblieben war.

Ihr Herz schlug bis zum Hals, und sie klammerte sich an dem Türknauf fest. »Können wir das direkt hier erledigen?«

»Von mir aus.«

»Sollten wir unseren eigenen Anwalt hinzuziehen?«

»Das liegt in Ihrem Ermessen.«

»Aber wir haben keinen Anwalt«, plapperte Mica dazwischen.

Regina biss sich in die Wange – nicht nur eine, gleich zwei überaus hilfreiche Schwestern.

»Es handelt sich lediglich um eine Befragung im Vorfeld«, sagte Kendall. »Sollte Ihre Aussage irgendwie relevant sein, werde ich Sie bitten, eine eidesstattliche Erklärung abzugeben. Vorher werden Sie jedoch Gelegenheit haben, einen Anwalt zu konsultieren.«

Regina seufzte auf. »In diesem Fall ist es wohl besser, wenn Sie hereinkommen, Mr. Kendall.«

*

Mit einem Gefühl der Beklommenheit sah Regina zu, wie Byron Kendall in den Seiten zurückblätterte, auf denen er die letzten paar Stunden Notizen gemacht hatte. Sie war völlig erschöpft von Cissys tränenreichen Ausbrüchen, nachdem die Geschichte an den Tag gekommen war, und auch von Micas und Justines ständigem Gezanke über Einzelheiten. Pete hatte sich dazugesellt, um sich ihre Angaben über den Brieföffner zu notieren, auf den sie bei der Internet-Auktion gestoßen war. Sie gab ihm eine Kopie ihrer unbeantworteten E-Mail, zusammen mit der alten Karteikarte, die sie aus dem Archiv ihrer Eltern entnommen hatte.

»Gekauft von H. S.«, las Mr. Kendall und sah dann Cissy an. »Wissen Sie noch, wer damit gemeint war?«

»Hank Shadowen.«

Mr. Kendall machte ein ungläubiges Gesicht. »Der Sheriff?«

Ihre Mutter nickte. »Hank hat hin und wieder mit uns Geschäfte gemacht.«

Überrascht angesichts dieser neuen Enthüllung, blickte Regina Pete an. »Hast du den Brieföffner jemals gesehen?«

Pete fasste sich in den Nacken. »Nein, tut mir Leid.«

Mr. Kendall schürzte die schmalen Lippen, um ein Lächeln zurückzuhalten. »Dann werde ich mich wohl noch einmal mit dem Sheriff unterhalten müssen und ihm sagen, dass die Mordwaffe einmal ihm gehört hat.«

Erneut ein Indiz, das zu der Theorie einer polizeilichen Verschwörung passte, wie Regina mit einem mulmigen Gefühl bewusst wurde.

Pete kratzte sich unaufhörlich.

Mr. Kendall wandte sich wieder den drei Schwestern zu. »Sind Sie sicher, dass dieser Brieföffner gestohlen wurde und nicht verkauft?«

Regina nickte. »Er ist zusammen mit ein paar anderen Sachen aus der Vitrine verschwunden, als wir auf den Laden aufgepasst haben. Wir wollten vermeiden, dass unsere Eltern den Verlust bemerken.«

»Was ist denn noch gestohlen worden?«, hakte Pete nach, während er sich etwas aufschrieb.

Sie sah ihre Schwestern an. »Eine goldene Armbanduhr, das andere weiß ich nicht mehr.«

»Ein Lippenstiftetui«, sagte Mica. »Ich glaube, es war mit Bergkristallen verziert.«

Justine hatte nichts hinzuzufügen.

»Die Sachen lagen alle in derselben Vitrine«, erläuterte Regina.

»War sie verschlossen?«, fragte Mr. Kendall.

Sie fuhr sich über die Lippen. »Ja, aber ...« Sie warf ihrer Mutter einen entschuldigenden Blick zu. »Es gab einen Trick, um sie zu öffnen.«

»Und wer kannte alles diesen Trick?«, fragte er weiter.

»Wir drei.« Sie sah ihre Schwestern an und seufzte. »Und gelegentlich haben wir ihn auch vor Kunden angewendet, wenn wir den Schlüssel nicht finden konnten.« Zwar hatte sie das nie getan, aber sie wollte Justine und Mica nicht bloßstellen.

»Dann hätte also jeder, der regelmäßig den Laden aufsuchte, wissen können, wie man die Vitrine aufbekommt?«

»Ja«, antwortete sie und legte den Kopf schief. »Auch Elmore Bracken.«

Er nahm ihre Anspielung zur Kenntnis, erhob sich schließlich und klappte sein Notizheft zu. »Ich schätze, das genügt vorerst.«

Sie stand ebenfalls auf. »Mr. Kendall, dieser anonyme Anruf, den Sie erhalten haben – kam der von einem Mann oder von einer Frau?«

»Von einem Mann, der dafür ein öffentliches Telefon in Monroeville benutzt hat.«

Ihre Gedanken überschlugen sich. Es war undenkbar, dass Mitchell ... nein. Was für einen Grund sollte er haben, einen anonymen Hinweis abzugeben?

»Hier ist meine Visitenkarte, damit Sie wissen, wie Sie mich kontaktieren können«, sagte Mr. Kendall. »Sollte Ihnen noch irgendetwas einfallen, verständigen Sie mich bitte umgehend, selbst wenn es nur ein unwichtiges Detail zu sein scheint.«

»Und was passiert als Nächstes?«, fragte sie.

»Ich werde Ihre Angaben mit meinen Kollegen durchgehen, und dann entscheiden wir, ob etwas dabei ist, was uns für ein neues Verfahren nützlich sein kann. Falls ja, werden wir Sie bitten, eine eidesstattliche Erklärung zu unterzeichnen.« Er schenkte allen ein sprödes Lächeln. »Ich werde die nächsten Tage mit Ihnen in Verbindung bleiben. In der Zwischenzeit möchte ich Sie bitten, unsere Kanzlei zu informieren, wo wir Sie erreichen können, falls Sie vorhaben, die Stadt zu verlassen.«

Sie begleiteten ihn zur Eingangstür, und Regina überflog seine Visitenkarte. GEMEINSCHAFTSKANZLEI ROSE, KENDALL UND ... *Cooke?* Ihr Herz zog sich schmerzhaft zusammen. »Mr. Kendall?«

Er wandte sich um.

»Heißt Ihr Partner zufällig *David* Cooke?«

»Richtig, David Cooke – kennen Sie ihn?«

Cissy, Mica und Justine sahen sie mit vorwurfsvollen Blicken an. Sie zwickte sich rasch in den Handrücken, um die albernen

Tränen aufzuhalten, die in ihr hochstiegen. »N...nein, aber seinen Bruder.«

Hastig drängelte sie sich an den anderen vorbei und stürzte zur Tür hinaus. Eilig lief sie die Eingangsstufen hinunter und weiter zu dem Pfad, der zum Laden führte. Während sie rannte, wischte sie sich brennende Tränen aus den Augen. Wie dumm von ihr, so dumm, diesem Mann vertraut zu haben. Wegen ihrer losen Zunge und seines doppelten Spiels hatte sie nun ihre Schwestern in den ganzen Schlamassel hineingezogen. Dabei hatte sie sie lediglich schützen wollen. Und jetzt das.

Wütend stapfte sie durch das Unterholz und schob tief hängende Äste zur Seite, wobei sie nicht auf die Kratzer achtete, die sie sich dabei zuzog. Wenige Minuten später erreichte sie die Lichtung vor dem Laden und rannte den restlichen Weg. Als sie die Hintertür aufstieß, ertönte die Klingel. Sam kam aus der Richtung des Verkaufsraums und sprang ihr freudig entgegen.

»Jetzt nicht, Sam.«

Regina marschierte schnurstracks in den Verkaufsraum, froh, dass keine Kunden anwesend waren, die mitbekommen konnten, was ihr auf der Seele brannte. Mitchell richtete sich von einer Schmucklade auf, die er gerade mit einer Lupe besah, und setzte ein breites Lächeln auf. Dieser Schuft.

»Da bist du ja. Ich habe mich schon gefragt, ob du ...«

Sie versetzte ihm einen Faustschlag ins Gesicht.

»Au!« Er hielt sich das Kinn. »Wofür war das denn?«

Erneut verpasste sie ihm einen Schlag.

»Autsch!« Er wich zurück und streckte abwehrend die Hand vor. »O Mann. Wenn das für gestern Abend war ... eigentlich hatte ich den Eindruck, dass es dir ziemlich gut gefallen hat.«

»Du doppelzüngiger Scheißkerl.« Sie schüttelte ihre schmerzende Hand.

»Gib mir eine Chance, ich ...«

»Ein Anwalt aus der Kanzlei deines Bruders hat uns gerade

einen zweistündigen Besuch zu Hause abgestattet. Er hat gesagt, ein Mann, der von einem öffentlichen Telefon in der Stadt aus angerufen hat, habe ihnen den anonymen Hinweis gegeben, dass meine Schwestern und ich vor zwanzig Jahren Zeugen an dem Mord von Lyla Gilbert waren.«

Fragend sah sie ihn an. »Von der Kanzlei meines Bruders?«

Sie warf die Visitenkarte auf die Ladentheke. »Die Sozietät, in der dein Bruder arbeitet, vertritt Elmore Bracken in der Anhörung zu einem neuen Verfahren. Aber das ist dir ja sicher bekannt.«

Er nahm die Karte auf. »Nein, das wusste ich nicht.«

»Ich kann nicht fassen, dass du es jetzt noch wagst, mir ins Gesicht zu lügen. Und das, nachdem ...« Das mit gestern Abend wollte sie lieber nicht ins Spiel bringen. »Ich habe dir vertraut. Ich habe sogar deinen Rat beherzigt – gleich morgen wollte ich nach Charlotte, um meine Aussage zu machen, aber ich hatte nicht vor, meine Schwestern mit hineinzuziehen. Dank dir ...«

»Moment mal«, unterbrach er sie. »Ich habe nicht gewusst, dass Davids Kanzlei mit dem Fall beauftragt ist, und ich habe ganz sicher nicht anonym angerufen, um das auszuplaudern, worüber wir uns gestern im Bett unterhalten haben.«

Sie verschränkte die Arme. »Ich glaube dir nicht.«

Er seufzte und massierte sich den Nasenrücken. »Wer war bei euch?«

»Byron Kendall.«

»Habt ihr mit ihm gesprochen?«

»Uns blieb nichts anderes übrig!«

»Ohne eigenen Anwalt?«

»Wir hatten nicht gerade einen parat.«

»Ich habe dir gesagt, dass du mich anrufen sollst, wenn du einen Anwalt brauchst.«

»Ach, wolltest du etwa deinen Bruder beauftragen, uns in dieser Angelegenheit ebenfalls zu vertreten?«

»Nein.« Er fuhr sich mit der Hand über das Gesicht. »Ich bin selbst Anwalt.«

Ungläubig kniff sie die Augen zusammen. »Wie bitte?«

»Ich bin Anwalt. Ich wollte dir meinen Beistand anbieten, falls es nötig gewesen wäre.«

Natürlich – die juristischen Fachbücher, die Rivalität mit seinem Bruder. »Warum hast du mir das nicht gesagt?«

Er rieb sich das Kinn. »Darüber rede ich grundsätzlich nicht gern.«

Ihre Gedanken überschlugen sich. »Sind wir denn in großen Schwierigkeiten?«

»Keine Ahnung. Lass mich erst einmal mit Kendall reden, und dann sehen wir ja, was dabei herauskommt.«

Misstrauisch sah sie ihn an.

»Regina, ich habe dein Vertrauen nicht missbraucht. Das schwöre ich.«

Mitchell machte ein so ernstes Gesicht, dass sie geneigt war, ihm zu glauben. »Aber du bist der Einzige, mit dem ich in den vergangenen zwanzig Jahren darüber gesprochen habe.«

»Dann muss wohl eine von deinen Schwestern geplaudert haben.«

»Sie haben beide das Gegenteil behauptet.«

»Kann man deinen Schwestern bedenkenlos vertrauen?«

Sie sah ihm in die Augen. »Kann man dir denn bedenkenlos vertrauen?«

Sein Gesichtsausdruck blieb unverändert. »Ich schätze, diese Frage musst du dir selbst beantworten. Jedenfalls werde ich jetzt David anrufen und versuchen, seinen Partner abzufangen.« Er lächelte sie spöttisch an. »Oder willst du mir etwa noch eine verpassen?«

»Führe mich nicht in Versuchung.«

In weitem Bogen ging er an ihr vorbei und verschwand im Büro. Regina ließ sich auf ein uraltes Sofa sinken und streckte sich darauf aus. Sie fühlte sich schrecklich. Niemals hätte sie nach Monroeville kommen sollen. *»Lass die anderen in Ruhe, und fang endlich selbst an zu leben.«* Sie schloss die Augen und gestand sich ein, dass Justine Recht hatte. Mit lauter Hirngespinsten war sie hergekommen und hatte geglaubt, ihre Eltern wieder miteinander versöhnen zu können, und dann war alles außer Kontrolle geraten. Mitchell mit seinen Doughnuts. Justine und ihre Verfolgerin. Mica mit ihrem blauen Auge. Die Prügelei zwischen Justine und Mica. Wie die beiden sich gemeinsam gegen sie verbündet hatten. Deputy Pete mit seinem Zahnstocher. Mitchell mit seinem ... undurchsichtigen Manöver.

Und jetzt hing diese Anhörung wie ein Damoklesschwert über ihr, ihrem geliebten Onkel und ihren Schwestern. Und das war allein ihre Schuld. Seit ihrer Ankunft in Monroeville hatte sie allen tatsächlich nur noch zusätzlichen Ärger aufgehalst, insbesondere sich selbst. Der einzige Lichtblick war ihr Schäferstündchen mit Mitchell gewesen, und jetzt sah sie ja, wo sie das hingeführt hatte ... Trotz seines aufrichtigen Blicks traute sie ihm nach wie vor nicht ... jedenfalls nicht richtig ...

Sie musste eingenickt sein, da sie von der Berührung seiner warmen, festen und geübten Lippen auf ihrem Mund wach wurde. Während des Kusses murmelte sie vor sich hin und sog seinen Geruch tief ein ... der falsche Geruch. Jetzt fing er auch noch an zu bellen. Nein, das war Sam. Schlagartig riss sie die Augen auf, als sie merkte, dass es nicht Mitchell war, der sie küsste. Der dunkelhaarige Mann wich zurück, und sie schnellte fassungslos hoch. *»Dean?«*

Dean Havilands Erscheinung erinnerte an Satan, nur dass er doppelt so gut aussah. »Hey, du Schöne mit den blauen Augen.« Er ließ ein unverschämtes Grinsen aufblitzen. »Danke für den freundlichen Empfang.«

Sie stemmte sich gegen seinen Brustkorb. »Geh weg von

mir!« Hastig sprang sie auf und wich ein Stück zurück, um ihn dann fasziniert zu mustern.

Sams Bellen verstummte abrupt, und er trottete zu Mitchell hinüber, der plötzlich ebenfalls aufgetaucht war. »Gibt es ein Problem, Regina?« Er stand nahe genug, um eingreifen zu können, hielt jedoch den nötigen Abstand, um sich diskret wieder zu verziehen, falls nötig.

»Hier gibt es kein Problem, Mann«, wiegelte Dean ab und schlenderte lässig auf Regina zu. »Wer ist der Typ?«

Mitchell kam ihr mit der Antwort zuvor. »Mein Name ist Mitchell Cooke. Ich arbeite hier im Auftrag von Mr. Metcalf.«

»Genau so habe ich auch einmal angefangen«, bemerkte Dean mit ungewohnt geistreicher Schlagfertigkeit.

»Ach ja? Und wer sind Sie?«

»Gestatten, Dean Haviland.«

An Mitchells verächtlichem Blick, mit dem er Dean musterte, konnte man ablesen, dass er wusste, wen er vor sich hatte. »Na schön, Dean, sollten Sie Regina noch einmal gegen ihren Willen anfassen, werde ich Ihnen den verdammten Arm brechen.« Dann lächelte er.

Abschätzig schnaubend drehte sich Dean zu Regina. »Hast du was mit dem Kerl?«

Ihre Augen verengten sich. »Wieso bist du hier, Dean?«

Unschuldig breitete er die Hände aus. »Ich wollte gerade zu deinem Elternhaus. Mica hat mich gebeten, zu kommen.«

Sie holte tief Luft und atmete wieder aus. Dann hatte Mica also gelogen auf ihre Frage, ob sie mit Dean gesprochen hätte. Wie kam sie nur dazu, diesem Kerl wieder die Hand zu reichen? Und ausgerechnet jetzt, da Justine ebenfalls zu Besuch hier war – o Gott, *Justine*.

»Regina«, sagte Mitchell in ruhigem Ton und deutete mit dem Kopf auf das Büro. »Ich habe etwas in Erfahrung bringen können über ... das, worüber wir gerade gesprochen haben.«

Dean ging bereits rückwärts in Richtung Ausgang. Er zwinkerte ihr zu. »Bis bald, meine Schöne mit den blauen Augen.« Wenig später knallte die Eingangstür zu.

Mitchell sah sie nachdenklich an. »Das ist also der Kerl, wegen dem sich du und deine Schwestern gestritten haben?«

Regina wandte sich in die Richtung, in der Dean verschwunden war. »Nein, das ist der Kerl, der erkannt hat, dass wir bereits zerstritten waren.«

ACHTZEHN

Proben Sie Ihre »Ich bin über dich hinweg«-Wiederversöhnungsszene.

Justine saß auf der Seitenveranda und rauchte gerade ihre dritte Zigarette, seit der Anwalt weggefahren war. Verflucht, verflucht, verflucht – alles, was in ihrem Leben jemals schief gegangen war, stand in Zusammenhang mit ihren Schwestern. Es war offensichtlich, dass Regina ihrem neuen Schwarm gegenüber die Geschichte ausgeplaudert hatte, und der hatte es prompt seinem Bruder gesteckt. Wahrscheinlich hatte sich der Kerl nur als Gutachter ausgegeben, um die Leute in der Stadt auszuhorchen nach Details, die für den Fall nützlich sein könnten. Wenn sie jetzt auch noch in ein neu aufgerolltes Mordverfahren verwickelt würde, wäre sie ihren Job endgültig los. Und was für ein Arbeitszeugnis man ihr wohl ausstellen würde, nachdem sie mit dem Ehemann der stellvertretenden Abteilungsleiterin des Personalwesens geschlafen hatte?

Sie nahm einen tiefen Zug von ihrer Zigarette. Sie hätte besser für ein paar Tage nach Florida oder auf die Bahamas fliegen und sich mit einem knackigen Strandboy vergnügen sollen, um ihre Sorgen zu vergessen. Ihr war selbst nicht klar, was sie sich eigentlich von ihrer Rückkehr nach Monroeville versprochen hatte – vielleicht etwas Geborgenheit in der Hoffnung, ihre Eltern ganz für sich allein zu haben, wie in jenen drei kostbaren Jahren, bevor Regina zur Welt gekommen war. Aber ausgerechnet jetzt standen Cissy und John davor, sich zu trennen. Und was ihren Vater betraf, nun, sie war bisher fest davon überzeugt gewesen, dass gerade er, im Gegensatz zu den meisten Männern, kein Schwerenöter war. Ihr stiegen Tränen in die Augen bei der Vorstellung, dass ihr Vater sich vielleicht gänzlich von ihr entfremden würde, so wie er dies zum Teil bereits vor einiger Zeit wegen Mica, Johns Liebling, getan hatte. Als Mica damals mit Dean nach LA abgehauen war, war John darüber zutiefst bekümmert gewesen und hatte nicht daran gedacht, Justine seine Schulter anzubieten, um sich auszuweinen.

Sie stieß den Rauch aus und schnaubte innerlich über ihre ehrlichen – wenn auch naiven – Beweggründe, nach Hause zurückzukehren. Denn sie hatte gehofft, wieder das von Grund auf gutherzige, liebenswerte Mädchen in sich zu entdecken, das sie einmal gewesen war. An diesem Ort hatte sie damals dieses Mädchen zurückgelassen, nachdem sie hinter Deans und Micas Affäre gekommen war.

Niemand hatte eine Ahnung davon, was sie in den ersten Monaten danach durchgemacht hatte. Regina hatte sich wegen ihrer neuen Arbeitsstelle nach Boston verzogen. Und Cissy und John waren wie immer so miteinander beschäftigt gewesen, dass sie sich kaum um sie gekümmert hatten. Zu ihrer Verteidigung musste man jedoch sagen, dass sie als Eltern ihre Kinder nie eingeengt hatten und einfach damit überfordert gewesen wären, ihr über dieses traumatische Erlebnis hinwegzuhelfen, das eine ihrer Töchter ausgelöst hatte. All ihre Freunde waren ebenfalls weggezogen, um zu studieren oder viel versprechende Karrieren zu beginnen, worauf sie selbst Dean zuliebe verzichtet hatte. Mit einem Mal war sie eine sitzen gelassene Fünfundzwanzigjährige ohne Zukunftsaussichten gewesen, und ihre einzige Begabung hatte darin bestanden, für Tate Williams Frau Sarah, eine Kosmetikerin, einzuspringen, wenn diese ihre Mutter in Atlanta besuchte, und Leichname in Williams' Beerdigungsinstitut zu verschönern.

»Du hast das echt drauf«, hatte Tate einmal zu ihr gesagt. »Als sie noch am Leben waren, haben diese Leute längst nicht so gut ausgesehen.«

Aber da sie nicht den Rest ihres Lebens mit Leichen verbringen wollte, hatte sie sich auf eine Stellenanzeige als Kosmetikberaterin bei Cocoon beworben. Von da an hatte ihr Leben aus privaten Schminkvorführungen bestanden, zu denen sie anfangs immer ihr einziges Kostüm, ein gelbes, getragen hatte. Im Nu hatte sie sich an die Spitze der Verkaufscharts katapultiert. Einige Jahre später hatte sie an einer geschäftlichen Versammlung in der Firmenzentrale von Cocoon in Shively teilgenommen und dabei erkannt, dass man das große Geld nur in den oberen Etagen der Geschäftsleitung machen konnte. Dorthin zu kommen, war von da an ihr Ziel gewesen, und sie hatte sich von ganz unten, ohne akademischen Rang, emporgearbeitet. Mittlerweile verdiente sie mehr Geld, als sie sich jemals hätte träumen lassen ... und dennoch war ihr das nie genug. Daran würde sich auch nichts ändern, solange Dean Haviland ihren Erfolg nicht anerkennen und zugeben würde, dass er damals einen Fehler gemacht hatte und Micas glamouröser Lebensstil kein gleichwertiger Ersatz für die Vertrautheit war, die zwischen ihnen bestanden hatte. Denn wäre er bei ihr geblieben, hätte er sowohl Geld als auch Liebe haben können.

Nachdem die Hochzeit geplatzt war, hatten die Leute über sie gelacht und sie bemitleidet. Tatsächlich hätte sie nie damit gerechnet, zumal sie fest an ihre Beziehung mit Dean geglaubt hatte. Fast jeden Abend war er an dem Spalier unter ihrem Zimmerfenster hochgeklettert und zu ihr ins Bett geschlüpft. Manchmal hatten sie sich leidenschaftlich geliebt, während alle anderen im Haus schliefen, aber in den meisten Nächten hatten sie einfach nur nebeneinander im Bett gelegen und über alles Mögliche geredet, was ihnen gerade in den Sinn gekommen war. Dean hatte häufig das Bedürfnis gehabt, über seine schreckliche Kindheit zu sprechen. Es hatte sie nicht gestört, zumal er ihr zum Schluss immer versicherte, dass ihre gemeinsamen Kinder einmal ein anderes, besseres Leben führen würden. O ja, damals hatten sie noch Zukunftspläne geschmiedet ...

Sie stand auf und stellte sich an das Verandageländer. Nach einem letzten Zug drückte sie die Zigarette aus und warf den Stummel in das wuchernde Gestrüpp unterhalb der Veranda. Dann lehnte sie sich gegen das Geländer und dehnte den Rücken, die Arme und die Beine. Sie hatte Lust auf einen Mann. Das war etwas, was sie immer vermisst hatte, seit sie von zu Hause weggegangen war – die schwül-sinnliche Atmosphäre, die hier in der Luft hing. Die Flora, die ihren schweren Duft verbreitete, die schwül-feuchten Temperaturen, die erfrischende, nahrhafte Kost – lauter Grundvoraussetzungen, um sich als Frau der Weiblichkeit mit all ihren Bedürfnissen mehr als bewusst zu sein.

In einiger Entfernung war das Motorengeräusch eines Wagens zu hören, der gerade die lange Auffahrt zum Haus abseits des Trampelpfads entlangbrauste. Ihr Puls schlug schneller, wie jedes Mal, wenn ein Wagen sich näherte. Sie reckte den Hals, um etwas zu erkennen, und kurz darauf kam die Schnauze eines silberfarbenen Sportflitzers in Sicht. Ein Jaguar – Deans Traumauto. Ihre Muskeln erschlafften, und ihre Hand zitterte in der Erwartung, ihm gleich wieder zu begegnen. Sie hatte sich heute mit ihrem Styling besondere Mühe gegeben, sodass sie in ihrem weißen Kleid mit dem Nackenverschluss und den roten Sandaletten lässig und sexy zugleich aussah. Die Haare trug sie offen, genau wie er es mochte, und zudem hatte sie sein Lieblingsparfüm aufgetragen. Mica war gerade mit Cissy in der Stadt, um Einkäufe zu erledigen – der Zeitpunkt konnte nicht besser sein.

Als er vorfuhr, war sie erschüttert, wie vertraut sein Profil auf sie wirkte. Sie zwang sich dazu, gleichmäßig zu atmen, als sie sich zu der Vorderveranda begab und sich lässig gegen eine Säule lehnte. Er stieg aus, schlug die Wagentür zu und ließ den Blick über das Grundstück schweifen. In seiner weißen Hose, dem roten Hemd und mit der Sonnenbrille sah er genauso aus, wie sie ihn in Erinnerung hatte – schlank und attraktiv, einfach zum Anbeißen.

Sein Blick blieb an ihr hängen. Bedächtig schob er die Sonnenbrille hoch, und trotz der Entfernung verursachte sein feuriger Blick ein Kribbeln auf ihrer Haut. Ihre Brustwarzen wurden hart, und ihre Schenkel vibrierten, eine Art pawlowscher Reflex. Dean ging auf sie zu, ohne die schwarzen Augen von ihr abzuwenden, während sie ein unnahbares Lächeln aufsetzte.

Am unteren Treppenabsatz blieb er breitbeinig stehen. »Tach, Justine.«

»Tach, Dean.«

»Lang nicht gesehen, was?«

»Mhm.«

»Du siehst gut aus.«

»Ich weiß.«

Er lachte, und sein kräftiges weißes Gebiss blitzte auf. »Immer noch ganz schön selbstbewusst, wie ich sehe.«

Sie hatte nicht damit gerechnet, dass sein Lächeln ihr so ans Herz gehen würde. »Was führt dich hierher?«

Er kratzte sich an der Schläfe. »Ich habe was verloren.«

Sie verlagerte das Körpergewicht, sodass der hohe Seitenschlitz ihres Kleides auseinander klaffte. »Und du glaubst, dass du es hier finden wirst?«

»Schon möglich.« Genüsslich musterte er ihr langes Bein. »Bist du allein zu Hause?«

»Ja.«

Langsam fuhr er mit der Zunge über die Lippen, und sie durchzuckte die süße Genugtuung, dass er sie noch immer begehrte und sie nach wie vor miteinander flirten konnten.

Doch im nächsten Moment wurde der Bann gebrochen, als Cissys Kombi auftauchte. Justine fluchte innerlich beim Anblick von Mica, die auf der Beifahrerseite saß und zu ihnen hinüberstarrte. Sie sprang aus dem Wagen, noch bevor dieser ganz zum Stehen gekommen war, und rannte auf Dean zu.

Er begrüßte sie mit einem Lächeln. »Hey, Baby.«

»Was machst du denn hier?«

Er sah verwirrt aus. »Du hast mich doch hergebeten, weißt du nicht mehr? Da ich keinen Flug bekommen habe, habe ich die zweitausend Meilen mal eben in zwei Tagen mit dem Wagen heruntergerissen.«

Mica schüttelte den Kopf. »Ich habe nicht den leisesten Schimmer, wovon du redest.«

»Ich habe dich doch auf deinem Handy angerufen – du hast mir gesagt, wo du bist und dass ich dich abholen soll.«

»Hab ich nicht.«

Sein Stirnrunzeln wich einem schmeichlerischen Lächeln. »Du hast gemeint, dass du eben erst aufgewacht wärst – wahrscheinlich erinnerst du dich nicht mehr. Vielleicht hast du eine Tablette zu viel genommen, wie?« Er fuhr mit der Hand unter ihre Haare und legte sie auf ihren Nacken. »Hat dir dein Nacken wieder zu schaffen gemacht?«

Sie schüttelte seine Hand ab. »Ich habe dich nicht hergebeten.«

»Okay, okay.« Er schlang die Arme um ihre Taille. »Aber da ich nun schon mal hier bin, können wir vielleicht miteinander reden?«

Justines Herz krampfte sich zusammen – es war das erste Mal, dass sie zärtliche Gesten zwischen den beiden sah. In den vergangenen Jahren hatte sie sich zwar auf jede erdenkliche Weise ausgemalt, wie die beiden als Paar miteinander umgingen, aber sie hatte sich nie von der Vorstellung lösen können, dass ihre Schwester damals zwölf Jahre alt war, als Dean in ihr Leben getreten war. Sämtliche Bilder in ihrem Kopf von den beiden zeugten von Unschuld – Dean, wie er an Micas Geburtstag Luftballons aufgeblasen, ihr das Bowlen beigebracht hatte, wie sie drei gemeinsam Basketballspiele an der High School besucht hatten. Der Anblick seiner Hände auf Micas Körper würde ihre bisherigen Erinnerungen gewaltig trüben.

Mica wand sich aus seiner Umarmung. »Ich will dich hier nicht sehen. Geh wieder. Sofort.«

Geh nicht. Justine musste sich auf die Zunge beißen, um es nicht herauszubrüllen. *Ich will, dass du bleibst.*

»Ich gehe nirgendwohin, bevor wir nicht miteinander geredet haben«, erwiderte er mit einer Mischung aus Charme und Entschlossenheit. »Everett hat mir von den blöden Forderungen erzählt, die Tara dir gestellt hat. Es ist wichtig, dass wir das gemeinsam durchstehen. Der einzige Grund, weshalb sie mich vom Set verbannen wollen, ist, dass ich hohe Ansprüche habe. Ohne mich nutzen die dich doch nur aus.«

»Das ist nur ein Problem«, entgegnete Mica. »Es ist nicht nur so, dass auch ich dich nicht mehr am Set dabeihaben will, sondern du sollst dich genauso aus meinem Leben fern halten. Es ist aus, Dean. Ich werde aus der Villa ausziehen.«

Er stieß ein verächtliches Schnauben aus. »Und wovon willst du leben? Du bist doch pleite.«

Justine kniff ungläubig die Augen zusammen. Nach ihrer Schätzung hatte Mica während ihres Einkaufsbummels Schecks über mehr als dreitausend Dollar ausgestellt.

»Ohne mich«, gab Mica zurück, »bist du genauso pleite. Und jetzt geh.«

»Du kannst mich nicht einfach so abservieren«, entgegnete Dean. »Das lasse ich nicht zu.«

Wie aus dem Nichts tauchten plötzlich Regina und ihr neuer Liebhaber auf, zusammen mit John. Wahrscheinlich hatten sie den Trampelpfad genommen. Nun, da der traute Kreis der Familie wieder vereint ist, kann das Feuerwerk ja losgehen, dachte Justine voller Spott.

»Hey, Mr. Metcalf. Wie geht's?« Dean schien sich aufrichtig darüber zu freuen, ihn zu sehen, aber John starrte lediglich wie versteinert zurück. Wahrscheinlich hatte er wieder getrunken.

Mitchell Cooke war einen guten Kopf größer als Dean und

auf Streit aus, seiner Körperhaltung nach zu urteilen. »Ich habe deutlich gehört, dass die Lady gesagt hat, Sie sollen gehen.«

»Hey – das geht dich überhaupt nichts an, Kumpel. Wenn du dir keinen Ärger einhandeln willst, dann halt dich gefälligst raus.« Dean packte Mica am Handgelenk. »Wir werden jetzt zusammen eine kleine Spazierfahrt machen.«

Aber Mitchell war schneller. Er schnappte sich Deans Arm und führte ihn im Polizeigriff zu dem Jaguar. Als er seinen Griff lockerte, riss sich Dean von ihm los, das Gesicht dunkel verfärbt. »Ich komme wieder.«

»Nein!«, schrie John in diesem Augenblick. Alle erstarrten.

John hatte die Stimme erhoben. Zum ersten Mal.

»Ich habe dich wie einen Sohn behandelt«, wandte er sich mit zitternder Stimme an Dean, die Augen weit aufgerissen. »Und als Dank hast du diese Familie zerstört. Halte dich in Zukunft fern, oder du wirst es bereuen.«

In Justine stieg Mitgefühl für ihren Vater hoch. John hatte damals große Stücke auf Dean gehalten und war davon ausgegangen, dass er zusammen mit ihr das Geschäft übernehmen würde. Zwar hatte sie den muffigen alten Laden immer gehasst, aber Dean zuliebe hätte sie sich überwunden. Mit einem Schlag hatte er sie alle hintergangen.

Dean wirkte genauso verblüfft über Johns Ausbruch wie die anderen, und Justine hatte einen Moment lang sogar den Eindruck, er wolle sich entschuldigen. Stattdessen zeigte er mit ausgestrecktem Arm auf ihren Vater, der wie immer einen ungepflegten Eindruck machte. »Ich soll diese Familie zerstört haben? Lass mich dir eines sagen, alter Mann – diese Familie war schon kaputt, bevor ich auf der Bildfläche erschienen bin. Aber ich schätze, dein Blick dafür war durch den Jack-Daniels-Flaschenboden getrübt.«

John wollte sich auf Dean stürzen, doch Mitchell hielt ihn zurück.

Justine presste die Lippen zusammen. Dean war zwar alles andere als perfekt, aber er hatte die Wahrheit gesagt, die bislang noch niemand auszusprechen gewagt hatte. Er grinste John provozierend an, stieg in den Wagen und brauste mit Vollgas davon.

Sie sah dem Wagen nach, bis er verschwunden war, und sank mit dem Gefühl, betrogen worden zu sein, gegen die Säule. Zwölf Jahre lang hatte sie sich eine Versöhnung ausgemalt, und jetzt würde ihr diese Szene für immer unangenehm in Erinnerung bleiben. Enttäuschung machte sich in ihr breit. Wären die anderen doch erst gar nicht aufgetaucht. Wieder einmal hatte ihre Familie alles zerstört. Damals hätten Dean und sie schon lange, bevor es geplant war, aus Monroeville wegziehen, zusammen durchbrennen sollen, aber Dean hatte einen Narren an dem Antiquitätenladen gefressen, was ihr immer ein Rätsel gewesen war. Wütend kniff sie die Augen zusammen. Im Nachhinein betrachtet musste sie sich eingestehen, dass er vielleicht den Gedanken nicht ertragen hätte, von Mica wegzugehen.

Regina stieg die Eingangstreppe hoch, berührte ihren Arm und riss sie aus ihren Gedanken. »Komm, wir gehen rein. Mitchell hat ein paar Neuigkeiten für uns, was unser Gespräch mit Mr. Kendall betrifft.«

Justine verschränkte die Arme und starrte die beiden an. »Ausgerechnet Mitchell, der alles weitererzählt hat – und jetzt soll er uns helfen?«

»Ich war das nicht mit dem anonymen Anruf«, verteidigte sich Mitchell.

Sie sah Regina an. »Aber du streitest nicht ab, dass du ihm die Sache erzählt hast?«

»Regina trifft keine Schuld. Ich bin von selbst dahinter gekommen.«

»Oh? Besitzen Sie etwa übersinnliche Fähigkeiten?«

»Nein, ich bin Anwalt.«

Sie hob die Augenbrauen. »Dann sind Sie gar kein Gutachter?«

»Doch, aber auch Anwalt.«

»Und er will uns helfen«, bemerkte Regina, während sie die Tür aufhielt.

Anscheinend war die ganze Welt verrückt geworden. Sie marschierten nacheinander ins Haus und nahmen im Kreis in der Sitzecke vor dem Fernseher Platz. Mitchell erklärte ausführlich, nicht gewusst zu haben, dass sein Bruder David aus Charlotte mit dem Bracken-Fall beauftragt sei und dass ihm selbst auch keinerlei Verbindung zwischen dem Fall und den Metcalfs bekannt gewesen wäre bis zu dem Tag, an dem Pete Shadowen gegenüber Regina die Anhörung erwähnt hatte.

»Seit Jahren schon bearbeite ich keine strafrechtlichen Fälle mehr«, schilderte er. »Aber ich sehe es als meine Pflicht an, dafür zu sorgen, dass Ihnen keine Strafverfolgung droht. Können Sie mir vielleicht wiedergeben, was Sie Mr. Kendall erzählt haben?«

Gehorsam wiederholten sie ihre Geschichte in allen Einzelheiten. Ihr Vater, der das Ganze zum ersten Mal vernahm, wirkte sichtlich erschüttert. Cissy vergoss reichlich Tränen, wies jedoch Johns tröstende Hand zurück.

Mitchells Gesicht verfinsterte sich zunehmend. »Warum seid ihr damals nicht mit der Sprache herausgerückt, gleich nachdem es passiert ist?«

Regina seufzte. »Wir hatten Angst, der Mörder würde sich uns vorknöpfen, wenn er wüsste, dass wir ihn identifizieren können.«

John stand auf und wanderte unruhig im Zimmer auf und ab. »Aber warum habt ihr es denn nicht wenigstens mir gesagt? Ich hätte euch doch beschützt.«

Justine hatte ihn noch nie so aufgewühlt erlebt. Sein Gesicht war noch geröteter als sonst, und er machte einen leicht verwirrten Eindruck. Sie wollte zu ihm gehen, aber Mica kam ihr zuvor. »Schon gut, Daddy.«

Da sie wusste, dass es ihm ohnehin lieber war, wenn ihre

Schwester sich um ihn kümmerte, wandte sie sich wieder Mitchell zu. »Was für eine Anklage erwartet uns denn im schlimmsten Fall?«

»Verlassen des Tatorts, ohne das Verbrechen anzuzeigen. Eventuell Behinderung der Justiz, aber das wäre etwas weit hergeholt. Die Tatsache, dass Ihre Schwestern damals noch minderjährig waren, wird als mildernder Umstand gewertet.« Er machte ein ernstes Gesicht. »Aber bei Ihnen sieht die Sache etwas anders aus, weil Sie schon älter waren. Aber so weit wird es ja hoffentlich nicht kommen.«

»Kann Elmore Bracken dadurch freikommen?«, fragte John, der unablässig die Hände rang.

Mitchell zögerte kurz mit der Antwort. »Dadurch könnte sich die Anhörung auf Revision verzögern. Und eure Aussagen könnten für die Verschwörungstheorie verwendet werden, wonach die Polizei bei den Ermittlungen geschlampt haben soll. Oder die Anwälte stellen es so dar, dass die Polizei zwar von Zeugen wusste, aber dies unter den Tisch fallen ließ.«

»Letzteres ist schlichtweg an den Haaren herbeigezogen«, protestierte Justine.

»Ich fürchte, es kommt auf die jeweilige Sicht an.«

Ihr Geduldsfaden riss nun endgültig. »Tja, meine Sicht ist, dass ich Ihnen nicht traue.«

»Justine«, fuhr Regina mahnend dazwischen. »Mitchell versucht uns zu helfen.«

»Ach ja? Ich nehme mir aber weitaus lieber einen eigenen Anwalt. Und zwar einen, der nicht mit der Gegenpartei verwandt ist, geschweige denn das Bett mit der Person teilt, deren Zeugenaussage mir eine Haftstrafe einbringen kann.«

»Justine ...«

»Nein, sie hat Recht«, fuhr Mitchell dazwischen. »Falls diese Geschichte weiter verfolgt wird, sollte jede von euch erwägen, sich einen eigenen Anwalt zu nehmen.«

»Das ist doch unnötig«, beharrte Regina. »Wir sollten jetzt zusammenhalten, statt zuzulassen, dass ein noch größerer Keil zwischen uns getrieben wird.«

Justine unterdrückte einen Wutschrei. »Du mal wieder mit deinem ewigen Schlichtungsdrang und deiner Art, so zu tun, als wären wir eine große, glückliche Familie, die sich leider nur viel zu selten sieht. Ich will euch allen mal was verraten.« Voller Zorn deutete sie mit dem Finger in die Runde. »Hätte ich die Wahl, würde ich mit keinem von euch verwandt sein wollen.«

Sie ließ sich von den schockierten Gesichtern nicht bremsen. Wenn sie ihre Familie brauchte, war sie nie da, und jetzt konnte sie ihr gestohlen bleiben. Sie brauchte niemanden.

Justine stieg die knarrende Treppe hoch, ging durch die Diele zu ihrem Zimmer und schloss die Tür hinter sich ab. Gott mochte sie von ihren Schwestern erlösen. Gleich morgen würde sie wieder abreisen und in eine freundlichere Stadt mit klimatisierten Zimmern am Meer fahren. Sollten die Anwälte aus Charlotte mit ihr sprechen wollen, müssten sie eben die Telefongebühren in Kauf nehmen.

Justine ließ sich gegen das kühle Holz sinken und lehnte den Kopf dagegen. Sie fühlte sich völlig erschöpft, und die laue Brise des späten Nachmittags, die durch das halb geöffnete Fenster hereindrang, brachte kaum Erfrischung. Auf der anderen Seite des Zimmers schien die getäfelte, weiß getünchte Tür des Wandschranks ihr lockend zuzurufen. Obwohl sie wusste, dass das, was sich dahinter befand, sie ins Schwanken bringen würde, wurde sie magisch davon angezogen wie eine Biene vom Honig.

Das Innere des Wandschranks roch nach alten Trockenblumen und den Lorbeerkerzen, die Cissy auf einem Regalboden aufbewahrte. Im Laufe der Jahre war der Schrank zu einer Abstellkammer für allerlei dekorativen Krimkrams geworden – eine Kürbislaterne aus Ton, rote, weiße und blaue Girlanden, verschiedene Tischdekorationen. Sie schob einen Plastik-schneemann zur Seite und griff blindlings nach hinten, bis ihre Finger den gerippten Baumwollstoff einer Kleiderhülle ertasteten, die an der Stange baumelte. Nachdem sie ein paar Mal vorsichtig daran gezogen hatte, brachte sie die lange, bauschige Hülle aus ungebleichtem Musselin zum Vorschein, an deren unterem Saum zwölf Jahre alte Staubflocken hingen.

Sie hängte die Hülle an die Innenseite der Zimmertür. Der äußere Sack wurde von Stoffbändern zusammengehalten. Sanft löste sie eines nach dem anderen und schob die Hülle auseinander. Die Bänder an dem inneren Sack waren fester geknüpft: deshalb brauchte sie mehrere Minuten, um sie aufzubinden. Eine seltsame Benommenheit hatte von ihr Besitz ergriffen, vielleicht als Einstimmung auf die bevorstehende Gefühlsflut. Sie holte tief Luft und schlug den inneren Sack auseinander, unter dem ihr glänzendes weißes Hochzeitskleid zum Vorschein kam. Es war noch genauso prachtvoll wie an dem Tag, an dem sie es getragen hatte.

Mit zitternden Händen nahm sie das Kleid aus der wattierten Hülle heraus und hielt es sich vor den Körper. Den Schleier hatte sie damals selbst genäht und ihre Brautschuhe mit Strasssteinen beklebt, um sich dieses Kleid leisten zu können. Hauchdünner weißer Satinstoff, ärmellos, mit V-Ausschnitt, hohe Taille im Empire-Stil, sich sanft bauschender Rock, Schleppe. Ein Traum in Weiß.

Verstohlen betrachtete sie sich in dem Standspiegel, und die Zeit drehte sich rasend schnell zurück – bis zum Anbruch des glücklichsten Tages in ihrem Leben.

Es war ein wolkenloser Tag, die Vögel zwitscherten, einfach alles stimmte. Niemandem fiel etwas auf, bis die Hochzeitsgäste ihre Plätze einnahmen. Ihr Vater erschien ohne Mica und der Trauzeuge des Bräutigams ohne Dean. Beide fehlten, aber noch erschien das keinem merkwürdig. Währenddessen verpasste sie in Unterwäsche ihrem Make-up den letzten Schliff, redete sich selbst zu, dass alles gut werden würde, und sah über Reginas Sorgenfalte zwischen den Augenbrauen hinweg. Regina ist einfach nur ein wenig verschnupft, sagte sie sich, weil sie Mica als ihre erste Brautjungfer auserkoren hatte.

Mica, mit ihrem Hang zur Theatralik, hatte den Zettel direkt an das Brautkleid geheftet – vermutlich in der Annahme, dass Justine ihn dort entdecken würde, bevor sie das Kleid anzog. Allerdings hatte Mica den Zettel ziemlich weit oben an dem Miederteil befestigt, sodass er Justine erst auffiel, als Regina ihr hinten den Reißverschluss zuzog und sie gemeinsam ihr Spiegelbild betrachteten.

»Was ist das denn?«, meinte Regina.

»Der ist bestimmt von Dean«, entgegnete sie und nahm den gefalteten Zettel ab. »Das sieht ihm mal wieder ähnlich.«

»Vielleicht steht da ja drauf, dass er sich verspäten wird«, bemerkte Regina scherzhaft.

Aber auf dem Zettel war Micas Handschrift, und nicht die von Dean. Kurz und bündig. Ihr wurde ganz schwarz vor Augen, und sie sank auf die Knie. Regina fing sie auf und versuchte, sie mit zackigen Sprüchen wie »Nimm gefälligst Haltung an« wieder auf die Beine zu bringen, während Justine sich wie eine Ertrinkende an ihre Schwester klammerte.

Mit den Fingerkuppen strich Justine jetzt über die kleinen Löcher in dem zarten Stoff, in denen der Zettel gesteckt hatte. Für alle anderen waren sie unsichtbar, aber ihr stachen sie deutlich ins Auge. Sie schaute in den Spiegel und türmte die Haare mit einer Hand hoch. Sie war an jenem Tag eine wunderschöne Braut gewesen, und ihr Herz hatte in Vorfreude laut gepocht, als sie daran dachte, wie sie den Gang entlang auf Dean zuschreiten würde.

Sie verlagerte das Gewicht – ob ihr das Kleid noch passen würde? Kurzerhand streifte sie ihre Sandaletten und das Baumwollkleid ab, schlüpfte in das Kleid und genoss den kühlen Stoff auf ihrer erhitzten Haut. Mit dem Reißverschluss musste sie sich ein wenig abmühen, doch schließlich gelang es ihr, ihn hochzuziehen. Wohlwollend betrachtete sie ihr Spiegelbild. Für den Bruchteil einer Sekunde strahlte ihr die zuversichtliche, glückliche Frau entgegen, die sie einmal gewesen war.

Aus einem Impuls heraus zog sie einen Stuhl vor den Wandschrank und stieg vorsichtig darauf. Den Abzug an der Decke des Wandschranks konnte man mit einem leichten Ruck lösen. Er klappte an einer Seite herunter, und eine schmale, goldfarbene Schnur kam zum Vorschein. Als sie daran zog, beförderte sie einen braunen Samtbeutel ans Tageslicht.

Eine Staubwolke wirbelte auf und verfing sich in ihren Haaren. Sie stieg von dem Stuhl herunter und wedelte sich hustend Luft zu.

Der Beutel hatte ungefähr die Größe eines DIN-A4-Blatts und wurde von einer Kordel zusammengehalten. Als Teenager hatte sie ihn einmal im Lager des Antiquitätengeschäfts entdeckt, als sie sich gerade ein paar Dinge heimlich eingesteckt und etwas gebraucht hatte, um das Diebesgut zu verstauen. Von da an hatte der Beutel häufig für solche Gelegenheiten und weitere Andenken gedient.

Vorsichtig ließ sie sich auf dem Bett nieder und leerte den Inhalt auf der Steppdecke aus – ein silberner Babylöffel, ein Kartenspiel mit verschiedenen Sexstellungen, das sie einmal unter der Matratze ihrer Eltern entdeckt hatte, ein kleines Kaleidoskop, eine verschnörkelte Puderdose, die sie aus Micas Handtasche gemopst hatte, ein Ohrring mit einem Topas, ein Lippenstiftetui, das mit Bergkristallen verziert war. Daneben lag ein Ringetui aus grünem Samt. Vorsichtig klappte sie es auf und befühlte die drei Ringe darin – ihr einfacher Verlobungsring und die beiden Trauringe aus Gold. Sie steckte ihre beiden Ringe an, die nach wie vor perfekt passten. Ein Ehering vermittelte jedem

Außenstehenden automatisch, dass man sich in festen Händen befand – vielleicht fand sie ja deshalb verheiratete Männer so unwiderstehlich. Wollte sie damit beweisen, dass nichts für die Ewigkeit hielt, genau wie bei ihr und Dean? Oder war es die einzige Möglichkeit, sich einen Mann mit Ring zu angeln?

Justine steckte alles wieder in den Beutel bis auf den Zettel, der unschuldig auf der Steppdecke lag und an den Rändern nur leicht vergilbt war. Sie faltete ihn auseinander, obwohl die Worte in roter Tinte sich für immer in ihr Gedächtnis eingebrannt hatten.

Dean geht mit mir nach LA. Es tut uns Leid.
M.

Sie stieß ein leises Lachen aus. »Es tut uns Leid.« Als wären sie ihr versehentlich auf den Fuß getreten oder hätten vergessen, ihre Pflanzen zu gießen.

Justines Augen füllten sich mit Tränen, als der alte Schmerz sie wieder übermannte. Ihre eigene Schwester. Sie riss den Zettel in zwei Stücke, zerriss ihn weiter, bis nur noch lauter winzige Papierfetzen vor ihren Füßen lagen. Es war einfach nicht fair gewesen – sie hatte beide aufrichtig geliebt. Verzweifelt sank sie in die Kissen und rollte sich eng zusammen. Es war einfach nicht fair gewesen ...

Sie schloss die Augen und nickte ein. Irgendwann, als das Tageslicht sich bereits neigte, klopfte es an ihrer Tür, aber sie schickte den Störenfried murmelnd wieder fort. Unruhig wälzte sie sich auf der warmen Decke hin und her. Wieder kamen ihr die Tränen, versiegten, um dann erneut hochzusteigen. Sie schlief wieder ein und träumte von Dean, der fröhlich lachte ... zusammen mit Mica.

Gegen zweiundzwanzig Uhr wachte sie auf, schwang die Beine über die Bettkante und knipste die Lampe an. Ihre Gesichtshaut spannte, und ihr Kopf fühlte sich schwer an. Der Seidenrock ihres Hochzeitskleids schimmerte in dem schwachen Licht. Sie fuhr sich mit dem Handrücken über die Augen und seufzte auf. Was für ein Tag ... was für eine Woche ... was für ein Leben.

Im nächsten Moment nahm sie draußen ein Geräusch wahr – obwohl es vertraut klang, konnte sie es nicht einordnen. Jedenfalls nicht sofort.

Ein Adrenalinstoß durchfuhr ihre Glieder, und mit zwei Schritten war sie am Fenster und riss es weit auf. Das Schrägdach davor war ungefähr anderthalb Meter lang. Dean hievte sich gerade über die Kante, sah hoch und lächelte.

Justine glaubte, immer noch zu träumen, bis er durch ihr Fenster stieg und sich auf die Fensterbank hockte, das Gesicht ihr zugewandt. Inzwischen trug er eine schwarze Jeans und ein schwarzes T-Shirt. Er sah gefährlich sexy aus. Mit ernstem und traurigem Blick musterte er sie von oben bis unten. »Ist es das, wofür ich es halte?«

Sie nickte, wie gelähmt von ihrem inneren Gefühlschaos.

»Du siehst wunderschön aus.«

»Ich sah auch an unserem Hochzeitstag wunderschön aus.«

»Daran habe ich keinen Zweifel. Ich werde es mir nie verzeihen, dass ich dich damals einfach so sitzen gelassen habe.«

Seine Worte waren Balsam für ihre verwundete Seele, aber so einfach würde sie ihn nicht davonkommen lassen. »Das sehe ich genauso. Du hättest mir sagen sollen, dass du dich in Mica verliebt hast, um mir die Demütigung vor dem Altar zu ersparen.«

Er sah auf seine Hände, die nervös herumspielten. »Ich war nicht in Mica verliebt. Ich hatte Angst.«

»Angst wovor?«

Er zuckte mit den Achseln. »Dass ich als alter, verheirateter Mann ende, der in einem Kaff in North Carolina von ollem Plunder lebt.«

»Ich dachte, dir gefällt es hier. Wir hätten woanders hinziehen können.« Die Worte kamen ihr nur mühselig über die Lippen. »Du weißt, ich wäre mit dir überallhin gegangen.«

Er stand auf und berührte sie vorsichtig. Sie schmiegte sich nicht gegen seine Hand, wich aber auch nicht zurück. »Wir sind nie zum Tanzen gekommen«, flüsterte er, wobei er ihre Hand und ihre Taille umfasste und begann, sie in einem langsamen Walzertakt hin- und herzuwiegen.

Justine schloss die Augen und genoss aus vollem Herzen die Empfindungen, die sie im Laufe der Jahre vergessen hatte – die Art, wie ihre Körper miteinander harmonierten, der salzige Geruch seiner Haut, die Kraft in seinen Armen und Händen.

»Du hast die Ringe aufbewahrt«, murmelte er und umfasste mit dem Daumen ihren Mittelfinger.

»Sie lagen im Wandschrank – ich habe sie eben erst angesteckt.«

»Ich habe dich vermisst.« Dean näherte seine Lippen ihren Haaren – früher einmal war er verrückt auf ihre rote Mähne gewesen. Schließlich gab er ihr einen Kuss auf die Schläfe, und ihr Widerstand schmolz dahin. Sie hob den Kopf, und sie küssten sich mit der Leidenschaft eines verlorenen Jahrzehnts. Er löste sich leicht von ihr und sah ihr tief in die Augen. »Lass uns miteinander schlafen.«

Justine begehrte ihn mit allen Sinnen, doch allein deshalb, weil sie sich eine gewisse Genugtuung davon versprach, wenn sie ihn nur noch ein einziges Mal haben könnte, um sich selbst zu beweisen, dass sie sich ihre innige Verbundenheit nicht eingebildet hatte. Sie würde ihre Hochzeitsnacht nachholen, von der sie immer geträumt hatte. Bedächtig schälte er sie aus dem Kleid, bis sie nur noch in ihrem weißen Büstenhalter vor ihm stand, und drapierte es mit ungewohnter Sorgfalt über dem Fußteil des Bettes.

Während er sich anschickte, seine Jeans aufzuknöpfen, zog er etwas aus der Hosentasche. »Sieh mal, was ich da habe.« Er schüttelte ein Pillenfläschchen in der Hand. »Das gibt einen größeren ... Kick.«

Dean hatte ihr die Sache mit dem Muskat beigebracht, und daher hielt sich ihr Erstaunen in Grenzen, dass er nach wie vor Aufputschmittel nahm, aber sie wollte in dieser Nacht einen klaren Kopf bewahren. »Heute nicht.«

»Ach, komm schon«, entgegnete er und schraubte den Deckel ab. »Das ist nur, um die Muskeln zu lockern.« Er drückte ihr drei Pillen in die Hand.

Ruckartig zog sie die Hand weg, und die Pillen landeten auf dem Boden. »Ich will nicht, Dean.«

Sein schönes Gesicht verfinsterte sich kurz, aber gleich darauf ließ er wieder all seinen Charme spielen. Er nahm drei weitere Tabletten aus dem Fläschchen. »Komm schon, Baby, du bist völlig verspannt. Lass uns ein bisschen high werden. Wie in alten Zeiten.«

Justine biss sich auf die Lippe, innerlich mit sich kämpfend.

NEUNZEHN

Wenn er ein Blender ist, warnen Sie die anderen Frauen.

Auf der Suche nach einem Glas Wasser für ihre Schmerztablette ging Mica ins Badezimmer. Ihr Nacken tat weh, und die unerfreuliche Begegnung mit Dean hatte ihr Kopfschmerzen verursacht. Vorsichtig tastete sie sich in dem sanften Schimmer des Nachtlichts voran.

Was ihre Schwestern betraf, konnte sie anscheinend nichts richtig machen. Natürlich hatte sie Regina vor den Kopf gestoßen, als sie ihre Bitte, eine Widmung für eines ihrer Bücher beizusteuern, abgelehnt hatte, aber wie sollte sie ihr denn erklären, dass sie kurz davor stand, ihren Job zu verlieren? Lieber schlug sie ihr den einzigen Gefallen ab, um den Regina sie jemals gebeten hatte, statt hinterher vielleicht wieder einen peinlichen Rückzieher machen zu müssen.

Zudem nagte das schlechte Gewissen an ihr, weil sie Dean ihr Geheimnis anvertraut hatte.

Plötzlich wurde sie hellhörig, denn sie hätte schwören können, sein Lachen vernommen zu haben. Sie spitzte die Ohren.

Das Lachen kam aus Justines Zimmer.

Sie drückte das Glas gegen die Tür, die vom Bad in Justines Zimmer führte. Ihre schlimmsten Befürchtungen wurden bestätigt, als sie Deans gedämpfte Stimme vernahm. Schmerzhaft krampfte sich ihr Herz zusammen, sodass sie die Augen schloss. Bestimmt war er an dem Spalier zu Justines Fenster hochgeklettert, wie er das früher immer getan hatte. Zwar hatten die beiden geglaubt, dass niemand etwas davon mitbekommen hatte, aber Mica war dahinter gekommen, als sie sie einmal beim Liebesspiel durch die Badtür gehört hatte.

246

Die Enttäuschung traf sie wie ein Schlag, und sie sackte gegen die Tür. Hatte sie in ihrem tiefsten Innern nicht immer geahnt, dass Dean ihre Schwester nie richtig vergessen hatte? Schließlich schaute er jeder Rothaarigen hinterher, die ihnen über den Weg lief, und obwohl er Micas Karriere mit allen Mitteln unterstützte, hatte er sich ihr emotional nie geöffnet. Tatsächlich hatte er ihr kein einziges Mal gesagt, dass er sie liebte. Wenn sie ihn hin und wieder fragte, lautete seine Antwort stets: »Das weißt du doch, Baby.«

Tränen liefen ihr über die Wangen. Wie dumm sie doch gewesen war zu glauben, dass sie mit Dean eine gemeinsame Zukunft, vielleicht sogar einmal eine Familie haben würde. Er konnte einer Frau einfach nicht treu sein ...

Mica rang kurz nach Luft. Dean war gerade dabei, ihrer Schwester gleich zwei Geschlechtskrankheiten anzuhängen. Schon möglich, dass sie zu Justine nicht immer fair gewesen war, aber sie konnte es nicht ruhigen Gewissens zulassen, dass er die ganze Familie verseuchte.

Sie atmete tief durch, um sich zu sammeln, fasste sich ein Herz und klopfte laut gegen die Tür, bevor sie das Zimmer betrat. »Tu es nicht, Justine!« Sie schaltete das Licht an.

Dean fuhr herum, kniff die Augen zusammen und schaute sie verärgert an, während er hastig den Reißverschluss seiner Hose zuzog. »Mica – ich kann alles erklären.«

Justine, die im Bett lag, fuhr ebenfalls ruckartig hoch. »Was hast du hier zu suchen? Raus mit dir!« Hastig schnappte sie sich das weiße Kleid am Fußende des Bettes, um sich zu bedecken.

Mica sah ihre Schwester ungläubig an – Justines Hochzeitskleid? Das konnte doch nicht wahr sein. Wütend starrte sie Dean an. »Hast du eigentlich nicht den leisesten Funken von Anstand?«

»Wir haben uns nur unterhalten«, rechtfertigte er sich mit seiner Ich-war-ein-böser-Junge-Stimme. »*Dieser Kuss hat nichts zu*

247

bedeuten. Ich wollte nur ein wenig flirten. Sie ist praktisch über mich hergefallen.«

»Mica«, presste Justine zwischen zusammengebissenen Zähnen hervor. »Geh raus.«

»Er hat einen Tripper.«

Sofort wurde Justine hellhörig. »Was?«

»Das ist eine Lüge«, wiegelte Dean ab.

»Und warum muss ich dann Antibiotika schlucken?«

Er zuckte mit den Achseln. »Vielleicht, weil du mit deinem Agenten gebumst hast?«

Sie holte mit der Hand aus, aber er packte ihren Arm und beugte sich drohend dicht vor ihr Gesicht. »Vorsicht, sonst fängst du dir ein zweites blaues Auge ein.«

Justine schnaubte empört. »Das Veilchen hast du ihm zu verdanken? Und ich dachte, ich hätte dir das verpasst.«

Mica schüttelte den Kopf, riss den Arm aus seinem Klammergriff und rieb sich das Handgelenk. Dann ging sie an ihm vorbei und stellte sich neben Justine, die hastig in ihr Kleid schlüpfte, um ihren nackten Körper zu bedecken. Mica zog ihr den Reißverschluss hinten zu, und Justine wandte sich zu Dean um.

»Du hast meine Schwester geschlagen und ihr einen Tripper angehängt, und eben noch wolltest du mit mir schlafen? Du Schwein!« Jetzt schrie sie, die Augen weit aufgerissen, und fuchtelte wild herum. *»Ich könnte dich umbringen!«*

Mica war zu Tode erschrocken, aber Dean blieb ungerührt. Er wagte es sogar zu lachen. »Hört mal, ihr Süßen, wo ihr gerade beide hier seid ...« Grinsend deutete er auf das Bett.

Ihr entsetztes Keuchen wurde von einem lauten Klopfen an der Tür übertönt.

»Justine?« Es war Regina, deren Stimme besorgt klang. »Justine, alles in Ordnung?«

Mica wandte sich gerade rechtzeitig um, um zu sehen, dass Justine etwas unter ihrer Matratze hervorzog. *Eine Waffe?*

Instinktiv ging sie dazwischen. »Justine – nicht!« Sie packte nach ihren Händen, die mit der Waffe auf Dean zielten, und rang mit ihr, während Dean sich flach auf den Boden warf. Plötzlich löste sich ein Schuss, und der Rückstoß fuhr ihr von den Armen bis hoch in die Schulter. Putz rieselte auf sie herab.

»*Justine?*«

Von außen wurde heftig an dem Türknauf gerüttelt. Mica sah es eher, als dass sie es hörte. Bestimmt war ihr Trommelfell gerissen. Sie presste die Hände gegen ihre dröhnenden Ohren, erleichtert darüber, dass Justine von dem Schuss offenbar so benommen war, dass sie die Waffe hatte sinken lassen.

Im nächsten Augenblick flog die Tür auf, und Mitchell Cooke stürmte ins Zimmer, gefolgt von Regina. »Was ist hier los?«, fragte Regina in barschem Ton.

»Sie hat versucht, mich umzubringen«, jammerte Dean, der sich gerade vom Boden hochrappelte.

Mitchell näherte sich vorsichtig Justine, die jetzt hemmungslos weinte, und nahm die Waffe aus ihren zitternden Händen.

»Was hast du ihr angetan?«, wandte sich Regina an Dean.

»Nichts«, erwiderte er und hob beschwörend die Hände. »Sie hat mich erwartet. Sieh sie dir doch nur mal an – sie hat mich erwartet, um Himmels willen.«

Justine schluchzte laut auf und drehte ihnen den Rücken zu. Hektisch zerrte sie an den Ringen, bekam sie jedoch nicht von den Fingern, sodass sie nun gänzlich die Fassung verlor. Mica fühlte mit ihr.

»Ich werde Mr. Haviland jetzt nach draußen bringen«, sagte Mitchell und schob Dean in Richtung Tür. Dabei hielt er die Waffe am Abzugsbügel, aber sein Blick verriet, dass er jederzeit davon Gebrauch machen würde, falls nötig.

Humpelnd kam John durch die Diele auf sie zu, gefolgt von Cissy. »Wir haben einen Schuss gehört.«

249

»Es ist niemand verletzt«, beruhigte Mitchell ihn. »Aus Justines Waffe hat sich versehentlich ein Schuss gelöst.«

Das war zumindest die halbe Wahrheit.

John ballte die Fäuste und hob sie drohend unter Deans Gesicht. »Ich habe dir bereits gesagt, dass du dich von hier fern halten sollst.«

»Du lässt deinen Ärger an dem Falschen aus«, entgegnete Dean mit unverschämtem Grinsen. »Deine Töchter können nämlich einfach nicht genug von mir kriegen.« Er warf einen Blick nach hinten. »Und zwar alle drei, stimmt's, Schönheit mit den blauen Augen?«

John versetzte ihm einen Kinnhaken. Mitchell hielt Dean zurück, doch er machte ohnehin keine Anstalten, zurückzuschlagen, sondern lachte nur.

Schönheit mit den blauen Augen? Mica kniff die Augen zusammen – Regina war die Einzige mit blauen Augen. Ihr stockte der Atem.

Sie und Justine drehten sich fragend zu Regina, die, wie Mica mit Bestürzung registrierte, einen roten Kopf bekommen hatte.

ZWANZIG

Wenn die Beziehung nicht funktioniert, setzen Sie ihr rasch ein Ende.

Regina trat von dem Trampelpfad auf die Lichtung, wo sich der Laden befand, verblüfft und erleichtert zugleich, dass der Parkplatz verwaist war. Nachdem ihr Vater gestern Nacht gegangen war, hatte er vermutlich eine Kneipe aufgesucht, um sich zu betrinken. Bestimmt parkte er irgendwo am Straßenrand und schlief seinen Rausch aus. Mitchell war auch noch nicht da, falls er überhaupt noch vorhatte zu kommen, nachdem er eine weitere Episode aus *Die Metcalfs – eine Anleitung für zerrüttete Familien* hatte mit ansehen müssen.

Es würde ihr nicht schwer fallen, dieses Buch zu schreiben, aber wer würde es lesen wollen?

Sie seufzte und unterdrückte ihre Tränen, die ihr seit diesem albtraumhaften Vorfall letzte Nacht hartnäckig in der Kehle steckten. Justine in ihrem nie getragenen Brautkleid und einem rauchenden Revolver in der Hand, Mica, die Dean lauthals bezichtigt hatte, ihr Geschlechtskrankheiten angehängt zu haben, Dean, der sich damit gebrüstet hatte, alle drei Schwestern um den kleinen Finger gewickelt zu haben.

Das war maßlos übertrieben, zumindest was ihre Person betraf, obwohl seine Worte sofort ihr schlechtes Gewissen geweckt hatten, das sie seit Jahren plagte. Schon vor der Hochzeit war ihr klar gewesen, dass Dean ein Blender war. Damals hatte sie noch studiert und war an Weihnachten nach Hause gefahren, als er sie unter einem Bund aus Mistelzweigen, der im Laden hing, in eine Ecke gedrängt hatte. Zwar war sie es schon von ihm gewohnt gewesen, dass er sie immer wieder anmachte und sie neckte, aber dieses Mal hatte er sie richtig begrapscht, und sein Kuss war ebenfalls alles andere als brüderlich gewesen.

»Seit Jahren träume ich davon, dich zu küssen«, hatte er gemurmelt. »Und zwar richtig.«

Sie hatte eine Kurzschlussentscheidung getroffen, zumal sie als Vierzehnjährige auch auf ihn gestanden hatte, und die sie lächerlicherweise rechtfertigte, dass sie schließlich unter einem Mistelzweig standen. Also hatte sie seinen Kuss erwidert, und es hatte ihr gefallen. Dean hatte sie eng an sich gepresst, um ihr zu verdeutlichen, welche Absichten er hegte. Und sie verabscheute den Gedanken, was hätte geschehen können, wenn ihr Vater nicht plötzlich aufgetaucht wäre.

Regina schloss die Augen – sie würde nie Johns Gesichtsausdruck vergessen. Der Vorwurf in seinem Blick, das Entsetzen darüber, dass sie ihre eigene Schwester betrog. Aber seine Enttäuschung war nichts verglichen mit ihrer Enttäuschung über sich selbst. Für die restliche Zeit ihres Besuches hatte ihr Vater sie gemieden, und sie hatte Justine nicht mehr unter die Augen treten können. Als Dean einen zweiten Anlauf gestartet hatte, hatte sie ihm damit gedroht, Justine alles zu erzählen, wenn er sie nicht in Ruhe ließe.

»Das würdest du niemals tun«, hatte er mit provozierender Selbstsicherheit entgegnet. »Weil du nämlich jeglichen Ärger vermeiden möchtest, Regina.«

Sie hatte ihn dafür gehasst, dass er Recht hatte – nichts hatte ihr ferner gelegen, als Justines Glückseligkeit zu zerstören. Also hatte sie Deans Ausrede geschluckt, dass es sich um einen Ausrutscher handelte, weil er wegen dem Hochzeitstermin so unter Druck stand, und war schließlich wieder weggefahren. Von da an hatte sie tunlichst vermieden, mit Dean alleine zu sein.

Und bloß, weil sie aus Feigheit den Mund nicht aufgemacht hatte, nahm die Katastrophe ihren Lauf.

Selbst wenn du es Justine erzählt hättest, hätte sie dir nicht geglaubt, flüsterte ihre innere Stimme.

Schon möglich, aber dann wäre Justine wenigstens vorgewarnt gewesen, als sie die kurze Nachricht gelesen hatte, die an ihrem Brautkleid befestigt gewesen war, und wäre nicht wie vom Donner gerührt gewesen.

Gott, was war das für ein schrecklicher Tag gewesen – Regina war bereits mit einem unguten Gefühl wach geworden, weil sie befürchtete, dass Justine einen großen Fehler begehen würde, wenn sie Dean heiratete. Aber sie war zu machtlos, um es zu verhindern. Stattdessen bot sie sich an, Justine vorzeitig in die Kirche zu begleiten – Mica wollte ausschlafen und später mit ihren Eltern nachkommen. Als John und Cissy alleine erschienen, beschlich Regina zum ersten Mal das ungute Gefühl, dass etwas nicht stimmte. Und als dann auch noch Deans Trauzeuge alleine auftauchte, hatte sich ihr Misstrauen weiter verschärft. Schließlich waren ihr Micas verstohlene Blicke in Deans Richtung nicht entgangen, wenn sie sich unbeobachtet wähnte – Regina wusste diese Blicke aufgrund ihrer eigenen früheren Schwärmerei für Dean, den sie alle angehimmelt hatten, zu deuten. Dennoch redete sie sich dummerweise ein, dass Dean und Mica am Abend davor einen über den Durst getrunken und verschlafen hatten. Selbst in ihren schlimmsten Albträumen hätte sie sich niemals ausgemalt, dass die beiden zusammen abgehauen waren. Als Justine dann in ihren Armen zusammenbrach, war sie so wütend auf sich selbst, dass sie ihrer Schwester kaum in die Augen schauen konnte. Im Nachhinein betrachtet, war sie ihr bestimmt auch keine große Stütze gewesen, wie unter normalen Umständen.

In diesem Moment fuhr ein Wagen auf der Straße vor dem Antiquitätengeschäft vorbei und riss sie aus ihren düsteren Erinnerungen. Sie schüttelte sich kurz und dachte an ihren Vorsatz, den sie in der vergangenen, schlaflosen Nacht gefasst hatte, nämlich sich auf das Wesentliche zu konzentrieren, wie beispielsweise die Arbeit mit Mitchell zu Ende zu bringen.

Mitchell ... sie stöhnte auf. In was für ein Chaos sie da hineingeschlittert war. Wie er selbst bereits festgestellt hatte, suchte sie sich die falschen Männer aus.

Die Sachen, die für den Sperrmüll bestimmt waren, stapelten sich auf dem Boden neben der Hintertür – ausgedientes Mobiliar, Müll in riesigen Plastiksäcken, zusammengerollte, verschlissene Teppiche. In einem der Müllsäcke steckte ein braunes Eichhörnchen und streckte neugierig den Kopf heraus. Sie musste unweigerlich lächeln, zum ersten Mal seit Tagen, wie sie glaubte. Sie würden das Ganze gemeinsam durchstehen müssen – die Alternative wollte sie sich lieber nicht ausmalen.

Regina schloss die Hintertür auf, trat ein und machte auf ihrem Weg überall Licht. Die Räume wirkten ein wenig verlassen, nachdem alles säuberlich gestapelt und eine gewisse Ordnung geschaffen worden war, wo vorher ein beschauliches Durcheinander geherrscht hatte. In der kurzen Zeit waren sie ziemlich schnell vorangekommen. Sie ließ den Blick schweifen und seufzte – in wenigen Wochen würde es M&G Antiquitäten nicht mehr geben, genauso wenig wie M&G selbst, Metcalf und Gilbert. Die Kluft zwischen ihren Eltern war nur noch tiefer geworden, nachdem sie erfahren hatten, dass ihre Töchter damals den Mord an Lyla beobachtet hatten, und der Vorfall mit Dean hatte ein Übriges dazu beigetragen. Wenn sie sich begegneten, und das geschah selten genug, sprachen sie im Flüsterton nur das Nötigste miteinander und sahen sich hasserfüllt an, als würden sie jeweils dem anderen die Schuld dafür geben, was gerade passierte. Regina hatte bislang nicht die Zeit gehabt, sich etwas zu überlegen, um sie wieder zusammenzubringen, damit sie wenigstens miteinander redeten und merkten, wie sehr sie sich gegenseitig brauchten.

Sie nahm einen Stapel der ihrer Meinung nach traurigsten Inventarstücke in die Hand – uralte Fotografien, die meisten davon Porträts in einem bestimmten Stil. Vergilbte Schwarz-Weiß-Aufnahmen von steif dastehenden Personen mit ernsten Gesichtern, die zweifellos aus einem Familienfundus stammten. Sie stieß ein bitteres Lachen aus – die Menschen auf den Fotos wirkten sehr unglücklich; bestimmt waren sie miteinander verwandt. Dieses Sammelsurium aus alten Bildern machte sie traurig, weil die Familien darauf sicher nicht mehr lebten und die Fotografien aus dem Nachlass für fünfundzwanzig Cent verhökert worden waren, wie beispielsweise die Aufnahme von drei trist dreinschauenden Mädchen, die um 1900 entstanden sein musste. Die Fotos dienten als Souvenir, über das man Spekulationen anstellen konnte, oder als Material für Fotomontagen.

Regina betrachtete die glänzenden Augen der drei pausbäckigen Mädchen. Alle trugen dasselbe Kleid und hatten eine Ringellockenfrisur. Mittlerweile dürften sie schon gestorben sein. »Und, was habt ihr mit eurem Leben angefangen?«, murmelte sie leise. »Habt ihr euch gegenseitig furchtbare Dinge angetan?«

»Selbstgespräche sind kein gutes Zeichen«, erklang Mitchells Stimme.

Als sie sich umdrehte und ihn im Türrahmen stehen sah, schoss ihr das Blut in die Wangen. »Ich habe keine Selbstgespräche geführt – ich habe mit ... ihnen gesprochen.« Sie hielt das Bild hoch.

»Oh, tja, in diesem Fall muss ich mich für die Unterbrechung entschuldigen«, erwiderte er.

Sam trottete zu ihr herüber, um sie standesgemäß zu begrüßen. Mitchell folgte ihm, mit zögerndem Gesichtsausdruck. »Ich war mir nicht sicher, ob du heute überhaupt arbeiten willst.«

Sie stieß ein leises Lachen aus. »Was soll ich denn sonst machen? Etwa den Tag mit meinen lieben Schwestern verbringen?«

»Vielleicht gar keine so schlechte Idee.«

»Vielleicht, schließlich ist ja noch kein Blut geflossen.«

Er schürzte die Lippen. »Wie war die Stimmung, nachdem ich gegangen bin?«

»Nicht berauschend. Justine glaubt jetzt, dass ich ebenfalls mit Dean eine Affäre hinter ihrem Rücken hatte.«

Eine seiner schwarzen Augenbrauen zuckte hoch. »Hattest du etwa nicht?«

»*Nein*.« Sie massierte sich den Nacken und lockerte die Schulter. »Aber er hat es einmal bei mir versucht, und ich könnte mich ohrfeigen, dass ich es ihr damals nicht gesagt habe.«

Mitchell stieß einen leisen Pfiff aus. »Dieser Dean scheint es ja faustdick hinter den Ohren zu haben.«

»Das ist noch untertrieben. Ich könnte ihn dafür umbringen, was er meiner Familie angetan hat.«

»Nach dem Vorfall gestern Abend bist du da bestimmt nicht die Einzige.«

Sie seufzte. »Ich hoffe nur, wir haben Dean Haviland zum letzten Mal gesehen.« Sie wollte gerade das Foto mit den drei Mädchen wieder in den Schuhkarton legen, als sie es sich wieder anders überlegte und es stattdessen Mitchell unter die Nase hielt. »Das erste Geschäft am heutigen Tag.«

»Dann werde ich Sie mal schleunigst bedienen, Ma'am.« Er stellte sich hinter die Ladentheke, während sie in ihrer Handtasche nach Kleingeld kramte.

Er betrachtete das Foto. »Niedlich. Kennst du die?«

»Nicht persönlich, aber es sind Schwestern, also haben wir was gemeinsam.«

Er gab ihr das Wechselgeld. »In jeder Familie gibt es Probleme.«

Regina tat, als suche sie etwas in ihrer Handtasche. »Und wie sehen die bei euch aus?«

»Nicht besonders dramatisch.« Er hob bedächtig die Schultern. »Ich habe Jura studiert, genau wie mein kleiner Bruder. Dann haben wir beide denselben Fall übernommen und uns darüber zerstritten. Wirklich zu dumm. Danach bin ich ausgestiegen.«

»Du hättest woanders weitermachen können.«

»Schon, aber das war ja nicht der Knackpunkt.«

»Und was war der Knackpunkt?«

Es schien ihm Unbehagen zu bereiten, über seine Probleme zu sprechen. »Ich wollte meinen Beruf nicht über die Familie stellen.«

Sie zog die Stirn kraus. »Warst du da nicht zu hart mit dir selbst?«

Erneut zuckte er die Achseln, den Blick abgewandt.

»Und wer hat gewonnen?«

Er sah hoch. »Wie bitte?«

»Bei dem Fall, an dem du und dein Bruder beteiligt waren – wer hat gewonnen?«

»Er.«

»Oh.«

»Was, oh?«

»Einfach nur oh. Ich bereue es jetzt doppelt, dass ich dich in die Anhörung von diesem Bracken hineingezogen habe. Ich möchte nämlich den Streit zwischen dir und deinem Bruder nicht von neuem schüren.«

Er kam hinter der gläsernen Ladentheke hervor und ergriff ihre Hand. »Du hast schon genug eigene Sorgen, also mach dir um mich keine Gedanken.«

Sie kämpfte innerlich gegen ihr Bedürfnis an und zog schließlich die Hand zurück. »Ja, du hast Recht.« Sie musste einen klaren Kopf bewahren, was ihr leichter fiel, wenn sie ihn auf Distanz hielt.

»Regina, ich möchte dir bei dieser Sache gern helfen.«

Sie runzelte die Stirn. »Und warum?«

»Warum? Glaubst du etwa, ich tue das nur, weil ich Hintergedanken habe?«

»Nach meiner Erfahrung ja.«

»Tja, mit mir hast du eben noch nicht viel Erfahrung gesammelt.«

Sie verschränkte die Arme. »Schon seltsam, aber ich finde schon. Und zwar schon zweimal.«

Er nahm eine gerade Haltung an. »Soweit ich mich erinnere, hast du dich weder das eine noch das andere Mal beschwert.«

In diesem Moment ertönte draußen eine laute Hupe.

»Das wird der Wagen für den Sperrmüll sein«, bemerkte er.

Sie stellte ihre Handtasche ab und machte sich auf in Richtung Hintertür. »Ich kümmere mich darum.«

»Du wirst meine Hilfe benötigen.«

»Ich brauche deine Hilfe nicht«, erwiderte sie über die Schulter hinweg, aber er kam ihr trotzdem nach, leise vor sich hinmurmelnd. Jetzt wusste sie es – bestimmt war er so eine Art Retter in der Not wie aus dem Fernsehen, der durch das Land zog und vorgab, Gutachter zu sein, um zerrüttete Familien wieder zu versöhnen. Hatte er denn noch nicht begriffen, dass ihre Familie wie ein altersschwacher Damm war? Kaum hatte man ein Loch gestopft, brach er an einer anderen Stelle wieder auf. Auch wenn ihre Kräfte allmählich nachließen, konnte sie trotzdem auf seine Hilfe verzichten. Schließlich würde er ohnehin in ein paar Tagen weiterziehen.

Draußen setzte der riesige, hässliche LKW gerade rückwärts zu dem Sperrmüllhaufen. Zwei Männer, ein Dicker und ein Kleiner, betrachteten den Haufen.

»Das soll alles mit?«, fragte der Dicke.

»Ja«, antworteten Regina und Mitchell gleichzeitig.

»Das wird aber extra kosten, bei der Menge. Zahlbar im Voraus und in bar.«

»In Ordnung«, sagten sie wieder im Chor.

Sie starrte Mitchell kurz an und gab den Männern dann das Zeichen, mit dem Aufladen zu beginnen.

Sam stürmte mitten in den Haufen und fing an zu bellen. Bestimmt hatte er das Eichhörnchen gewittert und wollte ihm nun den Garaus machen.

»Zuerst die sperrigen Teile«, meinte der Kleine und ließ die riesige Ladeklappe herunter.

Während die Männer das Relikt eines Kühlschranks aufluden, versuchte sie, Sam von seinem vermeintlichen Beutetier abzulenken, doch der ließ sich nicht beirren. Als Nächstes verschwanden zwei kaputte Bettgestelle in dem LKW. Als es an den zerhackten Schrank ging, verlor Mitchell die Geduld mit seinem Hund. »Das reicht jetzt, Sam!«

Augenblicklich hörte Sam auf zu bellen, allerdings nicht ohne kläglich zu winseln, bevor er am Boden Platz nahm, während die Männer das schwere Stück anhoben.

»Himmel«, stöhnte der Kleine. »Was ist denn da drin?«

»Eigentlich müsste er leer sein«, sagte Mitchell.

Plötzlich geriet der Kleine ins Stolpern, und der Schrank neigte sich nach vorn, auf Regina zu. Sie machte einen Satz nach hinten, während Mitchell und der Dicke sich schleunigst dagegen stemmten. Trotzdem schwangen die Türen auf, weil das Gummiband, das sie geschlossen halten sollte, riss.

Dean Haviland fiel heraus. Mit einer tödlichen Schusswunde mitten durch sein verräterisches Herz.

EINUNDZWANZIG

Beruhigen Sie sich bloß nicht so schnell.

Beruhige dich«, sagte Mitchell, der auf der Bank mit der Prägung EIGENTUM DES BURL COUNTY SHERIFF'S DEPARTMENT saß.

Regina hörte auf, hin und her zu laufen, und blickte zu dem Ende des Flurs, wo Justine und Mica sich steif gegenübersaßen, ohne ein Wort miteinander zu wechseln. Cissy war wieder nach Hause geschickt worden, nachdem man ihr ein Beruhigungsmittel verabreicht hatte. John fehlte. Regina sah erneut zu Mitchell. »Ich soll mich beruhigen? Soeben ist mir ein toter Mann vor die Füße gerollt, meine gesamte Familie ist darin verwickelt, und du sagst mir, ich soll mich beruhigen.«

»Ich will damit nur sagen, dass es niemandem nützt, wenn du jetzt auch noch zusammenklappst.«

Sie schlug die Hand vor den Mund, um ein Schluchzen zu unterdrücken. »Was geschieht nun?«

»Keine Ahnung. Offenbar wollen sie uns noch weitere Fragen stellen, sonst hätten sie uns bereits gehen lassen.«

Sie knabberte an einem Fingernagel. »Was hast du ihnen von gestern Abend erzählt?«

Er legte die Stirn in Falten. »Die Wahrheit.«

Regina zuckte kurz zusammen. »Ich habe befürchtet, dass du das sagst.«

In diesem Moment öffnete sich eine Tür, und ein mürrisch aussehender Sheriff Hank Shadowen erschien. »Sie können jetzt alle hereinkommen.«

Mica und Justine, beide mit verweinten Augen und stoischen Gesichtern, kamen wie in Zeitlupe den Flur entlang. Sie versammelten sich alle in einem Konferenzraum mit einem rechteckigen Tisch und bequem aussehenden Stühlen. Aus alter Gewohnheit nahmen Mica und Justine einander gegenüber Platz. Regina setzte sich neben Mica, gegenüber von Mitchell. Sie wusste nicht, was sie erwartete, aber eine Verhörlampe oder ein Verhörspiegel waren nicht vorhanden, sondern lediglich ein Fernseher, ein Informationsständer sowie ein Getränke- und ein Snackautomat.

Sheriff Shadowen, ein massiger Mann mit einem dicken Schädel, dessen Haare seit ihrer letzten Begegnung weiß geworden waren, deutete auf einen der Automaten. »Möchten Sie was zu trinken haben?«

Alle schüttelten den Kopf. Für sich selbst zog er eine Dose Dr. Pepper und riss sie auf, während er sich an das Tischende vor einen aufgeschlagenen Aktenordner setzte. Er überflog kurz die Unterlagen, wobei er ständig vor sich hinbrummte, und sah schließlich hoch. »Hab hier ja einen schönen Schlamassel vor mir liegen.« Er machte ein bekümmertes Gesicht, als buhle er um ihre Sympathie. »Da wäre ein toter Mann mit einer Kugel Kaliber achtunddreißig in der Brust. Da wäre noch ein Mann, der den toten Mann bedroht hat und spurlos von der Bildfläche verschwunden ist. Da wäre eine Achtunddreißiger Automatik, ein Geschenk des Vermissten an den Verstorbenen, die sich mittlerweile im Besitz der Tochter des Vermissten befindet, die wiederum mit dem Verstorbenen zusammengelebt hat. Da wäre die schriftliche Aussage der anderen Tochter des Vermissten, dass sie gestern Abend auf den Verstorbenen mit einem Revolver Kaliber achtunddreißig geschossen hat. Und da wäre noch der Revolver Kaliber achtunddreißig selbst, der ebenfalls verschwunden ist.« Er seufzte und nahm einen Schluck aus seiner Dose. »Ein totales Chaos.«

Niemand sagte etwas. Mica sah abgespannt aus, mit leerem Gesichtsausdruck, die herrliche Mähne zu einem Zopf gebunden. Justine wirkte genauso blass und spielte hektisch an einer

Zigarette herum. Die Nachricht von Deans Tod hatte sie beide sehr mitgenommen.

Der Sheriff beugte sich vor, um sich mit den Ellbogen auf dem Tisch abzustützen. »Nach euren Angaben wart ihr drei von gestern Abend bis heute Morgen in eurem Elternhaus.«

Sie nickten bestätigend.

»Weiß eine von euch, wo euer Vater steckt?«

»Nein«, antworteten sie im Chor.

»Wann habt ihr ihn das letzte Mal gesehen?«

Mitchell räusperte sich. »Nach dem Vorfall im Haus gestern Abend habe ich Mr. Metcalf zum Antiquitätengeschäft begleitet. Als ich wegfuhr, ging er gerade durch die Hintertür hinein.«

Der Sheriff richtete den Blick auf ihn. »Cooke war doch richtig, oder?«

Mitchell nickte.

»Warum waren Sie gestern Abend im Haus der Metcalfs?«

»Ich war tagsüber mit Regina im Antiquitätenladen, und irgendwann ist Haviland dort aufgekreuzt. Er meinte, er wäre auf dem Weg zum Haus. Regina hatte Angst, dass es zu einer Auseinandersetzung kommen würde, weshalb sie mich gebeten hat, sie dorthin zu begleiten. John ist gekommen, als wir uns gerade auf den Weg machen wollten, und hat sich uns angeschlossen.«

Jetzt wandte sich der Sheriff an Regina. »Warum hast du befürchtet, dass es eine Auseinandersetzung geben könnte?«

Ihr Puls schlug schneller, und sie warf einen verstohlenen Blick zu ihren Schwestern, bevor sie antwortete. »Weil Justine Dean nicht mehr gesehen hat seit ... ihrer geplatzten Hochzeit. Ich dachte, es würde zum Streit kommen.«

»Für mich klingt das, als hättest du dir Verstärkung geholt. Also hast du Schlimmeres befürchtet als lediglich ein lautes Wortgefecht.«

»Ich ... hatte Angst, Dean könnte gewalttätig werden.« Oder ihre Schwestern.

»Hattest du Grund zu der Annahme, dass er dazu neigte, gewalttätig zu sein?«

Ihr Blick wanderte kurz zu Mica, dann wieder zu dem Sheriff. »Keinen stichhaltigen, bloß Vermutungen.«

Er wandte sich an Mica. »Hatte Dean einen Hang zur Gewalttätigkeit?«

Sie zögerte kurz. »Eigentlich nicht, aber er hat mich einmal geschlagen.«

»Wann war das?«

»Vergangene Woche, bevor ich aus LA abgereist bin. Er war betrunken gewesen, und wir hatten uns gestritten.«

»Bist du deshalb weggefahren, weil er dich geschlagen hat?«

Sie schüttelte den Kopf. »Ich ... habe herausgefunden, dass Dean mir untreu gewesen ist.«

»Hast du da auch die Waffe an dich genommen?«

»Nein, die hatte ich mir schon vorher aus dem Sekretär herausgenommen. Ich musste Dean etwas Unerfreuliches mitteilen, und ich hatte Angst ... das heißt, mein Agent hat mir nahe gelegt, mich zum Schutz zu bewaffnen. Ich hatte nicht vor, die Waffe zu benutzen, ich wollte lediglich dafür sorgen, dass Dean sie nicht in die Finger bekommt.«

»Was heißt etwas Unerfreuliches?«

»Mein wichtigster Auftraggeber hat damit gedroht, meinen Vertrag aufzulösen, falls Dean sich nicht in Zukunft vom Set fern hält.«

»Und du bist davon ausgegangen, dass er das nicht gut aufnehmen würde?«

»Ja.« Micas zitternde Stimme verriet, dass sie befürchtet hatte, Dean würde wieder auf sie losgehen.

»Wie hat er reagiert, als du es ihm gesagt hast?«

»Dazu ist es nicht gekommen, weil ich vorher abgereist bin.«

»Und die Waffe hast du mitgenommen?«

Sie nickte. »Ich habe sie in meinem Gepäck mitgeführt und

sie nach meiner Ankunft im Koffer gelassen. Dort war sie auch noch, als ich sie Ihrem Deputy übergeben habe.«

Er überprüfte ihre Angaben mit den schriftlichen Aufzeichnungen und nickte. »Dann ist Haviland dir hierher gefolgt?«

»Ja.«

»Woher wusste er, dass du in Monroeville bist?«

»Er hat gemeint, dass er mich auf meinem Handy angerufen hat und ich ihm gesagt habe, wo ich bin, aber daran kann ich mich nicht mehr erinnern.«

»Könnte jemand anderes das Gespräch angenommen haben?«

Mica setzte zu einem Kopfschütteln an, sah dann jedoch über den Tisch hinweg zu Justine. »*Du* warst das. Du bist an mein Handy gegangen und hast so getan, als seist du ich, nicht wahr?«

Justine brach die Zigarette entzwei. »Und?«

Regina machte den Mund wieder zu – sie hatte angenommen, dass Justine in der Nähe des Hauses hatte bleiben wollen, weil sie Angst vor dieser Crane hatte, die sie verfolgte.

Mica beugte sich vor. »Du Hexe. Und ich mach mir noch Sorgen um dich, als ich Dean gestern Abend in deinem Zimmer gehört habe.«

Justine stieß ein verächtliches Schnauben aus. »Ach was, du bist doch nur hereingeplatzt, weil du eifersüchtig warst.«

»Schluss jetzt«, fuhr Regina dazwischen. »Lasst den Sheriff weitermachen.«

Der nahm gerade einen weiteren Schluck. »Justine, du warst allein zu Hause, als Haviland gegen fünfzehn Uhr eingetroffen ist.«

Sie nickte. »Aber die anderen sind kurz darauf gekommen.«

»Was ist dann passiert?«

»Mica und Dean hatten eine Auseinandersetzung. Anscheinend hat er von ihrem Agenten erfahren, dass er in Zukunft vom Set verbannt ist. Er hat versucht, Mica zu überzeugen, dass sie für ihn Partei ergreift. Sie hat ihm entgegnet, dass sie die geschäftliche Zusammenarbeit mit ihm beenden und ihn verlassen wird.«

»Und wie hat er darauf reagiert?«

»Er sagte, das würde er nicht zulassen.«

Mica starrte zu ihr herüber.

Reginas Herz zog sich zusammen, als sie die feindlichen Blicke zwischen den beiden bemerkte.

»Justine, als euer Vater dazukam, ist da zwischen ihm und Dean ein Wort gefallen?«

Justine zögerte kurz. »Ja. Daddy hat Dean vorgeworfen, die Familie zerstört zu haben, und Dean hat ihn daraufhin als Säufer bezeichnet.«

»Hat euer Vater Dean gedroht?«

Erneut ein kurzes Zögern.

»Hat euer Vater Dean damit gedroht ...«, er warf einen kurzen Blick auf die Akten, »dass er es bereuen würde, wenn er sich nicht fern halten würde?«

»Ja.«

»Und danach ist Dean gegangen?«

»Ja.«

»Aber er ist wiedergekommen?«

Sie seufzte. »Richtig.«

»Wie spät war es da?«

»Gegen zehn.«

»Er ist an dem Spalier hochgeklettert und durch das Fenster in dein Zimmer gestiegen.«

»Richtig.«

»Hattest du Geschlechtsverkehr mit ihm?«

»Nein.«

»Hattest du Drogen genommen?«

»Nein.«

»Die Beamten haben auf dem Boden in deinem Zimmer ein paar Tabletten gefunden – was waren das für welche?«

»Keine Ahnung – Dean wollte, dass ich sie nehme, aber ich habe mich geweigert.«

»Was hat er dir gesagt, wofür die Tabletten sind?«

Sie bohrte die Zunge in die Wange. »Um die Muskeln zu entspannen.«

»Hat Dean Drogen genommen?«

»Fragen Sie Mica – die hat doch eine ganze Handtasche voller Tabletten.«

Mica schnaubte. »Und was ist mit den Muskatdöschen in der Schublade deiner Frisierkommode?«

Justine sah sie böse an. »Halt die Klappe, oder ich erzähle jedem, was für ein Wrack du bist und dass es dir ganz gut in den Kram passt, Dean jetzt los zu sein.«

Regina erhob sich und stützte sich mit den Händen auf dem Tisch ab. »Sofort aufhören, und zwar beide. Verhaltet euch gefälligst wie erwachsene Menschen, bis wir das hinter uns haben.«

Der Sheriff musterte die Schwestern und leerte seine Dose. »Mica, hat Dean Drogen genommen?«

»Hin und wieder Aufputschmittel und ab und zu einen Joint. Das Zeug kriegt man an jeder Straßenecke.«

»Und was ist mit deinen Pillen?«

»Die habe ich verschrieben bekommen. Schmerztabletten für meinen Nacken und Rücken und Antibiotika wegen ... einer Infektion.«

»Genauer gesagt eine Geschlechtskrankheit«, fügte Justine hämisch hinzu. »Und vergiss nicht die Antidepressiva.«

»Immerhin mische ich mir nicht selbst was zusammen, Miss Gewürzregal.«

Regina knirschte mit den Zähnen – ihren Schwestern war es offenbar zu langweilig, ihre Differenzen unter vier Augen zu klären. »Wovon redest du, Mica?«

»Justine nimmt Muskat, um high zu werden.«

Regina runzelte die Stirn. »Ist das überhaupt möglich?«

»Ein alter Hippietrick«, erklärte Mitchell. »Billig, legal und im Körper nicht nachweisbar.«

»Du stellst mich hin, als hätte ich ein Drogenproblem«, giftete Justine Mica an. »Wie ich mich in meiner Freizeit entspanne, ist hier unerheblich.«

»Das habe ich zu beurteilen«, entgegnete der Sheriff. »Justine, du hast eben gesagt, dass du dich geweigert hast, die Tabletten zu nehmen, die Dean dir angeboten hat.«

Justine atmete laut aus. »Ja, und gleich darauf ist Mica hereingeplatzt.«

»Und sie hat dir gesagt, dass Haviland eine Geschlechtskrankheit hat?«

»Ja.«

»Und dann hast du einen Revolver Kaliber achtunddreißig unter deiner Matratze hervorgezogen und auf ihn geschossen. Das nennt man versuchten Mord.«

Justine schnaubte. »Ich wollte ihn nicht umbringen, sondern ihm bloß Angst einjagen. Deswegen habe ich ja in die Decke geschossen.«

Er blätterte zu einem anderen Bericht und fuhr mit dem Finger über den Text. »Laut Micas Aussage hast du wörtlich zu Dean gesagt ›Ich könnte dich umbringen‹ und dann die Waffe hervorgezogen. Sie hat angegeben, dass du auf Dean gezielt hast und sie versucht hat, dir die Waffe abzunehmen.«

Justine starrte Mica an. »Ja, das stimmt, aber wie ich schon gesagt habe, ich hatte nicht vor, ihn umzubringen.«

»Was ist danach mit der Waffe geschehen?«

»Ich habe sie an mich genommen«, sagte Mitchell. »Die Trommel war leer. Ich habe sie unten in der Diele auf dem Tisch abgelegt.«

»Sind Sie im Haus geblieben, um Ihre Arbeit als Gutachter wieder aufzunehmen, Mr. Cooke?«

»Nein. Nachdem Haviland gegangen war, habe ich mit der Familie ein Gespräch über die Folgen einer Zeugenaussage bei der Anhörung von Bracken geführt.«

Der Sheriff stieß ein Grunzen aus. »Ach ja, richtig – Sie sind ja nicht praktizierender Anwalt, und Ihr Bruder vertritt diesen Dreckskerl Bracken, der mir und meinen Männern eine absurde Verschwörung anhängen will. Die Welt ist doch verflucht klein, nicht wahr?«

Mitchell runzelte die Stirn. »Wie bereits gesagt, ich habe beim Abendessen mit den Metcalfs über ...«

»Mit der gesamten Familie?«

»Nein. Justine ist gegen halb fünf nach oben gegangen, und ich habe sie erst wiedergesehen, als der Schuss gefallen ist.«

»Sie haben nicht gewusst, dass Haviland im Haus war?«

»Nein.«

»Die anderen auch nicht?«

Regina schüttelte den Kopf und sah zu Mica.

»Erst, als ich seine Stimme durch die Tür vom Bad gehört habe, das zwischen meinem und Justines Zimmer liegt.«

»Dann hat Mr. Cooke also die Waffe auf dem Tisch in der Diele abgelegt, und seither hat sie keiner mehr gesehen?«

Alle schüttelten den Kopf.

»Woher hast du die Waffe, Justine?«

»Von einem Pfandhaus in Shively. Dort habe ich sie mir letzte Woche besorgt.«

»Und wozu?«

»Um mich zu schützen. Ich hatte Grund zu der Annahme, dass ich gefährdet bin.«

»Ach ja, die rachsüchtige Ehefrau. Ich habe den Anruf von Officer Lando aus Shively entgegengenommen, in dem er mich vorgewarnt hat, dass diese Crane eventuell hier auftauchen könnte. Mann, Mann, ihr Metcalf-Schwestern macht meinen Männern ganz schön Arbeit.« Er schenkte ihnen ein trockenes

Lächeln. »Und dabei haben wir uns noch gar nicht mit der Bracken-Sache befasst.«

Regina schloss die Augen.

»Aber alles der Reihe nach. Justine, abgesehen davon, dass deine Waffe verschwunden ist, fehlen auch zwei Patronen aus der Munitionsschachtel, die wir in deinem Zimmer entdeckt haben. Eine steckte in der Decke – die wir übrigens mit der in Havilands Herz vergleichen werden –, und Mr. Cooke hat soeben erwähnt, dass die Waffe ungeladen war, als er sie auf dem Tisch abgelegt hat.« Er legte die Fingerspitzen aneinander. »Wo ist dann die andere Kugel?«

Justine errötete. »Ich habe versehentlich in meinen Kofferraum geschossen, in einen Sack mit Steinsalz.«

Er notierte sich etwas. »Dann werden wir sie da wohl finden.«

»Nein. Da mein ganzer Kofferraum verdreckt war, habe ich auf der Fahrt hierher einen Zwischenstopp eingelegt, um ihn sauber zu machen, und habe den Sack weggeworfen.«

»Gibt es dafür Zeugen?«

»Nein.«

»Hätt ich mir denken können.« Er schrieb wieder etwas auf. »Dean hat vor einigen Jahren die Hochzeit mit dir platzen lassen, nicht wahr, Justine?«

Sie nickte.

»Erzähl mir von dem Schrank, in dem sein Leichnam war.«

Sie lehnte sich auf dem Stuhl zurück. »Meine Schwestern und ich haben den Schrank als Hochzeitsgeschenk für mich und Dean restauriert.«

»Und du – so steht es hier – hast ihm an deinem Hochzeitstag mit einer Axt den Garaus gemacht.«

»Das stammt nicht von mir.«

»Nein, das stammt von meinem Sohn Pete – er war damals bei der Hochzeit gewesen.«

Justine hob die Schultern. »Ich war wegen Mica und Dean außer mir gewesen, und mit dem Hochzeitsgeschenk habe ich nichts mehr anfangen können, das leuchtet doch ein, oder?«

Er kratzte sich an der Schläfe. »Aber es ist schon ein merkwürdiger Zufall, dass der Leichnam ausgerechnet in diesem Schrank war, nicht wahr?«

Justine winkte ab. »Dazu kann ich nichts sagen.«

Er musterte sie zweifelnd. »Tja, ihr drei werdet euch einem Lügendetektortest unterziehen müssen. Und auch einem Ballistiktest, wegen eventueller Schmauchspuren.«

Regina zitterte innerlich.

Jetzt richtete der Sheriff seine Aufmerksamkeit auf Mitchell. »Sie arbeiten also für John und Cissy?«

»Ja. Ich begutachte das Ladeninventar und auch das Mobiliar im Haus, das versteigert werden soll.«

Sheriff Shadowen räusperte sich verlegen. »Cissy hat angegeben, dass sie sich in einer finanziellen Notlage befinden. Und dass sie und John sich trennen wollen. So etwas kann einem Mann ganz schön zusetzen, sodass ihm vielleicht sogar die Sicherungen durchbrennen.«

Regina unterdrückte aufsteigende Tränen – wie schlimm die Beweislage auch immer sein mochte, sie konnte sich unmöglich vorstellen, dass ihr Vater auf Dean geschossen hatte.

»Ist euch denn an Johns Verhalten etwas merkwürdig erschienen, seit ihr hier seid?«

Da sie die Einzige war, die ihn in letzter Zeit ab und zu gesehen hatte, antwortete sie. »Er ist ziemlich still gewesen, aber das war er schon immer. Und er trinkt zurzeit.«

Shadowen sah Mitchell an. »Hat John irgendetwas Ungewöhnliches gesagt, als Sie zwei gestern Abend zum Laden zurückgegangen sind?«

»Nein, er hat kaum gesprochen.«

»Haben Sie eigentlich gesehen, dass Haviland das Grundstück tatsächlich verlassen hat?«

»Ja, und zwar zu Fuß. Er hat den Trampelpfad zum Laden genommen – vermutlich hat er dort seinen Wagen geparkt, um sich unbemerkt dem Haus nähern zu können.«

»Wie viel später haben Sie und John sich auf den Weg gemacht, nachdem Haviland gegangen war?«

»Ungefähr eine halbe Stunde später.«

»Aber Havilands Wagen stand nicht mehr vor dem Laden, als Sie dort eingetroffen sind?«

»Nein. Sheriff, Dean Haviland war doch hier aus der Gegend, nicht wahr?«

»Ja, er ist hier aufgewachsen.«

»Besteht vielleicht die Möglichkeit, dass er noch eine offene Rechnung mit einem ehemaligen Kumpel oder einem Verwandten hatte?«

Die Augen des Sheriffs wurden schmal. »Ich stelle hier die Fragen, Freundchen. Ihr Anwälte seid ja bekanntlich richtige Rechtsverdreher, aber nach meiner Erfahrung ist die nahe liegendste Lösung meistens die richtige. Demnach hat John Metcalf Haviland erschossen, weil der seine Töchter nicht in Ruhe ließ, und ist danach untergetaucht. Liegt doch auf der Hand.« Am Kinn des Sheriffs zuckte ein Muskel. »Genau wie Elmore Bracken der Mörder von Lyla Gilbert ist.«

Mitchell setzte bereits zu einer Antwort an, doch Regina warf ihm einen warnenden Blick zu.

In diesem Moment steckte Deputy Pete den Kopf durch die Tür. »Sheriff, wir haben Havilands Wagen ungefähr eine Meile vom Laden entfernt gefunden, direkt an der Straße zwischen den Bäumen. Die Schlüssel lagen auf dem Sitz, und sämtliche Fingerabdrücke sind abgewischt worden.«

Der Sheriff brummte. »Vermutlich hat ihn John Metcalf dort abgestellt und ist anschließend zu Fuß zum Laden zurück, um mit seinem eigenen Wagen abzuhauen. Hat die Fahndung schon was ergeben?«

»Noch nicht.«

»Tja, komm doch mal rein. Wir können genauso gut jetzt über den Bracken-Fall sprechen.«

Es sollte also noch schlimmer kommen.

Pete nahm auf einem Stuhl neben seinem Vater Platz. Er nickte Regina kurz zu, die ebenfalls nickte. Offenbar beunruhigte ihn die Situation, da er die Hände nicht stillhalten konnte und ständig an dem Tisch kratzte und darauf herumtrommelte. Der Zahnstocher in seinem Mund wackelte unablässig hin und her.

Der Sheriff sah Mitchell durchdringend an. »Sie können jetzt gehen.«

Mitchell verschränkte die Arme. »Ich vertrete Regina rechtlich in dieser Angelegenheit. Daher halte ich es für besser, wenn ich bleibe.«

Der Sheriff sah Regina fragend an, die beklommen nickte.

»Also schön, Cooke, aber halten Sie den Mund.« Dann bedachte er jede der drei Schwestern mit einem Blick, der offene Geringschätzung ausdrückte. »Ihr habt einen großen Fehler begangen, weil ihr euch nicht an mich gewendet habt – sowohl damals als auch heute. Und nun haben wir den Salat. Wie kommt ihr dazu, mit einem Mal zu behaupten, dass die Mordwaffe ein alter Brieföffner war, den ich einmal bei einem gottverdammten Pokerspiel gewonnen habe? Habt ihr eine Ahnung, wie das nach außen hin klingt?«

Nicht besonders gut, wie Regina sich eingestehen musste, aber da er ja offensichtlich so gut informiert war, hielt sie den Mund.

Er schmetterte seine stämmige Faust auf den Tisch. »Diese beschissenen Rechtsverdreher werden jetzt nicht locker lassen, bis sie diesen Drecksmörder herausgepaukt haben. Wir haben vor zwanzig Jahren schon den Richtigen erwischt. Wenn die Sache wieder hochgekocht wird, schadet ihr euch damit nur selbst, genau wie eurem Onkel, meinem Revier und dem Andenken an eure geschätzte Tante.«

»Unsere geschätzte Tante war eine Hure«, bemerkte Justine.

»Justine«, ermahnte Regina sie.

»Ist doch wahr«, rechtfertigte sich Justine. »Das war doch stadtbekannt. Sogar ein paar Jungs von der High School haben sie flachgelegt, stimmt's, Pete?«

Pete lief rot an, senkte den Kopf und kratzte sich verlegen am Knöchel. »Es gab schon ein paar Gerüchte, mein ich.«

Justine zog eine Augenbraue hoch. »Ach, du hast doch selbst noch die Gerüchteküche geschürt, wenn ich mich nicht irre, Pete.«

Regina spürte, wie ihre Augen hervortraten – sie hatte zwar damals nichts von dem Klatsch mitbekommen, aber sie und Justine hatten an der High School auch in unterschiedlichen Kreisen verkehrt.

Petes Gesichtsfarbe wechselte von Rot zu Weiß. »Du spielst wohl auf Dean an, nicht wahr, Justine? Über die beiden wurde nämlich am meisten getuschelt.«

Reginas Augen weiteten sich noch mehr – Dean und Lyla?

»Halt dich zurück, mein Junge«, fuhr der Sheriff ihn an. »Inwiefern spielt das denn überhaupt eine Rolle? Im Moment geht es ausschließlich darum, dass wir uns damals den Arsch aufgerissen haben, um Bracken zu überführen, und dass der jetzt dank euch vielleicht wieder freikommt.«

»Moment mal«, schaltete sich Mitchell ein. »Bei der Anhörung soll lediglich entschieden werden, ob der Prozess wieder aufgerollt wird, und nicht, ob Elmore Bracken freikommt. Wenn Sie damals bei dem Mordfall Gilbert gründlich ermittelt haben, brauchen Sie sich auch keine Sorgen zu machen, Sheriff.«

Der Sheriff zeigte drohend mit dem Finger auf ihn. »Ich habe Ihnen doch gesagt, Sie sollen den Mund halten.«

»Ich lasse mir von Ihnen nichts sagen, sondern nur von meiner Mandantin.«

Bevor der alte Shadowen an die Decke gehen konnte, schaltete Regina sich ein. »Sheriff, wir wissen zwar immer noch nicht, wer den anonymen Hinweis abgegeben hat, aber ...«

»Ich glaube, das war Dean«, sagte Mica.

Sämtliche Augen wandten sich ihr zu.

»Wie bitte?«, meinten alle im selben Atemzug.

Mica schlug die Hände vors Gesicht und seufzte. »Vor ein paar Wochen habe ich ihm anvertraut, dass wir damals den Mord beobachtet haben. Das war dumm von mir, ich weiß, aber ich habe gedacht, dass es nach so langer Zeit keine Rolle mehr spielt.«

»Idiotin«, zischte Justine ihr zu und sah dann Regina an. »Offenbar habt ihr zwei es mit dem Schwur nicht allzu genau genommen, wie?«

Ein Schwur unter Schwestern. Regina biss sich auf die Zungenspitze. Jetzt war alles heraus.

»Dann nimmst du also an«, sagte der Sheriff, »dass Dean von einem öffentlichen Telefon aus den Anruf getätigt hat, als er in der Stadt war.«

»Aber warum?«, meinte Regina.

»Um uns allen eins auszuwischen«, erwiderte Justine. »Das sieht Dean doch ähnlich. Bestimmt hat das Arschloch auf eine Belohnung spekuliert.«

Zerknirscht sah Regina zu Mitchell hinüber, weil sie ihn anfangs verdächtigt hatte. Er begnügte sich mit einem ironischen Lächeln. Sie seufzte laut. »Na schön, das lässt sich jetzt auch nicht mehr rückgängig machen. Konzentrieren wir uns also lieber auf das Weitere. Sheriff, haben Sie schon etwas wegen der Internet-Auktion in Erfahrung gebracht?«

»Nein. Es kann wohl bis zu einem Monat dauern, bevor wir von denen eine Auskunft bekommen.«

»Dann wird die Anhörung schon gelaufen sein.«

»Irrtum«, entgegnete der Sheriff und zog ein Fax hervor. »Die Anhörung wurde vertagt, um diesen Blutsaugern von Anwälten mehr Zeit einzuräumen, damit sie sich noch weitere Märchengeschichten aus den Fingern saugen können. Ich gratuliere euch, meine Damen, ihr seid nun gleich in zwei Mordfälle verwickelt.«

ZWEIUNDZWANZIG

*Haben Sie den Mut, Menschen, die Ihnen
nicht wohlgesonnen sind, aus Ihrem Leben zu verbannen.*

Im Dunkeln lag Justine im Bett und rauchte eine Zigarette. Mittlerweile waren ihre Tränen versiegt. Es war zum Verrücktwerden, wie sich die Welt innerhalb von vierundzwanzig Stunden verändern konnte. Von den beiden Männern, die sie jemals aufrichtig geliebt hatte, war der eine, die Liebe ihres Lebens, tot und der andere, ihr Vater, vermutlich auf der Flucht. Und es war allein ihre Schuld, dass Dean zurückgekommen war, nur weil sie die alten Dämonen hatte vertreiben wollen.

Sie streifte die Asche in einer kleinen Schale ab, die auf ihrem Brustkorb lag. Sie hätte niemals hierher kommen dürfen. Monroeville übte eine Art schlechtes Karma auf sie aus, das sie jedes Mal unweigerlich in seinen Strudel hineinzog, sobald sie die Stadtgrenze überschritten hatte. Noch vergangene Nacht war Dean mit ihr zusammen gewesen, warm und lebendig, und beinahe hätte er mit ihr geschlafen. Jetzt würden all ihre schönen Erinnerungen überschattet werden von dem Anblick seines erschlafften Mundes, der einst schön gewesen war, seiner schwarzen Augen, die, früher feurig, nun ohne Ausdruck waren, und seiner blutverschmierten Kleidung, die er mit so viel Geschmack ausgesucht hatte. Sie schloss die Augen, wurde aber das Bild seines Leichnams nicht los.

Der Geruch von Blut, die Schlaffheit seines Körpers, die leblose Steifheit seiner Glieder.

In diesem Moment klingelte ihr Handy, und sie warf einen Blick auf das Display. Lando. Seltsamerweise hob sich ihre Stimmung augenblicklich, und sie nahm das Gespräch an. »Hallo.«

»Hier ist Lando.«

»Hoffentlich haben Sie erfreuliche Neuigkeiten.«

»Die Pirats haben gestern Abend auswärts gewonnen.«

»Da müssen Sie sich schon was Besseres einfallen lassen.«

»Tut mir Leid. Es gibt nichts Neues.«

Gott, wäre doch wenigstens einer dieser Albträume vorüber. »Allmählich verliere ich den Glauben an die Polizei, wenn die nicht einmal fähig ist, eine bewaffnete Hausfrau dingfest zu machen.«

Er stieß ein betretenes Räuspern aus. »Wir gehen davon aus, dass sie irgendwo untergetaucht ist und – ach, egal.«

Sie schloss die Augen. »Und dass sie sich umgebracht hat?«

»Das nicht gerade«, erwiderte er wenig überzeugend. »Ziehen Sie jetzt keine voreiligen Schlüsse. Wie läuft's in der Provinz?«

Sie nahm einen Zug von der Zigarette und stieß den Rauch wieder aus. »Längst nicht so beschaulich, wie Sie vielleicht denken.«

»Aha?«

»Ich stecke in Schwierigkeiten, Lando.«

»Wie kann ich Ihnen helfen?«

Sagen Sie mir, wie man einen Lügendetektor austrickst. »Sagen Sie mir, dass sich alles wieder einrenken wird.«

»Es wird sich alles wieder einrenken.«

Sie musste lächeln. »Und, warum rufen Sie an?«

»Ich habe mich gefragt, ob ich mich während Ihrer Abwesenheit vielleicht um Ihr Haus kümmern soll, beispielsweise die Pflanzen gießen.«

»Ich besitze nur künstliche Pflanzen.«

»Oh. Vermutlich auch keine Haustiere, nehme ich an.«

»Richtig geraten.«

»Hm. Haben Sie etwas gegen Lebewesen?«

»Nur gegen solche, die auf mich angewiesen sind.«

»Aha, die Lage ist also nicht ganz hoffnungslos. Sie sollten ganz langsam anfangen, vielleicht mit einer Aloe. Diese Pflanzen sind nämlich äußerst zäh.« Im Hintergrund erklang ein Piepton. »Hören Sie, ich muss wieder los. Geben Sie auf sich Acht.«

»Ich versuche mein Bestes.«

Nachdem sie aufgelegt hatte, stiegen ihr dummerweise erneut die Tränen hoch. Und die Wut. Ihr Blick wanderte zu der Kommode, in der sie den Muskat versteckt hatte. Einerseits würde sie nichts lieber tun, als dieses Elend für ein paar Stunden zu vergessen, andererseits sträubte sie sich allein aus Prinzip dagegen – Mica hatte sie nämlich als süchtig dargestellt, was schlichtweg lächerlich war. Sie sah zu der Badtür und knirschte mit den Zähnen. Sie musste sich korrigieren: Dieses ganze Chaos war nicht ihre Schuld, bei Gott, sondern Micas.

Mica. Welch eine Ironie des Schicksals, dass sie, Justine, damals völlig aus dem Häuschen gewesen war, als John und Cissy das zappelnde Baby vom Krankenhaus mit nach Hause gebracht hatten. Mit ihren fünf Jahren hatte sie damals nicht vorhersehen können, dass dieses zarte Geschöpf mit dem dichten schwarzen Flaum auf dem Kopf ihr später einmal so viel Kummer und Probleme bereiten würde. Unabhängig davon, wer den tödlichen Schuss auf Dean abgefeuert hatte, trug Mica eine Mitschuld an den Ereignissen, die sie bereits vor Jahren in Gang gesetzt hatte. Und während der Befragung hatte diese kleine Hexe nichts unversucht gelassen, um sie in ein schlechtes Licht zu rücken.

Sie drückte die Zigarette aus, stellte den Aschenbecher auf den Nachttisch und richtete sich auf. Mica war wie üblich die lachende Dritte. Sie hatte sich Dean geangelt, als sie ihn gewollt hatte, hatte ihn für ihre Karriere vor ihren Karren gespannt und ihn schließlich abserviert, nachdem er lästig geworden war. Und jetzt würde sie nach LA zurückgehen und sich ihrem neuen Lo-

ver, der zugleich ihr Agent war, und ihrem Leben in Saus und
Braus widmen. Vermutlich würde sie Dean keine einzige Träne
nachweinen.

*»Man kann nicht einfach ständig irgendwelche Ehen zerstören in
dem Glauben, ungeschoren davonzukommen!«*

Wut kochte in ihr hoch. Mica war ihr ganzes Leben lang immer davongekommen. Es war höchste Zeit, dass sie endlich einmal für ihre Taten bezahlte.

Justine ging zu der Badtür und öffnete sie leise. Im trüben
Schein eines Nachtlichts nahm sie sich ihren Kulturbeutel vor
und wühlte darin herum, bis sie fand, was sie gesucht hatte. Sie
nahm den Gegenstand heraus und betrachtete ihn lächelnd.

Große, massive, scharfe ... Scherenklingen.

Sie umfasste den Knauf der Tür, die zu Micas Zimmer führte,
und drehte ihn lautlos herum.

DREIUNDZWANZIG

Probieren Sie nach einer Trennung eine neue Frisur aus.

Verstört schlug Mica die Augen auf, und erleichtert nahm sie das Tageslicht zur Kenntnis, das in ihr Zimmer drang. Aber ihre Erleichterung darüber, die quälenden, dunklen Stunden überstanden zu haben, wich unmittelbar einer großen Traurigkeit, als ihr Erinnerungsvermögen einsetzte: Dean war tot.

Sofort traten ihr wieder Tränen in die Augen, die bereits rot geschwollen waren. Sie konnte den Gedanken einfach nicht ertragen, dass seine Überreste bald in einer kleinen Urne im Bestattungsinstitut Williams enden würden. Etwas Besseres war ihr nicht eingefallen – schließlich hatte Dean keine Verwandten, und ein richtiges Begräbnis konnte sie sich nicht leisten. Zudem hatten sie nie eine Versicherung abgeschlossen. Deshalb war das Krematorium die günstigste Alternative, auch wenn sie Tate Williams in dem Glauben gelassen hatte, dass dies Deans Wunsch entsprochen hätte – wie in Hollywood so üblich. Nach Tates Kenntnis hatte bislang niemand in Monroeville jemals eine Feuerbestattung gehabt, und da er kein Krematorium hatte, war er gezwungen, Dean nach der Autopsie nach Boonton zu verschiffen und anschließend seine Asche wieder zurücküberführen zu lassen, aber bis morgen Abend würden sie »weitersehen«. Ihr war vorher nicht klar gewesen, dass die Urne nicht in einem für sie finanzierbaren Grab beigesetzt werden konnte, wie sie ursprünglich gehofft hatte, und da sie nicht das Geld für einen Platz in der Gruft hatte, war sie mit Tate so verblieben, dass sie die Urne an sich nehmen würde.

Sie rollte sich auf die Seite und drehte gedankenverloren das Ende ihres schwarzen Zopfes um die Finger. Tränen kullerten ihr über die Wangen und tropften auf das Kissen. Dean war tot, und ihr Vater war verschwunden; wahrscheinlich versteckte er sich vor der Polizei. Sie war hin und her gerissen – einerseits trauerte sie um Dean, andererseits war ihr der Gedanke unerträglich, dass ihr Vater für den Mord an ihm im Gefängnis landen würde. Die würden doch einen alten Mann bestimmt nicht mehr hinter Gitter stecken, oder etwa doch? Denn er hatte das Verbrechen doch nur begangen, um seine Töchter zu schützen. Sahen die anderen denn nicht, dass Dean es förmlich herausgefordert hatte, indem er das Leben anderer Menschen völlig auf den Kopf gestellt, Beziehungen zerstört und Menschen wie heiße Kartoffeln hatte fallen lassen, wenn sie ihm nicht mehr nützlich waren?

Mica schloss die Augen. Sie musste unbedingt Everett anrufen, um ihn über Deans Tod zu verständigen und ihn auf einen möglichen Skandal vorzubereiten. Dabei könnte sie auch klären, wie schnell er ihr wieder einen Auftrag verschaffen konnte, auch wenn ihre Gesundheit noch zu wünschen übrig ließ. Vor ihrer Rückkehr nach LA müsste sie jedoch noch diesen Lügendetektortest in Zusammenhang mit dem Mord an Dean hinter sich bringen. Zum Glück hatte sie einmal in einem Film gesehen, dass man mit einer Reißzwecke im Schuh die Auswertungen des Geräts beeinflussen konnte. Das würde sie in Kauf nehmen, wenn sie dadurch nicht gerade verbluten müsste.

Dann war da noch die Sache mit dem Bracken-Fall, die ihr weitere schlechte Publicity einbringen würde, genau wie Onkel Lawrence. Neues Starmodel, Ménage à trois, spektakulärer Mordfall, verwandt mit hohem Politiker, Familientragödie, Vater verschwunden, eifersüchtige Schwester, psychisch labile Mutter. Lauter Zutaten für einen Skandal allererster Güte.

Sie fragte sich, wie Justine es trug – schließlich hatte sich gezeigt, dass sie nie aufgehört hatte, Dean zu lieben. Der Anblick ihrer Schwester in ihrem Hochzeitskleid vorgestern Abend, mit den Ringen an den Fingern, die niemals ausgetauscht worden waren, hatte Mica zutiefst erschüttert. In den vergangenen Jahren hatte sie sich Justine immer nur als erfolgreiche Karrierefrau vorgestellt, die ausschließlich mit mächtigen Männern verkehrte und der man von allen Seiten hohen Respekt zollte, sodass sie gar keine Zeit hatte, sich über die Vergangenheit zu grämen. Zwar hatte sie damit gerechnet, dass Justine es ihr nach wie vor zutiefst übel nahm, dass sie damals zusammen mit Dean abgehauen war, aber nicht damit, dass Justines Gefühle für Dean nach wie vor so stark waren.

Bevor Dean am Dienstag auf der Bildfläche erschienen war, hatten zwischen ihr und Justine wieder erste Annäherungsversuche stattgefunden. Für heute nahm sie sich vor, sich besonders anzustrengen, um sich wieder mit ihr zu versöhnen. Schließlich könnten sie zumindest gemeinsam dem Trauergottesdienst beiwohnen, gemeinsam trauern. Außerdem würden sie ihre Kräfte bündeln müssen, um John und Cissy in nächster Zeit eine Stütze zu sein, was immer auch kommen mochte. Vielleicht würde die Trauer auch etwas Gutes haben – vielleicht könnten sie dadurch zu ihrem früheren schwesterlichen Verhältnis zurückfinden.

Seufzend richtete sie sich auf, mit matten Gliedern von den Schmerztabletten, die sie gestern Nacht eingenommen hatte. Dennoch schlagen die Medikamente besser an als sonst, dachte sie, während sie den Kopf kreisen ließ und die Muskeln dehnte. Der chronische Schmerz im Nacken hatte deutlich nachgelassen. Vielleicht lag es auch daran, dass sie momentan mehr schlief als sonst. Oder an den zusätzlichen Kalorien, die sie zu sich genommen hatte. Oder vielleicht hatte die Infektion sich auf andere Bereiche des Körpers verlagert und heilte jetzt aus.

Sie griff nach ihrer Handtasche und nahm das Handy heraus. Auch wenn es an der Westküste noch früh am Morgen war, wollte sie den Anruf schnell hinter sich bringen. Außerdem hatte Everett gesagt, sie könne jederzeit anrufen, Tag und Nacht. Als das Klingeln ertönte, räusperte sie sich und nahm sich vor, mit fester und entschlossener Stimme zu sprechen – er sollte den Eindruck haben, dass sie gesund und arbeitsfähig war.

»Hallo?«

Seine Stimme wirkte so tröstlich, dass sie sich wünschte, sie hätte ihn früher angerufen. »Everett, hier ist Mica.«

»Mica, wie geht's dir? Wo bist du?«

»Mir geht's gut. Ich bin in meinem Elternhaus in North Carolina. Leider muss ich dir etwas Unerfreuliches mitteilen.« Aus Gewohnheit griff sie in den Nacken, um ihn zu massieren, wobei sie erneut erstaunt feststellte, dass er sich kaum noch verspannt anfühlte. Und so ... *kühl?*

»Mica?«

Panik und Verwirrung übermannten sie, als sie ins Leere griff, wo vorher Haare gewesen waren. Ruckartig fuhr sie herum und erstarrte bei dem entsetzlichen Anblick in ihrem Bett. Ein langer, abgetrennter schwarzer Zopf lag dort, der deutlich von dem weißen Kissen abstach.

»Mica?«

Sie bekam einen Schreikrampf.

VIERUNDZWANZIG

*Unterschätzen Sie nicht den therapeutischen Wert,
jemandem die Schuld geben zu können.*

Regina stand in der Küche, an einer Tasse mit viel Sahne und wenig Kaffee nippend, und wartete darauf, dass das Brot aus dem Toaster sprang. Sie wollte Cissy das Frühstück ans Bett bringen, die über Johns Verschwinden derart betrübt war, dass sie nicht aufstehen wollte. Regina wusste, wie ihrer Mutter zu Mute war – als ginge es von nun an nur noch bergab.

In diesem Moment vernahm sie ein Geräusch auf der Seitenveranda, sodass ihr Herz einen Satz machte. John? Sie stellte sich an die Tür und entdeckte ein wenig enttäuscht, dass Justine draußen auf einem Schaukelstuhl saß, die Beine hochgezogen. Als sie die Tür öffnete, fuhr ihre Schwester zusammen.

»Du bist aber früh auf.«

Justine hob eine halb gerauchte Zigarette an die Lippen. »Konnte nicht schlafen.«

»Dann haben wir ja was gemeinsam. Ich habe Kaffee gekocht – möchtest du auch einen?«

»Gern.«

Sie legte den Toast erst einmal auf die Seite und füllte eine weitere Tasse mit dem schwarzen Gebräu. Mit beiden Tassen ging sie nach draußen und setzte sich auf einen Stuhl gegenüber von Justine. Zwei Vögel zwitscherten sich von einem Baum zum anderen zu.

Komm rüber.

Nein, komm du rüber.

Nein, komm du doch rüber.

Typisch Männchen und Weibchen.

Ein sanfter Wind kam auf und erweckte den neuen Tag zum Leben. Die Natur hatte den gestrigen Tag bereits wieder vergessen. Wenn Menschen das doch auch nur könnten.

Nachdem sie eine kurze Weile schweigend an ihrer Tasse genippt hatte, seufzte sie auf. »Justine, ich habe nie mit Dean geschlafen.«

»Als würde mich das kratzen.« Ihre Stimme klang sonor.

»Aber mich kratzt das schon, und ich möchte, dass du die Wahrheit erfährst. Es ist zwei Jahre vor eurer geplanten Hochzeit passiert, und außer einem Kuss ist nichts gelaufen.«

Justines Wangen fielen ein, während sie an der Zigarette zog. »Aber wenn es nach ihm gegangen wäre, hätte er mit dir geschlafen.«

Nach kurzem Schweigen sagte sie: »Es tut mir Leid, Justine, dass ich es dir damals nicht erzählt habe, dich nicht vorgewarnt habe. Ich habe mich richtig dafür geschämt, und ich wollte dir nicht wehtun.«

»Lass gut sein, Regina. Ich weiß, dass Dean allein dafür verantwortlich war – im Gegensatz zu ihm wärst du zu so was nie fähig.«

Wieso klangen diese Worte nicht wie ein richtiges Kompliment?

»Hast du das schon gesehen?« Justine hob die Tageszeitung von Asheville auf – die Wochenzeitung von Monroeville erschien immer erst am Montag – und reichte sie ihr. »Eine Sonderausgabe über die Metcalfs.«

Die Titelseite widmete sich ausschließlich dem Mord an Dean, von dem auch ein Foto abgedruckt war, offensichtlich das einzige, dass der Reporter hatte auftreiben können. Es war eine Aufnahme aus dem High-School-Jahrbuch, bevor Dean von der Schule geflogen war. Auf dem Foto konnte er höchstens fünfzehn sein – ein gut aussehender, cooler Typ, mit herausfordernden schwarzen Augen. Hinterhältige Augen, wie sie fand. Ein weiteres Foto zeigte die Hinteransicht des Antiquitätenladens, der mit Polizeiband abgesperrt war. Zudem war ein Zitat des kleinen Kerls von dem Sperrmüllwagen optisch hervorgehoben, und ein extra Kasten war dem hiesigen Geschäftsmann John Metcalf gewidmet, der laut Text seit dem Fund der Leiche als vermisst und zudem als Hauptverdächtiger galt.

In einer Extraspalte wurde darauf hingewiesen, es sei ein »makabrer Zufall«, dass die drei erwachsenen Töchter von John Metcalf, darunter Mica Metcalf, das berühmte Tara Hair Girl, zugegeben hätten, vor zwanzig Jahren Zeugen des Mordes an der Ehefrau des Abgeordneten Lawrence Gilbert gewesen zu sein. Und das ausgerechnet zu dem Zeitpunkt, wo der verurteilte Mörder in Charlotte eine Revision beantragt hatte. Statt Aufnahmen aus ihrer Schulzeit abzudrucken, hatten sie sich zum Glück mit einem offiziellen Foto von Onkel Lawrence begnügt.

Sie faltete die Zeitung wieder zusammen und versuchte, ein fröhliches Gesicht zu machen. »Wenigstens werden unsere Namen nicht erwähnt.«

»Aber dafür der von Mica, da braucht man ja nur eins und eins zusammenzuzählen.«

Regina runzelte über ihre Tasse hinweg die Stirn. »Ich mache mir Sorgen um dich, Justine.«

»Um mich?«

»Ja, um dich. Was ist das für eine Geschichte mit dem Muskat? Ich wusste nicht einmal, dass man davon high werden kann.«

Justine schnaubte verächtlich. »Das ist doch nicht der Rede wert. Wenn du dir unbedingt Sorgen machen musst, dann doch wohl um Dad.«

»Das tu ich auch – und zwar so sehr, dass mir dafür die Worte fehlen.«

Justine schnipste die Asche in einen Blumentopf. »Dann glaubst du also, dass John den Mistkerl umgebracht hat?«

Regina nahm einen großen Schluck aus ihrer Tasse. »Ich kann es mir zwar unmöglich vorstellen, aber trotzdem habe ich Angst. Bei dem, was Dad in letzter Zeit durchgemacht hat, können einem leicht die Sicherungen durchbrennen. Und falls er es nicht war, wo zum Henker steckt er dann?«

»Keine Ahnung.«

»Und wenn John Dean nicht umgebracht hat, wer dann?«

Justine stieß eine Rauchwolke aus. »Mica.«

»Sei nicht albern.«

»Das ist mein Ernst.« Sie lehnte sich in dem Schaukelstuhl zurück und streckte die Zigarette vor. »Ihre Karriere steht auf der Kippe, Dean hat ihr einen Tripper angehängt, und sie hat ihn in meinem Bett erwischt.«

Regina schnaubte. »Ich weiß ja, dass du und Mica auf Kriegsfuß steht – aber immerhin ist sie unsere Schwester. Du kannst doch nicht ernsthaft glauben, dass sie zu einem Mord fähig wäre.«

»Regina, wir hatten zwölf Jahre lang keinen Kontakt zu Mica – woher wollen wir da wissen, wozu sie fähig ist. Menschen verändern sich.«

»Und wo steckt dann Dad?«

»Er deckt sie.«

»*Wie bitte?*«

»Du weißt, Mica ist schon immer sein Liebling gewesen – denkst du, er sieht zu, wie sie in den Knast geht?«

Regina war nicht bewusst gewesen, dass der Kampf ihrer Schwestern um Johns Aufmerksamkeit so tief ging. »Ich denke, dass dein Hass auf Mica deinen gesunden Menschenverstand trübt. Falls es einen Gott gibt, dann hat Dean sich selbst die Kugel verpasst und ist danach in den Schrank geklettert, um zu sterben.«

Justine schüttelte den Kopf. »So ein Happyend, bei dem alle aus dem Schneider wären, kannst nur du dir ausdenken.«

»Meiner Meinung nach hat diese Familie schon genug gelitten, findest du nicht auch?«

»Sieh mich nicht so an – ich habe nicht damit angefangen.«

»Aber du könntest dem ein Ende setzen.«

Auf Justines Gesicht erschien der Ansatz eines sonderbaren Lächelns. »Eigentlich finde ich es momentan ganz gut, wie die Dinge zwischen mir und Mica stehen.«

Regina schürzte die Lippen und nickte, wobei sie sich fragte, was sich seit gestern Abend verändert hatte, als ihre Schwestern sich kaum in die Augen schauen, geschweige denn den nötigen Respekt füreinander aufbringen konnten.

Mit einem Mal drang aus dem Inneren des Hauses ein Gebrüll, das sich wie von einem verwundeten Tier anhörte. »Was zum Teufel ...?«

Justine wirkte nicht besonders erschrocken, und noch bevor Regina aufstehen konnte, flog die Windfangtür auf. Gleich darauf stürzte Mica in einem Nachthemd aus Seide heraus, mit völlig verzerrtem Gesicht, in der Hand irgendetwas Schwarzes.

»Was ist passiert?«, fragte Regina.

»Was passiert ist?«, brüllte Mica. »Das ist passiert!« Sie hielt einen langen schwarzen Zopf hoch, sodass es Regina vor Schreck den Atem verschlug.

»O mein Gott, sind das etwa deine Haare?«

Justine schnippte seelenruhig ihre Asche ab. »Nanu.«

»Ich bring dich um!«, schrie Mica und stürzte sich auf sie.

Es dauerte ein paar Sekunden, bis Regina begriff, dass Justine für den abgeschnittenen Zopf verantwortlich war. Sie verspürte inneren Abscheu, und sie hätte vielleicht zugelassen, dass die Schwestern sich gegenseitig die Augen auskratzten, wenn es nicht dringendere Probleme geben würde. Daher setzte sie ihre Kaffeetasse ab und ging dazwischen. »Hört auf. Aufhören!«

Die beiden rissen sie mit zu Boden, wobei sie wie besessen aufeinander einschlugen und um sich traten. Das konnte einfach nicht wahr sein. Schließlich war sie eine erfahrene, allseits respektierte Lektorin bei einem angesehenen Verlagshaus.

Sie rollten in einem Knäuel auf den Rand der Veranda zu und fielen gut einen Meter hinunter in das undurchdringliche, taufeuchte Efeugestrüpp. Als Regina aufprallte, entfuhr ihr ein Stöhnen, genau wie den anderen beiden. Sie drehte den Kopf und sah direkt in das Gesicht eines blauen Steinhasen. Wäre sie nur wenige Zentimeter weiter rechts gelandet, wäre sie für den Rest ihres Lebens ein Krüppel gewesen.

»Bist du okay?«

Sie sah hoch und stellte fest, dass Mitchell auf sie herunterstarrte. Kläglich nickte sie. Im nächsten Moment leckte ihr eine große, nasse Zunge über die Stirn.

»Hi, Sam.«

Mitchell streckte die Hand aus, um sie hochzuziehen. »Sieht aus, als wäre ich zu einem ungünstigen Zeitpunkt gekommen.«

»Nicht doch«, versicherte sie ihm. »Das ist unsere tägliche Morgengymnastik.« Sie sah sich um. Justine saß in dem Gestrüpp und rauchte seelenruhig ihre Zigarette zu Ende. Mica hockte heulend nicht weit von ihr entfernt daneben und raufte sich die kurzen Haare. Der abgeschnittene Zopf lag neben ihr und sah wie ein totes Tier aus. Sam trottete hinüber, um ihn zu beschnüffeln.

Mitchell schnalzte mit der Zunge. »Lass mich raten – sie haben deinen Kaffee probiert.«

»Haha. Nein, Justine hat Micas Haare abgeschnitten.«

Er zuckte zusammen.

»Sag jetzt nichts. Hör mal, könntest du uns eine Minute alleine lassen?«

»Sicher, ich ... setze so lange frischen Kaffee auf.«

»Super.«

»Komm mit, Sam.«

Regina ordnete ihre feuchte, zerknitterte Kleidung und atmete ein paar Mal tief durch. Justine und Mica gaben keinen Laut von sich, als warteten sie auf eine Strafpredigt. Sie stemmte die Hände in die Hüften und musterte die beiden von Kopf bis Fuß. Zwei dickköpfige, verwöhnte Mädchen, aus denen zwei dickköpfige, verwöhnte Frauen geworden waren. Und sie war es leid, zwischen den beiden immer schlichten zu müssen. Aus und vorbei. Sie kehrte ihnen den Rücken zu und stakste durch den Efeu in Richtung Veranda.

»Warum sagst du nichts?«, rief Justine ihr hinterher.

Ungerührt ging sie weiter und stieg wortlos die kurze Eingangstreppe hinauf.

»Das sieht dir überhaupt nicht ähnlich«, fiel Mica mit ein.

Regina betrat die Küche und zog die Tür hinter sich zu. Sam hatte es sich bereits in einer Ecke gemütlich gemacht. Mitchell lehnte an der Anrichte, mit Kaffeekochen beschäftigt. »Regina, wir müssen heute nicht arbeiten.«

Sie seufzte. »Nein, schon gut.« Da das Gelände um den Laden von der Polizei abgesperrt worden war, hatten sie beschlossen, im Haus weiterzumachen und sämtliche Antiquitäten, die versteigert werden sollten, mit Schildchen zu versehen.

»Du musst mir nicht helfen, weißt du.«

»Es ist das einzig Produktive, was ich im Moment machen kann.«

»Noch nichts Neues von deinem Vater?«

»Nein.«

»Ich bin vorhin an Deputy Pete vorbeigefahren. Er hat sich unten an der Auffahrt postiert.«

»Ich schätze für den Fall, dass Daddy hier auftaucht.«

Er stieß ein unterdrücktes Räuspern aus. »Wie geht es deiner Mutter?«

»Nicht besonders gut. Ich wollte ihr gerade das Frühstück bringen, als hier wieder einmal die Hölle ausgebrochen ist.«

Mitchell schenkte ihnen beiden frischen Kaffee ein. »Frauen können einem echt Angst einjagen.«

Sie zog eine Augenbraue hoch. »Wie das?«

Er reichte ihr eine Tasse. »Männer kämpfen fair. Sie sagen sich ins Gesicht, was sie voneinander halten. Wenn die Lage dann eskaliert, schlagen sie kurzerhand zu. Aber danach schließen sie normalerweise wieder Frieden miteinander.« Er nippte an seinem Kaffee und schluckte ihn kopfschüttelnd herunter. »Aber bei Frauen ist es so, als wäre ein Guerillakrieg ausgebrochen – du weißt nie, aus welcher Richtung sie angreifen. Und sie kämpfen bis aufs Blut.«

Regina nahm ebenfalls einen Schluck von ihrem Kaffee. »Du erwartest doch nicht ernsthaft von mir, dass ich dir Recht gebe, oder?«

»Nein.« Er biss in eine kalte Toastscheibe und deutete mit dem Kopf auf die Tür. »Sind die Haare deiner Schwester nicht ihr ganzes Kapital?«

»Bis jetzt schon.« Sie bemühte sich, nicht mehr an ihre Schwestern zu denken, und fuhr stattdessen fort, das Tablett für Cissy herzurichten.

Mitchell wanderte in der Küche auf und ab. Sie musste nicht hinschauen, um zu wissen, dass er gerade das Sammelsurium an den Wänden betrachtete. Wandteller, Kreidetafeln in Obstform, Werbeplaketten für Lebensmittel, historische Kalender und vieles mehr. All das auf einer bunten Blümchentapete.

»Davon kann man blind werden, nicht wahr?«

Er lachte. »In der Tat, ziemlich viel Tinnef. Aber es wirkt richtig heimelig.«

»Im Haus lagern aber auch einige Schätzchen, man muss sie nur finden. Ich dachte, wir nehmen uns als Erstes den Dachboden vor.«

»Bist du sicher, dass das nicht zu viel für dich wird?«

Sorgfältig zerteilte sie eine Orange. »Das hatte ich befürchtet, bevor ich hierher gekommen bin. Aber inzwischen habe ich mich damit abgefunden, dass dieses Haus niemals ein beschauliches Familiennest sein wird.« Sie drehte sich um und sah ihn an. »Auch wenn es so aussieht, aber es ist alles andere als heimelig. Es gibt hier keine Familienerbstücke von uns, sondern lediglich eine Sammlung fremder Familienerbstücke. Und im Moment habe ich andere Sorgen, als meinem alten Himmelbett hinterherzutrauern.« Eigentlich hatte sie nicht so verbittert klingen wollen, aber es war bereits geschehen.

Er musterte sie kurz, neigte dann den Kopf und wackelte mit den Augenbrauen. »Ein Himmelbett, was?«

Sie musste grinsen, dankbar über seine lockere Art. »Kannst du denn an nichts anderes denken?«

»Selten. Vor allem in letzter Zeit nicht.« Er stellte sich neben sie und umfasste ihre Taille. »Hör mal, Regina ...«

Sie wich zurück. »Bitte nicht, okay?«

Abwehrend hob er die Hände hoch. »Ich wollte dir nur sagen, dass es mir Leid tut, dass du so eine schwere Zeit durchmachen musst. Es ist offensichtlich, was für eine Stütze du für deine Familie bist, und ich finde es nicht gerecht, dass du alles alleine schultern musst.«

Sie gab keine Antwort.

Er seufzte. »Ich wollte dir nur eine Schulter zum Anlehnen anbieten, mehr nicht.«

Zweifelnd zog sie eine Braue hoch. »Mehr nicht?«

Ein verschmitztes Lächeln erschien auf seinem Gesicht. »Nun ja, das Schlüsselbein ist verbunden mit dem Rückgrat, und das Rückgrat ist verbunden mit dem Beckenknochen ...«

»Hör auf.« Trotz allem musste sie lächeln. »Ich bringe jetzt das Tablett nach oben. Was hältst du davon, wenn wir uns in einer Viertelstunde oben im Gang treffen und dann loslegen?«

»Dann hole ich mal meinen Laptop.«

Als sie die Eingangsdiele durchquerten, klingelte es an der Tür.

»Vielleicht ist das Dad«, sagte sie, und ihr Herz klopfte schneller. *Bitte, sei am Leben; einen weiteren Schlag kann diese Familie nicht verkraften.* Sie setzte das Tablett ab und nahm all ihren Mut zusammen, bevor sie um die Ecke bog, aber gleich darauf ließ sie erleichtert die Schultern sinken, als sie den Mann auf der anderen Seite der Windfangtür erkannte, der wie immer einen Anzug trug. »Onkel Lawrence.«

Er erwiderte ihr Lächeln. »Hallo, mein Schatz. Ich wollte mal nach euch Mädchen und eurer Mutter sehen.«

Sie klappte den Riegel hoch und öffnete die Tür. »Ich dachte, du wärst nicht mehr in der Stadt.«

»Als ich erfahren habe, dass die Anhörung in Charlotte verschoben worden ist, habe ich kurzfristig beschlossen, mir ein paar Tage Auszeit zu gönnen. Könnte nämlich vorerst das letzte Mal sein vor der Wahl.«

Sie wurde wieder ernst. »Onkel Lawrence, das mit der Anhörung tut mir furchtbar Leid. Das hatten wir nicht beabsichtigt.«

»Cissy hat mir schon erklärt, wie ihr in diesen Schlamassel hineingeraten seid. Mir tut es auch Leid, dass ihr damals so etwas Schreckliches habt mit ansehen müssen.« Er schenkte ihr ein trauriges Lächeln. »Zerbrich dir mal nicht dein hübsches Köpfchen; ich bin eine Kämpfernatur. Außerdem bin ich froh, dass ich in der Stadt geblieben bin. Eine schreckliche Sache mit diesem Haviland.«

»Ja.«

»Gibt's was Neues von John?«

Sie schüttelte den Kopf. »Ich mache mir große Sorgen, Onkel Lawrence.«

»Hast du irgendeine Ahnung, wo er stecken könnte?«

»Nein – du weißt ja selbst, dass Dad seit Jahren die Umgebung hier nicht mehr verlassen hat.« Früher waren er und Cissy ständig umhergereist, aber nach dem Hochzeitsdebakel hatte John anscheinend das Interesse daran verloren. Im Nachhinein wurde ihr klar, dass es damals ein schwerer Schlag für ihn gewesen sein musste, sowohl Mica als auch Dean zu verlieren. Und schließlich auch noch Justine. »Dad hat keine Verwandten mehr, aber möglicherweise fällt dir ja jemand ein, vielleicht ein alter Schulkamerad von ihm in Virginia? Oder ein alter Freund?«

Er dachte kurz nach und schüttelte schließlich den Kopf. »Das ist schon so lange her. Aber er wird bestimmt wieder auftauchen.« Mitfühlend tätschelte er ihr die Hand, dann fiel sein Blick auf Mitchell.

»Onkel Lawrence, darf ich dir Mitchell Cooke vorstellen, der Gutachter, von dem ich dir erzählt habe. Mitchell, das ist Lawrence Gilbert.«

Die Männer gaben sich die Hand, wobei Lawrence sich reserviert gab. »Ich habe gehört, dass Sie auch Anwalt sind, Mr. Cooke.«

»Das ist richtig.«

»Genau wie Ihr Bruder in Charlotte.«

Mitchell legte den Kopf schief. »Auch richtig.«

Lawrence sah wieder zu ihr. »Jetzt weiß ich, warum der Name Cooke mir damals so bekannt vorkam, als du ihn zum ersten Mal erwähnt hast.« Seinem Gesichtsausdruck nach zu urteilen bereute er es nun, ihr den Rat gegeben zu haben, zurückzuflirten.

Regina wechselte das Thema, um die peinliche Situation zu überbrücken. »Ich wollte gerade hoch, um nach Mom zu sehen, Onkel Lawrence. Du kannst dich mir gern anschließen.«

»Geh du schon mal vor, Liebes. Ich möchte mich noch kurz mit Mr. Cooke unterhalten.«

»Oh.« Sie sah Mitchell an, der ihren Blick erwiderte.

»Wir sehen uns dann oben.«

»Okay«, erwiderte sie und schnappte sich das Tablett, wobei sie versuchte, sich nicht ausgeschlossen zu fühlen.

Die Stimmen der Männer verschmolzen zu einem ernst klingenden Gemurmel, während Regina die Treppe hochstieg und den Gang zu Cissys Zimmer durchquerte. Sie wusste, dass ihre Mutter wach war, weil sie vorhin schon einmal Licht unter ihrer Tür hatte durchschimmern sehen. Sie klopfte an. »Mom? Ich bin's, Regina.« Sie hörte ihre Mutter etwas sagen, öffnete die Tür und steckte den Kopf ins Zimmer. »Ich bringe dir das Frühstück.«

Cissy saß in ihrem Bett, umringt von einem Berg aus Kissen und einer Kleenex-Schachtel. »Ich habe keinen Hunger, aber etwas Saft wäre gut.«

»Ich habe dir auch Kaffee mitgebracht.«

Cissy verzog die Nase. »Hast du ihn selbst gekocht?«

»Nein, Mitchell.«

Cissy schniefte. »Er ist heute schon früh hier – hat er hier übernachtet?«

»*Nein.*« Manchmal wünschte sie sich, ihre Mutter hätte nicht so eine freizügige Einstellung. »Wir haben beschlossen, mit der Arbeit hier im Haus weiterzumachen.« Sie musste ja nicht erwähnen, dass das Geschäft mit gelben Absperrbändern versiegelt war. »Wir wollen mit dem Dachboden anfangen.«

»Vergesst den Dachboden«, meinte Cissy mit einer wegwerfenden Handbewegung. »Dein Vater hat diesen Backofen dort oben schon vor langer Zeit entrümpelt. Bis auf die Fledermäuse ist da nichts mehr.«

Regina lächelte in sich hinein – Justine hatte früher zur Strafe am liebsten Fledermäuse in ihre Betten gesteckt, wenn sie ihr nicht gehorcht hatten. Ein bewährtes Mittel.

Cissy ließ sich nach hinten in die Kissen fallen. »Verkauft am besten alles – sind doch ohnehin nur Möbel.« Sie brach in Tränen aus. »Ich habe so vieles falsch gemacht, Regina.«

Die Worte ihrer Mutter zerrissen ihr fast das Herz. Ihre Eltern waren zwar nicht perfekt, aber dieses Eingeständnis aus Cissys Mund zu hören ... kein Kind wollte so ein Schuldeingeständnis zu hören bekommen. Sie stellte das Tablett auf einem Nachttisch ab und setzte sich zu ihr aufs Bett.

»Mom, jeder macht mal Fehler.«

»Aber ich hab richtig Mist gebaut. Ich habe deinen Vater völlig verkannt. Nicht nur, dass er mich betrogen und finanziell ruiniert hat, jetzt hat er auch noch unseren Schwiegersohn erschossen.«

»Wir wissen nicht, ob er Dean erschossen hat«, beschwichtigte Regina ihre Mutter. »Und außerdem war Dean nicht euer Schwiegersohn.«

Cissy schnäuzte sich. »Aber so gut wie. Und jetzt wird dein Vater im Gefängnis landen ...«

»Mom, sag so was nicht.« Regina erhob sich und ging ans Fenster, um die Jalousien hochzuziehen. »Vielleicht schläft er nur irgendwo seinen Rausch aus.«

»Regina, mir ist klar, dass du deinen Vater liebst, aber ich glaube, dieses Mal solltest sogar du den Tatsachen ins Gesicht sehen.«

Regina drehte sich um. »Sogar ich?«

Cissy seufzte und griff nach ihrer Kaffeetasse. »Ich weiß, dass du immer die Hoffnung gehabt hast, dass ich und dein Vater zusammen alt werden.«

»Und was ist daran so schlimm?«

»Es ist unrealistisch, Liebes. Besonders nach ... allem, was passiert ist.«

Reginas Blick fiel auf das abgebrochene Bein einer Kommode. Stattdessen lag ein verstaubtes Exemplar von *Ihre emotionale Checkliste* darunter, das Buch, das sie ihrer Mutter gewidmet hatte. Na, prima.

Sie wandte den Blick wieder ab und verschränkte die Arme. »Ich werde Daddy nicht fallen lassen.«

»Dein Vater ist nicht der, für den du ihn hältst.«

»Mom, ich weiß, wie verletzt du bist und dass du in letzter Zeit ...«

»Er hatte eine Affäre mit deiner Tante Lyla.«

Regina hätte beinahe einen Satz rückwärts gemacht. »Das ... das glaub ich nicht.«

»Ich hab's zuerst auch nicht geglaubt. Aber ich bin eines Besseren belehrt worden.«

»Wann ... wann bist du dahinter gekommen?«

»Ich habe es schon vermutet, als sie noch gelebt hat, aber erst letzte Woche hat es sich endgültig bestätigt.«

Regina schloss kurz die Augen. »Dann ist das also der Grund, warum ihr euch trennen wollt.«

Cissy nickte.

»Ich will ihn ganz bestimmt nicht in Schutz nehmen, Mom, aber das ist doch schon über zwanzig Jahre her.«

»Das spielt keine Rolle. Als John und ich damals eine Beziehung ohne Trauschein eingegangen sind, sollte das ein Symbol unserer gegenseitigen Liebe und unseres gegenseitigen Vertrauens sein. Dein Vater hat dieses Vertrauen missbraucht, und das werde ich ihm nie verzeihen können.« Sie wackelte drohend mit dem Finger. »Ich habe dir das gesagt, weil ich finde, du solltest es wissen, aber behalte es bitte für dich.«

Regina schluckte den schweren Kloß in ihrem Hals herunter. Kein Wunder, dass ihre Familie auseinander brach – sie basierte auf einem einzigen Geflecht aus Lügen und Hirngespinsten. »In Ordnung.«

Cissy klopfte einladend auf das Bett, und Regina setzte sich wieder darauf. »Herzchen, du musst dich dagegen wappnen, dass die Menschen um dich herum dich immer wieder enttäuschen werden. Insbesondere für dich hätte ich mir normalere

Familienverhältnisse gewünscht. Für Mica und Justine ist es nicht so wichtig, aber für dich schon.«

Aus dem Mund ihrer Mutter klang dies, als wäre es ein Charakterfehler.

Cissy seufzte. »Für Mica und Justine ist es eine doppelte Tragödie, weil sie Dean und ihren Vater verloren haben. Wie halten sich die beiden?«

»Sie, ähm, versuchen jeweils auf ihre eigene Art, damit fertig zu werden. Warum ziehst du dir nicht was über und kommst nach unten? Onkel Lawrence ist nämlich gerade da.«

Ihre Mutter lächelte traurig. »Lawrence geht ein gewisses Risiko ein, wenn er sich momentan bei uns blicken lässt – das könnte seinem Ruf als Politiker schaden.«

»Er macht sich eben Sorgen um dich.«

Cissy nickte und lächelte versonnen. Im nächsten Moment klopfte es leise an der Tür.

»Das wird er wohl sein.« Gerettet. »Bis später dann.« Sie gab ihrer Mutter schnell ein Küsschen und ging dann zur Tür. Es war tatsächlich Lawrence, der seine Schwester strahlend begrüßte. Regina ließ die beiden allein und zog die Tür hinter sich zu, in Gedanken mit der schockierenden Nachricht beschäftigt, dass ihr Vater mit Lyla eine Affäre gehabt haben sollte.

Sie konnte sich erinnern, dass Lyla früher gern mit John geflirtet hatte, indem sie ihn beiläufig berührte, wenn sie sich miteinander unterhielten, oder indem sie ihm immer wieder zugezwinkert hatte. Aber ihr Vater hatte Lyla nie mit besonderer Aufmerksamkeit bedacht, außer vielleicht das eine Mal, als Lyla und Justine sich wegen der zerbrochenen Vase gestritten und er Partei für Lyla ergriffen hatte.

Dies hatte sich wenige Wochen vor dem Mord an Lyla zugetragen, da Justine immer noch die Vase abgearbeitet hatte, als es passiert war. Was wiederum bedeuten könnte, dass ihr Vater in der Zeit bis zu ihrem Tod etwas mit ihr gehabt hatte. Regina spürte, wie eine kalte Faust ihr Herz umklammerte.

Oder auch, dass er am Tag von Lylas Tod etwas mit ihr gehabt hatte.

FÜNFUNDZWANZIG

Um körperlich in Form zu bleiben,
greifen Sie ruhig zu voreiligen Schlüssen.

Reginas Knie wurden weich. War es möglich, dass ihr
Vater vor vielen Jahren Lyla umgebracht hatte und jetzt Dean
ebenso? Nun verstand sie auch, weshalb Cissy sie gebeten hatte,
kein Wort über die Affäre zu verlieren – wenn Brackens Anwälte herausbekämen, dass der Vater der Mädchen, die damals den
Mord beobachtet hatten, nicht nur ein Verhältnis mit dem
Mordopfer, sondern auch Zugang zu der Mordwaffe gehabt
hatte ...

»Alles okay mit dir?«, fragte Mitchell in diesem Augenblick.

Regina wirbelte herum und musste sich förmlich auf die Zunge beißen, um sich ihm nicht anzuvertrauen. »Ja.«

Er sah sie einen Augenblick zweifelnd an und deutete dann
auf seinen Laptop. »Von mir aus können wir loslegen.«

Sie nickte und ging voran durch den Flur. »Der Dachboden
ist leer, darum fangen wir in einem der oberen Zimmer an. Im
hinteren Gästezimmer befindet sich eine hübsche Chippendale-
Kommode mit Aufsatz.«

»Klingt ja spannend«, murmelte er, wobei ihr jedoch nicht
entging, dass ihn irgendetwas beschäftigte.

»Und«, meinte sie in betont beiläufigem Ton. »Worüber wollte Onkel Lawrence mit dir sprechen?«

»Er wollte lediglich bekräftigen, dass seiner Ansicht nach der
Richtige hinter Gittern sitzt und dass er vermeiden möchte,
dass ihr drei in den Dreck gezogen werdet.«

Deckte Onkel Lawrence ihren Vater vielleicht Cissy zuliebe?
Vorausgesetzt, er wusste von dem Verhältnis damals. Sie versuchte, ihre quälenden Gedanken beiseite zu schieben, als sie

sich daranmachten, die Objekte in dem selten benutzten Gästezimmer mit Schildchen zu versehen. Mitchell war von der Chip-
pendale-Kommode und einer gläsernen Kunstleuchte sehr fasziniert. Als sie fertig waren, suchten sie das nächste Zimmer auf.

Er gab ein kurzes Summen von sich. »Ein weißes Himmelbett – das muss dein Zimmer sein.«

Sie nickte. »Achtzehn Jahre lang.« Sie ließ den Blick durch
den Raum schweifen und versuchte, die Einrichtung mit seinen
Augen zu sehen. Eine weiße, feminine Einrichtung, pastellfar-
bene Bettwäsche. Ein träger Deckenventilator. Zwei hohe Bü-
cherregale und eine Trittleiter.

»Sieht wie ein Mädchenzimmer aus«, kommentierte er. »Ich
hätte was Wilderes erwartet.«

Sie musste lachen. »Hätte ich auch gern gehabt, aber Cissy
wollte aus mir eine Dame machen.«

Er ging hinüber zu den Bücherregalen. »Nancy Drew. Die
komplette Ausgabe?«

»Fast, bis auf Band einundzwanzig, *Das Geheimnis auf dem alten Dachboden.*« Lächelnd strich sie über die Buchrücken. »Die
Bücher würde ich gern selbst erwerben, wenn das möglich ist.«

Er runzelte die Stirn. »Es sind deine – nimm sie einfach.«

»Ist das erlaubt?«

»Klar. Die Bank hat kein Interesse daran, bis auf das letzte
Streichholz alles zu versteigern. Außerdem wage ich zu behaupten, dass dir deine Bücher mehr als berechtigt zustehen, bei all
den Stunden, die du damit verbracht hast.«

Sie hob die Hände. »Wie du siehst, steht in diesem Zimmer
nichts von großem Wert, außer vielleicht der Tisch. Ich schätze,
dass er aus der Zeit König Edwards stammt, wegen der handge-
malten Szenen darauf.«

Er strich mit der Hand über das Holz und nickte. »Du hast
Recht«, sagte er. »Hübsches Stück.« Dann sah er auf die Unterlagen, die auf dem Tisch verstreut waren.

Zu spät bemerkte sie, dass das Manuskript dabeilag, in dem sie in ihrer freien Zeit immer wieder gelesen hatte.

Er schnappte sich eine Seite und las den Titel vor: »ICH GLAUBE, ICH LIEBE DICH: Ratgeber in Beziehungsdingen für die erwachsene Frau‹.«

Mitchell richtete den Blick auf sie, und obwohl sie ein nichts sagendes Gesicht machte, spürte sie, wie die Hitze in ihr hochstieg. »Das ist ein Manuskript, das ich gerade beurteile.«

Er zog einen Mundwinkel hoch und las weiter auf der Seite, die er in der Hand hielt. »Stehen Sie nicht immer zur Verfügung, vor allem, wenn er mit Ihnen schlafen möchte.« Er bedachte sie kurz mit einem Blick und las dann weiter. »Sie sollten den Sex einteilen, weil Männer in diesem Punkt wie Rinder sind, die, wenn man sie auf eine Wiese mit saftigem Klee führt, sich so lange den Bauch voll schlagen, bis sie platzen. Kurzum, Männer und Rinder müssen zu ihrem eigenen Schutz gezähmt werden.‹« Er sah sie über den oberen Blattrand hinweg an. »Du hast aber doch nicht vor, das zu veröffentlichen, oder?«

Regina verkniff sich ein Lächeln. »Eigentlich soll es komisch sein.«

»Ist es aber nicht.«

Jetzt musste sie doch lachen. »Ich finde schon.«

Er schlug mit den Fingern gegen die Seite. »Wegen so einem Schund werden sich Frauen und Männer nie richtig verstehen.«

»Nein, ich glaube vielmehr, dass es an den biologischen Unterschieden liegt.«

Grinsend legte er die Seite zurück auf den Tisch und schickte sich anschließend an, den Raum zu begutachten. »Das Zimmer riecht nach dir.«

»Ist das angenehm?«

»Ja. Außer man ignoriert es.«

Sie betrachtete seinen Rücken, wobei sie versuchte, ebenfalls ein paar Dinge zu ignorieren.

Er blieb vor der Tür des Wandschranks stehen. »Sind hier drin auch ein paar Schätzchen versteckt?«

»Nur alte Tischwäsche – in den frühen Achtzigern hat Mom plötzlich eine Marotte entwickelt, und wir konnten irgendwann keine Tischdecken mehr sehen.«

Er öffnete die Tür, und vor seiner Nase baumelte das »Wie man alleine schläft«-Nachthemd an der Stange. Na, toll.

»Was ist das denn, eine Art Keuschheitsgürtel?«

Sie wurde wütend. »Nein. Das ... hat dich nicht zu kümmern.«

Er besah sich die Tischdecken. »Bist du eigentlich schon mal auf den Gedanken gekommen, dass es Menschen gibt, die gar nicht glücklich sein wollen?«

»Ich verstehe nicht, was du meinst.«

»Manchmal habe ich den Eindruck, dass Menschen ihr Glück scheuen – aus Angst, es könnte zu schnell wieder versiegen, und dann fühlen sie sich schlechter als zuvor.«

Sie kniff die Augen zusammen. »Ich bezweifle, dass man sich absichtlich gegen sein Glück sträubt. Das geschieht wahrscheinlich nur aus Selbstschutz.«

Er kramte weiter herum. »Klingt aber nicht besonders spaßig.«

Sie musterte sein Profil, bestürzt darüber, in welch kurzer Zeit sie es lieb gewonnen hatte. »Spaß ist nicht für jedermann das Wichtigste im Leben.« Doch zu ihrem größten Entsetzen brach sie in Tränen aus.

»Das ist wahr«, entgegnete er betrübt und schloss wieder die Tür. »Wir können die Tischwäsche zusammenpacken ...« Er unterbrach sich, als er ihr Gesicht sah. »Hey, ich wollte dich nicht aus der Fassung bringen. Das habe ich einfach nur so dahingesagt.«

Sie drehte ihm den Rücken zu und wischte sich die Tränen ab. »Es ist nicht wegen dir – es ist ... wegen allem. Gott, was für ein Drama.«

Er stellte sich hinter sie, und weitere Tränen flossen. »Lass

303

uns eine Spritztour machen«, schlug er vor. »Ich glaube, ein bisschen frische Luft könnte uns beiden gut tun, und außerdem will ich dir was zeigen.«

Sie nahm den Vorschlag an, einerseits neugierig geworden, andererseits froh über einen Ortswechsel. Draußen schob Mitchell die seitliche Tür des Vans auf und pfiff nach Sam, der freudig hineinsprang. Regina glitt in den Schalensitz auf der Beifahrerseite und ließ die Scheibe herunter. Mitchell stieg auf der anderen Seite ein und startete mit erprobter Leichtigkeit den Motor. Sie hatte niemandem Bescheid gegeben, dass sie wegfuhr, aber sie war sich ohnehin ziemlich sicher, dass keiner sie vermissen würde.

Am unteren Ende der Auffahrt hockte Pete Shadowen in seinem Jeep. Er stieg aus, setzte sich seinen Hut auf und sah ihnen entgegen. Heute bestand die untere Hälfte seiner Uniform aus Bermudashorts, was zweifellos auf die Hitze zurückzuführen war. Tatsächlich sah es aus, als hätte er zwischen den Knien und dem oberen Bund seiner weißen Kniestrümpfe einen Hitzeausschlag.

»Niedlich«, murmelte Mitchell.

»Sei nett zu ihm«, ermahnte sie ihn und lächelte Pete zu, als dieser sich der Fahrerseite näherte. »Hey, Pete.«

»Hey, Regina. Cooke.«

Sam fletschte die Zähne und begann zu knurren. Mitchell schnalzte mit den Fingern und setzte zu einer Entschuldigung an. »Das liegt an der Uniform«, erklärte er.

Pete runzelte ein wenig die Stirn. »Noch nichts Neues von deinem Vater, Regina?« Der Zahnstocher wackelte auf und ab, und er kratzte sich heftig an einer Stelle, die außerhalb ihres Blickfelds war.

»Nein.«

»Wo wollt ihr zwei hin?« Er klang leicht vorwurfsvoll, als würden sie zu einem versteckten Liebesplätzchen fahren. Aber vielleicht bildete sie sich das auch nur ein.

»Ein paar Besorgungen machen«, antwortete sie. »Morgen Abend findet bei Williams übrigens der Trauergottesdienst für Dean statt, falls du kommen möchtest. Ich vermute mal, dass nicht allzu viele daran teilnehmen werden.«

»Wohl kaum«, pflichtete er ihr bei. »Selbst die regelmäßigen Besucher kommen nicht extra, um eine Urne zu sehen. Du weißt ja, die Leute hier ziehen einen offenen Sarg vor.«

»Sein Leichnam soll verbrannt werden?«, fragte Mitchell.

Sie nickte. »Mica hat gemeint, es hätte Deans Willen entsprochen.«

»Das sieht ihm gar nicht ähnlich«, bemerkte Pete.

»Wie gut haben Sie ihn denn gekannt?«, wollte Mitchell wissen.

Pete zuckte mit den Achseln. »Er hat die Schule abgebrochen, war älter und trieb sich viel herum. Wir haben uns nicht in denselben Kreisen bewegt. Ich kannte ihn nur vom Sehen, und Dad hat hin und wieder mal von ihm gesprochen.«

»Hatte er Ärger mit der Polizei?«

Erneut ein Achselzucken. »Öffentliche Störung wegen Trunkenheit, Verstöße gegen die Ausgangssperre und solche Sachen.« Er zog eine Grimasse. »Und dann die Sache mit Rebecca Calvin – das hatte ich ja fast vergessen.«

Reginas Augen weiteten sich. »Die Tochter des Mannes, der alte Bücher verkauft?«

»Scheint derselbe zu sein – hat nebenbei auch noch einen Autohandel. Fährt der, den du meinst, einen tiefer gelegten Transporter?«

»Ja. Was war mit seiner Tochter?«

»Sie hat Selbstmord begangen, als sie fünfzehn war.«

»Davon weiß ich ja gar nichts.«

»Sie war älter als wir, auch älter als Justine, glaube ich. Hat in Macken Hollow gewohnt, zusammen mit ihrem Vater.«

»Was genau ist damals passiert?«, fragte Mitchell.

»Sie hat sich erhängt. Es hat sich herausgestellt, dass sie schwanger war, und es haben Gerüchte kursiert, dass Dean der Vater gewesen sein soll. Ich glaube, damals war er auch gerade erst fünfzehn.«

Regina musste schlucken. Als Mr. Calvin erwähnt hatte, dass seine Tochter ihn schon vor langer Zeit verlassen habe, hatte er damit gemeint, dass sie tot war.

»Schätze, zwischen dem alten Mann und Haviland gab es böses Blut, nicht wahr?«, meinte Mitchell.

»Richtig. Den Alten hat das schwer mitgenommen, und er wollte unbedingt, dass mein Vater Dean verhaftet, aber es gab keine Beweise, dass Dean was damit zu tun hatte.«

»Ist Mr. Calvin schon befragt worden, wo er in der Nacht war, in der Dean erschossen wurde?«

Pete trat unruhig von einem Bein auf das andere. »Ich möchte ja niemanden vor den Kopf stoßen, aber es scheint doch klar auf der Hand zu liegen, dass John derjenige ist, nach dem wir in diesem Fall suchen müssen.«

»Richtig, die nahe liegende Version«, sagte Mitchell.

Pete beugte sich in den Wagen hinein. »Tut mir Leid, Regina. Du weißt ja, dass wir John so rücksichtsvoll wie möglich behandeln werden, wenn er auftaucht.«

Sie biss sich auf die Zunge und nickte. »Danke, Pete.«

»Monroeville macht auf mich nicht den Eindruck einer Verbrecherstadt«, sagte Mitchell. »Wie viele Morde hat es denn in den letzten fünfundzwanzig Jahren hier gegeben?«

Pete dachte angestrengt nach. »Der Mord an Lyla Gilbert, dann, vor ungefähr fünf Jahren, Fitz Howard ...«

»Wer war das?«

»Der hiesige Installateur. Hat immer an George Farrells Frau herumgeschraubt, bis George ihn eines Tages mit einem Oldsmobile überfahren hat. Der Trauergottesdienst fand mit einem geschlossenen Sarg statt.«

306

»Sonst noch welche?«

Pete schüttelte den Kopf. »Nein, außer jetzt Dean. Bei uns kommen eher Tiere um.« In diesem Moment meldete sich sein Funkgerät im Wagen. Er zeigte mit dem Finger darauf. »Ich geh mal besser dran. Wir sehen uns dann morgen Abend bei dem Gottesdienst, Regina.«

Nachdem sie sich verabschiedet hatte, bogen sie auf die zweispurige Schnellstraße in Richtung Stadt. Sie ließ sich gemütlich in den Sitz sinken und lehnte sich ans Fenster, um den Fahrtwind abzubekommen.

»Ich kann auch die Klimaanlage einschalten.«

»Mir ist die frische Luft lieber.«

Während er beschleunigte, schloss sie die Augen und genoss den Fahrtwind im Gesicht. Ihre Anspannung ließ nach, je weiter sie sich von ihrem Elternhaus entfernten. Nachdem sie einige Minuten lang geschwiegen hatte, seufzte sie auf und drehte den Kopf zu Mitchell. »Danke.«

»Gern geschehen.«

»Mir war nicht bewusst, wie angespannt mein Nervenkostüm war.«

»Verständlich. Offen gesagt wundere ich mich, dass du noch nicht durchgedreht bist.«

Sie brachte ein Lachen zu Stande. »Ich habe mir im Laufe der Jahre ein dickes Fell zugelegt.«

»Kein Wunder, dass du bei Ratgeberbüchern gelandet bist.«

Regina runzelte die Stirn. »Gelandet ist ... das falsche Wort. Die Stelle bei Green Label wurde frei, und sie hat mich ... gereizt.«

Er nickte.

»Ich fand die Aufgabe ... spannend.«

Wieder nickte er.

Gelandet, ha. Sie versuchte, ihre Gelassenheit von vorhin wiederzufinden. »Wolltest du mir nicht etwas zeigen?«

»Es ist da hinten«, erwiderte er und deutete hinter ihre Sitze.

Regina drehte sich um und sah, dass zwischen Sam und ein paar Sachen ein Kinderbett stand. Sie zog einen Schmollmund. »Dafür bin ich nicht in der Stimmung.«

»Wie bitte?« Im nächsten Moment grinste er. »Ach so, daran habe ich überhaupt nicht gedacht. Dagegen habe ich zwar grundsätzlich nichts einzuwenden, aber eigentlich meinte ich den blauen Aktenordner in der Kiste direkt hinter meinem Sitz. Holst du ihn mal raus?«

Sie beugte sich nach hinten und griff nach dem Ordner, während Sam ihr freudig über das Gesicht leckte. »Der hier? Was ist da drin?«

»Das sind die Untersuchungsberichte zum Mord an deiner Tante. David hat sie mir gegeben.«

Sie seufzte. »Mir ist klar, dass dein Bruder zurzeit seine ganze Aufmerksamkeit auf die Bracken-Anhörung richtet, aber mich beschäftigt die Sache mit meinem Dad bei weitem mehr.«

»Ich glaube, zwischen den beiden Morden gibt es einen Zusammenhang.«

»Was? Inwiefern?«

»In den letzten fünfundzwanzig Jahren hat es in dieser Stadt drei Morde gegeben, und zwei der Mordopfer hatten ein Verhältnis miteinander. Das ist doch ein seltsamer Zufall, findest du nicht auch?«

Sie rutschte in ihrem Sitz herum. »Willst du etwa behaupten, dass die beiden Morde von derselben Person begangen wurden?«

»Keine Ahnung, aber es kann nicht schaden, mal einen Blick in die Akten zu werfen.«

Sie wandte das Gesicht ab, um aus dem Fenster zu schauen, und presste einen Finger unter die Nase, um nicht schon wieder in Tränen auszubrechen.

»Was ist?«

Sie musste schlucken.

»Regina, du verschweigst mir doch was. Was ist?«

Mitchell bremste ab und brachte den Wagen auf dem Grünstreifen neben der Fahrbahn zum Stehen. Nachdem er den Motor ausgeschaltet hatte, drehte er sich zu ihr. »Sieh mich an.«

Sie kam seiner Aufforderung nach.

»Ich kann dir nicht helfen, wenn du mir nicht alles sagst.«

»Ich ... kann nicht.«

»Ich bin dein Anwalt.«

»Du bist ebenfalls Zeuge. Außerdem bist du schon zu sehr darin verwickelt.«

»Hast du einen Dollar?«

»Wie bitte?«

»Einen Dollar – hast du?«

»Ich habe meine Geldbörse nicht dabei.«

Mitchell zog seine Brieftasche hervor und nahm eine Dollarnote heraus. »Hier.«

Sie nahm sie. »Und was ist damit?«

»Ich leihe dir einen Dollar für meinen Vorschuss«, entgegnete er und streckte die Hand aus. »Gib ihn mir wieder.«

Verdattert gab sie ihm den Schein zurück.

»Also, selbst wenn ich als Zeuge geladen werden sollte, kann ich lediglich das aussagen, was ich selbst beobachtet habe, und nichts von dem, was du mir anvertraust.«

Sie blies die Wangen auf und wippte unentschlossen mit dem Fuß. Wie gern würde sie ihm vertrauen, aber konnte sie das auch?

»Regina?«

Geräuschvoll stieß sie die Luft wieder aus. »Mom hat mir heute Morgen erzählt, dass Dad eine Affäre mit Tante Lyla hatte.«

Er brummte ungehalten. »Das ist nicht gut.«

»Genau mein Gedanke.«

»Hältst du es für möglich, dass er sie umgebracht hat?«

»Auf keinen Fall. Bei Dean könnte man argumentieren, dass er aus Notwehr gehandelt hat beziehungsweise weil er uns beschützen wollte. Aber mein Vater wäre nie dazu fähig, eine Frau kaltblütig zu erdolchen.«

»Auch dann nicht, wenn sie ihm damit droht, ihr Verhältnis öffentlich zu machen?«

»Selbst dann nicht.«

»Und auch dann nicht, wenn sie mit seinem Schwager verheiratet ist?«

»Gerade dann nicht.«

Er lächelte. »Das genügt mir. Ich glaube übrigens nicht, dass er Dean umgebracht hat.«

Verwundert sah Regina ihn an. »Und warum nicht?«

»Nun ja, da wäre zum einen, dass er mit seiner Arthrose kaum laufen kann, wie ich damals bei unserem Angelausflug gesehen habe. Auch als wir drei den Trampelpfad vom Laden zum Haus entlanggegangen sind, ist ihm jeder Schritt schwer gefallen.«

»Das ist mir auch aufgefallen.«

»Und dann soll er Dean überwältigt, in den Schrank verfrachtet und dessen Wagen eine Meile entfernt abgestellt haben, um anschließend zu seinem eigenen Wagen zu Fuß zurückzugehen?«

»Du hast Recht«, murmelte sie. »Allein hätte er das niemals schaffen können.«

»Könnte es sein, dass er eine deiner Schwestern decken will?«

Regina presste die Lippen zusammen. »Heute Morgen hat Justine schon die gleiche Andeutung gemacht, dass er vielleicht für Mica den Kopf hinhält.«

»Und was glaubst du?«

»Ich meine, Justine hat Recht mit ihrer Behauptung, dass Mica guten Grund hatte, sich Dean vom Hals zu schaffen, und dass wir sie nicht mehr so gut einschätzen können wie früher.«

»Und was ist mit Justine? Auch sie hat ein ausreichendes Mordmotiv. Würde John sie ebenfalls decken?«

»Selbstverständlich. Justine bildet sich zwar ein, dass Daddy Mica bevorzugt, aber wie du bereits nach eurem Angelausflug gesagt hast, liebt er uns alle drei von ganzem Herzen.«

»Wann müsst ihr euch dem Lügendetektortest unterziehen?«

»Morgen Vormittag. Sie schicken extra jemanden aus Asheville her.«

»Mach dir keine Sorgen deswegen, das ist nicht annähernd so dramatisch, wie es immer im Fernsehen dargestellt wird.«

»Das Einzige, worüber ich mir Sorgen mache, ist, dass ich mich überhaupt dem Test unterziehen muss.«

Er lächelte. »Hake es als Erfahrung in deinem Leben ab.«

»Ich könnte auch gut darauf verzichten.«

Mitchell trommelte mit dem Daumen gegen das Lenkrad. »Nehmen wir mal an, dass deine Schwestern nichts mit dem Mord zu tun haben. Mein Bruder hat mir gesagt, der Anruf in seiner Kanzlei wäre gegen acht Uhr morgens gewesen, aber Dean ist erst nachmittags um drei aufgekreuzt. Was hat er also in der Zwischenzeit in Monroeville getrieben?«

Mit einem Mal war sie hellwach. »Gute Frage. Glaubst du, er hat sich mit einem ehemaligen Kumpel getroffen?«

»Oder mit einem ehemaligen Feind. Weißt du, mit wem er damals befreundet war?«

»Eigentlich nicht. Außerdem hat Mica erwähnt, dass er keine Verwandten mehr hatte.«

»Hatte er für die Hochzeit einen Trauzeugen?«

Regina nickte, aber der Name wollte ihr nicht einfallen. Er war kurz gewesen, ein Allerweltsname. »Stanley Soundso. Kirby – sein Nachname war Kirby.«

»Weißt du auch, wo wir ihn finden können?«

»Dean ist ein paar Meilen außerhalb der Stadt aufgewachsen, in einer Siedlung, die Macken heißt. Stanley stammt auch von dort, und so, wie ich ihn einschätze, wohnt er immer noch da.«

311

»Ist das in der Nähe von Macken Hollow, wo die Calvins gelebt haben?«

»Ja. Daher kannte Dean wahrscheinlich Rebecca Calvin.«

»Warum versuchen wir nicht einfach, diesen Stanley ausfindig zu machen? Bei der Gelegenheit können wir auch einen Abstecher zu Mr. Calvin machen und ihm ein paar Fragen stellen.«

»Einverstanden. An der nächsten Kreuzung musst du links abbiegen.«

Er deutete mit dem Kopf auf den Ordner in ihren Händen. »Bis wir da sind, könntest du dir mal die Berichte anschauen, vielleicht stößt du ja auf etwas.«

Regina fuhr die Scheibe wieder halb hoch und klappte dann mit zitternden Händen den Ordner auf. Ganz oben lag die ziemlich dunkle Kopie eines getippten Polizeiberichts. Art des Verbrechens: Totschlag. Opfer: Lyla A. Gilbert. Tatort: 1 Meile südlich der Eisenbahnstrecke an der Bradley Road, Nähe Armadillo Creek.

Leichnam in Cadillac Cabrio Bj. 78 gefunden, teilweise unbekleidet, mit Stichwunde in Brust. Keine Waffe am Tatort. Opfer hatte allem Anschein nach GV. Leichnam 16.30 Uhr von zwei Jägern entdeckt, Roger Bradley und Hilton Mann.

Also musste sie dort höchstens eine Stunde gelegen haben. Regina schloss kurz die Augen und hob dann den Kopf, um auf die Straße zu sehen.

»Was ist?«, meinte er.

»Bieg da vorne rechts ab.«

Er tat es. Einen Mann, der ihrer Wegbeschreibung folgte, musste sie einfach lieben.

Na ja ... überspitzt formuliert, natürlich.

»Wohin führt die Strecke?«, fragte er.

»Es ist zwar ein Umweg, aber er führt zur Liebesecke.«

Regina war in all den Jahren kein einziges Mal mehr dort gewesen. Immer, wenn sie nach diesem schrecklichen Tag mit ihren Schwestern zum Schwimmen an das Dilly Baggerloch gegangen war, hatten sie die Stelle tunlichst gemieden.

Sie mussten ein paar Minuten lang auf der Bradley Road fahren, einer schmalen Nebenstraße mit riesigen Schlaglöchern, bis sie die Durchfahrt zwischen den Bäumen entdeckte. »Da ist es.«

In langsamem Tempo fuhr er durch, wobei er auf tief herabhängende Äste achtete. Nach wenigen Metern wichen die Bäume einer grasbewachsenen Lichtung. In den getrockneten Lehmboden hatten sich kreuz und quer tiefe Furchen von Autoreifen eingegraben. Offenbar war die Liebesecke auch heute noch ein beliebter Anziehungspunkt. Irgendein gewissenhafter Mensch hatte sogar eine Metalltonne als Abfallbehälter aufgestellt.

»Ich kann nur hoffen, dass sich im Moment dort niemand herumtreibt«, murmelte er.

Sie lachte. »An einem Donnerstagmorgen?«

»Hast du was gegen ein Schäferstündchen am Donnerstagmorgen?«

»Ei...eigentlich nicht.«

»Gut.«

Regina legte die Stirn in Falten. »Am besten, du hältst hier und wir gehen den restlichen Weg zu Fuß.«

Da die Umgebung sich zwischenzeitlich stark verändert hatte, fand sie zunächst die Stelle nicht, an der Lylas Wagen geparkt hatte, bis sie nach oben schaute und den Felsvorsprung erspähte, auf dem sie damals bäuchlings auf ihrem Beobachtungsposten gelegen hatten. Der Vorsprung war deutlich zu sehen, weil der Baum, an dem sie damals heruntergerutscht war, mittlerweile umgekippt war und am Boden verfaulte. Innerlich wartete sie darauf, dass der furchtbare Schock aus der Vergangenheit sich wieder einstellte, aber tatsächlich lag über dem hier endenden, grasbewachsenen Weg, der von der Felswand und von

Bäumen umgeben war, eine friedliche und sogar romantische Atmosphäre.

Mitchell folgte ihrem Blick. »Wart ihr da oben, als es passiert ist?«

»Ja.«

»Und wo hat der Wagen gestanden?«

Sie nahm das Gelände in Augenschein und ging dann ein paar Schritte in eine bestimmte Richtung. »Hier, meine ich. Mit der Schnauze in diese Richtung.«

»Und in welche Richtung ist der Mörder davongerannt?«

»In die Richtung, aus der wir gekommen sind.«

»Dann könnte er also aus der Gegend gestammt haben?«

War es doch ihr Vater gewesen? »Möglich. Vielleicht hat er seinen Wagen auch in der Nähe geparkt oder ist ein Stück gegangen und dann getrampt, oder vielleicht ist er auch zu Fuß in die Stadt und hat sich von da aus abholen lassen.«

Er nickte angesichts all dieser möglichen Theorien und streckte dann die Hand aus.

Regina ergriff sie, ohne richtig zu begreifen. »Was ist?«

Er zog sie an sich und legte locker die Arme um ihre Taille. »Ich dachte gerade, dass du vielleicht zur Abwechslung eine gute Erinnerung an diesen Platz haben möchtest.«

Sie lächelte zu ihm hoch. »Und was genau hast du dir vorgestellt?«

»Einen Kuss, und wenn du auch noch die Brille abnimmst, klappt das umso besser.«

Sie nahm ihre Brille ab und näherte ihre Lippen seinem Mund. Der Kuss war süß und vertraut, aber leider viel zu kurz.

»Und, wie war das?«, meinte er.

»Denkwürdig«, räumte sie ein und strich mit dem Finger sanft über ihre Lippen.

Er schaute sie selbstgefällig an.

Sie legte den Kopf schief. »Ich habe mir gerade überlegt ...«

314

Er grinste. »Ja?«

»Ich würde mich gern mal mit den beiden Männern unterhalten, die Lylas Leichnam gefunden haben.«

Sein Grinsen verschwand wieder. »Oh. Das lässt sich bestimmt machen. Meinst du, die wohnen noch hier in der Gegend?«

»Schon möglich.« Sie setzte ihre Brille wieder auf, stapfte zu dem Van zurück und überflog kurz die Akten in dem blauen Ordner. »Hier stehen ihre Adressen. Dieser Bradley wohnt gar nicht weit weg von hier.«

Mitchell schenkte ihr ein kapitulierendes Lächeln. »Worauf warten wir noch?«

SECHSUNDZWANZIG

Hinterfragen Sie alles, was er sagt. Und macht. Und machen könnte.

Das Haus von Bradley war ein alter grauer Schindelbau an einem Kiesweg auf einem ebenen Stück Land, das idyllisch hätte wirken können, außer dass kein einziger Grashalm um den Betonblock herum wuchs. Die Erklärung dafür kam in Sicht, als sie neben einem mit Schlamm voll gespritzten Wrangler Jeep parkten – mindestens zwanzig Hunde in allen Größen und Rassen, die mit ihrem heiseren Gebell ein nervenzerreißendes Getöse veranstalteten. Sam drehte fast durch.

»Ruhig, mein Junge«, besänftigte Mitchell ihn und sah Hilfe suchend Regina an.

»Drück auf die Hupe. Und zwar kräftig.«

Er tat es, und die Hunde verstummten augenblicklich vor lauter Schreck. Als er erneut hupte, trollten sie sich, wobei ihr Bellen nun um einiges weniger bedrohlich klang. In diesem Augenblick öffnete sich die Eingangstür, und eine ältere Frau mit einem Geschirrtuch in den Händen kam heraus.

»Lass mich mit ihr reden«, sagte Regina, stieg aus und marschierte langsam auf das Haus zu. Sofort war sie von neugierigen Hunden umringt, die sie beschnüffelten und ihr hinterherjaulten. »Mrs. Bradley?«

»Ja.«

»Mein Name ist Regina Metcalf. Ich stamme hier aus der Gegend; meine Eltern sind John Metcalf und Cissy Gilbert.«

»Die haben doch diesen Antiquitätenladen.«

»Genau. Und das hier ist ein Freund von mir, Mitchell Cooke.«
Er nickte grüßend. »Hallo.«
Die Frau gab keine Antwort.

»Ist Ihr Mann zu Hause?«, fragte Regina.

»Macht gerade ein Nickerchen.«

»Wäre es möglich, mit ihm zu sprechen? Ich würde ihm gern ein paar Fragen stellen.«

»Worüber denn?«

»Ihr Mann soll damals den Leichnam meiner Tante Lyla Gilbert entdeckt haben.«

»Das ist jetzt schon gut zwanzig Jahre her, und plötzlich tauchen hier lauter Leute auf, die Fragen stellen.«

Vermutlich waren damit Brackens Anwälte gemeint, die den damaligen Ermittlungen nachgegangen waren. »Ja, Ma'am, ich weiß, aber es ist wichtig.«

»Ich werd ihn mal fragen, ob er mit Ihnen sprechen möchte.«

Während sie auf dem Hof warteten, verloren die Hunde das Interesse an ihnen und verzogen sich nach und nach. Irgendwann ging die Tür wieder auf, und die Bradleys erschienen im Eingang. Obwohl Roger Bradley noch ein wenig verschlafen wirkte, bat er sie auf die Veranda hoch. Sie stellten sich vor und nahmen anschließend auf staubigen schwarzen, schmiedeeisernen Stühlen Platz.

Mr. Bradley hustete ein paar Mal und schöpfte dann pfeifend tief Luft. »Auf dem Grundstück Ihrer Eltern ist diese Woche was passiert, nicht wahr?«

Regina zögerte einen Augenblick. »Leider ja.« Sie räusperte sich. »Mr. Bradley, ich hoffe, Sie können mir ein paar Fragen beantworten im Zusammenhang mit dem Mord an meiner Tante Lyla.«

»Hat das was damit zu tun, dass dieser Elmore Bracken eine neue Verhandlung anstrebt?«

»Ja, indirekt.« Sie schilderte ihm, wie sie und ihre Schwestern den Mord damals aus einiger Entfernung beobachtet hatten und warum sie nicht zur Polizei gegangen waren. »Als man Elmore Bracken verhaftet hat, dachten wir, die Sache sei erledigt. Aber mittlerweile haben sich lauter neue Fragen aufgetan, und wir wollen uns einfach nur vergewissern, dass der Richtige hinter Gittern sitzt. Ich habe mir damals den Wagen und den Tatort von nahem angesehen, und ich möchte gern meine Beobachtungen mit Ihren vergleichen.«

Er neigte den Kopf. »Okay.«

»Wie haben Sie den Wagen entdeckt?«

Er verschränkte die dicken, faltigen Finger ineinander. »Bin praktisch drüber gestolpert. Ich war mit Hilton Mann auf der Jagd – wir waren auf nichts Besonderes aus, wollten lediglich einen neuen Hund trainieren. An dem Tag war es brütend heiß. Der Hund hatte irgendwas gewittert und war davongelaufen, und wir haben nach ihm Ausschau gehalten. Haben ihn bei dem Wagen gefunden, wo er völlig außer sich war. Dann haben wir die Frau auf dem Sitz entdeckt, mausetot. Und so still. Alles war so still.«

Regina dachte schaudernd an den Tag zurück. Sie schluckte. »Haben Sie die Mordwaffe gesehen?«

Er schüttelte den Kopf.

»Mr. Bradley«, sagte sie und fuhr sich mit der Zunge über die Lippen. »Das hier ist sehr wichtig. Sind Sie sicher, dass auf dem Beifahrersitz nicht so was Ähnliches wie ein Messer lag?«

»Ja. Ich weiß noch, dass Hilton und ich angenommen haben, dass sie erschossen wurde, weil wir keine Waffe entdecken konnten.«

Sie glaubte ihm – er machte auf sie nicht den Eindruck, als würde er sich ein Souvenir von einem Tatort einstecken. »Lebt Mr. Mann auch noch hier in der Gegend?«

Er stieß ein betretenes Räuspern aus. »Nö, Hilton ist gestorben. Vor ein paar Jahren, an Krebs.«

»Das tut mir Leid. Vielen Dank, Mr. Bradley, dass Sie sich für uns Zeit genommen haben.«

Sie erhoben sich und gaben sich die Hände. Sie hatten den

kargen Hof bereits zur Hälfte überquert, als Regina plötzlich etwas einfiel. Sie drehte sich wieder um.

»Mr. Bradley, Sie haben eben gesagt, dass alles still war, als Sie auf den Wagen zugegangen sind.«

»Ja.«

»War das Radio nicht an?«

Er überlegte kurz und schüttelte dann den Kopf. »Nein. Alles war totenstill, bis auf das Bellen von unserem Hund. Ich weiß noch, dass ich das richtig unheimlich gefunden habe.«

»Vielen Dank.«

Nachdem sie in den Van eingestiegen waren, sah Mitchell zu ihr herüber. »Hast du nicht gesagt, dass das Radio lief, als du am Tatort warst?«

»Ja – und zwar in voller Lautstärke. Der Kerl ist mit dem Fuß versehentlich an den Lautstärkeregler gekommen, als er auf die Beifahrerseite hinübergekrochen ist. Ich denke, derjenige, der die Mordwaffe an sich genommen hat, hat auch das Radio abgestellt.«

»Vielleicht hat auch nur die Batterie irgendwann den Geist aufgegeben.«

»Innerhalb von einer Stunde?«

Er fuhr rückwärts aus der Auffahrt hinaus auf die Straße. »Steht in den Berichten irgendwas über den Zustand des Wagens?«

Sie sah nach. »Hier steht nur, dass der Wagen zum Polizeiparkplatz abgeschleppt worden ist, aber das geschah vermutlich, um Fingerabdrücke zu sichern.«

»Irgendwo stand aber auch, dass sämtliche Fingerabdrücke am Wagen abgewischt worden sind. Sie haben lediglich einige Teilfingerabdrücke gefunden, die zu Bracken gepasst haben, aber der hat zugegeben, dass er gelegentlich in dem Wagen gesessen hat, was also auch nichts beweist.«

Sie hatte plötzlich einen Geistesblitz. »Deshalb ist der Mörder zurückgekommen, um seine Fingerabdrücke abzuwischen!«

319

Er starrte sie an. »Mhm.«

»Verstehst du denn nicht? Wenn wir den Brieföffner ausfindig machen, haben wir auch den Mörder.«

»Oder wenigstens eine Spur zu ihm.«

»Richtig.« Ihre Aufregung legte sich wieder. »Denkst du, es hat etwas zu bedeuten, dass an Deans Wagen ebenfalls sämtliche Fingerabdrücke abgewischt worden sind?«

»Du meinst dieselbe Vorgehensweise lässt auf denselben Mörder schließen? Schon möglich, aber nicht zwingend.« Er deutete auf einen Tante-Emma-Laden am Straßenrand. »Wie wär's mit was zu trinken, bevor wir weiter Detektiv spielen?«

Detektiv spielen? Der Ausdruck gefiel ihr.

»Hab ich was Komisches gesagt?«

»Nein. Was zu trinken wäre gut.« Sie ließen Sam aus dem Wagen, damit er draußen herumtoben konnte, während sie sich in dem Laden Wasser und Saft besorgten. Die niedliche Verkäuferin wurde rot und geriet ins Stottern, als Mitchell sie anlächelte, und Regina stellte einmal mehr fest, wie hinreißend er doch war, wie sehr er ihr trotz ihres Widerstrebens immer wieder geholfen hatte, wie leicht es wäre ...

Nein. Sie würde sich nicht in ihn verlieben, und schon gar nicht jetzt, da ihr Leben so durcheinander gewirbelt worden war.

Natürlich würde dieses Durcheinander auch erklären, warum sie ausgerechnet in so einem Moment derartige Gedanken beschäftigten.

»Alles okay?«, fragte er, ohne zu ahnen, mit welchen Hirngespinsten sie sich gerade herumplagte.

»Ja, lass uns fahren.«

Sie setzten ihre Fahrt fort, dieses Mal in Richtung Macken. Die Wiese an der schmalen, gepflasterten Straße war frisch gemäht worden. Karg säumte sie die sich schlängelnde Strecke und verströmte den herrlichsten Duft, den man sich vorstellen

konnte. Dahinter erstreckten sich auf beiden Seiten Getreide-
und Tabakfelder und Rinderweiden, die ein idyllisches Bild ab-
gaben, aber auch von dem harten Leben der hier ansässigen
Kleinbauern zeugten.

»Das hier ist Gottes Land«, bemerkte er.

Sie nickte und fragte sich, wie wohl ihr Leben verlaufen wäre,
wenn sie woanders aufgewachsen wäre. Besser? Schlechter?
Entwickelte sich der Charakter eines Menschen nach einem
vorbestimmten Muster, unabhängig von der jeweiligen Umgebung? Schon möglich. Selbst wenn sie in der Stadt groß geworden wäre, wäre sie auch dort das mittlere Kind gewesen, eingenommen von den starken Persönlichkeiten ihrer Schwestern.
Und wenn es nicht Dean Haviland gewesen wäre, dann hätten
Justine und Mica einen anderen beziehungsweise etwas anderes
gefunden, worum sie sich gestritten hätten.

»Wie gefällt dir eigentlich Boston?«, fragte er.

»Sehr gut. Ich mag das Leben in der Stadt, dieses ständige
Pulsieren.«

»In welchem Stadtteil wohnst du?«

»In der Nähe von Roxbury, und von meinem Büro aus kann
ich den Charles River überblicken. Kennst du dich in Boston
aus?«

»Ja, von früher.«

»Während deiner Zeit als Anwalt?«

»Richtig. Ich habe am Boston College Jura studiert.«

Sie schaute ungläubig drein. »Im Ernst?«

»Im Ernst. Ich verfolge immer noch die Spiele der Red Sox.«

»Warum bist du weggezogen?«

Er hob die Schultern. »Nachdem ich meine Zulassung als Anwalt hatte, habe ich eine Stelle bei der Bezirksstaatsanwaltschaft
in Raleigh angeboten bekommen. Das war nicht weit weg von
meiner Familie, und die Stadt schien mir so gut wie jede andere,
um beim Strafgericht zu arbeiten.«

»Dann warst du damals Staatsanwalt.«

»Ja, Ma'am.«

»Vermisst du deinen alten Beruf nicht?«

Er schürzte die Lippen. »Manchmal schon. Manchmal aber auch nicht.« Er streckte den Finger aus. »Wo muss ich hier abbiegen?«

Offenbar wollte er nicht darüber reden. »Links. Nach ungefähr einer Meile müsste rechts der Billardsalon kommen, gleich neben der Tankstelle. Dort können wir mal nach Stanley Kirby fragen.«

Ticks Billardsalon war ein heruntergekommener, kleiner Schuppen, in dem Jugendliche den ganzen Abend lang Freibier erhielten, solange sie für drei Dollar pro Spiel Billard spielten, während draußen bei den Mülltonnen Haschisch an Volljährige verkauft wurde. Hier trieb sich nicht gerade das beste Publikum herum, aber solange Tick ein Auge darauf hatte, dass es zu keinen größeren Reibereien kam, sah der Sheriff großzügig darüber hinweg.

Als sie den Laden betraten, wandten sich ihnen sämtliche Augen zu. »Verhalte dich einfach ganz normal«, murmelte sie ihm zu.

»Anscheinend fallen wir hier ein wenig auf«, gab er leise zurück.

Tatsächlich hatte Regina noch nie so viele hautenge Jeans, hohe Stiefel und Pferdeschwänze auf einem Fleck gesehen – und das betraf nur die Männer. Die Mädchen, die sich an die Männer klammerten, sahen aus, als wären sie durch die Mangel gedreht und hinterher nass aufgehängt worden. Wo man auch hinblickte, lauter Tattoos und Schnupftabak und Zigaretten, und über allem hing ein penetranter Schweißgeruch. Aus den Lautsprechern schallte Countrymusic von Tim McGraw.

Lächelnd nickte Regina den Gästen zu, an denen sie in Richtung Theke vorbeigingen. »Hallo«, grüßte sie den Mann hinter dem Tresen, der einen massigen Oberkörper hatte und gerade einen Cheeseburger herunterschlang. »Das sieht ja richtig lecker aus – ich nehme auch einen.«

»Mach gleich drei daraus«, sagte Mitchell und nahm auf einem Hocker neben ihr Platz. Sam legte sich neben sie auf den Boden. »Dazu zwei Bier und eine Schüssel Wasser. Das mit meinem Hund hier ist doch okay, oder?«

»Solange ihr es nicht der Gesundheitsbehörde steckt, werde ich es auch nicht tun.« Der Mann zapfte ihnen zwei Bier vom Fass und füllte eine herumstehende Saucenschüssel mit Wasser. »Drei Cheeseburger!«, brüllte er durch das offene Schiebefenster hinter ihm und machte sich dann wieder über seinen eigenen her.

Mitchell stellte die Schüssel zu Sam hinunter und nahm danach einen ordentlichen Schluck von seinem Bier. Regina wartete, bis der Schaum sich ein wenig aufgelöst hatte, bevor sie ebenfalls einen Schluck nahm. Kalt, erfrischend, gut.

»Kann ich hier Zigaretten kaufen?«, fragte Mitchell den Barmann.

Verwundert hob sie eine Augenbraue, aber er ignorierte sie.

Der Mann griff nach unten und warf dann eine halb volle Schachtel auf den Tresen. »Geht aufs Haus.«

Mitchell nickte zum Dank und zündete sich eine der Zigaretten mit einem Streichholz aus einem Heftchen an, auf dem der Name des Ladens stand.

»Hierher verirren sich selten Touristen«, bemerkte der Barmann mit vollen Backen.

»Ich stamme aus der Gegend«, erwiderte Regina und nickte kurz. »Regina Metcalf.«

Der Mann runzelte die Stirn. »Metcalf ... etwa die Tochter von John?«

»Genau.«

»Ich kenne von euch nur die scharfe Braut – die aus der Werbung.«

»Meine Schwester Mica«, sagte sie, immer noch nickend.

»Genau. War da nicht auch noch 'ne Rothaarige?«

»Meine Schwester Justine.«

»Genau. Und welche davon bist du?«

Sie schob ihre Brille auf der Nase hoch. »Die Dritte im Bunde.«

»Ach so ...« Er wackelte mit einem seiner Wurstfinger herum. »Erst neulich hat man doch Dean Haviland mit einer Kugel im Leib auf eurem Grundstück gefunden.«

»Stimmt. Unerfreuliche Sache.«

»War das dein Alter?«

»Wir glauben nicht«, mischte Mitchell sich ein. »Hast du Dean gekannt?«

»Ja, klar. Als er noch hier gewohnt hat, hat er sich oft hier rumgetrieben – das muss jetzt zehn, vielleicht auch zwölf Jahre her sein. Letzten Dienstag ist er bei mir aufgekreuzt. Wahrscheinlich habe ich ihm seine letzte Mahlzeit serviert – ganz schöne Scheiße, was?«

Regina wollte gerade den Mund öffnen, um all ihre Fragen loszuwerden, doch in diesem Moment drückte Mitchell ihr Knie unter der Theke und ließ seine Hand darauf liegen. Er zog an seiner Zigarette und wandte den Kopf ab, als er den Rauch wieder ausstieß. »Um wie viel Uhr war das denn?«

Misstrauisch kniff der Barmann die Augen zusammen. »Seid ihr etwa von den Bullen?«

»Nein. Ich habe mit Dean noch eine Rechnung offen, und deshalb muss ich wissen, mit wem er an dem Tag gesprochen hat.«

Der Mann rollte die Zunge im Mund herum und produzierte dabei ein paar beeindruckende Schmatzgeräusche. »Kann mich nicht mehr recht erinnern.«

Mitchell zog seine Brieftasche heraus, zückte einen Hunderter und drückte ihn dem Fettwanst in die Hand. »Um wie viel Uhr hast du gesagt?«

Der Schein verschwand sofort. »Gegen elf.«

»War er allein?«

»Anfangs ja, aber hinterher hat er sich mit Stan Kirby und Gary Covey in eine Nische dort hinten verzogen.«

»Wozu?«

Er zuckte mit den Achseln. »Keine Ahnung.«

Mitchell drückte ihm einen weiteren Hunderter in die Hand. »Streng mal deinen Grips an.«

Der Barmann blickte sich verstohlen um, dann beugte er sich dicht vor und tat so, als würde er den Tresen abwischen. »Ich habe mitbekommen, wie Dean gesagt hat, dass er den Jackpot knacken würde, aber dass er Unterstützung braucht, um die Sache durchzuziehen.«

»Welche Art von Unterstützung?«

»Na ja, Stan vertickt nebenbei alle möglichen Drogen – Shit, Valium, Viagra.«

»Viagra?«

»Ja, die Hausfrauen hier in der Gegend rühren das Zeug ihren Göttergatten heimlich in den Kaffee. Wie auch immer, jedenfalls hat Stan Dean ein Pillenfläschchen gegeben; keine Ahnung, was genau drin war.«

Vielleicht die Pillen, die Dean Justine aufgedrängt hatte? Regina musste sich zwingen, Mitchell nicht anzuschauen. Seine Hand glitt erneut nach unten, und wieder drückte er ihr Knie. Sie rätselte, ob er ihr damit sagen wollte, sich weiter stumm zu verhalten, oder ob es sich um eine zärtliche Geste handelte.

»Wer ist der andere Kerl – dieser Covey?«

Der Barmann schnaubte verächtlich. »Ein Kleinkrimineller und Schläger. Richtiger Abschaum. Ich hab nichts von dem mitbekommen, was er gesagt hat.«

»Wie lange sind die drei geblieben?«

»Ungefähr eine Stunde, lange genug für einen Burger und ein paar Bierchen.«

»Hast du die anderen beiden seit Dienstag nochmal gesehen?«

»Nö.«

In diesem Moment strömte eine ganze Schar in den Laden und nahm die Barhocker neben ihnen in Beschlag, sodass der Unterhaltung ein Ende gesetzt wurde.

»Burger sind fertig!«, brüllte jemand, und drei volle Teller erschienen in der Durchreiche.

Der Barmann servierte ihnen das Essen, und Mitchell stellte einen der Teller zu Sam hinunter. Dampfende Burger mit salzigen Fritten und einer matschigen Gurke auf einem Spieß. Reginas Magen knurrte vor lauter Vorfreude.

Während sie ihre Burger aßen, schauten sie sich die Sportnachrichten in dem Fernseher über der Bar an, sodass sie nicht in Versuchung gerieten, über die neuen Informationen zu diskutieren.

»Eure Red Sox sind in dieser Saison ziemlich schwach«, bemerkte Mitchell.

»Immerhin haben wir ein Baseballteam«, gab sie zurück, wobei sie nach wie vor meinte, seine Hand auf ihrem Knie zu spüren.

Schließlich machten sie sich wieder auf den Weg. Sam machte es sich hinten auf der mit Teppich verkleideten Ladefläche bequem und war bereits eingenickt, bevor Regina sich angeschnallt hatte. »Was hat Dean wohl mit ›den Jackpot knacken‹ gemeint?«

»Keine Ahnung, aber es muss irgendwas mit diesen Pillen zu tun haben. Vielleicht wollte er Mica zudröhnen, damit sie wieder zu ihm zurückkommt. Möglicherweise war Justines Zimmer die einzige Möglichkeit für ihn, um ins Haus zu gelangen.«

»Aber trotzdem, wo ist der Zusammenhang mit dem Jackpot? Mica hat gesagt, dass sie pleite ist. Und Dean hatte keine Lebensversicherung.«

»Nicht auf seinen Namen. Aber vielleicht auf Micas?«

Eine ziemlich böswillige Unterstellung, aber die Tatsache, dass sie sogar solche Möglichkeiten in Betracht zogen, spiegelte nur die momentane Situation wider.

»Wenn er vorgehabt hätte, euch drei mit dem, was Mica ihm anvertraut hat, zu erpressen, hätte er nicht den anonymen Hinweis abgegeben.«

»Außer wenn er auf ein hübsches Sümmchen als Belohnung spekuliert hat, wie Justine bereits erwähnte.« Sie sah ihn eindringlich an. »Hätte er Geld im Austausch für Informationen bekommen können, die Bracken für die Anhörung hätten nützlich sein können?«

»Nein, es ist keine Belohnung ausgesetzt worden. Außerdem spricht die Tatsache, dass er den Hinweis anonym abgegeben hat, eher gegen diese Theorie.« Er fuhr sich über das Kinn. »Nein, ich vermute, dass er euch drei mit dem Anruf in ein schlechtes Licht rücken wollte, vielleicht weil er vorhatte, Mica umzubringen, es als Selbstmord zu tarnen und ihre Lebensversicherung einzustreichen, oder um jemandem Angst einzujagen, der eventuell etwas mit dem Mord an eurer Tante zu tun hat.«

»Also Erpressung?«

»Möglich. Vielleicht hat er demjenigen damit gedroht, dass ihr ihn identifizieren könnt, und ihm dann einen Deal vorgeschlagen.«

»Meinst du damit, er wollte uns alle umbringen?« Sie schluckte. »Aber wenn Dean denjenigen kannte, der was mit dem Mord an Lyla zu tun hat, hätte er uns für die Erpressung gar nicht gebraucht.«

»Vielleicht hat er ja nur jemanden in Verdacht gehabt, ohne die Einzelheiten zu kennen, bis Mica ihm erzählt hat, was du damals gesehen hast. Möglicherweise konnte er auch nichts sagen, ohne sich selbst zu belasten.«

Allmählich schwirrte ihr der Kopf.

»Zumindest haben wir ein paar neue Anhaltspunkte, die wir an den Sheriff weiterleiten können«, meinte er. »Womöglich war Dean auch auf was anderes aus, irgendeine krumme Sache – beispielsweise ein großer Drogendeal –, für die er die Unterstützung seiner Kumpels brauchte. Die Sache könnte schief gelaufen sein und ihn das Leben gekostet haben. Oder vielleicht sind seine Kumpels auch gierig geworden und haben beschlossen, den Deal ohne Dean durchzuziehen.«

»Und wie erklärst du dir, dass Justines Waffe verschwunden ist?«

»Vielleicht ist Dean zurückgekommen und hat sie eingesteckt. Mica hatte nämlich seine Waffe. Die Haustür war nicht verschlossen, und wir waren in unser Gespräch vertieft – es wäre also ein Leichtes für ihn gewesen, sich hereinzuschleichen und sie vom Tisch zu entwenden.«

»Weißt du noch, ob die Waffe dort lag, als du mit Dad aufgebrochen bist?«

Er schüttelte den Kopf. »Ich habe nicht darauf geachtet.«

Regina gefiel die Sorgenfalte zwischen seinen Brauen nicht, die plötzlich aufgetaucht war. »Was ist los?«

»Falls der Mörder deiner Tante immer noch frei herumläuft, könnten du und deine Schwestern in Gefahr sein.«

Das hatte sie bis jetzt nicht bedacht.

Mitchell drehte sich seitlich auf seinem Sitz herum, um ihr ins Gesicht zu schauen. »Erzähl mir nochmal genau, was passiert ist, als ihr beim Spazierengehen im Wald beschossen worden seid.«

Sie wischte seine Beunruhigung mit einer abwehrenden Geste beiseite. »Das war bloß ein Jäger, der sich verirrt hat. So was passiert hier am Bach ständig. Pete hat gemeint ...«

»Pete war auch da?«

»Er ist an dem Tag einer Anzeige gegen einen Landstreicher nachgegangen und hat gedacht, es könnte sich um Justines Ver-

328

folgerin handeln. Er hat den Schützen zwar gesehen, ist ihm aber nicht hinterher, weil er sich zuerst um uns gekümmert hat.«

»Ist Pete vor oder nach dem Schuss aufgetaucht?«

Regina zog die Stirn kraus. »Danach. Außerdem sind zwei Schüsse auf uns abgegeben worden. Wir haben uns sofort auf den Boden geworfen, weil wir zuerst auch gedacht haben, dass es diese Crane ist. Justine hat dann gebrüllt, dass sie eine Waffe hat, und daraufhin hat Pete zurückgerufen, dass es bloß ein Jäger gewesen sei.«

Seine Augen wurden schmal. »Habt ihr den Jäger selbst gesehen?«

»Nein. Worauf willst du eigentlich hinaus?«

»Dass Pete vielleicht was mit der Sache zu tun hat. Was deine Tante betrifft, ist er ja auch darin verwickelt.«

Regina schüttelte den Kopf. »Pete mag zwar mal ein Verhältnis mit ihr gehabt haben, aber er hat sie bestimmt nicht umgebracht. An dem besagten Tag hat er nämlich mit seiner damaligen Freundin in der Liebesecke geparkt und ist ungefähr zwanzig Minuten, bevor Lyla dort aufgetaucht ist, weggefahren. Das haben wir von oben beobachtet.«

»Dann hat Pete vielleicht jemanden gedeckt, weil er den Ruf seines Vaters nicht gefährden wollte.«

Sie stieß ein kurzes Lachen aus. »Ich bezweifle doch stark, dass Pete uns erschießen wollte.«

»Vielleicht wollte er euch ja nur Angst einjagen.«

»Aber zu dem Zeitpunkt war unsere Geschichte noch gar nicht heraus.«

»Dann hat Dean ihn vorab informiert.«

Einen Moment lang dachte sie über diese Theorie nach, dann lächelte sie und fächelte sich Luft zu. »Ich glaube, wir sind in diesem Punkt auf dem Holzweg.«

Mit nachdenklichem Gesicht startete Mitchell den Wagen.

»Trotzdem kann es nicht schaden, wenn du und deine Schwestern auf der Hut seid.«

Ihr war klar, dass er überreagierte, aber seine Besorgtheit verursachte auch ein warmes Kribbeln in ihrem Bauch.

Macken Hollow war nur noch wenige Meilen entfernt. Ein Landarbeiter mit einer Hacke über der Schulter erklärte ihnen den Weg zu Mr. Calvins Haus. Dieses entpuppte sich als schlicht und winzig, machte allerdings einen ordentlichen Eindruck von außen, mit dem hübschen Garten dabei. Die Garage, die an das Haus grenzte, war doppelt so nett anzuschauen und doppelt so groß. Ihr fiel wieder ein, dass Pete erwähnt hatte, Mr. Calvin habe nebenbei auch einen Autohandel betrieben.

Sie parkten vor der Garage und ließen die Wagentüren offen, damit Sam reichlich Frischluft bekam. Anschließend marschierten sie auf die Eingangstür zu. Das Haus hatte keine Veranda, sondern lediglich eine kleine Rampe aus Zement, die auf beiden Seiten von ausgedörrten gelben Gartenchrysanthemen gesäumt wurde.

»Sieht aus, als wäre keiner da«, meinte Mitchell.

»Vielleicht steckt er ja hinter dem Haus.«

Über Ziegelsteine, die einen Pfad vorbei an mehreren Apfelbäumen bildeten, gelangten sie um das Haus herum zum Garten. Auf einem kleinen, gepflasterten Bodenstück stand ein wackliger Plastiktisch mit einem dazu gehörenden Stuhl neben einem Gasgrill. Sofort stieg Mitleid mit dem alten Mann in ihr hoch, der seit so vielen Jahren schon alleine lebte.

»Nette Aussicht«, bemerkte Mitchell.

Tatsächlich konnte man von Mr. Calvins Garten aus weit in die Ferne blicken, über eine Anhöhe zur nächsten, durchkreuzt von Stacheldrahtzäunen und unzähligen Reihen grasgrüner Tabakstauden. Begeistert sog sie die Luft ein.

»Sieh mal«, sagte er und zeigte nach rechts.

In einiger Entfernung wachte eine riesige Eiche über zwei Grabsteinen.

Unweigerlich ging Regina auf das provisorische Familiengrab zu, und Mitchell folgte ihr auf dem ausgetretenen Trampelpfad durch die hohe Wiese. Im Schatten der ausladenden Baumkrone war es ein paar Grad kühler, aber ihr rieselte allein bei dem Anblick schon ein kalter Schauer über den Rücken. Neben den gepflegten Gräbern und den glänzenden anthrazitfarbenen Grabsteinen stand eine kleine Bank aus Kalkstein. Sie konnte sich Mr. Calvin bildlich darauf vorstellen, wie er mit seiner verstorbenen Tochter und seiner Frau Zwiesprache hielt. Catherine E. Calvin, gestorben im Alter von siebenunddreißig Jahren, und Rebecca E. Calvin, gestorben mit fünfzehn. Ihre Ähnlichkeit konnte man an den ovalen Fotos erkennen, die vorne in die Grabsteine eingefasst waren: Beide waren rothaarig, mit heller Haut, und beide lächelten auf den Porträts.

Auf den Gräbern lagen frische Schnittblumen, allerdings war Rebeccas Grab mit einer weiteren Beilage geschmückt – nämlich mit einem Bild von Dean Haviland, das aus der Zeitung ausgeschnitten worden war und durch das sich ein Messer in die Erde bohrte.

SIEBENUNDZWANZIG

Wenn Sie ihm nachweinen, benutzen Sie wasserfeste Mascara.

Regina ließ den Blick über die Klappstuhlreihen wandern und betrachtete die klägliche Anzahl der Trauernden um Dean Haviland.

Zu ihrer Rechten saß Justine, gekleidet in einem »Geh-zur-Hölle-Rot«. Sie wirkte gefasst und beschwerte sich murmelnd über das Rauchverbot in Aussegnungshallen. Zu ihrer Linken saß Mica, mit tränenüberströmtem Gesicht und ganz in Schwarz gehüllt, die abgeschnittenen Haare von einem Hutungetüm verdeckt – sie hatte sie alle beschworen, nichts davon zu sagen, bis ihr und ihrem Agenten klar war, was sie tun konnten. Neben Justine hockte Pete in voller Deputy-Ausrüstung, der sich unentwegt kratzte. An Micas Seite saß eine Reporterin der Lokalpresse, die in ihrem Trägerkleid ein Gesicht machte, als bereute sie zutiefst, dass sie gekommen war, vor allem nachdem sie sich alle geweigert hatten, mit ihr zu sprechen. Neben ihr saß eine ältere Frau mit einer riesigen Brille und in einem silberfarbenen Kostüm, die, wie sie Regina erzählt hatte, sich im Datum geirrt hatte und ursprünglich der Bestattung eines entfernten Verwandten beiwohnen wollte. Dann hätte sie sich jedoch kurzfristig entschlossen, lieber an einem Trauergottesdienst für einen Fremden teilzunehmen, der feuerbestattet worden war, als sich zu Hause *Der Preis ist heiß* anzuschauen.

Cissy hingegen wollte nach wie vor nicht das Bett verlassen und hatte sich zudem eine Sommergrippe eingefangen; ob diese nun echt war oder nur vorgetäuscht, konnte Regina nicht beurteilen. Onkel Lawrence stand ihnen doppelt bei, indem er zum einen seiner Schwester regelmäßig vorlas und zum anderen sei-

332

nen Bodyguard vor ihrem Haus postiert hatte, um die Reporter-
meute abzuhalten, die das Haus der Metcalfs zwischenzeitlich
belagerte, nachdem ihre anrüchige Geschichte durchgesickert
war und es in den Regionalnachrichten gerade keine anderen
Schlagzeilen gab, die damit mithalten konnten.

Heute Vormittag hatten sie und ihre Schwestern sich diesem
demütigenden Lügendetektortest im Büro des Sheriffs unterziehen müssen. Obwohl Regina nichts zu verbergen hatte, war sie
am Rande einer Hysterie gewesen vor lauter Angst, sie könnte
ihren Vater belasten. Denn als sie gefragt worden war »Wissen
Sie, wer Dean Haviland umgebracht hat?«, hatte sie mit ihrer
Antwort eine Sekunde zu lange gezögert. Weniger schlimm,
aber trotzdem nervenaufreibend war ihre unbegründete Furcht
gewesen, Fangfragen gestellt zu bekommen, beispielsweise ob
sie sich schon jemals einen Porno angeschaut oder einen kom-
pletten Fertigkuchen auf einmal vertilgt habe. Das war zwar
nicht geschehen, aber die Auswertung der anderen Aussagen
würde einige Stunden in Anspruch nehmen. Erst morgen würden sie erfahren, ob sie gelogen hatten.

Auch Mitchell war heute im Laufe des Tages im Büro des
Sheriffs aufgetaucht, um einen der Beamten davon zu überzeugen, den Spuren nachzugehen, die sie aufgedeckt hatten. Doch
da John nach wie vor verschwunden blieb, standen ihre Theorien auf wackligen Beinen. Dies hatte sie sich schließlich selbst
eingestehen müssen, nachdem sie ein bisschen Zeit gehabt hatte, um über die Gespräche nachzudenken, die sie geführt hatten.
Lediglich die Aussagen über die Tabletten, die Dean Justine hatte geben wollen, schienen einigermaßen plausibel. Die Pillen
waren bereits zu einem Labor nach Asheville geschickt worden.

Letzte Nacht hatte sie sich schlaflos hin und her gewälzt, weil
sie sich ständig hatte ausmalen müssen, dass ihr Vater krank war
oder verletzt oder ... noch schlimmer. Onkel Lawrence machte
sich ebenfalls die größten Sorgen und hatte sich stundenlang

hinter das Telefon geklemmt, um alle möglichen Leute, Krankenhäuser und Hotels sowie Polizeistationen im gesamten Bundesstaat abzuklappern.

Mitchell hatte ihr angeboten, sie zu dem Gottesdienst zu begleiten, aber sie hatte ihm versichert, dass das nicht nötig sei, obwohl ihr nichts lieber gewesen wäre, als ihn in ihrer Nähe zu haben. Das Letzte, was sie jetzt noch brauchen konnte, war, in eine gefühlsmäßige Abhängigkeit zu geraten, zumal sie den Verdacht hatte, dass er ihr lediglich aus einem neu entflammten Pflichtgefühl als Anwalt zur Seite stand.

Von der Trauerfeier versprach sie sich, dass ein jeder mit den schrecklichen Ereignissen der vergangenen Tage ein kleines Stück abschließen konnte, obwohl sie einräumen musste, dass der therapeutische Effekt größer gewesen wäre, wenn sie den Leichnam vor sich aufgebahrt sehen könnten. Es war beinahe unmöglich zu glauben, dass der unverbesserliche Dean Haviland nun in einem Behälter ruhte, der einem überdimensionalen Cocktailshaker ähnelte.

Die Urne aus rostfreiem Stahl war auf einer marmornen Pflanzensäule aufgebahrt worden, umgeben von Farnwedeln aus Seide, und wurde aus dem Hintergrund von einer rötlichen Lampe angestrahlt, die eigentlich dem toten Fleisch schmeicheln sollte. Die Szenerie war im besten Fall kitschig zu nennen, im schlimmsten Fall geschmacklos.

Die Feuerbestattung hatte erneut zu Streit zwischen ihren beiden Schwestern geführt, doch als das Thema aufgekommen war, hatte sie selbst einfach den Raum verlassen, bevor die Fetzen flogen. Sie wusste nicht, wie die Diskussion geendet hatte, aber immerhin waren sie alle im selben Wagen hierher gekommen, und das war doch schon etwas.

Tate Williams, der Besitzer und Geschäftsführer des Beerdigungsinstituts, ging in diesem Moment in einem glänzenden Anzug nach vorne und bedeutete mit einem höflichen Hüsteln, dass die Andacht gleich beginnen würde, für den Fall, dass jemand noch die Toilette aufsuchen wollte. Da Mica sich für eine nichtreligiöse Feier entschieden hatte – vermutlich aus Angst, dass sie sonst alle vom Blitz getroffen werden würden –, hatte Tate eingewilligt, die Trauerrede zu halten. Er war ein merkwürdig aussehender Mann mit wächserner Haut, der regelmäßig Haarspray benutzte, sodass man sich unwillkürlich fragte, ob er im Laufe der Jahre zu viel Formaldehyd über die Hände aufgenommen hatte.

»Willkommen, Freunde«, begann er. »Wir haben uns heute hier zusammengefunden, um das Leben von Dean Matthew Haviland zu würdigen, ein Leben, dem tragischerweise frühzeitig ein Ende gesetzt worden ist.«

Mica fing leise an zu weinen, und Regina drückte ihre Hand. Auf der anderen Seite starrte Justine mit unbewegtem Gesicht nach vorn.

In feierlichem Ton hielt Tate eine standesgemäße Abschiedsrede, die einem Mordopfer ohne Familie, ohne Freunde und ohne echte Errungenschaften angemessen war. Tate zog den Vergleich zwischen dem Leben und einer Kerzenflamme, einer Sanduhr und einem Marathon. Er sprach von Bewährungsproben und Schicksalsschlägen und »troubled waters«. Und als ihm schließlich die Liederzitate aus den Siebzigern ausgingen, sagte er schließlich die drei Worte, auf die alle gewartet hatten.

»Und zum Schluss«, meinte er in nachdrucksvollem Ton und mit schwermütiger Miene, »bleibt mir noch zu sagen, dass der Tod eine Bewährungsprobe für die Lebenden ist.« Dann verstummte er und überließ sie ihren eigenen Gedanken, doch für Regina war die einzig gewonnene Moral der Geschichte, dass man mit einer Kugel im Leib endet, wenn man ein Leben als betrügerischer, hinterhältiger, manipulierender Schmarotzer lebte.

»Möchte vielleicht noch jemand ein paar Worte über Dean sagen?«, fragte Tate nun.

Justine bewegte sich, doch Regina presste schmerzhaft die

Hand ihrer Schwester zusammen und bedachte sie mit einem warnenden Kopfschütteln. Mica weinte immer noch und war nicht in der Verfassung, etwas zu sagen. Da die anderen betreten schwiegen, erhob sich Regina. Sie überlegte fieberhaft, was sie Tröstendes sagen sollte, aber beim Blick in die Gesichter ihrer Schwestern kam ihr lediglich in den Sinn, wie dieser Kerl auf ihnen allen herumgetrampelt und ihre Schwächen ausgelotet hatte, um ihnen anschließend ins Gesicht zu lachen.

»Dean war eine schillernde Persönlichkeit«, begann sie in der Hoffnung, dass ein Wort das nächste ergeben würde. Nervös trat sie von einem Bein auf das andere. »Aber ... er hat sein Leben in vollen Zügen genossen.« So konnte man es auch ausdrücken. »Und er hat einen bleibenden Eindruck bei den Menschen hinterlassen, die ihm begegnet sind.« So weit, so gut. Gespannt und auf Trost hoffend blickten ihre Schwestern sie an. O Gott. Doch als sie ihre kummervollen Mienen sah, fielen ihr die nächsten Worte wie von selbst ein.

»Ungeachtet seiner menschlichen Schwächen«, fuhr sie leise lächelnd fort, »ist Dean das große Glück zuteil geworden, dass ein jeder von uns sich für sein Leben erhofft. Er wurde nämlich geliebt.« Sie kehrte an ihren Platz zurück und war erstaunt, als ihr von beiden Seiten die Hände gedrückt wurden.

Tate Williams war die enorme Erleichterung über den unerverhofften Beistand anzusehen, und da er offensichtlich zu der Meinung gelangt war, dass man es bei diesem positiven Abschluss belassen konnte, bedankte er sich bei allen für ihr Kommen und wies darauf hin, dass im Vorraum Kaffee, Limo und Fleischbällchen bereitständen. Anschließend trat er zu ihnen, um zuerst Mica, dann Justine und ihr die Hand zu geben, wobei er es, welcher Teufel ihn auch immer dabei reiten mochte, mit Pete, der Reporterin und der Brillenschlange genauso machte.

Danach nahm er die Urne und streckte sie Mica entgegen. »Möge er in Frieden ruhen.«

Ratlos starrte Mica auf die Urne. »Soll ich ihn jetzt einfach raustragen?«

Tate nickte ihr ermutigend zu und drückte ihr die Urne in die Hände. »Wirst du seine Asche hier verstreuen oder später in LA?«

»Ich habe mir noch keine Gedanken über den geeigneten Ort gemacht.«

Justine schnaubte verächtlich. »Das ist doch kein Problem. Überleg einfach, wo er uns am meisten unter die Haut gegangen ist, genau da wird er seinen Seelenfrieden finden.«

»Mica?«

Sie drehten sich alle nach der Männerstimme um. Ein Fremder stand vor ihnen. Er war um die vierzig, attraktiv, gut gekleidet.

Micas Gesicht hellte sich augenblicklich auf. »Everett!« Sie gab Justine die Urne und rannte zu ihm, um ihn zu umarmen. »Was machst du denn hier?«

Regina und Justine sahen sich verwundert an; dann senkte Justine den Blick stirnrunzelnd auf die Urne.

Mica zog den Fremden zu ihnen herüber und stellte ihn als Everett Collier vor, ihren Agenten.

Misstrauisch musterte er Justine, da er offensichtlich wusste, dass wegen ihr sein Millionenprodukt zu Hause in einem Schuhkarton lag. »Ich möchte mich entschuldigen, dass ich erst jetzt komme«, sagte er. »Aber ich hatte etwas Schwierigkeiten, das Bestattungsinstitut zu finden.« Bekümmert sah er Mica an. »Ich wollte meinem Lieblingsmodel in so einer schweren Stunde beistehen.«

»Das wette ich«, murmelte Justine leise. Regina verpasste ihr einen leichten Stoß, aber sie fragte sich ebenfalls, ob zwischen den beiden etwas lief oder ob er sich nur um die Zukunft von Micas Karriere sorgte.

Als Nächstes kam Deputy Pete auf sie zu, der seinen Hut in den Händen hielt. »Herzliches Beileid, Mica, Justine, wegen ...« Er deutete auf die Urne in Justines Händen. »Ihr wisst schon.«

Justine wirkte überrascht, dass er ihr ebenfalls sein Beileid ausgesprochen hatte, aber sie dankte ihm trotzdem mit einem Nicken.

Danach wandte sich Pete an Regina. »Kann ich dich mal kurz sprechen?«

Sie folgte ihm an das andere Ende der leeren Stuhlreihe. Bei seinem Gesichtsausdruck blieb ihr Herz einen Augenblick stehen. »Hast du Neuigkeiten über Dad?«

Er schüttelte den Kopf. »Aber dafür ist mein Dad ziemlich verärgert darüber, dass du mit diesem Cooke zusammen herumschnüffelst und alle möglichen Fragen stellst.«

»Pete, wir stehen alle auf der gleichen Seite – wir wollen nur die Wahrheit herausfinden.«

Er zog die Stirn kraus, wandte kurz den Blick ab und sah sie dann wieder an. »Ich verstehe einfach nicht, wieso du diesem Komiker mehr vertraust als mir. Was weißt du überhaupt über ihn, abgesehen von dem, was er dir selbst erzählt hat?«

Ungläubig kniff sie die Augen zusammen. »Mitchell hat mehrfach bewiesen, dass ich ihm vertrauen kann.«

»Ich habe eher den Eindruck, dass er sich verdammt schnell in eure Familienangelegenheiten eingemischt hat.«

Zorn stieg in ihr hoch angesichts seiner Unterstellung, sie sei ein naives kleines Ding, das sich gegenüber einem Fremden viel zu vetrauensselig verhalte. Klein war sie bestimmt nicht.

Mit dem rechten Schuhabsatz kratzte er sich am linken Schienbein. »Und dann stellt sich auch noch heraus, dass er in die Bracken-Anhörung verwickelt ist.«

»Mitchell nimmt an, dass zwischen dem Mord an Lyla und dem an Dean ein Zusammenhang besteht.«

Er seufzte und fuhr sich mit der Hand über den Mund. »Mir ist klar, dass du nicht glaubst, dein Vater sei schuldig, aber du lässt dich von Cooke gewaltig in die Irre führen. Der versucht doch nur, stichhaltige Zweifel in dem Gilbert-Fall zu streuen, damit es zu einer neuen Verhandlung kommt und er zusammen mit seinem Bruder Bracken herauspauken kann. Und du arbeitest denen direkt in die Hände.«

Sie versuchte, ruhiger zu atmen und gegen die leise Stimme in ihrem Kopf anzukämpfen, die ihr zuflüsterte: *Er hat Recht. Du hattest anfangs auch Bedenken, aber du hast sie wieder über Bord geworfen, weil Mitchell all seinen Charme versprüht und dich damit eingewickelt hat.*

Er sah sie kummervoll an. »Typen wie Haviland und Cooke nutzen doch nur andere Menschen aus, und ich möchte dir einfach eine Enttäuschung ersparen.«

Die Besorgtheit in seinen blauen Augen drosselte ihre anfängliche Wut wieder. Schließlich hatte sie Mitchells charmante Art gegenüber Petes von Herzen kommenden Aufmerksamkeiten den Vorzug gegeben.

»Die Frauen sind immer hinter den verwegenen Typen her. Das können Sie einem ehemaligen schlimmen Finger ruhig glauben.«

Mit einem Mal sah sie Mitchell in einem anderen Licht, und dies war alles andere als angenehm. Regina fuhr sich über die Lippen und berührte Petes Arm. »Ich weiß es wirklich zu schätzen, dass du dir Sorgen um mich machst, und ich bin dir für deinen Rat dankbar. Danke auch, dass du heute Abend gekommen bist – ich weiß, das hast du für uns getan.«

»Das hab ich für dich getan«, verbesserte er und nahm ihre Hand.

»Regina?«

Sie blickte auf und sah, dass Mitchell auf sie zukam, mit einer Hose und einer sportlichen Jacke bekleidet.

Pete legte die Stirn in Falten und ließ ihre Hand wieder los. »Wenn man vom Teufel spricht«, murmelte er. »Ich verzieh mich mal besser.«

»Pete.«

Er wandte sich um.

»Wenn dieses ganze Chaos mal vorüber ist, können wir ja vielleicht unser Essen nachholen. Aber dann richtig.«

Er lächelte. »Jederzeit.« Dann ging er an Mitchell vorbei, ohne ihn eines Blickes zu würdigen.

Mitchell stellte sich zu ihr und sah Pete nach. »Hat er ein Problem?«

»Ja, du bist das Problem«, entgegnete sie, ohne einen vorwurfsvollen Unterton vermeiden zu können.

Seine Brauen schossen in die Höhe. »Lass mich raten – er hat dir nahe gelegt, dass wir der Polizei nicht ins Handwerk pfuschen sollen.«

Sie drehte sich um in Richtung Ausgang; Justine, Mica und ihr Agent steuerten gerade darauf zu. »So ähnlich.«

»Wer ist denn der Kerl dort drüben?«

»Micas Agent. Wahrscheinlich ist er gekommen, um den Schaden zu begutachten.«

»Was hat sie jetzt vor – will sie sich vielleicht ihre Haare wieder einflechten lassen?«

»Wirklich, keine Ahnung.«

»Vertragen sich deine Schwestern mittlerweile wieder?«

Sie schenkte ihm ein strahlendes Lächeln. »Wirklich, keine Ahnung.«

»Dann hältst du dich also endlich aus ihren Streitereien heraus.«

Trotzig schob sie das Kinn vor wegen seiner vorschnellen Einschätzung, was ihr Verhältnis zu ihren Schwestern betraf. »Deine Kommentare kannst du dir sparen«, sagte sie über ihre Schulter hinweg.

»Entschuldige. Wie war die Trauerfeier?«

»Gut. Ich bin froh, dass wir es hinter uns haben.«

»Ich dachte, wir könnten vielleicht was essen gehen«, schlug er vor. »Und uns über das unterhalten, was ich heute herausgefunden habe.«

»Eigentlich hatte ich vor, den Abend zu Hause mit meiner Familie zu verbringen.«

Er hielt sie von hinten fest. »Hey, was ist eigentlich los?«

Regina betrachtete sein schönes Gesicht, die Lachfältchen um seine Augen, bei deren Anblick ihr Puls stets schneller schlug. Pete hatte Recht – mit seinem Charme und seinem Lächeln hatte er sich in ihr Herz geschlichen, und sie hatte kaum Gegenwehr geleistet. Wie einfältig von ihr zu glauben, dass er an ihr als Frau interessiert war. »Was los ist?«, brachte sie hervor. »Nichts.«

»Dann lass mich dich wenigstens nach Hause fahren.«

An der Tür blieb sie neben Justine stehen. »Ich fahre mit Justine.«

Mit geschürzten Lippen sah Justine Regina und Mitchell abwechselnd an und wandte sich dann an Mica. »Willst du auch mit uns fahren?«

Mica blickte Everett an.

»Kein Problem. Fahr ruhig mit deinen Schwestern«, meinte der.

»Du fährst uns einfach hinterher«, sagte Mica. »Zu Hause können wir uns dann in aller Ruhe unterhalten.«

Mitchell sah Regina an, als warte er ebenfalls auf eine Einladung, aber sie stellte sich stur. »Vielleicht können wir uns ja morgen unterhalten«, beschied sie ihm und folgte ihren Schwestern nach draußen zu Justines Wagen. Der Parkplatz war ziemlich leer – lediglich der Leichenwagen, Mitchells Van und Everetts teurer Mietwagen parkten gegenüber von Justines Mercedes. Stirnrunzelnd dachte sie an die ältere Dame, die ohne Einladung der Trauerfeier beigewohnt hatte. Sie musste wohl mit einem der regelmäßigen Besucher gekommen sein, die das Bestattungsinstitut als eine Art Kontaktbörse betrachteten.

Justine blieb kurz vor ihrem Wagen stehen, um nach ihrem Schlüssel zu kramen. Sie sah Mica an und deutete auf die Urne.

»Möchtest du Dean zurückhaben? Oder soll ich die Urne behalten, jetzt, wo dein neuer Freund hier ist?«

Regina verdrehte die Augen – welchen Waffenstillstand ihre Schwestern auch immer vereinbart hatten, er hatte nicht lange gehalten.

Wütend starrte Mica Justine an und umklammerte die Urne. »Everett ist nicht mein neuer Freund.«

Störrisch hielt Justine die Urne fest. »Und warum hing dann sein Jackett in deinem Bad?«

Mica zerrte an der Urne. »Das geht dich überhaupt nichts an, du neugieriges Luder. Hättest du mir nicht die Haare abgeschnitten, hätte Everett gar nicht kommen müssen.«

Justine zerrte jetzt ebenfalls an der Urne. »Ich hätte eine Axt benutzen sollen, genau wie bei dem Schrank.«

Sehnsüchtig schaute Regina in die Richtung, wo Mitchells Van stand – vielleicht war es ja noch nicht zu spät, um mitzufahren. Er sah ebenfalls zu ihr herüber. Sie schwor sich, in Zukunft nicht mehr so durchschaubar zu reagieren, und nahm Justine den Schlüssel aus der Hand. »Wenn ihr beide wieder zur Vernunft gekommen seid, könnt ihr einsteigen.«

Regina schloss den Wagen auf und glitt hinter das Lenkrad, wobei sie den Kopf darüber schüttelte, dass das Gezerre um die Urne anhielt. Sie steckte den Schlüssel ins Zündschloss und drehte ihn um, drauf und dran, die beiden sich selbst zu überlassen. Im nächsten Moment erschütterte ein lauter Knall die Luft, sodass der ganze Wagen wackelte, und einen Moment lang dachte sie, jemand hätte einen Schuss abgegeben. Als sie jedoch die zersplitterte Windschutzscheibe und die hochgebeulte Motorhaube sah, unter der Rauch hervorquoll, wurde ihr klar, dass es eine Explosion gewesen war. Zu ihrem Entsetzen konnte sie trotz des Qualms sehen, dass ihre Schwestern nicht mehr vor dem Wagen standen.

Hastig kletterte sie aus dem Auto. Noch bevor sie die

Schwestern sah, hörte sie, wie Mitchell und Everett auf sie zugerannt kamen. Einige Meter vom Wagen entfernt lagen Justine und Mica auf dem Asphalt und bewegten sich, waren jedoch über und über von hellem Aschestaub bedeckt.

Jetzt bemerkte sie die offene Urne neben einem Reifen, sodass ihr klar wurde, wessen Asche heruntergeregnet war.

»Was ist passiert?«, meinte Justine, die unwissentlich Deans Überreste ausspuckte. Sie sah aus, als wäre sie mit einer riesigen Quaste eingepudert worden – lediglich die Augen leuchteten heraus.

»Der Motor ist explodiert«, antwortete sie und half Justine und Mica auf die Beine, mit einem unguten Gefühl im Bauch, dass den beiden gleich das wahre Ausmaß der Katastrophe bewusst werden würde. Sie übergab Mica an Everett und schob Justine beiseite, während Mitchell die Motorhaube hochklappte. Der Motorblock brannte. Mitchell schlüpfte aus seiner Jacke und machte sich daran, die Flammen damit auszuschlagen.

»Seid ihr okay?«, fragte sie ihre Schwestern. »Nichts gebrochen?«

Beide schüttelten den Kopf und sahen an sich herunter – die Arme von sich gestreckt. Justine hielt mit einem Mal inne. »O Gott – ist es das, was ich denke?«

Regina presste die Faust gegen den Mund, um das im Moment völlig unangemessene Bedürfnis zu unterdrücken, in Lachen auszubrechen. Sie nickte.

»Was?«, sagte Mica, die die Arme schüttelte. »Was ist das?«

Justine entfuhr ein unterdrückter Schrei. »Das ist Dean, du dumme Kuh.«

ACHTUNDZWANZIG

Schminken Sie sich den Kerl gründlich ab.

Justine hatte das Wasser unter der Dusche so heiß aufgedreht, wie sie es aushalten konnte, und schrubbte sich mit Seife und einer harten Bürste gründlich die Haut. Sie versuchte, nicht daran zu denken, dass es sich um Deans Überreste handelte, die zu ihren Füßen gerade den Abfluss hinuntergespült wurden. Mittlerweile bedauerte sie ihre Bemerkung von vorhin wegen Dean, der unter die Haut ginge, zumal sie einiges von seiner Asche geschluckt hatte. Zwar hatte ihr Tate Williams versichert, dass ein bisschen verschluckte Asche niemandem ernsthaft schaden könne, doch wenn sich jemand aus dem Totenreich an ihr rächte, um ihr Leben noch weiter zu ruinieren, dann konnte das nur der verdammte Dean Haviland sein.

In diesem Moment wurde die Badtür geöffnet.

»Justine!«, rief Regina.

»Ja?«

»Der Sheriff ist hier und möchte mit dir sprechen.« Die Tür schloss sich wieder.

Justine fluchte vor sich hin, wobei sie noch ein paar neue Schimpfworte erfand. Nachdem sie sich ein letztes Mal abgebraust hatte, wickelte sie ein Handtuch um die Haare und nahm einen Bademantel aus Frottee vom Türhaken – einer der nichtkosmetischen Artikel, den sie im vergangenen Jahr in die Pflegeserie von Cocoon aufgenommen hatte. Und nun sah es so aus, als würde sie nie wieder in ihr gläsernes Eckbüro hoch über den Dächern zurückkehren.

Gott, was würde sie jetzt für eine Tasse Muskattee geben. Stattdessen schlüpfte sie rasch in ein Paar Jeans und einen Freizeitpulli und zog dazu ihre Sandaletten an. Dann ging sie noch kurz mit den Fingern durch ihre Haare und machte sich anschließend auf den Weg nach unten, wobei sie mit bangem Herzen darauf hoffte, dass der Sheriff Neuigkeiten von ihrem Vater haben würde. Aber hätte Regina ihr es nicht gleich gesagt, wenn man John gefunden hätte? Sie würde es sich nie verzeihen, wenn er in Schwierigkeiten geraten würde ... und das nur wegen ihr.

Alle hatten sich im Fernsehzimmer versammelt, auch Cissy und Onkel Lawrence. Mica wirkte rosig und frisch geschrubbt, während ihr Agent einen perplexen Eindruck machte. Regina saß vor dem Bücherschrank, an ihrer Seite Deputy Pete und nicht Mitchell, der sich seltsamerweise in der entgegengesetzten Ecke aufhielt. Und inmitten des Raums thronte Sheriff Hank Shadowen. Er deutete auf einen leeren Ohrensessel. »Setz dich, Justine. Ich habe mit euch dreien zu reden.«

»Haben Sie Daddy gefunden?«, fragte sie. »So sagen Sie schon.«

»Nein, wir haben euren Daddy nicht gefunden.«

Sie setzte sich. »Was gibt es dann?«

»Es hat sich jemand an deinem Wagen zu schaffen gemacht.«

Sie runzelte die Stirn. »Wie bitte?«

»Ein uralter Trick«, bemerkte Pete. »Ein Zündkabel lösen, die Benzinleitung durchtrennen, das Kabel in das Leck legen, und sobald man den Motor startet – bumm.«

»Dein Tank war fast leer«, sagte der Sheriff. »Sonst wärt ihr drei jetzt wahrscheinlich tot.«

Sie schluckte und sagte dann leise: »Ich fahre immer mit fast leerem Tank.« Ihr Blick wanderte durch den Raum. »Hat vielleicht jemand eine Zigarette für mich?«

Mitchell reichte ihr eine Zigarette und ein Feuerzeug, und sie dankte ihm mit einem Nicken. »Dann hat also jemand meinen Wagen manipuliert, während wir in der Kapelle waren?«

»Sieht ganz so aus.«

»Etwa Lisa Crane?«

»Wir wissen es nicht sicher, aber sie zählt auf jeden Fall zu den Verdächtigen. Regina und Mica haben gesagt, dass bei der Trauerfeier eine Frau war, die sie nicht kannten.«

Sie kniff die Augen zusammen. »Stimmt ... mit einer großen Brille.«

Regina nickte. »Könnte sie das gewesen sein?«

Justine nahm mit zitternden Fingern einen tiefen Zug von ihrer Zigarette. »Ich weiß nicht – gut möglich. Ich kann mich nur noch an die Brille erinnern.«

Der Sheriff stieß ein Knurren aus. »Jedenfalls hat Tate Williams sie noch nie zuvor gesehen, und sie ist gleich nach der Zeremonie verschwunden, noch bevor die Explosion losging.«

Sie stieß eine Rauchwolke aus. »Dann wollen Sie mir also damit sagen, Sheriff, dass ich von einer Wahnsinnigen verfolgt werde.«

»Möglich, aber leider muss ich euch noch etwas Unerfreuliches mitteilen.« Er reichte ihr ein Blatt Papier, das wie ein Laborbefund aussah.

»Bei den Tabletten, die Dean dir aufgedrängt hat, handelt es sich um Ecstasy, das mit so genanntem PMA gestreckt war, Parametho irgendwas. Laut Labor ist das ein Stimulansmittel, das die Körpertemperatur ansteigen lässt, bis das Nervensystem anfängt zu brutzeln. Zwei davon hätten schon gereicht, um dich umzubringen.«

Und Dean hatte ihr gleich drei gegeben. Ihr gefror das Blut in den Adern. »Wollen Sie damit sagen, dass er mich absichtlich umbringen wollte?«

»Keine Ahnung. Glaubst du denn, dass er dich umbringen wollte?«

»Sheriff, wir können uns auch den ganzen Abend im Kreis drehen – woher soll ich denn wissen, was für Absichten Dean Haviland hatte?«

Eine Weile starrte er sie durchdringend an. »Na schön«, meinte er schließlich. »Trotzdem wirst du mir erklären müssen, was für Absichten du an jenem Abend hattest.« Er stieß ein bekümmertes Schnauben aus und sah dann zu Mica hinüber. »Das gilt auch für dich, Mica. Mittlerweile liegen uns die Ergebnisse des Lügendetektortests vor, wonach du und Justine nicht die Wahrheit gesagt habt. Das muss zwar nicht bedeuten, dass eine von euch die Mörderin von Dean ist, aber Fakt ist, dass ihr uns absichtlich mehrfach belogen habt.«

Justine schloss die Augen.

»Ihr habt jetzt die Wahl«, fuhr er fort. »Entweder ich verhafte euch beide sofort, und ihr könnt euch einen Anwalt nehmen, oder ihr sagt mir endlich, was zum Teufel in dieser Nacht passiert ist.«

Justine schlug die Augen wieder auf und starrte zu Mica hinüber, die mit weit aufgerissenen Augen zurückstarrte. Himmel, musste die ihr eigentlich ständig alles nachmachen? Herausfordernd sah sie Mica an. »Ich benötige keinen Anwalt.«

Mica schob das Kinn vor und ignorierte die flehenden Blicke ihres Agenten. »Ich auch nicht.«

Regina sah aus, als würde sie jeden Moment aus der Haut fahren. Cissy fing an zu weinen.

»Wir anderen sollten uns jetzt zurückziehen«, schlug Mitchell vor.

»Nein, ich möchte, dass jeder bleibt, wo er ist«, widersprach Mica.

Justine spreizte die Finger. »Und ich möchte endlich mein Gewissen erleichtern.«

Der Sheriff gab Pete ein Zeichen, der daraufhin ein Notizheft hervorzog. »Wer will beginnen?«

»Ich«, sagte Mica und erhob sich, um sich ihren protestierenden Agenten vom Leib zu halten. »Ich habe gelogen, was Justines Waffe auf dem Tisch unten betrifft. Die Wahrheit ist, dass ich sie an mich genommen habe und Dean hinterhergelaufen bin. Ich wollte ihm alles heimzahlen, was er mir angetan hat.« Sie brach in Tränen aus, und zwischen ihren Zähnen blitzte ihre Zungenspitze hervor. »Aber auf der Vorderveranda habe ich gemerkt, dass die Waffe nicht geladen war. Also habe ich sie dort abgelegt und bin wieder reingelaufen, um Munition aus meiner Waffe zu nehmen. Dabei ist mir Regina in die Quere gekommen, die mich gebeten hat, ihr zu helfen, den Putz in Justines Zimmer aufzuwischen.«

Der Sheriff sah Regina an, die das mit einem Nicken bestätigte.

»Bis ich das Magazin aus der Waffe in meinem Koffer herausgenommen hatte und wieder nach draußen gelaufen bin, war der Revolver bereits weg.«

»Und weiter?«, fragte Sheriff Shadowen.

»Nichts weiter. Dass die Waffe verschwunden war, hat mich wachgerüttelt. Ich habe mich auf die Veranda gehockt und zehn Minuten lang wie Espenlaub gezittert, dann bin ich wieder nach oben und habe das Magazin zurück in meine Waffe im Koffer gesteckt.«

Justine verengte die Augen. »Du wolltest ihn also mit meiner Waffe erschießen?«

»Aber nicht, um es dir anzuhängen – ich dachte nur, dass es mir nicht gelingen wird, mit meiner eigenen Waffe unbemerkt das Haus zu verlassen.« Mica richtete den Blick auf den Sheriff. »Ich wollte ihn zwar tatsächlich umbringen, aber ich habe es nicht getan, das schwöre ich. Und ich weiß auch nicht, was mit dem Revolver geschehen ist.«

»War euer Vater in der Nähe, als du die Waffe auf der Veranda abgelegt hast?«

»Er war im Haus.«

»War er da auch noch, als du bemerkt hast, dass die Waffe verschwunden war?«

Sie zögerte kurz und schüttelte dann den Kopf. Ihr Blick wanderte zu Cissy. »Es tut mir Leid, Mom. Ich wollte es für Daddy nicht schlimmer machen, als es schon ist.«

Missmutig beobachtete Justine die beiden – sie hatten ja keine Ahnung, wie viel schlimmer es noch werden würde.

Sämtliche Augen richteten sich jetzt auf sie, und Justine merkte, dass sie bereits am Filter sog. Sie drückte die Zigarette aus und stieß den Rauch aus. »Eigentlich wollte ich ebenfalls Dean hinterherlaufen, aber ich habe mir in diesem Moment mehr Sorgen um Daddy gemacht. Gegen Mitternacht habe ich mir eine Taschenlampe genommen, bin an dem Spalier herabgeklettert und über den Trampelpfad zum Laden marschiert. Daddys Wagen war nicht da, aber dafür der von Dean, und er saß drin. Ich habe angenommen, dass er auf Mica wartet. Ich war so wütend wegen dem, was er getan hat, dass ich auf ihn losgehen wollte, ihn treten wollte – so was in der Art. Ich dachte, er schläft.« Ihr Blick verschwamm hinter Tränen.

»Als ich die Fahrertür aufgerissen habe, ist er herausgefallen. Tot. Erschossen. Und meine Waffe ist ebenfalls herausgefallen.« Sie wischte sich über die Augen. »Dann habe ich Panik bekommen – ich dachte, Daddy oder Mica hätten ihn umgebracht, und ich hatte keine Ahnung, was ich tun sollte. Draußen stand dieser Sperrmüllhaufen, und dann ist mir der Schrank ins Auge gestochen. Ich hielt das für die perfekte Lösung – so konnte ich den Leichnam unbemerkt verschwinden lassen.« Sie stieß ein hysterisches Lachen aus. »Ich weiß, die Idee war verrückt, aber ich wollte verhindern, dass Dean weiteres Unheil über unsere Familie bringt.« Sie schniefte laut und atmete tief aus. »Es war verflucht schwer, bis ich ihn in diesem Schrank hatte. Seine Arme und Beine ...« Die Stimme versagte ihr. »Aber irgendwann habe ich es doch noch geschafft. Danach bin ich zum Dilly Creek gefahren und habe dort die Waffe weggeworfen. Auf dem Rückweg habe ich den Wagen am Straßenrand abgestellt und den Schlüssel stecken lassen in der Hoffnung, dass ihn einer klaut. Dann habe ich ihn noch abgewischt, um mögliche Fingerabdrücke von mir und Daddy oder Mica zu beseitigen, und anschließend bin ich zu Fuß zurück zum Haus und wieder an dem Spalier in mein Zimmer hochgeklettert.«

Sie legte die Fingerspitzen an ihre Nase. »Das Ganze hätte auch funktioniert, wenn Regina und Mitchell nicht den Leichnam gefunden hätten.« Gequält lächelte sie die beiden an. Reginas Gesicht war tränenüberströmt. »Ich weiß, Sheriff, was ich getan habe, war falsch, aber ich habe Dean definitiv nicht umgebracht, was auch der Lügendetektortest bestätigen dürfte.«

Sein Gesichtsausdruck gab ihr Recht.

Sie stand auf. »Und, werden Sie mich nun verhaften?«

»Die Möglichkeit hätte ich«, entgegnete er. »Beseitigung einer Leiche und von Beweismaterial.«

Cissy heulte wie ein Schlosshund auf.

Lawrence erhob sich ebenfalls. »Kannst du da nichts machen, Hank? Schließlich konnte sie nicht klar denken – sie wollte damit lediglich John schützen.«

Der Sheriff stieß einen Seufzer aus. »Die Sache ist die, Justine. Es wäre für alle das Sicherste, dich in Schutzhaft zu nehmen, bis wir diese Crane gefunden haben.«

Sie griff sich an den schmerzenden Kopf und nickte. »Okay. Kann ich mir noch eine Tasche packen?«

»Sieh sie dir doch an, Hank«, meldete sich Lawrence erneut zu Wort. »Sie kommt gerade von einer Beerdigung und wäre beinahe in die Luft gejagt worden, und jetzt das. Sie braucht eine ordentliche Mahlzeit und eine ordentliche Portion Schlaf in ihrem eigenen Bett. Ich kann sie ja gleich morgen Früh zu euch fahren. Mein Leibwächter wird heute Nacht besonders die Augen offen halten.«

»Ich kann auch hier bleiben und aufpassen«, bot Pete an.

Der Sheriff ließ die Backenmuskeln spielen und nickte schließlich. »Na schön. Aber gleich morgen Früh.«

350

Justine erhob sich, lächelte ihren Onkel dankbar an und nahm ihre Mutter tröstend in die Arme. »Es tut mir Leid, Mom. Mir ist klar, dass es für John nicht gut aussieht.«

Cissy erwiderte die Umarmung. »John ist für sich selbst verantwortlich. Ihr müsst an euch denken, an eure eigene Zukunft.«

Justine unterdrückte weitere Tränen. Was für eine Zukunft? »Ich glaube, für heute mache ich Schluss.« Sie warf einen Blick in die Runde – Cissy hatte Onkel Lawrence, Regina hatte Pete *und* Mitchell, Mica hatte Everett, nur sie stand wieder einmal alleine da.

Regina erhob sich. »Justine ...«

»Nicht jetzt, Regina. Ich möchte mich gern zurückziehen.«

Ohne ein weiteres Wort drehte sie sich um und ging in ihr Zimmer hoch. Dort schloss sie das Fenster und drückte sich die Nase an der Scheibe platt, erleichtert über den Anblick von Lawrence' Leibwächter, der unten Wache hielt. Kurz darauf erschien Pete draußen, und die beiden Männer schüttelten sich die Hände. Sie fühlte sich sicher.

Nachdem die ersten Tränen geflossen waren, gab es kein Halten mehr. Dean hatte tatsächlich geplant, sie umzubringen. Sie hatte ihre besten Jahre damit verschwendet, einen Mann zu lieben, der ihre Gefühle nicht erwidert hatte und der sogar vorgehabt hatte, sie umzubringen, weil ... ja, weshalb eigentlich? Regina und Mitchell nahmen offenbar an, dass er einen lukrativen Deal in Aussicht gehabt hatte, irgendeine Erpressungsgeschichte oder einen Versicherungsbetrug. Ihr waren seine möglichen Motive völlig gleichgültig. Sie konnte zwar die Tatsache schlucken, dass er ein Lügner und Betrüger gewesen war, aber sie konnte sich beileibe nicht vorstellen, dass der Mann, in den sie sich damals mit siebzehn verliebt hatte, Mordabsichten gehabt haben sollte. Sich selbst hätte sie noch eher einen Mord zugetraut, aber keineswegs Dean.

Sie fühlte sich benommen, und ihr schwirrte der Kopf. Noch vor einer Woche war ihre Welt in Ordnung gewesen. Und nun war sie ins Bodenlose gefallen. Ihr Blick fiel auf die Kommode, in der sie den Muskat versteckt hatte. Wenn es einen günstigen Zeitpunkt für einen traumlosen Schlaf gab, dann heute Nacht.

NEUNUNDZWANZIG

Vermeiden Sie eine Überdosis an Liebe.

Mica reichte Everett eine Tasse Kaffee. »Ich kann immer noch nicht glauben, dass du hier bist.«

Bei seinem Lächeln machte ihr Herz einen Satz. »Mir war die Vorstellung zuwider, dass du ganz auf dich allein gestellt bist. Und jetzt, nachdem ich weiß, was du in letzter Zeit alles durchgemacht hast, wünschte ich, ich wäre früher gekommen.«

»Meine Familie ist eine einzige Katastrophe, nicht wahr? Ich mache mir die allergrößten Sorgen um meinen Dad – ich komme fast um vor Angst, dass er vielleicht ... ich kann es nicht einmal aussprechen. Ich könnte ja noch nachvollziehen, dass er Dean im Affekt getötet hat, aber selbst wenn John es getan haben sollte, würde er zur Polizei gehen und sich stellen. Und genau daher rührt auch meine Angst – tut mir Leid, ich wollte dich da nicht mit hineinziehen.«

Er nippte an seinem Kaffee und stellte die Tasse ab. »Das mit deinem Vater tut mir Leid, Mica, und es ist tragisch, dass Dean so jung sterben musste, obwohl ich nie ein Fan von ihm war und ihn auch ganz bestimmt nicht vermissen werde.« Er verschränkte die Finger. »Dafür vermisst du ihn sicher umso mehr. Wie geht es dir denn gesundheitlich?«

»Schon viel besser. Ich fühle mich stärker. Hab mehr Power als vorher.« Reuevoll fuhr sie sich kurz durch die Haare. »Die Schmerzen im Rücken und im Nacken sind weg.« Seufzend nahm sie den Deckel des Schuhkartons ab, in dem sie den abgeschnittenen Zopf aufbewahrte. »Stimmt es eigentlich, dass meine Haare versichert sind?«

Er befühlte das Zopfende. »Ja und nein. Es handelt sich

eigentlich um eine Lebensversicherung für den Fall, dass dir etwas zustößt.«

»Für den Fall, dass ich sterbe?«

Er nickte. »Beziehungsweise dass du für den Rest deines Lebens entstellt bist oder aus irgendeinem anderen Grund arbeitsunfähig. Das ist bei solchen Exklusivverträgen üblich, wenn eine Firma ihren gesamten Werbeetat in ein Gesicht steckt.«

Enttäuschung machte sich in ihr breit. »Was wird denn nun aus meiner Karriere?«

Everett seufzte und drückte ihre Hand. »Na ja, wir könnten es mit einer Haarverlängerung mit deinem Echthaar probieren, aber das wäre nicht dasselbe. Um ehrlich zu sein, Mica, ist mir die Marketing-Direktorin von Tara bereits wegen den geplatzten Fotoshootings aufs Dach gestiegen. Das könnte für sie der Vorwand sein, um deinen Vertrag ganz aufzulösen.«

Sie war versucht, über Justine vom Leder zu ziehen, weil diese ihr womöglich die Karriere zerstört hatte, aber tief in ihrem Innern wusste sie, dass das nur die Vergeltung war für ihr eigenes grausames Verhalten vor Jahren. In Wahrheit war der Verlust ihrer Haare und selbst der Verlust ihres Lebensunterhalts nichts verglichen mit dem, was sie Justine damals weggenommen hatte.

»Du bist immer noch eine wunderschöne Frau«, sagte er. »Selbst mit kurzen Haaren.«

Dankbar tätschelte sie seine Hand. »Ich bin zu alt, um es mit der Haut einer Fünfzehnjährigen aufzunehmen.«

»Vielleicht finden wir ja einen neuen Auftraggeber, der auf etwas ältere Kunden zielt.« Er legte den Kopf schief. »Ich werd mir was überlegen. Schließlich habe ich mehr als fünf Jahre in dich investiert.«

Die Zeitschaltuhr am Backofen fing an zu summen, und sie schnappte sich einen Ofenhandschuh. »Macht es dir was aus, wenn ich kurz zu Justine hochgehe und ihr ein Croissant bringe?

Sie hat nämlich noch nichts gegessen, und ich würde gern mal nach ihr sehen.«

Als sie sich umdrehte, starrte er sie mit einem äußerst merkwürdigen Gesichtsausdruck an.

»Everett?«

Er stand auf. »Mach du nur. Ich fahre zurück ins Hotel. Ich ruf dich morgen an, bevor ich wieder abreise.« Er klemmte sich den Schuhkarton unter den Arm. »Deine Haare nehme ich mit.«

Sie biss sich auf die Innenseite ihrer Wange. »Okay, wenn du es für das Beste hältst.«

»Ja.«

Mica legte zwei Croissants auf eine Untertasse und begleitete Everett zur Tür. Draußen zeichnete sich die Silhouette von Pete Shadowen ab, erkennbar an seinem Hut. »Ich ruf dich an«, sagte Everett zum Abschied und drückte ihr einen Kuss auf die Schläfe.

Verdutzt nickte sie. Dann schloss sie die Tür und ging beschwingten Schrittes mit dem Tablett nach oben zu Justines Zimmer. Sie klopfte an. »Justine, mach bitte auf, ich bin's, Mica. Ich hab warme Buttercroissants für dich.«

Als keine Antwort kam, drehte sie an dem Türknauf, aber es war abgeschlossen. »Justine, ich gehe erst wieder weg, bis du was gegessen hast.«

Ihr kam der Gedanke, dass Justine vielleicht im Bad war, sodass sie es von ihrem Zimmer aus versuchte, aber das Bad war leer. Sie drehte den Türknauf und musste mit einem Stirnrunzeln feststellen, dass die Badtür ebenfalls verschlossen war. »Justine?« Sie presste ein Ohr gegen die Tür, aber in Justines Zimmer rührte sich nichts. Rasch tastete sie den oberen Türrahmen ab, bis sich ihre Finger um einen uralten Dietrich schlossen. Sie würde nur kurz den Kopf durch die Tür stecken – falls Justine schlief, würde sie sie in Ruhe lassen. Sollte ihre Schwester jedoch lediglich schmollen, würde sie ein Wörtchen mit ihr reden, was schon lange überfällig war.

Mit einem leisen Klicken ging das Schloss auf. Vorsichtig öffnete Mica die Tür ein paar Zentimeter. »Justine?«

Erst jetzt vernahm sie ein anhaltendes Klappern. Irgendwas stimmte nicht. Als Mica das Licht anknipste, wurde sie von Entsetzen übermannt. Das Klappern kam von Justines Zähnen, deren Körper von unkontrollierten Krämpfen hin und her geworfen wurde.

DREISSIG

Lassen Sie gewisse Dinge nicht offen herumliegen.

Ich kann nicht fassen, was passiert ist«, sagte Regina nun schon zum hundertsten Mal, während sie unruhig in der Ecke des Wartesaals der Notaufnahme auf und ab wanderte. Die anderen Leute im Wartesaal blickten misstrauisch zu ihr herüber, vermutlich weil sie noch ihre rauchfarbene Trauerkleidung trug. Mittlerweile waren ihre Tränen versiegt. Und alles an ihr, was nicht taub war, pochte.

»Du machst dich noch ganz verrückt«, sagte Mitchell. »Warum setzt du dich nicht einfach?«

Weil sie befürchtete, an seiner Schulter zusammenzubrechen, die er ihr vor einigen Tagen schon einmal angeboten hatte. »Wer hätte gedacht, dass man sich mit einer Überdosis Muskat vergiften kann? Warum weiß ich so was nicht?«

»Weil du es nicht wissen möchtest.«

Abrupt hielt sie inne. »Was soll das nun wieder heißen?«

Er spreizte die Hände. »Du hast eben mit solchen Sachen nichts am Hut, und dein Freundeskreis vermutlich auch nicht.«

»Und was ist daran verkehrt?«

»Überhaupt nichts. Aber wenn man absolut sauber leben möchte, kann man eben bei bestimmten Sachen nicht mitreden.«

»Ich kann sehr wohl mitreden. Immerhin lebe ich in einer Großstadt, schon vergessen? Ich kenne den Straßenstrich, und ich habe immer Pfefferspray dabei. Und ich kenne die Handgriffe, um einen Mann schachmatt zu setzen.«

Seine Mundwinkel zuckten nach oben. »In der Tat, die kennst du.«

Obwohl sie seine Anspielung insgeheim genoss, ließ sie sich nach außen hin nichts anmerken. »Bloß weil ich die Einzige in der Familie bin, die nicht mit Drogen herumexperimentiert, heißt das noch lange nicht, dass ich nicht mitreden kann.«

»Drogen? Von jetzt an trinkst du keinen Kaffee mehr. Zumindest so lange nicht, bis der Arzt kommt.«

»Wo steckt eigentlich Mica?«

»Ich hab gesehen, wie sie zur Damentoilette gegangen ist. Und da wir gerade ein paar Minuten unter uns sind, würde ich gern ein paar Dinge mit dir bereden.«

»Na schön, schieß los.«

»Würdest du dich vorher bitte setzen? Oder wenigstens endlich mal stillstehen.«

Sie setzte sich.

Er legte den Kopf schief. »Glaubst du Justines Geschichte, dass Dean bereits tot war, als sie ihn gefunden hat?«

»Mir ist klar, was du denkst. Du glaubst, dass sie ihn umgebracht hat und dass das heute Abend ein Selbstmordversuch war.« An seinem Gesicht konnte sie ablesen, dass sie den Nagel auf den Kopf getroffen hatte. »Aber wenn sie ohnehin vorhatte, sich umzubringen, wozu sollte sie dann gelogen haben?«

»Vielleicht hat sie den Entschluss erst nach dem Gespräch mit dem Sheriff gefasst.«

»Wenn Justine Dean umgebracht hat, würde sie niemals zulassen, dass John die Schuld auf sich nimmt.«

»Und Mica kaufst du ihre Version auch ab?«

Regina zögerte kurz. »Ja.«

»Bist du sicher?«

»Ich ... ja. Können wir vielleicht das Thema wechseln?«

Er legte die Fingerspitzen unter das Kinn. »Diese Explosion heute hat mich auf einen Schlag zehn Jahre altern lassen. Ich bin froh, dass dir nichts passiert ist.«

Sie war froh, dass er froh war. »Danke, dass du das Feuer gelöscht hast. Jetzt ist deine Jacke leider ruiniert.« Sie schüttelte den Kopf. »Ich kann es nicht fassen, dass diese durchgeknallte Lisa Crane uns so nahe gekommen ist, ohne dass wir es bemerkt haben.«

Mitchell stieß ein Räuspern aus. »Und was, wenn es gar nicht Lisa Crane war?«

»Was soll das heißen?«

»Jeder denkt doch sofort, dass diese Verrückte es gewesen ist, die hinter Justine her ist, obwohl es doch genauso gut ein anderer Verrückter auf euch drei abgesehen haben könnte.«

»*Der versucht doch nur, stichhaltige Zweifel in dem Gilbert-Fall zu streuen ... Und du arbeitest denen direkt in die Hände.*«

»Mitchell, ich bitte dich ...«

»Die E-Mail-Adresse stammt übrigens von einem Computer aus der Stadtbibliothek in Monroeville.«

Sie erstarrte. »Kein Scherz?«

»David hat mich heute Morgen angerufen, um mir das zu sagen.«

»*... damit es zu einer neuen Verhandlung kommt und er zusammen mit seinem Bruder Bracken herauspauken kann.*«

»Aber man kann den User nicht ermitteln«, erzählte er weiter. »Es gibt über dreitausend Benutzer, die alle Zugang zu den Computern haben. Jeder kann sich mit einer beliebigen Adresse dort einloggen.« Er beugte sich vor und stützte die Ellbogen auf den Knien ab. »Daher ist es wahrscheinlich, dass der Brieföffner, den du damals am Tatort gesehen hast, identisch ist mit dem bei der Online-Auktion.«

Allmählich gewöhnte sich ihr Körper an die ständigen Adrenalinschübe. »Dann weiß also derjenige, dem ich die E-Mail geschickt habe, dass ich ihn mit dem Mord in Verbindung bringe.«

»Ja, vorausgesetzt er liest die Tageszeitung und geht davon aus, dass es sich bei Regina M., die ihn angemailt hat, um Regina

Metcalf handelt, die als neue Zeugin in dem Mordfall aussagen wird.«

»Aber die Bücherei muss doch feststellen können, wann die Adresse benutzt worden ist – vielleicht können sich ja die Angestellten erinnern, wer zu dieser Zeit an den Computern gesessen hat.«

»Das hat David bereits überprüft. Die elektronischen Daten werden nur drei Tage lang gespeichert, bevor sie wieder überschrieben werden.« Er stülpte die Unterlippe vor. »Für wie wahrscheinlich hältst du es, dass Mr. Calvin einen Benutzerausweis für die Bücherei hat?«

»Für sehr wahrscheinlich, aber was hat das mit dem Mord an Tante Lyla zu tun?«

Er zuckte mit den Achseln. »Ein einsamer Witwer in der Kleinstadt, der genau wie deine Tante regelmäßig im Antiquitätenladen vorbeigeschaut hat – vielleicht sind sie sich ja irgendwann über den Weg gelaufen.«

Sie zuckte zusammen. »Möglich. Jedenfalls steht fest, dass irgendwer in Monroeville diesen Brieföffner hat.«

»Jetzt vermutlich nicht mehr.«

Richtig, inzwischen hatte der Schuldige sicher die Mordwaffe verschwinden lassen – wahrscheinlich lag der Brieföffner jetzt auf dem Grund des Armadillo Creek, genau wie Justines Waffe. »Hast du das dem Sheriff erzählt?«

Er nickte. »Jedenfalls habe ich es versucht. Leider war er ein wenig eingeschnappt, als ich ihn gebeten habe, mir seinen Büchereiausweis zu zeigen.«

»Das war auch kein besonders kluger Schachzug.«

»Regina«, sagte er mit eindringlicher Stimme. »Du bist die einzige Verbindung zu diesem Beweisstück. Meiner Meinung nach bist du diejenige, die in höchster Gefahr ist, und nicht Justine.«

Ihr gefiel es, wie leicht ihm ihr Name über die Lippen kam ... bloß dumm, dass es in Zusammenhang mit einem Mord geschah. Sie betrachtete sein zerzaustes Haar, die verschlafenen Augen und den Bartschatten an seinem Kinn – all das hatte er allein ihrer Familie zu verdanken – und kam zu dem Schluss, dass sie ihm Recht geben musste. Sie war tatsächlich in höchster Gefahr ... sich in diesen Mann zu verlieben. Zum Glück konnte er ihre Gedanken nicht lesen. Wie die meisten Männer fasste er ihr Schweigen sicherlich als Zustimmung zu dem auf, was er soeben gesagt hatte.

Er erhob sich. »Zuerst dieser komische Jagdunfall und jetzt die Autoexplosion. Irgendwer will verhindern, dass du aussagst.«

Was hatte der Sheriff noch gleich gesagt über »Rechtsverdreher«? Wenn sie genau überlegte, machten Mitchells Worte beinahe Sinn. Sie hob die Hände. »Dann gebe ich eben eine eidesstattliche Erklärung ab, um aus der Schusslinie zu geraten.«

Seine Lippen wurden schmal. »Das ist nicht komisch.«

Sie seufzte. »Tut mir Leid. Hast du einen konkreten Verdacht, wer mir nach dem Leben trachten könnte?«

»Nun ja, wenn dein Mr. Calvin nebenbei Autos verkauft, dann weiß er bestimmt, wie man eine Benzinleitung manipuliert.«

»Aber das passt einfach nicht in das Bild, das ich von Mr. Calvin habe.«

»Niemand würde einem angesehenen Bürger der Stadt einen Mord zutrauen.« Er zupfte an seinem Kinn. »Bei beiden Vorfällen war Pete Shadowen in der Nähe, und obwohl er auf mich nicht den Eindruck macht, als würde er Bücher lesen, wüsste ich doch gern, ob er einen Ausweis für die Bücherei hat.«

Regina verschränkte die Arme. »Zu komisch. Pete denkt nämlich, dass diese merkwürdigen Vorfälle mit deinem Aufenthalt in der Stadt zusammenhängen.«

Mitchells Blick verfinsterte sich. »Hat er dir diesen Floh ins Ohr gesetzt, als ihr in der Kapelle miteinander gesprochen habt?«

Sie stand ebenfalls auf, um ihm direkt ins Gesicht zu schauen. »Floh ins Ohr gesetzt?«

Ein Räuspern erklang, und Regina drehte den Kopf. Mica stand vor ihnen und sah in ihren weiten Kleidern und dem Schlapphut jung und zerbrechlich aus. »War der Arzt schon da?«

»Noch nicht.«

»Warum dauert das so lange?«

»Ich werde mal fragen.« Regina warf Mitchell einen Blick zu, der sagen sollte »Habe ich nicht ohne dich schon genug Sorgen?«, und ging voran zum Schwesternzimmer. Nachdem sie kurz mit einer Schwester mit pinkfarbenen Gummihandschuhen gesprochen hatten, verschwand diese und kehrte gleich darauf mit einer Ärztin im Schlepptau zurück.

»Sind Sie eine Angehörige von Justine Metcalf?«

»Wir sind ihre Schwestern«, antwortete Regina mit Herzklopfen.

»Tut mir Leid, dass Sie so lange warten mussten – ich habe soeben erst ihren Krankenbericht fertig gestellt.«

»Wie geht es ihr?«

»Die nächsten paar Tage wird sie noch leiden müssen, aber sie wird sich wieder erholen.«

Erleichtert ließ Regina die Schultern sinken.

»Wir haben in ihrem Körper zwar keine Spuren von anderen Drogen gefunden, aber wissen Sie vielleicht, ob sie noch andere Substanzen nimmt?«

Regina schüttelte bedauernd den Kopf – schließlich war ihr in den letzten Tagen bewusst geworden, wie wenig sie eigentlich über das Leben ihrer Schwestern wusste. Mica schüttelte ebenfalls den Kopf.

»Hat sie zuvor schon einmal eine Überdosis Muskat genommen?«

Wieder konnten sie keine Antwort darauf geben.

»Dies ist zwar erst der zweite Fall einer Muskatvergiftung, der mir untergekommen ist, aber anhand der Menge von Myristic in ihrem Blut würde ich sagen, dass sie nur hin und wieder konsumiert hat und die Überdosis ein Unfall war.«

Erneut ein Grund zum Aufatmen. »Können wir zu ihr?«

»Wir nehmen sie auf, und sobald sie ein Bett zugewiesen bekommen hat, dürfen Sie zu ihr. Aber sie wird erst morgen wieder ansprechbar sein. Ich habe ihr Beruhigungs- und Entkrampfungsmittel verabreicht. Da sie dehydriert ist, haben wir sie an den Tropf gehängt. Und in den nächsten Tagen darf sie keine feste Nahrung zu sich nehmen.« Die Ärztin runzelte die Stirn. »Der Deputy hat angedeutet, dass sie verfolgt wird. Ist das richtig?«

Sie nickten. Regina schickte ein Stoßgebet für Pete zum Himmel, der Justine auf dem Rücksitz seines Jeeps zum Kreiskrankenhaus transportiert hatte. Mica war mitgefahren, außer sich vor Angst. Sie selbst war mit Mitchell in seinem Wagen nachgekommen. Auch er zählte zu denen, die anscheinend immer zur rechten Zeit am rechten Ort waren.

Aber war das Zufall oder Absicht?

»Justine hat in letzter Zeit unter enormem Stress gestanden«, erklärte Regina.

Die Ärztin verschränkte die Arme über einem Klemmbrett. »Der halluzinogene Wirkstoff in Muskat macht zwar nicht körperlich abhängig, aber bei regelmäßigem Konsum entsteht eine geistige Suchtgefahr. Auch wenn es harmlos scheint, sollte man es nicht unterschätzen, zumal zu wenig über Dosierung und Wirkung bekannt ist, sodass diesbezüglich oft herumexperimentiert wird. Bei einer Überdosis geht der Trip nicht nur nach hinten los, sondern es können auch schlimme Krämpfe und Zuckungen bis hin zu Nierenversagen eintreten.«

»Hätte Justine daran sterben können?«

»Das nicht gerade, aber es kommt zu heftigen Abwehrreaktionen des Körpers, um das Gift wieder auszuscheiden. In den nächsten achtundvierzig Stunden wird sie die Hölle durchmachen, und es besteht die Möglichkeit, dass sie vorübergehend eine Psychose durchleiden wird.« Ihre Lippen wurden schmal. »Keine schöne Erfahrung für jemanden, der nur ein bisschen high werden wollte. Danach wird sie vermutlich das Zeug nie wieder anrühren, aber wenn man ihr jetzt nicht zur Seite steht, wird sie vielleicht auf etwas anderes ausweichen.«

Nachdem sie sich bei der Ärztin bedankt hatten, fielen sich Regina und Mica vor lauter Erleichterung in die Arme und wiegten sich hin und her. In ihrer Familie waren solche Gesten eher selten. Dabei tat es doch so gut.

Als sie sich wieder voneinander lösten, meinte Mica: »Fahr nach Hause, Regina, ich bleibe bei Justine.«

»Ich leiste dir Gesellschaft.«

»Lass gut sein«, lehnte Mica ab. »Ich muss nämlich unbedingt mit ihr alleine sprechen. Um ... um alles wieder einzurenken.« Schlagartig erschien ein Lächeln auf ihrem Gesicht. »Das könnte vielleicht meine einzige Chance sein, mit ihr zu reden, ohne unterbrochen zu werden.«

Obwohl Regina am liebsten geblieben wäre, spürte sie dennoch, wie ernst es Mica war, und wenn ihre Schwestern auf diese Weise wieder zueinander finden würden, wäre dies nur ein kleines Opfer, das von ihr verlangt wurde. Mica versprach, sofort anzurufen, sobald man Justine in ein Zimmer verlegt hatte. Regina nickte und meinte, dass sie am nächsten Tag Cissy mitbringen würde, um Justine zu besuchen.

Auf der Rückfahrt in Mitchells Van schwieg sie die ersten paar Minuten. Es war erst halb elf, und der scheinbar längste Tag in ihrem Leben war noch nicht zu Ende. Im Wageninnern herrschte ein beißender Geruch, der von ihrer Kleidung ausging. »Hoffentlich geht's Sam gut«, bemerkte sie. Sie hatten ihn bei Cissy und Lawrence zurückgelassen.

»Aber sicher doch. Sam und ich sind beide sehr anpassungsfähig.« Er stellte einen Bluessender im Radio ein.

Er und Sam waren so etwas gewohnt, wollte er damit sagen. Schließlich würden sie bald wieder abreisen. Sie hingegen sollte sich nicht zu sehr an diese Begrüßungsstupser gewöhnen – sowohl von Sam als auch von Mitchell.

Vorhin hatte sie Cissy aus dem Krankenhaus angerufen, um ihr zu sagen, dass es Justine gut ging. Ihre Mutter hatte die Nachricht erleichtert zur Kenntnis genommen, und obwohl Regina es unter diesen Umständen für besser hielt, wenn Cissy im Hintergrund blieb, machte sie sich dennoch allmählich Gedanken darüber, warum ihre Mutter in letzter Zeit nicht mehr das Haus verließ ... als wollte sie etwas schützen ... als hätte sie etwas zu verbergen ...

Ein Ruck ging durch ihren Körper. Oder als wollte sie *jemanden* verbergen.

»Vergesst den Dachboden ... dein Vater hat diesen Backofen dort oben schon vor langer Zeit entrümpelt. Bis auf die Fledermäuse ist da nichts mehr.«

»Fahr schneller«, sagte sie und richtete sich auf.

»Was ist denn auf einmal los?«

»Ich habe eine Idee, wo mein Vater sich verstecken könnte.«

Mitchell ignorierte sämtliche Geschwindigkeitsbeschränkungen und schaffte es in Rekordzeit zum Haus. Der Leibwächter von Onkel Lawrence stand neben der Eingangstreppe und nickte ihnen zu, als sie vorfuhren.

Kaum hatten sie das Haus betreten, sprang Sam von seinem Plätzchen in der Diele hoch und begrüßte sie freudig hechelnd. Herrchen und Hund folgten Regina die Treppe hoch in den zweiten Stock. Unter Cissys Tür war Licht zu sehen, und die Stimme ihres Onkels drang gedämpft aus dem Zimmer. Auf Zehenspitzen schlich Regina vorbei zu der schmaler werdenden Treppe, die auf den Dachboden führte, und knipste eine grelle Glühbirne an, die über ihrem Kopf hing.

In diesem Augenblick ging Cissys Zimmertür auf, und Lawrence erschien. »Regina, du bist wieder da.« Dann stutzte er – sie stand mit einem Fuß auf der untersten Stufe zum Dachboden. »Was ist los, Schatz?«

Jetzt erschien auch Cissy im Morgenmantel hinter ihm und spähte in den Flur hinaus. »Regina, was machst du da?«

»Ich will auf den Dachboden.«

»Wozu? Ich hab dir doch gesagt, da oben ist nichts.« Bildete sie sich das ein, oder war da ein schriller Unterton in Cissys Stimme zu hören?

Regina ignorierte ihre Mutter und umklammerte das Geländer mit einer Hand. Ihr Herz trommelte wie verrückt, während sie die enge Treppe hochstieg. Sie drehte den gläsernen Türknauf und drückte gegen die Tür, die sich durch die Hitze verzogen hatte und daher klemmte. Sie musste sich mit der Schulter dagegenstemmen, bis die Tür knarrend nachgab. Ein Schwall stickiger Luft strömte ihr entgegen, zusammen mit trägen Staubmotten.

»Dad? Dad, bist du hier oben?« Sie tastete um die Ecke nach der Zugkette. Der Raum wurde von einer nackten Glühbirne unter der Decke erhellt, die einen Boden aus Sperrholzplatten, in Plastik verpacktes pinkfarbenes Isoliermaterial, und, ja, eine Hand voll umherflatternder Fledermäuse unter dem Dachvorsprung zum Vorschein brachte.

Doch John war nirgends zu entdecken.

Enttäuschung machte sich in ihr breit. Mitchell hatte ihr seine Hand auf den Arm gelegt. Rückwärts ging sie wieder hinaus und zog die Tür hinter sich zu. Sie starrte auf das verärgerte Gesicht ihrer Mutter hinunter und stieg langsam die Treppe hinab. »Ich dachte, dass Dad vielleicht ... war wohl eine Schnapsidee von mir.«

»Regina«, sagte ihr Onkel in freundlichem Ton. »Ich habe den ganzen Tag herumtelefoniert, aber niemand hat deinen Vater gesehen. Du solltest dich langsam damit abfinden, dass er vielleicht nie wieder auftaucht.«

Sie nickte wie betäubt.

»In meinem Büro in Washington sind ein paar Arbeiten angefallen, um die ich mich kümmern muss.«

»Du verlässt die Stadt?«

»Nein. Ich habe mir in meiner Blockhütte ein provisorisches Büro eingerichtet; von dort aus kann ich alles erledigen. Aber ich werde meinen Leibwächter hier lassen – werden du und deine Mutter heute Nacht klarkommen?«

»Ich kann ja bleiben«, bot Mitchell an.

Ihr Onkel musterte ihn misstrauisch.

»Das ist okay, Onkel Lawrence«, hörte sie sich sagen und schickte sich an, ihn zur Tür zu bringen. »Vielen Dank für alles.«

»Gern geschehen.« Er sah über ihre Schulter und beugte sich dann dicht zu ihr. »Ich traue diesem Kerl nicht, Regina. Sei vorsichtig.«

»Bin ich«, versprach sie, hauptsächlich, um ihn zu beruhigen.

»Ruf mich an, wenn du mich brauchst.«

»Mach ich.«

»Passt Hanks Junge auf Justine auf?«

»Ja.«

»Und sie wird auch wieder gesund?«

»Ja. Die Ärztin hat gemeint, dass sie versehentlich eine Überdosis genommen hat und in ein paar Tagen wieder auf dem Damm sein wird.«

»Gut.« Er seufzte. »Ich weiß nämlich nicht, wie viel Stress deine Mutter noch aushalten kann.«

»Ich werde gleich mal nach ihr sehen.« Langsam schloss sie die Tür hinter ihm und atmete tief durch, bevor sie die Treppe zu Cissys Zimmer hochging.

Ihre Mutter hatte sich wieder ins Bett gelegt. Regina setzte sich auf die Bettkante und ergriff ihre Hand. Cissy schaute sie schwermütig an. »Ich vermisse John. Und ich mache mir Sorgen um ihn. Wo kann er bloß sein?«

Regina schüttelte den Kopf. »Keine Ahnung.«

»Und deine Schwestern haben nichts Besseres zu tun, als sich selbst beziehungsweise sich gegenseitig umzubringen.«

»Ich habe das Gefühl, dass zwischen den beiden bald Waffenruhe einkehren wird.«

Cissy lehnte den Kopf gegen einen Kissenstapel. »Das hoffe ich.«

Verlegen strich Regina eine Falte im Laken glatt. »Mom, ich muss dir ein paar Fragen über Tante Lyla stellen.«

Cissys Stimme nahm sofort einen schroffen Tonfall an. »Was für Fragen?«

»Persönliche. Weißt du, ob sie noch mit anderen Männern aus der Stadt ein Verhältnis hatte?«

»Und wer sollte das sein?«

»Beispielsweise Mr. Calvin?«

»Tom Calvin? Ja, es wurde über ihn und Lyla gemunkelt, sowohl vor dem Tod seiner Frau als auch danach. Catherine und Lyla waren Schwestern, weißt du.«

Das hatte sie nicht gewusst. »Wie ist seine Frau gestorben?«

»Sie und Tom haben am Dilly Creek in einem Kleinboot geangelt. Das Boot ist umgekippt, sie konnte nicht schwimmen, und er hat sie nicht retten können. Ziemlich traurige Geschichte.«

Und sehr verdächtig. Regina schluckte. »Was ist mit dem Sheriff?«

Cissy nickte. »Es gab auch Gerüchte über Lyla und Hank Shadowen.«

»Sitzt Petes Mutter nicht im Rollstuhl?«

»Ja, seit sie erwachsen ist. Sie hat immer über Hanks Seitensprünge hinweggesehen.«

»Sonst noch jemand?«

»Der Einzige, der mir noch einfällt, ist Tate Williams. Einmal hat Sarah Williams Lyla im Grab 'N Go zur Rede gestellt, hat einen Slurpee auf sie geworfen und zu ihr gesagt, dass sie ihr den

Leichenwagen vorbeischicken würde, sollte sie Tate nicht in Ruhe lassen.«

In Monroeville ging es ja schlimmer zu als in Peyton Place.

In diesem Moment klingelte das Telefon auf dem Nachttisch, und Regina nahm den Hörer ab. »Hallo?«

»Hier ist Mica. Justine ist mittlerweile auf ein Zimmer verlegt worden und schläft jetzt.«

»Gut. Möchtest du, dass ich komme und dich abhole?«

»Nein. Die Schwestern waren so freundlich, mir ein Klappbett hineinzustellen. Ich bleibe über Nacht.«

»Wenn du meinst.«

»Ja. Bis morgen dann.«

Sie legte wieder auf und richtete Cissy die Neuigkeiten aus, deren Lider bereits zu flattern begannen. Sie gab ihr einen Kuss auf die Wange, drehte das Licht herunter und zog sich aus dem Zimmer zurück. Unten brachte Mitchell gerade ein Sicherheitsschloss an der Eingangstür an.

»Die Fenster und Türen habe ich bereits alle überprüft.«

»Danke.« Sie setzte sich auf die oberste Stufe und berichtete ihm, was sie soeben von ihrer Mutter erfahren hatte. Als sie das angebliche Verhältnis von Sheriff Shadowen und Lyla erwähnte, schob er das Kinn vor. »Ich schätze, ich werd mich morgen nochmal mit dem Sheriff unterhalten müssen.«

Sie betrachtete ihn, wie er breitbeinig dastand, und staunte darüber, dass seine Anwesenheit ihr das Gefühl von Sicherheit vermittelte. Klammerte sie sich jetzt etwa aus Gefühlsduselei an jeden Strohhalm? »Du weißt, dass du das alles nicht machen musst.«

Er hob die Schultern. »Ich bin eben ein kleiner Gerechtigkeitsfanatiker.«

Sie sah ihn an und dachte, dass es ihr nichts ausmachen würde, wenn er auch ein Regina-Fanatiker wäre. »Bist du mit deiner Arbeit fertig?«

»Fast, ich muss vielleicht noch einen halben Tag im Laden investieren. Morgen werde ich den Sheriff fragen, wann ich wieder hineinkann.«

Sie schwiegen eine Weile, und die aufgeheizte Atmosphäre ließ Reginas Nerven vibrieren.

Mitchell ging es offenbar genauso. Er rieb sich den Nacken und deutete mit dem Daumen in Richtung Salon. »Ich schlage vor, dass ich es mir auf der Couch gemütlich mache. Dann kann ich besser die Lage im Blick behalten.«

Sie nickte, froh darüber, dass er nicht gefragt hatte, ob er in ihrem Bett schlafen dürfe, weil sie nicht sicher war, wie sie reagiert hätte. »Wo ist eigentlich Sam?«

Er lächelte. »Schläft tief und fest.«

»Ich hol dir Bettwäsche.«

»Brauchst du nicht«, versicherte er ihr. »Versuch lieber, etwas Schlaf zu finden.«

Sie nickte und stand auf, in Gedanken bei der ausgiebigen Dusche, die sie sich gleich genehmigen würde. Vielleicht würde ja morgen schon alles anders aussehen.

Aber vielleicht auch nicht.

EINUNDDREISSIG

*Vergeben und vergessen Sie, aber machen
Sie sich für alle Fälle eine Liste.*

Justine stöhnte. Sie hatte das Gefühl, als wäre ihr gesamter Körper von innen nach außen gedreht und in Brand gesteckt worden.

»Justine, kannst du mich hören?«

Mica. Mühsam öffnete sie ein Auge. Ihre Schwester saß in einem Sessel, mit einem Schlapphut auf dem Kopf, und beugte sich zu ihr vor.

»Du bist im Krankenhaus«, sagte sie. »Wir haben dich gestern Abend hierher gebracht – du hast eine Muskatvergiftung.«

Was den unbeschreiblichen Geschmack in ihrem Mund und das Inferno in ihrem Magen erklärte.

»Du hast mir einen ziemlichen Schrecken eingejagt, als ich dich gefunden habe.«

Mica hatte sie entdeckt und tatsächlich um Hilfe gerufen?

»Aber die Ärztin meint, in ein paar Tagen geht es dir wieder gut.«

Sie bewegte den Kopf einen Millimeter. Sofort schienen auf beiden Seiten Bomben in ihren Schläfen zu explodieren. »Ohhhhhh.«

»Ganz langsam. Möchtest du vielleicht Eiswürfel?«

Justine brachte ein kurzes Nicken zu Stande. Sie befand sich in einem sauberen, in Mauve und Taupe gehaltenen Privatzimmer mit einem zusätzlichen Klappbett an der Wand, das benutzt worden war. Mica hielt ihr einen kleinen Plastikbehälter unter den Mund und benetzte ihre Lippen mit kleinen Eissplittern. Justine streckte die Zunge heraus, um sie in den Mund zu befördern, und musterte dabei das Gesicht ihrer

Schwester – blass, etwas zerknittert vom Schlaf, aber trotzdem wunderschön.

Sie versuchte, deutlich zu sprechen. »Hast ... du ... hier ... geschlafen?«

Mica nickte und fütterte sie weiter mit Eis. »So hatte ich reichlich Zeit, mir über dich Gedanken zu machen.« Ihre Augen füllten sich mit Tränen. »Ich habe dich wirklich mies behandelt, Justine. Und ich kann dir keinen Vorwurf machen, wenn du mich hasst, aber könntest du mir jemals verzeihen?«

Justine nahm weiter die Eissplitter entgegen und ließ sie auf ihrer ausgetrockneten Zunge zergehen. Einerseits hätte sie am liebsten herausgebrüllt, dass sie sich ihre Reue jetzt sparen könne, da Dean tot war. Doch andererseits hatte sie Reginas mahnende Worte nach wie vor im Ohr.

»Meiner Meinung nach hat diese Familie schon genug gelitten ... du könntest dem ein Ende setzen.«

Und hatte sie sich nicht bereits zehnfach gerächt, als sie das Markenzeichen und damit die Karriere ihrer Schwester mit der Schere zerstört hatte?

Justine traten ebenfalls Tränen in die Augen, und zwölf Jahre unterdrückter Schmerz sprudelten hervor. »Ich ... war so wütend, nachdem du mit Dean abgehauen bist ... aber eigentlich hat sich mein Hass nur auf Dean gerichtet.« Ihre Stimme versagte kurz. »Weil er mir meine Schwester weggenommen hat. Mir war klar, dass es zwischen dir und mir nie wieder so sein würde wie früher.«

Mica sah selbst mit verweinten Augen noch schön aus, verdammt. Sie vergrub das Gesicht an Justines Hals und ließ ihren Tränen freien Lauf, bis Justine spürte, wie sich in ihrem Nacken eine Pfütze bildete und das Kissen feucht wurde. »Aber, aber«, murmelte sie und hob unwillkürlich die Hand, um Mica über die Haare zu streichen. Aber statt in die seidige schwarze Lockenmähne griff sie ins Leere, sodass ihre eigene Grausamkeit sie wie ein Schlag ins Gesicht traf. Ihr Hals brannte vor lauter angestauten Tränen. »Kannst du mir denn jemals verzeihen, dass ich deine herrlichen Haare abgeschnitten habe?«

Mica nickte, und beide wurden erneut lächerlicherweise von einem Weinkrampf übermannt. Lächerlicherweise, weil sie sich all die Jahre voneinander abgewandt hatten. All die verpassten Gelegenheiten, all die verlorene Zeit, die sie jetzt wieder aufholen mussten.

In diesem Augenblick klopfte es an der Tür. Mica richtete sich auf und wischte sich mit den Handrücken die Tränen ab. »Ich schau mal nach. Das ist wahrscheinlich Pete – er hat die ganze Nacht deine Tür bewacht für den Fall, dass diese verrückte Crane hier auftaucht.«

Justine versuchte ebenfalls, sich die Tränen abzuwischen, doch ihre Arme waren schwer wie Blei. Mica hatte inzwischen die Tür geöffnet, unterhielt sich kurz im Flüsterton mit einem Mann und glitt dann nach draußen. Als die Tür wieder aufging, füllte ein kräftiger Mann in blauer Uniform den Türrahmen aus. Ungläubig runzelte sie die Stirn. »Lando?«

»Höchstpersönlich«, entgegnete er mit einem strahlenden Lächeln. Er durchquerte den Raum und stellte eine Topfpflanze auf die Fensterbank.

Verlegen zog sie rasch die Decke hoch, um den papierdünnen, hinten auseinander klaffenden Fetzen zu bedecken, den man im Krankenhaus immer bekam. »Was machen Sie hier?«

»Sheriff Shadowen hat mich gestern Abend angerufen, um mir mitzuteilen, dass Ihr Auto explodiert ist und dass Sie ... im Krankenhaus liegen. Deshalb habe ich überlegt, besser selbst zu kommen und Ausschau zu halten, ob Lisa Crane sich hier in der Gegend herumtreibt.«

»Haben Sie sie schon gefunden?«

»Nein.«

»Was ist das?«, fragte sie und deutete auf die stachelige Pflanze.

»Eine Aloe vera. Die kriegen nicht mal Sie kaputt. Außerdem hilft sie ungemein bei Verbrennungen und Hautabschürfungen, was Ihnen vielleicht gelegen kommen dürfte, da Sie sich ja offenbar gern in Gefahr bringen.«

Justine fuhr sich mit der Zunge über die Lippen – bestimmt sah sie furchtbar aus. »Glauben Sie, dass Lisa Crane hinter dem Anschlag steckt?«

»Ich weiß es nicht. Der Sheriff hat mir erzählt, dass Sie sich momentan gleich zwischen mehreren Fronten befinden.«

Sie schluckte mit ihrer wunden Kehle – ihre Familie stand kurz davor, auseinander zu brechen, und sie selbst hatte mit ihrer Aktion bestimmt nicht zu einer Besserung der Situation beigetragen. Zu ihrem eigenen Entsetzen brach sie erneut in Tränen aus.

Lando reagierte bestürzt und setzte sich zu ihr ans Bett. Ungeschickt tätschelte er ihren Fuß unter der Decke und versuchte, sie zu trösten. »Alles wird wieder gut, Sie werden sehen.« Er reichte ihr ein Papiertaschentuch, doch ihre Arme verweigerten sich. Unverzagt tupfte er ihr die Tränen ab, die Ruhe selbst.

»Mein Vater«, stieß sie krächzend hervor. »Er ist verschwunden.«

»Ja, das habe ich bereits erfahren. Ihre Familie bedeutet Ihnen viel, nicht wahr?«

Sie nickte stumm und schluckte weitere Tränen.

»Ich dachte mir schon, dass sich unter dieser rauen Schale doch noch ein Herz befindet.«

Sie lächelte, verdutzt über seine aufmerksame Art und vor allem über ihre eigenen Gefühle, die beim Anblick dieses gewöhnlichen Mannes mit einem offenbar außergewöhnlichen Einfühlungsvermögen bei ihr aufstiegen. Sein Gesicht war zwar im besten Fall als durchschnittlich zu bezeichnen, aber dafür lag in seinen Augen eine unglaubliche Wärme, genau wie in seinem Lächeln.

»Ich lasse Sie jetzt besser in Ruhe«, meinte er. »Aber ich werde nochmal vorbeischauen, bevor ich wieder abfahre.«

Sie nickte.

»Geben Sie in Zukunft besser auf sich Acht.«

Erneut nickte sie.

Nachdem er gegangen war, verweilte ihr Blick lange Zeit auf der Aloe. Es handelte sich um eine überall erhältliche Ramschware, und der Topf aus Kunststoff war in grünes Krepppapier eingewickelt, um das ein gelbes Ringelband befestigt war. Ziemlich geschmacklos, aber dennoch wunderschön. Zum ersten Mal seit langer Zeit breitete sich ein Schimmer von Optimismus in ihrem Herzen aus.

Wieder ging die Tür auf, und sie drehte vorsichtig den Kopf in der Erwartung, dass Mica sie gleich mit lauter Fragen bombardieren würde. Doch im nächsten Moment blieb ihr das Herz stehen.

Zwar war es Mica, die eingetreten war, doch an ihrem Arm hing ihr Vater, der, frisch rasiert, einen erstaunlich wachen Eindruck machte. Sie streckte ihm die Hand entgegen, und sofort kamen ihr wieder Tränen. »Daddy.«

»Justine«, sagte er leise und drückte sie sanft. »Geht es dir gut, Schätzchen?«

»Das wird schon wieder. Wo warst du denn die ganze Zeit?«

Er löste sich von ihr, drückte jedoch ihre schlaffe Hand gegen seine Wange. »Ich habe das getan, was ich schon vor Jahren hätte tun sollen – eine Entziehungskur. Offenbar habe ich mir dafür aber einen denkbar schlechten Zeitpunkt ausgesucht.«

»Du warst in einer Rehaklinik?«

Er nickte.

Erleichtert schloss sie die Augen. Das erklärte so manches.

»Dean hatte Recht«, sagte er. »Ich hatte schon lange ein Alkoholproblem, und ich habe deswegen meine Familie viel zu sehr vernachlässigt. Mir war klar, dass ich endlich mit dem Trinken aufhören muss, wenn ich euch nicht ganz verlieren will. Insbesondere dich, Justine. Ich habe dich sträflich im Stich gelassen, als du mich gebraucht hast.«

Sie biss sich auf die Lippe. »Du weißt wegen Dean Bescheid?«

»Ja. Heute Morgen durfte ich zum ersten Mal wieder telefonieren. Ich habe Cissy angerufen, um ihr zu sagen, wo ich bin, und daraufhin hat sie mir die ganze Geschichte erzählt. Ich musste einfach kommen und dich sehen. Schrecklich, was du alles durchgemacht hast.«

»Wir haben uns alle große Sorgen um dich gemacht.«

Erneut ging die Tür auf, und Deputy Pete kam mit betretenem Gesicht herein. »Ich muss dich jetzt mitnehmen, John.«

»Danke, Pete, dass ich vorher noch meine Tochter sehen durfte.« Er lächelte Justine traurig an. »Bis bald.«

»Bist du verhaftet?«

»Wir nehmen ihn nur vorübergehend fest«, sagte Pete und ergriff Johns Arm. »Bis wir sein Alibi überprüft haben.«

»Es wird schon alles gut«, versicherte ihr John mit ungewöhnlicher Gelassenheit, während Pete ihm Handschellen anlegte und ihn zur Tür führte.

»Ist Officer Lando noch hier?«, fragte sie Pete.

»Nein, der ist schon weg.« Er lächelte sie kurz an. »Aber mach dir mal keine Sorgen wegen dieser Crane – der Sicherheitsdienst hier ist informiert, und ich werde auch gleich wieder zurück sein.«

Sie sank auf das Kissen zurück, mit einem Gefühl großer Hilflosigkeit.

ZWEIUNDDREISSIG

Machen Sie sich auf etwas gefasst,
wenn er von sich aus reden möchte.

Lächelnd sah Mica zu Everett hoch. »Das ist aber eine nette Überraschung.«

Er zuckte mit den Achseln. »Nach deinem Anruf habe ich mir überlegt, dass es dir vielleicht gelegen kommt, wenn ich dich nach Hause fahre, bevor mein Flieger abhebt.«

Sie warf einen Blick nach hinten auf die geschlossene Tür von Justines Krankenzimmer und zögerte kurz. »Ich habe soeben mit Regina gesprochen und ihr gesagt, dass ich hier auf sie und Mom warten werde.« Sie seufzte. »Aber Justine schläft im Moment ohnehin. Und außerdem könnte ich eine Dusche vertragen.«

»Dann lass mich dich nach Hause bringen. Dort kannst du dich erfrischen und anschließend mit den beiden wieder hierher fahren.«

»Gute Idee.« Sie kramte in ihrer Handtasche. »Ich geb nur nochmal kurz Regina Bescheid.«

»Ach was, bis du angerufen hast, sind wir schon längst da.«

»Also gut.« Sie schlang sich ihre Handtasche um die Schulter. »So haben wir Gelegenheit, uns noch einmal über meine Karriere zu unterhalten. Ist dir inzwischen was eingefallen, wie du mich – uns – aus diesem Schlamassel herausbekommen willst?«

»Glaub schon.«

Sein Ton war zurückhaltend und sein Gesichtsausdruck unergründlich. Scheinbar wollte er ihr keine voreiligen Hoffnungen machen, aber sie war dennoch zuversichtlich. »Was genau hast du dir denn überlegt?«

Er zwang sich zu einem Lächeln und hielt ihr den ausgestreckten Arm hin. »Lass uns auf der Fahrt darüber sprechen.«

DREIUNDDREISSIG

Erkennen Sie, dass manche Männer richtige Schlangen sind.

Regina umarmte Cissy. »Siehst du? Ich hab dir doch gesagt, dass bei Daddy nicht Hopfen und Malz verloren ist.«

In freudiger Erleichterung stieß Cissy die Luft aus den Backen. Regina schöpfte nicht nur Hoffnung, weil ihre Mutter wieder ein wenig Farbe im Gesicht hatte, sondern auch, weil ihre Augen liebevoll glänzten – sie liebte John nach wie vor. Vielleicht fänden die zwei ja doch wieder zueinander.

Cissy wurde wieder ernst. »Mica hat gesagt, dass Pete John vorübergehend festgenommen hat.«

»Aber sobald sie sein Alibi überprüft haben, müssen sie ihn wieder gehen lassen.« Sie sah Mitchell an, um eine Bestätigung zu bekommen, aber er starrte auf die Kaffeetasse in seiner Hand. »Was ist?«, meinte sie. »Was denkst du gerade?«

Bedächtig nahm er einen Schluck. »Falls der Sheriff und sein Sohn in den Mord an Lyla beziehungsweise an Dean verwickelt sind, werden sie sich jetzt nicht plötzlich an die gültigen Spielregeln halten.« Er nahm einen weiteren Schluck aus der Tasse. »Dein Vater braucht einen Anwalt, und ich würde mich bedeutend besser fühlen, wenn er sich einen eigenen nehmen würde.«

Erneut beschlich Regina die Angst, dass sie noch nicht aus dem Schneider waren. Mitchell hatte Recht.

»Lawrence kann uns bestimmt weiterhelfen«, sagte Cissy. »Ich ruf ihn gleich mal an.«

»Ich kann ihm auch direkt einen Besuch abstatten«, entgegnete Regina. »Dann können wir gemeinsam zum Revier fahren. Mitchell, würde es dir was ausmachen, Mom im Krankenhaus abzusetzen? Anschließend treffen wir uns auf dem Revier.«

378

»Okay«, entgegnete er abwesend, in Gedanken ganz woanders, wie sie wusste.

Regina lächelte ihn dankbar an. »Ich nehme Sam mit, dann musst du ihn nicht im Wagen lassen.«

Sam war froh darüber, herauszukommen, und machte es sich auf dem schmalen Beifahrersitz ihres Mietwagens bequem. Er streckte die Schnauze durch den schmalen Spalt in dem Seitenfenster und ließ die Zunge im Wind flattern. Er war ein angenehmer, ruhiger Begleiter. Sie drehte das Radio leise auf und gab sich ihren Gedanken hin. Doch als sie sich wieder einmal in allen möglichen Theorien über den Mord an Lyla und Dean verzettelte, hielt sie sich vor Augen, dass zumindest ihr Vater gesund und lebendig war, und dies war das Einzige, was zählte.

Der Radiosprecher sagte etwas, das ihre Aufmerksamkeit weckte, und rasch stellte sie den Ton lauter.

»Der einundvierzigjährige Kirby lebte zeit seines Lebens in Monroeville. Sein Leichnam war am Samstag in einem Waldstück zwei Meilen von der Tipton Road entfernt nahe Macken entdeckt worden, aber laut Untersuchungsbericht war sein Tod bereits am Mittwoch oder Donnerstag eingetreten. Offenbar handelt es sich um einen Jagdunfall.«

Ein eiskalter Schauer jagte ihr über den Rücken – Stan Kirby war tot. Es konnte kein Zufall sein. Er hatte mit Dean gemeinsame Sache gemacht und war nur wenige Stunden nach ihm gestorben. Hatte Covey – der Dritte im Bunde – sich die beiden vielleicht vom Hals geschafft, um sich den »Jackpot« alleine unter den Nagel zu reißen? Zudem war der Fundort von Kirbys Leiche nur wenige Meilen von Mr. Calvins Haus entfernt. Die Sache wurde immer mysteriöser. Allerdings würde dieser neuerliche Vorfall sicherlich Johns Unschuld untermauern.

Als Lyla noch gelebt hatte, hatten sie und Onkel Lawrence ein Haus in der Stadt bewohnt, damit er sich als Bürgermeister zur Wahl stellen konnte. Überdies hatten sie ein Gehöft außerhalb der Stadt besessen, weil Lawrence die Natur liebte. Nachdem Lyla ermordet und Lawrence ins Abgeordnetenhaus gewählt worden war, hatte er das Haus in der Stadt verkauft und eine Blockhütte auf dem Grundstück außerhalb errichten lassen. Doch da er sich die meiste Zeit in Washington aufhielt, hatte Regina selten die Gelegenheit gehabt, ihn dort draußen zu besuchen, obwohl sie immer wieder gern an dieses Picknick samt Fahrt auf dem Heuwagen zurückdachte, zu dem er damals die gesamte Stadt eingeladen hatte, um irgendeinen politischen Wahlerfolg zu feiern.

Die Kiesstrecke zu dem Gehöft war zwar kurvig und voller Schlaglöcher, aber dennoch passierbar. Sie fuhr im Schritttempo und ließ die Scheiben herunter, damit sie und Sam die Umgebung genießen konnten – üppiges grünes Gras, das durch den Lattenzaun zu beiden Seiten des Weges drang, Goldrutenfelder, Apfelbäume, die sich unter dem Gewicht der gelben Früchte neigten. Sam fing an zu bellen; vermutlich hatte er ein Kaninchen oder ein anderes Kleintier erspäht. Lachend tätschelte sie ihm den Kopf. Nach ein paar weiteren Kurven tauchte Lawrence' Blockhütte auf. Sie erinnerte sich an die Bemerkung ihres Vaters, dass die Blockhütte innerhalb weniger Wochen hochgezogen worden war. Es war ein zweistöckiges Gebäude, mit einer Vorder- und einer Hinterveranda sowie einem Wintergarten auf der Rückseite. Die Auffahrt führte zwar bis zum Blockhaus, aber das letzte Stück war von wildem Gras überwuchert, das zu beiden Seiten hoch emporwuchs. Der naturbelassene Garten passte hervorragend zu dem idyllischen Hintergrund aus hochragenden Kiefern und mächtigen Eichen. Sie parkte neben Lawrence' Lincoln und stieg aus. Sam war nicht zu halten und rannte in die Richtung, aus der sie gekommen waren, auf ein Gebüsch zu, in dem sich etwas bewegte. Staunend drehte sie sich um die eigene Achse, während sie auf die Eingangstür zuging. Das hier war ein herrliches Fleckchen Erde.

Regina klopfte laut an die Tür für den Fall, dass ihr Onkel gerade in seinem Arbeitszimmer war. Nach ein paar Minuten klopfte sie erneut, und diesmal öffnete sich die Tür. Sie war es nicht gewohnt, ihn in Freizeitkluft zu sehen – er trug Jeans und ein kurzärmeliges Karohemd.

»Hi, Onkel Lawrence.«

Er musterte sie über seine Lesebrille hinweg. »Regina – was führt dich denn hierher? Hoffentlich keine schlechten Nachrichten.«

»Ganz im Gegenteil – John ist wieder da.«

Ihr Onkel wirkte sichtlich erschüttert. »Seit wann?«

»Seit heute Morgen. Er war die ganze Zeit in einer Rehaklinik – er hat nicht mal gewusst, dass Dean tot ist. Ist das nicht toll?«

Ihr Onkel kratzte sich noch immer am Kopf. »In einer Klinik, was? Ja, wirklich toll.«

»Er meinte, er hätte in den ersten Tagen nicht telefonieren dürfen, und da sein Aufenthalt vertraulich behandelt wurde, konnte ihn auch keiner vom Personal anzeigen, selbst wenn einer von ihnen sein Fahndungsfoto in den Nachrichten gesehen hätte.«

»Verstehe. Tja, dann komm mal rein.«

Regina sah nach hinten, konnte Sam jedoch nirgends entdecken.

»Bist du alleine?«

»Ja.« Sie trat ein. »Ich wollte dich erneut um einen Gefallen bitten, Onkel Lawrence.«

»Ich tu alles, was in meiner Macht steht, Liebes.«

Sie folgte ihm durch das Haus in den abgedunkelten Wintergarten, den er zum Arbeitszimmer umfunktioniert hatte. »Mitchell ist davon überzeugt, dass der Sheriff Dreck an den Händen hat.«

»Ich weiß – neulich hat er mir von seinem Verdacht erzählt, dass Shadowen in den Mord an Lyla verwickelt sein könnte.«

Er klang so betrübt, dass sie sofort ein schlechtes Gewissen bekam. »Es tut mir Leid, dass das alles wieder aufgewirbelt wird – es muss bestimmt schmerzhaft für dich sein.«

»Ach, ich bin eine Kämpfernatur«, erwiderte er, wie schon so oft zuvor. Im Moment fragte sie sich jedoch, ob er mit dieser stoischen Haltung nicht in Wirklichkeit seinen tiefen Schmerz verbarg.

»Also, es geht darum, dass Mitchell es für eine gute Idee hält, wenn Dad sich einen eigenen Anwalt nimmt, bis sein Alibi überprüft worden ist.«

Lawrence bedeutete ihr, in einem Schaukelstuhl Platz zu nehmen. »Durch die Glastür kommt eine angenehme Brise.«

Sie nahm in dem Stuhl Platz und begann zu schaukeln.

Er lehnte sich gegen seinen Schreibtisch und zog das Bein hoch, um sich über seinem Cowboystiefel ausgiebig zu kratzen. »Diese verfluchten Blutsauger.« Dann kramte er nach seiner Pfeife und dem Tabak. »Dieser Cooke hält ja mit seiner Meinung nicht hinter dem Berg.«

Sein Kratzen weckte eine unbestimmte Erinnerung in ihr, doch Regina wischte sie wieder beiseite. »Ja, er beharrt gern auf seiner Meinung, aber er hat mir in letzter Zeit viel geholfen. Genau wie du«, fügte sie hastig hinzu.

Lächelnd stopfte er den Tabak in den Pfeifenkopf, und Regina schnupperte den mit Rum versetzten Tabakduft, der durch die sanfte Brise zu ihr herüberwehte. »Ja, ich habe versucht, Cissy unter die Arme zu greifen. Wie allen anderen Frauen in meinem Leben.« Er griff nach einem Streichholzheftchen, um seine Pfeife anzuzünden.

Schlagartig musste sie an Pete denken. Im Restaurant und auch danach hatte er sich die ganze Zeit gekratzt. An dem Tag, an dem er sich unten an ihrer Einfahrt postiert hatte, war ihr sein Hautausschlag aufgefallen – allerdings war das kein Hautausschlag gewesen, sondern Flohbisse.

382

»Warst du in letzter Zeit auf der Jagd?«, fragte sie.

»Nein, keine Zeit«, erwiderte er.

»Aber du warst doch im Wald«, meinte sie und zeigte auf sein Bein.

Er sah an sich herunter und zuckte mit den Achseln. »Hab mir die Biester vermutlich irgendwo im Garten eingefangen.« Er zündete das Streichholz an und hielt es über den Pfeifenkopf, während er gleichzeitig an der Pfeife sog, um den Tabak zum Brennen zu bringen.

Erst jetzt stach ihr das Streichholzheftchen ins Auge – Ticks Billardsalon. Eine eiskalte Faust umklammerte ihr Herz, während sie versuchte, sich darauf einen Reim zu machen. An dem Tag, als die Schüsse auf sie abgegeben worden waren, hatte Pete sich die Flohbisse eingefangen, sodass es nahe lag, dass es dem vermeintlichen Jäger ebenso ergangen war. Und nach ihrer Rückkehr hatte Onkel Lawrence mit Cissy auf der Veranda gesessen.

Zu spät wurde ihr bewusst, dass sie das Streichholzheftchen anstarrte. Ihr verräterischer Gesichtsausdruck brachte sie doch immer wieder in Schwierigkeiten. Der Schatten, der über sein Gesicht huschte, machte ihr klar, dass *er* wusste, was in ihr vorging.

Abrupt stand sie auf. »Ich sollte jetzt wirklich gehen, schließlich habe ich dich aus deiner Arbeit herausgerissen.« Sie wandte sich zur Eingangstür um. Aus dem Augenwinkel nahm sie wahr, wie er nach einem rosafarbenen Quartzstein auf seinem Schreibtisch griff – zweifellos ein Briefbeschwerer. Regina sah Sterne, als er ihn ihr von hinten auf den Kopf schlug.

Sie fing an laut zu schreien, doch trotz ihrer Benommenheit war ihr klar, dass die Lage aussichtslos war. Sie war ganz allein auf sich gestellt, denn die nächsten Häuser waren meilenweit entfernt.

»Verflucht, Regina«, sagte Lawrence, während er sie über den

Boden schleifte. »Warum musst du auch überall dein neugieriges Näschen hineinstecken, statt einfach mal die Dinge auf sich beruhen zu lassen. Ich wollte nicht, dass es so weit kommt, wirklich nicht. Und jetzt muss ich mir ganz schnell was überlegen, um es wie einen Unfall aussehen zu lassen. Damit man meint, du wärst gestürzt. Verdammt!«

Ihr wurde immer wieder schwarz vor Augen, doch als sie vernahm, wie die Glastür sich öffnete und wieder schloss, versuchte sie sich aufzurichten. Es gelang ihr gerade noch, sich auf den Bauch zu wälzen, wobei sie vor lauter Anstrengung nur noch dunkle Flecken sah, als er auch schon wieder zurückkam.

»Tut mir Leid, dass ich dir das antun muss, Herzchen«, sagte er. »Ich weiß ja, wie sehr du Schlangen verabscheust.«

Es gelang ihr, ein Auge zu öffnen. Entsetzt zuckte sie zusammen. Vor ihr lag eine Heugabel, zwischen deren Zinken sich mindestens ein Dutzend kleinere Schlangen schlängelten. Zweifellos Mokassinschlangen, und extrem giftig.

VIERUNDDREISSIG

Ergeben Sie sich nicht kampflos.
Brüllen Sie wenigstens wie am Spieß.

Wollte das Nest schon längst abfackeln«, bemerkte er. »Hätte nie gedacht, dass die mir noch nützlich sein könnten.«

»Warum?«, brachte sie im Flüsterton hervor, und ihr blutender Kopf sank wieder auf den Boden.

»Weil du die Sache mit diesem Scheiß-Brieföffner ja nicht für dich behalten konntest. Gott, wie oft habe ich dieses Ding schon verflucht.«

Halte ihn am Reden. Gewinne Zeit, um wieder Kraft zu schöpfen.
»Dann hast du Tante Lyla umgebracht?«

»Ja, ich habe diese Hure erledigt. Die hat es doch mit jedem x-Beliebigen getrieben, selbst mit diesem verdammten Mistkerl Haviland.« Er stieß ein bitteres Lachen aus. »Die beiden haben sich zusammengetan, um deine Eltern übers Ohr zu hauen, hast du das gewusst? Dean hat Einbrüche begangen, und sie hat die heiße Ware als wertvolle Antiquitäten, die sie angeblich auf ihren Reisen entdeckt hat, an deine Eltern weiterverkauft. Sie ist nicht einmal davor zurückgeschreckt, bei euch im Laden zu klauen. Hat noch damit angegeben, dass sie den Brieföffner aus der Vitrine hat mitgehen lassen. Mit einer Hure hätte ich ja noch leben können, aber nicht mit einer Hure, die meine eigene Verwandtschaft beklaut.«

Sie holte möglichst tief Luft, um ihr Gehirn mit Sauerstoff zu versorgen, obwohl ihr fast das Herz stehen blieb, als sie hörte, wie etwas Glitschiges auf den Boden fiel. Gleich darauf kroch eine der Babyschlangen an ihr vorüber, dicht genug, dass ihr der unverkennbare Geruch von Mokassinschlangen in die Nase stieg – ähnlich dem Geruch von Gurken.

385

Vor lauter Ekel schüttelte sie sich. »Aber ... Bracken.«

»Der war im Knast sowieso besser aufgehoben – ist kein wirklicher Verlust. Gut, dass Lyla kurz zuvor noch mit dem Kerl gebumst hat, so waren sein Sperma und sein Schweiß an ihrem Körper. Ich hatte sie dazu überredet, zur Liebesecke zu fahren, unter dem Vorwand, mich mit ihr aussprechen zu wollen. Was ich auch getan habe.« Er schnaubte verächtlich. »Es war alles in bester Butter, bis ihr drei plötzlich die Klappe aufgemacht habt. Davor hat mich schon dieser Schwachkopf Dean wochenlang telefonisch belästigt und mir damit gedroht, dass er Informationen über einen Zeugen des Mordes an Lyla hat und dass ein neu aufgerolltes Verfahren sicherlich meiner Karriere schaden würde. Der hat gedacht, ich würde ein hübsches Sümmchen lockermachen, wenn er mir den Zeugen vom Hals schafft. Dummerweise hat dieser verdammte Mistkerl dabei übersehen, dass er mit dem Mörder von Lyla höchstpersönlich verhandelt.«

Ihr stockte der Atem. »Dann ... hast du Dean ... auch umgebracht?«

Er seufzte. »Mir blieb nichts anderes übrig. Hab mich mit ihm beim Laden verabredet, um ihm einen Vorschuss zu geben. Als ich dort ankam, stand nur sein Wagen davor. Da ich mir ausrechnen konnte, dass er bei euch im Haus ist, habe ich an der Straße geparkt und bin zu Fuß zurückgegangen. Dann habe ich einen Schuss gehört und bin in Deckung gegangen. Hab gesehen, wie dieser Cooke Dean aus dem Haus geworfen und der danach Leine gezogen hat. Ich musste mich weiter versteckt halten, und irgendwann habe ich Mica auf der Veranda sitzen sehen, mit einer Waffe in der Hand. Als sie sie hingelegt hat, dachte ich mir, dass das eine gute Gelegenheit wäre, Dean mit einer Waffe deines Daddys kaltzumachen – woher sollte ich denn wissen, dass sie Justine gehört. Munition hatte ich selbst dabei, also habe ich sie geladen und bin über den Trampelpfad zurück zum Laden, und als Dean dann schließlich kam, habe ich dem kleinen Wichser eine Kugel verpasst. Damit habe ich allen einen großen Gefallen getan.«

Wieder fiel eine Schlange auf den Boden und glitt dicht an Regina vorüber, bevor sie weiterkroch.

»Du hast auf uns geschossen ... und uns fast in die Luft gejagt.«

»Ich wollte euch bei eurem Spaziergang im Wald nur einen Schrecken einjagen, damit ihr wieder abreist. Für den Anschlag auf den Wagen ist dieser dämliche Kirby verantwortlich. Den musste ich auch aus dem Verkehr ziehen. Ein gottverdammtes Chaos. Aber spannender Stoff für eine Biografie. Schade, dass du die nicht mehr mitkriegen wirst.«

Erneut musste sie dagegen ankämpfen, nicht das Bewusstsein zu verlieren. »Ich brauche Hilfe, Onkel Lawrence. Hilf mir doch bitte.«

»Wusstest du, dass frisch geschlüpfte Mokassinschlangen sogar noch giftiger sind als die ausgewachsenen? Die ausgewachsenen geben nämlich nur eine bestimmte Menge an Gift ab, wenn sie zubeißen, wohingegen die jungen direkt beim ersten Biss ihre ganze Ladung verschießen.«

Er war jetzt nicht mehr zu bremsen und schien außer sich. Nacktes Entsetzen lähmte sie. Alles, bloß keine Schlangen, o bitte, Gott. Sie holte tief Luft und schrie so laut und so lange, wie sie nur konnte.

Tadelnd schüttelte er den Kopf. »Du machst sie mit deinem Geschrei nur nervös.«

In diesem Moment nahm sie ein anderes Geräusch wahr. Ein Bellen ... Sam.

»Sam!«, brüllte sie. »Hilf mir, Sam!« Regina nahm all ihre Energie zusammen und wälzte sich über den Boden. Einmal, zweimal, dreimal, dann stieß sie gegen ein Hindernis. Ihre Kraft verließ sie ohnehin schon wieder. Von überall her drangen Geräusche zu ihr und wurden schließlich schwächer. Sie kämpfte dagegen an, ohnmächtig zu werden. Sams rasendes Gebell mischte sich mit dem Gebrüll ihres Onkels. Dann folgte ein lautes Krachen, ein schmerzerfülltes Geheul – ob von einem Menschen oder einem Tier, konnte sie nicht einschätzen.

Sie gab ihren Widerstand auf und ließ sich immer tiefer in die Dunkelheit fallen. Ihre Familie raufte sich gerade wieder zusammen, und sie wäre jetzt nirgendwo lieber als bei ihr. Und plötzlich hatte sie Mitchell vor Augen, mit seinem typischen Grinsen und dem Augenbrauenwackeln. Im Geiste vernahm sie seine Stimme.

»Regina?«

»Mhm.«

»Ich bin hier.«

»Mhm.«

FÜNFUNDDREISSIG

Erkennen Sie, wann es Zeit ist, das Kriegsbeil zu begraben.

Regina hatte noch nie eine so große Beerdigung erlebt. Aber schließlich hatte Lawrence Gilbert Gott und die Welt gekannt. Hinzu kamen die Horde von Reportern, die Abordnung aus hochrangigen Politikern sowie die zahlreichen Schaulustigen, sodass das Bestattungsinstitut von Tate Williams aus allen Nähten platzte.

Gegen den Rat ihres Arztes nahm sie an der Trauerzeremonie teil, als Respektbezeugung gegenüber ihrer Mutter. Ihre Brille war mittlerweile völlig zerbrochen, nachdem sie durch den Schlag auf den Hinterkopf auf den Boden gestürzt war. Den Verband über ihrer Kopfwunde versteckte sie unter einem Hut. Durch die Gehirnerschütterung litt sie nach wie vor unter kleinen Aussetzern, aber insgesamt war sie einfach nur glücklich, dass sie noch lebte.

Von ihrem Platz in der vordersten Reihe fing sie Mitchells Blick quer durch den Raum auf. Er stand an der Wand, zusammen mit Deputy Pete, Sheriff Shadowen und ein paar anderen Männern, die ihren Sitzplatz zur Verfügung gestellt hatten. Mitchell zog fragend die Augenbrauen hoch, um zu erkunden, ob es ihr gut ging, und sie nickte. Seit er sie vor Lawrence gerettet hatte, hielten sie einen gewissen Abstand zueinander, bedingt durch die angespannte Situation und eine gewisse Verlegenheit, die zwischen ihnen entstanden war. Obwohl sie ihm unendlich dankbar war, befürchtete sie, dass er nach den aufreibenden letzten Tagen mit ihr die Hoffnung hatte, es ginge mit ihnen irgendwie noch weiter. Aber trotz ihrer Gehirnerschütterung war ihr deutlich klar geworden, dass dieses ... Gefühl von Zusammengehörigkeit, das sie verspürte, allein darauf beruhte, dass sie so viel gemeinsam durchgestanden hatten und sie sich ihm irgendwie verpflichtet fühlte.

Immerhin hätte er wegen ihr beinahe seinen Hund verloren. Regina wusste zwar nicht, was genau sich abgespielt hatte – sie hatte lediglich ein paar Geräuschfetzen in Erinnerung –, doch anscheinend war Sam durch eine Scheibe des Wintergartens gesprungen und hatte sich auf Lawrence gestürzt und ihm dermaßen zugesetzt, dass er irgendwann das Gleichgewicht verloren hatte und auf die Mistgabel gefallen war. Die hatte ihn zwar nicht durchbohrt, aber die aufgeschreckten Babyschlangen hatten ihn unbarmherzig attackiert. Als Mitchell und Cissy eingetroffen waren, hatte Sam neben ihrem reglosen Körper Wache gehalten, selbst durch mehrere giftige Bisse geschwächt.

Mitchell hatte ebenfalls im Radio gehört, dass Kirby tot war. Auch ihm war dieser angebliche Jagdunfall seltsam vorgekommen. Deshalb hatte er Cissy gefragt, ob ihr an dem Tag, an dem sie den Spaziergang im Wald gemacht hatten, jemand aufgefallen sei. Cissy hatte zwar nichts von dem Vorfall gewusst, aber sie hatte sich erinnert, dass Lawrence sie an jenem Tag besucht hatte. Nachdem weder Regina noch Lawrence an ihre Handys gegangen waren, hatte Mitchell sich in seinem Verdacht bestätigt gefühlt, dass Lawrence in die Sache verstrickt war und Regina sich in höchster Gefahr befand.

Statt auf den Notarzt zu warten, hatte Mitchell sie und Sam kurzerhand in den Van verfrachtet und sie auf dem schleunigsten Weg in das Kreiskrankenhaus gebracht. Sie konnte sich sogar noch bruchstückhaft an die Fahrt erinnern – oder meinte es zumindest. Hinten hatte Cissy während der ganzen Fahrt geweint und sich bittere Vorwürfe gemacht, dass sie an allem schuld sei.

Von der Seite warf Regina einen Blick auf ihre Mutter, die von John und einer noch etwas blassen, aber trotzdem wieder genesenen Justine flankiert wurde. Cissys Gesicht glich einer starren Maske ohne eine einzige Träne; immer noch war sie zutiefst erschüttert über die Machenschaften ihres Bruders. Doch anstatt in ihrem angeschlagenen Zustand in eine Depression zu fallen, hatte sie sich auf ihre alte Stärke besonnen und war Regina nach dem traumatischen Erlebnis eine große Stütze gewesen. Cissy nahm an Lawrence' Begräbnis teil, um dem Bruder, der sie aufgezogen hatte, die letzte Ehre zu erweisen, und nicht dem Mann, der all diese abscheulichen Taten vollbracht hatte. Als Regina ihre Aussage bei dem Sheriff gemacht hatte, hatte sie angegeben, dass Lawrence zum Schluss jeglichen Sinn für Realität verloren hatte. Das war ihr einziger Trost – dass er nicht mehr bei klarem Verstand gewesen war, als er sie beseitigen wollte. Dennoch wünschte sie, sie hätte ihm mehr Fragen stellen können, um sämtliche Lücken zu schließen.

Der Organist stimmte die ersten Töne an, und sämtliche Blicke richteten sich auf den geschlossenen Sarg aus Rosenholz, der von einem wahren Blumenmeer umgeben war. Onkel Lawrence bekam einen stilgerechten Abschied. Der Trauergesang war sehr bewegend, und der Gottesdienst wurde von einem Baptistenprediger in einem langen Gewand gehalten, dem offenbar bewusst war, dass er vielleicht nie wieder so viele aufmerksame Zuhörer haben würde, und der sich dementsprechend ins Zeug legte. Gestenreich hielt er eine ausufernde Predigt, bis die Leute allmählich unruhig wurden und auf ihren Stühlen umherrutschten. Als schließlich auch noch die Klimaanlage ausfiel, bedeutete Tate Williams dem Chor, das Schlusslied anzustimmen, woraufhin alle sich im Gänsemarsch nach draußen in die brütende Hitze begaben, die über Monroeville lag.

Gemeinsam mit ihren Schwestern und ihren Eltern fuhr Regina in der Limousine zum Friedhof. Der Fahrzeugkonvoi hinter ihnen erstreckte sich über mehrere Kilometer. Sie fragte sich, ob Mitchell sich mit seinem Wagen ebenfalls eingereiht hatte und ob sie mit ihm hätte fahren sollen. Andererseits bestand keinerlei Grund, ihn noch weiter in ihre problematischen Familienverhältnisse hineinzuziehen – vielleicht hatte er sich ja auch abgesetzt, um zum Angeln zu fahren. Oder um sich zu betrinken.

Mit fünfundzwanzig Stundenkilometern kamen sie voran – langsam genug, um nicht den Eindruck zu erwecken, dass es ihnen nicht schnell genug gehen konnte, Lawrence unter die Erde zu bringen. An der Grabstelle wurden den Familienangehörigen und ein paar wichtigtuerischen Politikern wacklige Stühle auf unebenem Grund zugewiesen, der mit Kunstrasen ausgelegt war. Regina bekam alles nur verschwommen mit, weil sie nach wie vor unter dem Schock der üblen Machenschaften ihres Onkels stand.

»Das Leben spielt nicht immer nach Wunsch, aber man muss eben das Beste daraus machen.«

Doch nur durch Mitchells Einschreiten konnte dies geschehen. Anderenfalls hätte Onkel Lawrence erneut einen Mord vertuschen können.

Dieses Mal beschränkte sich der Pfarrer auf eine gnädigerweise kurze Grabpredigt; vermutlich hatte Tate Williams ihn ermahnt. Lawrence' militärische Laufbahn wurde durch einen Zapfenstreich gewürdigt, der von einem Hornisten gespielt wurde. Als die Trauergemeinde sich nach und nach auflöste und zu ihren Wagen zurückkehrte, wurde Regina von einem ohnmächtigen Gefühl der Einsamkeit übermannt, obwohl ihre Schwestern und ihre Eltern nur wenige Schritte von ihr entfernt standen. Sie wandte sich um und spähte in die sich zurückziehende Menge, wobei sie sich selbst einredete, dass sie nicht nach Mitchell Ausschau hielt. Dennoch fühlte sie kurz Freude in sich aufsteigen, als sie ihn, gegen einen Baum gelehnt, unten auf der Anhöhe entdeckte.

Er hob die Hand.

Mist. Als er auf sie zukam, schob sie ihre leichte Benommenheit auf die Platzwunde am Kopf und auf die Hitze.

Er deutete auf das Grab. »Ich möchte dich in deiner Trauer nicht stören, aber ich dachte, ich bleib in der Nähe für den Fall, dass ich dich zu deinem Elternhaus zurückfahren soll.«

Sofort meldete sich ihr Selbsterhaltungstrieb. »Es wäre besser, wenn ich bei meiner Familie bleibe, aber du bist herzlich eingeladen, zum Kartoffelsalat zu uns zu kommen und Smalltalk mit irgendwelchen Leuten zu halten.«

Er lächelte. »Ist es okay, wenn ich Sam mitbringe? Vorhin hat er zwar noch geschlafen, als ich ihn im Hotel zurückgelassen habe, aber mittlerweile dürfte er sich bereits langweilen.«

»Aber sicher, ich möchte doch sehen, wie es ihm geht.«

Sie sah Mitchell nach, als er sich aufmachte, und dachte, dass sie sich vielleicht an dieses Bild ganz gut gewöhnen könnte, denn sie nahm an, dass er in wenigen Stunden Monroeville verlassen würde. Jeder von ihnen würde wieder in sein eigenes Leben zurückkehren.

Wie es hier in der Gegend Brauch war, versammelten sich Freunde und Bekannte anschließend bei ihnen vor dem Haus, wo sie ein Buffet aus Krautsalat, scharf gewürzten Eiern und Honigschinken erwartete. Im Süden gab es keine Tragödie, über die man sich nicht mit einem üppigen Mahl hinwegtrösten konnte. Regina ließ sich einen Teller mit verschiedenen Leckereien geben und blieb stehen, um lästigen Fragen aus dem Weg zu gehen. Wenn dennoch jemand zu aufdringlich wurde, beschränkte sie sich lediglich auf einen knappen Kommentar und ging weiter. So verstrich eine Stunde, dann zwei, und allmählich lichtete sich die Menge. Ihr Nacken schmerzte vom ständigen Kopfdrehen bei jedem Schritt, den sie vernahm, aber Mitchell war noch immer nicht aufgetaucht. Allmählich machte sie sich Sorgen, dass Sam einen Rückfall erlitten hatte. Sie wollte gerade ins Haus gehen, um im Hotel anzurufen, als Pete ihr über den Weg lief, bewaffnet mit zwei Gläsern Limonade. Dankbar lächelnd nahm sie eines entgegen und schlug ihm vor, sich mit ihr unter eine Eiche im Garten neben dem Haus zu setzen.

»Regina, es tut mir aufrichtig Leid, was passiert ist«, sagte er, nachdem sie auf zwei Stühlen Platz genommen hatten. »Auch mein Dad ist völlig am Boden. Er will in den Ruhestand gehen.«

Sie berührte seinen Arm. »Pete, ich mache deinem Vater keine Vorwürfe. Niemand hätte sich vorstellen können, dass Onkel Lawrence zu ... so etwas fähig war.«

Er schien erleichtert über ihre Worte und nahm einen Schluck aus seinem Glas. Dann sah er sich um. »Ich dachte, Cooke wäre hier, um dir Gesellschaft zu leisten.«

Sie wollte gerade den Mund aufmachen, um ihm eine passende Antwort zu geben, als plötzlich Sams Gebell in der Nähe ertönte. Gleich darauf kam der schwarze Hund in Sicht, gefolgt von seinem langbeinigen Herrchen.

Seltsamerweise schlug ihr Herz schneller. Um es zu vertuschen, tätschelte sie Sams Kopf und lobte ihn ausgiebig. »Mein Retter«, sagte sie ihm leise ins Ohr. Er leckte über ihre Hand und den Verband an seinem Vorderbein.

»Entschuldige, dass wir so spät kommen«, sagte Mitchell und ließ sich neben ihrem Stuhl auf die Wiese sinken. Er grüßte Pete mit einem Nicken. Pete erwiderte das Nicken.

»Es ist noch reichlich zu essen da«, entgegnete sie.

»Gut.« Mitchell bog die Hände nach hinten, um sich darauf abzustützen. »Vorhin habe ich mit meinem Bruder David gesprochen. Ich kann euch die freudige Mitteilung machen, dass Elmore Bracken morgen aus dem Gefängnis entlassen wird.«

Pete schnaubte, während sie den Kopf schüttelte. Zwanzig verlorene Jahre für diesen Mann. Wie konnten die Menschen nur so grausam sein?

»Regina?«

Sie hob den Kopf und sah, dass Mica auf sie zukam.

»Mom möchte oben mit uns allen reden. Das bezieht sich auch auf Sie, Mitchell. Und auch auf Pete.«

Regina zog die Stirn kraus. »Worüber denn?«

»Das hat sie nicht gesagt, sondern nur, dass ich euch holen soll.«

Sie wechselte einen fragenden Blick mit Mitchell und hob dann die Schultern. Schließlich stand sie langsam auf, aber dennoch wurde ihr schwindlig. Pete und Mitchell griffen ihr von beiden Seiten unter die Arme. Sie stützte sich zuerst auf den einen, dann auf den anderen und fand wieder ihr Gleichgewicht.

»Es geht schon«, sagte sie und sah die beiden abwechselnd an, bis sie ihre Arme wieder losließen. Sie durchquerte das Labyrinth aus steinernen Tierfiguren, ging die Eingangstreppe hoch und betrat das Haus. Oben im Flur bildeten Cissy, John, Justine, Mica und Sheriff Shadowen einen merkwürdig zusammengewürfelten Haufen. Als sie, Pete und Mitchell dazustießen, entspannte sich das Gesicht ihrer Mutter, obwohl sie nach wie vor besorgt dreinschaute. Regina stellte sich auf eine Rede oder einen Trinkspruch oder etwas in der Art ein.

Cissy rang die Hände und atmete tief durch. »In den letzten Tagen hat sich unser Leben gründlich verändert, und nun ist es für mich an der Zeit, meinen Part bei den Ereignissen vor zwanzig Jahren darzulegen.«

Eine Alarmglocke schrillte in Reginas Kopf. Sie streckte den Arm aus, um sich am Treppengeländer abzustützen, erwischte jedoch stattdessen Mitchells Arm. Der würde auch genügen.

»Cissy ...«, setzte John an.

Mit einer Geste brachte sie ihn zum Schweigen. »Nicht, John. Ich muss das tun.«

Dann ging sie zu der Treppe, die zum Dachboden führte, und stieg langsamen Schrittes hinauf. Niemand sagte ein Wort, während ihre Sohlen über den ausgetretenen Teppichbelag schabten. Entschlossen drückte sie die verzogene Tür auf und verschwand kurz. Wenige Sekunden später erschien sie wieder mit einem kleinen Gegenstand, der in Stoff gewickelt war, ging die Treppe hinab und wickelte ihn unten vorsichtig aus.

Es war der russische Brieföffner aus Gold und Silber.

Regina stockte der Atem. Obwohl ihr Verdacht bestätigt worden war, dass ihre Mutter etwas verborgen hatte, konnte sie sich nicht darüber freuen.

Sheriff Shadowen fuhr sich mit der Hand über das Gesicht. »Was hat das zu bedeuten, Cissy?«

Ihre Mutter ließ sich nichts anmerken, stieß jedoch einen Laut des Bedauerns aus. »Vor zwanzig Jahren hatte ich den Verdacht gewonnen, dass John eine Affäre mit Lyla Gilbert hat.«

»Aber wir hatten keine Affäre«, widersprach John. Seine Hände zitterten.

»Das weiß ich inzwischen auch«, entgegnete sie. »Doch Lyla hat immer hemmungslos mit dir geflirtet, und außerdem war sie mit der halben Stadt im Bett.« Sie hob die Schultern. »Wir waren nicht verheiratet, und ich dachte eben, sie hätte dich mit ihrem Charme gefangen genommen. Irgendwann ist mir zu Ohren gekommen, dass sie häufiger die Liebesecke aufsucht, und eines Tages sah ich sie am Laden vorbeifahren. Neben ihr saß ein Mann im Wagen, sodass mir klar war, wohin sie wollte. Da du kurz vorher weggefahren warst, habe ich mir eingeredet, dass du mit ihr im Wagen warst. Also bin ich ihr gefolgt. Sie war bereits tot, als ich sie gefunden habe, und dann habe ich den Brieföffner entdeckt und gedacht, du hättest ihn aus dem Laden mitgenommen und ... eine schreckliche Tat begangen. Da ich Angst um dich und um mich und die Kinder hatte, habe ich ihn eingesteckt.«

»Du hast geglaubt, ich hätte sie umgebracht?«, fragte John ungläubig.

»Ich habe mich gegen den Gedanken gesträubt, aber du hast

damals getrunken, und das Geschäft lief nicht besonders gut – deshalb bin ich in Panik geraten. Ich konnte doch nicht zulassen, dass du ins Gefängnis musst.«

Sie warf dem Sheriff einen reumütigen Blick zu. »Als Elmore Bracken dann verurteilt wurde, war ich ungemein erleichtert. Trotzdem habe ich den Brieföffner aufbewahrt, wahrscheinlich aus schlechtem Gewissen.«

Regina trat einen Schritt vor. »Dann hast du den Brieföffner ins Internet gestellt?«

Ihre Mutter nickte. »Ich habe mitbekommen, dass Bracken ein neues Verfahren anstrengt – das hat mir einen gewaltigen Schreck eingejagt. Und außerdem konnten wir das Geld gut gebrauchen. Und ich hatte gehört, dass man im Internet Sachen verkaufen kann.« Sie lächelte Regina verhalten an. »Ich wollte meinen Augen nicht trauen, als mir meine eigene Tochter per E-Mail geantwortet hat und Näheres wissen wollte.« Sie übergab den Brieföffner dem Sheriff. »Ich möchte mich entschuldigen, Hank. Hätte ich schon damals ausgesagt, wäre Elmore Bracken vielleicht nicht verurteilt worden.«

»Vielleicht«, räumte er ein. »Aber vielleicht auch nicht.«

»Aber Lawrence' Fingerabdrücke hätten darauf sein können.«

»Onkel Lawrence hat gesagt, dass er Bracken die Sache angehängt hat«, wandte Regina ein. »Wahrscheinlich hat er darauf geachtet, dass Brackens Fingerabdrücke darauf waren.«

»Trotzdem«, beharrte Cissy mit einem Seufzen. »Was ich getan habe, war falsch, und ich bin bereit, die Konsequenzen für mein Fehlverhalten zu tragen.«

»Nein, Sheriff«, mischte sich John jetzt ein. »Cissy hat nur so reagiert, um mich zu schützen – wenn hier einem die Schuld zu geben ist, dann mir.«

»Haltet mal die Luft an, und zwar beide«, schnitt ihnen der Sheriff mit einer Geste das Wort ab. »Gebt mir erst mal Zeit, um all das zu verarbeiten.« Sein Blick fiel auf Mitchell. »Glauben Sie, dass der Staatsanwalt in Charlotte von einer Anklage wegen Unterschlagung von Beweismaterial absieht, wenn Cissy sich zu einem Lügendetektortest bereit erklärt? Vor allem angesichts dessen, was diese Familie durchgemacht hat, und angesichts der Tatsache, dass die Aussage der Metcalfs ausschlaggebend für die endgültige Aufklärung des Falls gewesen ist?«

Mitchell zögerte kurz und nickte dann. »Normalerweise ist die Staatsanwaltschaft bemüht, Lösungen zu finden, die alle zufrieden stellen. Ich werde sehen, ob mein Bruder etwas ausrichten kann.«

Zwar vernahm Regina seine Worte mit Erleichterung, die aber dadurch getrübt wurde, dass sie Mitchell erneut zu Dank verpflichtet war. Während die anderen sich noch unterhielten, ging sie unbemerkt die Treppe hinab und zog sich in die Küche zurück. Zu ihrem Verdruss kam Mitchell ihr nach.

»Ich muss mit dir reden«, sagte er, während er hinter ihr stehen blieb.

»Danke, dass du meiner Mutter hilfst.« Ihr Blick senkte sich auf die Anrichte. »Scheint so, als müsste ich mich ständig bei dir bedanken.«

»Nicht der Rede wert.«

Sie drehte sich um. »Ich meine es ernst, Mitchell. Wie soll ich mich jemals für alles, was du getan hast, erkenntlich zeigen?«

»Dir fällt schon was ein.« Er neigte den Kopf. »Wie wär's denn mit einem deiner unnachahmlichen Lächeln?«

Es geschah zwar unfreiwillig, aber es schien ihm zu genügen.

»Na also. Hör zu, Regina ... ich reise morgen wieder ab.«

Mit ein wenig Mühe gelang es ihr, das Lächeln aufrechtzuerhalten. »Morgen schon?«

»Ja, sobald ich mit dem Rest im Laden fertig bin. Ich habe nämlich einen neuen Auftrag in Orlando.« Er zuckte die Achseln – offenbar war dies nichts Ungewöhnliches.

Und warum sollte er auch nicht abreisen? Hatte er hier nicht weitaus mehr als seine Pflicht erfüllt? Wie sollte es denn sonst enden? Bestimmt konnte er es kaum abwarten, ihr und ihrem turbulenten Leben endlich den Rücken zu kehren. Für einen ehemaligen schlimmen Finger auf ständiger Wanderschaft hatte er es schließlich verdammt lange hier ausgehalten.

»Ich werde dir morgen noch helfen«, sagte sie.

»Das ist nicht nötig.«

»Um acht bin ich da.«

»Und ich bringe Doughnuts mit.«

SECHSUNDDREISSIG

Halten Sie bei einem Tanz nach verborgenen Schätzen Ausschau.

Mitchells Transporter stand bereits vor dem Laden, obwohl Regina zehn Minuten früher als geplant eintraf. Sie schauderte beim Anblick der durchtrennten gelben Absperrbänder an der Hintertür, schüttelte sich vor Unbehagen und trat dann ein, wobei die Türglocke ertönte. Da John wieder im Haus schlief, musste sie sich keine Sorgen machen, dass sie ihn aufwecken könnte. Auch wenn ihre Eltern ihr Geschäft und ihren persönlichen Besitz auflösen mussten, so hatten sie doch zumindest wieder zueinander gefunden.

Sam humpelte ihr entgegen, da er das bandagierte Bein noch nicht belasten konnte. Er begrüßte sie mit einem vertrauten Nasenstupser, aber es störte sie nicht – schließlich hatte er ihr das Leben gerettet. Sie tätschelte seinen Kopf und kraulte ihm ausgiebig die Ohren.

Mitchell saß am Stahltisch. Er hatte die Beine hochgelegt, sah sich gerade die Inventarliste nochmals durch und wippte mit den Füßen im Takt zu B. B. King. Jetzt sah er auf. »Guten Morgen.«

»Guten Morgen«, erwiderte sie und ging zu der Kaffeekanne. »Deinen Kaffee werde ich bestimmt vermissen.«

»Mehr nicht?«, entgegnete er.

Auf eine Antwort wollte sie sich erst gar nicht einlassen. Sie drehte sich um und nippte an der Tasse. »War da etwa noch mehr?«

»Allerdings«, antwortete er leise.

Ihr Herz setzte einen Takt lang aus.

Er machte eine wegwerfende Geste. »Meine Doughnuts, zum Beispiel.«

Regina brachte ein kurzes Lachen zu Stande. »Ach ja, natürlich. Mit Marmeladenfüllung.« Sie griff sich einen aus der Schachtel und nahm eine lässige Haltung ein. »In nächster Zeit werde ich doppelt so viel Sport treiben müssen.«

»Ach wo, das hast du nicht nötig«, murmelte er, und sein Blick wanderte kurz nach oben. »Du trägst ja deinen Verband gar nicht mehr.«

»Der war mir ohnehin nur ständig im Weg. Ich kann gut darauf verzichten.« Wenigstens bedeckte ihre Hochsteckfrisur die kahle Stelle, an der sie genäht worden war.

»Wie fühlst du dich denn?«

»Als wäre mein gesamtes Leben vor meinen Augen vorbeigerauscht.«

»Und körperlich?«

»Gut. Das Lesen bereitet mir noch Mühe, deshalb werde ich mir die restliche Woche zusätzlich freinehmen und die Zeit mit meiner Familie verbringen.«

»Gut.« Er nickte.

»Mhm.« Sie nickte ebenfalls.

»Na dann«, sagte er und klatschte in die Hände. »Sollen wir loslegen?«

»Ja.«

Sie folgte ihm durch den Gang in den Hauptausstellungsraum, wobei sie sich einredete, dass sie weder seine Bluesmusik noch seine absonderliche T-Shirt-Sammlung noch seinen Gang vermissen würde.

»Der Rest dürfte nicht mehr viel Zeit in Anspruch nehmen«, sagte er über seine Schulter hinweg. »Ein paar Stunden höchstens. Danach werde ich die gesammelten Daten mit deinen Eltern zusammen durchgehen, und die müssen dann nur noch grünes Licht geben.«

»Wirst du an der Versteigerung teilnehmen?« Sie hielt inne – hatte das jetzt geklungen, als hoffe sie, ihn wiederzusehen?

Er schüttelte den Kopf. »Nein. Das Auktionshaus wird alles andere in die Hand nehmen. Die werden dann jemanden herschicken, das Zeug unter die Lupe nehmen, die Anzeigen schalten und so weiter. Aber ich werde auf jeden Fall den Sammlern Bescheid geben, die ich kenne.« Er stieß ein spöttisches Lachen aus. »Durch den Skandal wird die Auktion bestimmt eine Menge Leute anziehen.«

Immerhin ein positiver Nebeneffekt, ging ihr durch den Kopf.

Die restliche Arbeit beschränkte sich auf die Ladenhüter, wie sie feststellte – sämtlich ausgefallene Einzelstücke, deren Wert schwer zu schätzen war und die noch schwerer zu verkaufen waren –, wie die zweieinhalb Meter hohe, ausgestopfte Giraffe und das zwei Meter große Neonschild mit dem Schriftzug »TANZEN FÜR 10 CENTS«.

»Wo bekommt man überhaupt eine so große Leuchtröhre her?«, fragte sie, während sie das Ungetüm abwischte.

Er hob die Schultern. »Vielleicht stammt das Schild von einer Weltausstellung oder etwas Ähnlichem. Glaub mir, irgendeiner da draußen sucht unter Umständen so ein Ding – unsere Aufgabe ist lediglich, denjenigen darauf aufmerksam zu machen, dass hier so was auf ihn wartet.«

»Was meinst du, wo dieses Schild mal gehangen hat?«

»Vielleicht in einem Tanzsaal in den zwanziger Jahren?« Auf seinem Gesicht erschien ein Grinsen, und er griff nach ihrer Hand und zog sie an sich. »Tanzt du eigentlich?«

»Nicht besonders gut«, brachte sie gerade noch heraus, da es ihr, so dicht vor ihm, beinahe die Sprache verschlagen hätte. Ihr Körper allerdings reagierte überhaupt nicht irritiert, sondern schmiegte sich an seinen.

»Das macht nichts, ich werde führen.«

Mitchell setzte zu einem beschwingten Walzertakt an, mit improvisierten Drehungen und leichten Figuren, bei denen sie mühelos mithalten konnte und sich überwiegend nur führen lassen musste. Schließlich bekam sie vor lauter Lachen keine Luft mehr. »Mir ist schon ganz schwindlig.«

Besorgt hielt er sofort inne. »Möchtest du dich setzen?«

Ihre Gesichter waren nur wenige Zentimeter voneinander entfernt, und sie waren beide außer Atem. Sie verspürte ein heftiges Kribbeln im Bauch.

Dann küsste er sie – ein Abschiedskuss, ging ihr durch den Kopf. Fest und warm und mit Puderzuckergeschmack. Bittersüß und beherzt und innig. Sie erwiderte ihn, wobei sie versuchte, seinen Geschmack und seine Berührung zu verinnerlichen. Mit einem Mal sprang Sam dazwischen und bellte ausgelassen.

Sie lösten sich voneinander, und Mitchell sah stirnrunzelnd auf ihn herunter. »Was ist denn los, alter Knabe?«

Wieder stieß Sam ein Bellen aus und blickte abwechselnd von einem zum anderen.

Mitchell grinste. »Verstehe, er will dich beschützen – er denkt, ich tu dir weh.«

Sie brachte ein Lächeln zu Stande und ging dann in die Hocke. »Schau mal, Sam, alles heil an mir.« Sie warf einen viel sagenden Blick zu Mitchell hoch, der ausdrücken sollte, dass auch ihr Herz noch heil war.

Sein Gesichtsausdruck war nicht zu deuten. In diesem Moment schien es so, als hätte der Kuss nicht stattgefunden – zumindest für ihn. Er stellte sich vor das Schild und wischte eine Staubschicht ab. »Wie lange ist dieses Ding denn schon nicht mehr bewegt worden?«

Sie richtete sich wieder auf. »Es lehnt schon an der Wand, seit ich denken kann. Soll ich dir damit helfen?«

»Nein, das geht schon. Möchte nur kurz einen Blick auf die Rückseite werfen, ob etwas draufsteht.« Mit einem kurzen Ächzen wuchtete er das massive Schild ein kleines Stück von der Wand weg und spähte dahinter. »Hm.«

»Hm was?«

»Dahinter sind ein paar Leinwände, völlig zugestaubt.« Er zog sie hervor, sieben an der Zahl, in unterschiedlichen Größen und nicht gerahmt. »Scheinen aber noch in gutem Zustand zu sein.« Er pustete von einer den Staub weg, und der Ausschnitt eines Stillebens kam zum Vorschein. »Vermutlich nichts Wertvolles, aber die Leute hängen sich so etwas gern an die Wände. Würdest du mir mal den Handfeger reichen?«

Sie tat es und trat einen Schritt nach hinten, während er die dreißig Jahre alte Staubschicht von den steifen Leinwänden bürstete. Sam musste ein halbes Dutzend Mal niesen und trollte sich schließlich in eine Ecke, wo bessere Luft herrschte.

Regina setzte sich vor Mitchells Laptop und klickte die Kunstgegenstände in dem Archiv an, um anschließend zu den Gemälden herunterzuscrollen, die sie bereits gelistet hatten.

»Etwas Interessantes dabei?«, fragte sie. Als er keine Antwort gab, sah sie hoch. Sein Gesicht war verschmiert und hatte einen sonderbaren Ausdruck angenommen. »Mitchell?«

Er drehte den Kopf. »Weißt du noch, dass du mich einmal gefragt hast, was das Wertvollste war, auf das ich je gestoßen bin?«

Ihr Puls schlug schneller, und sie nickte.

»Tja«, meinte er weiter. »Ich will ja keine falschen Hoffnungen wecken, aber das hier ist entweder ein echter Frieseke oder zumindest ein sehr gutes Imitat.«

Sie runzelte die Stirn und stellte sich hinter ihn. »Ist es wertvoll? Mit Gemälden kenne ich mich nämlich nicht besonders gut aus.« Es handelte sich um ein kleines Format, circa vierzig auf fünfzig. Ein Gartenmotiv. Recht hübsch, aber für sie als Laie nichts Ungewöhnliches.

»Bei Frieseke handelt es sich um einen der wenigen amerikanischen Impressionisten, der weltweit anerkannt ist.«

Sie versuchte, Ruhe zu bewahren. »Welches Jahr?«

»Er ist 1939 gestorben. Das hier stammt von ...« Er hob die Leinwand höher. »Neunzehnhundertneunundzwanzig.«

404

»Okay«, sagte sie in ruhigem Ton. »Nehmen wir mal an, es ist ein echter Frieseke. Wie viel ist das Bild ungefähr wert?«

»So ungefähr fünfhundert Mille.«

Sie nickte. »Mit fünfhundert Mille meinst du eine halbe Million?«

»Genau das meine ich.«

Tja dann, ging ihr später am Abend durch den Kopf, als sie gerade Sam hinten in den Van ließ, kurz bevor die beiden sich nach Orlando aufmachen wollten, *wenigstens noch ein Glanzpunkt an seinem letzten Tag in Monroeville.*

»Der Typ von Sotheby wollte gleich morgen herkommen«, sagte Mitchell und lächelte. »Aber der kocht bestimmt keinen so guten Kaffee wie ich.«

Regina lachte, als hätte er soeben einen richtigen Kalauer von sich gegeben. »Wiedersehen, Sam.« Sie streckte den Arm in den Wagen und kraulte seinen Kopf. Dann sah sie wieder Mitchell an. »Und Wiedersehen ... du.«

Er musterte sie kurz, dann lächelte er sie strahlend an. »Ja, auf Wiedersehen. War nett hier.«

»Ja«, stimmte sie ihm zu, während er einstieg und die Tür zuzog. »Wirklich nett.«

Er zögerte kurz und startete dann den Motor. »Wir bleiben in Verbindung.«

»Klar doch«, entgegnete sie, als hätte sie seine Telefonnummer oder Postfachadresse oder sonst eine Kontaktmöglichkeit.

Mitchell lächelte und winkte ihr fröhlich zum Abschied zu, und sie lächelte zurück und winkte ihm ebenfalls fröhlich zum Abschied zu, als würde es ihr nichts ausmachen. Und sie tat weiter so, als würde es ihr nichts ausmachen, bis sein Van aus ihrem Blickfeld verschwand.

SIEBENUNDDREISSIG

Geraten Sie nicht ins Schwimmen.

Achtung!«

Regina und Justine sahen hoch, doch im nächsten Moment bekamen sie beide eine Ladung Wasser ins Gesicht. Sie prusteten, während Mica sich vor Lachen schüttelte. Zur Vergeltung tunkten sie sie sofort in das kühle Flusswasser, woraus sich eine wilde Spritzerei unter lautem Gekreische entspann. Erschöpft schwammen sie schließlich an das flache Ende des Baggerlochs, wateten ans Ufer und ließen sich rücklings ins Gras fallen.

»Gott, ich bin vielleicht geschafft«, stöhnte Regina.

»Bist eben nicht mehr die Jüngste«, neckte Justine.

»Du hast gut reden, du bist älter als ich.«

»Bin eben auch schon alt.«

»Aber ich bin noch knackig«, sagte Mica, was ihr höhnisches Gelächter einbrachte.

Die Schwestern lagen unter einer Platane, die ihnen Schatten vor der grellen Sonne spendete. Sie waren wieder gesund und heil. Das Leben war doch schön.

»Ich kann es nicht fassen, dass Mom und Dad bald Millionäre sein werden«, meinte Justine.

»Na ja, Millionäre ist etwas übertrieben«, stellte Regina richtig, »schließlich gehen noch die Provision und die Schulden ab.«

»Trotzdem«, beharrte Mica. »Das muss man sich mal vorstellen. Da steht dieses Gemälde schon eine Ewigkeit im Laden, und keiner wusste, dass es ein Vermögen wert ist.«

Regina lächelte, denn sie erinnerte sich an den gewaltigen Manuskriptstapel in ihrem Büro.

»Ich jedenfalls finde es zum Brüllen komisch«, meinte Justine und stützte sich auf einem Ellbogen ab, »dass das Bild die ganze Zeit vor Deans Nase geschlummert hat.«

Ihre Bemerkung sorgte für allgemeine Belustigung, und Regina war erleichtert, dass sie überhaupt wieder lachen konnten.

»Und, Justine«, meinte Mica verschmitzt. »Hast du nochmal mit Officer Lando gesprochen, nachdem er wieder nach Shively abgereist ist?«

»Er ruft mich hin und wieder an«, entgegnete sie in beiläufigem Ton. »Um mich über Lisa Crane auf dem Laufenden zu halten.«

»Wenn sie sie gefunden haben, muss er sich einen anderen Vorwand einfallen lassen«, frotzelte Regina.

Justine runzelte die Stirn und riss einen Grashalm ab. »Sei nicht albern.«

»Der ist doch ganz verrückt nach dir. Und niedlich ist er auch.«

Sie legte den Halm zwischen die Daumen und blies, allerdings ohne Erfolg. »Ich gebe mich aber nicht mit niedlichen Männern ab.«

»Dann solltest du vielleicht langsam mal damit anfangen«, erwiderte Mica und schnappte sich auch einen Grashalm. Sie blies durch die gefalteten Hände und erzeugte einen leisen Ton.

Justine musterte sie. »Da wir gerade von niedlichen Männern sprechen, wie kommt eigentlich Everett ohne dich in LA klar?«

Mica hielt die Hände hoch, um Justine ihre Technik mit dem Grashalm zu demonstrieren. »Er möchte, dass ich hier bleibe, bis er einen Plan ausgearbeitet hat, wie meine Karriere wieder in Schwung kommt. Zwischen Everett und mir läuft übrigens nichts, ist noch nie was gelaufen.«

»Er wäre aber bestimmt nicht abgeneigt«, sagte Justine und blies auf ihrem Grashalm. Sie brachte einen Quietschton zu Stande.

Mica fuhr sich mit den Fingern durch die kurzen Locken.

»Everett ist ein Schatz, und ich halte große Stücke auf ihn. Aber in nächster Zeit möchte ich lieber alleine bleiben.«

»Das ist auch vernünftig«, meinte Regina. »Schließlich bleibt er ja in deiner Nähe.« Im Gegensatz zu Mitchell. Einen Augenblick schloss sie die Augen und stellte sich sein Bild vor. Sie hatte gehofft, dass sie nach vier Tagen wenigstens seine Augenfarbe vergessen hätte. Sie waren dunkelbraun.

»Hat sich Mitchell schon bei dir gemeldet?«, wollte Justine wissen.

Gütiger Himmel, hatte sie etwa laut gedacht? »Nein, aber ich rechne auch nicht damit.«

»Und warum nicht?« Justine produzierte einen weiteren Quietschton. »Ich dachte, ihr beide kommt gut miteinander klar, nachdem er dir so viel geholfen und dich gerettet hat.«

»Ich bin mir sicher, in Florida laufen zig Frauen herum, die nicht annähernd so viel Schwierigkeiten bereiten.«

»Florida? Ja, das mag sein.«

Sie runzelte die Stirn.

»Du magst ihn, nicht wahr?«, fragte Mica.

»Zumindest bin ich ihm sehr dankbar.«

»Das sind wir alle«, sagte Justine. »Erzähl mir nicht, dass da nicht mehr dahinter steckt.«

Regina richtete sich auf. »Ich habe Kopfschmerzen. Ich glaube, ich geh nach Hause.«

»Lügnerin«, meinte Justine und stand auf. »Aber ich möchte auch gehen.«

»Ich auch«, stimmte Mica zu.

Sie marschierten am Ufer entlang zu der Stelle, wo sie ihre Kleider abgelegt hatten. Regina streifte ihr Hängerkleid über den nassen Badeanzug und schlüpfte in ihre Tennisschuhe. Ihre Schwestern zogen sich ebenfalls an, und anschließend machten sie sich auf den Nachhauseweg, den sie früher schon so oft gegangen waren.

»Weißt du«, meinte Justine, »du könntest ihn ja auch anrufen.«

Regina sah über die Schulter. »Meinst du mich und Mitchell damit?«

»Ja.«

Sie schüttelte den Kopf. »Nein, so wichtig ist es nun auch wieder nicht. Mitchell ist nämlich Junggeselle aus Überzeugung.«

Mica grinste. »Dich hat's ja richtig erwischt.«

»Quatsch.«

»Von wegen Quatsch«, sagte Justine. »Du bist verknallt.«

Sie kniff die Augen zusammen. »Wie kommt ihr denn darauf, dass ich verknallt sein soll?«

»Das steht dir ins Gesicht geschrieben«, entgegnete Justine. »Außerdem, immer wenn wir seinen Namen erwähnen, tust du so, als wäre er dir gleichgültig.«

»Schrecklich, nicht?«, meinte Mica.

»Was?«, fragte Regina.

»Verliebt zu sein«, antworteten die beiden im Chor.

»Ich bin nicht in Mitchell Cooke verliebt«, widersprach sie mit ernster Stimme. Dann presste sie die Lippen zusammen. »Aber ... für die Zukunft ... woran merkt man denn, ob man verliebt ist?« Sie spürte die Blicke der beiden auf sich und zuckte mit den Achseln. »Das kann ich vielleicht für meine Bücher verwenden.«

Von beiden Seiten erntete sie einen Schubs und Gelächter.

»Das ist mein Ernst – woran habt ihr gemerkt, dass ihr verliebt seid?«

Justine und Mica wechselten stumm einen Blick, sodass sie bedauerte, das Band der herzlichen Kameradschaftlichkeit, das zwischen ihnen in den letzten Tagen entstanden war, in diesem Moment zerrissen zu haben. Doch Justine schlang die Arme um den Körper und bekam einen versonnenen Gesichtsausdruck. »Ich glaubte, in Dean verliebt zu sein, wegen unserer nächtlichen Gespräche. Verrückt, nicht? Aber ich fand das eben sehr romantisch. Mir war nicht bewusst, dass er es nur tat, weil er sich bei Tageslicht nicht öffnen konnte.«

Mica seufzte schwermütig. »Ich glaube, ich habe mich in Dean verliebt, weil er der erste Mann war, der mich wichtig genommen hat. Aber mittlerweile weiß ich, dass er nur gut zu mir war, wenn es ihm in den Kram passte und er sich davon mehr Geld in der Tasche versprach.«

»Aber wir waren noch jung«, fügte Justine hinzu. »Ich habe das Gefühl, dass es anders wird, wenn ich mich das nächste Mal verliebe.«

»Genau«, pflichtete Mica ihr mit nachdenklichem Gesicht bei. »Obwohl ich wahrscheinlich wieder ständig an denjenigen denken werde.«

»Mhm«, stimmte Justine ihr genauso nachdenklich zu. »Alles wird etwas ... leichter erscheinen, wenn dieser Mensch in der Nähe ist.«

»Aber ohne in eine Abhängigkeit zu geraten.«

»Genau. Weil man nämlich den Eindruck hat, dass der andere einem dieselben Gefühle entgegenbringt.«

»Und dass man das Leben dieses Menschen bereichern kann.«

»Und dass man den anderen nicht ständig löchern muss, um herauszufinden, was er denkt.«

»Und dass man, selbst wenn dieser Mann einen noch gar nicht berührt hat, trotzdem weiß, dass man mit ihm fantastischen Sex haben kann.«

Justine nickte. »Mhm.«

Mica nickte ebenfalls. »Mhm.«

Regina sah die beiden abwechselnd an, verkniff es sich aber, sie mit einem Fingerschnipsen aus ihren Träumereien zu holen. Justine schien als Erste wieder zu sich zu kommen.

»Das heißt ... vorausgesetzt, ich verliebe mich jemals wieder.«

»Genau«, pflichtete Mica ihr nickend bei.

Lächelnd hakte sich Regina bei den beiden ein. »Gut, sollte eine von euch beiden sich wieder verlieben, werdet ihr mir hoffentlich Bescheid geben.«

»Du wirst es als Erste erfahren«, sagte Justine.

»Klar doch«, bekräftigte Mica.

Gemächlich setzten sie ihren Weg fort und genossen die schöne Umgebung. Als sie beim Haus ankamen, sahen sie, dass John und Cissy Händchen haltend auf der Vorderveranda saßen. Ihre Mutter strahlte über das ganze Gesicht. »Es gibt Neuigkeiten«, verkündete sie.

Justine und Mica nahmen auf den Stühlen Platz, während Regina sich auf den Treppenansatz hockte. »Was denn?«

»Nun ja ...«, Cissy warf einen raschen Blick zu John. »Euer Vater und ich werden heiraten.«

Während ihre Schwestern in Jubel ausbrachen und aufsprangen, um ihre Eltern zu umarmen, begnügte sich Regina mit einem Lächeln und beobachtete, das Kinn in die Hand gestützt, das ausgelassene Treiben, wobei sie über ihre Familie staunte, die sich tatsächlich wieder zusammengerauft hatte. Wärme umfing ihr Herz. Die Menschen, zu denen sie gehörte, gingen wieder liebevoll miteinander um – und das nach einer Geduldsprobe von dreißig Jahren. Sie lehnte sich gegen die Säule und stieß einen tiefen Seufzer der Erleichterung aus.

ACHTUNDDREISSIG

Kehren Sie an den Tatort zurück.

Justine stützte sich auf die Rückenlehne des Stuhls vor ihr, während sie den Blick durch den Konferenzraum schweifen ließ. »Ich möchte Terri Birch dafür danken, dass sie dieses Meeting organisiert hat, und ich möchte auch jeder Einzelnen von Ihnen danken, dass Sie sich trotz Ihrer Arbeit kurzfristig Zeit dafür genommen haben.«

Nachdenkliche Gesichter starrten sie an. Alle standen noch unter dem Eindruck des Vorfalls vor zwei Wochen, als Lisa Crane in das Meeting geplatzt war und die Schüsse abgefeuert hatte. Auch Justine hatte die Szene noch lebhaft vor Augen, und die Blicke sämtlicher Anwesenden huschten immer wieder zur Tür, als könnte die Attentäterin, die nach wie vor auf freiem Fuß war, erneut jeden Moment hereinstürmen.

Justine zeigte auf die junge Frau, die rechts von ihr saß. »Insbesondere möchte ich meinen Dank an Bobbie Donetti aussprechen, die sich bei unserem letzten Zusammentreffen so tapfer verhalten und mir damit höchstwahrscheinlich das Leben gerettet hat.«

Bobbie, die eine Armschlinge trug, nickte bedächtig.

Justine räusperte sich. »Mir ist klar, dass die Zusammenarbeit mit mir im Laufe der Jahre nicht immer ganz einfach war. Ich war nur an meinem persönlichen Erfolg und meinen eigenen Interessen interessiert, weshalb ich auch schon mal rücksichtslos die Ellbogen eingesetzt habe. Aber in den letzten Wochen ...« Sie verzog das Gesicht zu einem ironischen Lächeln. »Lassen Sie es mich einfach so ausdrücken: Meine Prioritäten haben sich geändert.« Inmitten des Schweigens holte sie tief Luft. »Ich weiß zwar nicht, wie meine Zukunft bei Cocoon aussehen wird, aber ich hoffe, dass ich die Chance erhalte, mit Ihnen allen weiterhin arbeiten zu dürfen und meine früheren Fehler wieder gutzumachen. Vielen Dank, dass Sie mir Ihre Aufmerksamkeit geschenkt haben.« Sie nahm ihre Handtasche und verließ den Raum, mit gerader Haltung und erhobenen Hauptes. Draußen grüßte sie kurz die Sekretärin, die überrascht schien, dass sie ihren Namen kannte.

Justine hatte bereits die Hälfte des Flurs durchquert, als sie hinter sich eine Stimme hörte.

»Justine.«

Sie wandte sich um und sah, dass Terri Birch mit großen Schritten auf sie zukam. »Nochmals danke, Terri, dass Sie das Meeting organisiert haben.«

»Keine Ursache. Morgen Vormittag findet die Aufsichtsratskonferenz statt.« Auf ihrem Gesicht erschien der Anflug eines Lächelns. »Nach dem, was ich mitbekommen habe, können Sie ziemlich sicher davon ausgehen, dass wir Sie hier irgendwo unterbringen werden. Selbstverständlich in einer Position, die Ihrem momentanen Gehalt entspricht.«

Justine nickte. »Das ist sehr großzügig von Ihnen, Terri.«

»Ungeachtet Ihrer Spielchen haben Sie einiges für die Firma geleistet. Wir brauchen Sie hier.«

»Danke. Sie werden es nicht bereuen.«

»Ich rufe Sie morgen Nachmittag an.«

Justine verließ das Firmengebäude mit einem merkwürdigen Gefühl von Distanz. Wenn sie etwas in den vergangenen Tagen gelernt hatte, dann dies, dass die Menschen, die ihr nahe standen, am meisten zählten. Selbst wenn sie die Kündigung erhielte, würde es irgendwie weitergehen. Sie war entschlossen, die Fehler, die sie in der Vergangenheit gemacht hatte, in der Zukunft nicht zu wiederholen.

Ihr nächster Gang führte sie ins Rathaus zu ihrer Bewährungshelferin – laut Lando wäre sie mit einem Jahr Bewährung dafür, dass sie Dean vom ursprünglichen Tatort entfernt hatte, gut bedient. Die Frau, der sie in den nächsten zwölf Monaten Bericht erstatten musste, schien zwar nett zu sein, aber gleichzeitig auch ziemlich kraftlos und überarbeitet. Justine bot ihr eine Schminkberatung beim nächsten Termin an. Als sie ging, summte sie ein altes Lied vor sich hin. Ausgerechnet sie, um Gottes willen.

Sie begab sich wieder nach unten in den ersten Stock, in dem sich das Police Department befand, und fragte nach Officer Lando. Der Beamte am Empfang legte die Hand über die Sprechmuschel seines Telefons und erklärte ihr kurz den Weg. Sie marschierte durch die Flure, vorbei an Zellen, bis zum Großraumbüro, wo sie erneut einen Beamten nach Lando fragte. Er deutete auf eine entlegene Ecke. Lando kauerte über einer winzigen Schreibmaschine. Seinem finsteren Gesichtsausdruck zufolge traf er nicht die Tasten, die er treffen wollte.

»Hallo«, sagte sie.

Er wandte sich um, und der finstere Gesichtsausdruck fiel gänzlich von ihm ab. »Hallo. Sie sind wieder da.«

Justine nickte. »Und meine Pflanze lebt auch noch.«

Er erhob sich lächelnd. »Das ist ein gutes Zeichen.«

»Ich bin hier, um mit Ihnen über Lisa Crane zu sprechen.«

Er wurde sofort wieder ernst. »Oh. Okay. Möchten Sie Platz nehmen?«

Sie schüttelte den Kopf. »Ich habe eine Idee, wo sie stecken könnte.«

»Wo denn?«

»Am besten, ich fahre mit Ihnen.«

»Ich kann Sie nicht bei einem Polizeieinsatz mitnehmen.«

Sie drehte sich um. »Dann fahre ich eben selbst hin.«

Hinter ihr ertönte ein Seufzer. »Warten Sie. Ich werde fahren.«

Wenige Minuten später saß sie auf der Beifahrerseite seines Dienstwagens und dirigierte ihn.

Er schaute zu dem Gebäude hoch, zu dem sie ihn gelotst hatte, noch bevor er auf den Parkplatz bog. »Das Rosewood Hotel?«

Sie hob die Schultern. »Bloß so eine Vermutung.« Da Lisa Crane irgendwann die Hotelquittungen ihres Ehemannes entdeckt hatte, war es gut möglich, dass sie das Bedürfnis verspürt hatte, an den »Tatort« zurückzukehren, als wollte sie ihren Hochzeitstag gleichsam neu aufleben lassen.

Sie betraten die Lobby, und Justine wandte sich mit einem Lächeln an den Empfangschef. »Können Sie mir sagen, ob Zimmer 410 belegt ist?« Lando kam ihr zu Hilfe, indem er kurz seine Polizeimarke zückte.

Daraufhin sah der Mann im Computer nach. »Dieses Zimmer steht momentan nicht zur Verfügung. Vorletzte Woche ist ein Obdachloser dort eingebrochen und hat Feuer gelegt. Der Schaden war zwar nur geringfügig, aber der Raum muss erst noch einer Grundreinigung unterzogen werden, bevor wir ihn wieder freigeben.«

Sie wechselte einen Blick mit Lando. Jetzt richtete er das Wort an den Empfangschef. »Wir werden sämtliche Zimmer im vierten Stock evakuieren und die Aufzüge sperren müssen.«

Der Mann klemmte sich hinter das Telefon, und zwanzig Minuten später stand Lando vor der Tür zu Zimmer 410. Justine hatte darauf bestanden, mitzukommen, und stand neben ihm, mit beschleunigtem Herzschlag.

Er klopfte gegen die Tür und rief: »Zimmerservice.«

Drinnen rührte sich nichts, und es kam auch keine Antwort.

Leise schob er den Schlüssel in die Tür und drehte ihn herum. »Zimmerservice«, wiederholte er laut. Im nächsten Moment wurde die Tür durch eine Türkette blockiert – es war tatsächlich jemand im Zimmer.

Lando zog seine Waffe und bedeutete Justine, sich zum Ende des Flurs zu begeben.

Dann ging er einen Schritt zurück und trat mit aller Kraft die Tür auf, um gleich darauf im Zimmer zu verschwinden. Wenig später ertönte ein dumpfes Geräusch, dann ein Schuss. Justine schrie auf und rannte zu dem Zimmer. Auf dem Weg dorthin schnappte sie sich eine hohe Lampe mit Fransenschirm von einem Tisch und hielt sie schützend vor sich. Es war nicht unbedingt eine tödliche Waffe, aber vielleicht konnte sie Lisa Crane damit zum Lachen bringen, sodass sie abgelenkt war.

»Lando!«, schrie sie und stürzte in das Zimmer, zum Angriff bereit.

»Alles in Ordnung«, gab er von dem zerwühlten Bett aus zurück, wo er rittlings auf Lisa Crane saß und ihr von hinten gerade Handschellen anlegte. Die Minibar klaffte auf, völlig leer geplündert.

»Wer hat geschossen?«

Er deutete auf ein kleines schwarzes Einschussloch in der Wand. »Sie.« Dann gab er über Funk der Rezeption Bescheid, die Rettungssanitäter hochzuschicken, die er angefordert hatte.

Die Frau leistete zwar keinen Widerstand, aber sie ließ Justine nicht aus den Augen, während Lando sie unter Arrest nahm und sie über ihre Rechte aufklärte. »Hier hast du es mit meinem Mann getrieben.« Sie klang wie ein Kind.

Justine biss sich auf die Zungenspitze. »Mrs. Crane, ich möchte mich für alles entschuldigen, was ich Ihnen angetan habe. Mir ist zwar klar, dass das nichts ändert, aber es tut mir wirklich aufrichtig Leid. Ich helfe Ihnen, ich werde bei dem Staatsanwalt ein gutes Wort für Sie einlegen.«

Lisa Crane schloss die Augen, und es schien, als würde sie das Bewusstsein verlieren. Tatsächlich fiel sie in Ohnmacht, und die Rettungssanitäter hoben ihren schlaffen Körper auf eine Tragbahre. Ihr Puls wurde gecheckt. »Sie ist ohnmächtig«, meinte einer von ihnen. »Aber der Puls ist da.«

Nachdem man sie herausgerollt hatte, sackte Justine in einen Sessel, erschöpft vor Erleichterung und Verzweiflung. Sie starrte auf das Bett, in dem sie und Randall sich immer während der Mittagspause miteinander vergnügt hatten, und bekam ein mulmiges Gefühl in der Magengegend. »Ich habe das Leben dieser Frau zerstört.«

Lando stieß geräuschvoll die Luft aus. »Haben Sie nicht einmal gesagt, dass die Männer das Treuegelübde abgelegt haben und nicht Sie?«

»Ich habe Randall verführt«, gestand sie. »Er hätte von sich aus keine Anstrengungen unternommen, wenn ich nicht den Anfang gemacht hätte. Das heißt nicht, dass ich ihn in Schutz nehme, aber mir ist vor kurzem etwas klar geworden.« Sie schüttelte den Kopf. »Nie wieder verheiratete Männer.« Und auch keine belanglosen Affären mehr, selbst wenn das bedeutete, allein zu sein.

»Freut mich zu hören«, sagte er. Er ließ Lisa Cranes Waffe in eine kleine Plastiktüte fallen und sah sich im Zimmer um, wobei er sich Notizen machte. Stumm saß Justine da und beobachtete den großen Mann, während er durch das Zimmer wanderte. Was er wohl von ihr denken mochte?

Er nahm ihr die Lampe ab. »Was hatten Sie denn damit vor?«

»Das weiß ich auch nicht so genau.«

Er lächelte. »Sieht aus, als hätten Sie darin Übung.«

Sie kniff die Augen zusammen. »Glauben Sie, dass ein Mensch sich ändern kann, Lando?«

»Sicher«, entgegnete er. »Wenn man seiner selbst überdrüssig wird.«

»Das bin ich.«

Er deutete mit dem Kopf auf die Tür. »Ich bringe Sie nach Hause.«

Sie stand auf.

Lando kratzte sich an der Schläfe. »Übrigens ... ich heiße Kevin.«

Als Antwort lächelte sie.

NEUNUNDDREISSIG

Legen Sie sich einen Plan B zurecht.

Mica setzte ein strahlendes Lächeln auf für die beeindruckende Schar von Journalisten, hohen Firmenvertretern, Klatschkolumnisten und Neugierigen, die Everett zu einer Frühstückskonferenz eingeladen hatte. Lediglich eine Hand voll Leute in dem Raum war mit den Einzelheiten der »aufregenden, karitativen Herausforderung« vertraut, die gleich publik gemacht werden würde. Mit einer mit Goldfolie beschichteten Schachtel saß sie da, einen langen Schal um Kopf und Schultern gehüllt. Ihre Aufmerksamkeit richtete sich auf Everett, der gerade das Mikrofon übernahm. Inzwischen mochte sie ihn in ihrem Leben nicht mehr missen.

»Ladys und Gentlemen, weltweit identifizieren die Kunden das Gesicht von Mica Metcalf und ihre prächtigen langen Haare mit den Haarpflegeprodukten von Tara. Heute möchte ich Ihnen mitteilen, dass Mica und das großartige Team von Tara sich gemeinsam etwas haben einfallen lassen, um die wertvolle Arbeit einer Kinderhilfsorganisation zu unterstützen. Mica?«

Sie trat neben Everett auf das Podium und begann, ihren Schal abzunehmen. Seit ihrer Rückkehr nach LA hatte sie sorgfältig darauf geachtet, in der Öffentlichkeit ständig Hüte oder andere Kopfbedeckungen zu tragen. Als ihre abgeschnittenen Haare zum Vorschein kamen, ging ein Raunen durch die Menge. Blitzlichter flammten auf.

Everett sprach weiter in das Mikrofon. »Mica spendet großzügig ihr wundervolles Haar für die Organisation Care About Kids, die Perücken für Kinder herstellt, die ihre eigenen Haare aufgrund einer Erkrankung verloren haben.«

Applaus brandete auf, und Mica strahlte über das ganze Gesicht. Während Everett sich noch den Kopf zerbrochen hatte, wie er den Leuten von Tara die Sache mit den kurzen Haaren beibringen sollte, hatte sie eine Beobachtung gemacht, als sie Justine im Krankenhaus besucht hatte. Die Patienten in der Kinderabteilung hatten ihr das Herz gebrochen – einige davon hatten nämlich kaum noch beziehungsweise gar keine Haare gehabt, während sie jede Menge davon in einem Schuhkarton zu Hause aufbewahrte. Das hatte sie als ungerecht empfunden. Also hatte sie Everett gefragt, ob er damit einverstanden wäre, ungeachtet ihrer weiteren Karriereaussichten, dass sie ihren abgeschnittenen Zopf für einen guten Zweck zur Verfügung stellte.

Er war von der Idee sofort hellauf begeistert gewesen. Dabei war sie es gar nicht gewohnt, dass jemand ihre Vorschläge ernst nahm – Dean hatte ihr früher nämlich alles aus der Hand genommen. Nach wie vor staunte sie darüber, wie ihre Idee Gestalt angenommen hatte.

Bevor der Applaus wieder verebbte, nahm Mica ihren langen Zopf aus der goldenen Schachtel und überreichte ihn einer Vertreterin der Organisation. Währenddessen flammte ein Blitzlichtgewitter auf. Aus Micas Zopf, verkündete die Frau, würde man Perücken für mehrere Kinder herstellen können, die wieder normal aussehen wollten, wenn sie nach ihrer Genesung in die Schule zurückkehren würden. Danach ergriff die Marketing-Direktorin von Tara das Wort und sprach Mica ihre volle Unterstützung und ihr Vertrauen aus – ihr Vertrag war kurz zuvor erneuert worden für eine bevorstehende Werbekampagne. Sie forderte sämtliche Models und Prominente auf, es Mica gleichzutun und ihr Haar der Organisation zu spenden. Topstylisten überall in LA hatten sich bereit erklärt, ihre Dienste für »Der Große Schnitt« zur Verfügung zu stellen. Die Kampagne löste großes Aufsehen aus. Alles deutete darauf hin, dass sie sensationell einschlagen würde.

»Mica, du hast nicht nur ein großes Herz, du bist auch noch ein Genie«, lobte Everett sie später während des Abendessens, und seine Augen leuchteten. »Du hast damit nicht nur deine Karriere gerettet, sondern auch hunderten von Kindern geholfen.«

Sie lächelte glücklich und freute sich auch darüber, dass er sich freute. Aber trotz des ganzen Rummels um ihre Person vermisste sie ihre Schwestern schmerzlich. Und da sie sich vor Terminen kaum noch retten konnte, befürchtete sie, dass sie sie nicht so häufig besuchen könnte, wie sie gehofft hatte.

Everett setzte sein Glas ab. »Übrigens habe ich heute ein Angebot bekommen, das dich interessieren könnte.«

Sie nippte an ihrem Glas Wasser. »Ach ja?«

»Cocoon Cosmetics sucht nach einem neuen Model für die Printwerbung.«

Einige Sekunden verstrichen, bevor sie seine Worte verinnerlicht hatte. Sie grinste. »Etwa ich?«

Grübchen erschienen auf seinen Wangen. »Wenn du den Auftrag willst, gehört er dir. Das Honorar ist lukrativ, obwohl ich annehme, dass du in Kauf nehmen musst, regelmäßige Besuche in der Firmenzentrale abzustatten.«

Ihre Brust hob sich, und aus einem Impuls heraus streckte sie die Hand über den Tisch und umfasste seine warmen Hände. »Keine Frau könnte glücklicher sein als ich.«

In Everetts grauen Augen spiegelte sich leichte Überraschung angesichts ihrer spontanen Geste. Er drückte ihre Hand. »Und auch kein Mann.«

VIERZIG

Halten Sie bis zum Happyend durch.

Regina zuckte zusammen, als es an ihrer Bürotür klopfte. Sie warf einen Blick auf die Uhr auf ihrem Schreibtisch und stellte bestürzt fest, dass bereits eine Stunde verstrichen war und sie nichts geschafft hatte. Bislang hatte sie ihre Gehirnerschütterung für ihr Unvermögen, sich zu konzentrieren, verantwortlich gemacht, aber nach sechs Wochen zog dieser Grund nicht mehr recht.

Sie riss sich zusammen und rief: »Ja?«

Die Tür öffnete sich, und Jill kam herein, ein Blatt Papier in den Händen. »Ich dachte, du würdest gern mal einen Blick darauf werfen.«

»Was ist das?«

»Eine unserer besten Widmungen in diesem Jahr.«

Sie nahm das Blatt entgegen und überflog es. Es handelte sich um einen begeisterten Kommentar von Mica zu dem Frisurenbuch. Sie lächelte. »Das ist gut.«

»Gut? Du meinst wohl großartig. Gestern Abend habe ich schon wieder deine Schwester in einer Sendung über Promis gesehen – zwei Supermodels und eine Rockdiva haben ihre Haare der Kinderorganisation gespendet. Ich glaube, Mica hat das Kunststück vollbracht, dass kurze Haare neuerdings politisch korrekt sind.«

Ein geheimnisvolles Lächeln umspielte Reginas Lippen. Das musste man Mica lassen: Sie hatte eine vertrackte Situation in eine positive Erfahrung für zahlreiche Menschen umgewandelt.

»Hey«, meinte Jill und nahm ein gerahmtes Bild vom Schreibtisch. »Das ist neu.«

»Das Hochzeitsfoto meiner Eltern«, erklärte sie und dachte gerührt an die schlichte Feier zurück. Cissy und John standen in der Mitte, umringt von ihr und Justine und Mica, alle drei in denselben Sommerkleidern und Hüten. Die Hüte waren Justines Idee gewesen, um Micas Geheimnis zu verbergen, bevor sie wieder nach LA zurückkehrte.

»Ohne die Brille siehst du richtig klasse aus.«

Nachdem sie bei ihrem Sturz im Blockhaus zu Bruch gegangen war, war es ihr albern erschienen, sie zu ersetzen. »Danke.«

»Ihr macht alle so einen glücklichen Eindruck.«

»Wir waren auch glücklich«, entgegnete sie, »und wir sind es immer noch.« Was der Wahrheit entsprach. Ihre Familie vertrug sich wieder. Sie, Justine und Mica waren in den Wochen nach ihrer Abreise aus Monroeville miteinander in Kontakt geblieben. Alles war zufrieden stellend.

Ja. Alles ... war ... zufrieden stellend.

Jill stellte das Foto wieder auf den Schreibtisch und deutete auf ein weiteres gerahmtes Bild. »Und wer sind diese kleinen Mädchen?«

Regina fuhr mit dem Finger über die sepiafarbenen Gesichter der pausbäckigen Mädchen mit den Ringellocken. »Das sind ... Schwestern.«

Jill nickte und wartete auf eine weitere Erklärung. Regina bekam ein schlechtes Gewissen – sie wusste, dass sie sich seit ihrer Rückkehr merkwürdig verhielt. Sie kapselte sich ab und vergrub sich in ihrer Arbeit. Netterweise hatte Jill bisher Abstand davon genommen, sie darauf anzusprechen.

»Hast du schon was von deiner neuen Errungenschaft gehört?«

Regina stellte sich dumm. »Meine neue Errungenschaft?«

»Ja, diese Mischung aus Brad Pitt und Harrison Ford.«

»Ach, der. Nein, der ist bestimmt ... viel unterwegs.« Sie rang sich ein Lächeln ab. »Das war ohnehin nichts Ernstes.«

»Wie war noch gleich sein Name?«

Sie machte ein angestrengtes Gesicht, als müsste sie tief in ihrem Gedächtnis forschen. »Mitchell. Mitchell Cooke.«

»Netter Name.«

Sie nickte, entschlossen, sich bei diesem Thema bedeckt zu halten, egal, wie sehr ihre Assistentin sie löchern mochte.

Jill schürzte die Lippen. »Glaubst du, dass du dich noch einmal mit Alan Garvo treffen wirst?«

»Nein«, antwortete sie etwas vorschnell. Sie wollte bei Jill nicht den Eindruck erwecken, als hätte sie wegen Mitchell das Interesse an allen anderen Männern verloren oder etwas ähnlich Haarsträubendes. »Ich meine, Alan ist zwar ein toller Mann, aber zwischen uns beiden wird es nie mehr als Freundschaft geben.«

»Oh.« Jill fuhr sich mit der Zunge über die Lippen. »Heißt das, es wäre in Ordnung, wenn ich mich mit Alan zum Mittagessen treffe?«

Erst jetzt verstand Regina, und sie fragte sich, warum ihr nicht schon eher aufgefallen war, dass Jill an Alan interessiert war. Sie setzte ein breites Lächeln auf. »Selbstverständlich ist das in Ordnung. Ihr zwei würdet sogar ein tolles Paar abgeben.«

Jill grinste. »Meinst du?«

Regina nickte.

»Und es macht dir auch wirklich nichts aus?«

»Nein, überhaupt nicht.«

»Danke, Chef.« Beschwingten Schrittes marschierte Jill wieder in Richtung Tür. Dort wandte sie sich noch einmal um. »Ach, übrigens, dieses *Ich glaube, ich liebe dich*-Manuskript ist eine gute Wahl – mal etwas Lustiges zur Abwechslung.«

Sie lächelte zustimmend.

Jill senkte den Blick auf den Boden und runzelte die Stirn. »Ich wollte vorhin nichts sagen, aber dir ist schon klar, dass du zwei verschiedene Schuhe anhast, oder?«

Regina sah nach unten und stellte entsetzt fest, dass sie tatsächlich einen braunen und einen dunkelblauen Pumps trug. Sie sah wieder hoch und versuchte zu lächeln. »Ich muss es wohl heute Morgen ziemlich eilig gehabt haben.«

Verwundert zog Jill die Augenbrauen hoch, verließ aber dann den Raum, ohne weitere Fragen zu stellen.

Nachdem sich die Tür geschlossen hatte, lehnte sich Regina mit einem frustrierten Seufzen in ihrem Stuhl zurück. »Reiß dich gefälligst am Riemen«, sagte sie leise zu sich selbst. »Das Leben ist schön. Du bist glücklich, weißt du noch? Glücklich.«

Aber Jills Fragen hatten eine ganze Flut von Erinnerungen an Mitchell geweckt. Jedes Mal, wenn er ihr schon frühmorgens in den Sinn kam, ging er ihr gewöhnlich nicht mehr aus dem Kopf, wie sie in den vergangenen Wochen festgestellt hatte, bis sie dann abends endlich in ihrem »Wie man alleine schläft«-Nachthemd einschlummerte.

Sie stand auf und ging auf die andere Seite des Schreibtisches, in der Hand eine Tasse mit dem scheußlichen Kaffee, der kalt geworden war, als sie vorhin ihren Gedanken nachgehangen hatte. Dabei war ihr durchaus bewusst, dass ihre Sehnsucht nach ihm albern war. Wo auch immer Mitchell gerade stecken mochte, er würde sich bestimmt nicht nach ihr verzehren.

Als sie das afrikanische Veilchen drehte, um den Kaffee ohne Sahne hineinzukippen, musste sie beim Anblick einer winzigen rosafarbenen Blüte inmitten der dunklen, flauschigen Blätter lächeln. »Ich wusste, dass du austreibst«, sagte sie, merkwürdigerweise aufgeheitert. Sie nahm sich vor, Mr. Calvin eine Karte zu schicken, um ihn wissen zu lassen, dass sie an ihn dachte, und um ihm für seinen bewährten Tipp, Pflanzen hin und wieder mit Kaffee zu gießen, zu danken.

In diesem Moment summte ihr Telefon, und sie langte quer über den Schreibtisch, um den Hörer abzunehmen. »Ja?«

»Hier ist ein Mann mit einem Buch, der unbedingt mit dir sprechen möchte.«

»Ein Agent?«

»Nein.«

»Wer dann?«

»Ein unangemeldeter Besucher«, erwiderte Jill.

Sie seufzte. Manche Autoren meinten, die beste Methode, um ihr Manuskript an den Mann zu bringen, sei, direkt mit der Tür ins Haus zu fallen. »Er soll dir seine Adresse geben und das Buch dalassen.«

Jill zögerte. »Der ist aber ziemlich hartnäckig.«

Sie runzelte die Stirn. »Aber nur fünf Minuten.« Sie legte den Hörer wieder auf und starrte bedauernd auf die leere Kaffeetasse. Sie könnte jetzt gut eine kleine Aufheiterung gebrauchen.

Die Tür öffnete sich, und als sie sich umdrehte, wurde sie durch einen ungestümen Nasenstüber beinahe umgeworfen. Sam wedelte wild mit dem Schwanz hin und her.

Ihre Fassungslosigkeit mischte sich mit unbändiger Freude. »Hallo, Sam.« Sie beugte sich nach unten, um ihm die Ohren zu kraulen, und hob dann den Kopf, als sein Herrchen eintrat – in einem ausgeblichenen Red-Sox-T-Shirt und einer ziemlich neuen Jeans. Wenn sie jemals daran gezweifelt hatte, in Mitchell verliebt zu sein, dann verflogen ihre Zweifel spätestens beim Anblick seines schiefen Grinsens. Sie musste an einen Rat in dem Manuskript denken, das sie gelesen hatte. *Bleiben Sie gelassen. Führen Sie sich nicht wie eine liebeskranke Irre auf.*

»Hi«, begrüßte sie ihn. Zu ihrer Verwunderung klang ihre Stimme normal.

»Auch hi.«

»Das ist ja eine Überraschung.«

»Eine erfreuliche, hoffe ich.«

Sie nickte. »Hast du gerade hier in der Stadt zu tun?«

Er schüttelte den Kopf. »Nein, ich hatte einfach ein bisschen Heimweh nach Boston.«

Ihr Herz hob sich ein wenig. »Wirklich?«

»Ja, du weißt schon, nach Fenway Park und so.«

»Ach ja, richtig.«

»Ich habe dir was mitgebracht.«

Mitchell übergab ihr ein in Packpapier gewickeltes Päckchen, das wie ein Buch aussah. Sie wickelte es aus und musste lächeln, als der gelbe Einband zum Vorschein kam. *Das Geheimnis auf dem alten Dachboden* – ihr fehlendes Nancy-Drew-Exemplar. Sie drehte es um und tat so, als würde sie den Text überfliegen. Doch sie wollte erst ihre Fassung zurückgewinnen, bevor sie ihn wieder ansah. »Vielen Dank, Mitchell.«

Er hob die Schultern. »Keine Ursache.«

Keine Ursache – jetzt bloß seine Worte nicht auf die Goldwaage legen. Sie rang sich ein ironisches Lächeln ab. »Aber ich muss zugeben, dass ich eigentlich auf Doughnuts spekuliert habe.«

Er trat einen Schritt vor und ergriff ihre Hand. »Ich dachte, die können wir uns zum Frühstück genehmigen.«

Ihr Herzschlag setzte kurz aus.

Er verschränkte seine Finger mit ihren. »Vorausgesetzt, du bist wirklich scharf auf ... Doughnuts.«

Sie schluckte. »Das bin ich.«

Er zog sie an sich und schmiegte sich an ihr Kinn. »Gut, zumal ich dich offenbar nicht aus dem Kopf kriege.«

Dann küsste er sie, und bei der vertrauten Berührung entfuhr ihr ein lautes Stöhnen. Sie hatte keine Ahnung, wie sie den Nachmittag überstehen sollte.

Sam stieß ein lautes Bellen aus und stupste gegen ihre Knie. Sie lösten sich voneinander, und Mitchell lachte. »Ich hoffe ja, dass er mit der Zeit kapiert, dass ich dir damit nicht wehtue.«

Lächelnd schlang sie die Arme um seinen Hals. »Mit der Zeit?«

»Nun ja, ich habe mir überlegt, hier meine Zelte aufzuschlagen, wenn das für dich okay ist.«

»Hm. Während der gesamten Baseballsaison?«

Er schürzte die Lippen. »Ja, aber gleich danach beginnt die Basketballsaison, und die Spiele der Boston Celtics möchte ich auf keinen Fall verpassen.«

»Auf keinen Fall.«

»Und dann sind da auch noch die Bruins – was hältst du eigentlich von Eishockey?«

»Ich bin ein großer Fan davon.«

Er lächelte und küsste sie erneut, bis Sam wieder zu bellen anfing. Mitchell hob den Kopf und sah über ihre Schulter hinweg zu dem Manuskripthaufen. »Wird dieses Manuskript verlegt, das du in North Carolina dabeihattest?«

»Ja, das wird es.«

»Der Titel macht ziemlich neugierig.«

»Ja.«

Er kniff die Augen zusammen. »Wie war der noch gleich?«

»Ratgeber in Beziehungsdingen für die erwachsene Frau.«

»Nein, der andere.«

»Ich glaube, ich liebe dich?«

»Im Ernst?« Er grinste und lehnte die Stirn gegen ihre. »Ich glaube, ich liebe dich auch.«

Regina schloss die Augen und stieß einen Seufzer aus.

»Ist dir eigentlich bewusst, dass du zwei verschiedene Schuhe anhast?«

Zwei Frauen auf der Flucht, ein attraktiver Detective auf ihrer Spur und jede Menge Probleme in Sicht

Roxann hat gerade eine ominöse Nachricht erhalten, die ein Geheimnis aus der Vergangenheit heraufbeschwört, und ihre Cousine Angora wurde soeben vor dem Traualtar verlassen. Für beide Frauen Grund genug, eine Weile von der Bildfläche zu verschwinden. Sie brechen zur Homecoming-Feier in ihrem früheren College auf. Zwei Verfolger heften sich an ihre Fersen. Am Ziel ihrer Reise erwartet Roxann und Angora der Professor, den sie beide einst liebten. Und dann geschieht plötzlich ein Mord ...

ISBN 3-404-14965-3

**Der heiß ersehnte neue Fall
um Mitchell und Markby**

Zwei Leben – ein Tod: Andrew Pellham ist ein renommierter Anwalt, der auf seinem Landsitz, dem herrschaftlichen Tudor Lodge, ein unbescholtenes Leben führt. Doch die Fassade trügt, denn eines Morgens wird Pellham ermordet in seinem Garten aufgefunden. Die ersten Untersuchungen führen zu der überraschenden Enthüllung, dass der Anwalt offensichtlich ein Doppelleben geführt hat. Und in seiner zweiten Existenz scheint er sich eine Menge Feinde gemacht zu haben. Superintendent Markby ist da über die Hilfe seiner Freundin Meredith ganz froh, denn seine Ermittlungen werden ausgerechnet von seinem Kollegen, Sergeant Prescott behindert, der sich Hals über Kopf in die Hauptverdächtige verliebt …

ISBN 3-404-15201-8

**Ein Mann, zwei Frauen, drei Wünsche –
eine gemeinsame Katastrophe**

Clark Dunhill hat bisher keine Frau gefunden, die ihm in allen Belangen das Wasser reichen kann. Daraus schließt er: Er braucht zwei Frauen – eine kluge und eine schöne. Cass ist Finanzdirektorin, allergisch gegen Partnerschaft und will Clark als Samenspender. Polly ist eine Schönheit und wünscht sich sehnlichst, mit Clark eine Familie zu gründen ...

ISBN 3-404-15219-0

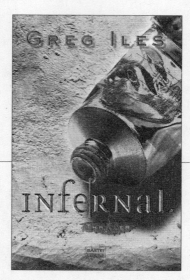

**Wer ist der skrupellose Fremde,
der den Frauen ein Schlaflied singt?**

Bei dem Besuch eines Kunstmuseums stellt Jordan verwirrt fest, dass die anderen Besucher sie anstarren. Nur wenige Augenblicke später betritt sie einen Ausstellungsraum mit einer bizarren Sammlung von Gemälden, die in der Kunstwelt für Furore gesorgt haben. Die Bilderserie heißt »Die schlafenden Frauen«, und zeigt verschiedene, angeblich schlafende, Frauen nackt. Der Schlag trifft Jordan, als sie auf einem der Bilder sich selbst erkennt. Doch Jordan ahnt, dass nicht sie es ist, die dort abgebildet wurde, sondern ihre Zwillingsschwester, die vor einem Jahr spurlos verschwand. Ist das ein Hinweis? Und schläft die Frau auf dem Bild tatsächlich? Es gibt erschreckende Gerüchte ...

ISBN 3-404-15220-4